LE CRI DU PEUPLE

JEAN VAUTRIN

LE CRI DU PEUPLE

roman

LE GRAND LIVRE DU MOIS

Tous droits de traduction, de reproduction et d'adaptation
réservés pour tous pays.

© *Éditions Grasset & Fasquelle, 1999.*

à Dan Franck

Dessins de Tardi.

Le cadavre est à terre et l'idée est debout...

VICTOR HUGO.

On l'a tuée à coups d'chassepot
A coups de mitrailleuse
Et roulée avec son drapeau
Dans la terre argileuse.
Et la tourbe des bourreaux gras
Se croyait la plus forte.
Tout ça n'empêch' pas
Nicolas
Qu'la Commune n'est pas morte !

EUGÈNE POTTIER, communard.

L'audace est la splendeur de la foi. C'est pour avoir osé que le peuple de 1789 domine les sommets de l'histoire, c'est pour n'avoir pas tremblé que l'histoire fera sa place à ce peuple de 1870-71 qui eut de la foi jusqu'à en mourir.

PROSPER OLIVIER LISSAGARAY
(Histoire de la Commune de 1871.)

PREMIÈRE PARTIE

LES CANONS DU DIX-HUIT MARS

1

La dessalée du pont de l'Alma

Le soir du 17 mars 1871, dérivant entre deux eaux, le cadavre nu d'une femme au sein mutilé par une décharge de poudre fut retiré de la Seine à hauteur de la troisième pile du pont de l'Alma.

Cette macabre découverte, faite entre chien et loup par un marinier du nom de Clémens Van Cooksfeld, originaire de Liège, mobilisa les soins du corps des pompiers de la caserne Malar, nécessita l'intervention des hommes de la Brigade fluviale ainsi que celle du commissaire de quartier du Gros-Caillou, Isidore Mespluchet, dont l'esprit et le zèle scrupuleux furent rapidement accaparés par d'autres tâches, autrement plus urgentes.

En effet, une estafette à deux galons dorés dépêchée par le général Valentin, nouveau préfet de police, le rejoignit sur les lieux du repêchage, au port de la Bourdonnais, et, interrompant les premières constatations des investigateurs, se figea au garde-à-vous devant le commissaire avant de le saluer militairement.

— Lieutenant Arnaud Desétoiles !

Ce messager à képi rouge, un chasseur à cheval du 107e régiment cantonné à la caserne Babylone et détaché au palais du Luxembourg, était porteur d'un pli faisant état d'événements graves concernant la rive droite.

Insensible aux assauts d'une méchante pluie mêlée de neige à demi fondue, Mespluchet décacheta l'enveloppe à en-tête du Quai d'Orsay, où s'était tenu le Conseil des ministres, et chaussa son lorgnon séance tenante.

— Ainsi nous revoilà en pleine ratatouille ! éternua-t-il dès qu'il eut pris connaissance de la missive.

Il se moucha bruyamment dans une grande pièce de tissu à priser, s'essuya le blair et la moustache avec des gestes furieux et jeta un regard biais du côté de ce Paris des blouses d'où s'annonçait à nouveau la chienlit.

— Saint-Ouen ! Rochechouart ! La rue des Trois-Frères ! L'Abreu-voir, Saint-Vincent ! Le Mont-Cenis et, forcément, la place de Puebla sur l'Aventin bellevillois ! récita le policier.

Il rentra la tête dans les épaules, enfonça ses poings dans ses poches, opposa au jeune lieutenant une nuque maçonnée comme un mur et marmonna pour lui-même :

— Les militaires ont bien tort d'aller tisonner les quartiers rouges ! Si la vermine socialiste vient à s'éveiller, nous n'en sortirons que par le fracas des armes !

Fixant d'un œil rancunier l'arche du pont et par-delà sa voûte, sur l'autre rive, le lointain des immeubles de pierre de taille, il laissa son esprit toujours alerte déserter sa carcasse massive. Vagabondant plus avant dans la ville, la partie la plus désobéissante de lui-même entraîna le commissaire vers d'inavouables songes d'incendies qui jetaient à bas les nouveaux quartiers érigés par Haussmann, capotaient les arrogantes façades au goût de banque et laissaient entrevoir au fond de leurs perspectives de ruines la verdissante vue des collines ouvrières.

Mespluchet frissonna malgré lui.

— Comment se présente la situation ? demanda-t-il brusquement en se tournant vers l'estafette.

— Les six mille hommes de la division Faron ont été désignés pour enlever les canons du XIXe et du XXe arrondissement, annonça d'une voix brève l'envoyé du préfet. Voilà ce que j'ai entendu. Et le général Susbielle est déjà en train de faire mouvement vers Montmartre...

— La pluie et la neige ne gêneront-elles pas le mouvement des bataillons ?

— Le plus difficile est de trouver les attelages pour descendre les pièces dans les rues en pente.

— Et les soldats, que pensent-ils de ces froufrous de guerre civile ?

— Je n'aimerais pas macaroner, balbutia Arnaud Desétoiles en affrontant le regard inquisiteur du policier.

Il recula d'un pas, les lèvres muselées et le menton perdu dans le col de sa vareuse. Mespluchet qui ne l'avait pas lâché dans son empressement à faire retraite lui adressa un sourire suave.

— Sur le chapitre du renseignement, lieutenant, je vous pardonne volontiers de poser votre chique, susurra-t-il aimablement. Mais enfin, ne tournons pas autour du pot... tous mes rapports me l'indiquent... le moral des troupes est au plus bas...

L'officier baissa les yeux.

— Je ne sais rien. Je n'ai rien envie de dire.

— Trêve de billevesées ! Personne ne vous demande de trahir le secret de Polichinelle !

— J'obéis aux ordres.

— Et moi, je vous réponds que vous n'apprendrez pas à un vieux condé à faire des grimaces ! Ah mais ! s'emporta le roussin de quartier en s'approchant si près de son interlocuteur qu'il lui souffla jusque dans le nez l'odeur pestilentielle de sa prise, je tiens de source sûre que le moral des troupes est au plus bas ! Vos camarades du 67ᵉ de marche en sont réduits à camper sans bâches ni paille sur le sol humide du Luxembourg...

— Les aléas du bivouac... s'essaya à plaider le jeune militaire. Les fourriers vont réorganiser les quartiers.

— Je ne serai pas votre bigeot, lieutenant Desétoiles ! et vous ne m'aurez pas au boniment ! C'est de notoriété publique ! Les tringlos errent dans la ville et frayent avec la population. A Belleville, les effectifs logés chez l'habitant tournent révolutionnaires ! Ils fraternisent ! Ils garibaldisent !

— Ils ont grand tort !

— Ils ont grand-faim ! Acré ! A ce degré d'incompréhension, les fusils vont encore déchirer la toile ! prédit le commissaire.

Les yeux fixés devant lui, il resta un moment immobile à ausculter les plaintes de la nuit, guettant si les pétarades de la fusillade allaient annoncer les combats de rue et ne reçut que de l'air dans les basques de son manteau.

Un vent de plaine venu du nord ébouriffait le ciel et chassait les fumées. Une gifle de neige se fit soudain plus bourrasque. Elle entoura Mespluchet d'un cortège de flocons, le prit à revers, lui ôta le chapeau de la tête et fit rouler le melon jusqu'aux avant-postes de la rivière.

— Acré Dieu ! mon chapeau capsule ! jura le commissaire en croquenotant derrière le couvre-chef, si la Seine l'emporte, il va canoter jusqu'à Chatou !

Mespluchet était un petit homme nerveux, monté sur des membres courts. Il galopa jusqu'à la rive et récupéra le galurin au moment où ce dernier venait de se poser sur le courant.

Cet exploit, salué par les applaudissements de trois dizaines de badauds contenus par les agents, valut aux imprudents de se voir refouler jusqu'aux lisières du quai supérieur. Penchés sur le parapet, certains parmi les plus houleux trouvèrent le mauvais esprit de protester.

— Barthélemy, cré nom ! aboya alors le commissaire en hélant l'un de ses argousins, faites-moi disparaître tous ces gueulards qui encombrent la vue !

Il épongea son front soucieux, passa devant l'estafette du général Valentin qui le suivait, tête vissée aux épaulettes, et ronchonna pour lui-même :

— Je l'avais prédit ! Je l'avais prédit !

— Que se passe-t-il exactement, monsieur ? se risqua Barthélemy.

A trente-six ans, cet en-bourgeois de filature était un grand éteignoir au teint blafard, habillé dans les sombres. Avec des grâces de héron entourbé, il tendait le cou de derrière le fût noir d'un ormeau pour en savoir un peu plus.

Mespluchet l'avait plutôt à la bonne.

— Il se passe, Hippolyte, maugréa-t-il, que Monsieur Thiers veut récupérer les armes des Parisiens avant l'arrivée de l'Assemblée. Il se passe, par-dessus tout, qu'avec cette histoire de canons, nous courons droit à l'insurrection !

— C'est un bien gros malheur, monsieur. Ni la foule, ni le Comité central, ni la Garde nationale ne se laisseront faire...

— Thiers est chauffé par sa clique ! Favre, Ferry et Picard sont dans la coulisse ! ressassa le commissaire. D'Aurelle n'est pas maître de son commandement. Nous courons droit à l'arquebusade entre Français !

De plus en plus échauffé par l'absurdité de la situation, Mespluchet oubliait tout à fait l'émissaire du nouveau préfet de police.

Les mains derrière le dos, les épaules rentrées, il remâchait les directives qu'on venait de lui porter et s'engagea sur le plan incliné menant au quai en rouscaillant dans son faux col. Un poids diffus appuyait sur tout son être et lui commandait de traîner les godillots dans cette affaire de canons.

A quel saint se vouer ? A quelle autorité durable ? Après Kératry et Edmond Adam voilà qu'Ernest Cresson, démissionnaire le 11 février, était remplacé à la sauvette par un Valentin ! D'ailleurs, comment ne pas contester au fond de soi les ukases de ce nouveau chef hiérarchique qu'il ne connaissait pas, d'un colonel de gendarmerie, d'un chasse-coquin promu général de brigade pour l'occasion et propulsé à la Préfecture de police pas plus tard que le 16, c'est-à-dire la veille, en remplacement de cet excellent Choppin, lui-même intérimaire pendant un mois et vite renvoyé aux écritures, à la lustrine, aux corvées d'enregistrement, aux tâches subalternes ?

Pristi ! plus il remâchait la semoule de sa rancœur, plus le commissaire Mespluchet trouvait que tout dans la nouvelle politique du Conseil des ministres était édicté à rebours du bon sens. Les déclarations, les règlements, les convictions de ces messieurs exprimaient un fameux mépris, une condescendance, une méconnaissance du terrain qui vous laissaient à l'envers. Jusqu'à leurs bonnes intentions qui ne tenaient pas compte du mécontentement des Parisiens, de la misère du peuple, de l'usure morale des troupes marquées par les défaites, de l'état de délabrement des services de police dont les personnels osaient à peine se manifester dans certains quartiers de la capitale de peur d'être pris à partie par la foule en armes. Non vraiment, rien

n'inclinait le policier du quartier du Gros-Caillou à se faire le serviteur zélé, l'accompagnateur bêlant, de décisions qui allaient à
l'encontre de l'intérêt public.

— Crédieu! la République de Monsieur Thiers est trop large des
hanches, bougonna-t-il à l'intention du jeune lieutenant, elle ne passera sûrement pas entre les barricades!

Il contourna la silhouette tassée du médecin légiste penché sur le
cadavre de la noyée, boutonna son pardessus qui laissait à nouveau
entrer le vent sur son gilet et demanda d'un ton rogue :

— Eh bien, Morel! Avez-vous fait parler la donzelle?

2

L'œil de verre numéro 13

— Elle n'est pas très bavarde, monsieur.

Mespluchet haussa les épaules de désagrément.

— Elle vous résiste?

— Elle ne dit pas toute la vérité, répondit le médecin.

Le commissaire s'approcha.

Il écarta du pied la valise à soufflet de Morel, ploya sur son genou
droit et s'inclina à son tour sur le corps de la jeune morte.

Pour en mieux déchiffrer le mystère, il souleva un pan de la couverture de fortune que le légiste venait de rabattre sur le visage de la malheureuse. Il scruta attentivement cette beauté à la blancheur de cire,
son nez droit mais tuméfié, son grand front dégagé, ses cheveux
dénoués et resta immobile un long moment – muet, absent – les yeux
posés sur le vague des prunelles révulsées de l'inconnue – seulement
occupé à promener la courbe de son poucé sur les pommettes saillantes de cette dernière, comme s'il s'agissait d'en redessiner
l'ossature si joliment charpentée.

— C'est pourtant clair! murmura-t-il en laissant retomber la
couverture, crime passionnel! Un mari jaloux est passé par là!
Quelque Othello d'alcôve aura surpris sa bourgeoise à la sortie d'un
cabinet fin et lui aura tiré une charge de grenaille à bout portant!

— La victime n'est pas morte des suites du coup de pistolet, intervint le légiste. Certes, une portion importante du mamelon droit a été labourée et emportée par la charge mais la mutilation, pour importante qu'elle fût, était loin d'être mortelle.

— Morbleu, qu'essayez-vous d'insinuer, Morel ?

— Que votre assassinée a été nettoyée par d'autres procédés... Que la petite dame est morte plusieurs fois...

Le commissaire marqua un léger temps pour réfléchir puis s'éclaira :

— Ah mais oui ! Bien sûr ! Je vous suis ! Son grand cerf de mari l'a aussi noyée si c'est ce que vous voulez dire ! J'avais déjà compris !

— Voilà le chiendent, cher ami ! s'écria Morel en se redressant le premier. Votre belle cliente n'avait pour ainsi dire pas d'eau dans les poumons... Elle n'a donc pas séjourné longtemps dans la Seine. Je dirais le temps de venir ici depuis l'île Saint-Louis... Avec la crue, une demi-heure à tout casser.

— Elle sera morte d'avoir perdu son sang, vous ne croyez pas ? Elle a aussi bien pu succomber à une congestion...

— Non, non, mon cher. La pauvrette était morte avant qu'on ne la jette dans le courant. Auparavant, on lui a tanné le cuir comme si on avait voulu la punir. Des gifles, des coups de poing. Un roulement de coups jusque dans les côtes. Fracture du temporal, sa tête a valdingué contre quelque chose de dur.

— Bon, mais c'est toujours simple ! Le cocu la surprend en galante compagnie. Il la rosse, elle se sauve, elle recule devant lui. Il sort son arme, fait feu, la blesse seulement. Elle s'écroule ensanglantée et heurte un marbre ou un coin de meuble dans sa chute. Elle perd connaissance. Aussitôt la voilà faite ! L'assassin prend peur. Il croit qu'il l'a tuée. Il attend l'instant propice et à la faveur de la nuit tombante se débarrasse du corps de la malheureuse dans la Seine...

— Elle a aussi été surinée. Avec un eustache à virole. Deux vilains sétons en plein abdomen.

— Alors, cette femme est une mal peignée ! C'est une biche ! Une passe-lacet, une pas grand-chose ! s'énerva subitement le commissaire. Peut-être même une retapeuse de barrière ! Et plusieurs souteneurs se sont acharnés sur elle !

Son regard de myope venait de croiser celui du lieutenant Desétoiles qui, posté en arrière-plan, lui adressait un reproche muet, au motif de l'avoir laissé tomber comme une vieille chaussette.

— Je pense à vos canons, promit le policier.

Et s'adressant au docteur :

— Qu'a-t-elle livré d'autre ?

— Elle tenait ceci dans son poing fermé, dit le légiste en extrayant entre pouce et index quelque chose de son gousset.

Il déposa sa trouvaille sur la main tendue de Mespluchet.

— Qu'est-ce donc là ? s'énerva ce dernier en faisant rouler sur sa paume un objet pas plus gros qu'une bille.

— C'est un œil de verre à la prunelle bleue, renseigna le praticien. Il porte le numéro 13.

— Je n'y comprends rien, avoua le commissaire.

— J'y vois goutte, échota Barthélemy.

— Je ne suis pas spécialiste de la borgnitude, persifla le médecin des morts.

— Moi, je dois faire réponse à M. le préfet Valentin, interrompit sèchement l'officier de chasseurs.

Mespluchet se tourna vers lui. Le policier avait l'air tourneboulé par l'entrecroisement des circonstances.

— Voyons voir... commença-t-il.

Mais, d'un geste, le lieutenant lui coupa le sifflet. Il fit un pas en avant et le visage fermé demanda avec une grande netteté de timbre :

— Oui ou non, monsieur, vous emploierez-vous à faire dégager l'esplanade des Invalides et préparer les abords de l'Ecole militaire pour que la brigade Bocher puisse y entreposer les canons saisis et leurs munitions ?

D'abord sans réponse, le fonctionnaire du Gros-Caillou cligna plusieurs fois des paupières. Ses sourcils broussailleux servaient de reposoir à la neige tourbillonnante.

— Lieutenant Desétoiles, dites au général Valentin que je ferai mon possible, articula-t-il avec effort.

— Pardonnez à mon insistance, s'obstina le militaire, en usant d'une voix polie, assortie d'une réelle fermeté, mais j'exige de votre part un engagement moins dilatoire.

— Dites-lui que j'agirai conformément à ses directives mais qu'il faudra compter avec des effectifs souvent défaillants.

Plus le commissaire se laissait acculer, plus il s'en voulait et plus il devenait de méchante humeur. Ses yeux fulminaient, à force.

Il les porta sur son interlocuteur.

Le chasseur soutint sans moufter leur gambade furieuse.

— Vous voyez bien que je n'arrive pas à être au four et au moulin ! rugit Mespluchet au bout d'un long silence.

En un pet de vent, c'était le fils du défunt boulanger de la rue du Rendez-Vous qui venait de renaître. C'était le lointain enfant du XIIe qui marchait à la dynamite. C'était lui qui venait de débusquer, cachée derrière la raideur du militaire, l'arrogance du fils de famille. Et puisqu'il en était arrivé à crépiter sur ses origines, le commissaire Mespluchet se sentait de vraies bonnes envies de saccager la componction glacée du jeune lieutenant.

— La pègre est dans les rues ! ronfla-t-il. Mes agents sont débordés

par les pillards, les chômeurs, les petits vagabonds ! Le crime est partout ! La plupart du temps il est impuni ! Pourquoi faut-il en plus que
je me trouve embringué dans une opération qui devrait strictement
relever du commandement militaire ?

— Parce que les temps sont mêlés, monsieur ! Parce que la France
est en danger ! Parce que l'ordre public est menacé ! Parce que la police est l'auxiliaire de l'armée et que le gouvernement, pour faire
jouer la surprise, a besoin de votre collaboration sur le terrain...

— La belle envolée ! Vous voulez reprendre au peuple les canons
payés par le peuple ! Des pièces d'artillerie fondues grâce à la
souscription des Français ! Autant danser le pas chicard ! ricana le
policier à bout d'arguments.

— Le gouvernement ne peut tolérer qu'une partie de l'armement
national appartienne à une faction, persista l'officier.

Son visage désormais fermé au raisonnement relança la véhémence
de Mespluchet :

— Du moins, quand les Parisiens découvriront le pot aux roses, je
vous promets du spectacle ! Avec vos grosses combines, vous allez
attiser les sentiments révolutionnaires ! Vous allez jeter le peuple de
Paris dans la rue !

— Nous allons restaurer l'ordre !

— Vous allez réussir un fameux gâchis ! Vous allez croiser les
baïonnettes entre frères !

Une ou deux fois, vibrionnant comme un toton, la respiration
courte, le masque rouge de la fureur peinturé aux pommettes, le
commissaire exécuta un aller et retour furibard devant les moustaches
du militaire.

— Crédieu ! finit-il par s'exclamer en frappant le pavé de l'embout
de sa canne, on a beau avoir du chien dans le ventre, on n'a pas envie
de se battre contre des Français !

— Je compte sur votre civisme pour obéir aux ordres, répliqua froidement le lieutenant Desétoiles.

Il claqua des talons, salua réglementairement et s'éloigna vers sa
monture attachée à un arbre.

3

Un certain Horace Grondin

— Bon! bon! C'est comme ça! Allons-y gaiement! s'écria le commissaire Mespluchet en singeant les gestes de l'enthousiasme.

Avec l'entrain d'un jeune abbé de patronage, il frappa dans ses mains pour rameuter ses argousins qui contenaient la foule.

— Dupart! Rouqueyre! Houillé! Les autres! retour à la boutique! lança-t-il aux sergents. Vous allez me rappeler tous les hommes de service de jour. Rassemblement autour de la colonne du puits artésien de Grenelle dans une heure! J'ai besoin de tout le monde. Vous m'avez entendu, Houillé? De tout le monde!

— Oui, chef! Et... au sujet de la lorette, quelles sont les instructions?

— La lorette, sergent?

Mespluchet avait oublié la morte. Houillé se fendit d'un large sourire.

— La dessalée du pont de l'Alma, comme nous l'appelons entre nous.

— Bonne question, sergent, approuva le médecin légiste en repliant les mâchoires de sa trousse en cuir.

Et se tournant vers le commissaire :

— Je l'autopsie ou je la remets à l'eau?

— Allez au bout de votre tâche, docteur Morel, répliqua Mespluchet avec à peu près autant de chaleur humaine qu'une porte battante. J'attends votre rapport.

Il commença à enfiler ses gants tout en se dirigeant vers sa voiture.

— Barthélemy! aboya-t-il sans se retourner, tant il était sûr de trouver le pâlot dans son sillage, monte sur tes chevaux à doubles semelles et va me quérir le sieur Horace Grondin! J'ai besoin de ses services! Il s'y entend assez à démêler ces affaires criminelles!

L'autre, qui, par servilité instinctive, s'était déjà mis en position de course, s'immobilisa en plein mouvement.

— C'est que... bredouilla-t-il en se figeant sur ses échasses, je ne saurais pas où le trouver, monsieur, ni comment le faire venir.

— Oh, cesse de broutasser, andouille! maugréa Mespluchet en se hissant dans la berline. Renseigne-toi un peu! Cours me le chercher! Tu lui diras que je le rappelle!

— C'est que Grondin n'est plus du tout avec nous, insista l'embarrassé. Il a été promu ailleurs...

Le commissaire rouvrit la portière qu'il s'apprêtait à claquer.

— De l'avancement ? Comme ça ? Par-dessus les têtes ? Le coquin a donc de l'entregent ?

— Horace Grondin est une personne à part, monsieur, opina Barthélemy en mettant sa pâleur de croque-mort au service de sa gravité du moment. Il est protégé par des pontes...

— Qui me l'a pris ? demanda aussitôt le commissaire.

— Le secrétaire général de la Préfecture en personne. Sur recommandation expresse de M. Ernest Cresson, préfet démissionnaire en date du 11 février.

— Fichaises, Hippolyte ! Tu cherches à me ménager ! s'emporta Isidore Mespluchet. Cresson est un navet ! Et dis-toi bien que je sais reconnaître la main de l'honnête Monsieur Claude, chaque fois qu'elle apparaît derrière mon jeu !

Barthélemy baissa les yeux, signant son aveu.

Mespluchet avala sa salive.

La guerre des polices secrètes faisait rage. A tout bout de champ, on lui ôtait ses meilleurs hommes. Nul doute que Monsieur Claude, le chef de la police de sûreté, l'occulte manipulateur des manœuvres de couloir, fût à l'origine de ce nouveau coup visant à affaiblir un commissaire de quartier jugé trop perméable aux idées libertaires de l'insurrection populaire.

Les mains posées sur le pommeau de sa canne, remâchant cette pilule amère, le petit policier finit par prendre le parti de ne pas perdre la face :

— Tout ce qui arrive, je l'avais proprement flairé ! improvisa-t-il en s'adressant à son subalterne. Et, bien que ce Grondin nous fût arrivé par le couloir de la province, – Mont-de-Marsan ou Auch – une cambrouse dans ce goût-là, j'avais tôt dénoté chez lui les fumets de quelque destin extraordinaire... J'avais reniflé, comment dirais-je ? sa stature... Son sens du devoir implacable... Sa haine du mensonge et de la corruption... Sa... sa faculté quasi religieuse à traquer le crime, et en même temps, – comme c'est étrange ! – une sorte de familiarité avec la pègre... un curieux regard à la fois humble et hautain... Un mélange d'ombre et de lumière...

A la suite de cette galopade de mots, Mespluchet s'interrompit brusquement. Le cheval de sa pensée lui semblait de bronze. Il se sentait en quelque sorte abasourdi par ce qu'il venait de formuler et qui pourtant ne manquait pas de justesse à ses yeux.

Il répéta pour lui-même en frisant sa moustache :

— Oui, c'est bien cela... Cet homme est hors du commun... un mélange de soufre et de cristal...

Il releva le menton avec l'intention de quêter l'approbation de son subordonné et s'aperçut avec soulagement que ce dernier, gagné par l'empire de ses paroles, opinait du chef d'un air pénétré.

La neige fondue continuait à virevolter autour des deux hommes. Confondus par la même conviction, ils s'étaient mis à l'unisson du même silence.

— Horace Grondin me fait l'impression de quelqu'un qui aurait un terrible secret à préserver, confia soudain Barthélemy en cédant lui aussi à ses ruminations exaltées.

— A quoi penses-tu exactement, mon petit Hippolyte ? l'interrogea aussitôt Mespluchet.

Il se tenait penché à la portière de sa berline. La curiosité épatait son nez et tirait son front vers le haut.

— Eh bien ? Parle ! réitéra le commissaire en surveillant du coin de l'œil le mouvement tournoyant des badauds accumulés le long du parapet.

— Monsieur, je répète seulement à voix haute ce qui se murmure dans les coulisses... commença avec perfidie le gadasson à tout faire.

Il décerna un sourire jaune à son chef, opéra un pas de côté, à peine un pas de danse, et tandis que le biset s'acharnait sur le quai par rafales, un tournoiement de vent enroba sa carcasse d'intrigant d'une sarabande de grésil et sa redingote se fendit jusqu'au premier bouton. Elle délivra des jambes à n'en plus finir, serrées dans un mauvais pantalon de casimir.

— Personne ne sait à proprement parler qui est l'honorable Horace Grondin, énonça-t-il en dénouant ses doigts aux ongles sales et en perdant son sourire.

— Là, tu me piques, vilain bougre ! s'exclama le commissaire en retenant son chapeau. Aurais-tu appris quelque information dont je puisse faire mon lait ?

— Non, non... Rien qui vaille, monsieur... Je me cantonne aux intuitions... J'accumule les poussières... Je provoque les ricochets... Le passé de Grondin est un lac mystérieux !

Le mouchard transi par la bise se tut brusquement. Il parut se recroqueviller davantage. Il leva les cernes de ses yeux inquiets vers son supérieur et, croisant le regard de ce dernier, acheva de distiller son fiel :

— Assez troublante, ne trouvez-vous pas, cette façon sournoise dont l'Administration a fait de notre homme un sous-chef de la Sûreté ? en plus occulte... en moins officiel... Et non moins confondants, il me semble, ces ordres tombés on ne sait de quel ciel de lit qui l'ont repeint couleur muraille pour le mieux immerger dans le petit peuple...

— Quel brouet essayes-tu de me faire absorber, tocasson ? A te suivre sur toute la ligne, notre homme serait un espion infiltré dans la police de Monsieur Thiers ?

— Ai-je jamais dit cela, monsieur ? Que diable ! revenez plutôt en arrière ! Prenez un peu vos renseignements à la source ! Il n'y a pas si longtemps, Grondin n'était peut-être pas celui qu'il est aujourd'hui !

— Quoi ? Grondin serait double face ?

— Hé, hé !

— Un agent de l'Empereur ?

Le famélique inspecteur creusa les épaules et plus énigmatique qu'un faucon nocturne fit mine de rentrer dans le silence mystérieux de ses poutres de donjon.

— Cré nom, vas-tu dégoiser à la fin, âne bâté ! s'énerva le commissaire en maîtrisant mal un frisson de toute son échine. Quel rôle lui accordes-tu dans ta pièce à trucs ? Agent provocateur ? Repiqueur de régime ? Fauteur de troubles ? Archange de barrière ?

— Ça ! vous touchez juste ! C'est un homme des bas-fonds, à coup sûr ! s'exclama le débineur.

Conscient du regain d'intérêt qu'il suscitait, il s'approcha de Mespluchet et, s'essayant à installer entre eux une familiarité nouvelle, posa sa main emmaillotée de mitaines sur son avant-bras.

— Grondin, dans le passé, dit-il en se penchant plus près, a été maître de chiourme au bagne de Marseille... et avant...

— Quel broutta vas-tu encore me chanter ?

Mespluchet n'en pouvait plus d'attendre.

— Avant... poursuivit Barthélemy en prenant des allures fauves de chien fuyant qui mord à la cheville, en approchant sa bouche si près de l'oreille du commissaire que seul ce dernier pouvait entendre le chuchotis de ses paroles, avant... tout porte à croire que le protégé de Monsieur Claude a été forçat...

Le tonnerre de ces révélations laissa le commissaire proprement assommé.

L'agent Barthélemy s'était redressé. Il laissait dériver ses sombres prunelles en direction d'une forme blanche couchée sur une civière qu'enlevaient deux factotums à destination de la morgue.

— Pauvre doucette ! s'apitoya-t-il d'une voix fêlée, c'était bien jeune pour être expédiée !

Un vent glacial chargeait de larmes ses yeux ictériques.

— Horace Grondin... chuchota-t-il rêveusement en reportant le vague de son regard sur les bords ténébreux de la Seine. Horace Grondin ! A l'heure où je parle, il est sûrement sur le carreau des rues les plus brûlantes. Là où va se jouer le devenir de l'Histoire... Il est tapi dans la sorgue... Raide comme la barre d'un huis... Battant la vérité... Il tâte l'humeur de la foule. Je le sens... Je le vois... Il est au bord des marges. Avec les communeux... Avec les pauvres et les biffins... Avec les corsetières, les harangères et les apaches... Il est de chasse, comme il dit...

Et se tournant, presque halluciné vers Mespluchet :

— Avez-vous déjà vu comme son regard fait peur, monsieur ? Il a des yeux qui vous nettoient...

Mais chassé par un nouvel assaut du vent du nord ou peu enclin à répondre à son collaborateur, le commissaire Mespluchet avait rentré la tête à l'intérieur de la berline et ôté son chapeau. Le corps retranché tout au fond de la banquette, les mains posées sur l'ivoire de sa canne, le menton proéminent et l'esprit enfoncé dans la matière, il se tenait dans l'ombre et semblait ruminer.

— Pristi, Barthélemy ! murmura-t-il soudain en relevant la tête, ne me dites pas que ce Grondin est un ancien fagot ! Vous auriez mis le doigt sur une fameuse affaire !

Le commissaire avait dit *vous* sans penser à ce qu'il faisait et, pourtant, cette façon inopinée de s'adresser à son subordonné venait en un clin d'œil de rendre à Barthélemy une dignité, un statut que l'usure des planques, des filoches, et dix années d'un emploi de porte-maillot de la police ordinaire, lui avaient graduellement ôtés.

— Un jour, j'en saurai plus, se rengorgea l'auxiliaire de police. Pour ses débuts parisiens, c'est moi qui ai piloté Grondin dans le dédale des rues... Il m'acceptait volontiers dans ses parages et parlait de faire équipe... Je le reverrai... même si, désormais, il ne sera plus jamais là où nous l'attendons, je le reverrai...

Le commissaire ne semblait plus l'entendre. A nouveau réfugié dans les ténèbres, la tête levée vers des frontières indéchiffrables, il paraissait se livrer à d'exténuantes supputations.

Exposé en plein vent, sur fond de nuit, Hippolyte, le cou dressé dans son col raide, l'attitude modeste, attendait que les écailles tombent des yeux de son patron.

Quand Mespluchet découvrirait-il enfin qu'il avait sous ses ordres un magnifique limier dévoré par l'ambition et le désir de servir ?

— Inspecteur Barthélemy ! C'est vous qui débrouillerez l'affaire de la noyée du pont de l'Alma, trancha soudain la voix du commissaire comme pour lui apporter une réponse. Je le veux ainsi ! Je vous charge de l'affaire !

Le vilain navet avala un sourire huileux sous son chapeau :

— Oh merci, monsieur !

Mespluchet le dévisagea un moment. Il semblait accablé de fatigue. Le bord de ses yeux était rouge.

— Chemin faisant, n'oubliez pas surtout de me tenir informé de ce que vous glanerez autour de vous... Ce Grondin... ce Grondin, je veux en savoir plus !

— Vos désirs sont des ordres, monsieur.

— Je garde votre oreille, mon garçon. Vous vous y connaissez assez à écouter dans les coins... et ça me plaît, ça ! Ça me plaît !

Du bec de sa canne, le commissaire tapota sur la vitre et fit signe au voiturier d'avancer.

4

Les soldats de Monsieur Thiers

Paris s'éveillait en sursaut.

Comme une eau vive, les uniformes de la division Faron envahissaient les rampes de Belleville.

Les troupiers, fraîchement tirés des casernes par alerte, sans sonnerie de clairon, gravissaient les pentes des Buttes-Chaumont, submergeaient les coteaux de Montmartre. Le bruit clouté de leurs godillots scandait une chanson de rue qui ressemblait à une pluie d'averse.

Les chasseurs menaient d'abord. Ils étaient au pas de course, en tête un colonel.

Les persiennes s'ouvraient sur leur passage. Des visages aux paupières gonflées de sommeil apparaissaient aux fenêtres.

Au galop ! Au galop !

Encore une colonne. Une cinquantaine d'hommes. Guêtres de cuir et jugulaires.

Les envahisseurs avaient la hardiesse de ceux qui débarquent en pays inhabité. Les couvertures roulées dansaient sur leurs épaules.

Au galop ! Au galop ! La mort chargée dans leurs flingots passait comme un vertige.

Pourquoi la nuit ? Pourquoi la nuit ? Mon Dieu, qu'il faisait froid ! Que faisait donc la Garde nationale ?

Les Pantruchois, voyant passer la horde cadencée des shakos, la houle des chassepots, le galop couleur garance, s'interpellent d'une maison à l'autre. Combien d'hommes sont là ? D'où venus ? Les rues regorgent de féroces soldats. Leurs baïonnettes jettent des feux ondulants sous les fenêtres. Tant de choses à la fois ! Tant de choses à la fois ! Cette marée humaine. Ce rougeoiement tourbillonnaire. Quelle attitude prendre ?

A l'écart du tohu-bohu, sur le chemin désert d'une ruelle mal éclairée, un homme redresse son col.

Il s'appelle Horace Grondin. Il est planté droit comme de bouture dans le renfoncement d'un couloir venteux.

Une caverne en place de regard, le front ombré d'un chapeau sculpté par la pluie, les épaules massives, prises dans l'épaisseur d'un macfarlane gris fer, le poing noué sur une canne de néflier sauvage ferrée d'argent et gardée par un aiguillon en acier forgé, le regard du policier croise sans s'y arrêter les silhouettes hésitantes d'un garçon brun en casquette et d'un petit vieux, les cheveux en couronne, le teint pâlot, le lorgnon de traviole sur le nez.

Ces deux-là, qui jouent des pattes après avoir vidé quelques bouteilles, découvrent d'un même sursaut sa haute stature, logée en retrait de la voûte. Ils distinguent son mufle effrayant. Ils croient avoir affaire à un voleur à la vrille, au mieux à un pégriot attardé qui lâche de l'eau contre un mur. Ils font un écart apeuré pour passer au large et fendent le vent sans demander leur reste.

Grondin est là pour un autre gibier.

Tandis que leurs pas décroissent, le visage immobile, il ausculte le bruit des mouvements de troupes, hume la fraîcheur du vent, accorde un coup d'œil circulaire aux façades qui s'animent et s'extrait du porche où il se tenait embusqué.

Négligeant le cri de surprise d'une femme en chemise, penchée au premier étage de sa blanchisserie, il jette son pas lourd sur le pavé inégal. Il tient sa canne, un *makhila*, le bâton traditionnel basque, derrière son dos.

La blousière a beau l'interpeller :

— Eh, citoyen ! A quoi ça rime, c'te fantasia ? De quoi il retourne avec les trente-sous ? La Garde nationale n'est pas là ? C'est-y que les griviers nous veulent du mal ?

Il ne lui répond pas. Son dos reste fermé. Il marche en direction de la rue du Poirier. Il sait où il va.

La lingère rondine des yeux sur son sillage.

Pour le mieux distinguer dans la lumière du gaz, elle se penche sur le chéneau. Dans le mouvement, elle expose un sein, gros, blanc et enflé, un mamelon rudement gai, relevé en bosse.

Elle donne la sauce. Elle ameute son homme. Elle jase comme une pie borgne :

— Qui c'est c'chinois? Va donc, hé, bonaparteux! Espèce de mouche!
Au coin de la rue Berthe, Grondin s'immobilise. Il se fond avec le contrefort des escaliers de bois qui mènent à la rue Bénédict.

Quelques soldats passent. Bidon, cartouchière et giberne au ceinturon avec coulants. Un clairon se traîne vers une borne. Une nouvelle averse de clous défile au pas de course.
L'ordre d'un sergeot placé en serre-file perce la nuit :
— Bon Dieu, les p'tits! Redressez le coco! Allongez le compas!
Les bataillons de Vinoy prennent position à tous les carrefours sensibles.

A Belleville, le général Faron venait d'occuper la mairie. Place de Puebla, il s'en passait de drôles. Quatre compagnies du 42ᵉ de ligne venaient de s'emparer de seize canons et de sept mitrailleuses.
L'épée-baïonnette luisait au bout des fusils.

Le peuple des maîtresses d'hôtel ou de café, des matelassiers, des journaliers, des typographes, des instituteurs, des orphelins du travail, le peuple des militants ouvriers, des repasseuses, des cambrioleurs à la flan, des rôdeurs de barrières, se jette dans la rue. Il sent qu'un grand malheur est sur le point d'arriver.
De tous côtés, des groupes de citoyens se réunissent, se consultent, échangent des informations. Les habitants du XVIIIᵉ crient au vinaigre. Aboient contre la lune. Regardent passer les soldats qui investissent les quartiers.

— Vous avez vu ceux-là!
— Qui c'est?
— Des fils de quatre fesses!
— Ils pleuvent! Ils sont plein les rues!
— Paraît que ce sont les monarchistes!
— Ah bah! j't'en fiche! ce sont les d'Aurelle de Paladines!
— Nom d'un tonnerre! L'enflure, çui-là! J'ui aurais sûrement pris ses épaulettes après Coulmiers!

Partout des cris, des interjections.
Les routes menant à la Butte s'emplissent d'une foule frémissante. Des gardes nationaux isolés sortent en armes. Ils courent un moment comme un troupeau d'oies sans cous. Ils cherchent une tête. Ils se dirigent vers le Château-Rouge.

On entend des huées. Les effectifs des généraux Lecomte et Paturel grimpent la rue du Télégraphe.

— Ils envahissent !
— Ils vont se faire quiller par les gardes !
— Ils collent des affiches !
— Quelle heure est-il ?
— Quatre heures et demie. L'heure du fournil.
— Personne ne s'est opposé ?
— Il paraît que non.
— Soi-disant qu'à Belleville ils n'ont pas entendu venir les lignards.
— Ils sont allés très vite.
— Ils ne portaient ni sacs ni fourniment.
— Pour être plus légers, pardi ! Comme des voleurs !

A Montmartre, la brigade Paturel venait d'atteindre sans encombre le moulin de la Galette. Un message de Lecomte annonçait pour imminente la prise de la tour Solférino.

Rue de Tholoxé, rue de l'Empereur, rue du Premier-Chemin, même tumulte.

Les habitants sont arrachés de leur sommeil. Des voix qui se hèlent font grand tapage. Un homme vocifère. Un autre lui répond.

Sous un rayon de gaz, la silhouette d'un brave chien se gratte le ventre. Sur le pavé, éclate une course en sabots. Une fenêtre claque. Une coiffe paraît. Une voix de femme interroge et se fait répéter les nouvelles d'ailleurs. Un clairon pousse un vagissement et retourne au néant.

Rires de fièvre. Imprécations. Echo lointain des bruits de la rue.

Rien ne bouge, puis s'esquisse le roulement des premiers canons qu'on hale et déplace en les tirant à bras.

5

Une armée de cent courages

Les hommes, les femmes, se lèvent. Les enfants suivent. Ils sautent du lit. Ils sont ensommeillés. Sur le carrelage froid, ils marchent du talon, les orteils dressés. A tâtons ils cherchent la cuvette. Ils disent qu'ils vont aller écorcher le pif à Badinguet.

Un soufflet, une vire-tape sur le museau souvent les récompense.

— Va te laver les pieds ! On ne fait pas la révolution les pieds sales.

— C'est la révolution ?

— Ça y ressemble fort.

— Contre qui se bat-on ?

— Petit, on ne le sait pas encore.

— Mais m'man, contre qui se bat-on ?

— Est-ce que je sais ? Contre les portions à quatre sous ! Contre le beurre à quatre francs ! Contre des années de faim et d'injustice !

Un officier à tête glabre et osseuse levait son sabre.

Il criait aux lignards :

— En avant !

Et l'adjudant reprenait :

— Gauche, droite ! Gauche, droite ! Sacrebleu ! Les coudes rentrent ! Les dos et les épaules se redressent !

Une main soulevait le crochet d'une persienne. Les planches s'entrouvraient sur le tumulte. Le bouillon rouge des pantalons continuait à défiler dans la rue. Les souliers graissés martelaient le pavé.

Le sol tremblait. Le sol tremblait.

Attisé par cette circonstance de folie, l'esprit de révolte gronde dans les maisons. Instantanément, il gonfle la poitrine du peuple. A peine relevé des coups de pied en vache de la misère du siège, c'est par la volonté des gens de rien que resurgit l'esprit de la Commune.

Bon voyage, les enfants de Blanqui ! Ils se réveillent. Ils se jettent dans la rue.

Un gosselin sort le premier. Il est en chemise. Au cœur des immeubles, les locataires font avalanche dans les escaliers. Ils se regroupent dans les cours. Certains sont armés.

Rue Lévisse, Guillaume Tironneau, quinze ans, emballeur, fils d'une corsetière, entrouvre la porte cochère du numéro 7 et se glisse dehors. Il traverse la place du Phare, encadrée de marronniers sans feuilles.

Il revient en courant, glisse sur le sol mouillé, se rattrape maladroitement et se foule un poignet. Depuis l'âge de huit ans, il travaille quinze heures par jour dans une fabrique de tuiles vernies. A midi, il cesse de clouer ses caisses. Il casse la croûte sur une borne. Parfois, il se paye un arlequin de trois sous arrosé de bière à un sou le pot. De sa main valide, il brandit une affiche qu'il vient d'arracher à peine posée. Elle appelle les habitants et les gardes nationaux de Paris à soutenir l'action des autorités gouvernementales.

— C'est donc un coup de Monsieur Thiers ! s'écrie une couturière. Il veut désarmer le peuple !

Cette femme lucide s'appelle Jeanne Couerbe.
Elle s'écrie aussitôt :
— Il faut prévenir Louise !
Elle dénoue son tablier.

Elle a des yeux bleus délavés et intelligents dans un visage énergique. Son corps épuisé par les grossesses est d'une maigreur à faire peur mais le frémissement de la lèvre indique une énergie capable de soulever les montagnes.
— Il faut prévenir Louise, répète-t-elle. Elle est de garde au Comité de vigilance ! Elle saura quoi faire !
— Qu'est-ce qu'on a besoin d'une femme pour décider à notre place ? lui rétorque un nommé Abel Rochon.
Jeanne lui fait face.
Les autres se pressent pour écouter.

Rochon est un va-de-la-gueule. Un grand peintre en bâtiment à la bouche démeublée. Quand il a les sous pour les acheter, il boit quatre litres de fil en double chaque jour – une mauvaise piquette vendue en douce par un passe-singe de la rue des Poissonniers.
Il vit au fond de la cour, dans un gourbi insalubre, en concubinage avec Adélaïde Fontieu, une frêle et douce créature, usée avant l'âge par les privations. Une « célibataire soumise à la police », c'est-à-dire une marmite. Une fille publique, si l'on préfère, nourrissant son souteneur. Rochon est rien de moins qu'un barbeau, c'est ce qui se murmure rue Girardon et même jusqu'aux Abbesses où les michés du quartier font éternuer leur tirelire devant le con d'Adélaïde.

— Louise Michel ? dit le peintre. Qu'est-ce qu'on a besoin d'un laideron mal baisé dans nos chaussettes !
— Rentre tes mots, Badigeon ! Jeanne lui tient tête. Tu ferais mieux d'user tes poumons à nourrir ta famille !
— Pourquoi ? Pourquoi ? Il a raison, Rochon ! intervient un cordonnier pas plus haut qu'une botte en prenant fait et cause pour le mangeur de blanc. Rue Lévisse, on est bien assez grands pour aller se recoucher tout seuls. Pas besoin qu'elle nous borde, la vierge rouge !
— Qui te parle d'aller se recoucher ? s'écrie Jeanne Couerbe.
Elle tourne le dos à celui-là qui, en plus d'être laid et bossu, veut toujours faire du brisacque. Elle le renvoie à l'oubli.
— Prenez plutôt vos fusils et allons dans la rue ! dit-elle aux voisins.
Et les gens l'applaudissent.

Maintenant ils sont bien une trentaine au pied de l'immeuble. Elle monte sur ses grands chevaux. Elle se dresse. Elle paraît grandie, elle ameute les femmes qui restent encore à l'écart.

— Vous êtes bien mal reconnaissantes ! leur reproche-t-elle. Qui a appris à lire à toute votre marmaille dans son école ? Qui vous a soutenues quand vous étiez en grève avec l'atelier des gants ? Qui a donné à manger à vos gosses pendant les mois terribles ? Qui a organisé les ateliers dans les mairies et partagé le travail et le profit entre les femmes ? C'est elle ! C'est elle ! C'est Louise Michel ! Et toi, Léonce, dit-elle en s'adressant à une veuve, tu as vite oublié que ta Marion lui doit son embauche !

Elle les défie — la mère, la fille. Serrées l'une contre l'autre. Liées par la main. Les pique de ses yeux bleus qui lessivent les pleutres.

Œil-de-Velours, le ressemeleur, roule sa silhouette contrefaite jusqu'au milieu du cercle. Il lève sur le public ses admirables prunelles brunes enrichies par l'écrin de paupières lourdes.

A la commère la plus proche, il fait une œillade comique au travers de ses longs cils et touche l'arrière de sa propre épaule, arrondie comme une colline luisante.

— Ici, pas besoin d'institutrice ! dit-il en recommençant son pallas, en exhibant sa bosse. Les filles cassent leur sabot à treize ans ! Elles ont bien assez de mon écritoire pour faire leur page d'orthographe à domicile !

Jeanne ne prête pas attention à son esprit salace. Elle n'a d'yeux que pour Léonce. Elle fixe Marion. Elle les dévisage, la mère, la fille. Elle les expose.

— Si c'est pour rester en panne, ôtez-vous de mon passage ! finit-elle par dire aux deux femmes. Ôte-toi de mon passage, Léonce, répète-t-elle. Quand tout sera fini, je te regarderai tous les jours et je te ferai honte !

— Et pourquoi ça serait toujours nous, le peuple, l'ouvrier, l'artisan, qui devraient aller au casse-pipe, à la viande rouge ? recommence le cordonnier. De toute façon, la politique se f'ra sans nous !

— T'es qu'un foutu craquelin qui fait couac, Badigeon ! bonnit un serrurier nommé Emile Roussel en volant au secours de Jeanne Couerbe. Si les culottes rouges veulent toucher aux canons de Montmartre, il faudra qu'ils roulent d'abord sur nous !

Pour mieux couper sa musette au vilain bouif, Emile grimpe en équilibre instable sur une charrette de bois et charbons.

Il est mince comme un crochet. Il n'a pas assez grand coffre pour chanter *Mon Petit Riquiqui* ou *Fatma la Danseuse* ni pour devenir orateur au Comité central vu qu'il a attrapé une mauvaise toux dans les carrières de gypse du temps qu'il était jeune, mais il a quand même bon caquet. Sa gosille voilée de moineau de la Butte plaît bien aux gens du village.

Les yeux à l'abri du vent sous sa casquette à auvent, celui qu'on surnomme Fil-de-Fer domine le brouhaha et s'évertue d'une voix de fausset :

— La rue est trop vivante pour que vous retourniez à la ronflette, camarades ! Les canons sont à nous ! Opposez-vous aux soldats ! Et si l'on doit se battre, offrez-leur vos poitrines ! A vous, à moi, la paille de fer ! Tous égaux devant la mitraille ! On n'arrête pas le bataillon des pauvres !

Il se tourne vers les indécis :

— A bas les tièdes et les poltrons ! s'écrie-t-il. La révolution est à ceux qui se lèvent de bonne heure ! En avant !

Les bras, les poings, se lèvent. Certains brandissent un fusil.

Jeanne Couerbe se fraye un passage. D'un geste efficace, elle balaye Œil-de-Velours qui veut se mettre en travers de son chemin. Elle l'envoie lanlaire, comme on dit. Elle le voue à rester dans l'ombre avec sa bosse et son regard de fille.

— A l'œuvre, tous ! s'écrie-t-elle. Et gardez votre rage !

Elle passe au milieu d'une haie de visages attentifs. Elle reconnaît ses voisins de palier : Marceau, Ferrier, Voutard – et Blanche aussi, qui travaille avec elle à l'atelier de couture.

Elle dit :

— Venez tous ! Il y a des serpes, des ciseaux, devant chaque établi, des armes à empoigner !

Elle s'élance. Elle franchit le milieu de la place.

Marion tire sa mère derrière elle.

Les autres femmes suivent sur les rives du trottoir. Elles sont déjà devenues une armée de plus de cent courages.

— Voilà comme je vous aime ! leur dit Jeanne sans se retourner.

Soudain, elle s'arrête de parler.

A l'est de la Butte, non loin de l'endroit où l'on se trouve, une fusillade a éclaté.

6

Les tambours de Montmartre

Les détonations cessent presque aussitôt.

Alerté par un cri suivi d'un nouveau coup de feu, le factionnaire Turpin du 61e bataillon de la Garde nationale, posté en sentinelle au parc d'artillerie principal du « champ Polonais », pose sa bouffarde. Il souffle sa fumée tandis qu'il s'avance au bord des sacs de sable.

Il sonde la nuit et croit distinguer, du côté de la rue Müller, des ombres qui progressent par bonds successifs.

L'instant d'après, il entend clairement la cavalcade des agents de police qui précèdent les unités Lecomte. Il distingue l'uniforme foncé des anciens sergents de ville de l'Empire, la bête noire des Parisiens. Il jure entre ses dents, croise la baïonnette et fait les sommations réglementaires.

Rien ne semble devoir rompre l'élan de ceux qui s'avancent au pas de course.

Une dernière fois, la sentinelle crie : « Halte ! » et met en joue.

Les gardiens de la paix et municipaux, aux ordres du commandant Vassal ouvrent le feu. Turpin s'effondre, mortellement frappé par une balle.

Ces unités qui comprennent, paraît-il, une forte proportion de Corses se déploient selon les ordres de leur chef.

Dix minutes plus tard, elles donnent un fameux concert aux hommes du poste central de la Garde nationale, 6, rue des Rosiers, accourus en renfort. Elles les accueillent sous un feu de peloton si nourri que les malheureux se rendent. Les plus éloignés de l'action trouvent leur salut dans la fuite et se jettent dans les ruelles avoisinantes.

Les uns détalent par les pentes enneigées de la rue des Moulins ou par la rue Traînée et vont donner l'alerte. Les autres dégringolent les escaliers de bois pour rejoindre la mairie.

Chemin faisant, confondue avec le manteau de la muraille, ils croisent sans la distinguer l'ombre tapie d'un homme embranché dans la ramure d'un vieux poirier.

Le bruit de leur galopade s'éloigne. Le masque impressionnant d'Horace Grondin glisse derrière le rideau de la nuit et surgit un instant en pleine lumière. Fantôme gris fer dans un grand remous d'air, il

Les canons du dix-huit mars   37

consulte sa montre. Dans moins d'une demi-heure, à sept heures toquantes, ce matin ténébreux du 18 mars, il a rendez-vous derrière le chœur de l'église Saint-Pierre, dans l'abside voûtée de six branches d'ogives, avec le sieur Edmond Trocard, alias *la Joncaille* – un ponte, un gros poisson, un surineur, un marlousier des bords de l'Ourcq – l'un de ses correspondants patentés.

Les yeux levés vers la flamme du réverbère, le nouvel adjoint au directeur de la police de sûreté sonde le ciel de suie où sirote encore un peu de pluie. De grands nuages sales restent en suspens devant la lune et aussitôt après l'escamotent.

Un poing noué sur sa canne, le grand roussin de monsieur Claude écoute un moment la musique du vent mouillé dans les arbres, celle de l'eau rejoignante dans les gouttières. Ses yeux voyagent doucement sur la trame des maisons irriguées par la lumière du gaz ou estompées par l'ombre des jardinets.

Brusquement, dans la proche distance, il perçoit un grondement sourd exprimant la colère. C'est la voix d'orage des tambours de Montmartre, une force déferlante, des accords brisés, une levée de baguettes qui battent des ra et des fla sur leur batterie. Ils annoncent partout un ciel qui va se fendre.

Le visage sec comme une pièce de métal, une main calée sur les reins, le pas égal, la respiration ample et régulière, sa canne plombée battant la mesure de sa marche, Horace Grondin entreprend l'ascension des degrés.

Ses yeux ternis par la solitude sont d'une fixité étrange. La nuque soudée, il avance d'une allure de somnambule. Qui devinerait jamais que dans la profondeur de son âme, entre quatre murs invisibles, saigne de façon inoubliable le secret de jours affreux ? Qui pourrait imaginer que derrière le regard fascinateur, le corps huilé, les muscles lisses, le visage énergique de cet homme inflexible se cache la familiarité de blessures incurables ?

Noyée dans l'éloignement, tramée par le crachin, irréelle et délivrée de toute pesanteur, sa silhouette massive s'élève par paliers en direction de la place du Tertre.

Là-haut, sur la hauteur, s'installe le chant affolé d'une cloche qui donne l'alerte.

7

Le grand roussin de Monsieur Claude

A Montmartre, le tocsin sonnait. A Clignancourt, les tambours battaient la générale. Dans toutes les rues menant à la Butte, le peuple marchait d'un pas lourd.

Dès qu'il eut pris pied sur le terre-plein de l'église Saint-Pierre, Horace Grondin perçut des raclements. Il entendit aussi le sourd grondement des charrois aux roues cerclées qui ébranlaient le sol.

Après avoir emprunté un couloir d'ombre adjacent au très vieux cimetière du Calvaire, il tira une clé des profondeurs de sa houppelande et, montrant une étrange familiarité avec les lieux, ouvrit sans difficulté le portillon d'une grille, dissimulée par les rejets d'un vieux sureau.

Il s'était glissé dans le jardin de l'abbaye royale de Montmartre et progressait par une sente accordée au tracé de l'ancien chemin de croix exécuté à la demande de Richelieu.

Aux confins d'un dernier calvaire, il parvint à l'étoile d'un carrefour embroussaillé par les herbes dont les branches disparaissaient sous le couvert d'un petit bois d'acacias. Ce bosquet, lui-même emprisonné par des hampes de lierre et des penchants de viorne, ne semblait vouloir livrer sa familiarité menaçante et secrète de caverne végétale qu'aux hiboux qui nichaient en son sein, mais c'est sans crainte ni effort apparents que Grondin s'ouvrit un passage dans sa futaie d'écorces odorantes hérissée d'échardes et de piquants.

Au détour d'une vasière d'eau stagnante, par-delà une palissade de joncs, un minuscule élan de soleil levant se devinait comme une belle robe rouge au fond d'une armoire et les contours de l'horizon que brodait un fil d'or dessinaient la promesse d'une journée plus clémente.

Grondin était ressorti de l'épais du bois, et après s'être assuré qu'il était seul venait d'aborder un nouveau sentier.

Il foulait maintenant les méandres d'un chemin de friche empli de rainures et de crevasses où ronces et arbres perclus se disputaient le chaos de nombreuses tombes anciennes et de sarcophages datant de l'époque mérovingienne.

L'endroit semblait avoir été retourné par les inconvenances de l'Histoire. Mais, pour impressionnant que fût ce lieu humide et sombre qui avait côtoyé les clameurs et les rires, les chagrins et les anathèmes et dont les nuits interminables étaient si pestilentielles que la vermine grouillait à chaque détour du buis – ni l'enchevêtrement des croix, ni le naufrage des caveaux, ni l'ombre noire des vieux ifs au torse noueux, ne semblaient provoquer d'état d'âme particulier chez le policier.

En s'avançant sur le chemin, il tourmentait une pipe éteinte entre ses dents, la vie coulait sous sa peau mais son visage restait impénétrable. Et sa fréquentation de lieux aussi inhabituels ou oubliés que l'ancienne abbaye de Saint-Martin-des-Champs, sa familiarité avec des mondes engloutis ou rebutés, son intimité avec les morts, en disaient plus long que n'importe quel rapport de préfet de police sur la façon qu'avait ce chasseur hors normes d'aborder ses certitudes de justicier ou de s'avancer masqué sur la trace des assassins.

Enfin il resurgit.

Il avait évité toute mauvaise rencontre. Il se trouvait à un jet de salive des habitations. Il contourna l'enceinte d'une propriété dont fenêtres et portes étaient barrées.

Même si l'ombre était encore épaisse, vestige d'une nuit tourmentée de neige et de grésil, insensiblement, la corolle du jour se dessinait à la crête des toits. Après quelques pas en aveugle le long d'un banc, notre homme était parvenu à l'angle d'un bâtiment qui servait de poudrière et d'où, espérait-il, il aurait un point de vue sur le champ Polonais.

De ce côté-là, en risquant un œil prudent, il eut tôt fait de distinguer les silhouettes des hommes du commandant Vassal qui s'étaient attelés aux pièces réputées les plus légères. Avec des « hans » de travailleurs de force, les gendarmes essayaient de pousser à bras une dizaine de canons-mitrailleuses en direction de la place du Tertre. Il s'agissait des tubes à répétition du capitaine Reffye qui tournaient en barillet et tiraient l'un après l'autre cent cinquante balles à la minute – des outils inspirés par ceux qui étaient apparus pendant la guerre de Sécession. Ces engins étaient lourds, huit cents kilos environ, et presque aussi difficiles à déplacer que de plus grosses pièces.

Un bataillon du 88e de ligne avait pris position au pied de la tour Solférino.

Grondin troqua sa pipe à tête de zouave contre un calepin entoilé qu'il venait de sortir des profondeurs de son manteau en drap d'Elbeuf et commença à consigner sur les feuillets alternativement lignés de noir et de rouge le nombre exact de pièces récupérées. Il souligna qu'il s'agissait d'une goutte d'eau comparée à l'immensité dormante des centaines de canons de gros calibre rangés dans un ordre parfait.

Il consulta aussi sa montre et après avoir mouillé la pointe de son crayon nota qu'à six heures trente-sept, nombre d'habitants du XVIIIᵉ arrondissement convergeaient vers le parc d'artillerie.

La mine grave, le front rassemblé à hauteur de sourcils, il prit l'air scrupuleux pour ajouter que la foule des Parisiens paraissait irritée et poussait des cris hostiles aux gendarmes. Il nota également que le nom de Louise Michel circulait d'un groupe d'enragées à l'autre. Et que la rumeur de la rue annonçait sa venue imminente.

Presque aussitôt d'ailleurs, il entendit venir le pas des femmes et s'effaça pour les laisser passer.

Elles étaient une centaine et des poignées à dévaler le passage Cottin.

Une sorte de bateleur, un coquelet à la poitrine étroite, à la voix rongée par le sable, courait en tête du cortège et agitait sa casquette à trois ponts drapée de soie bleue.

Il bonnissait :

— Gare aux femmes ! Place ! Place ! Le peuple est là !

Horace Grondin écrivit son nom sur le carnet. Il connaissait bien cet agitateur fluet et volubile pour avoir en maintes occasions mesuré ses talents de serrurier ou plus exactement de magicien en fausses clés lors de divers cambrioles et forçages de coffres.

Ce caroubleur au fric-frac s'appelait Emile Roussel, alias Fil-de-Fer. Il était natif de l'icaunaise ville d'Auxerre et se donnait volontiers pour le dernier descendant de l'huissier Cadet-Roussel.

A défaut de poutres et de chevrons, ce madrin personnage était plus richard qu'il n'y paraissait sous sa blouse. Il possédait plus de trois ou quatre maisons dispersées dans Paris qui lui servaient régulièrement d'abris pour ses amis politiques en délicatesse avec le pouvoir et de planques pour entreposer ses trésors dérobés. On parlait même d'un hôtel dans le Marais qui l'attendait pour ses vieux jours et d'un castelet en Touraine, mais les gens sont méchants.

La vérité – la vérité du présent – était que, faute de preuves, la piste menant les argousins au pourquoi de sa vertigineuse ascension tournait court et que le rusé crocheteur continuait à jobarder la poulaille en figurant modestement dans son échoppe de Montmartre, rue Lévisse, numéro 7, où il jouissait d'un excellent fonds de clientèle.

En outre, on ne dira jamais assez comme les choses se mettent d'étrange façon entre haute pègre et gens de police et qu'il se tisse parfois de bien étranges connivences. Elles pourraient passer pour du vice ou des germes de corruption aux yeux de personnes non averties mais relèvent en fait d'une pratique courante qui veut qu'à force de fréquentation mutuelle, on fasse assaut de réputation et qu'à défaut de s'aimer, on se tienne par le cul, comme des hannetons.

Les canons du dix-huit mars   41

Et ainsi en allait-il des relations entre le susnommé Fil-de-Fer, et le sous-chef de la Sûreté. Le second avouait avoir de l'estime pour l'habile crocheteur que ses agents n'avaient jamais pu engerber en le prenant sur le fait. L'autre, avec un mépris fanfaron, confiant dans sa bonne étoile, continuait le difficile exercice de ses talents, sachant pertinemment que tant qu'il ne se ferait pas coltiger en flagrant délit de fric-frac, Grondin respecterait sa parole de ne pas perquisitionner dans ses garnis.

Fidèles à ce jeu-là, les deux hommes se saluèrent.

— Je t'épinglerai, Fil-de-Fer ! murmura Grondin à l'attention du tapedur lorsque ce dernier passa devant lui. Je t'aurai ! Et c'est du peu au jus !

Et l'autre, se fendant d'un sourire, répondit sur le même ton affectueux :

— C'est bien possible, mon grand roussin ! mais c'est pas encore pour ce matin, j'ai d'autres chats à fouetter !

— Tu as raccroché avec la brugerie ?

— Pas ça, monsieur l'officier de guillotine ! Vous voyez bien que je ne suis pas occupé à fabriquer des clés ou des serrures vu que j'm'suis marié à la Commune !

— Mauvaise fiancée, Fil-de-Fer !

— Pas sûr, monsieur Grondin ! Les pioupious seront de notre côté ! Tout va valser à la trombe humaine !

Comme une anguille, le cambrioleur était déjà parti. Lâchant un pet sonore dans son fond de culotte. Histoire d'humilier la rousse. Toujours, il lâchait le gaz sur les cognes.

Il criait, il criait en s'égosillant pour dominer le tumulte des voix :

— Gare aux femmes ! Place ! Place ! Ecartez-vous, les poltrons, les taffeurs ! Voilà Louise ! Louise est là !

8

Louise Michel

Elle était là, soudain.

La carabine sous le manteau, elle allongeait le pas en tête du cortège.

Le teint pâle, les cheveux tirés en arrière, le visage ovale contrarié par le trait d'une bouche mince et pincée, l'amoureuse de Victor Hugo et d'Henri de Rochefort manquait au premier abord de séduction féminine.

La pauvreté de sa mise, un col blanc, un simple camée en guise d'ornement, ses manières brusques – tout était fait pour accentuer son apparence austère. Mais dès qu'elle s'adressait à celles qui l'accompagnaient, à Marie Laverdure, à Jeanne Couerbe ou à Henriette Garoste, son front large et radieux d'intelligence, la sombre intensité de son regard, lui conféraient un ascendant de capitaine.

Sa voix était brève. Point de fioritures pour orner ses propos :
— Que s'est-il passé ?
On le lui explique dans la confusion.
— Où est le blessé ?

Elle se mêle aux militaires. Les autres la suivent. Le général Lecomte reste en fond de scène. Il arpente le terrain, inquiet du temps qui s'écoule, des attelages qui n'arrivent pas, de ses soldats qui sont nerveux et des bruits qui montent des rues avoisinantes.

Louise confie sa carabine à Jeanne Couerbe. Elle court devant elle, écarte les militaires.

Elle aperçoit l'infortuné Turpin allongé à même le sol. Elle s'approche d'un jeune médecin qui prodigue les premiers soins et reconnaît Clemenceau, le maire de l'arrondissement, son écharpe en sautoir.

— Cet homme va passer, explique brièvement ce dernier. Il faut le transporter à l'hôpital.

Lecomte resurgit opportunément aux avant-postes. Le visage fermé, le général s'oppose au transport du blessé. Il croise le regard noir de ce jeune édile aux pommettes de Kalmouk qui jaillit des orbites creuses, sous un buisson de sourcils noirs.

Clemenceau dit :

— Au nom de l'humanité, laissez-nous transporter cet homme !

Lecomte tient bon.

— Je sais ce qu'on fait dans une émeute d'un cadavre qu'on promène sur un brancard ! s'écrie le militaire. Votre place n'est pas là, monsieur le maire ! Nous avons notre major...

Sous sa moustache à la franque, la bouche du docteur Clemenceau dessine un rictus de rage. A trente ans, il débute à peine dans l'arène politique. Le sang lui bout dans les veines. Il se tourne vers son adjoint, Dereure, qui lui fait grise mine comme à quelqu'un qui serait de mèche avec les généraux. Il peste contre l'imbécile mais il se contrôle.

Dans un geste d'humeur, il abandonne le terrain et s'élance pour rejoindre sa mairie.

Louise Michel s'agenouille auprès du moribond et aidée par une cantinière essaye de soulager le malheureux blessé.

A quelques pas de là, Horace Grondin referme son précieux calepin, l'enrobe d'un élastique qui tient lieu de fermoir et l'enfouit dans une large poche spécialement aménagée dans son manteau – une cache de tissu située sous l'aisselle, que les pégreurs appellent une valade en argot des barrières.

Il s'éloigne.

Bientôt, il est dépassé par Louise Michel et la comète des femmes.

Il lit sur les visages. Il suit des yeux la communeuse. C'est elle qu'il accompagne d'un long regard.

Louise !

A sa manière, l'homme de la Sûreté la connaît jusqu'aux replis de l'intime. Il a eu entre les mains de nombreux rapports à son sujet. Il connaît ses origines modestes. Il sait qu'elle est bâtarde même si elle est une sauvageonne cultivée. Il sait qu'elle est pauvre et accablée de travail. Que pour rassasier sa soif de connaissance, elle a emmagasiné des notions de physique, de chimie et d'algèbre. Il est admiratif de sa volonté sans faille et de ses enthousiasmes.

Il sait aussi qu'elle s'est entraînée au tir dans les baraques foraines.

Elle descend la Butte, sa carabine sous le manteau en criant :

— Trahison ! Trahison !

Il regarde s'éloigner cette femme intrépide et, ainsi va le mystère des êtres, admire son engagement, sa hauteur de vues, son modernisme et comprend sa hâte à s'échapper du vieux monde.

Lui, serviteur fruste de ses propres pulsions, s'arrête au bord du trottoir. Son immobilité est parfaite. Il laisse faire ce qu'il voit.

Appuyé sur son casse-tête, il écoute la fureur publique qui crie : « A mort ! A mort les accapareurs ! »

L'instant d'après, fuyant les mots irréparables, les regards haineux qui le dévisagent et le ravalent à son rang de mouche du régime, il recule. Il doute. Il se détourne.

Il se fond dans l'ombre et s'éloigne en direction du cimetière.

9

Le rendez-vous de l'église Saint-Pierre

Tandis qu'il pressait le pas, foulant aux pieds les pierres tombales d'Adélaïde de Savoie, la fondatrice de l'abbaye royale de Montmartre, et de Louise-Marie de Montmorency, guillotinée en 1794, la dernière des abbesses, le sous-directeur de la Sûreté remuait dans sa tête de bien lugubres pensées concernant la gravité des événements qui étaient en cours.

Il était particulièrement obsédé par le souvenir récent d'un des hommes de son équipe, l'agent de police Vincenzini, qui, pris à partie par la foule alors qu'il était en train de noter les numéros de bataillons participant aux manifestations, avait été brutalement saisi, roué de coups, traîné jusqu'à la Seine, jeté à l'eau et noyé alors qu'il tentait de surnager.

Le mufle de Grondin esquissa une grimace. Qu'adviendrait-il des services de la police secrète si des légions d'ouvriers, las de graisser les machines du patronat avec de l'huile d'homme, venaient à renverser la frêle République de Monsieur Thiers et à prendre le pouvoir ?

Comme il s'apprêtait à gagner le lieu de son rendez-vous avec le fameux la Joncaille, Horace Grondin manqua de se raplatir dans une flaque et tituba sous le coup de boutoir d'un enragé occupé à détaler tête baissée dans le sombre de la nécropole.

Rescapé de cette bousculade, le policier restaura son aplomb compromis par la violence du choc. L'autre colis, moins lourd et déséquilibré par sa course, s'en fut valser du cul sur le gravier.

Les canons du dix-huit mars 45

— Essecusez, bourgeois ! bredouilla l'homme-projectile. J'avais mis le feu au charbon ! Je ne vous avais pas vu venir !

Il était hors d'haleine.

Encore éberlué par son gadin, il sondait la nuit pour tenter de deviner les traits de celui qui venait de le faire rebondir à dache. Désarçonné par son silence, il décida de changer de registre et opta pour du nettement plus aboyant :

— J'te retiens, toi, mon gros ! grinça-t-il en restant sur le piquant de ses maigres fesses.

Il se frictionnait le front et le cuir chevelu parce qu'il semblait avoir pris un gnon atroce.

Les mèches de ses cheveux aux ondulations carotte retombaient sur un visage au teint plombé qui accusait la petite cinquantaine. En prolongement de la lèvre supérieure, une estafilade creusait sa joue gauche. Cette vilaine cicatrice lui retroussait le museau puis s'allait perdre dans les favoris, donnant l'impression d'un sourire perpétuel. Un foulard rouge était noué autour de son cou d'oison. Il portait une blouse de travail sur des pantalons évasés vers le bas, dans le style des escarpes.

En vérité, il ressemblait davantage à un caroubleur au retour d'un fric-frac qu'à un honnête ouvrier courant vers son embauche.

— Mince de coup en pleine citrouille ! répéta-t-il en se redressant sur ses jambes. J'en ai vu des anges violets !

Et, constatant un accroc dans son empiècement arrière :

— Vise un peu les armoiries sur mon culbutant ! Crébleu, un trou au cul, manquait plus que ça !

Il fixa l'ombre grise avec l'air mauvais :

— Au fait ? T'as du quibus ? Quelques jaunets de dédommagement ? Une montre en or ? Un p'tit pourboire ?

Mais pas de réponse de la part du rombier.

— Y a comme un cheveu ! apprécia le rouquin. Va p't'être falloir penser à dédommager l'artiste du ventre-à-terre !

Il grelotta un moment dans son jus puis, s'avisant de la carrure athlétique du bonhomme, de son insistance à se taire, de son immobilité parfaite, raisonna que le muet pouvait bien être un sergent de ville déguisé en pékin.

Sitôt, il trouva l'énergie de faire un fantastique bond en arrière pour se mettre hors de portée d'une éventuelle volée de gourdin.

— Bouge surtout pas ! glapit-il, histoire de faire bonne figure.

— Oh pas d'un cil, mon gentleman ! lui parvint la réponse.

— Cherche pas à me manier, camarade ! Si t'essayes de m'tanner la basane, t'auras des surprises !

— Ça ! J'ai bien trop peur que tu m'égratignes le parchemin avec ton débourre-pipe !

Appuyé sur son makhila, le spectre s'était exprimé avec une voix calme et bien placée où perçait même une certaine dose d'amusement.

Immobile, il restait campé dans la sorgue.

Le goujon en blouse bleue essayait de distinguer ses intentions.

— Attends, c'est le pompon! commença-t-il à s'énerver en chassant une mèche de cheveux qui lui traversait les yeux, tu m'la fais à l'oseille ou tu m'prends pour un cornichon?

Le sourire fauve de Grondin perça l'obscurité.

— Ni l'un ni l'autre! Je t'écoute pincer ta harpe et j'essaye de te conseiller la prudence!

— Non mais qui t'es, toi, l'malabar, à la fin? T'es lingé comme un bourlingueur qui dormirait sur sa canne, tu rouscailles bigorne comme père et mère – le vrai argot des castucs – et tout donne à penser que tu cours sous l'estrade depuis un bail...

— Ma foi, tu es dans le vrai! Sache seulement que d'où je reviens, il faut avoir les pieds chauds et jamais tourner de l'œil.

D'un seul coup, le truand n'en menait pas large.

Il se cala bien d'aplomb sur ses guibolles et, l'œil tendu, la mine chafouine, passa une tête longue de cheval dans un rai de lumière.

— Y a aut'chose! grasseya-t-il, j'crois bien que j'connais l'son de ton grelot! Ouais, c'est ça! Quand tu jaspines, ça me dit quelque chose!

Les braises de la curiosité au fond des prunelles, il avait commencé à décrire un cercle prudent autour de l'homme à la poitrine de fer et comme pas un geste ne réanimait la sombre montagne, il s'énerva au point de donner toute la gamme:

— T'as la bouche rouillée, dis? T'as avalé tes joues? Tu veux p't'être me faire perdre mes arêtes?

La voix du mauvais garçon devenait mal assurée. Il pétochait. Il s'énervait.

— A moi la peur! ricana-t-il en s'ingéniant à percer le mystère du macfarlane. T'as une goupine étrange, mon ami! et ch'uis sûr comme deux morues font la même odeur que t'es un vrai méchant avec de sacrées grosses dents si tu mords...

— Je ne te veux pas de mal, dit le spectre en gardant la main sur son bâton. Mais si tu avances, je pique!

— T'espionnais? insista l'escarpe. Tu serais pas un gobe-mouche?

Ses paroles résonnaient, seules et étranges. Elles étaient poivrées par l'accent parigot et étranglées par l'appréhension.

L'autre ne bougeait pas, fondu dans la muraille.

— Et si t'étais un ennemi du peuple? recommença le trouillard. Hein? Un remueur de casseroles? Un pince-sans-rire de la Grande Boutique?

Grondin bougea à peine.

Sitôt, un revolver Lefaucheux sortit de dessous la blouse bleue du voyou.

— Me prends pas pour un gniasse ! s'écria-t-il d'une voix de tête qui le rendait encore plus dangereux. Ou tu t'esspliques ou j'te montre comme ça fait mal de mourir !

D'une main mal assurée, il braquait la gueule de son arme à barillet sur l'abdomen de l'inconnu. Franchement, à garder ainsi son poing noué autour de la crosse, sa paume devenait moite, son doigt crispé aurait aussi bien pu appuyer sur la détente par mégarde, le coup partir, et le client attraper une décharge capable de l'envoyer sur la grande dalle des allongés.

Au lieu de cela, les affaires du rouquin tournèrent à sa confusion et il ne tarda pas à faire le nez long.

Celui qu'il menaçait d'un grand brûlage de plomb en pleins boyaux venait de le saluer civilement du bord de son chapeau et de lui présenter son dos.

Et allez donc ! Comme ça ! Aussi simple que l'histoire est racontée ! L'homme au masque de marbre avait plié son bagage sans tenir compte du revolver. Comme si le danger d'être lardé n'existait pas !

Sans précautions oratoires, avec le parler narquois de celui qui mène le jeu, il avait dit :

— Excuse-moi, fanandel, si je mène l'ours ailleurs, mais une autre affaire m'attend et ce rendez-vous-là me donne des impatiences...

A la suite de quoi, blanc comme l'innocence, le client s'était éloigné d'un pas aussi désinvolte, aussi naturel, que celui d'un promeneur du dimanche arpentant les sentines embaumées des jardins de Montlignon.

— Hé ! Minute, papillon des îles ! protesta le rouquin en fixant les larges épaules du quidam, déjà grisées par l'estompe de la nuit. Où c'est que tu vas comme ça, camarade ?

— Là où je dois être à sept heures, sous peine d'être en retard, lui répondit le lointain.

— Zéro !! Et moi, à ce compte-là ? moi aussi j'ai un rencard à sept heures !

— Dans ce cas, tu ferais bien de me suivre, Caracole, sinon tu vas faire faux bond !

— Vous connaissez mon blase ?

Pour lors, estomaqué, le fendeur de naseaux tira l'échelle sur sa rancune et abaissa son arme.

Cette voix de basse, cette façon moqueuse de répondre au danger, cette personnalité inébranlable, évoquaient en lui une kyrielle de souvenirs enfouis. Les oiseaux aveugles du passé lui cornaient aux oreilles, une émotion sourde lui faisait giguer le cœur dans la bouche.

Etait-il possible que cet homme fût bien celui auquel il pensait ?

10

Un goût de revenez-y

A trop pousser le passé par l'épaule, le dénommé Caracole semblait sculpté dans du sel. N'importe quel témoin croisant dans les parages eût pu croire qu'il avait été modelé sur place et resterait enlisé à jamais dans son socle de boue.

Immobile, clapotant dans une flaque, le drôle continuait à prêter l'oreille au bruit ferré de la canne qui s'éloignait régulièrement sur le sentier.

— Des plis ! grommela-t-il enfin. Mon instinct ne me trompe pas ! Toute ma vie de cheval de retour carillonne quand j'esgourde cette voix ! Je l'ai entendue tonner au bagne ! Douze ans de dur, ça ne s'oublie pas comme une rosée d'avril ! Et sauf doigt dans l'œil, avec cet homme-là, j'ai déjà eu un cadavre...

En proie à une grande excitation, l'ancien forçat s'ébroua soudain. A tâtons, il commença à chercher dans l'obscurité sa casquette, une deffe de marinier, qui avait valsé dans l'humide au moment de sa chute. Sitôt qu'il l'eut trouvée, il s'élança dans l'espoir de rattraper son promeneur.

Hop ! il avait remisé son mandolet dans sa ceinture de flanelle rouge et voyageait à toute allure. Presque aérien, vif dans le moindre de ses gestes, il trouva le moyen, chemin faisant, de se donner un coup de peigne afin de rendre du bouffant à ses cheveux rouges, à ses maigres favoris.

Il sifflotait pour se rafistoler l'allure d'un fameux lapin. Devant lui, comme un encouragement, il pouvait entendre le pas lourd de l'inconnu.

L'air bigrement chicard, avec sa coiffure en pente sur l'oreille droite, ses pantalons à doubles ponts et son maintien canaille, Caracole s'apprêtait à le héler, lorsqu'il se rendit compte que la grande ombre noire s'était évaporée devant lui comme par enchantement et que le bruit ferré de son pas s'était transmué en un épais silence.

— Minç' alors ! s'exclama l'arsouille. Je me suis encore fait flouer !

Il était arrivé au pied du petit parvis de l'église Saint-Pierre barré d'une grille dont le portillon était resté ouvert comme une invite.

Il sut instantanément que le diable était entré chez le Bon Dieu.

— On dira c'qu'on voudra, c'est quand même bœuf, cette histoire-là ! s'écria-t-il d'une voix exaltée.

Il ôta sa coiffure et, la casquette à la main, sur le point de franchir le seuil du porche gardé par une escouade de saints décapités, se détourna vers le ciel avec un sourire pâle comme un adieu.

A la façon d'un répons, la nue se déchira à l'est, blanche et ajourée comme un petit mouchoir de demoiselle. Le jour se levait lentement sur les maisons clairsemées du village de Montmartre. Les nuages entrouverts laissaient deviner le clocher et les tours de l'église Saint-Pierre, puis le flanc dénudé de la Butte, avec les taches grises des carrières de gypse, les branches fourchues des noyers qui se découpaient sur l'horizon blême.

Caracole poussa la lourde porte de l'église et entra.

11

Le tourment et les âmes

Horace Grondin s'avançait à pas lents dans la pénombre nacrée de la nef.

Commandé par d'obscures forces coutumières, à moins qu'il n'eût tout simplement cédé au naturel, il s'était découvert en entrant et, le haut-de-forme à la main, gardait dans son maintien une sorte de révérence envers le lieu, même si celui-ci n'était plus consacré au culte et que le fond des baptistères fût asséché depuis des lustres.

L'essentiel de l'architecture primitive, un vestige de temple gallo-romain, avait été préservé, mais l'édifice, qui avait été rebaptisé Temple de la Raison pendant la Révolution, avouait des lèpres d'humidité, des cicatrices de mauvais traitements et de désolants saccages de vitraux. Les corniches de la nef et les voûtes du transept menaçaient ruine. La vermoulure minait le colimaçon de la chaire datant de Pierre le Vénérable. Les capricornes rongeaient les confessionnaux et les colonies de mites et de souris donnaient aux tapisseries des formes d'étendards criblés par la mitraille.

50   *Le cri du peuple*

Parvenu derrière le chœur, le policier s'arrêta, au pied d'un autel vide devant lequel Thomas Beckett et Ignace de Loyola étaient jadis venus prier et sur le tablier duquel un chemineau de passage avait laissé les reliefs de son repas.

Des colombins disaient l'usage que les derniers occupants avaient fait du renfoncement des absidioles, dont l'une était encore dominée par un Christ en croix à la taille impressionnante.

Alors que le policier faisait un pas dans sa direction, un rayon de lumière venu d'en haut, annonciateur du jour levant, éclaira son visage tourmenté, révéla sa calvitie, un crâne anormalement blanc, un front haut mais étroit, gansé d'une trace rouge et couronné de cheveux poivre et sel.

Comme à l'appel d'une voix inaudible, Grondin avait posé son regard sur le grand crucifié. De ses prunelles sauvages, il fouillait les yeux de reproche du Christ, peints dans la manière de Francisco de Zurbarán.

Il examina l'allongement des proportions de son corps disloqué puis l'intensité de son regard tourné vers la nue d'un ciel de fresque et vit qu'entre deux infiltrations d'humidité, perçait la main bénissante du Père Eternel.

— Dieu, tu n'es pas de mon voisinage ! murmura-t-il avec emportement. Dieu, tu le sais ! ajouta-t-il en se recoiffant de son chapeau, voilà seize ans déjà que le serpent brûlant est entré dans ma bouche !

Ses traits accusés, sa peau collée aux os, son teint blafard, étaient ceux d'un homme qui a passé le cap des épreuves et glané les moissons de l'expérience.

Il reporta son attention sur le rictus de douleur et de compassion de ce jeune dieu de trente-trois ans, pâle et exigeant qui offrait la vérité de ses plaies et de son supplice aux hommes et dédiait le dernier souffle de sa respiration au rachat du monde, et haussa les épaules.

Partagé entre attirance et répulsion, le dos opaque, Horace Grondin murmura encore :

— Inutile d'essayer avec moi, Vieux ! Tu m'as abandonné ! J'ai été créé pour le châtiment ! Mon cœur est aride comme une friche. Mes poings sont durcis. Tu le sais, mon esprit n'accepte que la grêle et la sécheresse.

Il tressaillit parce qu'un glissement de semelle venait de le mettre en alerte.

Il écouta se rapprocher les pas prudents de Caracole et se dirigea prestement vers le renfoncement de l'absidiole où il trouva refuge derrière les bandeaux d'un ancien corbillard.

12

Poigne-de-Fer et Caracole

— C'est moi ! annonça bientôt une voix méfiante. C'est moi, c'est Caracole !

Et à un froissement de vêtements, Grondin sut que l'autre était tout proche.

— Je le sais que c'est toi, Léon Chauvelot, souffla-t-il à son tour. Tu es là, Caracole et, plus fort que toi, tu fais le bec jaune, même si tu ne te sens pas faraud !

Le coquin sursauta, alarmé de découvrir son interlocuteur si près de lui, et battit en retraite jusqu'à l'extrémité opposée de l'absidiole.

— Eh bien ? demanda Grondin. Je t'écoute !

— La *personne* a un empêchement, dégoisa la voix de Léon Chauvelot. Elle ne peut pas venir. C'est moi qui la remplace !

— La *personne* est en infraction avec nos accords ! tonna celle de Grondin. Elle devait s'occuper personnellement de l'affaire dont je l'avais chargée.

— Je représente Edmond Trocard, annonça le rouquin en risquant un pas en avant. Je suis son lieutenant. Il va falloir se faire à l'idée !

— Pas de noms, tête de mule ou je t'envoie au tapis !

— Je représente mon daron et je fais partie de la bande de l'Ourcq, persista l'homme à tête de cheval. Chez nous, y a pas de foireux et pas de doubleurs. Ou alors, on les soigne au baume d'acier...

Même s'il ne pouvait apercevoir son interlocuteur, il regardait fixement en direction de Grondin.

— Vous nous aviez passé commande d'un renseignement, monsieur de la Sûreté, lâcha-t-il enfin, et nous avons tous travaillé dur pour vous parfumer.

Après un silence prudent, le policier demanda sur un ton brûlant :

— Y a-t-il du nouveau ?

— Je veux ! plastronna le représentant d'Edmond Trocard. On a retrouvé votre bonhomme !

Cette nouvelle inopinée sembla plonger Grondin dans un abîme de perplexité. Se pouvait-il que grâce à la pègre il soit parvenu à tracer celui qu'il poursuivait depuis si longtemps ? Se pouvait-il qu'il fût au bout de ses recherches ? Que l'assassin de sa chère pupille fût enfin à la portée de sa justice ?

Il se rejeta en arrière et, à l'abri de sa main, s'engloutit dans un profond silence.

52 Le cri du peuple

— Vous bâillez tout bleu, hein, monsieur de la raille ? ricana Caracole.

Le grinche n'était pas peu fier de prendre sa revanche sur le grand crocodile. Entendre la respiration sifflante de Grondin lui causait même soudain un vrai bonheur. Ah ça ! à genoux, le grand taiseux ! Monsieur le formidable ! Caracole guettait le moment où dans le clair-obscur il entreverrait le visage de bois sec du roussin dévoré de curiosité se tourner vers lui.

Ce moment arriva plus tôt que prévu.

Grondin fit deux pas en avant et entra dans son champ visuel. Léon Chauvelot le vit s'avancer vers lui avec un air de stupeur mêlé de curiosité et de crainte.

Il se laissa transpercer par le pouvoir fascinateur de ses yeux couleur d'ardoise. Cet homme aux mains d'écorcheur, à l'ossature puissante, au regard halluciné, cet homme qui faisait sa route seul au monde, paraissait tellement hors du commun qu'il semblait avoir été pétri de la rencontre de deux fureurs : l'une accourue du fond de son âme tordue par la souffrance et l'autre refoulée au fond de son esprit obsédé par la soif de vengeance.

— La peste m'étouffe ! murmura le voyou, j'savais bien que j'perdais pas la carte ! Même mon nez m'disait qu'vous étiez un lion sous une peau d'âne !

Mais au-delà de l'émotion éveillée par tant de sauvagerie inscrite sur un visage, Léon Chauvelot se sentait lui-même emporté par la voix des vents hurlants, par le cafard humide des nuits interminables, par le souvenir des paillasses partagées avec les rats et la vermine, par le bruit de la mer qui couvrait le vol des années et, en un éclair, il sut qu'il venait bien de retrouver celui auquel il avait été rivé par une chaîne pendant plus de trois longues années.

— Ainsi c'est bien toi, bredouilla l'escarpe en cédant à la fièvre folle qui le submergeait. C'est bien toi, 2017 ? C'est toi, Poigne-de-Fer ! Je t'ai reconnu Charles Bassicoussé ! C'est toi, n'est-ce pas mon vieux poteau d'arganeau ! Mon compagnon de chaîne !

Les yeux de l'ex-forçat s'étaient gravés sur ceux de son ancien camarade de litière et d'infortune.

— C'est bien moi, admit Grondin d'une voix sourde.

— Et te voilà dans la poulaille !

Cédant au même élan fraternel, les deux compagnons s'étaient jetés dans les bras l'un de l'autre et se tapaient sur les épaules. Ils étaient si douloureusement brisés par l'arrière-ban de leurs souvenirs, qu'ils ne trouvaient que l'expression de leur rudesse pour se dire leur joie mutuelle.

Enfin, ils se séparèrent les yeux lourds de larmes rentrées et, prenant du recul, trouvèrent leurs premières paroles.

Celles de Caracole étaient dictées par la curiosité.

— *Stupendous, isn't it ?* s'écria-t-il avec ses dents de cheval portées vers l'avant.

Il utilisait avec un accent méticuleux le peu de vocabulaire anglais qu'un séjour inopiné dans une prison de Brighton lui avait laissé à l'issue d'une courte et désastreuse expédition en Grande-Bretagne.

— *Stupendous, my friend !* répéta-t-il avec sa drôle de bouille. Lorsque j'ai quitté Cayenne en 60, il te restait encore vingt ans de pré à tirer ! Comment se peut-il que tu sois déjà là ?

— Trop long à raconter, éluda Grondin. Ne me pose plus de questions, Caracole. Je veux seulement savoir où se cache mon gibier. Sous quelle apparence il se montre...

— Patience, 2017 ! Patience, mon vieux boulet ! Moi aussi, il me vient des questions sur la langue ! Immenses ! Cochères ! Primordiales ! Et je veux tout d'abord connaître par quelle magie tu t'es fait déboucler !

— Que t'importe ?

— Je veux comprendre à qui j'ai affaire, Bassicoussé. J'ai quitté un fagot, je retrouve un flicard ! Que s'est-il passé entre-temps ? Tu t'es donc fait la belle ?

— Personne ne s'évade de l'île du Diable, répondit l'ancien bagnard.

— Alors comment t'as fait pour casser ta ficelle ?

2017 fixa ses yeux impitoyables sur le teint plombé de Léon Chauvelot, sur son faciès tavelé de taches de rousseur où souriait la vilaine cicatrice, et dit sourdement :

— Bassicoussé est mort, camarade. C'est du jadis. C'est du glissant. De l'inavouable. Autant pas chercher à savoir. C'est mes affaires, Caracole. Mon passé. On n'a pas le droit de fouiller dedans. C'est à moi. Et celui qui y touche se met en grand danger...

Rappel lointain du poids des années nauséabondes, ses joues creusées par deux sillons disaient les stigmates d'une vie antérieure si rude que seul l'instinct de violence permettait de survivre.

— C'est vrai qu't'as toujours fait peur, murmura Chauvelot après un silence. Et tu savais t'faire respecter.

— Seulement avec mes poings. Seulement avec ma force. Mais je n'ai jamais serré le gaviot à personne ! Encore moins suriné !

— C'qui faut pas entendre ! Tu crois que j'ai oublié l'affaire qui t'avait envoyé en carruche ? Soixante coups de couteau ! Mémorable ! Un grand assassinat ! Double meurtre au Houga-d'Armagnac ! La jeune femme et l'enfant !

— J'étais innocent !

Grondin avait crié malgré lui.

Les yeux du rouquin s'étaient aussitôt rattachés aux siens. Le vilain canasson à poils rouges souriait. Sa cicatrice souriait.

— Innocent, monsieur l'éduqué ? C'est ce que tu nous chantais à longueur d'année, Bassicoussé ! mais t'étais un fameux joueur de gobelets !

— Je n'avais rien fait, je le jure !

— Tu respirais le crime, monsieur le notaire !

— J'ai payé les violons pour un autre !

— Celui que tu veux rattraper ?

— Tu brûles !

— Pourquoi tant de haine ?

— Parce qu'il a anéanti ce que j'avais de plus cher au monde !

Dans l'élan de cette phrase d'une sincérité farouche, Grondin s'interrompit. Il avala sa salive en plusieurs fois et parut fâché de ne point avoir su se maîtriser.

Pendant un moment, il prit le prétexte de regarder obstinément à ses pieds la pulsation fragile d'une lumière bleue et mauve tombée sur les dalles du haut d'un vitrail et s'employa à chasser l'émotion qui menaçait d'affaiblir son image. Il passa sa main sur son front pour effacer toute trace d'une expression qu'il ne contrôlerait pas, fit un pas en avant et posa sa lourde main sur l'épaule de Chauvelot.

— Alors ? demanda-t-il simplement.

— Alors... dit Caracole, en frottant son pouce contre index et majeur repliés, ALORS, *money !* Il faudra payer pour savoir. C'est ce qu'a dit Trocard la Joncaille !

— Combien ?

Caracole le lui dit. Le chiffre était exorbitant.

— Je paierais volontiers, mais je ne suis pas riche.

— C'est à voir, monsieur le marchand de biens !

— On m'a tout pris au moment du procès, je suis ruiné.

— Il te reste encore quelques terres au soleil, Charles Bassicoussé. C'est ce qu'a dit Trocard.

— Quoi ? La Gascogne ? Les propriétés du Gers ? On l'aura mal informé... ce sont des terres arides où pousse une mauvaise vigne de piquepoul et quelques pieds de maïs assoiffé...

Caracole soupira et la voix surchargée d'une fausse affliction s'écria :

— Comme ça, tu n'iras pas bien loin, mon vieux fagot ! Réfléchis ! Pour étancher ta vengeance, il te faudra bien passer sous la chatière ! Ou bien tu trouves l'argent pour nous récompenser de notre travail, ou bien Trocard exigera que tu lui cèdes Mormès et Perchède... Peut-être bien même les Arousettes !

— Jamais ! Jamais je n'abandonnerai les maisons où Jeanne a vécu ses plus belles années de bonheur !

— Ça ! opina l'ambassadeur de la racaille, quel crève-cœur de se dessaisir d'un bien de famille ! D'autant qu'il paraît que Mormès est une fameuse cambrouse ! Genre nature accueillante... les murs épais... des kilomètres de toiture... du mobilier Louis XIII où les Parisiens prennent vite des habitudes de foie gras et d'armagnac... D'ailleurs, c'est simple ! Trocard se voit déjà envoyer ses gagneuses au repos dans tes fermes... C'est c'qu'il a dit ! Il avait l'air sérieux !

Les yeux du sous-directeur de la Sûreté étincelèrent d'un éclair de mauvaise rage.

— Tonnerre m'écrase ! gronda-t-il soudain. Ne croyez pas que parce que vous avez mon renseignement, je vais vous tomber tout rôti dans les bras ! Vous n'aurez pas prise sur moi ! Je peux tous vous écraser, Léon Chauvelot ! A commencer par toi, petit fagot ! Je peux te faire renvoyer au bagne, numéro 2015 !

— Tu ne ferais pas cela, Charles, répliqua Chauvelot. Ta vie serait en danger. Un accident... une dénonciation... tout peut arriver ! Tu le sais assez, les temps sont précaires...

— Assez de jactance, capitula soudain le policier. Je paierai en or. Parole de chêne. Je paierai le prix qu'il faudra.

— Tope là ! dit Caracole. Je ne vois pas pourquoi tu me jouerais une pièce aujourd'hui ! Je te crois sur parole ! Tiens ! Et vois la belle confiance de ton vieux poteau ! Lis ce papier et tu seras délivré ! La raison sociale de l'homme, l'endroit où il stationne sont écrits dessus... son adresse, son cantonnement, l'adresse de sa logeuse... c'est pas du bluff ! c'est tout pour toi !

Fiévreusement, de ses mains noueuses, Grondin épluchait déjà le papier plié en huit que le misérable venait de lui tendre.

— 88e de ligne... Caserne Babylone... Tu veux dire que mon gibier est militaire ?

— Officier, s'il vous plaît ! Bel homme ! De la prestance ! Des campagnes, des blessures, des exploits au Mexique ! Il a gagné ses galuches de lieutenant en lançant l'assaut de l'arrogante Puebla ! Il a servi sous Bazaine... Je l'ai aperçu peu avant de te rencontrer... il dragonnait avec son sabre !

— Que veux-tu dire ?

— Qu'il fait partie des troupes de Lecomte ! Qu'il se trouve à l'heure qu'il est entre le champ Polonais et la tour Solférino... Que le destin malicieux l'a voulu mettre à ta portée... Qu'il est devant toi, pour ainsi dire !

— L'horloge du monde ! murmura Horace Grondin.

Il resta un moment les yeux ouverts sur la muraille comme s'il avait le pouvoir de percer les ombres grises et tamisées et de distinguer à travers elles le visage de celui qu'il pistait depuis si longtemps.

Sur le point de toucher au but, son immobilité était parfaite. Sa respiration ample et régulière.

— Le hasard du grand cadran de la vie ! répéta-t-il.

Puis s'ébrouant :

— Merci, dit-il simplement.

Dans les poches de son macfarlane, il puisa deux bourses de cuir et les tendit à son ancien compagnon.

— Prends ! dit-il. Pour ce qui est de la somme principale, je l'apporterai moi-même au sieur Trocard. Je veux la lui remettre en main propre. Je me rendrai en personne à *l'Œil de Verre*.

Léon Chauvelot ne répondit pas. Il regardait les deux bourses allongées sur ses paumes avec autant de stupeur que s'il regardait deux poupées de sucre.

— Ah mais, bredouilla-t-il comme pour se persuader de leur vérité indiscutable... C'est-il, camaro, qu'tu considères que cet acompte est pour moi ?

— Il est fait pour que tu oublies qui je suis et d'où je viens.

— Ah, décidément ! l'amitié n'est pas un vain mot ! s'émerveilla Léon Chauvelot. Tout le reste, c'est de l'air qui passe autour !

L'escarpe aux dents de cheval empalma les deux bourses et plongea dans un salut de valet de comédie.

— *Good luck, sir !* bonnit-il.

Il s'apprêtait à partir lorsqu'il se ravisa.

— Ah, j'oubliais ! dit-il en se fendant d'un grand sourire, si tu te hasardes sur les bords de l'Ourcq, 2017, prends ce passeport... Il te permettra d'accéder au saint des saints et de voir la Joncaille sans te faire trancher la gorge...

Entre pouce et index, il tendait à son bienfaiteur une bille en forme d'agate.

— Qu'est-ce donc là ? demanda Grondin.

Dans ses yeux pénétrants se mêlaient curiosité et répugnance.

— Un œil de verre. Le signe de la fraternité. Tous les membres de la bande en ont trois à leur disposition. Dans la main refermée d'un mort, l'œil de verre signe le crime. Dans la main ouverte d'un vivant, il scelle l'amitié.

Une lueur fugitive passa dans le regard du policier.

— Celui-ci, c'est le mien... insista le rouquin. C'est le 13... C'est le signe que tu viens de ma part...

Horace Grondin hocha la tête en signe d'acceptation et glissa le précieux sauf-conduit dans sa poche.

— Maintenant, laisse-moi, dit-il d'une voix sombre. J'ai affaire avec moi-même.

— *Yes, sir ! At your service, sir !* s'exclama le rouquin en retrouvant sa faconde angliciste.

Puis, virant sur ses talons, il prit ses jambes à son cou.

Grondin observait sa sortie. L'homme qu'il regardait détaler courait à la façon d'un rat, en suivant les murs.

13

L'affreux pays des images

Une seule pensée bourdonnait, battait, enflait, emplissait, éclatait aux tympans d'Horace Grondin : il est là ! Celui que tu recherches est là ! Le misérable est à portée de ta course ! Tu l'as rattrapé et tu avaleras sa mort, douce comme du lait !

Cependant, alors qu'il commandait à ses jambes de s'éloigner du lieu où il se trouvait encore, de passer à l'action et de tourner la médaille de son destin, elles lui parurent inhabituellement lourdes.

Presque malgré lui, il leva la tête, regarda le grand crucifix et, cédant à une force supérieure qui appuyait sur ses épaules, bannit de son maintien ordinaire l'orgueilleuse raideur qui lui cintrait le buste.

Il se signa et ploya le genou sur la dalle froide.

Aussitôt, sa chair fut saisie par un frisson.

Il ferma les yeux, tout à son abandon. Il sentit monter dans l'arceau de son corps une étrange convulsion de sentiments enfouis et lutta un long moment pour chasser le tumulte qui menaçait de l'envahir.

Il esquissa un geste de combattant en fermant son poing et, comme pour défier ce Dieu qui avait accepté de porter le faix de la souffrance humaine, mais qui n'avait jamais voulu soulager la sienne, l'ancien forçat laissa défiler devant le pays de ses pensées des images où la honte le disputait à l'obscénité, où la bassesse des actions, la folie sauvage de toute une existence disaient et redisaient inlassablement les minuscules proportions de la déraison des hommes.

Le spectacle de sa propre rudesse, de son intolérance, de ses colères et de ses vices, plongea Horace Grondin dans une lugubre atmosphère.

Un brouillard sous les paupières, il revit en un éclair le corps inerte et désarticulé de celle qu'il avait tant aimée, – Jeanne, dix-neuf ans – son visage livide et tuméfié, l'expression suppliante de ses grands yeux ouverts sur l'horreur, sa tête poisseuse de sang qui avait porté violemment contre le mur, ses tempes noircies par un entrelacs de plusieurs serpentins de veines qu'il ne lui connaissait pas, Jeanne, – une mouche sur les yeux – Jeanne, Jeanne Roumazeille, au port de reine, le ventre souillé, les cuisses écartelées par l'indiscrétion rageuse de son assassin, le sexe forcé par l'expulsion des matières, la langue blanche, au milieu de ses linges roulés en boule.

Seigneur Dieu ! Avec quelles forces lutter ?

Il reverrait à jamais la traînée pourpre sur le papier peint, le lit défait, cette couche maculée de sang noir, les jambes éclaboussées de suint. Il repenserait sans cesse à cette intelligence à jamais fermée au monde. Il n'effacerait jamais de son propre souvenir les doigts de la morte, tendus pour implorer de son bourreau n'importe quelle pitié.

Horace Grondin sentait la nausée lui tordre les tripes. Derrière les reins, il ressentait une curieuse sensation de froid glacial.

15 septembre 1855 !

Il se souvint de l'air puant.

Seize ans qu'il fixait en rêve l'abjection de cette scène, seize ans qu'il n'arrivait pas à détacher son regard du sexe de la morte, seize ans qu'il cherchait à fuir son cauchemar, qu'il était incapable d'effacer la vue de ce trou pestilentiel fait pour inonder la vie et d'où était sorti, au prix d'une poussée surhumaine, ce petit sac de viande – un bébé (peut-être celui de l'assassin lui-même) –, seize ans qu'il imaginait la folie de ce dernier, aveuglé d'égarement, se jetant sur la belle accouchée, enfourchant la courbe de ses flancs comme un collier pour la mieux déchirer à coups de couteau. Pour la percer. Pour évacuer le sang noir. Puis, rester sur place, haletant d'avoir frappé, hagard devant son forfait, tandis que graduellement l'ondoiement chatoyant d'une chaleur parfaite se retirait du corps sans ressources de la jeune suppliciée.

Et plus que tout, sans doute, cette abomination ultime, ce sursaut de barbarie qui avait poussé le meurtrier de la mère à lever un marteau sur le fils, à clouer ce début de vie caressée par la lumière, à faire de ce germe d'intelligence et de sensibilité un écrasement d'os et de sève – toujours Grondin reverrait ce bébé retiré du sillon des vivants, le crâne défoncé, les membres rompus, cet irréparable bébé au blanc des yeux incrusté de sang auquel aucun être au monde ne pourrait jamais s'habituer.

Grondin restait à genoux. A genoux, le poing levé. Il ne maîtrisait plus son affliction. Il respirait difficilement. Son cœur séchait dans sa poitrine.

C'est ainsi ! C'est ainsi ! pensait-il. Parce qu'il est des laideurs inatteignables, parce que les paroles se nouent au fond de la gorge, parce que tant de larmes jaillissent qu'elles vous font les yeux secs, parce que tant de douleur étouffe et que parfois, même s'il est juste que les âmes fraîches, elles aussi, payent leur compte au Seigneur, il est impossible de ne pas regarder le meurtre d'un enfant avec effroi.

Grondin restait prostré. Il pensait à un verre d'eau.

Abîmé dans le silence, empli de crainte, doucement, il répéta :

— Seigneur, je te l'avais dit ! Inutile d'essayer avec moi ! Je suis celui qui trouvera toujours les nuits brûlantes et qui saisira l'éclair du temps pour tenter de faire passer sa justice. Pas de paix, pas de cesse pour moi tant que l'assassin n'aura pas payé !

Le temps s'écoulait. Le vide se faisait en lui. Son jeu avec l'invisible devenait intolérablement mystique.

Le front dressé vers la lumière atténuée d'un vitrail, il se prit à sourire. Dans sa bouche, sa langue s'était assoupie. Il acceptait de se rencontrer. Graduellement, il retrouvait les paroles de la prière.

A son tympan, résonnaient les cloches qui appelaient aux armes le peuple de Paris.

14

Antoine Joseph Tarpagnan, capitaine

Horace Grondin surveillait son gibier.

Il n'avait d'yeux que pour lui.

Ainsi c'était l'homme ! Ainsi c'était bien Tarpagnan !

Même visage énergique encadré de beaux cheveux noirs qu'autrefois, même regard sombre et rieur de *gouyat* gascon qui enjôlait les filles les soirs de bal et les laissait endolories dès lors qu'elles avaient la faiblesse de se coucher sur un tapis d'aiguilles de pin sèches. Même vivacité de cœur, même chaleur de sang s'il fallait en venir aux poings, les soirs de *gnasque*, quand les *drolles* enivrés de madiran se battaient au sortir des arènes. Même regard franc d'écarteur de vachettes, même folie de pur-sang dans les muscles, mêmes yeux rieurs, même moustache de joli mousquetaire.

A bientôt quarante ans, Antoine Tarpagnan avait conservé dans l'allure cette sûreté des gestes, cette élasticité des mollets, cette fougue du corps qui le désignaient comme un franc compagnon fait pour les jours heureux.

L'uniforme militaire ajoutait à sa prestance. Il portait avec panache sa grande tenue de service de la ligne : effets numéro 1, pantalon, tunique avec épaulettes, képi, sabre et revolver.

Il entraînait dans son sillage une guirlande de femmes qui s'efforçaient de le convaincre de ne pas obéir aux ordres de ses chefs.

Parfois, il s'arrêtait, répondait à la phrase d'une aguicheuse par un argument de raison, montrait des dents blanches pour un éclat de rire, essayait de redonner de l'ordre, de la cohésion à sa troupe, tançait ses hommes dispersés, séparés par une foule à la familiarité de plus en plus envahissante.

Que va-t-il se passer sur le champ Polonais en ce matin du 18 mars ? Jusqu'où ira la déraison ? Le dérèglement ? Les artilleurs ont achevé l'inventaire des grosses pièces. Le compte y est.
Cent soixante et onze canons.

L'armée est en rang de bataille. Mais la discipline est lâche. Les soldats regardent autour d'eux. Ils graissent leurs baïonnettes.
La majorité d'entre eux vient du Havre. Seize jours à se trimbaler dans les trains, à user les godillots sur les chemins de traverse, à bivouaquer dans la neige avant d'atteindre Paris.
Ils bâillent. Ils sont nonchalants. Ils ont faim.

A peine arrivés, on les a tirés des casernes. Ils sont venus sans vivres. Sans leur havresac pour aller plus vite.
Ils attendent.
La cavalerie devrait emporter les canons. Mais toujours pas de cavalerie.
On a oublié les chevaux à l'écurie.
La foule accordéonne.

Dans une aube splendide et glaciale où coule un soleil rouge, Montmartre a émergé lentement d'entre ses moulins.
Le Radet, autrement dit le *Moulin de la Galette*, le *Moulin à poivre*, le *Blute fin* et le *Moulin rouge* tendent leurs bras désœuvrés entre les maisons bistre coiffées d'ardoises où campent les jardins bordés de rues coquettes ou dangereuses selon qu'elles s'escarpent ou s'étrécissent pour traverser un bourg qui cultive, à la fois, le plaisir et les taudis, la vigne et les femmes chaudes, les guinguettes et les tonnelles, les voyous et les chansonniers.
Ici, la Butte, où les cœurs libertaires sont gonflés d'un espoir de lutte. Ailleurs, Paris qui continue sa vie puissante.
On entend parfois sa rumeur.

Les lignards sont entourés par les femmes.
Jeanne Couerbe, Marie Laverdure, Henriette Garoste, Léonce de la rue Lévisse et sa fille Marion sont du lot. Blanche, la couturière, toutes les filles de l'atelier de gants les accompagnent.
Et puis d'autres sont venues, pâlies par le petit matin, les paupières

bleuâtres, leurs cils retenant deux grosses larmes de froid. Elles sont venues des impasses et des venelles, des mansardes et des galetas. Des filles vouées à vendre leur honneur au dernier courtaud de boutique pour obtenir un travail. Des filles tarifées à trois francs soixante-quinze la vareuse, à deux francs cinquante par pantalon. Des filles qui valent bien six francs. Elles n'ont ni bonne robe ni manteau. Les plis de leurs jupes tombent comme ils peuvent. Les jupons ont ramassé de la boue. Souvent, les souliers sont crevés. Elles demandent ce qu'il faut faire pour être utiles. Elles sont là. Elles sont prêtes à tout.

Même l'espèce des créatures et des gagneuses de mauvaise vie est représentée. Tiède encore du lit d'où on l'a tirée, Adélaïde Fontieu, la jolie marmite du peintre Rochon, et ses voyantes amies des Abbesses et de la rue Girardon viennent prêter main-forte. Elles sont là.

Les yeux tournés à la fricassée, elles tiennent un langage à faire rougir les artilleurs. Elles font des mines, des effets de linge. Elles sucrent la moutarde de leurs propos en ajoutant des œillades pour les chefs, des familiarités de peau pour les soldats rigolards.

Elles sont toutes là. Avec les ouvriers métallurgistes, les vanniers, les typographes, les menuisiers, les relieurs, les cheminots, les gargotiers, les concierges et les clercs d'avoué, avec les livreurs de pain, les laitiers, les instituteurs, les teinturiers et les journalistes.

Elles sont toutes là. Celles qui travaillent sous la verrière des hangars surchauffés, celles des corderies, celles qui repassent et qui piquent quinze heures de rang dans des soupentes, celles qui vendent du pain à trente-sept centimes le kilo, celles qui crient famine pour leurs enfants, celles qui ne partageront jamais les émois culinaires de Monselet ou d'Auguste Luchet, ne dîneront jamais au *café Anglais* ou chez Voisin, ne goûteront jamais à la « poularde Albuféra » de Dugléré, à la sauce Choron ou à ce fameux bordeaux à vingt francs la bouteille vanté par Bellanger.

Pour elles, pour celles-là qui se prénomment si joliment Palmyre, Louise, Constance, Emma, Marie, Juliette, Léonie ou Victorine, ni vapeurs, ni pâmoisons, ni flacons de sels. Les tempes migraineuses, les tournis d'œil à la moindre fausse couche, c'est juste bon pour les madames.

Elles disent qu'elles veulent partager les périls des hommes.

15

Rue du charivari

La petite rue des Rosiers est noire de monde.

Les curieux, les gouailleurs, les riverains, les plus tièdes ont rejoint les plus patriotes. Œil-de-Velours et Abel Rochon sont du nombre. S'apercevant que le vent tourne, le cordonnier et le peintre en bâtiment font tout pour appartenir à l'émeute. Ils roulent des épaules de matamores et réclament l'ouverture des cabarets.

La gorge du peuple est creuse. Elle est immense. Elle rit. Elle est fâchée. Elle a soif.

A force de polir le pavé et de se tenir sur les guibolles, la foule s'échauffe dans ses harnais. Un peu partout, pleuvent les crébleu, les sacrelotte et les crénom.

Fil-de-Fer, alias Emile Roussel, se sent, lui, d'une humeur joviale. Il gratte une bûche-plombante sur le coutil de son pantalon et allume un infect petit cigare. Il est avec ses voisins, les amis du 7 de la rue Lévisse – Marceau, Ferrier, Voutard.

Ils entrent dans un cabaret, tordent le cou à quelques négresses, raillent le toupet d'Adolphe Thiers, son grand mètre cinquante-cinq, son museau de rongeur malade du foie et la sexualité de chaud lapin qu'il déploie dans le gynécée, entre Mme Thiers et sa belle-sœur, Mlle Dosne.

Pour faire bonne mesure et se réhabiliter, Œil-de-Velours et Abel Rochon, assis à la table voisine, rincent le fusil d'un délégué d'arrondissement, porteur de nouvelles. Paraît qu'à Belleville, d'entrée, les lignards ont refusé de mettre en batterie les mitrailleuses contre la mairie.

Cric-croc ! A la santé de tous ! Que le vin ne manque, non plus que la parole ! Pendant une bonne demi-heure, en lampant du gros rouge, les compères de la Butte épellent en rasades toute la politique.

La rue au pain copieusement arrosée, ils ressortent de chez le mastroquet avec un fameux coup de chasselas dans le paletot. Ils sillonnent les rangs des badauds les plus excités en gueulant que ce n'est pas « une taupe à lorgnon et une poignée de capitulards » qui vont arracher à Paris sa couronne de capitale.

Les canons du dix-huit mars 63

Louise Michel est de retour avec ses fidèles.

Tout le Comité de vigilance est là. Théophile Ferré est là, l'adorateur de Louise. Le vieux Moreau est là. Avronsard, le Moussu, le mangeur de curés, Bourdeille et tous les copains de l'Internationale.

Des cris fusent.

— Le peuple de Paris ne rendra pas ses canons !

Comme d'autres bibards de vin noir, Fil-de-Fer gesticule. Il dit qu'une bonne révolution se fait avec des gens bien abreuvés. Il se fraye un passage dans la foule. Il écarte les dos. Il furète, il écoute les propos des uns et des autres. A l'angle de la rue, il rejoint un rassemblement de jupes et de fichus – des raccrocheuses qui font leur quart devant un groupe de militaires en leur faisant des gestes de lupanar.

C'est la confusion. La cohue.

Bousculé par la foule, le capitaine Antoine Joseph Tarpagnan vient d'avoir un geste de mauvaise humeur. Ses hommes deviennent incontrôlables. Une demi-douzaine d'entre eux menacent de mettre la crosse en l'air. Ils acceptent du vin et de la nourriture.

Une femme affranchie s'approche de l'officier à le toucher. Antoine Tarpagnan croise son regard avec celui de la brunette. Il tombe sur l'ivoire d'un sourire frais.

Elle dit :

— Vous aussi, vous viendrez avec nous ! Vous vous battrez contre ces assassins de Versailles !

Il lui rend son sourire. Comment pourrait-il en vouloir à un corsage bien rempli ? A une rouée qui fait si bel usage de ses charmes ?

Elle se penche en avant.

C'est Léonce. Léonce de Jeanne Couerbe.

Celle de la rue Lévisse.

Celle qui hésitait à suivre l'exemple de Louise Michel.

Celle qui est si pauvre qu'en hiver, elle regarde à deux fois avant de faire garnir sa chaufferette de braise par le charbonnier parce qu'il y en a pour cinq centimes.

Elle tient par la main sa fille, Marion.

Marion a des yeux de miel. Une peau de lait. Elle ne gagne même pas deux francs cinquante par jour.

Elle dit au capitaine :

— T'es pas du quartier, beau brun !

— Non, je suis de Gascogne !

— C'est Montmartre ici ! s'écrie la jeune ouvrière. Le pays des moulins et des filles à marier !

Elle tourne devant les bottes du bel officier. A le frôler. A le gêner. Sa taille est galbée. Son châle s'envole. Les franges balayent le visage du militaire. L'effet de toupie ouvre la robe de la jeune fille sur des chevilles fines.

Un sous-officier de chasseurs à tête de caillou la reçoit dans les bras. Il coiffe sa charmante frimousse de son képi bleu nuit bordé de jonquille.

Tarpagnan fait un pas.

16

Camisoles et caracos

Tapi le long d'un mur qui ceinture le champ Polonais, Horace Grondin a longuement observé le vaste espace occupé par les canons bien rangés sur leurs affûts.

A la faveur d'un mouvement tourbillonnant de la foule, il a quitté son observatoire afin de s'approcher au plus près de sa proie.

Par-dessus les têtes, au hasard des mouvements d'épaules, il aperçoit parfois le képi de Tarpagnan. Partout, des essaims de badaudes, de bavardes, de délurées, proposent des pains de quatre livres avec du petit salé et des timbales de café aux gentils soldats.

Mettant à profit une éclaircie de bras et de têtes, Grondin remarque le sourire contraint du capitaine, son attitude de plus en plus crispée face au harcèlement dont lui et ses collègues sont l'objet.

Sur la chaussée débordante de sabres et d'épaulettes, de vareuses indigo à passepoils de couleur, de bourgerons et de casquettes, les coiffes blanches des femmes se frayent un passage. Les commères se poussent du coude, un peu partout s'impatientent. Elles n'ont ni froid aux yeux ni aux genoux. Leurs propos s'éraillent de rancœur contre la République des bourgeois qui a vendu la France aux Alboches. Les langues sifflent.

Blanche n'est pas la dernière vipère. La couturière s'est avancée jusqu'à taquiner le cuir du capitaine Tarpagnan.

Avec sa chair chaude, son air déluré de ménagère affairée, elle demande :

— Depuis quand ils ont pas mangé tes griviers, beau capitaine ?

— Depuis qu'on est partis...

— C'est cauchemardant une affaire pareille ! Tiens, r'garde le p'tit jeune s'il a la fringale !

Elle soulève le rabat de son panier à double couvercle et tend une tartine de confiture au caporal.

Le petit gradé à deux ficelles de laine l'accepte. Il regarde son officier. Il mord à belles dents.

Blanche sort aussi une demi-bouteille, une cholette, la tend au gars :

— Tiens, va ! bidonne-toi jusqu'à plus soif, dit-elle. C'est du ginglard de Montmartre !

Antoine repousse gentiment la femme.

— Haut les bras, ma commère ! Essayez de comprendre... Nous sommes des soldats. Nous obéissons aux ordres...

Mais Adélaïde Fontieu et les biches de la rue Girardon fondent à leur tour sur lui. Elles le prennent par le bras comme pour l'emmener voir le ciel. Elles l'entourent d'un cortège de rires et d'agaceries, lui donnent toute la gamme :

— Viens avec nous, mon officier ! On t'f'ra goûter notre lapin sauté !

Et ainsi de suite, fronde, gouaille et révolte continuaient à faire bon ménage.

La troupe était définitivement, irréparablement noyautée par la foule. Des mères, des épouses. Elles parlaient doucement. Elles picotaient les militaires. Elles encerclaient les mitrailleuses. Elles sauçaient les petites recrues du Havre de leurs affectueux reproches, de leurs patriotiques objurgations.

Le sang battait à fleur de peau. Sur toute l'esplanade, des centaines de Montmartrois armés entravaient les pas des sous-officiers aux moustaches ébouriffées. Des gamins délurés, le jeune Guillaume Tironneau à leur tête, des jeunes femmes en camisoles jaune citron ou vert billard circulaient entre les sans-grade. Des gosselins à peine dégrossis se faufilaient partout.

Ils touchaient les fusils.

Ils chevauchaient la bouche des canons.

17

V'là l'général qui passe !

Le général Lecomte vient de sortir de sa permanence de la rue des Rosiers. Il traverse l'aimable jardinet qui précède la maisonnette. Il jauge la situation.

Chaque minute plus nombreux, plus pressants, les gouailleurs du début deviennent plus menaçants, plus gesticulants. Ils chantent goguettes et sonnent les cloches à la troupe. La houle des niolles, des capelines et des gueules devient méchante. Elle se met à scander la Sociale, à dire des pouilles sur ce pâlot de Thiers, à huer Fabre, Vinoy *Tape Dur* et les bourgeois républicains.

Le général, déconcerté par cette véritable barricade humaine qui ondule et immobilise les canons, se tourne vers ses subordonnés.

— A bras ! ordonne-t-il. J'ai dit : poussez les canons à bras !

— Mon général, le terrain...

Lecomte fusille du regard l'officier du génie qui tente de le raisonner. Il sait pertinemment que les accès à la Butte qui dégringolent vers Paris ressemblent plus à des chemins muletiers qu'à des rues. Il regarde le sol glissant de boue où traînent encore des chiffonnées de neige.

Oublié de tous, dans un sillon de terre humide, sous une bâche, le garde Turpin gémit.

Petit bidon, sac avec le couvre-pied roulé en fer à cheval, gants, guêtres de cuir, ceinturon avec épée-baïonnette, double cartouchière, et chassepot réglementaire, quelques hommes essayent de désengluer les canons qui, ordinairement, auraient nécessité plus de huit cents chevaux.

Ah ouiche ! Quel piètre résultat ! La glaise colle aux canons. Elle en double le poids.

A grande gueule, à poitrine plate, Fil-de-Fer et ses amis suivent les efforts des culottes rouges. Les lazzis fusent.

Le serrurier s'éraille, il vocifère :

— Crosses en l'air, les grivetons ! Vous êtes faits dans la bouillasse !

Mais ça ne suffit pas. Il se démène. Il est partout. Il échange un peu de tabac avec un sergeot qui dirige la manœuvre. Des plis de sa blouse surgit une bouteille de vin.

Les canons du dix-huit mars 67

— Un coup d'fil en double, camarade ? ça réchauffe les escoutes !

Plus loin, on le retrouve. Fil-de-Fer ! Encore lui !
Où a-t-il trouvé un escabeau ? Un, deux, trois, il se juche.
De sa voix rouillée, le moineau de la Butte harangue la soldatesque engluée.
Il dit :
— Ne prenez pas les canons ! Les gosses de Montmartre les ont si bien rangés !
Un rire de nerfs sort de la gorge des plus proches.
Un sous-officier consulte sa grosse montre.
Un gosse s'étale dans la terre détrempée.

La gaucherie des gestes, la mauvaise volonté des pelotons font le reste.
Les roues des canons s'envasent dans la gadoue.

— Vous v'nez d'où, les jeunes gars ?
— Hé là ! mon mignon, touche pas à ça !

La foule s'agglutine.
Les femmes vitupèrent.
Les enfants taquinent.
Les hommes commencent à danser lourdement autour des lignards.

18

Les projets fous de Charles Bassicoussé

Horace Grondin détache les yeux de son gibier inatteignable pour cause de populace. Il tâte la température de la foule ondulante.
Avec des précautions infinies, comme un baigneur qui entre peu à peu dans une onde froide, le policier fend avec des gestes frileux les premières vagues vociférantes ou exaltées de la multitude qui moutonne.
Comment s'approcher au milieu des trognes ? Il se sent gêné aux

entournures de sa houppelande, sous la tour de son haut-de-forme –
toutes pièces vestimentaires qui le désignent comme un corps étranger
au milieu du peuple des blousiers.

Il cabote avec des précautions de pied tendre. Il s'aventure d'abord
à la frange, brasse à petits clapots. Puis, prenant le risque des yeux,
des crosses, de la force aveugle et de la violence, il se faufile entre les
poings tendus, les serpes brandies, les carabines poignées au-dessus
des têtes. Au milieu des épaules et des croupes, il brave les invectives,
les vociférations, les appels et les cris.

Sur son passage, une pipelette se retourne vers un boulanger à la
blouse écrasée par une ceinture écarlate.

— Nom d'un ! elle s'écrie. Jocko ! Qui c'est çui-là ?

— Lequel ?

— Le grand meuble, là... l'immense... avec ses pieds à dormir
debout... y vient d'me bousculer !

— J'le vois toujours pas...

— Juste en face toi, niquedouille... avec son tube et sa rondine.

— J'le connais pas.

— Un mouchard... un marchand d'lacets en civil, si ça s'trouve !

— Y faut l'dénoyauter !

— J'te conseille pas ! C'est un zigue, y f'rait peur à sa mère !

Horace Grondin se retourne. Par-dessus son épaule, d'un regard
gris, il les fait taire. Il avance, il gagne encore un rang. La marée
humaine se referme sur lui. Deux coureuses de rempart à nouveau le
dévisagent avec curiosité.

Il les brave. Souvent, il fait peur. Un braillard avec la gueule en
fourneau de pipe se tait en croisant ses yeux de métal, en regardant ses
mains d'étrangleur. Le mauvais coucheur gronde sous cape mais
s'efface pour laisser passer le grand spectre.

Ainsi Horace Grondin s'enfonce-t-il graduellement dans la lave
tourbillonnaire. Il finit par perdre pied, et voué aux courants impré-
visibles devient plus vulnérable qu'un moucheron.

Avec des mouvements heurtés, des arrêts, des reposoirs prudents, il
progresse lentement vers son but. Il a retiré son « cylindre » et, malgré
le froid vif, la calvitie apparente, la houppelande roulée sur son bras, il
parvient à pas moins de trente pas de son gibier.

Il envisage de l'engerber séance tenante.

Sous les plis du vêtement, il dissimule son terrible gourdin plombé
et le canon de son revolver.

Son plan est simple.

Il est résolu à tout.

Il ira jusqu'à lui.

Il plantera ses yeux dans les siens.

Il lui dira : « Souviens-toi de Jeanne ! Souviens-toi de ce que nous avions fait graver sur la poignée de nos deux makhilas... *Hitzā Hitz ! la parole, c'est la parole !* Souviens-t'en, renégat ! Souviens-toi à jamais du 15 septembre 1855 ! »

Et le temps pour l'autre scélérat de refaire le chemin de la mémoire, de remettre un nom sur ce visage effrayant resurgi du passé, il claquera les bracelets par surprise sur ses poignets. Il démasquera son revolver de dessous le macfarlane roulé en boule sur son bras.

Il soufflera : « Un geste de travers et je te brûle. »

Il l'enlèvera au milieu de la confusion.

Il le séquestrera dans sa propre maison. Un logis de guingois. Un taudion entre Temple et Château-d'Eau. Une tanière suintante, prête depuis longtemps. Deux mauvaises pièces sur un escalier à vis qui plonge jusqu'aux entrailles d'une cave profonde. Des murs épais comme l'oubli. Un puits de basse-fosse aménagé pour recevoir le prisonnier.

Grondin obtiendra des aveux.

Il est sûr de son fait. L'usure, la séquestration, la nuit perpétuelle, l'humidité et le pain de renoncement ont toujours eu raison des plus endurcis.

Grondin se fera justice. Pas de quartier pour l'assassin de Jeanne ! Sitôt l'affaire instruite, il lui brûlera la tête. La tombe est déjà creusée dans la cave voisine. Pas de répit. Pas d'états d'âme. Pas de remords.

Après, sans doute, il retrouvera le sommeil.

Après, il regagnera son Gers natal. Bientôt seize ans de bourlingue !

Après, commencera le doux voyage immobile, l'exploration des moindres fissures de l'âme, l'inventaire des rémissions intérieures et des doux regrets – cette transhumance de l'esprit qui, pas à pas, souffle après souffle, conduit l'homme aux ultimes rampes de la mémoire, jusqu'à l'extrême pointe de sa jeunesse, jusqu'au premier souvenir de lui-même, jusqu'à ce mystérieux contact avec l'air, ce premier balbutiement, ce gazouillis mouillé, presque étonné, qui recommence à l'heure de la mort – un sursaut du corps, la douleur devant un mystère qui prend fin tandis que là-bas, nulle part, à l'infini, se déroule le tapis illuminé d'une blancheur assourdissante qui nous reconduit à la porte de la terre, à la source du liquide amniotique, et nous dépose – candides, lavés, nouveaux, dépouillés de tout orgueil – entre les mains glacées du grand officier du ciel.

C'est dit ! Entre confits et foies gras, devant un guinguet de madiran, les jours de vieillesse de Charles Bassicoussé seront filés d'or, de soie et de prières.

C'est compter sans le hasard malicieux dont parlait Caracole.

19

Le caporal et la divette

Le destin des hommes est bouché. Ils se veulent vengeurs, politiciens, ou généraux, ils ne sont que des mouches sous un talon. Et rien ici-bas n'a jamais lieu comme on croit.

Il a suffi de l'aboiement rauque lancé par un colonel pour défaire les plans de l'ancien bagnard. Obéissant à l'ordre de cet officier supérieur, le capitaine Tarpagnan vient de faire mouvement avec sa troupe et de prendre position à l'autre extrémité du parc d'artillerie.

Il place ses soldats sur deux rangs. A son commandement, le premier peloton met un genou en terre.

Le capitaine garde un poing fermé sur la poignée de son sabre. Il est calme. Il reporte son attention sur le fourmillement exalté de la foule, les femmes qui vont d'un groupe à l'autre, les enfants qui s'en mêlent, qui exhortent les soldats à rendre leurs armes et à venir partager le cri du peuple.

Il plisse les paupières et comprend que l'on s'en va vers l'insurrection.

Il regarde un drapeau rouge tout neuf qu'une jolie fille vient de planter devant un caporal. Au creux de son corsage, la belle a piqué une fleur écarlate. Appuyé sur son fusil, le lignard, un grand garçon monté en graine, lui sourit.

Une lueur fugitive passe dans les prunelles sombres de l'officier qui les observe. Sans qu'il y puisse rien, une trappe s'ouvre au tréfonds de lui-même et laisse entrer une bien curieuse lumière.

Il envie le langage de cette jeunesse aux cheveux dénoués qui parle de partage et de fraternité. Il sent monter le long de son échine un étrange frisson d'accordaille qui enlève tout poids à son corps.

Il lutte un moment contre une force occulte qui lui dicte d'adhérer aux idées nouvelles, et lui commande de changer de maître, d'aider les insurgés à détruire tout ce qui symbolise la violence judiciaire ou militaire, l'amoindrissement des petites gens et des travailleurs.

Vaguement, Antoine Joseph essaye d'exprimer ce qu'il ressent. Il ouvre plusieurs fois la bouche sans être capable de proférer un son.

Puis, la trappe bascule et se referme. Il fait à nouveau obscur dans la crypte de sa conscience. Il trouve plus commode de commander à ses muscles. Il redresse sa taille bien découplée. Il fait jouer les nœuds de ses épaules. Il tire son sabre du fourreau. Il pense à son devoir d'officier.

Il s'évertue à faire monter un froid glacial au fond de ses yeux.

Il commande à ses hommes :

— Apprêtez... armes !

Dans un froissement de métal on entend cliqueter les culasses.

20

Un pâle soleil rouge

Partout, les nerfs se tendaient.

Insensiblement le grand marché, la foire, la fête improvisée, tournait à la saumure. Vous pouviez sentir de façon palpable monter la marée des mécontentements. Les tambours populaires avaient recommencé leur tam-tam.

C'est la générale qui bat, ne l'entendez-vous pas...

La troupe commandée à la hâte par des sous-officiers hésitants s'acharne encore à désengluer les pièces d'artillerie les plus lourdes.

Un jeune soldat tombe des deux genoux dans la boue. La roue du canon passe sur l'une de ses mains. Le gosse pousse un hurlement. Les gendarmes prennent le relais.

Le peuple crie :

— Mort aux traîtres !

Des insultes moins tendres divisent les regards. On s'affronterait pour un rien.

A l'exemple de Tarpagnan, quelques officiers sont parvenus à regrouper leurs hommes. Le capitaine Beugnot, le capitaine Dailly, le capitaine Franck sont en appui. Une compagnie du 88e chasseurs à pied se retrouve face à face avec des éléments du 79e bataillon de la Garde nationale.

Prise entre deux feux, la fourmilière des mal-vêtus risque de payer un lourd tribut à ce féroce jeu de fusils.

Un vieux briscard gronde :

— Reculez, les bonnes femmes ! On ne joue plus à trou-madame !

Visage fermé, le général Lecomte lève le bras.

Il donne l'ordre de faire feu.

Alors les femmes s'adressant aux soldats :

— Est-ce que vous tirerez sur nos robes ? Est-ce que vous serez des assassins ?

— Toi, le petit ! avec ta mousse fraîche en place de barbe, est-ce que tu tireras sur ta mère ?

— Ils vont tuer les filles du peuple !

— Ah, les beaux héros que voilà !

— Hou ! Hou ! Vous allez tirer sur vos frères, sur nos maris, sur nos enfants !

Quelques pas seulement séparent Grondin de l'assassin de sa pupille.

La foule ondule et fait ressac. Soudain, elle s'égrappe, bouscule, emporte le policier, submergé par la vague. Il recule et tangue dans la débandade, le corps serré contre des édredons de poitrines, des poings prêts à cogner ou des rebonds de ventre. Il s'emboîte et se rebiffe. Mais peine perdue. Ce n'est plus lui qui gouverne. C'est le courant. C'est la mer.

Il perd la direction qui le mène. Il hume des odeurs d'aisselles, des transpirations intimes, des haleines d'oignon et de vin. Il rouspète mais il n'est rien.

La vague est plus forte. La mer est plus forte.
Il est tiré à diable et le peuple l'emporte.

La fusillade n'a pas eu lieu.
Le reflux s'arrête. Les têtes bougent. Les épaules tournent. A présent, les visages parlent. S'interrogent. Bourdonnent à mi-voix.
Rogonneux. Hargneux. Bougons.
D'un coup, elles s'exaltent, les futures pétroleuses. Elles reprennent de la couleur et du sang. Elles reviennent sur leurs pas, le drapeau rouge à la main. Elles se mêlent à nouveau à la troupe. Elles bravent les officiers, toisent le général juché sur son beau cheval. Elles franchissent les rangs reformés des tringlos.
— Tas de feignants ! Vous z'avez pas honte ?
Elles écartent les baïonnettes avec des mains blanches.
Haleine contre haleine.
Les hanches, les ventres, les mamelles contre la gueule des armes. Elles enveloppent, elles palpent les lignards saouls de sommeil, de soif, de faim et d'humiliation.

Fil-de-Fer s'écorche la bouche avec les insultes. Il est éméché. Le gosier chauffé par le vin, il offre ses maigres pectoraux au feu des fusils. Il farde son langage avec des vantardises d'endormeur de mulots.
Il gueule :
— Aux petits oiseaux, les biffins ! J'en prends quatre et je les coupe au tranchoir !
Ses copains reprennent :
— Si vous êtes des hommes, tirez ! Tirez donc sur le peuple !
— Allez-y tas d'infects ! Faites des horreurs aux pauv'gens ! Allez-y, tirez donc !
Et du haut de ses quinze ans, Guillaume Tironneau, le fils de la corsetière, glapit :
— Gi ! Ayez pas peur aux yeux ! Tirez sur vos fralins, vos frangines !

Et les autres, en face, – la ligne – avec ses flingots prêts à cracher la bouillie en fusion – les petits soldats, l'œil à la hausse, le doigt sur la détente, pas fiers de ce qu'on leur demande. Immobiles.
Et le paquet des sous-offs, taiseux, ballottés d'un chef à l'autre, ventres à la crotte, à la colique.
Muets.

Et au bout du rang, ce vieux maréchal des logis à bout de nerfs qui gueule :

— Ferme ton plomb, mon p'tit gars ! J'vais t'faire voir, moi, si j'suis chiche !

Il tire en l'air avec son gros revolver d'ordonnance. Un pigeon s'envole dans un frottement d'ailes.

— *Boum !* échote aussitôt un garçon de café en retrouvant spontanément l'interjection de sa corporation lorsque le serveur annonce qu'il a entendu l'ordre du consommateur.

— Boum ! Boum ! reprend en chœur l'assistance.

Les premiers rangs s'esclaffent comme au *café de Madrid* sur les Boulevards.

Il y a tant d'enfance dans une émeute.

Il y a tant d'aveuglement.

A cinquante mètres de là, les nerfs de la foule vont se détordre autrement.

Fil-de-Fer en est la cause. Pris à son tour dans la tourmente d'une grappe humaine, le petit serrurier a reconnu Grondin alors que ce dernier dérivait comme lui, au hasard des flux et des reflux de la masse.

Voilà les deux hommes un moment épaule contre épaule.

— On est serrés comme des cartes, hein, tu ne trouves pas, mon vieux perdreau ?

Grondin se contente de montrer les dents. Il est peu soucieux de nouer le dialogue. Il essaye en vain de remonter le courant.

L'inondation humaine les pousse, les ballotte un moment, les dépose au pied de la tour Solférino puis se calme.

Là-bas, en amont, un fameux tumulte fait onduler la foule. Une centaine de blousiers lèvent la main en signe de victoire. La joie explose. Les gosses crient. Les femmes pleurent.

Le policier regarde par-dessus les têtes. Il aperçoit des soldats du 88e qui brandissent leurs fusils la crosse en l'air. D'autres tendent leurs chassepots aux fédérés. Fusils le cul retourné, fusils à tirer les vers de terre, fusils réinventés pour ne pas faire de mal à un chat.

Un cri sourd des poitrines :

— La voilà, la crosse en l'air ! On n'en meurt pas !

Un cri repris par tous les tirés au sort de l'injuste conscription, par les sans-grade, les fortes têtes et les plus punis de la troupe pour dire aux têtes galonnées qu'aujourd'hui est jour sans boucherie. On ne tuera pas les yeux dans les yeux ceux qui ont le même ventre affamé, ceux et celles qui appellent à réapprendre la fraternité.

Le peuple crie :

— Vive la Commune !

Les canons du dix-huit mars

Fil-de-Fer, toujours soudé aux côtés de Grondin, allume un *infectados*, un cigare à deux sous, et paraît réfléchir.

— Au fait, l'argousin, dit-il soudain, qu'est-ce que tu fais dans nos jambes ? Tu tournes communeux ou bien tu nous espionnes ?

— J'assiste à un nouveau spectacle de défaite.

Le serrurier de la rue Lévisse monte tout de suite sur ses ergots :

— Parle pour ta paroisse ! dit-il. Le peuple remporte la bataille ! Il écrit l'Histoire sans faire de fautes !

Les deux coriaces se mesurent.

— Voilà de grands instants ! continue Fil-de-Fer.

— Voilà des heures rouges ! réplique le policier. Voilà la lie des prolétaires, voilà la raclure des femmes qui pactise avec les déserteurs ! Voilà la populace avec les assassins !

Les deux hommes retournent au silence. Ils restent côte à côte. Horace Grondin ressemble à un arbre sec. Fil-de-Fer empeste le vin.

Il est pris par une mauvaise toux qui secoue sa cage thoracique et lui torture le visage.

— C'est ma « quinte de gypse » qui me reprend, explique-t-il entre deux hoquets. Toutes ces poussières que j'ai bouffées dans la carrière quand j'étais jeune !

Il a le bord des yeux rouges. Il fixe le makhila du policier, le chapeau tenu à la main et le manteau plié sur son bras.

— J't'avais pourtant conseillé de défroquer ! grasseye-t-il soudain.

L'œil mauvais, celui que l'état civil a baptisé Emile Roussel ajoute :

— T'es ici pour la Grande Boutique, hein ? T'as r'tiré ta soutane de flique à dard, mais t'espionnes ! J'crois bien qu'tu mériterais une bonne giroflée en souvenir de la journée du 18 mars !

Les fumées de l'ivresse aidant à cette folie du moment, le gentil pilleur de coffres, oublieux de leur pacte de respect mutuel, se transforme en méchant délateur. Il se met à brailler, à ameuter la cantonade et désigne le policier à de plus enragés que lui-même :

— A moi, les aminches ! Visez ça qui j'découvre parmi nous ! Un officier de la Rousse ! Un chien courant de Monsieur Thiers ! Un mouchard à Foutriquet ! Un gobe-mouche du père Transnonain !

Aussitôt, dans les rangs pressés, les regards suspicieux se renseignent autour d'eux. Ils ont vite distingué celui qui n'est pas des leurs.

— Un ennemi du peuple ! s'égosille encore le serrurier Roussel. Lardez-nous ça !

— A la mairie ! A la mairie, le flicard !

— Qu'on le fusille !

— Un mur suffira !
— Piochez-lui la margoulette !

La vague fourmillante se soulève. Elle est faite de mains, de gourdins, de crosses, de coudes furieux qui se poussent et veulent porter le premier coup.

Grondin s'arc-boute. Il lève son avant-bras protégé par le macfarlane et en fait un bouclier. D'une puissante poussée, il catapulte ses adversaires les plus proches en direction des autres. Avec son makhila transformé en véritable massue, il nettoie autour de lui. Sa hure est effrayante. Il démasque la gueule de son revolver.

Dans un geste d'abattage, sans proférer un mot, un mouleur de fonte croyant sa dernière heure venue catapulte son poing vers l'avant. Au même instant, un coup de serpe lancé par un autre bras entaille le poignet du boxeur, lui tranche les veines, atteint Grondin en plein front et dessine une rive de sang entre ses sourcils.

La vue du liquide vermeil déchaîne la violence des plus acharnés. Une grêle de coups sourds et désordonnés s'abat. Un crime partagé est en marche.

La foule déchire. Les blessures sont vilaines. Grondin lève sa main en défense de sa face sanguinolente. Il fait tout pour protéger sa tête restée nue. Il a perdu son makhila. C'est le fils d'un marchand de vin de la rue Lepic qui le ramasse.

Fil-de-Fer se dégage. Il passe à quatre pattes entre les jambes des assaillants et recule horrifié.

Elle est terrible à voir, cette noyade d'un homme dans des vagues humaines ! La meute tourbillonne, piétine et frappe. Mots hachés, gestes furieux se succèdent. Les voix sont des jappements brefs. Les enfants regardent l'hallali. Ils en verront bien d'autres. Ils connaîtront bientôt le goût de leur propre sang !

Le faciès déformé du supplicié disparaît, réapparaît, parfois surnage. Une paupière est close, prise dans un gros caillot de sang. Le sang ruisselle. Grondin ne se rend pas.

De son œil unique parfois, il regarde le ciel. Il s'y dessine un pâle soleil rouge. Un poing armé d'un pliant se lève et s'abaisse pour suriner encore et encore le torse et les épaules du colosse qui ne veut pas tomber.

Enfin, un coup de crosse l'atteint à la tempe. Il sombre, il s'abat, trop serré d'enragés pour pouvoir s'étaler. Il est emporté par la vague humaine. Il ne coule pas. Comme un noyé, il est inerte. Porté par la houle. Son œil unique continue à fixer le ciel.

Il resurgit la tête meurtrie et ballottante, trouve enfin sur le sol taloché par les sabots une toute petite place en chien de fusil. A ce stade de l'horreur, la foule s'écarte. Elle cesse de frapper un pauvre corps fait de plaies et de débris d'étoffe.

Elle a d'autres chats à fouetter.

21

Ils sauront bientôt que nos balles Sont pour nos propres généraux !

Là-bas, dressé sur son cheval, le général Lecomte est blême de rage. De plus en plus nombreux, les lignards agitent les chassepots la crosse en l'air. Pour cet officier lorrain, c'est le geste sacrilège par excellence, le signe absolu de la révolution.

Les tambours ont cessé de battre.

Pour la troisième fois, le général commande aux chasseurs de faire feu sur la foule.

— Apprêtez... armes !

Les culasses reculent et alimentent la chambre des fusils en munitions.

— En joue !

Quelques crosses s'encastrent au défaut de l'épaule.

— Feu !

Les troupiers du 88e baissent les bras. La plupart des fusils s'abaissent vers le sol.

De la bouche du général Lecomte sort alors une étrange phrase :

— Tirez au moins une fois pour sauver l'honneur !

Mais les hommes restent pétrifiés.

— Vous voulez donc vous rendre à ces canailles ?

— Nous ne demandons que cela, répond la voix blanche d'un simple troupier.

Il incline la tête avec une tristesse qui n'est pas feinte. Les yeux des autres soldats, ceux de la foule entière, sont perdus dans un temps qui n'en finit plus de couler.

Du haut de son cheval le général Lecomte insulte les chasseurs d'un timbre rauque.

Une grande fille brune avec un port de reine défait son chignon et dénude sa poitrine. Les gendarmes croisent les chassepots devant elle.

N'importe !

Elle chante.

Elle chante *la Canaille* que chanta avant elle Rosalie Bordas au lendemain de l'assassinat de Victor Noir. Elle s'appelle Gabriella Pucci mais tout le monde l'appelle Caf'conc'. On la connaît bien sur la Butte. C'est une chanteuse réaliste qui a tourné cocotte par amour des divans confortables garnis de velours incarnat. Elle est l'ornement, la femme entretenue, d'un caïd qui s'appelle Edmond Trocard.

Elle chante haut et fort. Sa beauté plébéienne, la vérité charnelle de son corps, ses hanches faites pour enfanter, la sensualité de ses lèvres, son caractère affirmé font de cette belle aboyeuse le symbole de l'audace femelle.

Elle se campe devant Lecomte, sanglé dans sa vareuse, muré dans son orgueil de seigneur.

La foule écoute la Pucci avec un frémissement d'enthousiasme et reprend en chœur le refrain qu'elle sert au général :

> *Dans la vieille cité française,*
> *Existe une race de fer*
> *Dont l'âme comme une fournaise*
> *A de son feu bronzé la chair.*
> *Tous ses fils naissent sur la paille,*
> *Pour palais, ils n'ont qu'un taudis,*
> *C'est la canaille*
> *Eh bien, j'en suis !*

Voilà ! Le dé en est jeté.

Plus rien ne l'arrêtera : le peuple s'avance.

Des mains d'un fédéré, un second drapeau se déroule. C'est le drapeau français.

Vêtu d'une simple chemise celui qui le porte brave le froid avec une stupéfiante inconscience. A chacun de ses pas, la flamme tricolore s'anime, lèche son profil énergique.

Le cou indéracinable sur des épaules noueuses, la poitrine large, le bras solide et musclé, le regard rivé à celui du capitaine Tarpagnan qui retient le feu des lignards, l'homme franchit les trente pas qui les séparent.

Les canons du dix-huit mars

Tandis qu'il s'approche des fusils, tête nue, sans armes, l'assemblée retient son souffle. Sa foulée est paisible, les mèches de sa chevelure blonde flottent à rebours de ses tempes.

Au fur et à mesure de son avancée, l'officier déchiffre des yeux sans détours, un visage sensible dominé par un front sculpté d'intelligence. Une sourde émotion l'envahit lorsque le fédéré s'arrête devant lui.

Sera-ce la guerre ? Sera-ce la paix ? Les deux hommes se déchiffrent.

Tarpagnan fixe intensément celui qui lui fait face, qui est jeune et qu'il ne connaît pas.

Il le baptise son égal et son frère.

Le fédéré esquisse un imperceptible sourire. A l'improviste, il avance sa paume ouverte en direction de l'officier. Tarpagnan s'en saisit, étreint cette main tendue, la serre chaleureusement comme si elle était celle d'un jeune camarade de longue date.

— Théophile Mirecourt, photographe !

— Antoine Tarpagnan, capitaine de ligne !

— Faisons le sacrifice des haines ! Embrassons-nous !

Ils se donnent l'accolade.

Les choses du cœur sont aussi simples que cela. Leur expression est si libre et spontanée, tellement banale et solennelle à la fois – deux hommes se serrent la main et fraternisent – que celui qui tient la plume est seulement bon pour se taire.

Le 18 mars 1871, par un froid de gueux, dans des circonstances de méfiance mutuelle, deux amis sont nés et leurs gestes s'accordent. A l'unisson de leur connivence, lignards et gardes nationaux fraternisent. Les officiers supérieurs sont débordés. La mutinerie dépasse l'indignation des chefs. Les chasseurs lancent leurs fusils aux mains tendues pour les accueillir. Mille poitrines vibrent d'une même clameur.

Théophile recule d'un pas.

Il entonne *la Marseillaise*.

Antoine plante la lame de son sabre dans la terre boueuse. Il prend Théo par l'épaule.

Alors, comme une eau lente, monte à ses lèvres le même chant que le sien, un hymne fait pour le même peuple, un cri conçu pour la même humanité.

Antoine Tarpagnan chante *la Marseillaise*.

Il vient de choisir le camp de la Commune.

DEUXIÈME PARTIE

LA LIBERTÉ SANS RIVAGES

22

Un réveil difficile

Lorsqu'il entrouvrit les yeux sur son nouveau territoire, Antoine Tarpagnan eut le sentiment confus de n'appartenir à rien, de n'être inscrit sur aucune liste, aucun registre, aucun calendrier. De ne savoir ni l'heure ni la date, de ne connaître ni le lieu où il se trouvait ni le propriétaire des clés.

Il n'en retira aucune souffrance morale, à peine un picotement d'appréhension. Il se sentait plutôt heureux. Plutôt protégé par l'édredon de plumes qui faisait montagne sur son corps et lui dispensait une lénifiante chaleur. Aussi, à peine dégagée des bourbes du sommeil, son intelligence survola-t-elle à faible allure une contrée de marécages aux limites si brumeuses, aux contours si mal définis, que l'engourdi, prenant un intime plaisir à prolonger son hébétude, hésita encore longuement entre le confort ouateux du songe ou la bourgeonnante réapparition de la réalité du monde.

Il bâilla, ce qui était une autre façon de retarder le temps.

Son regard paresseux abandonna presque à regret l'ombre d'un chemin de tulle orné d'oiseaux fantasmagoriques qui ondulait au-dessus de sa tête. Cet effet de trame sans pesanteur ni exactitude de forme épousait au gré d'une infime brise les frises du plafond blanc et s'en allait rejoindre son origine : un rideau diaphane, lové à contre-jour d'une fenêtre ouverte sur un jardin et gardé par deux lourdes portières de velours frappé qui contenaient les débordements d'un gai soleil.

Où était-il ? Pourquoi était-il nu dans la touffeur douillette d'un lit qu'il ne connaissait pas ? En quel appartement ? Pourquoi sa langue avait-elle l'épaisseur d'un cuir de reliure ?

Avec une grande économie de gestes, en bougeant seulement sa pauvre tête battante de migraine sur l'oreiller, il alla au-devant du tic-tac tranquille d'une pendule Louis-Philippe. Au milieu du marbre noir, le cadran à chiffres romains lui enseigna qu'il était deux heures.

— De l'après-midi, raisonna l'ensommeillé. Sûrement.

Antoine s'étira avec bonheur et constata que ses membres étaient endoloris comme s'il s'était livré à une marche harassante.

Il posa sur le tapis un pied prudent, sentit se dérober le sol et vit tanguer la pièce.

A ce signe infaillible, à une irrépressible envie de se désaltérer, il sut qu'il avait gobelotté déraisonnablement la veille et si fort tapé sur la cocarde qu'à l'exception de sa rencontre avec Théophile Mirecourt l'essentiel de ce qu'il avait pu dire ou faire le 18 mars lui échappait pour le moment.

Il tenta l'expérience de traverser la pièce et constata que ses effets militaires, sa vareuse d'officier, ses pantalons à bande rouge, avaient été jetés sans précautions particulières en travers du chevet d'une méridienne. Ses bottes, maculées de boue, dormaient sur le flanc alors que des vêtements civils, une chemise fraîche, un costume-gilet, lui étaient proposés sur le dossier d'une chaise.

Il marcha à pas saccadés jusqu'au cabinet de toilette et plongea longuement son visage dans la cuvette d'eau glacée. Il procéda au nettoyage de ses dents avec de la poudre de dentifrice du Docteur Bonn, décida de parfaire son hygiène buccale en se gargarisant à l'eau de Botot et, obstiné à effacer les traces de ses libations, utilisa tout l'arsenal des produits de toilette mis à sa disposition, s'appliquant à ondoyer, bouchonner et frictionner chaque pouce de son corps à l'aide d'un savon au suc de laitue.

Ces soins d'hygiène complétés par une aspersion de vinaigre de toilette, un tapotis de lait d'iris pour raffermir la peau du visage et un grand coup de brosse pour ordonner ses cheveux marquèrent la résurrection définitive du séduisant capitaine.

— Mordious ! s'écria-t-il soudain en se toisant dans la glace avec une moue de suprême dédain, tu n'es qu'un déserteur, Antoine ! Un renégat. Un gibier de poteau. Douze balles dont une, voilà seulement le joli sort que tu mérites !

Du coup, les souvenirs remontèrent à sa cervelle. Ils faisaient raffut. Ils soufflaient des images en bourrasque.

Le champ Polonais ! Le peuple et les canons ! Le général Lecomte ! Antoine se revoyait au milieu du dernier carré de ses hommes ! Le fédéré marchant au-devant de lui ! Ce beau regard franc qui l'avait traversé ! Le projet fou de se rendre ! Mieux, camarade, de devenir ton ami, ton frère ! L'horreur du sang versé, Théo ! Comment ne pas se souvenir du 18 mars ?

Ah, quelle inoubliable journée ! Quelle fraternité exubérante ! Le beau livre de déraison !

La liberté sans rivages   85

A grand train, les clameurs de la rue des Rosiers inondèrent ses tympans. Tambours, fanfares et poings tendus, mille visages, trognes, becs-de-corbin, bourgeons, couperoses, dentures incertaines défilèrent sous ses yeux.

Il revisita dans l'instant de délicieux sourires de femmes, des poitrines voluptueuses.

Il entendit vibrer *la Marseillaise* comme il ne l'avait jamais entendue, clameur et grondement d'un peuple, soulèvement général. Des milliers de voix alourdies par un quart de siècle de colère.

Il mesura la ferveur des pauvres gens réduits à l'herbe par l'égoïsme des nantis. Il revisita clairement des épisodes plus cocasses : Fil-de-Fer levant le pouce en direction de ses amis. La façon maquignonne que le serrurier avait eue d'englober d'un même geste le capitaine et le photographe.

Il entendit sa voix de sable commander :

— La main d'ssus, ils sont à nous ces deux-là ! Ils sont propriété du peuple !

Et bien sûr, s'il y a du rire à penser que le destin des hommes parfois se joue sur une farce de village, il n'en est pas moins vrai que c'est bien à la minute même où Marceau, Ferrier, Voutard, se précipitaient à la suite du serrurier et soulevaient Tarpagnan et Mirecourt dans les airs pour les porter en triomphe que tout avait commencé de travers...

Le regard d'Antoine avait croisé celui de Gabriella Pucci. Jamais des yeux, un sourire ne l'avaient accueilli pareillement. Les prunelles résolues, les cheveux en désordre, la poitrine ferme et bien partagée sous un simple calicot de toile d'Irlande, l'Italienne, dans sa jupe paille couverte de dentelle, lui parut aveuglante de beauté. Antoine ne parvenait pas à détacher son regard du grain délicat de sa peau, de la ligne parfaite de ses épaules nues et rondes. Elle, de son côté, – Caf'conc' – semblait ne plus vivre que pour lui. Elle donnait l'impression de se brûler le sang à l'attendre.

Bien sûr, tout cela n'était que sortilège, méfait de coup de foudre, bien sûr l'échange des regards n'avait duré que le temps d'un ravissement partagé, mais dès l'entrée cette fusion des âmes pesait un siècle de certitude. Elle avait valeur de promesse.

Gabriella était celle qu'il attendait. Elle serait sa compagne. Elle serait son amante. Elle était faite pour lui.

Antoine devint très rouge. Caf'conc' éclata d'un rire de dents qui la rendait plus animale encore. Ils allaient se parler mais, presque instantanément, Tarpagnan se sentit palpé par dix mains, ses jambes étaient arrachées du sol.

Les visages basculaient dans le tumulte et le coudoiement des grappes humaines, il était promené dans les hauteurs et finit par se retrouver perché sur les solides épaules de Voutard. Les autres, Œil-de-Velours, Badigeon, avaient hissé dans le même temps Théophile Mirecourt sur leurs cous de portefaix.

— Vive la ligne !

— Vive la République !

— Vive la Commune !

La foule, dans leur sillage d'ombres et de gestes, leur faisait une ovation. Antoine distribuait des baisers.

La taille bien prise, les hanches déliées, les fesses hautes, la nuque dressée, Caf'conc' marchait aux côtés de Voutard et Ferrier, transformés en bêtes de somme. Cette jeune femme splendide à la grâce rieuse, aux jambes si bien ficelées, n'avait d'yeux que pour le beau capitaine. Mettant à profit un ralentissement du cortège, elle avait attrapé la main puis l'avant-bras de Tarpagnan, l'obligeant à se courber vers elle. En riant, elle l'avait ensuite crocheté par la nuque, elle cherchait à plaquer un baiser sur ses lèvres.

Leurs visages grandissaient à la rencontre l'un de l'autre. Elle sautillait afin de se hausser jusqu'à lui. Elle riait. Elle marchait à reculons et elle faisait une nouvelle tentative pour l'embrasser. Par moments, il pouvait sentir son haleine poivrée. Il approchait la lumière de ses prunelles sombres. Antoine était sur le point de glisser sur les épaules de ses porteurs. Voutard, déséquilibré, poussait un grognement, il chassait l'importune d'une bourrade. La foule continuait à avancer, à pousser avec une force aveugle. Ferrier avait un sursaut comme pour redresser un sac qui va tomber. En relevant la tête, Antoine ressemblait à un poisson qui manquait d'air. La belle Italienne avait conservé en otage son képi galonné. Elle l'avait gaillardement posé sur le ruissellement de ses boucles brunes. A quatre rangs de là, Théo était hilare. Il avait abandonné son drapeau à la foule. Il essayait de couvrir les voix.

— Mon appareil photo ! Mon appareil photo ! s'égosillait-il. Je l'ai laissé à un gamin !

— Il suit, il suit !

C'est le jeune Tironneau qui lui répondait, avec sa voix de coq et son poignet bandé.

A deux rangs en arrière, il brandissait au-dessus de sa tête le trépied et la chambre de bois précieux. Dix-huit kilos à bout de bras !

Toujours transbahuté à dos d'homme, Théo était emporté. La foule ruisselait dans les ruelles où elle jouait à cogne-fétus. Théo se retournait. Il surveillait son appareil.

— Vous m'apprendrez le temps de pose ? demandait le gosse. Vous m'apprendrez à viser au travers de la plaque ?

La liberté sans rivages 87

Il pointait de ses doigts sales le gros soufflet et, au fond de cette arcade de cuir, l'œil bleu sombre de l'objectif bagué de cuivre.

— Je veux être reporter !

— Promis ! tout à l'heure on tirera la photo de tout le monde. Tu seras mon assistant !

Guillaume rayonnait de bonheur. Et Théophile se penchant vers son porteur lui tapotait sur la tête. Œil-de-Velours levait vers lui ses yeux ourlés de cils ténébreux.

Inquiet, le savetier demandait :

— Vous n'aimez pas voyager sur ma bosse ?

— Beaucoup ! Je voudrais surtout savoir où vous nous emmenez.

Le vilain croche répondait :

— Chez nous, pardine ! Rue Lévisse ! Tout passe par là ! On va boire un sacré vin bouché ! Du vin de Saint-Pourçain. Du ginguet de ma mère...

Rochon, alias Badigeon, mêlait son grain de sel :

— On va recharger le combustible !

Et Fil-de-Fer qui galopait en tête gueulait :

— Place ! Place ! Faites place aux héros du peuple !

Les femmes s'en mêlaient. Elles disaient, elles répétaient :

— Rue Lévisse ! On f'ra du pâté d'officier ! On dansera la valse ! Il faudra nous faire tourner la tête !

Léonce, Marion, Adélaïde Fontieu, les biches, les pierreuses, traçaient un joyeux accompagnement de fichus, de cols blancs, de gorges de poupées emballées dans du vert, dans du rouge, dans du bleu. Des grivetons du 88e avaient suivi.

Une fille, un soldat. La jeunesse marchait par brochettes.

Un garde, une grisette, un chasseur.

Un jupon, une camisole, deux casquettes.

Joyeuse guirlande ! Dans une promesse de volupté chaude, soudain, tout le monde s'aimait !

23

Mademoiselle Pucci rentre tôt

Un peu partout, dans les rues avoisinantes, se dessinait la même joie. Derrière ceux de la rue Lévisse une immense houle d'étendards, de baïonnettes et de képis, allait, venait, ondulait, battait, se resserrait ou s'éparpillait.

La voix universelle dégringolait des hauteurs de la Butte pour colporter la bonne nouvelle. Le peuple a gagné ! Le général Lecomte s'est rendu ! Il a été fait prisonnier ! La brigade Susbielle a dévalé les pentes sous une averse de poireaux cueillis sur les voitures des quatre-saisons !

Des cortèges s'improvisaient à chaque carrefour. Lignards et gardes nationaux chantaient bras dessus bras dessous.

— Vive la ligne !

— Vive la Garde !

Quel désordre ! Quelle fourmilière !

Paris si attristé la veille, si courbé, si vaincu, Paris relevait le col, Paris triomphait grâce à l'inspiration des femmes. L'armée de Thiers était en déroute.

Nombre de soldats humiliés rêvaient de redevenir citoyens. Dans l'ombre des cours, il se trouvait même des militaires qui pour un écu de cent sous, voire un louis, échangeaient leurs uniformes contre des effets civils. Beaucoup de sergents de ville avaient jeté leur képi aux orties. Les jardins, les basses-cours étaient jonchés de parures noires, de guêtres et de baudriers.

Et après qu'on eut passé la journée rue Lévisse, après qu'on eut dansé la chaloupe, mangé, photographié quelques barricades, fait connaissance, juré de se revoir mais rien n'était moins sûr, le rire de Gabriella Pucci s'était fané sur son visage. Elle avait consulté plusieurs fois sa montre. Elle avait montré des signes de nervosité.

Elle avait dit :

— Antoine, pardonne-moi ! Quoi qu'il advienne, pardonne-moi ! Je jure que cette journée a été un grand vent de bonheur dans ma vie...

Ils avaient tournoyé un moment encore – enlacés, soudés, réunis comme une seule personne. Elle giroyait la tête renversée en arrière, – un, deux, trois, la valse – elle passait, repassait sur un fond de lampions, la lèvre humectée, les yeux mi-clos, les cheveux défaits, les pommettes marquées de deux creux pathétiques et puis d'un coup s'était cabrée dans les bras de son cavalier. Elle avait défait les mains du capitaine nouées autour de sa taille, elle s'était éloignée en courant. Elle avait mystérieusement disparu en traversant la foule des danseurs.

C'était arrivé dix minutes avant dix-huit heures. Caf'conc' s'était volatilisée sur un simple tour de valse.

Resté seul, Antoine se sentait soudainement ivre des pieds à la tête. Le saint-pourçain d'Œil-de-Velours en était la cause. Ce petit vin de Sioule piquait la bouche et passait au travers du nez mais il se laissait boire à tire-larigot. Fût-il aigrelet, à chaque nouvelle bouteille décapitée, il donnait l'illusion d'étrangler les grandes douleurs mieux qu'un simple pinard de cruche ou de comptoir.

Avec un geste de pochard, Tarpagnan avait hélé Fil-de-Fer pour essayer de se faire expliquer la raison de la fuite de sa cavalière. Le spécialiste des coffres-forts avait pris l'air un peu raide. Il avait porté la main droite à l'auvent de sa casquette et mis la bouche de travers pour masquer ses paroles :

— Passe ton chemin, fils ! Gabriella est mariée d'la main gauche ! Fais comme j'te dis... V'là son surveillant qui rapplique !

D'un imperceptible haussement du menton, il venait de désigner un brochet en pantalon à pont et jaquette *fashionable* à trois boutons qui achevait de prendre ses quartiers dans une embrasure de porte.

Tarpagnan leva les yeux. Il découvrit un rouquin au visage de rossinante, la joue marquée par une cicatrice. L'homme, sentant peser un regard sur lui, affectait de s'abîmer dans la contemplation des couples enlacés.

— Caf'conc' est de l'espèce de crevette qui craint la lumière ! chuchota encore l'orfèvre des clés à l'oreille du capitaine. Tu peux pas espérer la fréquenter en plein jour ! C'est une bestiole d'anfractuosité. Etroitement surveillée.

A force de chercher le regard biais du souteneur, Antoine bouillait sur place.

Il se tourna vers Fil-de-Fer :

— Tu n'imagines pas que c'est ce barbillon d'opérette qui va m'intimider ! maugréa-t-il.

Il se lissa la moustache, chercha machinalement son sabre dans le fourreau et s'aperçut qu'il avait laissé le coupe-choux sur le terrain.

— Faute de lui aiguiser les oreilles, je vais lui bourrer le pif ! s'exclama-t-il en retrouvant son accent gascon et ses instincts de coq de cambrouse. Mordious ! je vais lui rentrer un œil !

Emile fit un pas précipité en avant :

— L'abus du saint-pourçain t'égare, capitaine !

Et se mettant fermement en travers du chemin :

— L'homme que tu veux étriller s'appelle Caracole... Léon Chauvelot de son vrai nom. C'est un serpent. Un rescapé de bagne. Un très vilain tueur. Y f'rait la peau à n'importe qui.

— Mille dieux ! J'ai chargé les Mexicains de Juárez à Puebla, je peux boxer un Paganini de ruisseau dans le XVIIIe arrondissement !

— Zéro pour la musique ! Caracole s'rait plutôt du genre qui coupe les tendons de la cheville par-derrière.

— M'en fous ! J'ai aussi réchappé à la « mouche de Cordova » qui pondait ses œufs dans les narines de l'armée française !

Le Gascon avait l'ivresse inatteignable. D'un pas chaviré il écartait déjà les valseurs pour se frayer un passage et mettait le cap sur le lieutenant d'Edmond Trocard.

Le rouquin, surpris par sa venue, eut seulement le temps de prendre l'air étonné. L'instant suivant, il eut l'impression que sa face rencontrait une massue et son nez éclata comme une tomate trop mûre.

Il recula précipitamment de quelques pas, tituba sur place, leva un doigt menaçant en direction de son agresseur et, dos à sa chute finale, s'abattit sur le travers d'une table encombrée.

Négligeant ses arrières, le vainqueur de Puebla était déjà de retour auprès de Fil-de-Fer.

— Alors ? demandait-il avidement. Où habite-t-elle ? Où habite Gabriella ?

— Rue du monde ! Dans une cage à jacasses !

Mais ça ne suffisait pas au capitaine. Il voulait en savoir davantage. Il souleva le serrurier par le col, entreprit de lui serrer les cartilages. Il était hors de lui-même. Il serrait tant et si bien le larynx du sorgueur qu'en moins de deux, Fil-de-Fer commença à donner des notes fêlées dans un registre aigu. Il avait les prunelles à l'envers, le blanc des yeux noyé de larmes et violaçait à faire peur.

Antoine relâcha son étreinte.

A peine avait-il rendu un peu d'air au bocal que le petit tubard, secoué par des quintes, s'engloutissait dans sa fameuse « toux de gypse ». Le visage entre les mains, il émettait un chant rentré et caverneux guère plus rassurant que sa suffocation précédente.

— Crébleu ! agonisait-il, j'vais rendre mon cœur sur le carreau !

— Bon. Il suffit ! s'énerva Tarpagnan. Où habite-t-elle ?

— Dans un p'tit nid fait spécialement...

— Donne-moi l'adresse !

— Nibé, garçon ! Si j't'envoyais chez elle, tu t'f'rais dévisser le coco ! et moi... illico j'irais à la retape ! Un couteau bleu entre les deux épaules, merci !

Là-dessus, Fil-de-Fer tourna le dos à son secoueur de puces pour lui signifier que l'entretien était terminé. Qu'il allait rendre sa gorge ailleurs.

Il s'éloigna à pas comptés vers son échoppe. Jamais son thorax n'avait été aussi creux.

Il toussait vraiment à faire peur.

24

No return

Si l'ex-officier des armées Lecomte avait eu le bon esprit de suivre le caroubleur, sa surprise eût été grande de constater comme, au détour d'une simple porte, Emile Roussel avait su recouvrer la santé. Plus de sifflement dans les bronches, plus de postillons en liberté, plus de rauque dans la voix ! Le bruge aux poumons caverneux respirait librement. Même, il s'était approché sans bruit dans le dos de Léon Chauvelot qu'on apercevait dans la perspective du corridor et lui avait tapé sur l'épaule.

— Salut, Léon !

L'autre élégant, les nerfs tendus à bloc, avait sauté plus haut qu'une mie à ressort. Il s'était retourné, guère plus gracieux qu'un fagot d'épines.

— C'est toi, Roussel ? dit-il, presque soulagé.

Il tamponnait son nez avec un grand mouchoir ensanglanté.

— J'ai l'impression, dit Emile.

Et s'avisant de la pâleur du rouquin :

— Un p'tit fil en quatre ? ça va te rebomber le torse.

Sans attendre la réponse, il précéda le blessé jusqu'à son atelier de serrurerie, ouvrit la porte d'un vaisselier vermoulu et en tira une bouteille de prune.

— Tiens, v'là du sec ! Garanti ! Du chasse-brouillard d'alambic !

Caracole s'agita derrière son tire-jus.

— Quand j'y r'pense ! nasilla-t-il au travers du tissu quadrillé. Ton capiston-trois-ficelles perd pas grand-chose en attendant sa dose ! Tu sais comment il m'a appelé ? *Chevalier du bidet !* Foi de Caracole je ne l'oublierai pas ! Ce s'ra un perdu pour deux retrouvés !

92   *Le cri du peuple*

Il déboutonna son gilet taché par le sang et l'exhibant à la manière d'un passeport vers la vengeance :

— Dis-y bien à ton tourlourou d'jamais plus dormir les yeux fermés !

A force de rancune, il claquait les dents de colère.

— Deux fois en quelques heures que j'me laisse surprendre par des impatients, s'échauffa-t-il. Bilan : un gilmont gâché et un grimpant entaillé !

Et de recourir soudain à son anglais approximatif :

— *Two times* qu'on m'gâche ma vêture !

— T'y peux mèche, Léon ! C'est comme ça ! Y a des journées sans flambeau !

— Tout de même ! Nomme-le ! qui c'est ce brutal qui m'a frappé avant de parler ?

— Il s'appelle Antoine. Antoine Tarpagnan. C'est un héros de la guerre du Mexique ! Un lignard prêt à se battre comme un lion pour le bien de la Commune !

— Bon. C'est d'jà mieux, admit Chauvelot en buvant son verre de gnôle. Mais dis-y quand même pour le bien de sa p'tite gueule de pas trop s'alourdir les mains autour de Caf'conc'. Edmond Trocard est pas trop patient ces temps-ci. Il aimerait pas qu'on vienne s'étendre sur ses fleurs.

— Je lui f'rai la commission.

Le serrurier emplit à nouveau le verre de son interlocuteur, alla vérifier si derrière les persiennes personne n'était susceptible d'entendre la conversation et revint se camper devant Caracole.

Après un silence :

— Je suppose que t'es pas seulement venu pour marquer la femme d'Edmond...

— Ezact, admit Caracole.

Il assécha son deuxième godet de prune. Il reprenait de la nervure à vue d'œil. Il s'était redressé. Son nez ne saignait presque plus.

— Le *boss* te fait dire que notre nouvelle affaire est pour demain, bonnit-il. Amène ton matériel de précision. Le rendez-vous de départ est fixé à minuit.

— A *l'Œil de Verre* ?

— Comme d'habitude, numéro 7 !

— J'y s'rai, numéro 13 ! Mais rappelle à la Joncaille que je ne veux pas de sang.

L'ancien forçat mit la main sur le cœur.

— Promis. Tout devrait se passer sur un lac.

— La dernière fois, je t'ai vu à l'œuvre, Caracole...

— *Last time*, c'est juste que ça a mal tourné... La petite baronne de Runuzan est rentrée des Folies-Dramatiques avant la fin du *Canard à trois becs*! Avoue qu'on pouvait pas prévoir que la première de l'opérette de Moinaux ferait un tel couac dans la *gentry*!

— La baronne est rentrée en avance, d'accord! mais c'était pas une raison pour qu'elle finisse au bouillon en eau de Seine!

— Le bon miché, toi! On n'a rien pu faire d'autre, rappelle-toi! Pendant que le cocher était allé remiser, la madame pour faire plus court avait pris l'escalier de service... On l'attendait à minuit dans le hall... Elle fait irruption à vingt-deux heures dans la chambre conjugale! elle trouve son jeune mari sur le dos – nu comme le Bon Dieu nous a faits! Gaston de Runuzan est en train de se faire faire patte d'araignée par Amélie la Gale spécialement placée par nos soins dans son lit... Aussitôt, la baronne crache sa langue! Elle cherche un pistolet pour se faire justice comme sur une couverture du *Journal illustré*! Ah, y fallait voir! Elle glapissait! Elle courait partout... Elle croit trouver une arme dans le bureau du mari coupable et v'là t'y pas qu'elle débouche dans la pièce où tu travaillais sur le coffiot... Tu te rappelles l'algarade!

— Je me souviens que tu l'as battue dos et ventre!

— Fallait bien l'empêcher d'ameuter tout le quartier!

— Sa tête avait cogné sur le marbre... Elle se traînait à tes pieds...

— C'était une peste, cette môme-là! Elle m'avait mordu au poignet. Elle refusait de se calmer! Rouge comme du feu! Elle avait une de ces morgues!

— De là à la crever...

— Polope! Là, j'y suis pour des nèfles! Elle s'est jetée sur le revolver de Trocard, l'arme est partie toute seule... Elle avait un nénesse arraché... Une furie sanglante! Il a bien fallu l'achever au couteau!

— Plus jamais cela, dit sourdement Fil-de-Fer.

— *Of course*, acquiesça le brochet. Môssieur est un voleur aux mains propres.

Le surineur attrapa son verre de gnôle et ajouta:

— Demain, tu nous ouvres le coffre et dès que t'as fini, tu peux te retirer.

— C'est bon, se résigna Roussel. Je suppose que je n'ai pas le choix...

— C'est ezact, ricana Caracole en se resservant lui-même une rasade. Une fois que tu fais partie de la bande de l'Ourcq, t'es comme les doigts d'une seule main. *No return*.

Il siffla son verre et parut attendre.

Les deux hommes évitaient de se regarder. Les bruits, le parfum de la fête qui se tenait dans la cour leur parvenaient par vagues et rafales.

Bribes de rires. Lambeaux de cris. Sanglots d'accordéon.

Au loin, de temps en temps, un coup de feu claquait dans la nuit.

— Je donnerais cher pour savoir ce qui se passe ailleurs... dans les quartiers... murmura Emile Roussel.

Le cri du peuple

— Les barricades fleurissent et se renforcent. Les lignards ont fusillé Lecomte et le vieux Clément Thomas, renseigna le rouquin.

— Thomas, Thomas ? Celui de 48 ? Le mitrailleur de la rue Sainte-Avoye ?

— En personne, le vieux chacal ! Poum ! Poum ! Poum ! Passé au falot, le faucheur de la Garde nationale ! Soixante-dix balles pour venir à bout du molosse de la bourgeoisie ! Paraît que plus ça lui tirait dans le cuir et plus le vieux restait debout ! Il était percé de partout, on aurait pu vendanger son sang, mais il tenait encore son chapeau à la main !

Avec un large sourire, Caracole tira un papier froissé de sa ceinture de flanelle rouge et le déplia.

— Vise un peu, fit-il miroiter, on a cueilli les boutons de leurs uniformes ! Paraît que ça part à cinquante centimes la pièce !

Emile Roussel en prit délicatement un. Avec gravité, il palpait, il retournait la piécette de laiton entre ses doigts. C'était comme si cette garniture de vêtement, ce symbole, cet insigne d'une force qui n'avait tenu qu'à un fil, signifiait une fois tranché qu'on venait de faire table rase du passé, qu'on ne pourrait plus revenir en arrière et que la tâche serait immense avant que les insurgés, acteurs et pontonniers de leur propre révolte, ne jettent les passerelles d'une nouvelle utopie.

— Mince de souvenir pour les familles, tu n'trouves pas ? ricana Caracole. T'en veux pas un pour tes n'veux ?

Fil-de-Fer répondit par la négative. Il remit le bouton au centre du papier froissé que l'ancien bagnard tenait toujours sur sa paume.

— Qui a tiré ? demanda-t-il sourdement.

— La ligne et les mobiles. Aussi quelques gardes nationaux.

— Un peu tout le monde, constata sourdement Fil-de-Fer.

Il se tenait contre son établi, courbé et inquiet – dégrisé comme s'il pressentait que la fusillade des généraux servirait plus tard d'alibi aux premières exécutions sans procès de Versailles.

Il déglutit lentement.

— J'y vais, finit-il par dégoiser. Mon absence va paraître bizarre.

— Gi, rétorqua le cotteret en repliant le papier. Et pendant qu'tu y es, oublie pas d'affranchir ton protégé du danger qui lui pend au nez ! Gare à la sauce, dis-y ! J'ai la patience du Lombard... je le retrouverai tôt ou tard... Les belliqueux dans son genre, j'ai l'eustache qui m'démange !

Le voyou aux cheveux rouges siffla un dernier verre. Ses yeux mal assortis chassaient dangereusement sous ses paupières. Lèvres serrées, le petit serrurier se taisait. Il mit la main sur sa bouteille de chnic et s'en fut la ranger dans le vieux vaisselier.

L'autre, dans son dos, continuait à ruminer sa rancune à l'égard de Tarpagnan.

La liberté sans rivages 95

— Tu me connais assez, Fil-de-Fer... dit-il soudain entre les dents. Je n'suis pas l'genre qui reste les oreilles pendantes.

— Je me doute assez de quoi t'es capable, répondit Fil-de-Fer. Mais oublie pas qu'ça ne me f'ra pas plaisir.

— Tu t'mettrais contre moi ?

Une grande excitation s'était emparée de l'homme à tête de cheval. Ses dents de devant grinçaient l'une contre l'autre. Il n'aurait pas aimé que Fil-de-Fer, un membre de la bande de l'Ourcq, un camaro en quelque sorte, pût penser un seul instant qu'il était un homme faible et humilié.

— Rappelle-toi qu'j'ai du v'lan, caneson ! s'écria-t-il en posant sur son camarade ses prunelles cernées de petits vaisseaux injectés de sang. J'ai résisté à tout... au jeûne, à sodome, à la carruche... Tout à l'heure, ton ci-devant, j'aurais pu le débrider avec ma vaisselle de poche !

Il venait de démasquer la lame aiguë d'un long couteau sinueux qu'il avait réveillé comme un serpent au creux de sa manche.

— Foi de Caracole ! poursuivit le méchant rouquin en rebattant son exaspération, ton valet de carreau n'aurait pas pesé lourd si j'avais commencé à le chouriner ! Mais t'as vu, je m'suis suis contenté de l'enfrimer... La toise, avec les yeux d'un homme qui promet la mort au bout du chemin, crois-moi, ça s'oublie pas ! Pas d'équivoque ! Le glorieux soldat a bien compris que j'lui donnais rembroque pour plus tard... Qu'au jour dit, j's'rai son guignon, son mauvais astre... D'ailleurs, t'as bien vu, ajouta-t-il avec un petit rire nerveux, j'y ai fait peur ! Il a filé son nœud ! Y r'vient pas m'emmerder !

Et pour cause, Tarpagnan était occupé ailleurs.

25

La nuit des objets perdus

Antoine s'acharnait.

Après avoir passé Fil-de-Fer à la question, il avait poursuivi sa quête. C'était au tour des amis du serrurier d'être sur le gril. Voutard, acculé dans un coin de remise par l'ardent capitaine, jura ses grands dieux qu'il ne savait pas où nichait la belle Gabriella Pucci. Ferrier, malmené, rattrapé, coincé cul dans une lessiveuse, même réponse. Marceau, les autres, même discrétion. De la crainte dans les yeux. Des mines plutôt fuyardes. Les hommes de la rue Lévisse n'étaient pas des bavards.

— Demandez pas l'impossible, militaire! était intervenu Œil-de-Velours en surgissant d'un trou de cave avec des airs de cafard. Personne ici va s'mêler d'la vie privée d'Edmond Trocard...

— Question de santé, abonda Badigeon en s'encadrant à son tour dans l'ouverture de la trappe. Il portait deux brocs dans chaque main et ajouta gravement : Foin de vous, mon officier ! Edmond la Joncaille est intouchable de Montmartre à Pantruche... Vous feriez mieux de sonner la charge au vin de la Butte !

La piquette que proposait le barbouilleur de façades avait le mérite de la fraîcheur même si c'était un fichu vinaigre. Antoine s'était donc jeté sur la piquette. Il avait le cœur lourd. Au fond de la cour, Théo dansait toujours avec une doucette à bonnet phrygien. Quelques grivetons du 88e tanguaient la polka avec les dames du quartier. Guillaume Tironneau avait entrepris de photographier sa mère entourée de gardes nationaux appuyés sur leurs fusils. La dame Tironneau posait avec son ratier sur les genoux.

La mine sombre, Antoine s'était assis sur un banc. Pour compenser la perte de Caf'conc', il avait entrepris de boire la terre entière.

Après... après la nuit tombée. A-Dieu-vat ! La vie était devenue noire comme poivre.

Tarpagnan était parti à l'aventure dans les ruelles sombres. A tous les carrefours, il tirait au doigt mouillé pour savoir où il irait ensuite.

Vers dix heures du soir, Théophile Mirecourt l'avait déniché dans un assommoir de la rue Lepic. S'il n'avait pas porté son appareil photo sur l'épaule, l'ex-capitaine ne l'aurait pas reconnu.

— Qui vive ! entonna-t-il en ouvrant les bras à son nouvel ami avec un bon sourire. Voilà *la Marseillaise* qui radine !

— Antoine !

— Mon copain Théo ! Enlève ton faux nez. Ici, tu n'en as pas besoin !

Mirecourt déposa l'imposant trépied dans un coin de la salle basse éclairée par une seule lampe encapuchonnée et quelques chandelles réparties sur les tables. Le pas incertain, il rejoignit son compagnon qui venait d'allumer un crapulos à un sou.

— Comment as-tu échoué ici ? Je t'ai cherché partout...

— J'enterre ma vie de garçon !

Enrobé de la fumée bleue du cigare, l'ex-lignard s'était dressé sur ses bottes et titubait sur place.

Il leva sa gobette de vinasse à la santé de tous les réfractaires, claqua des talons en vertu de je ne sais quel revenez-y militaire, attrapa l'infortuné Mirecourt par le dos de sa manche, le retourna face à lui et le fixa avec un regard égaré.

— Camarade irrégulier ! entonna-t-il avec emphase, mon existence vient de basculer deux fois en vingt-quatre heures !

— ...

— Tu te rappelles sans doute que j'étais soldat ?

Le photographe répondit par un simple clignement d'yeux. Antoine chassa brusquement sur le côté et restaura son équilibre hasardeux.

— L'honneur était mon droit chemin ! assena-t-il sur un ton de morne regret, eh bien... me voici rebelle ! bientôt insurgé ! J'étais aussi amateur de filles mal peignées et jouisseur d'aventures de passage et voilà-t-il pas qu'en un tour de sac, je suis devenu monogame !

Après qu'il eut guetté en vain dans les prunelles de Théo l'effet qu'une telle annonce pouvait y refléter, il s'énerva de plus belle façon.

Il se rua sur le photographe, et l'ayant attrapé par le collet, rugit :

— En une nuit je suis devenu fidèle comme un gros Chartron ! L'esprit et le cœur accaparés par une amante unique ! Attaché ! Que dis-je, attaché ? Consentant ! Ensorcelé par les mains brûlantes d'une femme qui me tient par le nez ! Volontaire pour le danger qu'il y a à déguster son rosier, ses épines ! Un homme tout en nerfs ! Poitrinaire des amours romantiques ! Prêt pour les pâmoisons... les échelles de corde... les duels à six contre un... Prêt pour l'impossible ! Pour l'aléatoire ! Bref, mûr pour le désastre et la dépendance... épris d'une grande plante très brune... très vivace... et très séduisante...

— La Pucci ?

— Gabriella !

— Mon pauvre ! N'y mets pas les pouces !

— Je l'aime !

— Une gobante ! Une mangeuse d'hommes !

— Une amazone au balancement si voluptueux, au rire si épicé, au rond de cuisse si parfait, à la beauté tellement inaccessible, que rien, tu m'entends, Théophile ? plus rien ne compte – hormis sa présence à mes côtés et son souffle dans ma bouche !

— Pouah ! Chasse d'abord, je te prie, l'âcre odeur de vin qui l'assiège ! se défendit le photographe en prenant du recul.

— Le vin, monsieur, satisfait le corps qui crie famine ! Il réanime l'esprit et donne du courage !

Théophile considéra Antoine avec commisération.

— Où est ta belle fiancée ?

Antoine parut réfléchir.

— Elle appartient à un autre, avoua-t-il d'une voix navrée. A l'heure même où ma vie venait de se réchauffer d'une odeur humaine, Vénus a disparu !

— Tout le monde sait où elle se trouve.

— Serais-tu mon sauveur ? Peux-tu me conduire à son perchoir ? Viens, ami ! Partons !

— Mon pauvre Antoine ! A l'heure où nous parlons, ta dulcinée est en peignoir de soie rose. Elle boit du champagne. Pelotonnée sur un canapé, elle partage ses rires et ses lèvres humides entre un monsieur gras et décoré et un prince au dos rond avec une barbichette et une distinction de viveur solide.

— Tu mens !

— Je brode à peine.

— Emmène-moi. Je vais les culbuter !

— Assieds-toi plutôt. Je t'emmènerai demain. Ce soir, ton casque est plein.

— J'ai un peu bu parce que j'étais gai, admit Tarpagnan. Et après, j'ai beaucoup bu parce que j'étais triste.

— Qu'as-tu fait de tes galons ?

— Je les ai arrachés ! Simple dégradation avant d'être passé par les armes !

— Tes gants ? Ta fourragère ?

— Confiés à un manchot ! C'était d'un inutile !

— Ton revolver ?

Antoine fit un geste flou en direction du comptoir où s'affairait le mastroquet.

— Donné au chand de vin contre ce makhila qu'il a trouvé sur le terrain du champ Polonais !

Il brandissait triomphalement la canne en néflier qui avait appartenu à Grondin.

— Peux-tu me dire ce que tu vas faire d'un bâton de contrebandier ?

— Mais, monsieur Mirecourt... bredouilla Antoine en enfumant sa parole incertaine d'un second geste vague et abandonné, j'en déchiffrerai la devise gravée sous le pommeau dès que je serai en état d'épeler mon propre nom en français !

A force de battre la bouteille, il avait la tête trop cuite pour distinguer quoi que ce soit autour de lui et même laissa tomber le makhila sur le sol.

Le cabaretier avait dressé l'oreille :

— A propos du champ Polonais ! vous auriez vu ça, m'sieu Théo, s'enthousiasma-t-il soudain en oubliant ses avant-bras plongés dans le bac d'eau glacée où il rinçait les verres, y avait qu'à se baisser pour glaner des merveilles ! C'était la nuit des objets trouvés ! A croire que tout le monde se débarrassait de ce qui le gênait... Rien que dans l'arrière-boutique, mon gamin m'a ramené six képis, deux gibecières,

La liberté sans rivages 99

trois chassepots, trois chaussures du pied gauche, un drapeau et son porte-étendard, une paire de menottes, plusieurs vareuses de sergent de ville et trois escarpins de dame... ça va faire le bonheur du père Trois-Clous !

— Trois-Clous ? gloussa Antoine dans un sursaut de lucidité. Ah, non merci ! J'ai déjà c'qui m'faut comme ferraille pointue dans la tête !

— Alfred Lerouge, si vous préférez, rétorqua le cabaretier d'une voix sans humour. C'est un biffin qui fait de l'or avec les chiffes et les broques. Y passe toutes les semaines en poussant sa petite voiture.

Théo lança un regard furieux en direction de l'Auvergnat :

— Saint-Flour ! l'interpella-t-il, en ce qui concerne le revolver du capitaine, c'est du vol ! Tu dois lui rendre son arme !

— Pas question, citoyen ! rétorqua l'intéressé. Il est fin chaud, vot' lapin ! Tout à l'heure, il parlait même d'arroser à balles toutes mes étagères !

— Peux pas sentir les bouteilles vides, se justifia Antoine.

Il avait la bouche épaisse et, l'ivresse cheminant dans ses veines, était poussé de boisson jusqu'à la troisième capucine.

Théophile se résigna. Il se versa un verre d'aramon, l'engloutit et en se levant pour aller régler le tenancier à son comptoir se rendit compte qu'il avait, lui aussi, abusé de la chopine.

— Je ferais peut-être mieux de le raccompagner à son cantonnement... murmura-t-il pour lui-même.

— C'est bien c'que je disais ! opina le chand de vin qui avait l'oreille à tout, question d'équilibre, vot'tringlot a plus besoin d'une canne que d'une bouche à feu !

Depuis sa table, Antoine acquiesça avec un rire d'ivrogne.

— Mille fois raison ! Faut désarmer l'armée française ! Et puis ce makhila... j'y tiens ! C'est presque un bijou de famille ! Je m'demande même comment il est arrivé jusque-là ! astral, je dirais !

— Pas si astral que ça ! trancha Saint-Flour en haussant les épaules. J'vous ai déjà expliqué cent fois d'où qui v'nait ce foutu bâton !

— Tu connais sa provenance ? s'enquit Théophile pour sa gouverne.

— C'est une arme plombée qui appartenait à un mouchard... un ennemi du peuple si vous préférez ! un chinois pas ordinaire, un grand moulin avec des yeux gris à faire peur et une vigueur de forcené... Il a fallu s'mettre à quatorze pour lui fendre la bobèche ! mais là où il est, croyez-moi, il n'a plus besoin de sa matraque !

— Astral quand même, s'entêta Antoine avec un air sombre de poivrot raisonneur.

— Voyons voir cette devise... proposa Théo en revenant à la table d'Antoine.

Il ramassa le makhila qui était resté à terre et l'éleva à hauteur de ses yeux. En faisant tourner lentement le pommeau enrobé d'un tressage de cuir il commença à déchiffrer l'inscription gravée sur la couronne de cuivre et épela à voix haute :

— *Hitzā*. Et après... *Hitz*. *Hitzā* Hitz ! Quel charabia est-ce là ? Te voilà bien avancé !

Antoine était devenu livide.

— Ce charabia est une noble langue ! s'insurgea-t-il. C'est du basque, monsieur l'insuffisant !

Il arracha la canne des mains de Théophile. Les yeux rivés à la poignée du casse-tête, il répétait dans un murmure :

— *Hitzā* Hitz ! *La parole, c'est la parole !* L'homme aux yeux gris ! Charles Bassicoussé ! Charles Bassicoussé ! Après toutes ces années !

Et retrouvant l'usage de sa voix :

— Que pouvait bien faire un notaire au champ Polonais ?

— Pas un notaire ! rectifia le bistrotier. Ça non, je vous jure ! Un roussin ! Un vrai ! Un hussard noir de guillotine !

— C'est impossible...

— C'est ainsi, philosopha le bistrotier. Toujours le passé vous remonte aux narines !

Mirecourt haussa les épaules. Lui-même n'était pas en état d'argumenter. Il dévisagea son compagnon, prostré sur sa chaise. Il évalua son degré de délabrement : poches déchirées, uniforme ruiné – insignes, boutons, épaulettes et décorations arrachés.

— En somme, à part ce bâton, tu n'as plus rien au monde ?

— Plus rien, mon camarade ! Je me suis débarrassé des contingences ! Mais j'espère que mon nom sera affiché dans l'atelier des guerres sociales comme celui d'un altruiste méritant !

— Sûrement. Tu bois un dernier gobelet ?

— Sûrement !

— Après, qu'est-ce que tu comptes faire ?

— Je compte me faire fusiller, dit superbement le Gascon.

— Ça pourrait attendre demain.

— Sûrement.

Ils trinquèrent. Ils attendirent.

— Dans le fond, finit par dire Théo, tu étais militaire, tu pourrais devenir militant.

— Sûrement ! Est-ce que tu pourrais me présenter à quelqu'un d'influent ?

— Jules Vallès a été mon voisin de palier. On pourrait p't'être le consulter ?

— Jules Vallès ? Sans blague ? C'est un parent de mon neveu !

— Ton neveu ? Comment s'appelle-t-il ?

— Vingtras ! Arthur Vingtras.

La liberté sans rivages 101

— Vingtras ? ça n'existe pas ! C'est un nom d'opérette !
— C'est bien ça ! Rien n'est changé ! Vallès et moi, nous sommes
cousins par les opérettes !
Théo étouffa un bâillement.
— C'est une histoire à dormir debout, chuchota-t-il.
Et détaché comme un fruit, il tomba de son tabouret.

Jambe de vin après jambe de vin, estaminet après taverne et, ceci
découlant de cela, quelle traversée mouvementée pour rallier le Quartier latin ! Quelle odyssée croquenotante ! Comme Paris était immense
dès lors qu'on buvait à chaque zinc pour reprendre des forces !
Combien de caniveaux ! Combien de barricades à franchir où il fallait rincer un gobelet à la santé de la Commune ! Combien de gardes
assoiffés ! Combien d'octrois ! De dédales et de rues !

Il avait fallu toute la nuit aux deux naufragés pour atteindre les pénates du photographe, un appartement sis au 23, rue de Tournon que
Théo tenait de sa mère, un six-pièces cossu distribué en « L » le long
d'un interminable couloir qu'un terrible coup de sonnette venait justement de tirer du néant et où roulaient maintenant, précédés par
l'ébranlement caverneux d'une course éléphantine sur le parquet gei-
gnard, les éclats d'une voix rocailleuse aux accents de Franche-
Comté.

26

Monsieur Courbet, Président des Arts

A cinquante-deux ans, Gustave Courbet avait l'agilité des corpu-
lents.
Sa voix de stentor tonnait le long des plinthes, inondait les portes
ouvertes, rebondissait sur le vitrage des bibliothèques, cornait le nom
de son hôte à tous vents, et demandait ici et là :
— Théophile ! Théophile ! Où te caches-tu ? En quel placard
médites-tu tes bromures et tes gélatines ? Sors ! Sors de ta bauge !

Lève la tête de tes plaques ! Montre-toi, photographe de la réalité ! Bouge ! Un nouveau monde éclate ! Sors de tes habitudes renfermées ! La vie est dehors ! Il fait beau temps ! Paris s'envole et va se battre ! Les porteurs d'épaulettes sont en déroute ! Monsieur Thiers s'est escampé pour Versailles ! Enfin, nous sommes chez nous ! Une force nouvelle terrassera la misère ! Le socialisme est une sève appartenant à tous ! La modernité sauvera l'homme de sa gangue d'immobilisme ! Ouvre tes fenêtres ! Fais du soleil ! Regarde les rues du quartier pavoisées à l'unique stridence du drapeau rouge ! Toute la ville est d'accord avec la Révolte ! Cette fois, c'est fait ! L'éducation éradiquera l'illettrisme ! Le développement de l'industrie pourvoira en emplois tous ceux qui ont du poil au cœur et l'outil de travail, remis entre les mains des ouvriers, sonnera l'heure du partage !

En bahulant de la sorte son ordre du jour, le bon diable d'Ornans était parvenu au cœur de l'appartement. Il avait investi l'atelier du photographe, un espace vitré sur deux étages qui regardait la cour et où s'empilait sur un vaste comptoir de mercière un enchevêtrement d'objets hétéroclites, de papiers albuminés, de toiles peintes roulées en coupons, un entassement de cadres, de sous-verres, de lanternes, de tubes, de plaques, de bouteillons contenant des colorants, des produits argentiques, des collodions et des encres de retouche.

Courbet contourna une imposante chambre d'atelier juchée sur son piédestal à roulettes et, flattant de la main sur son passage le poli magistral de ce trésor d'ébénisterie en bois de rose, s'alla camper devant une Corne d'Or peinte à la façon de Ziem sur la surface entoilée d'un porte-décor à tambour. Là, une fesse posée sur la balustrade en stuc, le regard perdu sur le coucher de soleil qui incendiait le Bosphore, le peintre logea ses poings sur ses hanches et ausculta le silence.

Au bout d'un moment, le torse dressé, il lui sembla qu'il entendait un pas furtif glisser au fond de l'appartement.

— Pristi ! Théophile ! Théophile, petit libertaire, est-ce que c'est toi ? interrogea le peintre. Si tu n'es pas visible, montre au moins le bout de ton orteil !

En l'absence de toute réponse, il se leva dans un sursaut d'agilité inattendue, passa sans s'arrêter devant une glace faite pour que le bourgeois rajuste sa tenue avant la séance de portrait et s'engouffra à nouveau dans l'interminable couloir.

Arrivé tout au bout de cette sombre impasse qui se terminait en lingerie, il s'immobilisa devant la porte d'un petit cabinet et resta songeur avant que ne renaisse entre ses poils de barbe un radieux sourire.

— Théophile ! s'exclama-t-il, je t'ai percé à jour ! Je suis sûr que si tu ne me réponds pas, c'est pour cause d'introspection viscérale ! Un coup pour oui, deux coups pour non ! serais-tu pas en ce bas lieu

La liberté sans rivages

d'intestin où la pensée des hommes, si fertile fût-elle, devient, même pour les génies du siècle, un simple filet d'obstination congestionnée et se perche au plus près de l'effort d'exonération? Serais-tu serré du petit œil? Décagues-tu large, superbe photographe? ou faut-il que je pousse une barcarolle émolliente afin de faciliter le désencombrement de ta boyauderie paresseuse?

En voyant que la porte se taisait malgré tout, le peintre aventura sa main sur la poignée pour constater que l'huis était bien fermé de l'intérieur.

— Sors, bougret! tu es fait! triompha-t-il. Sors au plus vite que je te raconte les nouvelles du jour! Tiens, vois! ou plutôt, entends, comme je respecte ton intimité! je m'éloigne!

Il recula de trois pas et observa un silence prolongé. Il se serait contenté d'un froissement de vêtement. D'une simple respiration. Mais, fût-elle impalpable, nulle présence ne se révéla à ses sens en éveil.

— Bon, finit-il par dire. Bon!

Et n'y tenant plus :

— Aujourd'hui, en tant que Président des Arts, j'ai écrit aux peintres et aux sculpteurs de Paris. Je leur ai dit que l'Ecole des beaux-arts, patronnée et subventionnée par le gouvernement, dévoyait notre jeunesse et nous privait de l'art français en faveur spécialement de l'art italien qui est emphatique et religieux – donc contraire au génie de notre nation! Crois-tu que j'ai bien fait?

A nouveau désarçonné par le silence obstiné qu'on lui opposait, il refoula un chat dans sa gorge.

— Bon, répéta-t-il.

Il attendit un moment, les bras croisés devant lui, le front perdu dans le sombre d'une tapisserie, l'estomac relâché dans son beau gilet couleur sable, puis, à la façon d'une sentinelle, commença à faire les cent pas le long des boiseries. Assommé par le calme anesthésiant du clair-obscur où rien, à part le tic-tac des pendules et le craquement de cuir de ses chaussures à tige, n'émettait le moindre bruit qui signifiât l'espérance d'une parcelle de vie, il étouffa un bâillement. Il s'immobilisa face à la porte muette, bouffi de vanité outragée, boutonné, fermé, cousu, prenant l'air froissé d'un cousin de province qu'on a oublié de venir chercher à la gare.

Après quelques minutes encore où rien n'arriva, il s'éclaircit la gorge et comme pour conjurer la peur du néant recommença sa harangue :

— Hier, à midi, Victor Hugo a enterré son fils. Tu te rends compte! Charles après Léopoldine! Quel chagrin! J'étais présent au Père-Lachaise... Dans la foule nombreuse, j'ai reconnu Millière. Il était pâle et paraissait très ému... Depuis la gare d'Austerlitz, le cortège avait dû se frayer un passage au travers des barricades... A la Roquette, les gardes nationaux présents sur place abaissent les fusils et forment spontanément une garde d'honneur... Les gens crient : « Chapeaux bas ! » Sur le passage du grand homme, tout devient gothique ! On entrouvre les chicanes, on repousse les pavés amassés... Les tambours battent aux champs ! Les drapeaux s'inclinent, les soldats présentent les armes ! Les clairons sonnent !

Il s'interrompit en plein envol, la voix suspendue, l'œil allumé. Il ajouta d'un trait :

— Et si tu sortais de ta guérite, je te raconterais Edmond de Goncourt...

Un bruit de targette qu'on glisse doucement dans son logement fit écho à cette dernière phrase. Courbet en un bond avança sa main potelée et ouvrit tout à fait la porte. Il croyait trouver Théophile qui décidément s'était absenté et débusqua Antoine, vêtu de son seul caleçon, qui tenait en sa main un makhila.

La bouche du peintre resta ronde.

— Monsieur... salua-t-il avec hauteur.

— Monsieur !

Les deux hommes se dévisageaient avec une méticulosité sans artifice. Courbet avait du mal à détacher ses yeux du casse-tête.

— Sans doute dormez-vous aussi avec ? finit-il par se renseigner.

— Pas nécessairement, répondit Antoine.

Il passa devant son interlocuteur avec la raideur d'un somnambule et fit mouvement en direction de sa chambre.

— Avez-vous vu Théo ? demanda-t-il en franchissant la porte.

— J'étais sur le point de vous demander la même chose, rétorqua Courbet en restant sur ses talons.

Bien qu'on ne l'en eût pas prié, il pénétra à la suite d'Antoine dans la pièce endormie par le drapé de la lourde tenture, il vira à contre-jour de la fenêtre inondée de soleil et rebroussa chemin dans la pénombre.

— Tiens, feignit-il de s'apercevoir en observant la pointe de ses pieds puis la tranche de ses chaussures, je n'avais pas remarqué que mes empeignes couinaient à chaque pas.

Il redressa la tête et rit. C'était un homme magnifique. Une belle barbe éclairait tout son visage posé sur un cou blanc comme un cou d'enfant. Pourtant, au moindre de ses élans, ses muscles se durcissaient ; ils animaient ses épaules sous la redingote, roulaient dans ses bras sculptés, rendaient justice à sa force et lui conféraient une énergie vitale en harmonie avec ses origines rurales – écrin de son génie.

Afin de se faire une place, il chassa les effets militaires de l'ex-capitaine qui encombraient la méridienne et s'assit au bord du capiton.

La liberté sans rivages 105

— Qui êtes-vous exactement, monsieur? s'enquit-il en fixant Tarpagnan. Moi, je suis Courbet.

Tout en enfilant son pantalon civil et en nouant sa cravate de soie grise, Antoine Tarpagnan déclina sans se faire prier ses nom, prénoms et qualité. Il insista sur son statut d'ex-capitaine de la ligne, apprit au peintre en quelle occasion de l'Histoire il avait rencontré Théophile Mirecourt et la façon qu'ils avaient eue de devenir des amis.

Puis, l'appétit des mots enflant sa voix de Gascon et les « e » muets étayant les piliers de ses phrases, Antoine ne tarda pas à occuper le devant de la scène. Au fil d'un discours aussi torrentueux que l'Adour un soir d'orage, il narra l'homérique journée du 18, sa déambulation siamoise avec Mirecourt, leurs titubes d'ivrognes jusqu'à la piquette de l'aurore et la manière noircie et mouvementée qu'ils avaient eue de débarquer dans l'appartement du photographe, après que Théo eut persuadé son nouveau compagnon de ne point passer le reste de la nuit sur le palier du troisième, devant le tapis-brosse de Jules Vallès.

— Vallès? fit observer Courbet, il n'habite plus l'immeuble depuis presque deux ans...

— Cette nuit, j'étais trop ivre pour vouloir l'admettre! reconnut Antoine. Vous connaissez bien Jules Vallès?

— J'apprécie suffisamment sa compagnie pour m'être livré à quelques escapades avec lui... Ainsi sommes-nous allés à Besançon l'année dernière... Il habitait alors au 9 de la rue d'Aboukir et se plaignait d'être surveillé par la police...

— Pensez-vous qu'il y habite toujours?

— Hélas, non! rétorqua Courbet d'un air sombre. Depuis le 11 mars, le directeur du *Cri du Peuple* est logé gratis à la prison du Cherche-Midi... il en a pris pour six mois!

— Mais non! Réfléchissez! C'est impossible qu'il y soit encore!

Le peintre fit une moue évasive. Antoine, le regard enflammé par la passion, se précipita vers lui, le saisit par les poignets et commença à les serrer.

— Réfléchissez, vous dis-je! Paris vient de secouer la poussière de la féodalité... Hier, le peuple a remporté la victoire! Plus de bastilles! Plus d'emprisonnements!

— Ma foi, c'est vrai... ce diable de Vallès doit déjà être occupé à refaire le monde!

— J'aimerais tant le consulter! Il n'y a qu'un homme comme lui pour m'indiquer le chemin que je dois suivre!

Courbet cilla et dégagea lentement ses poignets de l'étau qui les enserrait.

— Pourquoi vous faire de la bile? se récria-t-il. Pourquoi chercher midi à quatorze heures? Votre destin est tout tracé! La Commune aura besoin d'officiers!

— Je veux me l'entendre dire par Vallès !

— Vous n'avez pas confiance en mon jugement ?

— Je ferai seulement ce que me conseillera Vallès ! Nous sommes cousins par les Vingtras.

Courbet sourit. Il passa son bras sous celui de l'ex-capitaine.

— Vous avez bien du mérite de vouloir réinventer une nouvelle existence, apprécia-t-il. C'est avec des gens éberlués d'idéal tels que vous que les patriotes vont vaincre les mystagogues de régime et les tourmenteurs de Versailles !

En bavardant comme de vieilles connaissances, ils étaient revenus dans l'atelier du photographe qu'Antoine Tarpagnan découvrait avec ravissement.

Tout en suivant les murs, tous envahis de clichés et de sous-verres, il essayait de rassasier sa curiosité.

Il commenta le portrait d'Augustine Kaiser encadré dans un ovale, se souvenant qu'elle avait créé *la Plébéienne* à la gloire des femmes au pavillon de l'Horloge, et fila jusqu'à celui de Céleste Vénard qu'il connaissait sous le pseudonyme de Mogador.

— Qui est donc ce moustachu ? demanda-t-il en s'immobilisant devant le portrait suivant qui était celui d'un homme à chapeau de paille sous un déluge de soleil blanc.

— C'est Jean-Baptiste Clément, poète et chansonnier.

— Ah, j'y suis ! *Les P'tit's Bonn's de chez Duval !*

Et fredonnant :

> *Comme ell's sont de vaillant's personnes,*
> *Elles s'habillent en amazones !*

— Aussi *le Temps des cerises*... corrigea Courbet. Dans la gorge des gens, la chanson fait parfois curieusement son chemin... elle s'envole, banale en apparence, trouve son arrière-pensée dans le moule des circonstances... et devient politique.

— Et ce jeune homme ?

— C'est Auguste Vermorel, un ami de Théophile. Et là, si je ne m'abuse... c'est la mère de Théophile. Jolie dame, ma foi !

— Impérieuse, vous ne trouvez pas ?

— Je l'ai peu connue mais je puis vous dire qu'elle était d'une grande beauté.

Courbet s'approcha du portrait.

— Et puis ! elle était insouciante et riche. Elle a élevé notre jeune prodige à l'ombre parfumée de ses jupes !

Les yeux du peintre tombèrent ensuite sur une série de clichés nettement plus récents qui séchaient, maintenus aux quatre coins par des poids.

La liberté sans rivages 107

— Tiens ! s'écria-t-il, voici du tout neuf ! N'est-ce pas la barricade de la rue Basfroi qui barre la rue de Charonne ? On dirait bien...

Tarpagnan se pencha sur son épaule.

— Oui. Ces photographies datent d'hier ! J'étais là quand Théo les a prises... Je gage qu'il ne s'est pas couché pour pouvoir les développer...

Courbet était penché sur l'une des épreuves et regardait au travers de son carreau les visages des gardes nationaux mêlés aux civils.

— Les Parisiens font plaisir à voir ! s'exclama-t-il. Regardez-moi ça, le poupon dans sa petite robe blanche... et la brave dame avec ses gants de sortie... Comme ils sont heureux de se faire photographier en famille avec les héros du jour ! Ah ! et là ! C'est à n'y pas croire ! Le clairon juché tout en haut de sa montagne de pavés ! Il sonne ! Ça se voit à ses joues, il sonne !

Antoine reposa le cliché sur la table.

— Me ferez-vous rencontrer Jules Vallès ? demanda-t-il à brûle-pourpoint.

Courbet le dévisagea. Il dévissa son pince-nez et son regard avait l'air de dire toi, mon vieux, j'ai rarement vu aussi têtu.

— Vous ne lâchez donc jamais votre os ? demanda-t-il en pirouettant sur ses chaussures à risques.

Et abdiquant devant tant d'acharnement :

— Si nous arrivons à remettre la main dessus, allons-y ! Mais depuis l'instant où nous parlons il a dû changer au moins trois fois de perchoir !

— C'est un migrateur !

— C'est un drôle d'oiseau à qui il manque toujours trente mille francs de souscriptions pour fonder un journal et quatre francs six sous pour attendrir ses propriétaires ! Depuis que je le connais, il attend le terme comme un coup de fusil !

— Oui, mais quelle plume ! Quel talent !

— Tout dépend comme on se place ! Jusqu'à ce jour, sa verve lui a rapporté plus d'amendes, de duels et de peines de prison que de reconnaissance !

— J'admire son courage, son endurance qui le mettent si près des pauvres !

— Il est vrai que pour faire triompher ses belles idées, l'ami Jules est capable de boire de l'encre sous le toit de n'importe quelle soupente glacée !

— J'aime son éloquence, son mordant qui vous serre le cœur ! La façon vivante qu'il a de regarder la rue et de parler pour les irréguliers. Il dit des vérités effrayantes !

— Je n'en disconviens pas. Il sait parler de la boue du vagabondage mais avouez qu'il y a du sang et de la bile dans la couleur de Vallès.

— Parce qu'il n'est pas loin d'Eugène Sue.

— C'est intelligent ce que vous venez de dire là, admit Courbet. C'est en tout cas ce que pense de lui Victor Hugo.

— Voilà qui nous ramène au poète foudroyé, fit observer Tarpagnan.

— En effet, murmura le peintre.

Les deux hommes s'étaient tus. Le créateur de *l'Origine du monde* et du *Sommeil* regardait la pointe de ses chaussures brillantes.

— Vous l'admirez à ce point ? demanda-t-il sourdement.

— Vallès ? Oh oui ! J'aimerais m'engager à ses côtés !

— Il a bien de la chance, murmura Courbet en baissant la tête. Moi, je suis plus mal aimé.

Antoine le dévisagea avec une curiosité nouvelle.

— Pardon d'avoir été si véhément, s'excusa-t-il.

Et comme si l'on pouvait rafistoler la fêlure des êtres aussi commodément qu'on recolle un vieux lot de porcelaine, notre capitaine se laissa tomber sur le canapé en ajoutant non sans une certaine désinvolture :

— Maintenant, monsieur Courbet, je suis mûr pour retourner à Hugo... fin prêt pour écouter l'histoire du Père-Lachaise...

Mais Courbet ne l'entendait pas de cette oreille.

Ce militaire défroqué lui demandait soudain trop de résignation. Et voilà que le cuistre voulait encore aller plus loin ! Mais fichtre ! on oubliait le principal ! On oubliait qu'il y avait du Narcisse en lui !

Pourtant il avait su longer les murs ! Ne venait-il pas de laisser percer son admiration pour Vallès alors qu'il était pétri d'infatuation pour lui-même ? Ne s'était-il pas intéressé au sort de Tarpagnan alors qu'il tirait habituellement le plus clair de ses forces d'un autocontentement qu'il cultivait avec soin ?

— Je suis courbettiste ! déclara-t-il soudain d'une voix grognonne.

Il posa sur son interlocuteur ses yeux noirs et brillants, lui distillant au travers de ses cils qu'il avait longs et soyeux un regard d'antilope.

— Je vis pour ma peinture... assena-t-il avec force. Elle seule est appréciable... Je suis le premier et je suis l'unique en tête de mon temps !

C'était plus fort que lui. Avant qu'il commençât à parler d'Hugo, il lui fallait établir avec certitude qu'il était le centre du monde. Qu'il était le premier peintre de France, bien devant Ingres et Géricault.

Il aimait tant inonder de lumière.

— On dit que je suis vaniteux, poursuivit-il. Eh bien, ça ne me dérange pas ! Devant les glaces et les miroirs je me respire même comme l'homme le plus libre et le plus orgueilleux de la terre ! et tenez, pour en revenir au Père-Lachaise, lorsqu'entre deux tombes, je me suis avancé au-devant du poète foudroyé par le chagrin, je lui ai tendu la main et tout ce que j'ai trouvé à dire, c'est : « Je suis Courbet. » Et ce n'est pas contre nature ! Voilà comment sont les hommes de génie quand ils se rencontrent ! Leur renommée leur tient lieu de passeport ! Moi qui avais maintes fois échangé des lettres avec l'auteur des *Misérables* mais qui ne l'avais jamais rencontré, je lui ai dit simplement : « Je suis Courbet » et lui, a tourné vers moi une face lavée de pleurs, celle d'un vieux lion terrassé. Il m'a souri avec amitié. Une larme doucement naissait dans ses yeux... Nous étions entre géants !

— Péché d'orgueil, Courbet ! clama une voix nouvelle. Les géants d'aujourd'hui seront les nains de demain !

Le peintre s'arrêta net et s'empourpra. Il fit volte-face en direction de son contradicteur. Il découvrit la silhouette athlétique de Théophile Mirecourt, son visage énergique et rieur qui venait de s'encadrer dans le chambranle de la porte tandis que de sa bouche généreuse s'envolait la bonne nouvelle :

— Je viens de le voir à l'Hôtel de Ville ! Notre Vallès est libre comme l'air ! Il forge la révolution !

— J'en étais resté à sa condamnation par le Conseil de guerre, maugréa Courbet. Il venait d'en prendre pour six mois et le voilà dehors !

— Il s'est évadé le jour même !

— Avec Vallès, tout va trop vite !

— Il a trouvé refuge à deux pas du Cherche-Midi... chez son ami Henry Bauer. Il faisait le gros dos dans un garni. C'est là qu'on l'a débusqué.

Antoine s'était levé.

— Que faisait-il ?

— Il noircissait du papier !

— Que savait-il ?

— Rien. Il vivait dans le noir.

— L'a-t-on instruit des événements ?

— Il a écouté le récit de l'inévitable tuerie des généraux.

— Qu'a-t-il dit ?

— Il s'est tu.

— Pas un mot ?

— Il a frissonné.

— Qu'a-t-il fait ensuite ?

— Il a rassemblé sa plume et son cahier. Il a dit : « Allons, puisque c'est la révolution ! »

27

Un coup de canon dans un ciel bleu

— Acré ! C'est fort de café ! C'est à rire ou à pleurer ! C'est... c'est extravagant ! C'est le renversement de toute prévision humaine ! s'étrangla le commissaire Mespluchet en bouclant son dernier bagage, un maroquin de cuir noir, orné de ses initiales en lettres d'argent entrelacées.

Pâle et bouleversé, en bras de chemise, afin de faire plus commodément le ménage de quinze années d'archives au service de la police, il compléta le chargement de trois sacs de voyage dans lesquels il avait empilé ses trésors. D'un pas alourdi par le découragement, il passa le long d'une étagère où sommeillaient des registres in-folio.

— Je vous regarde mes chers souvenirs, mes bibelots, soupira-t-il, mes belles affaires, mes livres préférés et je vous sais voués au pillage ! Pristi, quelle gifle ! Quel camouflet quand j'y pense ! nos soldats ont fait la cane devant un ramassis de crapulards en haillons et nous voilà tous en train de décamper comme des péteux pour Versailles !

Il gonfla ses joues pour chasser la poussière accumulée sur la tranche dorée de l'un de ses livres adorés, contourna plusieurs empilements de dossiers regorgeant de rapports, croquenota sur un amoncellement de feuilles annotées à l'encre rouge, de fiches de sécurité éparpillées à même le sol, jeta une dernière chemise dans une mallette de cuir qu'après réflexion il emporterait aussi avec lui en exil, et, frappant du grand plat de la main sur son sous-main encombré de buvards, de tampons, cachets, timbres et paperasses diverses, fit sauter en l'air la tasse de porcelaine de Chine, un Vieillard de Bordeaux qui lui venait de sa pauvre mère.

— C'est extravagant ! tempêta-t-il derechef. C'est à n'y pas croire ! Il y a quarante-huit heures à peine le despotisme de Monsieur Thiers s'exerçait encore en de verbeuses diatribes dans tous les couloirs du pouvoir et aujourd'hui, lundi 20 mars, fonctionnaires livrés à nous-mêmes et sans directives, nous sommes sous la coupe des ouvriers !

Le regard vide, la moustache furieuse, le petit commissaire du quartier du Gros-Caillou s'octroya une prise sur la tabatière de sa main et se moucha dans un bruit de trompe bouchée.

— J'étais pourtant préparé à endurer beaucoup ! maugréa-t-il en repliant la grande pièce de coton quadrillée de rouge qui lui servait de mouchoir, et passe après tout qu'au premier coup de chassepot des nuées de petits-bourgeois sans cervelle se soient envolées comme une myriade d'étourneaux vers la Seine-et-Oise... mais que l'exemple de la débâcle soit venu de tout en haut, alors là... je m'étrangle! Je m'éraille! Je m'apoplecte!

Le souffle court, le policier lissa sa moustache. Il posa son regard fouillant et myope sur une ombre terrée dans un coin sombre de la pièce dont la présence immatérielle, vaguement délimitée par le flou d'une blouse grise, se confondait avec le pisseux de la boiserie.

— Où êtes-vous exactement, à la fin, mon petit Hippolyte? rouspéta-t-il en chaussant son carreau pour mieux sonder le faux jour où son ectoplasmique souffre-douleur avait trouvé refuge.

— Je suis là, monsieur, bredouilla l'inspecteur Barthélemy. Je suis votre tocasson.

Se fiant à la direction de la voix, Isidore Mespluchet repéra le blanc des yeux de son subalterne tapi en retrait de la patère où trônait son légendaire chapeau capsule.

Aussitôt, remisant son lorgnon au bout du cordon, il s'emballa de nouveau :

— Savez-vous de quel pot de chambre empli de merde nos ennemis nous recouvrent, mon petit Hippolyte? demanda-t-il sur un ton funèbre.

Et sans attendre d'autre écho à son questionnement qu'un long soupir :

— Dans tous les estaminets, les émeutiers enragés à bouffer du bourgeois disent que nous sommes des froids-au-cul, des capons et des lâches!

— Ma foi, c'est trop facile, monsieur!

Sans dire gare, la main nerveuse de l'inspecteur Barthélemy venait de se dresser dans l'espace. Cabrée comme une bête ailée, elle traversa le cône de lumière d'une lampe où dansait la poussière et posa sur l'avant-bras du commissaire sa paume enrobée d'une mitaine.

— Nous devons faire la part des agents provocateurs, dit-il avec fermeté. Ils sont partout, je les connais! Ce sont d'anciens agents de l'Empire qui s'en donnent à cœur joie!

— Croyez cela et buvez de l'eau, mon pauvre Hippolyte! C'est tout simplement le credo de n'importe quel raffalé de Commune pris au hasard et, pour une fois, les énergumènes au képi de travers ont raison! Si nous leur avons montré le cul, c'est que nous l'avions bien sale! Nos généraux, nos stratèges nous ont lâché le coude! Là-dessus, faisons bonne contenance! Tenez, pour preuve... hier, sur l'esplanade, j'ai rencontré le petit lieutenant Desétoiles... vous vous souvenez de ce brillant officier?

— Oui, monsieur.

— Eh bien, dans un grand tourbillon de fumée blanche, le joli reître galopait sans se retourner vers ses nouveaux cantonnements de chez le

Roi-Soleil ! Et toute cette vilaine lessive, mon cher, toutes ces fèces capitulardes et nauséabondes, savez-vous à qui nous les devons *in fine* ?

— ...

— À ce pâlot d'Adolphe Thiers, tout simplement ! Car enfin, vous avez su comme moi, j'imagine ? Le chef de l'exécutif français s'est enfui avec une telle hâte, qu'il n'a même pas eu le temps de prévenir sa femme ni sa maîtresse de l'endroit où il rendrait son lavement ! Il est parti seul ! Plus mouillé qu'un pet ! Ah, le noble courage que voilà ! Comme un rat ventru, notre guide spirituel s'est jeté en calèche sur les routes enneigées ! La scène est pitoyable et d'après mes derniers rapports mériterait son vaudeville... Il suffit d'imaginer la façon dont le père Transnonain s'est engouffré dans la résidence du préfet de Seine-et-Oise et a occupé toute l'aile gauche du premier étage... pendant que son valet Charles, sa femme, sa belle-sœur, ses trois chambrières le cherchaient partout de maison en maison... N'est-ce pas là un sujet à la portée de Victorien Sardou ou de Ludovic Halévy ? Ils pourront ainsi meubler leur exil devant le parterre des salons hauts et superbes ! Et je vomis à l'idée de me retrouver avec tous ces émigrés de Coblentz !

Il arrêta là sa diatribe. On sentait que ses propres paroles lui arrachaient le cœur.

— Crésambleu ! dit-il en baissant la voix, exténué par tant d'histoires ridicules, avouez que c'est sacrément farce et qu'il y a de quoi être hilare !

Un brouillard devant les yeux, Isidore Mespluchet émit un son étranglé.

— Je ris ! murmura-t-il. Je ris comme une calebasse percée, mais je ris !

Il se secoua de rire plusieurs fois. Il s'esclaffa sans appétit de gaieté véritable. Puis, cet enjouement factice disparut par degrés de son faciès congestionné et, passé cette crise chaude, son front se barra de rides horizontales. Son visage, traversé de façon fugace par les vestiges d'une énergie qu'avait su lui ravir l'invasion lente de la graisse, retrouva son éclat habituel de chair brûlée.

Le nez épaté, les paupières lourdes, toute splendeur éteinte, il se laissa glisser sur son fauteuil et tendit l'oreille aux bruits de la rue.

Au bout d'un long moment de viduité qui lui affaissait le ventre et lui tenait les jambes écartées sur son siège, Isidore Mespluchet releva la tête et vit que son subalterne s'était approprié une chaise en face de lui et l'observait sans piper mot. Le grand roussin de filoche et de planque tenait à la main une casquette de compagnon. Il s'était laissé pousser la barbe et nageait dans les plis de sa blouse d'ardoisier.

— Je vous écoute, inspecteur Barthélemy, finit par dire le commissaire en se ressaisissant. Faites-moi connaître votre dernier rapport.

La liberté sans rivages 113

L'injonction de son chef sembla ramener la vie sur la face blafarde du grand éteignoir.

— Les rues sont assez calmes ce matin, dit-il en tirant son siège derrière lui pour s'approcher. Le gros de l'exode semble passé. Toutefois, dans les gares, il y a encore beaucoup de partants pour la province. La rue du Havre est pleine de bagages apportés par des voitures à bras. Les attelages ne circulent plus. On croise par-ci par-là des estafettes du nouveau gouvernement emportées par le galop d'une monture qu'elles ne maîtrisent pas...

— Bon. Mais quels incidents? Les rouges se sont-ils illustrés par quelques nouvelles férocités?

— Deux sergents de ville déguisés en bourgeois ordinaires ont été démasqués par des francs-tireurs. Ils ont été fusillés immédiatement. Des Noés de comptoir encouragent la racaille à liquider tous les traîtres. D'autres disent qu'il faut extirper les riches, les prêtres et les religieuses. Il y a eu aussi une descente dans les bureaux du *Figaro*, rue Rossini. Mais les rédacteurs avaient décampé.

— Quoi d'autre? La Bourse? La Politique?

— L'argent devient rare. Les affaires de la Commune se passent à l'Hôtel de Ville. Chaque rue est gardée par les hommes du quartier. Les barricades sont hérissées de méchants chenapans. Quelques bataillons hétéroclites se dirigent vers la porte Maillot.

— Passe-t-on encore par le bois de Boulogne?

— Librement, monsieur le commissaire. Mais la télégraphie privée est suspendue dans Paris. Et le trafic du chemin de fer risque d'être interrompu.

— Les lettres?

— La Poste dirigée par Rampont fonctionne encore normalement.

De nouveau Mespluchet prêta attention aux rumeurs de la rue. A un grondement de roues qui s'arrêtait sous sa fenêtre, il sut que la berline qui devait l'emmener était arrivée.

— Voilà mon flatar, dit-il en se détournant. J'ai dû payer le cocher à prix d'or pour qu'il ne fasse pas partie du voyage. Les agents Dupart et Rouqueyre serviront de cochers. Houillé montera avec moi.

Il se leva d'un bond et souleva le rideau:

— Ah mais! gémit-il. L'imbécile, ce fiacre! Pourquoi s'arrête-t-il là? J'avais demandé qu'il stationne à l'arrière de la boutique! Bon, ça va! Houillé s'en occupe...

Il parut se souvenir de Barthélemy et réintégra son fauteuil.

— Mme Mespluchet et sa sœur ont pris le train à Montparnasse, dit-il en parlant à voix basse. J'espère qu'elles sont passées... L'ennui avec ma femme c'est qu'elle voulait emmener ses bibelots, un Corot qu'elle tient de ses parents, son service de vermeil et ses fontes par

Barbedienne. Je lui ai recommandé de n'en rien faire, mais vous connaissez comme sont les femmes !

— Savez-vous où vous logerez, monsieur ?

— Chez ma cousine Léonce, pas loin de la barrière de Viroflay. L'hygiène y sera précaire mais nous mangerons des œufs frais.

En contrepartie de cet intérêt qu'on lui portait, Mespluchet sentit qu'il devait s'intéresser au sort de celui qu'il laissait derrière lui.

— Et vous, mon petit, où tenez-vous vos quartiers ?

— Aux Halles, monsieur le commissaire, dans un abri de carton. Je dors avec les mangeurs de trognons de choux.

Mespluchet en avait le filet coupé.

— Sacrebleu ! s'écria-t-il. Vous... vous ne couchez pas chez vous ?

— J'ai dû y renoncer. La cloporte m'a dénoncé comme réfractaire et les argousins de Rigault m'attendent chaque soir pour m'arquepincer.

— Diable ! Mais pour manger ?

— Je vais aux « fourneaux économiques ». Les dames des bonnes œuvres y servent un peu de soupe chaude à la seringue.

— C'est effrayant, ce que vous me racontez là, mon petit.

On frappa opportunément à la porte et le visage de Houillé, l'un des inspecteurs, s'encadra dans le chambranle.

— Je peux prendre les bagages, monsieur le commissaire ?

Mespluchet ne put réprimer un haussement d'épaules et fit signe que oui. Il jeta un dernier regard vers la cheminée où achevaient de se consumer les reliefs d'un dossier compromettant.

D'une détente des jarrets il se dressa sur ses courtes jambes. Il ouvrit le tiroir de son bureau et en tira un revolver chargé qu'il glissa dans sa poche.

— Eh bien, au revoir, cher Hippolyte ! Nous serons bientôt de retour. En attendant, tenez-nous informé de tout ce que vous entendrez ici. Vos renseignements nous seront précieux.

— Je ferai de mon mieux, monsieur le commissaire.

— N'allez pas risquer votre vie.

— La marge de sécurité va en se rétrécissant, monsieur. Nous sommes d'une espèce voyante et il ne suffit pas de se noircir les ongles pour avoir les mains de la misère.

— Justement ! Vous devez assurer vos appuis ! J'allais vous conseiller de prendre contact avec le chef de la Sûreté, s'empressa le commissaire en repiquant sur Barthélemy son regard indécis de myope. Hein ? Qu'en dites-vous ? Pourquoi n'iriez-vous pas demander assistance à Monsieur Claude ?

— J'ai rencontré Monsieur Claude dans un garni de la rue Neuve-des-Capucines.

— A la bonne heure ! Il nous a toujours tiré dans les pattes mais c'est un homme intouchable. Il peut vous aider.

La liberté sans rivages 115

— Il ne le peut guère, monsieur.

— Pourtant... Il a fait savoir qu'il resterait à Paris tant que sa position serait tenable.

— Elle ne le sera pas longtemps, monsieur. Ses collaborateurs les plus proches sont passés à la sédition. Bagasse, son propre adjoint, avec des gestes de Talma, défile à la tête d'un peloton de fédérés ! A la grâce de Dieu ! s'est écrié Monsieur Claude. Et il s'attend chaque jour à sa propre arrestation.

— A-t-il des nouvelles d'Horace Grondin ?

— Aucune. Il m'a remis la clé de l'appartement de ce dernier afin que j'aille fureter de ce côté. Je vais essayer de m'introduire de nuit dans le logement qu'il occupait, rue de la Corderie.

En devisant ainsi, les deux hommes avaient emprunté un dédale de couloirs. Ils s'étaient retrouvés devant une porte de service située à l'arrière du commissariat. A l'abri de cette rue tranquille attendait un fiacre gardé par deux factionnaires en armes.

Isidore Mespluchet vissa son chapeau sur la tête et grimpa dans la voiture aux côtés de Houillé, sanglé dans son habit noir.

— Hippolyte, répéta-t-il en claquant la portière de la berline, faites-moi la promesse d'être prudent. Si d'ici un mois la situation se prolongeait, je vous ferais relever par l'un de vos collègues... Je vous délivre bien entendu des affaires courantes. A circonstances exceptionnelles, conduites exceptionnelles. Oubliez l'enquête sur la noyée du pont de l'Alma. Dans les jours qui viennent, il y aura bien d'autres morts inexpliquées !

— Je n'abandonne pas, se récria l'homme aux bras interminables.

Une lueur pâle éclairait ses yeux d'un désir fixe de servir. Pour donner plus de force à sa résolution, le grand échalas faisait miroiter entre pouce et index l'œil de verre de la jeune morte qui ne le quittait plus. Le numéro 13. Son teint était pâle et résolu. Les coins de ses lèvres tressautaient de courts frissons.

— Je n'abdique pas ! réitéra-t-il en s'emballant. Je suis un vrai policier. Vous verrez, monsieur ! J'aurai résolu cette affaire pour votre retour.

— Je ne mets pas en cause votre talent, mon garçon, grogna Mespluchet le regard perdu sur les blancheurs du trottoir.

Il semblait déjà rassasié d'affectivité. Avide de trouver un dénouement rapide à ces adieux dont les modalités commençaient à lui peser, il puisa une soudaine inspiration dans sa rêverie. Il inclina son corps sur le côté et trifouilla dans sa redingote. Au terme de cette fouille il ressortit les bras par la fenêtre baissée de la voiture. Il saisit dans ses deux mains carrées la longue dextre enrobée de mitaine de son subordonné. Il y glissa un rouleau de billets de banque et son joli revolver à crosse de nacre.

— Prenez mon adams, Hippolyte, murmura-t-il, c'est un cinq coups sans reproche. J'ai grand plaisir à vous l'offrir en gage de ma confiance.

— Monsieur! blêmit le grand cierge en se vidant de son sang de navet. Votre *Deane, Adams & Deane* de Londres! Ah, monsieur!

Une immense fierté lui remontait au cœur.

Mespluchet gardait un regard froid. Voyant que son présent bouleversait le grand flandrin au point qu'il n'en finissait pas de regarder l'arme d'un fini de bijou en la tournant sur sa paume, il frappa du pommeau de sa canne contre la vitre.

— Allez! lança-t-il à Rouqueyre et Dupart assis sur le banc du cocher.

La voiture s'ébranla dans un grand tressautement d'essieux qui rejeta le petit commissaire tout au fond de son siège.

Il restaura son assiette. Sous ses moustaches, sa bouche s'ouvrait mollement. Il rencontra le regard pesant de Houillé qui s'attardait sur lui et risquait de le plonger dans un nouvel embarras. Il défit le premier bouton de son col dur et, desserrant sa cravate de soie noire, s'écria exaspéré :

— N'enviez pas votre camarade, espèce de chameau! Il a de l'atout, mais c'est un mort sur pied!

28

Alfred Trois-Clous fait des affaires

Alfred Lerouge sifflait dans sa barbe pour cause de bonne fortune.

Un jour tel qu'aujourd'hui était historique dans les annales de la biffe. Depuis avant-hier dimanche, sur la Butte on travaillait comme des milords! Plus un argousin pour vous interpeller. Plus un fligue à dard. Plus un agent. On baguenaudait ouvertement dans les rues, on chinait la marchandise en plein jour! On grattait ses puces en plein quartier. Personne après vous pour y redire!

D'habitude, il fallait gagner sa miche à la sueur de son front. Aller d'un trottoir à l'autre à l'heure où Paris fermait ses paupières, disperser les tas d'ordures à coups de pied, les inspecter à la lueur d'une lanterne clignotante, fouiller à l'aide du crochet, – un numéro sept, comme on disait en argot de la chiffonnerie – remplir lentement sa hotte avant d'aller décharger la marchandise portative dans le charreton où s'entassaient les hardes.

Ça ! depuis qu'on avait repris les canons à ces mal embouchés grivetons du général Vinoy, la face de la profession de roulant avait bigrement changé !

— A c'compte-là, moi j'dis vive la Révolution, vive la Commune ! grasseya le père Trois-Clous. Et j'm'en cache pas devant les patriotes, c'est ma meilleure période depuis longtemps !

Le vieux biffin n'était pas rentré à sa cabane du fin fond de la route de la Révolte depuis trois jours. Son hotteriot, sa hotte de chiffonnier, ne désemplissait pas.

Au débouché de la rue des Pressoirs, il fit un arrêt en s'adossant à un muret pour détirer ses membres et soulager ses reins du poids de son fardeau. Il sourit au soleil et eut une pensée pour ses héliotropes qui avaient résisté au gel. Il commença à bourrer sa pipe avec du caporal de récupération tandis que lui venait aux lèvres le refrain de *Charlotte la Républicaine,* une tite pièce patriotique du citoyen Noël Mouret en souvenance de 48 qui allait comme ceci :

> *Chacun me nomme avec orgueil*
> *Charlotte la plébéienne*
> *Je suis la rose républicaine*
> *Du quartier Montorgueil.*

Un chien jaune, avec une queue en poil de singe, passa devant lui sans l'interrompre. L'animal semblait préoccupé. Il vaquait à ses occupations d'après-midi. Il renifla la crotte d'un collègue, dispensa un jet d'urine parcimonieux au pied d'un banc fréquenté, traversa le pavé en trottinant afin de donner sa ration au réverbère. Il gratta un peu la poussière, les papiers gras, puis repartit avec cet air pressé des êtres qui sont chez eux et ont d'autres chats à fouetter que de lier conversation avec un vieil homme à l'esprit égaré qui fait partie du territoire et sent aussi mauvais que le fond d'un égout.

Lui, Trois-Clous, en bouffardant tranquille sous son chapeau à viscop, avait le sentiment de détenir le secret de la vraie sagesse. Quand sa boyauderie soumise par habitude à des nourritures hétéroclites le taraudait, il soulevait une fesse pour évacuer un gaz pestilentiel. Longuement, il déchirait la toile et c'était encore un bon moment qui venait de passer.

Même s'il se piquait un peu trop souvent la ruche, il estimait ne pas avoir trop mal réussi dans la biffe. Ne possédait-il pas dans la cité des Vaches un jardinet, un hangar, un âne nommé Bugeaud qui savait compter jusqu'à dix en grattant la terre avec son sabot et un attelage de quatre planches sur deux roues qu'il appelait pompeusement sa voiture ? Avec ça qu'il était un potentat, au royaume des planches. Un juge. Un juste, un vérificateur, régnant avec bonhomie sur le peuple des malodorants, des rebutés, des bannis et de ceux qui, venus vivre aux lisières de la société, entre zone et fortifications, – à Saint-Ouen, à Clichy, en bordure des Batignolles, jusqu'aux confins de l'Ourcq – préféraient leur indépendance fière et miséreuse à la contrainte des huissiers, des familles, des lois, du quotidien, du casanier, à la discipline trop stricte des usines ou au tran-tran routinier des lustrines d'administration – tous gens épris de grand air, déclassés de faillites, maris fugueurs, découvreurs de la marge, toutes sortes de rouleurs de bosse, compagnons d'infortune soutenus par un esprit de corps, une loi commune dont les règles élémentaires, façonnées à l'expérience des crocs-en-jambe et chausse-trapes de la vacherie humaine, valaient bien le code plus policé des compromis ou hypocrisies ordinaires.

Trois-Clous savait de quelle argile sont faits les hommes. Il avait fait trois fois le tour de la terre. Voilà qui ajoutait à son prestige.

Il avait bourlingué au long cours sur les bateaux de son père, un très riche armateur de Nantes et, fils de famille, avait suivi des études. Il avait hanté dans sa jeunesse orageuse le *café Riche* et la *Maison dorée* avant de plonger dans les bouges de Tamatave, les bordels des îles de la Sonde et de tenir maintenant ses quartiers à *la Casserole des Biffins*, le plus célèbre des assommoirs de Clichy.

Là, dès ce soir, à même le carrelage et la paille, il ferait bombance avec tous les mal habillés du coin, retour de leur tournée. Il retrouverait Gras-d'Huile et Sac-d'Os, Courtes-Bottes et Cloporte. Ils boiraient des alcools de grain corsés de clous de girofle, de poivre et de quelques gouttes d'acide sulfurique, un « casse-poitrine » qui faisait passer le goût des trognons de chou.

Si à l'issue de cette gobichonnade Trois-Clous avait trop biberonné pour garder son entendement, si la lune blanche lui interdisait le sommeil, il fumerait un peu d'herbe « à rêver ». Il en conservait toujours une petite boîte au fond de sa poche. A la demande générale, il grimperait sur un tonneau. Le visage raviné par les larmes, il évoquerait ses lointaines escales – Aden, Bombay, Calcutta, Foutchéou, ou Puerto Descado, Valparaiso, Vancouver et son voyage en Chine dans la province de Chékiang. Avec des intonations du répertoire, il chanterait pour ses aminches de la barrière des complaintes de « marin d'eau d'vaisselle » et pour laver ses chagrins raconterait l'histoire de la princesse Pi Chu, une beauté de quinze ans, ondoyante comme l'herbe, qui, dans sa robe de soie brodée d'œillets, lui parlait d'amour tendre autrefois, au travers du rideau bleuâtre de la fenêtre de son palais donnant sur le lac T'ai.

Ce soir chez les biffins, on fêterait la défaite des troupes de Vinoy et l'aventure du profit soudain. On formerait des vœux pour que la Commune démantibule l'ordre conservateur et suce les doigts des nantis. On dépenserait du quibus.

En attendant ces agapes de cocos d'Arpajon bien chauds, servis en ornement d'un plat de saucisses d'âne, Trois-Clous se faisait du bien en repensant aux trois petits glorias versés dans sa demi-tasse de café – du raide d'alambic sorti à 45 – qu'il s'était enfilé chez l'Auverpin de la rue Lepic, tout en faisant des affaires.

Outre ce qu'il avait glané la veille dans les cours, les jardins, les impasses de la Butte et dans toutes les rues avoisinantes du champ Polonais, voilà qu'il s'était trouvé après son passage chez Saint-Flour à la tête d'une véritable petite fortune en armement immédiatement négociable.

Trois chassepots, deux revolvers d'ordonnance à barillet tournant, cinq épées-baïonnettes et des gibecières, des cartouchières, des képis, des ceinturons divers, des vareuses de gendarmes, des insignes, fourragères, médailles et épaulettes de lignards emplissaient son carquois. A ce train-là, même un débutant aurait fait sa pelote. Il avait suffi au vieil anar de sillonner les rues de Montmartre pour écouler le plus gros de cette quincaille de soudard pour laquelle il nourrissait le plus souverain mépris.

— Vive la paix et les doigts de pieds en éventail ! revendiquait-il de temps à autre comme pour se donner du courage. Vive la liberté et la ribote ! Vive l'anarchie et l'océan sans limites !

Six pas plus loin, il s'arrêtait face au soleil. Mains nouées aux bretelles de sa hotte, d'un coup de reins, il soulageait sa charge. Han ! D'une voix de rogomme, il renforçait son credo.

Il lançait à qui pouvait l'entendre :

— Vive l'individu ! Çui qui lascaille là où il veut !

Il avait déjà vendu deux flingots sur les trois et espérait bien trouver acheteur pour le dernier bâton creux avant de rallier son charreton. Il avait remisé l'attelage derrière l'église Saint-Pierre et confié sa garde au surnommé Ziquet – un gamin dans ses grands quatorze ans dont les joues à six poils réclamaient un rasoir.

Ziquet était un fameux lapin. Il avait bon œil et aurait fait son chemin dans l'ordre des buteurs et assassins si Alfred ne l'avait pas pris sous son aile à la mort de sa mère, une pas rien, une marmite de racole qui vendait ses derniers charmes au creux des fortifs.

Lerouge avait appris au brocheton à compter, aussi des rudiments de géographie, à voyager sur les cartes, à prendre un cap sur les étoiles et à trier les os pour la raffinerie. Il lui avait enseigné qu'ils étaient classés en trois groupes et à distinguer ceux qui sont voués à la gélatine de ceux qui sont faits pour la colle ou le noir animal. Le petit apprenait vite. Pourvu qu'il ait à manger à sa faim, il restait dans le sillage du vieux marin. Il avait le corps souple d'un chat des rues, une énergie sans bornes, un toupet hors du commun, de la tendresse à revendre. Il désignait Alfred du sobriquet de Papa Rouille et l'aidait à pousser sa bousine quand Bugeaud-la-bourrique faisait sa mauvaise tête et rechignait à avancer.

Pour l'instant, le gosselin devait attendre Trois-Clous allongé sur une vieille tombe du cimetière mérovingien, dissimulé dans les herbes. Bugeaud, dételé, devait goûter la liberté de paître et Alfred Lerouge, soudain pressé de retrouver son gallifard et son âne, venait de reprendre sa route.

Il allait d'un bon pas.

Tout en marchant, courbé sous son carquois de chiffonnier, il marmonnait sa chansonnette pour se donner du cœur; en même temps, de ses mains recouvertes de mitaines, il frottait doucement ses rognons douloureusement brisés par le poids de la charge. Montmartre, soudain, lui paraissait escarpé comme les Alpes.

— Deux francs soixante-dix le chassepot complet avec son couteau de cuisine ! bêla-t-il à la vue d'une redingote qui fondait sur lui.

L'homme avait l'air pressé. Il fit un signe à une femme restée dans le lointain du carrefour et soupesa le fusil et sa baïonnette.

— C'est trop cher, vous ne pouvez pas me les baisser un peu ?

— Des plis, mon gars ! théâtralisa Trois-Clous en déposant sa hottée. J'ébouillante pas les prix ! D'ailleurs, fit-il en désignant sa médaille où étaient gravés son nom et son surnom, j'suis « patenté » !

— Montrez-moi votre clarinette, comment qu'on s'en sert...

— C'est un modèle 1866, un bon fusil qui tire juste ! J'ai des collègues qui d'mandent trois francs pour le même ! D'ailleurs, trois francs, c'est pour rien non plus. Ce genre d'instrument va s'faire rare d'ici d'main. J'vous fiche mon billet qu'un machin à culasse comme ça vaudra cinq francs avant la fin d'la semaine !

— Ça va, je le prends, dit le bonhomme en mettant la main à sa poche. Et puis donnez-moi aussi une vareuse de drap et un peu de galon de laine pour coudre sur mon képi...

— Artilleur ou lignard ?

— Artilleur, dit le chapeau. Je vais servir une pièce.

— A propos de pièces, m'sieu, j'entends sonner un tas de monacos au fond de vos fouillouses... et si vous m'allongiez un peu d'rabiot, j'aurais l'honneur et l'occasion d'vous faire emporter un sacré souvenir avec vous !

— Qu'est-ce que ça serait vot'souvenir ?

— Du pharamineux pour madame !

— J'suis tenté. Qu'est-ce donc là ?

— Au choix : une pétouze à barillet ou des balles retirées du mur de la rue des Rosiers !

— Des pruneaux du numéro 6 ? Là où a eu lieu l'exécution ?

— Ouais, môssieu. Du plomb à Lecomte ! Trois francs l'projectile ! A c'prix-là, c'est d'la philanthropie ! Dans un an, ça vaudra cinq fois plus cher qu'une action du canal de Suez !

— Donnez-m'en deux !

Ah la belle, l'admirable journée pour les chiffonniers patentés !

29

Le cyclope à l'œil gris

Allégé d'une partie de son fardeau, le vieux biffin avait bouclé son périple d'un pas plus allongé.

Il aborda la friche de l'ancien cimetière mérovingien et se coula parmi les herbes. Il contournait le dos des tombes, les sarcophages naufragés par le tumulte du terrain, persuadé qu'il allait trouver Ziquet occupé à polir quelque os de travail pour faire un manche d'ombrelle ou de cure-ongle en lézardant au soleil. Au lieu de cela, rien ! Ziquet avait disparu !

Bugeaud divaguait loin de la carriole abandonnée avec son chargement. L'âne s'était fait une panse énorme à force de brouter. En voyant son maître, il baissa les oreilles, ce qui était chez lui le signe de l'insubordination, et s'éloigna en trottant dès qu'Alfred fit mine de s'approcher de lui.

Trois-Clous abandonna sa poursuite et se débarrassa de sa hotte d'osier tressé. Il réfléchit un moment et prit la direction de la petite porte dérobée qui permettait à qui la connaissait de déboucher directement dans le chœur de l'église Saint-Pierre.

Le vieux avait gardé son chapeau à viscop sur les yeux. Il commença à faire le tour des absidioles où ils avaient maintes fois – le gamin et lui – saucissonné sur les autels ou laissé leur commission au coin des colonnes.

Comme il s'approchait de l'une d'elles, Trois-Clous s'immobilisa, glacé d'horreur. Il venait d'entendre un gémissement. Une plainte humaine qui maintenant reprenait, sourde et déchirante.

— Crelotte ! s'écria-t-il en prenant son élan avec autant de grâce qu'un ours tout en poils, Ziquet ! mon fiston !

Il n'eut pas à courir longtemps. Nez au sol, il lui suffisait de suivre les traces sanglantes qui marquaient les dalles d'une piste rougeâtre. Au détour d'un pilier, au sursaut d'une marche, dans l'ombre d'un ancien corbillard, il découvrit le gosse.

Agenouillé, le jeunot tenait une gourde et en introduisait le bec entre les lèvres d'un homme affaissé qui râlait à intervalles réguliers et prononçait des paroles inintelligibles. D'une seule main exsangue qui blanchissait aux jointures, le blessé se cramponnait à un grand crucifix.

— J'l'ai trouvé dehors, dans les hautes herbes, chuchota Ziquet. Plusieurs jours qu'il devait être là. Il s'était traîné, il avait dormi dans une tombe. C'était visible au sang derrière lui. Il était en train de cracher ses doublures et j'l'ai tiré jusqu'ici...

En s'approchant, Trois-Clous découvrit la carrure massive du blessé, sa face blême et tuméfiée, une hure effrayante, tourmentée et blanche, dominée par un front entièrement pris dans l'empreinte d'une croûte de sang séché.

Atterrés par leurs responsabilités, Ziquet et Trois-Clous s'entre-regardèrent avec effroi.

— Tu crois qu'y va éteindre son gaz ? interrogea le petiot.

— Il a l'air à l'article ! répondit Alfred Lerouge.

Et se penchant sur le blessé :

— Descendez pas la garde, m'sieu ! On va voir c'qu'on peut faire pour vous !

Il avança sa main sale en direction du crâne chauve du mourant.

— Sacré coup sur la calebasse ! apprécia-t-il.

La plaie était importante et courait du front à l'occiput. Ses rives dentelées viraient au noir et il était bien difficile d'en apprécier la profondeur tant, à l'arrière de la tête, les chairs étaient mêlées aux sargasses d'une couronne de cheveux, poissée par l'hémorragie. L'un des

La liberté sans rivages 123

deux yeux, le gauche, était totalement fermé par un hématome qui pochait sous la pommette, elle-même scarifiée par un coup de tranchant qui l'avait ouverte jusqu'à l'os. La chemise de l'homme, déchirée, échancrée sur le torse, laissait apparaître sur le thorax plusieurs blessures en séton d'où le sang avait également coulé à flots. Mais le plus extraordinaire était sans conteste l'intensité de l'unique œil gris de l'agonisant qui sous la paupière lourde fixait entre deux filets de sang ses sauveteurs.

Eclairée du dedans par une force surnaturelle, cette pupille aux reflets d'ardoise concentrait toute l'énergie vitale d'un être au seuil du néant qui jetterait dans la bataille ses dernières lumières pour exprimer le refus de son anéantissement.

— C'est un drôle de paroissien ! avertit Ziquet. Plutôt apparenté au diable ! Tout à l'heure, il a trouvé assez de jus pour me serrer le poignet... Il avait le front suant, il poussait des gueulements à réveiller la raille ! Impossible de me cavaler... j'avais l'impression qu'il allait m'arracher le bras des épaules... son œil montait en l'air, giguait dans les hauteurs... Un œil brûlant, rempli de braises rouges... Avec des grognements, y m'montrait le crucifix au-dessus de nos têtes ! Je l'ai décroché et aussitôt il a vissé sa main d'étrangleur autour du cou du p'tit chevelu ! A croire qu'y voulait l'estourbir !

— C'est pas ordinaire, ça ! admit Trois-Clous en essayant de desserrer l'étreinte du mourant autour du cou du Christ, c'est la première fois que j'vois un crevé acharné à dévisser le coco du P'tit Jésus !

L'homme fixa interminablement son regard de cyclope sur le chiffonnier. Il avala péniblement sa salive et refréna un tressaillement qui agita son corps brisé et lui arracha une sourde plainte. Ses traits parurent se creuser davantage tandis que, dans l'ombre croissante, son teint de cendres, l'immobilité de sa posture, lui donnaient des allures de gisant.

— Lorgne un peu ! chuchota Ziquet, il essaye de dire quelque chose...

Alfred Lerouge répondit au gamin par un simple clignement des paupières. Son regard était devenu fixe. Ses joues affaissées pesaient sur le bas du visage. Faute de dents, sa mâchoire inférieure remontait insensiblement et donnait l'impression qu'elle allait à la rencontre de son nez tubéreux.

— Papa Rouille ! Ohé ! Papa Rouille ! s'inquiéta le gosse, est-ce que tu m'entends ?

Statufié, Trois-Clous ne répondait toujours pas. Ziquet avait la sensation qu'à son tour il s'engourdissait à vue d'œil.

Il ébaucha le geste de se lever mais son intention de prendre la fuite tourna court. Il secoua Trois-Clous pour le sortir de l'état de fascination où il se trouvait plongé mais le vieux crochet ne bougea pas davantage. Et Ziquet sut qu'il était déjà trop tard : ils étaient submergés par le pouvoir du spectre glacial.

Emprisonnés dans l'ombre noire de l'église, c'était comme si les deux chiffonniers ne commandaient plus à leurs membres. Comme si une bête était montée sur eux, les étouffait de ses poils, et les écrasait du poids de sa volonté. Ils se penchaient pour mieux distinguer les traits de cet homme terrassé, ils scrutaient la tache blême de sa calvitie, s'attachaient à cette prunelle unique dardée sur eux et sentaient confusément qu'un seul mot de la part de l'autre, s'il était prononcé, allait les entraîner sur l'étroit chemin d'une dépendance mystérieuse.

— Partons ! souffla l'adolescent trempé par le froid jusqu'à l'os. Le grand bouc est dans cet homme !

Comme pour conforter le garçon dans sa crainte, une sorte de secouement de gorge noyé dans des glaires de sang venait de s'emparer du blessé, un rire terrible à écouter, creux et ronflant comme un chant d'orgue intérieur, un chant de victoire triste et lugubre qui acheva de plonger l'esprit des deux biffins dans les brumes d'un étourdissant vertige.

— Papa Rouille ! tu l'entends ? paniqua Ziquet, le v'là qui part à la rigolboche ! j'ai une bizarre impression...

— J'l'entends ! dit le marcandier. Il rit dans son sang ! Tout à l'heure, ce crevard donnait l'impression de plier son riflard et maintenant qu'il serre le colbac à Jésus, il a comme une vie montante !

De fait, le spectre bougeait insensiblement. Il avait cessé son ricanement. Haletant, la respiration courte à cause de ses côtes brisées, il parut ramasser ses dernières ressources et d'un geste ralenti fit voyager sa main décharnée dans les airs.

— Dieu est coupable ! blasphéma-t-il en frappant le Christ posé à terre. Dieu est une invention de vilenie et de souffrance abominable ! Dieu est pourriture ! Dieu n'est que haine et abandon !

Un rictus douloureux tordait ses lèvres, il parlait sur le râle et son œil gris enfermait une lueur de vindicte si vive qu'elle devenait insoutenable pour ceux qui se penchaient à son chevet :

— Le vieux Dabe y est pour rien dans vot'malheur tenta de l'apaiser le chiffonnier et vous avez d'la chance de tomber sur des cupidons dans not'genre, pas trop sourcilleux sur la religion.

Mais c'était peine perdue. La main décharnée du blessé voyageait à nouveau dans les airs. Soudain, elle s'abattit sur celle de Trois-Clous et comme une griffe referma son étreinte.

— Aidez-moi, intima le spectre. Je vous paierai bien.

Epuisé par ces derniers mots, un effet de cire coula sur son visage et il referma son œil unique. Au bout de cette pâleur de dernière extrémité, il essaya de reprendre son souffle. Enfermé dans la gangue de sa douleur comme dans le carcan d'une camisole de force il sembla lutter farouchement pour la recouvrance de ses moyens et affermit à plusieurs reprises sa poigne autour de la main de Trois-Clous l'attirant à lui comme s'il cherchait à lui parler à l'oreille.

— De l'or... crut entendre le chiffonnier en se penchant vers le masque sanglant. Je vous donnerai de l'or...

— Vous voulez dire qu'on peut espérer quéqu'jaunets en échange de nos services? C'est bien ça? s'enquit à voix basse le vieux carquois.

Le gisant acquiesça faiblement.

— Ça aiderait, opina Ziquet.

— De l'or... chez moi... souffla le blessé sans rouvrir la paupière. Beaucoup d'or...

Alfred Lerouge se fit tout sourire.

— Quelle bonne nouvelle, m'sieur! s'écria-t-il. Sûr qu'on va vous désenflaquer! Le petiot et moi, on va vous transporter dans un lit qu'on connaît! Ma femme prendra soin d'vous comme d'un parent! La Chouette connaît les tisanes, les herbes, les remèdes. Mais pour plus d'chaleur humaine, faudra aussi nous dire vot'nom et l'adresse de vot'joli clapier!

— Je m'appelle Horace Grondin, murmura le spectre en rouvrant son œil unique. Je suis l'adjoint de Monsieur Claude.

— Ah ça Ziquet! frissonna l'ancien marin en réalisant qu'il avait devant lui le sous-chef de la Sûreté, sûr que la pêche est bonne et que nos filets sont pleins! Cours chercher l'âne et la carriole, bonhomme! Môssieu est un gros poisson! Même qu'on va l'vendre à la criée!

30

Les truites de la rue Hautefeuille

Tarpagnan se tenait entre Courbet et Théophile. Son visage était radieux. Il allait rencontrer Vallès ! Théo avait accédé à sa requête. Il piloterait Antoine jusqu'à l'Hôtel de Ville et lui présenterait son grand homme. Les trois amis de bonne humeur arpentaient le trottoir du boulevard Saint-Germain d'un pas décidé.

Après s'être fait prier, Courbet avait consenti à leur faire un brin de conduite. Il les abandonnerait rue Hautefeuille où il habitait. Même si la stricte logique des plans de Paris voulait que depuis la rue de Tournon on coupât par la rue Danton et la place Saint-André-des-Arts, le détour ne les rallongerait guère.

L'air était très pur. Le ciel dégagé. C'est à peine si, dans les lointains, quelques nuages furieux se donnaient encore des allures de mitraille. Allongés par le vent, ils giflaient les collines de Suresnes et du mont Valérien avec leurs giboulées.

Comme les rues de Paris étaient tranquilles ! Le soleil aidant, il régnait une odeur de triomphe dans l'air léger.

Les boutiques étaient ouvertes ainsi qu'un jour ordinaire. Cuisinières et ménagères vaquaient à leurs occupations. Succédant aux groupes tumultueux de la veille, quelques bourgeois égarés se glissaient dans les rues et venaient aux nouvelles.

Un brave homme, sans nul doute parti en exploration dans la ville afin de renseigner sa famille sur l'état des lieux, humait le carrefour de l'Odéon d'un nez interrogateur.

Toujours prompt à capter une situation de comédie, Courbet fit un signe à ses compères. Aussitôt, il s'éloigna sur la pointe des pieds. *Couine ! Couine !* Ses chaussures miaulaient à chaque pliure du cuir. Il se coula le long d'un mur, réapparut dans un damier d'ombre et de soleil et contourna le péquin à son insu. Il s'en approcha à pas de loup. Il commença à bouffonner derrière lui sans que l'autre eût seulement senti sa présence puis, tout de go, le héla par le travers.

— Hon, hon ! corna-t-il à son oreille, je parie que vous reniflez les égouts pour savoir si l'odeur de racaille est aussi forte qu'on dit ?

Une voix si proche de son tympan !

Le patapouf s'offrit une frayeur de lièvre et sursauta. Sa pomme d'Adam faisait trombone sous le cartilage. Le visage pâle de surprise, il allongeait le cou. Sans oser regarder ni à gauche ni à droite, il tapa de la patte sur place et, pris dans le sel, attendit qu'on lui parle.

Courbet adoucit ses grands yeux. Il défrimoussa le bonhomme cousu dans ses gants beurre, lui adressa un sourire aimable et demanda :

— Quelque chose qui ne va pas ?

— Non, non.

— Du nouveau ?

— Non rien ! Je ne sais pas... Ah oui ! il paraît qu'il y a eu quelque chose ces jours-ci à Montmartre.

— Il s'en est passé ! confirma le peintre avec un air de catastrophe. Rien que du très grave !

Il attendit un peu pour voir l'effet de ses paroles sur sa victime et déclara d'une voix brisée :

— Ne savez-vous pas, cher monsieur, que nous sommes aux portes de la révolution ?

— Je ne vois rien ! Je n'ai rien vu.

Le père de famille, à mesure, perdait tous ses moyens. Les yeux allumés. Les nerfs à fleur de peau. Quarante-huit heures sans doute qu'il tournait en rond dans son appartement aveuglé comme un terrier.

— Consultez les affiches, conseilla Théo qui s'était approché. C'est du tout frais... Elles vous apprendront du moins à quelle sauce vous serez mangé !

— Les affiches ? Mais... elles sont blanches, bredouilla le bourgeois en cherchant à fuir ses tourmenteurs. Elles sont donc officielles...

— Elles le sont, l'assassina Tarpagnan, en lui barrant la retraite. Elles attestent que Paris s'est donné un gouvernement même sous la République rouge !

Du coup, l'homme s'approcha du mur mâchuré de traces de colle. D'une main tremblante, il chaussa son lorgnon. A la hâte, il lut ce placard :

République Française

Au peuple.

Le peuple a secoué le joug qu'on essayait de lui imposer.

Calme, impassible dans sa force, il a attendu sans crainte, comme sans provocation, les fous éhontés qui voulaient toucher à la République.

Cette fois, nos frères de l'armée n'ont pas voulu porter la main sur l'arche sainte de nos libertés. Merci à tous, et que Paris et la France jettent ensemble les bases d'une République acclamée avec toutes ses conséquences...

— Conséquences ? Hé ! s'éberlua le benêt.

Vite, il sauta à l'affiche suivante et y découvrit du pire :

République Française

Liberté, Egalité, Fraternité.

Le Comité central de la Garde nationale,
considérant qu'il est de toute urgence de constituer immédiatement
l'administration communale de la ville de Paris,
Arrête :
1° Les élections du Conseil communal de la ville de Paris auront lieu
le mercredi prochain 22 mars.
2° Le vote se fera au scrutin de liste et par arrondissement.
3° Le scrutin sera ouvert de huit heures du matin à six heures du soir.
Le dépouillement aura lieu immédiatement.
4° Les municipalités des vingt arrondissements sont chargées, en ce
qui les concerne, de l'exécution du présent arrêté.
Une affiche ultérieure indiquera le nombre de conseillers à élire par
arrondissement.

Hôtel-de-Ville de Paris, le 19 mars 1871.

Signé, Le Comité central de la Garde nationale,
Assi, Billioray, Ferrat, Babick, Ed. Moreau, C. Dupont, Varlin, Boursier, Mortier, Gouhier, Lavalette, Fr. Jourde, Rousseau, Ch. Lullier, Blan-
chet, J. Grollard, Barroud, H. Géresme, Fabre, Pougeret, Bouit, Viard,
Ant. Arnaud.

— Qui sont ces gens ? s'enquit d'une voix affolée le monsieur dans
son habit à queue-de-morue.

Sur le sujet, les trois amis s'en donnèrent à cœur joie.

— Des inconnus !

— Des sanguinaires !

— Des jacobins. Des alcooliques ! Des communistes !

— Ah, mais c'est grave ! Ah, mais c'est grave ! psalmodia le bourgeois. Cette nuit, j'ai entendu les curés sonner le tocsin !

— Très grave !

— Il faut partir, s'affola-t-il. Prendre le chemin de l'exil.

— Oui ! rassembler ses affaires et se jeter à la rue ! s'acharna Courbet.

— Ils vont fusiller la fortune ! s'en mêla Tarpagnan.

— Les rédacteurs du *Figaro* ont mis la clé sous le paillasson, surenchérit Théophile. *Le Gaulois* ne paraîtra pas ! La presse est en déroute.

— Ce matin, les gares étaient assiégées par les braves gens qui sau-
vaient l'argenterie, en rajouta Courbet qui contenait un fou rire à
grand-peine. Les Ministères sont occupés !

— Quand j'entends cela, je pense à ma famille et j'ai peur, s'excusa
le monsieur en s'éloignant ventre à terre vers Saint-Sulpice...

La liberté sans rivages 129

— Sauve-qui-peut pour Versailles ! l'encouragea Mirecourt les mains en porte-voix.

Et l'autre qui n'avait sûrement pas bien compris se retourna dans la distance :

— J'ai laissé l'aîné des enfants monter la garde entre deux portes... entre deux sorties... mais on n'est jamais trop prudent !

Il décampa à toute bride par la rue des Quatre-Vents.

Sur l'autre rive du carrefour, les trois amis avaient déjà tourné le coin du pâté de maisons.

Ils se tenaient au mur. Ils n'avançaient plus que courbés et la main sur le ventre, ils poussaient des petits cris, ils se montraient du doigt. Dès qu'ils furent en état de laisser leur gaieté formidable éclater au grand jour, ce fut une bosse de rires. Et ceux qui passaient près d'eux n'y pouvaient rien. Eux aussi étaient bons pour la contagion.

Un homme qui circulait, une botte de cure-dents à la main, et qui venait de les laisser échapper par terre, s'était mis à japper sur place. Il riait. C'était sa façon de s'en donner. Il échangeait des clins d'œil de forcené avec sa voisine, il montrait ses cure-dents dans le caniveau et il riait. Il aboyait. Et la femme derrière lui qui avait commencé par une moue fine et sensuelle était bientôt gagnée à son tour par une série de petits grognements qui tournaient au rire de tête, à cet aigu de contralto, à ce supplément de cascade, qui inondent les gorges jusqu'à la pâmoison, la femme tirlirait, elle mourait de rire et sa tête renversée, ses dents éclatantes, sa langue cabrée dans la bouche largement ouverte sur un filet de salive relançaient l'entrain des compères, aveuglés de larmes. Ils encombraient la voie en se donnant de grandes claques sur les épaules, ils se tordaient, ils entraînaient un saute-ruisseau à sacoche dans leur mouvement d'hilarité alors qu'une bonne dame coiffée d'un chapeau à fleur rouge et qui pensait pouvoir changer de trottoir se trouvait prise elle aussi dans la tourmente, elle n'y résistait pas, elle montait sa main devant ses lèvres secouées d'un tremblement incoercible, elle cherchait à se pincer le nez mais il était trop tard, elle perdait son maintien, passait à un air de ravissement, elle lâchait la bonde, joyeusement s'esclaffait, poussait des roucoulades qui ouvrageaient son rire, elle transmettait l'irrépressible bourrasque de rigolade à un pâtissier, à un sous-chef de service à l'encaissement du gaz de ville, à une jolie blonde qui livrait son repassage et le corsage de la dame au chapeau s'ouvrait à chaque soubresaut de sa poitrine, elle riait le cou serré dans son collier. Elle riait, elle riait. Elle demandait grâce.

— Quarante-cinq ! Oh, quarante-cinq ! suffoquait-elle. Je suis rincée ! Qu'est-ce qu'on s'boyaute !

Et ceux qui pouvaient répondre postillonnaient :

— Oui ! Oh ! Ah ! Qu'est-ce qu'on s'boyaute !

Ils riaient tous à ventre déboutonné sans plus savoir pourquoi. Au coin de la rue Pente et de la rue Danton, juste ils riaient. Ils se désignaient l'un à l'autre et ils avaient un terrible boyau de la rigolade.

Jusqu'à ce qu'ils aient tous perdu le moindre orgueil. Jusqu'à ce qu'ils aient rincé leurs forces.

Alors, épuisés, les côtes en long, le ventre douloureux, le sternum élargi, ils s'étaient redressés essuyant du dos de la main un trop-plein de buée suspendue devant leurs prunelles. Ils étaient agités de spasmes décroissants. La maladie du rire s'éloignait d'eux.

La figure muette, après une petite inclinaison de tête pour se saluer, les paupières bouffies, les traits détendus, ils avaient repris leur course vers les habitudes. Ils ne se connaissaient plus.

Antoine, Théo, Gustave avaient quitté le chantier les premiers. La mine aimable, ils remontaient la rue Hautefeuille. Devant le numéro 32, Courbet se moucha puis leur tendit la main.

Le peintre s'apprêtait à rentrer chez lui.

— Je vais taquiner un nu que j'ai commencé, dit-il avec gourmandise. Une femme rousse dont la carnation m'intéresse au plus haut point.

— Si tu ne finis pas trop tard, viens nous retrouver au café de l'Union, proposa Théo. Avec Vallès, c'est sûrement rue Monsieur-le-Prince que se terminera la soirée.

— Sans moi, mes bons ! Ce soir, je suis déjà en main ! Champfleury et quelques chahuteurs de son acabit viennent dîner à la maison. Nous jouerons du cor et nous chanterons de vieilles chansons !

— Vous jouez du cor ? s'extasia Antoine.

— J'aime la musique populaire ! Je chante volontiers après boire et je me pique d'avoir composé quelques romances !

Incrédule, Tarpagnan consulta Mirecourt du coin de l'œil.

— C'est vrai, attesta ce dernier. Courbet a un réel talent de rossignol... il n'y avait guère que le défunt Berlioz pour éternuer sur sa musique !

— Berlioz ! Berlioz ! ronchonna le peintre, touché au point sensible. Paix à son âme ! Mais de vous à moi, il se prenait pour un aigle et c'était un moineau !

Et s'engouffrant sous le porche de l'immeuble :

— Je vous quitte ! J'en ai trop dit !

Déjà, il se ravisait, revenait sur ses pas et la main en parenthèse devant sa bouche s'adressait à Tarpagnan qui était son public le plus frais :

— Berlioz n'avait tout simplement jamais digéré le tableau que j'avais brossé de lui dans le temps... C'était une toile dans les bistres qui racontait trop fidèlement la vérité de son visage calciné !

Cette fois, rasséréné par cette mise au point un peu vache, convaincu en somme qu'il réussissait sa sortie, le maître avait entamé sa retraite sous le porche et venait de saluer le pipelet à toque noire embusqué derrière le guichet de sa loge, lorsqu'il bloqua sur ses jambes.

— Ah ! et, Théo ! cria-t-il en se retournant, j'allais oublier le motif de ma visite chez toi... j'aurais besoin que tu me photographies quelques truites dans un beau plat ou sur un appui de verdure...

— Tu ne t'adresses plus à Nadar ou à Le Gray ?

— Nadar, c'était pour des portraits. Le Gray, c'était pour des vagues. Reutlinger, c'était pour Proudhon. Et toi, ce sera pour les truites ! Je ne m'adresse qu'aux plus grands ! Ne sois donc pas vexé, petit photographe !

— Je ne me vexe pas, mais je trouve qu'à l'époque où nous sommes, il y aurait du plus vivant à peindre.

— Quoi ? Les barricades ?

— Oui, les gens qui sont sur les barricades...

— Ce n'est pas mon humeur du moment. Et pour me délasser des hommes, je voudrais dessiner des truites.

— Tu auras tes poissons morts.

— Merci, Théophile ! Sois assuré que je ne quitte pas des yeux cette révolution !

— J'aime cet homme et tous ses excès, dit Tarpagnan en regardant s'éloigner la silhouette de Courbet. Il est monumental !

31

Confidence pour confidences

Au-delà du pont Saint-Michel, les trottoirs s'animaient. La chaussée était encombrée. Un escadron de cavaliers remontait le boulevard du Palais au grand galop des chevaux. Les officiers qui le composaient n'avaient pas eu le temps de choisir leur uniforme, ni de l'unifier mais ils étaient déjà très remarquables. Beaucoup de tuniques rouges et de plumes au chapeau. Beaucoup de képis sur l'oreille, de bottes rutilantes, de grosses épaulettes.

Antoine siffla d'admiration.

— Mordious ! L'Ecole de guerre a recruté cette nuit ! Il ne manquera pas d'officiers pour commander !

— C'est de ta faute si les galons ne coûtent pas cher, lui rétorqua Théo, tu n'avais qu'à pas jeter les tiens aux orties.

— Je ne regrette rien ! soutint Tarpagnan. Je ne suis pas amer. Et j'ai d'autres desseins que le métier des armes.

— Avec quoi te battras-tu ?

— Avec une plume !

— Journaliste ?

— Pourquoi pas ? Je dirai la vérité de ce que je vois.

— Eh bien, tu seras reçu !

Comme ils avançaient vers l'Hôtel de Ville, le rouge épaississait au revers des vestes et des paletots. Il dominait sur les boutonnières. Des bourgeois en habits de fête marchaient avec le populo. Des bouquetières tendaient aux chalands des œillets rouge sanglant. Les quelques redingotes qui se trouvaient dans les parages riaient bien un peu quand on leur en proposait. Il y avait de la raideur dans leur enjouement, la gêne empourprait leur visage, mais ils acceptaient sans se faire prier la fleur qui purifiait et crachaient leurs trois sous au bassinet de la révolte.

— Le peuple ne compte plus ses amis ! railla Théo en passant devant un couple de quinquagénaires un peu émus de s'encanailler.

Les deux hommes avaient ralenti le pas en arrivant à leur hauteur.

La dame était coquette. Suspendue au bras de son mari, elle venait de se pencher vers lui et lui témoignait des inquiétudes très vives pour sa santé qui, à en croire le rebond de son gilet, paraissait excellente.

— Je ne regrette pas d'être sorti malgré mon gros rhume, dit le mari en picorant dans une boîte ronde des pâtes de Nafé pour soulager ses bronches. Il fait un beau soleil !

— Tu as raison, Amédée, s'empressa sa conjointe en s'endouillettant dans son châle du Cachemire, en se lovant contre son époux, il y a de la gaieté dans l'air. Vois tous ces braves gens penchés aux balcons ! Les gosses qui enfourchent les épaules des statues et agitent des drapeaux ! Je raconterai notre sortie à ton père rien que pour le faire enrager ! Ce matin, il était si grincheux après la reculade des Jules qu'il voulait déchirer ses titres pour en bourrer son fusil !

— Présentez-moi vite ce dispendieux imbécile, trancha Tarpagnan en laissant la dame interloquée, je lui échangerai ses coupons contre des bourres d'emballage et je vivrai sur ses rentes !

— Sapristi mais c'est vrai ! réalisa Théophile tandis qu'ils s'éloignaient, tu ne dois plus avoir un liard !

La liberté sans rivages 133

— J'ai tout juste cent francs dans mon portefeuille. Et après, je n'ai plus rien.

— Vallès y pourvoira ! dit un peu hâtivement Théo.

Et se reprenant aussitôt :

— Je dis des bêtises. Chez Vallès, la mouise est chronique. C'est le chevalier de la bourse plate !

Antoine haussa les épaules.

— A lui, je ne demanderai qu'un conseil.

— Ah bon ! s'écria Théophile en s'éclairant d'un sourire de bonheur. Et à qui d'autre demanderas-tu de t'aider ?

Antoine se détourna un bref instant :

— Pas à toi, mon frère. Tu as bien assez fait pour moi.

— Tu n'as plus personne ! Je suis ta seule famille !

— Il me reste Caf'conc'.

— La Pucci ? Une jolie roulure !

L'expression était cinglante. Tarpagnan fit celui qui n'avait pas entendu.

— Elle chante à *l'Œil de Verre*. Elle m'a dit que si j'étais dans le besoin, elle pourrait me dépanner.

Théophile s'était arrêté au bord du trottoir. Il paraissait atterré par ce qu'il venait d'entendre et furieux à la fois. Il dressa sa belle tête et chassa une mèche rebelle sur son front.

— Pince-moi la main que je me réveille ! persifla-t-il. Cette fille est une biche ! Une femme entretenue ! Sors-la de ton esprit !

— Il faut que je t'avoue une chose, Théo. Depuis hier, je n'ai pas cessé une seconde de songer à elle. Sa pensée m'entête.

— Celle-là est encore plus amère à digérer ! murmura le jeune homme.

Il coula vers Antoine un regard blessé et préoccupé. Il s'était rapproché de lui et dans un geste machinal avait saisi un bouton de sa veste qu'il commençait à tordre. C'était à croire que ce signe de possession échappait à son contrôle.

— Tu ne dois pas partir, murmura-t-il avec une intonation d'enfant gâté. Ma maison est la tienne. Cette Italienne languissante est une allongée... Elle t'entraînera à ta perte !

— Trop tard, murmura Antoine. Je vois ses yeux quand je ferme les miens.

Une ombre sembla glisser sur le visage de Théophile. Glacé, blanc comme un linge, il ôta sa main nerveuse du bouton de Tarpagnan qu'il n'avait pas cessé de tripoter.

— Je n'ai peur de rien, fanfaronna-t-il en laissant rouler ses muscles sous ses puissantes épaules d'athlète, mais avec toi, je me sentais protégé.

— Protégé ? s'exclama Antoine en laissant percer son étonnement. Personne ne songerait à vouloir te faire du mal.

— Je vois que tu n'as rien compris à l'affaire, jeta Théophile d'un air de souveraine froideur.

Il mâcha un instant de sourdes paroles, puis, les yeux obstinément tournés vers le sol, dessina un geste de noyé comme s'il cédait à un vertige où chancelait sa raison.

— J'ai un plomb là ! dit-il en se frappant le cœur. Je m'emporte pour la liberté et je veux témoigner pour elle mais je n'ai pas de passé social ! Je fais partie de ces enfants élevés sous une aile de duvet ! Toute mon adolescence s'est déroulée dans l'enchantement parfumé des femmes rassurantes ! Au fond d'un jardin de grandes herbes où il faisait trop bon ! A l'époque où Vallès grelottait en brûlant des allumettes dans une chambre à trente francs, j'allais dîner chez Ramponneau ! Et tu vois bien, même dans cette perspective de sang et de fusillade qui nous attend tous, je veux toujours qu'on me donne les fraises et le sucrier !

Un soupir à fendre l'âme lui échappa. Il parut écouter un moment les appels, les rires des gens autour d'eux et finit par poser son regard sur la distance, là où, entre les façades, s'ouvrait la tranchée grise des rues.

— J'ai manqué mon entrée dans le monde, Antoine, dit-il sourdement.

Il semblait dans l'incapacité de poursuivre son discours. Il se contentait de taquiner une brindille de la pointe de sa chaussure avec un pitoyable sourire de dérision.

— Parle ! le bouscula Tarpagnan. Parle donc, tête de mule ! Dégoise ! Ton salut à n'en pas douter passe par la parole !

— Qu'en sais-tu ? se cabra Mirecourt.

On sentait que tout lui faisait mal.

Il parut produire un effort aussi violent que s'il s'agissait de se hisser sur la crête d'un mur.

— Tu es la seule personne à qui j'ai envie de faire des confidences, avoua-t-il enfin avec un accent de vérité qui ressemblait à l'amour.

Puis, son regard devint plus fiévreux. Il tourna vers son ami un visage plein d'humanité où des ondes vivantes donnaient à sa face énergique une beauté nouvelle.

— Mon pauvre Antoine ! Te voilà investi d'un bien pesant cadeau ! persifla-t-il.

C'était comme si une digue intérieure brusquement cédait dans les quartiers assombris de son être. Il laissa monter en lui un flot de paroles si torrentueux que sa diction précipitée aidait à l'audace de ce qu'il avait à dire.

— Maman est morte voici cinq ans, commença-t-il. Elle était belle... Belle au-delà de tout ce qui est imaginable. Elle avait été veuve très tôt. Elle poussait devant elle le flot de ses robes blanches.

Dès qu'elle apparaissait dans un bal, dans une assemblée, la poitrine haute, les épaules rondes, le front hautain encadré de ses lourds cheveux noués en bandeaux, elle apportait le coup de folie de sa séduction et de son sexe. Le soleil la suivait comme un animal soumis. Il caressait les frisettes de sa nuque poudrée d'or. Les prétendants soufflaient le désir autour d'elle. Ils se jetaient à ses pieds. Des hommes de tous âges – des banquiers à bedaine, des messieurs bouleversés, des séducteurs en habit, toutes sortes de gens chics, des propriétaires, des artistes, des médecins, – prêts à toutes les bassesses, à tous les harcèlements, à tous les abandons si ridicules chez un amant pour se faire accepter. Le bourdonnement de leurs voix au fond du salon me rendait fou de jalousie. J'avais douze ans, j'avais quatorze ans, j'avais seize ans. J'étais, je voulais être, le seul homme de sa vie. Elle riait. Elle me façonnait. Elle me donnait à lire et à rêver. Elle me prenait dans son lit. Elle m'accueillait contre sa peau, elle m'apprenait le parfum de ses aisselles et sa blancheur d'écume. Passé minuit, elle se retirait. Elle renvoyait à la rue le cortège de ses admirateurs. Les bouquets, les offrandes, les rendez-vous restaient en panne dans les vases, sur les coupes, au fond du tiroir du secrétaire. C'était mon heure. C'était mon triomphe. C'était notre bonheur où personne d'autre n'avait sa place. Au travers de ses chemises de soie, tout son corps se devinait. J'embrassais ses jolis pieds de statue. Je frottais son dos neigeux de soupirante de son fils... ainsi, pendant vingt ans, m'a-t-elle tenu en son tendre pouvoir... et au soir de sa mort, j'ai voulu me tuer...

Il s'arrêta soudain. Parole suspendue. Puis se jeta tout à fait dans le vide :

— Depuis, je cache mon trouble pour les hommes sous un excès de muscles. Je rame sur la Marne, je pique si l'on me provoque en duel, je milite pour une société plus juste, mais je rougis si l'on me dévisage. La peur d'être démasqué, sans doute...

— Tu t'en tires bien, Théo. Je t'ai vu danser avec les filles, on n'y voit que du feu.

— Je respire un air étouffé, rétorqua le jeune homme avec la brusquerie des timides.

— Nous abritons tous des monstres gelés dans nos cavernes, répondit Tarpagnan en posant sa main sur l'épaule de son ami.

— Pardon, s'excusa Théophile en relevant la tête. Pardon de t'avoir fait le dépositaire de mon secret.

Il se sentait lessivé comme après un orage. Il posa ses yeux perdus de mélancolie rêveuse sur le ciel de Paris qui, brusquement, devenait sombre et mouillé au-dessus de leurs têtes et se tourna vers Antoine.

— Dispose comme tu voudras de tes tendresses, dit-il précipitamment. Oublie cet épisode ridicule ! C'est moi qui suis insupportable, bien sûr !

Il s'apprêtait à mettre un terme à leur entretien. Les gens passaient autour d'eux sans prêter attention à leur conversation. Ils allaient par groupes : des volontaires à la tunique fripée qui bouclaient un ceinturon, des fédérés qui étrennaient leurs premières bottes. Des femmes de communeux, un panier de ravitaillement sous le bras.

Théo avait retrouvé son calme. Un air raisonnable et ferme. Il s'apprêtait à reprendre le cours de leur marche. Antoine l'arrêta d'un geste.

— Moi aussi, j'ai mal débuté dans l'existence, murmura-t-il. Du bien plus sombre que toi, tu vas voir !

Il laissa peser un silence comme si maintenant le fardeau des aveux était sur ses épaules.

— J'ai abandonné la jeune fille envers laquelle je m'étais engagé... commença-t-il. Le jour de nos noces je suis parti en retrouver une autre ! J'étais si jeune ! J'étais si indépendant ! J'étais tellement peu fait pour être confiné dans la routine d'un mariage ! C'était... C'était il y a bien seize ans !

— *Hitză Hitz !* n'est-ce pas ?

— Oui. La parole bafouée !

Il eut un haussement d'épaules et tourna la tête du côté de Théo.

— J'étais un coq de village, tu sais ! Un *drolle* qui plantait des cocardes au front des vachettes et faisait le double saut périlleux au-dessus de leur élan pour attendrir les jupons.

— Comment s'appelait ta fiancée ?

— Jeanne. C'était une fille sauvage et nerveuse prête à se cabrer sous la moindre caresse.

— C'était la fille de ce Charles Bassicoussé ?

— Non. Jeanne était orpheline. Sa mère avait succombé à une épidémie de fièvre typhoïde et sur son lit de mort, son père, qui était le régisseur du domaine, avait prié Bassicoussé de devenir son tuteur.

— Voilà donc l'homme aux yeux d'ardoise ! s'écria Théo. Le forcené de notre ami Saint-Flour !

— Oui, dit Tarpagnan en s'engloutissant dans ses souvenirs. Monsieur Charles était un homme puissant. Il avait une force d'arbre. Un visage sombre au fond duquel vivaient deux yeux gris d'un magnétisme exceptionnel. Il avait des poings à assommer les bœufs. Il pinçait la joue des enfants s'il les rencontrait dans ses vignes et leur inspirait une sacro-sainte frousse. On murmurait aussi que les soirs d'orage, il se débarrassait de sa chevalière et de sa montre en or et les posait sur les genoux de sa femme. De cette façon, c'est elle qui recevrait la foudre et non pas lui. Il pouvait déguster son armagnac.

— Ah, le brave homme ! Comment peut-on vivre avec un moussu pareil !

La liberté sans rivages

— On ne vit pas, bien sûr! On dévisse au premier tour! Angèle Bassicoussé a passé au bout de dix ans d'usage. Elle était sèche comme les cerneaux d'une vieille noix. Elle n'avait pas de pouls. Elle se plaignait de maux inconnus.

— De quoi est-elle morte?

— D'usure. De folie. D'inutilité.

— Et lui?

— Fort comme un Turc! Un riche notaire! En nous mariant, il s'était juré de faire le bonheur de deux enfants pauvres et de leur léguer sa fortune. Et voilà que pour une simple demoiselle de magasin de Mont-de-Marsan je lui saccageais tous ses plans!

— Grosse colère, j'imagine?

— La grêle en quelques secondes! Il m'a chassé du paradis! Tu sais, j'étais vite nu! Je n'étais qu'un jeune valet de ferme dans une de ses métairies... Je suis parti sur les routes du Gers, j'ai fait divers petits métiers... Colporteur à Eauze, moutonnier en Chalosse... de temps à autre, j'avais des nouvelles de Jeanne. J'imaginais sa nouvelle vie. Elle était devenue gouvernante chez un curé-doyen de Mont-de-Marsan. On disait que l'abbé Ségouret l'avait beaucoup aidée à retrouver sa gaieté naturelle. Que son empire sur elle n'avait pas de bornes. Moi, sans cesse j'avançais ailleurs. Sans cesse de nouveaux horizons s'allongeaient devant moi, qui attisaient ma curiosité et de brûlants désirs... Et puis... et puis, termina-t-il avec un calme qui était fait de sa douleur retrouvée, sept ou huit mois plus tard, on a découvert Jeanne assassinée sur son lit... éventrée, lardée de coups de couteau! Elle portait un bébé à peine terminé... et le bébé aussi avait été anéanti par le meurtrier... Son crâne avait été sauvagement défoncé...

— Ton bébé?

— Je ne l'ai jamais su. J'ai pris peur... Je me suis enfui... J'ai quitté le pays sans espoir de retour.

— Tu crois que l'homme aux yeux gris te cherche toujours?

— Je crois qu'il m'a retrouvé.

— Pour te pardonner?

— Ou pour me faire expier. Autrefois, c'est lui qui s'est accusé du meurtre. C'est lui qui a pris vingt ans de bagne!

— A ta place? C'est toi qui as tué Jeanne?

— Je jure devant Dieu que je suis innocent!

— Je te crois, chuchota Mirecourt en réprimant un frisson.

Soudain, entre les deux compagnons, la pente de la solitude et de l'agitation intérieure convergeait vers un même vide. En essayant de panser les plaies morales de l'un, l'autre venait de raviver les siennes.

Un sourire d'impuissance montait à leurs lèvres.

— Il y a pire, avoua Tarpagnan avec une nuance de défi dans la voix. Après la pureté souillée, après la beauté, après la jeunesse assassinée, je n'ai jamais pu m'attacher à une honnête femme. Je n'aime que les putains !

C'était étonnant de les voir discuter sans mesure de leur destin. Les deux amis se tenaient face à face au bord du trottoir sans que l'un ou l'autre osât formuler ce qui aurait supprimé leur double vertige. On se serait cru en équilibre dans l'air. Séparé de tout.

— Va ! Ce n'est pas la première fois que je tombe amoureux d'un garçon, finit par murmurer Théophile.

— Va ! Ce n'est pas la dernière fois que j'enjambe une catin ! lui retourna le Gascon.

D'un commun accord, ils s'étaient remis en marche.

— Je ne te juge pas, dit Tarpagnan au bout de quelques enjambées. Et pour moi, tu n'es pas différent.

— Alors, n'est-ce pas, s'apprivoisa Mirecourt en retrouvant sa désinvolture et cet aspect affamé d'idéal qui le transfigurait dans les grandes circonstances, nous continuerons à faire la même révolution et nous chanterons encore *la Marseillaise* !

Ils marchaient d'un même pas.

32

Châteaux en Espagne

Alfred Lerouge, dit Trois-Clous, houlait des épaules à l'idée de mettre la main sur le pactole que lui avait laissé miroiter l'homme aux yeux gris, en récompense de ses services et de sa discrétion.

Il échafaudait des combinaisons et des plans. Mais, pour exaltante que fût la perspective d'être riche, spécialement pour un homme qui ne possédait rien, hormis le ciel et l'eau froide, force lui était d'admettre qu'un bouleversement si inattendu de l'existence n'irait pas sans un gigantesque tumulte de tête.

Sans un effroyable remuement de tout son être.

Le vieux plomb ne sentait plus son âge.

Depuis une demi-heure, il marchait avec l'énergie d'un jeunot. Il cheminait à hauteur de la carriole traînée par Bugeaud et conduite par Ziquet. Il surveillait avec des grâces d'infirmière son bien le plus précieux : un moribond au teint blafard qu'il fallait à toute force maintenir en vie et soustraire aux regards des curieux – ce fameux Grondin de la raille, qui était étendu sur un lit de chiffons, de planches disjointes et cahotantes. Ce Grondin à qui il maintenait délicatement la tête pour qu'elle n'aille pas taper contre les ridelles et qu'il avait emmailloté de bandelettes comme un pharaon de Haute-Egypte afin de lui rendre le trajet plus douillet.

Pour des raisons de sécurité, le départ du convoi avait eu lieu en fin d'après-midi. A la buée de cinq heures, derrière l'église Saint-Pierre, sans faire de mousse.

Les chiffonniers avaient choisi de dégringoler par les pentes les moins habitées de Montmartre. Ils avaient doublé sans encombre le cap de la rue de la Borne, obliqué par la rue Saint-Denis, enduré un enfer de pavés avant de bifurquer par le chemin de la Procession pour aller chercher tout au bout d'un sentier de terre la poterne des Poissonniers.

Dès le départ, Trois-Clous avait laissé filtrer son premier sourire et ouvert la bonde à un flot de paroles optimistes.

Persuadé qu'il allait avoir du foin plein ses bottes, le vieux roulant avait commencé à répéter à l'envi :

— Tout cet or qui m'tombe dessus ! J'suis un bidard ! Ah ça, j'suis un bidard ! La chance, ça s'essekplique pas ! C'est comme la foudre, ça vous tombe dessus et c'est souvent d'père en fils !

Ziquet avait bien tenté de lui faire remarquer que si le four avait chauffé, c'est parce qu'il était pour quelque chose dans la découverte du cyclope à l'œil gris mais Trois-Clous avait balayé l'argument d'un geste agacé.

En rognonnant dans sa barbe, en roulant des yeux de croquemitaine, en tripotant l'anneau qui pendait à son oreille, l'ancien marin s'était donné des airs de pirate féroce.

Façon définitive de réfuter les allégations du gavroche, il avait pris sa voix de frère de la côte pour marmonner :

— Va donc te laver, gamin ! Toujours les gros poissons mangent le mousse !

Puis, voyant que son commis allait continuer à lui chanter péronnelle et faire valoir ses prétentions à sa part de galette, le vieux l'avait rudement envoyé baller :

— On lui dira !

Ce qui signifiait bel et bien : « Ça va, n'use pas ta salive ! »

Enfin, il avait laissé passer un grand kilomètre sans desserrer les dents.

Ziquet avait bien essayé de remettre la gamme, mais Trois-Clous était à la pose. Désormais, il faisait celui qui n'entendait pas. Il avait le front ailleurs. La tête au paysage. Un vrai seigneur des courants d'air.

Il avait basculé son chapeau à viscop sur l'arrière de son crâne. Le regard lointain. Troulala lalère, en abordant la très longue rue des Bœufs, il avait fredonné *En revenant de Suresnes, j'avais mon pompon*, une façon de prendre ses distances avec les contingences, les récriminations et les pourboires.

— N'empêche qu'il va falloir faire gaffe aux culottes rouges, avait soufflé Ziquet en tirant le vieux de ses rêves et en l'obligeant à reprendre contact avec le sol.

Les deux loqueteux étaient arrivés en vue de la poterne des Poissonniers où bivouaquaient sur le pourtour des fortifs un piquet de gardes nationaux accaparés par une fameuse partie de bouchon.

Inconscients du plomb chaud qu'ils auraient pu récolter derrière les épaules en passant à portée de leurs chassepots, nos deux amis s'apprêtaient à mettre à profit l'intérêt suscité par un jet de bouchon fort contesté dans le camp des joueurs adverses, pour forcer leur passage vers le poste de garde.

Sur un signe comminatoire d'Alfred Lerouge, ils s'étaient jetés dans une folle cavalcade à laquelle, fort opportunément, Bugeaud avait bien voulu se joindre sans pousser le braiment sauvage qui était de son usage, dès qu'il prenait le trot.

Mais ce qui les sauva bien autrement que la stratégie de fougue édictée par Trois-Clous fut l'apparition providentielle, au bout du chemin de ronde, d'un détachement d'une cinquantaine de griviers chargés de relever la petite garnison. Salués par les clameurs des occupants accourus du fond des casemates, les nouveaux venus se dispersèrent en désordre avant que leurs chefs n'eussent poussé les bramades réglementaires qui commandaient aux troupes de rompre les rangs. Débordant les serpattes, les pieds bleus de la Commune fraternisaient avec leurs collègues plus aguerris qui se donnaient déjà des allures de vétérans. Les gardes se jetaient dans les bras les uns des autres, échangeaient bruyamment des nouvelles de leurs proches, bref se fichaient comme de nèfle de ce qui se passait autour d'eux.

La liberté sans rivages 141

Baudet, chiffonniers et chargement étaient passés dans le dos des gueulards et leur bruit de bidon, leur cavale de godillots mêlée au martèlement des sabots de l'âne, au grincement des ridelles, avaient été largement couverts par les cris et vociférations de la masse grouillante qui en lançant ses shakos et képis vers le ciel saluait la relève, l'arrivée de la soupe et la mise en perce d'un tonneau de vin.

Deux cents mètres après leur charge victorieuse, rendus à l'élasticité de la terre battue, Ziquet et le vieux s'étaient affectueusement congratulés pour leur belle échappée. Un peu plus loin, Bugeaud, découvrant un arpent d'herbe grasse, les avait sans prévenir embarqués par un sentier de traverse.

D'un commun accord, profitant du couvert d'un bosquet, la petite troupe s'était accordé une halte afin de reprendre son souffle et de restaurer ses idées.

L'âne, dans sa grande sagesse, s'était mis à brouter une jolie qualité de doucette. Tandis qu'il s'en mettait plein les dents, Ziquet avait allumé un petit cigare tordu. Trois-Clous avait resanglé le blessé sur ses planches. Grondin avait commencé à geindre doucement comme pour se plaindre des mauvais cahots de la course.

Rassuré par ce signe de vie et de protestation, le vieux chiffonnier était allé faire de l'eau au coin du champ. Il urinait à lurelure, avec application et volupté, l'esprit perdu dans des supputations de poule aux œufs d'or.

— C'est quand même une chose à laquelle un chiffonnier raisonnable ne pense pas d'habitude, se disait-il en lascaillant. Qu'est-ce que je ferai si j'ai trop d'argent ?

Trois-Clous aurait aimé une réponse claire.

Or, depuis que cette lancinante question lui vrillait la ciboule, le monde sensible autour du vieux biffin semblait s'être vaporisé sous forme d'un brouillard scintillant. Les yeux écarquillés sur du rien, il ne différenciait pas le coton des remparts fortifiés de la lisière des haies d'aubépine. Et la route à trous qui s'enfonçait dans la campagne n'était rien de plus qu'un grand vague indistinct.

Alfred, son vieux plumeau entre les doigts, avait la tête dans la pureté du crépuscule qui s'annonçait rose comme un lavis d'aquarelle.

Mettant à profit la rêvasserie de son patron, Ziquet, avec des airs d'affranchi, s'était approché du blessé.

Il lui avait soulevé la paupière avec son pouce sale. Penché sur la face cireuse, le têtard avait observé le reflet de cet œil unique et gris qui lui semblait indomptable. Au bout d'un long moment, comme pour en ternir la flamme, il avait soufflé la fumée de son infectados en direction de la pupille rebelle.

Il avait dit entre ses dents :

— Tu vas taire ta gueule, grand fumiste, espèce de racaille d'ancien régime, ou j'vas te r'passer un coup de savate par les fumerons !

Puis, écartant son pouce, il avait rendu la face de cire à son immobilité de momie. Il avait abandonné le grand bouc à son grondement intérieur.

Ziquet se sentait teigneux.

Trois-Clous lui avait chauffé les oreilles. Grondin avait trinqué. Ainsi était le jeune grouillot des peaux de lapin, un curieux mélange de brutalité qui lui venait du fond des âges et de gamin éberlué d'idéal.

Soudain, en regardant en direction de la ligne des fortifications, il se prit à penser à la révolution. Depuis peu, il se sentait en âge de prendre les armes. Une idée sournoise venait de germer dans sa cervelle. Dès qu'ils auraient mis la main sur le magot, lui, Ziquet, s'enfuirait avec l'or. Il n'en avait plus pour très longtemps à être sous la coupe de Trois-Clous.

Il leva les yeux et écrasa son cigare.

Le vieux avait remisé sa lance au fond de son pantalon déchiré et s'avançait vers le jeunot.

On était reparti séance tenante.

Au détour d'un jardin de maraîcher, comme si le temps consacré à faire la roue et à regarder passer les brins d'herbe le long du chemin l'autorisait à reprendre le cours de son délire là où il l'avait abandonné, Alfred Lerouge s'était exclamé à nouveau :

— J'suis un bidard, fiston ! Un vrai chanceux !

Il avait frotté sa barbe pensivement et remis ça au sujet d'avoir le vent en poupe. Il déparlait carrément. Il se forgeait des chimères. Il avait des visions creuses.

Tout en marchant sur ses semelles éculées, il battait la breloque en évoquant le grand avenir qu'il donnerait à cet argent. Il disait qu'il ferait construire des maisons destinées au logement des chiffonniers. Qu'il édifierait une cité. Il la nommerait cité des Héliotropes. Avec les loyers, il ferait fortune bien plus qu'avec un immeuble de la rue de Rivoli.

Trois-Clous perdait la boule.

De temps en temps, il faisait proute au fond de son pantalon en loques. Il répétait qu'il était un bidard et que c'était le gavroche qui devait faire avancer l'âne sur les pavés inégaux.

On s'arrêtait.

On repartait.

Alfred Lerouge avançait sur le mauvais chemin empierré. Ses souliers prenaient l'eau. Il était dans le rêve.

Ziquet avait la tête chaude. En réponse à l'égoïsme du vieux, il appliquait la loi du talion. Pour cause de ressentiment personnel, l'attelage n'avançait plus guère. D'ailleurs, Bugeaud avait mangé trop d'herbe. L'asinus était gonfle et renâclait devant la tâche à accomplir.

Dans ces conditions de voyage difficiles, l'un traînant le sabot, l'autre remâchant sa déconvenue, le troisième échafaudant des châteaux en Espagne, le baudet et les deux chiffonniers prendraient bien trois heures avant d'atteindre la cité des Vaches.

33

Le professeur de révolte

Place de l'Hôtel-de-Ville Tarpagnan et Mirecourt croisèrent plusieurs groupes de gardes nationaux qui patrouillaient parmi la foule et tout en devisant passèrent les tenailles d'une barricade largement éventrée afin de laisser le libre passage des voitures.

Deux vieux sergents, le fusil chargé, emboucanaient le secteur comme un steamer avec la seule fumée de leur pipe. A trop mâchouiller son tuyau, l'un d'eux avait perdu ses dents de devant. Le second bouffardait d'une lèvre mince. De temps à autre, ces vétérans de Crimée sanctifiés par vingt ans passés dans les zouaves chassaient le brouillard avec un bidon de vin.

Ils commandaient une section chargée de filtrer l'entrée des équipages. Les gardes donnaient priorité aux attelages chargés de vivres et devant l'étonnement d'un badaud au teint fleuri qui demandait à l'un des factionnaires la raison de ce relâchement dans les défenses, le plus âgé des deux bouffardiers qui avait l'oreille à tout lui répondit :

— Réfléchis *calino*, espèce de naïf ! Faut bien qu'ça circule, sinon Paris risque d'avoir faim !

— Gi ! raisonna le javotteur sous son chapeau bolivar, n'empêche que si vous faites des réserves chez les épiciers, c'est que vous avez peur de la guerre !

— Y aura pas la guerre, grognonna le vieux chassepot. Mais si les versaillais nous chatouillent le pif, on la f'ra pour s'en débarrasser !

En fait, la place de l'Hôtel-de-Ville semblait toujours en état de siège. Vingt bataillons se relayaient sur l'esplanade dans une odeur de bivouac, de rance et de popote. Les hommes fourbus couchaient sur la paille. Des mitrailleuses et des canons gardaient l'entrée des voies adjacentes.

Personne pour interdire le libre accès de la grande salle d'entrée de l'Hôtel de Ville.

Le monumental escalier de Mars de la cour d'honneur, si célèbre pour ses fêtes haussmannesques et ses rendez-vous de souverains, était encombré de militaires endormis, recroquevillés sous leur couverture, et chaque marche était garnie de sacs, de bidons, de fusils appuyés au mur ou dégringolés en travers des degrés, de gibecières et de sabres-baïonnettes abandonnés par leurs propriétaires.

Des soldats sans coiffure trimbalaient des seaux hygiéniques qu'ils allaient vider dans les cours latérales servant de remises et d'écuries. Des estafettes cavalaient dans l'atmosphère enfumée, croisaient des cantinières qui distribuaient des rations, des miches de pain, des bouteilles de ginglet tandis que d'autres gardes de tous rangs coltinaient des piles de couvertures, des ballots de capotes ou de vareuses sur leur tête.

On s'interpellait d'une fenêtre à l'autre. On riait fort et gras. On crachait à même le sol.

Dans une odeur de ventrèche, de pétune, de cuir, de moisi et de vin cuvé, les deux amis traversèrent un palier où des moblots partageaient un arrivage de charcuterie à la pointe du couteau et après deux ou trois bureaux enfumés mais plus calmes pénétrèrent dans la salle du Trône dont les fenêtres donnaient à l'angle de la place de l'Hôtel-de-Ville et du quai.

Cette pièce d'apparat aux lustres de cristal et au plafond à cartouches fleurdelisés semblait être l'antichambre de la salle de réunion du Comité central.

Le long des croisées, elle était encombrée par des fusils formés en faisceaux surmontés du drapeau rouge à crépines d'or. Le centre était occupé par des tables recouvertes de tapis verts sur lesquelles des fédérés travaillaient à des dossiers, lisaient le journal ou plus simplement se restauraient un couteau à la main. Le long des boiseries encadrant les panneaux de Coigniet, de Muller, étaient rangées des paillasses éventrées qui laissaient échapper une paille pourrie. Sur ces couches de fortune dormaient ou fumaient des hommes de garde, les uns rêveurs ou insouciants, les autres gais et bruyants.

— C'est ici que j'ai rencontré Vallès ce matin, glissa Théo à l'oreille d'Antoine, à part lui, je ne connais personne...

Antoine aquiesça, submergé par le brouhaha.

Il regardait avec curiosité une douzaine de solides gaillards – certains étaient à peine des hommes – qui entouraient un sous-officier à la trogne embroussaillée.

Dans un but d'instruction, ce dernier accomplissait pour eux les gestes de démontage et de remontage du fusil à culasse. Ces nouvelles recrues étaient vêtues de tuniques débraillées, d'uniformes dépareillés. La plupart arboraient des képis aux visières cassées qui leur donnaient des airs de vieux briscards et avaient appartenu à d'autres qu'eux.

— Quel carnaval ! murmura Antoine. S'il faut se battre qu'adviendra-t-il de tous ces déguisés ?

Le conscrit le plus proche avait sans doute l'ouïe plus fine que les autres enrôlés. Les oreilles rouges et l'air vindicatif, il se retourna d'un bloc.

— Des flûtes, le pousse-cul ! s'écria-t-il d'une voix de tête. On s'en fricasse, Eustache, de c'que tu penses !

Il avait une frimousse volontaire, un front bombé comme un tonnelet, des prunelles bleu pervenche, une lèvre retroussée d'enfant qui rêve de dépasser son père.

Soudain, ses yeux s'arrondirent. Il venait de reconnaître dans le civil qu'il apostrophait de la sorte le capitaine de ligne qu'hier à Montmartre il avait porté en triomphe.

— Faites excuse, mon capitaine ! corrigea-t-il en soulevant son képi dont les filets de laine rouge surfilés à la hâte se décousaient déjà.

Et il ajouta aussitôt :

— Mon capitaine ! s'il faut se battre, nous aurons la rage au cœur ! J'aimerais servir sous vos ordres !

— Guillaume Tironneau ! s'exclama aussitôt Théophile en mettant un nom sur le visage du gamin. Que fais-tu dans la cour des grands ?

— J'ai entendu dire que le sang allait couler par terre ! Badaboum ! aussitôt, je rapplique ! claironna Guillaume.

— Tu vas perdre ta place !

— A la gare, les patrons et la fabrique ! A la gare l'apprentissage et les engelures ! Je me suis engagé ce matin. Pour trente sous, ma mère était d'accord !

— Finie la photographie ?

— Après la guerre ! On verra ça après la guerre... y faut d'abord que j'apprenne à charger un flingot...

Mais ces paroles, marquées au sceau du réalisme, se figèrent dans la bouche de l'enfant de la Butte. Alerté par un vacarme de porte et un roulement de pas, il se haussa sur la pointe des galoches pour tenter de comprendre quel événement de coulisse secouait le nouveau pouvoir populaire.

Surgissant de la salle des délibérations un groupe d'hommes aux visages fatigués venait de refluer vers l'antichambre.

Epuisés par la veille, par les tumultueuses entrevues avec les élus de Paris, à peine restaurés d'un peu de mortadelle mangée sur le pouce, mais condamnés à refaire un monde à l'échelle de la tempête qu'ils avaient soufflée, ces patriotes se tenaient immobiles sous les lustres à pendeloques, figés dans une position de raideur qui en disait long sur leur peu de pratique des dorures de régime. Ils restaient comme hébétés au beau milieu du vaste parquet géométrique et ciré tandis que les regards de tous les assistants convergeaient dans leur direction.

En arrière-plan du murmure général, perçaient des éclats de voix. Par la double porte ouverte et que personne ne songeait à refermer montait en puissance une voix de stentor qui s'écriait :

— Nous sommes accusés de les avoir assassinés de sang-froid. Il faut rétablir la vérité !

Une autre voix tonnait :

— Nous devons arrêter ces calomnies ! Le peuple et la bourgeoisie se sont donné la main dans cette révolution !

— Citoyen ! coupait une troisième, prenez garde de désavouer le peuple, ou craignez qu'il ne vous désavoue à son tour !

— Ça, c'est Ferré, s'écriait Guillaume en tapant sur l'épaule d'Antoine. Il est de chez nous, je le connais !

— C'est cela ! renchérissait dans le même temps un nouvel orateur dans la salle, c'est cela ! Abandonnez le peuple ! Conservez la bourgeoisie ! Le peuple se retirera et vous verrez si c'est avec des bourgeois qu'on fait les révolutions !

— Bien tapé ! applaudit le gamin de la rue Lévisse qui n'arrêtait plus de glisser son grain de sel au milieu des commentaires de ses aînés, troublés par ce débat à ciel ouvert.

Maintenant, il était grimpé sur une banquette et, prenant appui contre les dos, se lançait dans le vide, se rattrapait à un chapeau, une épaule, martelant de ses maigres genoux les reins d'une brave dame à tête de lune qui avait habillé ses trois enfants en petits zouaves.

Une fraction de l'assistance s'était approchée de la salle des délibérations. Antoine Tarpagnan, Théophile Mirecourt se tenaient sur le seuil. Ils cherchaient à percer la personnalité de ces patriotes envahis de scrupules, de ces délégués désavoués par le *Journal officiel*, accusés par la presse de droite d'avoir assassiné les généraux.

On pouvait lire la moindre de leurs réactions sur leurs visages sans apprêt, sans fard, sans dissimulation de couloir. On y distinguait à l'œil nu une certaine défiance de la violence et du sang.

Et ainsi, en cette fin du 19 mars, sous les yeux de ceux-là mêmes

La liberté sans rivages

qui l'appelaient de leurs vœux, s'avançait, « naissante, balbutiante, naïve dans son exaltation populaire, la jeune Commune, – une bien fragile égérie dans sa courte chemise conquise depuis deux jours seulement – une nymphe conduite, quatre coquelicots tremblants au corsage, à l'autel de l'hécatombe par des barbus aux yeux doux, avec des allures de saints, dont les seules ardeurs étaient celles de la foi jacobine, la haine de la guerre, de toutes les servitudes, et la croyance en l'arche de raison socialiste qui allait sauver les prolétaires ».

Mais avant d'arriver à l'apogée de leur but ultime, avant de mettre en place la République des amis et la Liberté sans rivages, quelles vicissitudes, quels dangers auraient à surmonter les rebelles ! Combien de soupirs recueillis dans l'agonie ? Combien de sacrifices, combien de morts faudrait-il endurer ?

Les militants des bataillons populaires, pénétrés de l'ampleur de leur tâche, conscients des inerties à vaincre, de l'acharnement que mettraient à les perdre leurs farouches ennemis, savaient bien qu'il faudrait montrer patte rouge « sous les crachats de canon », mener le peuple au casse-pipe, l'entraîner sur le théâtre des grandes tragédies publiques et arroser le pavé du sang des « bataillants » avant de songer à faire reposer leurs corps meurtris sur un lit d'herbe fraîche et de rêver aux paroles dorées de Proudhon et de Marx sous les cerisiers roses du printemps populaire.

Face à ce destin noir de poudre, on peut comprendre le désordre des esprits attisé par les incessants coups de gueule des uns, les interruptions des autres, les abdications et reculades des crieurs de défaite, les interventions à l'emporte-pièce de ceux qui cherchaient au contraire à occuper le devant de la scène – polichinelles gesticulants ou Dantons d'opérette – dont les plumes, le savoir-faire de pacotille, faisaient souvent écran aux innombrables prises de décision urgentes qui transformeraient une victoire plébéienne et bon enfant en une révolution triomphante.

Personnes déplacées dans le luxe de ce lieu monumental, ils étaient là les Antoine Arnaud, les Babick, les Boursier ou les Bergeret, ils étaient là, conscients que sur leurs épaules pesait depuis deux jours une écrasante responsabilité. Ils étaient là, les Lisbonne, les Lavalette, Nestor Rousseau, Billioray, Piconel, Prudhomme ou Avoine, boudinés dans leurs uniformes râpés, serrés aux entournures de leur redingote, la face pâle, la barbe engloutie dans des cache-nez de cocher de fiacre, prêts à glisser sur les fers de leurs godillots, petits-bourgeois ou prolétaires, redingotes ou blousiers, pêle-mêle inventeur d'objets de bazar, sergent-major de la garde, parfumeur, comédien malchanceux, ouvriers de forge ou d'atelier, chaudronniers de Puteaux, appelés à disparaître dans les trappes de l'Histoire et qui avaient cherché à réinventer à coups de décrets et d'affiches un monde libre et généreux.

— La paix ou la guerre ?

Depuis le fond de la salle, fumé comme un jambon sous le manteau bleu des volutes de gros tabac, c'est la question que vient de poser Bonvalet, un petit-bourgeois de Paris, un commerçant en vins, un homme replet à trois mentons et rouge comme son cordon de la Légion d'honneur, le maire du IIIe, à ces jusqu'au-boutistes qui veulent aller plus loin et même marcher sur Versailles.

— La paix ou la guerre ?

La réponse lui est vite servie :

— Cela dépend de vous ! Et maintenant, mon gros, laissez-nous tranquilles ! Nous allons fouiller nos poches. Il faut un million pour nos trois cent mille fédérés !

— Eh bien, il n'y a qu'à défoncer les caisses !

— Pour qu'on nous accuse de pillage ?

Les regards se portent sur l'intègre Varlin. C'est lui qu'on a chargé de gérer l'état des finances.

L'ouvrier relieur, le pilier des sociétés ouvrières de résistance, ne dit rien.

Celui qui prône la suppression des armées et l'armement de tous les citoyens, celui qui milite en faveur de l'instruction laïque et intégrale à la charge de la Nation, se tait.

Celui qui revendique la liberté de la presse et de la librairie, l'établissement d'un impôt progressif sur la fortune, celui qui préconise l'expropriation de toutes les compagnies financières et leur appropriation par la Nation, celui qui se réclame de l'Internationale des travailleurs se tient droit, soucieux, le visage sévère.

— Nécessité fait loi, finit-il par décréter. S'il le faut, nous forcerons les coffres.

— Cette fois, vous êtes fous ! interrompt aussitôt une voix de cuivre, une voix de tempête. Eugène, tu es fou !

Un personnage nerveux et d'aspect trapu dont le front carré, assez haut, bien cadré par une forêt de cheveux noirs plantés en broussaille, dégageait une impression de vitalité sauvage venait de surgir des rangs des délégués et faisant irruption sur le parquet glissant s'avançait jusque sous le nez de Varlin.

— Jules Vallès ! souffla Théophile en envoyant son coude dans les côtes de Tarpagnan. Le voilà à son mieux !

Le journaliste s'était immobilisé. Il exposait à la lumière une face tourmentée et blanche, forgée de bosses et de méplats vigoureux.

— Ce crochetage de serrures engage le Comité autant que la fusillade des généraux ! s'indigna-t-il en prenant l'assistance à témoin.

La liberté sans rivages 149

Il promena son regard sur l'assemblée et ses prunelles riches d'un feu sombre, striées de filets sanguinolents, semblaient subjuguer la salle.

— Je ne mangerai pas à votre râtelier ! ajouta-t-il en s'adressant au Comité.

Sans plus attendre, il fit volte-face et roula vers la sortie sous les imprécations des uns, sous les vivats des autres.

Tarpagnan évita la charge incontrôlée de ce citoyen de taille moyenne, à la mâchoire large et forte, à la redingote usée, qui, une brassée de papiers à la main, dérapait sur sa lancée, chassait sur les clous de ses chaussures, ratait sa sortie et terminait sa course chaloupante dans les bras de Mirecourt qui les lui ouvrait bien grands.

— Le petit photographe !
— Le grand journaliste !

Jules Vallès passa ses doigts dans sa crinière, pointa ses yeux bruns, inégaux en grandeur, sur Tarpagnan et le salua vaguement.

— A quand l'appareil photo miniature ? s'enquit-il auprès du photographe.

— C'est du peu au jus ! J'attends seulement que mon ébéniste me livre la boîte assemblée selon mes plans. A quand la reparution du *Cri du Peuple* ?

— C'est du tout de suite ! C'est du dès demain ! Tu vois, je me lançais à la rue pour écrire le premier article. Ah, il me tarde !

— Vous abandonnez les travaux du Comité ? s'étonna Tarpagnan.

Vallès le foudroya du regard.

— Malheur à ceux qui s'attardent au pied des tribunes ! rétorqua-t-il. La révolution est en route ! Je suis dans un mouvement et résolument de tout de suite ! Je retourne au papier ! Je vais leur dire ce que je pense ! Ici, on se croirait au *Lapin qui fume* ! Les gardes sont saouls et la plupart des délégués pérorent du jabot ! Trop de discours ! Tout le monde veut diriger, chacun s'engalonne à trois filets d'argent ! Jusqu'au brillant général Cremer qui est venu proposer ses services comme commandant en chef ! Je reviendrai plus tard... je ne suis d'accord sur rien... Lecomte, Thomas, il ne fallait pas... mauvais lever de rideau ! leur sang fait de nous des bouchers ! et maintenant, piller les caisses de la France, il n'y a pas mieux à faire pour descendre la Commune ! Je retourne au papier, vous dis-je ! Que les mots plaident pour le pavé brûlant ! Que le bruit des crieurs de journaux réveille les consciences qui dorment !

— Pouvons-nous t'accompagner ? demanda Mirecourt.

— Je cours à la brasserie de Strasbourg pour écrire mon article...

— Emmène-nous. Nous te regarderons simplement.

— Oui, renchérit Tarpagnan. Nous ne dirons rien. Nous ne bougerons pas. Nous vous adorerons en silence !

— Qui est ce monsieur ? demanda Vallès en se couvrant d'un gibus élancé qui menaçait le ciel.

— Je suis votre cousin Vingtras, le renseigna Antoine.

— Ah ça, monsieur ! s'exclama Jules Vallès, et une certaine perplexité se lisait sur son visage, *Vingtras*, quel curieux patronyme ! On s'en met plein les dents ! *Ving-tras !* Il va falloir m'expliquer comment vous vous y prenez pour que nous soyons de la famille !

34

Cousin Vingtras

— C'est bien simple, dit Antoine en prenant place sur la banquette capitonnée du café de la rue Christine et en s'installant à côté de Jules Vallès tandis que Théophile s'asseyait sur la chaise d'en face, nous sommes cousins par la grâce et virilité sans faille de votre oncle Joseph, qui, lorsque vous aviez à peine onze ou douze ans, a quitté les hauts de Farreyrolles et votre cher pays vellave pour l'amour d'une Bordelaise du quartier Bacalan !

Les yeux de Vallès s'allumèrent d'une lueur enjouée.

— Célina Garnier ! Vous faites allusion à Célina Garnier ! s'exclama-t-il. La jolie prune ! je me souviens d'elle comme si c'était hier !

Il s'interrompit et cogna sur une soucoupe pour alerter un loufiat au long col qui, avec des allures de cygne ennuyeux, croisait à leur hauteur dans son grand tablier blanc en triangle.

— Un vespetro pour les morts ! lui commanda Vallès.

— Vespetro ? s'enquit Antoine en se penchant vers Théo. Quel ignoble tord-boyaux est-ce donc là ?

— Un mélange d'eau-de-vie, de sucre et d'angélique, répondit ce dernier. Et d'une voix décidée : Trois doubles vespetros, Gustave ! Nous avons besoin d'un remontant !

— Boum, messieurs ! s'exclama le garçon en accélérant sa course.

Il fit giroyer son torchon sur la surface brillante de son plateau argenté et cria d'une voix forte :

La liberté sans rivages

— Trois vespetros pour des esquintés !

— Célina Garnier ! rempila Vallès en frémissant des narines comme s'il avait conservé l'espoir de respirer l'odeur des foins coupés, cette grande brune avait des yeux noirs qui brûlaient ! Dès que je la voyais au coin d'un meuble, j'attrapais un trac bœuf ! Ah mais c'est que j'en étais tombé amoureux fou ! Elle me pillait le cœur et moi, j'étais haut comme trois pommes ! Un enfant de dix ans ! vous vous rendez compte du dégât ! A l'époque, je l'ai suppliée de ne pas épouser mon oncle Joseph ! Et puis un jour, j'ai su qu'ils s'aimaient pour de bon, qu'ils avaient quinze ans de plus que moi, et ils se sont mariés ! Ils sont partis pour Bordeaux et j'ai perdu leur trace...

— C'est bien cela et je vous donne la suite ! s'excita à son tour Tarpagnan, votre Joseph s'est installé à Bruges et a façonné cinq enfants.

— Cinq ? L'oncle en était bien capable ! C'était un fameux ébéniste !

— Toutes des filles !

— Là-dessus, je vous fais crédit et l'on peut broder !

— Toutes des filles, sauf l'aîné... corrigea Antoine. Et rien ne m'interdit donc ce soir de vous révéler que ma sœur – Amélie Tarpagnan, native du Gers, commune de Perchède – a épousé en justes noces Arthur Vallez, – négociant en fourrage au Houga-d'Armagnac et futur artiste lyrique au Grand Théâtre sous le nom de scène de Vingtras – fils de Célina Garnier, Bordelaise, et de Joseph Vallez, originaire de Saussac-l'Eglise, compagnon du Devoir et artisan réputé. C'est ce mariage qui me vaut d'être le beau-frère d'Arthur Vingtras et conséquemment votre cousin !

— Ma foi, le cas est limpide et l'affaire est tentante ! reconnut Jules Vallès en entrant volontiers dans ce jeu avec l'état civil, et si je vous suis bien dans le déroulement de votre panthéon portatif, l'oncle Joseph, né Vallez, a eu un fils, prénommé Arthur, qui, vers le milieu de son âge, est passé des friches obscures du pacage gerçois aux avant-postes à strass du chant lyrique bordelais !

— C'est cela !

— Sous le nom de Vingtras ?

— Oui-da !

— Vingtras... répéta Vallès comme pour s'habituer au vocable et le policer dans sa bouche.

— Vingtras ! échota Tarpagnan. Un déguisement de théâtre emprunté au patronyme de ma défunte grand-tante Séraphine, sans descendance aucune !

— Oui, oui, oui, dit Vallès en hochant la tête d'un air pénétré. Ce qui, en vertu de notre cousinage à la mode d'Armagnac, me ferait devenir un peu Vingtras moi-même et nous amarrerait l'un à l'autre.

— C'est bien cela !

— Sacré oncle Joseph ! Il a fallu que ça vienne de lui ! Avec sa grande canne et ses longs rubans ! Il aurait inspiré n'importe qui ! C'était un sacré menuisier ! Une fameuse varlope de pays ! Je l'aimais plus que tout ! Je le respectais pour sa force ! Après boire, quand j'étais gosse, il me prenait par la ceinture, me jetait en l'air, me rattrapait, me jetait à nouveau et me faisait goûter à des vins ignobles ! C'était un homme qui sentait bon le bois et les copeaux...

— Il est mort l'an dernier. La chinagre déformait ses doigts. A la fin, il travaillait le pin des Landes. C'était un bois plus facile à raboter que le chêne ou le châtaignier.

Vallès lâcha Antoine du regard. Ses yeux bruns s'appesantirent un moment sur le mouvement de la salle enfumée, ses prunelles devinrent fixes, et à cet air de ravissement peint sur son visage, il était facile de deviner que ses pensées l'avaient conduit hors des murs parisiens, bien loin de l'apparence des gens.

Comment le formuler autrement ? Vallès était absent pour cause de voyage. Sans doute, contemplait-il un ciel immense barré à l'horizon par ses chères montagnes du Velay.

Enfin, il parut redescendre sur terre, abaissa les paupières sur ses compagnons tandis que sur ses lèvres ourlées d'une fine cicatrice se dessinait un sourire nuancé de nostalgie.

— Et ce... cet Arthur... interrogea-t-il d'une voix douce, était-il niais ? Etait-il fou ? Ou avait-il du talent ?

— A revendre ! le rassura Antoine. Bien qu'avec le recul sa carrière s'avéra étrangement contrariée.

— Quoi ? Aurait-il échoué pour une sordide histoire de cordes vocales ?

— Certes pas ! Notre homme était ténor ! Il avait un superbe gosier et connaissait tous les rôles de sa tessiture !

— Eh bien, mais... tout est en place pour un triomphe !

— Oui. En apparence. Mais Arthur ne chante pas pendant cinq ans ! Il ronge son frein. Il bat sa femme. Mais il ne chante pas !

— Comment est-ce possible ?

— Il a été engagé comme remplaçant des célébrités de passage à Bordeaux au cas où quelque accident vocal les empêcherait justement de se produire sur scène... doublure, si vous préférez... et pendant cinq ans tous les rôles du répertoire lui défilent sous le nez... Les artistes de passage ont une santé de cheval ! Pas un coryza ! Pas une extinction de voix ! Pas un chat ! Pas même un voile à l'occasion ! Les parisiens chantent, ils plastronnent, ils bel cantent, ils chartronnent, ils récoltent les bravos, les bouquets... Arthur reste sur son tabouret.

— Ne me dites pas qu'il n'eut jamais l'occasion d'essayer son talent ?

La liberté sans rivages 153

— Il fut à l'affiche en deux occasions. Or, la première fois, pour la reprise de *la Grande-Duchesse de Gerolstein*, il était tellement ivre qu'il fallut baisser le rideau !

— Que lui restait-il à chanter la seconde fois ? *La Badinguette* ?

— Encore Offenbach.

— A la bonne heure ! Tout finit par des chansons ! applaudit Vallès. J'aime l'opéra bouffe et Offenbach !

Il se renversa en arrière sur le dossier de la banquette, prit l'air complice en fixant Tarpagnan, passa les pouces aux emmanchures de son gilet luisant d'usure et dit :

— Votre exercice de fiction m'a bien plu... et rien de sérieux ne nous empêche de cousiner... à ceci près que les Vingtras n'existent pas... je veux dire de mon côté, ils n'existent pas ! Ou alors, *il faudrait que je les écrive !* Voilà, convenez-en, qui fendille un tant soit peu la construction de notre parenté !

— Ils n'existent *pas encore*, rectifia Antoine. Ses yeux s'étaient gravés dans ceux de Jules Vallès. Mais rien ne dit qu'un jour vous ne vous souviendrez pas de notre rencontre. Rien ne dit que vous n'inventerez pas un Jacques Vingtras, un Paul ou un Arthur qui vous colleront à la peau mieux qu'un tricot de corps, des êtres de papier que vous ferez agir comme vos parents dans un roman à la hauteur de vos mots !

Vallès fourragea un instant dans sa barbe.

— Vingtras ! Vingtras ! murmura-t-il, effectivement, c'est un nom assez chaud pour culbuter les marmites ! Ça sonne bien, *Vingtras* ! finit-il par s'écrier en regardant du côté de Théophile.

— Je trouve, approuva ce dernier.

— Curieux échiquier de la vie où nous sommes poussés comme des pions ! enchaîna Jules Vallès. Ton ami a le don de double vue et ne mesure pas l'importance de ce qu'il vient de me révéler !

Et tournant vers Antoine une face où bile, fièvre et intelligence avaient sculpté leurs chemins inégaux :

— Ce roman, figurez-vous, j'y pense souvent. Et je rêve de faire un bouquin intime d'émotion naïve, de passion jeune – que tout le monde pourra lire et qui aura sa portée sociale...

Il parut s'égarer encore plus avant dans le rêve. Il posa machinalement sa main sur le verre de fil en quatre que le garçon venait de déposer devant lui et laissa son geste en suspens.

— *Vingtras* avec un V comme Vallez... épilogua-t-il à voix basse, il faudra que je m'ouvre de cette envie de roman à Hector Malot...

Il goba son verre sans même s'en apercevoir et reporta son attention sur Tarpagnan.

— Alors comme ça, exprima-t-il avec une intention pince-sans-rire, vous me voyez un avenir de romancier ?

— Moquez-vous, dit Antoine mais je suis persuadé que votre nature littéraire vous fera vous évader tôt ou tard de la précarité du journalisme.

— Pour écrire, il faut du temps. La littérature, c'est le Gange ! Il faut que l'esprit s'apaise... ni dettes ni révolution... ni confusion des esprits, ni parfum de violence... et je dirais que l'époque n'est pas propice !

— L'époque est bancale, approuva l'ancien officier. Mais c'est la rue qui va causer... Elle va vous fournir une littérature d'émotion primordiale, monsieur Vallès ! A vous de la dresser sur ses pattes !

— Comment se fait-il, interrogea soudain ce dernier en manifestant un regain d'intérêt pour son voisin, que vous m'ayez pour ainsi dire devancé dans l'appréciation de mes propres projets ? D'où vous vient cette sensibilité hors du commun ? Ecrivez-vous vous-même ?

— Non. Bien que ce soit mon souhait le plus brûlant et que la conduite de ma vie ne m'en ait pas encore donné le loisir.

— Cousin Vingtras aimerait entrer comme rédacteur au *Cri du Peuple*, glissa Théophile.

Insensible au coup d'œil furieux que lui lançait Antoine, il ajouta :

— Je ne pense pas le trahir en disant cela.

— Je n'osais pas formuler ma demande, balbutia Tarpagnan. Je comptais vous demander un conseil concernant mon avenir...

35

Rédacteur !

Jules Vallès vida son verre d'un seul trait et toisa Antoine Tarpagnan avec une sorte de méfiance toute récente.

— Avez-vous l'étoffe d'un journaliste ?

— Je pense avoir un esprit plutôt curieux. Et j'ai couru le monde...

— Quel est votre moteur ?

— J'essaie de mettre la vérité sur les apparences de ma vie.

— Avez-vous quelque chose à nous faire lire ? Un texte qui ronfle un peu ?

La liberté sans rivages 155

— J'ai tenu mes carnets mais depuis deux jours j'ai perdu tous mes biens. Je ne sais même pas où je coucherai ce soir.

Jules Vallès chassa cet argument d'un geste agacé.

— C'est de peu d'importance, sachez-le! Vous coucherez sur un tambour! Votre talent y trouvera son compte! Mais parlez-moi au moins de ce que vous avez lu...

— J'aime par-dessus tout Dickens.

— Parfait, ça! Charles Dickens est une excellente fréquentation! Il arrache à chaque page le secret de la vie vécue!

— « Avec lui on croit voir et non plus lire! » récita de mémoire Antoine. C'est à peu près ce que vous avez écrit dans *le Courrier du dimanche*...

— Vous avez lu mes articles?

— De *l'Argent* aux *Réfractaires* en passant par *la Rue*, j'ai épluché à peu près tout Vallès!

— Tu entends ça, Théophile! rougit de plaisir ce dernier, je suis reconnu par une poignée d'hommes de valeur! L'heure des francs-parleurs et des artistes irréguliers a enfin sonné!

Et se tournant vers Antoine :

— Mon cher cousin, tout est simple! Nous n'avons guère d'argent mais nous avons besoin de courages pour affranchir Paris. Voulez-vous être des nôtres?

— Avec reconnaissance! Que faudra-t-il faire pour un début?

— Se battre! Les rédacteurs du *Cri du Peuple* sont chacun à leur poste. Celui-ci à l'Hôtel de Ville, comme membre de la Commune. Celui-là dans une mairie; cet autre commande un bataillon aux avant-postes de la porte Maillot. Vous devez les rejoindre. Vous écrirez vos articles avec une baïonnette!

— Moi qui comptais me replier derrière le rempart d'une solide bibliothèque!

Vallès ferma son poing sur la table.

— Dites-moi, mon cher, maugréa-t-il, seriez-vous pas l'un de ces fins lettrés ou de ces chartreux attardés qui ne sont bons qu'à accommoder leurs écrits avec des restes de Cicéron ou des strophes de Virgile?

— Capdious! Vous n'y êtes pas! Jusqu'à hier, je réglais plus souvent mes affaires avec le tranchant du sabre qu'avec des vers de vieux Romains!

— Le sabre n'est pas ce qui m'impressionne le plus! dit Vallès. Il n'a pas de talent, le sabre! Je suis passé par des duels qui étaient gagnés par de somptueux crétins! Quant aux professeurs de lettres classiques enflés du genou j'en ai connu qui séchaient sur la copie dès lors que pour dans deux heures il fallait remplir sa feuille d'un élan de prose bien torchée!

— Est-ce que j'ai l'air d'un professeur de grec ? s'empourpra Tarpagnan en dégrafant sa chemise pour montrer ses blessures.

Ils en seraient venus aux mains.

— Vous n'allez pas vous mettre en quatre pour une affaire d'appréciation ! les sépara Théophile.

Le Gascon paraissait si sincèrement choqué qu'on puisse mettre en doute ses capacités à écrire ou à se battre qu'il s'était brusquement renfrogné. Il finit même par se lever et s'en fut d'un pas nerveux jusqu'au vestiaire.

Vallès se tourna vers Mirecourt pour quêter des explications sur une conduite aussi tranchée.

— Tarpagnan est un caractère entier, plaida le photographe et tu l'as offensé, lui qui te porte aux nues ! En outre, je crois qu'en ce moment il a un jupon dans la tête et qu'il faut le laisser aller jusqu'au bout de sa folie même si cette fièvre de volupté doit le mener à la destruction de son propre cœur.

Vallès voulait des détails.

Théophile lui en fournit volontiers.

Les mots se précipitaient dans sa bouche. Il était si heureux de voler au secours d'Antoine qu'il se mit en devoir de faire mousser la carrière militaire de l'ex-officier, ses faits d'armes mexicains, la charge de Puebla et leur rencontre extraordinaire au champ Polonais.

— Je ne m'attendais pas à celle-là, capitaine ! s'excusa Vallès en voyant revenir Antoine qui avait tiédi de son côté. En somme, vous avez jeté vos vieux casques pour essayer la casquette et la blouse...

— On peut le dire comme ça.

— Tournons-le autrement ! Vous avez changé de meurtrière au point de faire le coup de fusil avec un parti de porte-guenilles !

— Des gens d'une élévation telle que la vôtre m'y encouragent ! Je me battrai pour la Commune !

Vallès tourna vers lui son faciès sauvage et sympathique. Il dit d'un air pressé :

— Dès que vous aurez réglé vos affaires de cœur, cousin, venez me retrouver là où je serai. Je vous présenterai Dombrowski. Il vous attribuera un grade digne de votre expérience et une barricade à défendre.

— Merci, monsieur.

Il y avait du retrait, presque de la froideur, à moins que ce ne fût du désappointement, dans la voix du Gascon. Son regard s'était éloigné comme s'il supputait qu'à cause de son stupide emportement il avait gâché toute chance de travailler au *Cri du Peuple*.

De son côté, Jules Vallès s'était mordu la lèvre inférieure. Il consultait le fond de son verre vide comme si c'était le seul endroit où puiser une nouvelle résolution.

A l'improviste, il frappa du plat de la main sur la table.

— Ah, au fait ! fit-il comme si c'était de peu d'importance, vous étiez venu chercher mon conseil, il me semble... eh bien, le voici ! Si cette femme que vous allez aimer vous en laisse le loisir, n'oubliez surtout pas de devenir journaliste !

Etait-ce là un nouveau jeu avec la cruauté ? Antoine releva la tête. Il avait les pommettes en feu. Il ruminait sa prochaine charge.

Au lieu de cela :

— J'attends votre premier article sur la défense de Paris dans deux jours, lui dit Vallès. Que ça ne vous empêche pas de vous trouver aux avant-postes et de vous battre !

— Vous voulez dire que vous m'acceptez *aussi* comme rédacteur au *Cri du Peuple* ? s'écria l'ancien militaire.

— Pardi ! Rien de plus normal ! Tu donnes ton sang, je prends ton encre ! Tutoyons-nous ! proposa Vallès.

Il bouscula le guéridon, se dressa sur ses jambes et ouvrant les bras attira Antoine à lui, l'entraînant dans une danse de l'ours faite d'accolades vigoureuses et de tapes sur les épaules.

— Tu es de la famille, Tarpagnan ! répétait-il entre deux effusions. Tu es des nôtres !

Il commanda trois doubles vespetros, se recala sur la banquette, se frotta vigoureusement les joues et décréta de sa voix de cuivre :

— Il n'empêche que pour moi tout commence aussi par un article ! Pour sa réapparition, les lecteurs du *Cri* attendent une pièce de bœuf et je vais les servir !

Joignant l'intention à un début d'exécution, il balaya la table de sa main carrée pour se faire de l'espace.

— Messieurs, laissez-moi dix minutes. Je parle au papier et je suis tout à vous !

Il tira de la poche de son costume râpé une petite bouteille bleu nuit, fourragea dans une autre poche pour y pêcher une plume, ôta sa redingote d'un geste large, dégrafa son faux col et, sans plus prêter garde à ses deux compagnons, commença à noircir ses feuilles.

Un quart d'heure passa sans que Mirecourt ou Antoine osassent bouger.

Ils avaient pris place à la table voisine.

D'un même regard, ils suivaient passionnément le combat livré par Vallès avec les formules, avec les mots. Ils observaient son visage concentré, son teint pâle et la façon rageuse qu'il avait de haler ses phrases, de raturer une demi-ligne avec brusquerie. Le journaliste opérait toujours par surprise, poussé par l'exigence de son esprit, la main lancée comme un scalpel, il ouvrait une voie à sa pensée, il voyait tout d'avance, se battait, la chemise près du corps, l'échine trempée de transpiration, athlète de sa fougue, transformant l'acte d'écrire à chaud en un effort court et violent comme une marche forcée.

Au bout d'un moment, parce que la plume de Vallès semblait devoir s'acharner plus longtemps que prévu, les deux amis s'étaient partagé un journal du jour.

Ils lisaient l'un le compte rendu d'une grasse soirée musicale parmi les officiers saxons cantonnés à Chelles, l'autre la collision d'un train de marchandises et d'un convoi de blessés prussiens à Puteaux, lorsque le grattement de la plume cessa brusquement et qu'une main rageuse froissa sans ménagement plusieurs feuillets.

Le visage las, le journaliste releva la tête et parut s'apercevoir de la présence des deux amis.

— Ce soir l'inspiration ne vient pas ! dit-il en rangeant ses affaires. Je suis trop excité. Et puis, j'ai grand-faim ! Si nous allions dîner, Mirecourt ? Pendant ce temps, notre coq gascon ira plumer l'amour !

Sans au revoir, ni balourdise, les jambes au cou, le faux col à la main, comme si la mitraille piochait derrière lui, Vallès était déjà parti, infatigable coureur de ville.

Mirecourt mit la main au gousset, laissa deux francs dans la soucoupe et s'élança pour le rattraper. Sur le point de franchir à son tour la porte à tambour et de se noyer dans la foule, le photographe fit un signe en direction d'Antoine et revint sur ses pas.

— Là où tu vas, fais attention à toi ! dit-il en déposant un revolver sur les genoux de son ami. L'Ourcq est un coupe-gorge. Et n'oublie pas ! La rue de Tournon t'est toujours ouverte !

Tarpagnan resta longtemps sur la banquette. Sa bouche restait en suspens sur un demi-sourire.

Il tâtait le revolver qu'il avait glissé dans sa poche.

Il commanda une absinthe.

Quand il l'eut bue, ses yeux commencèrent à voyager sur la lumière bisautée d'une glace où s'inscrivait dans un flou nacré le tournoiement de la salle.

Sur un simple claquement de ses doigts, le garçon à tête de cygne fit venir une seconde absinthe.

Antoine regardait fondre le sucre, posé sur une cuiller à trous.

Le brouhaha, la fumée, la lenteur du temps, la morsure de l'alcool l'étourdissaient doucement.

Il les laissa s'emparer de sa cervelle. Une pâle gaieté renaissait sur son visage.

Elle alluma soudain des reflets au fond de ses yeux et, dans une gerbe de rires, la Pucci fit irruption dans sa tête.

Avec sa robe de mousse jaune à volants, ses cheveux noirs et luisants, elle était belle comme une fleur de juillet. Sur le point de s'élancer dans la rue pour la retrouver, Antoine Tarpagnan avait envie de lui offrir toute sa vie, toutes ses heures, tout son être.

Les pommettes en fièvre, le chapeau enfoncé sur la tête, il se mit à la recherche d'un fiacre. La nuit tombait.
Sur le trottoir mouillé, il courait.

36

La vallée des renoncements

En retrait de la route de la Révolte, la cité des Vaches dessinait sa silhouette de château de cartes.

Village de cabanes et de taudis hanté par les chineurs, les fourgats et les ferrailleurs, la cité empestait par avance une âcre odeur d'écuries, de chairs corrompues et de fumerolles suffocantes.

Les rues, les venelles qui la desservaient, étaient autant de coupe-gorge où surgissaient des ombres errantes. Leur dédale veinait une juxtaposition de masures et de baraques aux toits goudronnés, de cambuses de carton, de cassines, de guitounes et de niches, de vide-bouteilles, d'abbayes des s'offre-à-tous – bouics de dernière chance, assommoirs pour vieilles schabraques de terre battue –, d'entrepôts à tessons de verre, à vieux chiffons, resserres de souliers, de brosses, de bouchons, simples volières ou poulaillers, foutoirs et gourbis de tous ordres, dont l'ordonnance anarchique garantissait au peuple des biffins le plus inexpugnable des repaires et le plus opaque des anonymats.

En contrepartie de ce brouillage d'identité, c'est peu dire qu'il fallait bien du cœur au ventre à celui qui décidait de planter ses pénates au bord de ces eaux stagnantes.

L'aventureux qui s'y risquait faisait le choix de casser sa canne, autrement dit de manger son état civil. En devenant biffin, il admettait la fatalité de disparaître dans la confusion de ces amas de ferrailles, de ces fondrières du bout de la lune. Il abandonnait la civilisation ordinaire pour des terres clandestines. Il se plaçait hors paperasses. Hors convocations. Hors interrogatoires. Il devenait lui-même un rebut de la capitale. Il ne survivrait plus désormais qu'en donnant à son malodorant désespoir un nouveau contour de rêve. A court terme, il n'annihilerait l'amertume de cet enfer d'épaves et de planches hérissées que par l'absorption d'une demi-casserole d'eau-de-vie.

Il descendrait. Il dégringolerait. Il irait tout au fond de la lie.

Son nez prendrait des airs de tubercules. Il serait dépiécé par les rhumatismes. Fier de sa liberté, porteur de ses secrets, il passerait pacte avec la misère, le froid et la promiscuité. Il dormirait sur un tas de chiffons, s'entasserait dans une pièce avec les autres, les pieds près du fourneau, la tête aux étoiles – compagnon du grand large.

Depuis belle lurette, Trois-Clous avait trouvé sa place naturelle à la cité des Vaches. C'était si loin déjà, le temps des océans ! Gavé de fatigue et d'émotions, l'ancien marin avait cessé de parader. Il avait enfoncé son chapeau à viscop sur sa tête carrée et ruminait en silence.

— J'achèterai des dents, pensait-il. Des bottines neuves. Un carreau à ma vue. Et une nouvelle carte de la mer de Chine.

Un peu avant le camp, il avait dissimulé le blessé dessous le chargement de vareuses et de hardes et sanglé le tout à grand renfort de cordes.

Sans se laisser émouvoir par les ivrognes irascibles qu'il croisait en chemin et qui, dans la chaleur de la querelle, menaçaient de « s'égratigner le parchemin » ou de « se dévisser le caillou », il poussait au cul du charreton avec une parfaite sérénité.

Cap sur sa propre masure qu'il appelait *sa pagode*, le futur propriétaire des Héliotropes chantait une chanson grivoise que Ziquet, pas trop rancunier, reprenait au refrain.

L'âne et le gosse sentaient l'écurie.

37

La Chouette

A peine posé son carquois, le vieux avait hélé sa compagne. La Chouette était une femme haute comme une tour, avec des yeux

La liberté sans rivages 161

hallucinés, des allures de chaloupe, un grand tablier dans les jambes. Il lui avait confié Grondin qui paraissait bien près d'abaisser l'arme à gauche.

— Occupe-toi d'lui, grande carne ! Faut pas qui passe ! Cet homme-là vaut une fortune !

— Des carolus ?

— Des billets d'banque ! Une vraie mine d'or ! Y faut qu'il parle !

De ses pupilles dilatées, la Chouette avait fixé l'allongé au teint blafard puis s'était penchée sur lui. Chaque fois qu'elle bougeait dans ses haillons superposés, elle faisait un bruit d'amulettes.

— Ton ramassé jette un triste coton ! avait-elle constaté en approchant son visage sec et mal fait de celui de l'agonisant.

Après examen du patient, elle avait réservé son diagnostic :

— Voilà un homme bien vidé, avait-elle murmuré. Il est cassé d'partout et le reste de son sang est si froid qu'il aura pas besoin d'un printemps pluvieux pour tourner l'coin !

Avant de courir vers sa pharmacopée de fleurs, potions, tisanes et solutés, elle s'était détournée vers le gamin qui traînait dans ses jambes.

Elle avait ululé :

— La main d'ssus, Ziquet ! Une grande bassine avec de l'eau chaude ! Du feu partout ! Va falloir les grands r'mèdes pour lui r'paver le domino !

Elle était revenue avec des vins de quinquina, des sucs huileux, de la poudre de cantharide. Elle avait jeté dans un bouillon un mélange de valériane, de sauge, d'extrait de chiendent et de bile de bœuf. Elle avait répandu sur la terre froide de la cabane une jonchée de feuilles de fougères mâles bien sèches. Dessus cette litière isolante, elle avait jeté un vieux matelas et demandé l'aide des hommes pour qu'on y transportât le malade.

Malgré la douleur qu'elle occasionnait au blessé en lui imposant une vigoureuse manipulation de tout son corps brisé, la sorcière avait commencé par le frictionner membre après membre avec un mélange de vinaigre des quatre voleurs et d'eau-de-vie allemande.

Trois fois de suite, le grand tabassé avait tourné l'œil et fait la carpe.

— Y bouge ni pied ni patte, s'inquiétait Trois-Clous.

— Y r'viendra ! s'entêtait la Chouette. Y r'viendra, c'est comme une sauce qu'a tourné ! Elle s'acharnait sur le corps abandonné. Y faut le frotter. Y faut le r'prendre à la glace !

Elle se couchait sur le mourant pour l'arracher à la banquise. Elle soufflait son odeur exécrable, un remugle de clou de girofle et de bec dépavé, dans sa bouche.

La Chouette recommençait les mêmes gestes. Elle se battait contre la carline. Elle la faisait reculer pied à pied.

162   *Le cri du peuple*

— Il m'aide ! Il m'aide ! psalmodiait-elle de temps à autre en relevant la tête.

Elle s'exaltait en reconnaissant son propre pouvoir.

— Je vais te porter ! Je vais te porter ! disait-elle en s'adressant à celui qu'elle voulait tirer des griffes de la mort.

Le casque de ses cheveux s'était défait. Elle était laide et cramoisie. Elle soufflait sa vie pestilentielle dans la bouche de l'ancien notaire. Elle lui prodiguait tout ce dont la misère, l'abjection, la décrépitude l'avaient privée elle-même. Elle lui donnait la force et l'attention. Elle lui donnait le lait caché sous sa chemise. Elle parlait au mourant comme une épousée. Elle usait de sa grande carcasse. De ses seins en friche. Elle le berçait sur son ventre de son. Elle avait retrouvé les sources mystérieuses de l'acte de maternité. Elle l'obligeait à vivre. Elle lui communiquait le lys et les roses.

Leur lutte avec l'ange dura plus de deux heures. Puis, les racines du nez de Grondin se pincèrent, ses narines commencèrent à palpiter imperceptiblement et un frisson s'empara de sa nuque.

A la recherche des odeurs d'éther et de baume Tolu, il commença à humer l'atmosphère humide de la cabane. Sa paupière gauche s'anima d'un clignement de plus en plus rapide et finit par battre – papillon de chair blême. Graduellement, ses lèvres s'entrebâillèrent, laissant place au passage d'un souffle régulier. Enfin, son œil unique s'ouvrit fixement sur l'environnement mangé d'ombres où brûlaient deux lanternes, découvrit les poutres charançonnées de l'infâme gourbi et se posa sur la Chouette.

Victime de cette visite imprévue, la femme la plus laide du monde saisit les mains du revenant avec fièvre. Elle se sentait transportée d'un bonheur trouble qu'elle n'avait jamais connu. Sans une parole, elle secouait la tête, elle donnait leur envol à ses cheveux lourds de tendresse humaine. Un sourire éclaira pour un moment infime son visage d'une lumière brûlante, démasquant une caverne secrète où Trois-Clous ne s'était jamais aventuré – un rivage à peine entrevu, un sable fin où le cœur saigne, où la compassion s'apparente à la beauté, à la grâce.

La Chouette sentait venir en elle des mots qui s'embrouillaient, l'émotion étranglait sa voix, elle regardait avec reconnaissance celui à qui elle avait rendu la vie, elle se sentait l'envie de laisser échapper des mots violents, elle s'écria :

— C'est moi ! C'est moi qui l'ai fait ! Il vit !

Puis la laideur et les rides reprirent le dessus. Elles cadenassèrent à nouveau étroitement son faciès large, ses paupières tombantes, son nez érubescent de pocharde invétérée.

Elle s'éteignit.

Et Grondin referma son œil unique.

TROISIÈME PARTIE

LE TEMPS DES ASSASSINS

38

Aux marches de Pantin

Antoine Tarpagnan avait trouvé un fiacre à l'angle du boulevard Saint-Michel.

Le cheval marchait, le cocher dormait.

Le capitaine avait sauté sur le marchepied. Avec la dernière énergie il avait secoué la manche du bonhomme. L'automédon avait soulevé une paupière lourde et exigé qu'on le laissât reposer.

Ce petit homme laid, au crâne aplati comme celui d'une grenouille, s'appelait Gavin McDavis. Il parlait le français avec un léger accent roulant que lui autorisaient ses origines écossaises.

McDavis évoquait son passé avec dégoût et chiquait avec passion. Il prétendait descendre en droite ligne d'un banquier d'Edimbourg apparenté à John Law, qui, venu s'installer à Paris vers 1715, se serait gâché la vie avec le papier-monnaie. Le petit homme disait que son aïeul, trop confiant dans le talent de jongleur de billets du cousin John, s'était laissé gagner à son tour par la fièvre de la spéculation. Il avait fini par sombrer dans la banqueroute de la rue Quincampoix et s'était s'enfui en Australie, vouant femme, progéniture et descendance à la chicane et aux tribulations d'un siècle et demi de mouscaille parisienne.

Fort de ce lignage pernicieux qui, somme toute, excusait bien des ladreries, McDavis, d'un œil cupide, avait exigé une véritable fortune pour transporter l'étranger jusqu'à la taverne de *l'Œil de Verre*, en une lointaine banlieue du Nord-Est réputée pour ses mauvais garçons, ses débardeurs sans scrupules, ses allumeuses de barrière et ses lardages de coups de couteau.

Il n'avait eu de cesse que son client s'exposât au même danger que lui en grimpant à ses côtés, sur le siège du conducteur. Après quoi, emmailloté dans sa couverture de tartan, il n'avait pas arrêté tout au long du trajet de parler de ses neuf enfants et de narrer d'une voix morne les crimes monstrueux perpétrés par un ancien boucher, Avinain, surnommé la Terreur de Gonesse.

La chique bien calée au fond de ses joues batraciennes, l'Ecossais ouvrait toute grande une bouche énorme, tapissée d'un jus noir. Il expliquait à son passager avec de minutieux détails la façon qu'avait l'équarrisseur de dépecer ses victimes avec une scie et une hachette, avant d'en jeter les restes dans l'eau saumâtre des égouts.

A la logorrhée de McDavis, Tarpagnan opposait un silence de muraille.

Parfois, dans l'ombre d'un carrefour se dressait la silhouette d'une barricade. Certaines, plus formidables que d'autres, étaient garnies d'un canon. Avec tranchées et embrasures, elles prenaient des allures de redoutes. D'autres étaient plus débonnaires.

A la vue du fiacre, les gardes nationaux déléguaient une sentinelle qui en référait au chef de poste. Un sergent ensommeillé qui dormait auprès des faisceaux courotait jusqu'au fiacre. A la lueur d'une torche, il éclairait les visages. Tarpagnan se nommait. L'œil rieur, il se recommandait de Vallès. Il gasconnait avec l'accent de Vic-Fezensac qu'il était provincial et s'en allait retrouver sa toute jeune épousée.

Par trois fois, les communeux laissèrent passer l'équipage. La nuit était calme. Les hommes fatigués. Les ordres assez vagues. L'accent chantant faisait le reste.

McDavis relançait son cheval. Il crachait au jugé le jus de son tabac à chiquer. On passait par un étroit goulet pratiqué entre deux élévations de pavés, de sacs de sable, de vieux sommiers. On longeait les corps étendus des patriotes enturbannés de laine ou entourés de bouteilles vides.

En une occasion toutefois, le chef de poste avait renâclé à l'énoncé du prétexte invoqué pour justifier cette balade nocturne. Ainsi en fut-il en remontant le faubourg du Temple, à l'intersection du boulevard de Belleville.

Le sergeot, un colosse hautain en uniforme garibaldien, la chemise ouverte sur un éventail de poils noirs, exposait avec importance un bouquet de plumes piquées à son chapeau. Il avait retroussé son énorme moustache et décrété d'une voix de rocaille qu'il ferait fusiller toute personne contrevenant aux ordres ; des ordres qui étaient formels et gravés au coin du bon sens puisqu'il les avait édictés lui-même. Des ordres qui étaient qu'on ne sortait plus de Paris sans une pièce justificative ou un ordre de mission dûment signé de l'un des membres du Comité ou de l'autorité militaire.

— Je suis journaliste au *Cri du Peuple* avait essayé de plaider Tarpagnan. J'effectue un reportage sur le système de défense de la capitale !

Le temps des assassins 167

— Attention, citoyen ! C'est du pire ce que vous me dites là ! s'était cabré le sous-officier qui, décidément, appartenait à une race primitive. Et si vous insistez avec vos passe-droits, je vous aligne contre un mur au motif d'espionnage !

La bêtise emplissait deux trous dangereux dans le regard du bravache. Force avait été aux voyageurs de rebrousser chemin, de contourner la barricade par les ruelles extérieures, de prendre par la rue Claude-Vellefaux, de remonter la Grange-aux-Belles avant de retomber sur le canal Saint-Martin et d'en suivre les berges sur un bon kilomètre.

Au rythme tanguant de l'attelage, Tarpagnan avait fait mine de s'assoupir pour échapper au verbiage obsessionnel de son postillon. En réalité, l'incorrigible amoureux des femmes de petite vertu essayait de se concentrer sur l'image épanouie, la mine coquine et le parfum fuyant de Gabriella Pucci.

Inatteignable Pucci ! Vénéneuse Pucci ! Qui était-elle exactement ? Une chanteuse de bastringue tombée au pouvoir des dos-verts ? Une biche entretenue ? Une femme blessée ?

En quelle folie d'alcôve le Gascon ne s'était-il pas jeté ? Tarpagnan méditait sur son incapacité à gouverner l'amour. Qu'allait-il faire en ce fiacre ? S'entiche-t-on d'une lorette comme on loue une loge à l'opéra ? Quel plaisir trompeur, quel trésor galvaudé retirerait-il des caresses cent fois prodiguées d'une fille aux mœurs légères ? Quel lapin blanc le magicien espérait-il débusquer au creux de son embouchure ? Pourquoi ne pas avoir suivi Vallès et Mirecourt autour d'une table bien garnie ? Pourquoi avoir abandonné ceux qui s'attelaient à refaire le monde ? Grande tâche ! L'avenir de la Commune, la refonte d'une société plus juste et plus humaine n'étaient-ils pas des défis d'une autre envergure que les petits devenirs mortels ou les amours triviales ?

Tarpagnan s'en voulait de son inconséquence. De son comportement de libellule.

Mais ainsi vont les jolies pages du désir. Quand elle germe, la passion vous dépouille de la force et du sens commun. Ni la raison, ni le témoignage de la vie n'avaient plus prise sur le Gascon.

Il était tout simplement malade d'être un homme. Il était enflammé. Il était fiévreux. Il était entraîné vers un espace rouge et éclatant. En fermant les paupières, il retrouvait le trouble que lui avait occasionné le sillon de peau fraîche abrité par les seins lourds de Gabriella. Il entrevoyait les boutons d'ambre de ses tétons, il imaginait la douceur tiède entre ses cuisses et la foudre lointaine et fourmillante de grains de feu de son sexe.

Tout est mystère au fond des âmes. Celle de Tarpagnan, ce soir-là, donnait asile à toutes sortes d'inavouables idées, à de ces prodiges étourdissants où le goût de la salive au fond de la bouche se transforme en vin capiteux, où le moindre frottement de tissu devient une caresse de peau.

Quai de la Loire, quai de la Marne, quai de la Sambre, le cheval allait trottinant. Le cocher soliloquait. Antoine flottait doucement dans son rêve de séduction.

Bercé par le trottinement du cheval, il se laissait envahir par une sourde envie de posséder le corps de la belle Italienne, une envie douce d'abord, un besoin timide qui s'accroissait, devenait violent, irrésistible au fil du temps et de la distance.

On venait de franchir le passage du canal de l'Ourcq.

39

Les demoiselles de barrière

Le paysage urbain avait cédé le pas à une plaine immobile où alternaient les maisons basses, les jardins d'ouvriers et les fabriques.

De temps en temps, aux abords d'un petit bois sourdait une vie mystérieuse et lointaine. On entendait des chants ignobles, des cris de femmes avinées. Ou alors, au sortir des ténèbres, vite effacé par la course du cheval que McDavis maintenait à bride avalée, surgissait un visage livide et presque enfantin, une frimousse à l'œil bleu, un corps fluide appartenant à une ribaude de terrain vague.

Sur le passage du fiacre lancé à pleines guides, de toutes jeunes filles dressées à faire bamboche se jetaient en avant au risque de se faire broyer par les roues. La main tendue vers les occupants de la voiture, les cheveux déroulés et trempés, la candeur trompeuse, le regard étrange, comme halluciné, la robe ruisselante et collée à la peau, le teint blafard, ces parias du bout du monde lançaient un étrange appel, un rire de gorge, une phrase obscène puis retournaient au néant, étouffées par le vent, bues par la nuit, reléguées, oubliées, livrées à la lubricité des hommes, à la mendicité, au dénuement du corps et de l'esprit.

Comme pour exorciser le triste spectacle de ces enfants du peuple les plus démunies, McDavis appelait à la délivrance universelle. Les dents serrées, l'air fou, il avait repris le cours de son monologue sanguinolent. Il fouettait son cheval, le suppliant de ne point s'arrêter dans ces confins de l'enfer ; il récitait sans interruption une litanie vibrante, une rosaire de meurtres crapuleux où se mêlaient des éclaboussures de sang, des crimes à coups de ciseaux, des mutilations de seins ou des souilleries de bas-ventre.

Enfin, dans un souffle à vous couper l'haleine, la bouche noire du cocher acheva son coassement lugubre. Il tira sur ses guides et arrêta son cheval.

On se trouvait tout à coup au bout d'un long mur de brique, à la lisière d'une fabrique désaffectée. Devant les deux hommes, encore mal rétablis de leur traversée des fondrières humaines, s'ouvrait la perspective d'une ruelle sordide, l'énigme sombre d'un chemin dont le tracé incertain se perdait au milieu des champs.

— Vous êtes arrivé, *mylord* ! grinça le batracien. A l'extrémité de ce coupe-gorge rural, vous retrouverez le canal de l'Ourcq. Si vous êtes rescapé après ce mauvais passage, tournez à main droite. Franchissez le bief. Sur l'autre rive, vous apercevrez *l'Œil de Verre*. On y danse toute la nuit. C'est le « casse-gueule » le plus mal fréquenté du coin...

Tarpagnan remercia l'Ecossais d'un geste bourru. Il paya le prix qu'il avait promis et même un peu plus. Il descendit de son perchoir, longea le cheval, caressa la bouche de l'animal et, tournant résolument le dos à ce dernier repère d'un être connu, s'enfonça dans la nuit.

40

Voyage aux portes de la nuit

La main posée sur le toit de son chapeau, Antoine sautillait d'une plage boueuse à une autre. Il lui était bien difficile de choisir un parti parmi les flaques innombrables qui grêlaient la traverse empierrée de castine où il progressait à l'aveuglette.

Il longeait une alternance de prairies, de hangars et de remises de maraîchers qui fleuraient le fumier et l'humus mouillé.

La nuit profonde couvrait la campagne de son voile bleu.

Antoine poursuivait sa marche zigzagante en priant le ciel de ne pas tomber sur un banc d'écumeurs à la recherche des promeneurs attardés. Il avait refermé sa main sur la crosse du revolver prêté par Mirecourt, résolu à vendre chèrement sa peau si quelque attaque surprise se dessinait.

Il pataugeait d'un pas vif. Malgré la crème de boue qui lui crottait les jarrets, il avait le cœur en fête. Il n'avait plus de pensées que pour la Pucci.

Enfin, comme il redressait la tête, il lui sembla distinguer une tranchée aux larges bords. Elle était surmontée d'une crête d'arbustes qui auraient bien pu être des aulnes.

Au bout de cette passe, ainsi que l'avait prédit McDavis, se dessinait à contre-jour d'une lueur indécise une ligne de trembles qui longeaient le canal.

A peine eut-il posé le pied sur le gravier du chemin de halage, qu'entre deux crissements de ses propres pas, le Gascon entendit, venant depuis l'autre rive, une rumeur continue alimentée par des voix humaines, une clameur joyeuse ponctuée de notes de musique, un grondement, une branle de pas cadencés, d'où s'élevaient des rires.

Aiguillonné par la certitude de toucher au but, il ne quittait guère des yeux la berge opposée et repéra vite une écluse dont la passerelle métallique lui permettrait de traverser le canal.

Ses pas résonnèrent un moment au-dessus de l'eau tourbeuse et immobile dont la surface proche avait capturé la lune tandis qu'au fond d'une prairie mitoyenne, un marigot de joncs engourdi dans une brume légère déversait sa vapeur rampante jusqu'aux abords de la taverne.

Une fois sur l'autre rive, tout à l'ivresse de revoir, de presser dans ses bras celle qui, pour le moment, n'était encore rien de moins qu'une ombre gracieuse engendrée par son imagination enfiévrée, il doubla le pas.

41

Le rendez-vous de *l'Œil de Verre*

Les clameurs et les voix s'étaient amplifiées et les violons d'une polka étouffés par la liesse débridée d'une foule en mouvement parvenaient par bouffées aux oreilles d'Antoine.

Encore une trentaine d'enjambées et il arriva au pied d'un mur épais.

A mi-façade du bâtiment, une double découpe de tôle soudée bord à bord par quelque forgeron de campagne grinçait lugubrement au moindre souffle d'air.

Cette enseigne, suspendue à deux chaînes rouillées, figurait l'effigie d'un pégriot coiffé d'une casquette de marinier. La bouche du personnage était démesurément ouverte et dessous ses sourcils fâchés, l'artisan avait enchâssé un immense œil de verre. Eclairé de l'intérieur par une simple chandelle, un globe de verre peint, en forme d'iris bleu pâle, donnait l'impression que l'énergumène inspectait la sorgue.

Le capitaine poussa la porte d'une palissade et se trouva dans une cour intérieure centrée autour d'une fontaine de roche. Prolongé par des tonnelles, un préau en épousait la forme rectangulaire. Le long des murs traversés par des ombres couvait un bruissement inconvenant. Des rires sous cape, des halètements forcés parvenaient des fonds sombres et des kiosques de verdure fréquentés par des couples occupés à forniquer sans retenue.

Tarpagnan aborda une fenêtre illuminée donnant sur le bal. Le front collé à la vitre, la main en visière, il essaya de distinguer au travers de la coloration jaune paille du verre quelles folies se tramaient à l'intérieur.

Tout autour de la salle enfumée de pétune on avait allumé plusieurs becs de gaz dont les bras cuivrés s'allongeaient au-dessus du visage des consommateurs.

Antoine entrevoyait des filles bavardes, aux attitudes jacassières, aux familiarités équivoques penchées sur des hommes en goguette – des costauds entreprenants qui chantaient à tue-tête dans l'espoir de couvrir le brouhaha.

A la vue de cette licence générale, de cet étalage de galanterie, de ces faces congestionnées de désir, de ces femmes riantes, la gorge nue et renversée, le capitaine éprouva une sorte de délabrement de tout son être.

Ces amours païennes, cette glorification de l'union libre, ces filles fardées, ces nez crochus, ces grosses matrones, reléguaient la morale aux soutes du néant.

Ici, tous les bons sentiments sombraient.

Au lendemain de la prise du pouvoir par le peuple de Paris, on aurait pu croire, pour effacer la honte que la servitude met au front des hommes, que la classe ouvrière, lassée de sa condition d'esclave, aurait occupé ses usines, à tout le moins qu'elle se serait regroupée massivement pour combattre les engraissés du pouvoir aux avant-postes des barricades ; au lieu de cela, hébétés par une longue misère, les plus indigents, pour faire pied de nez à la résignation d'un quart de siècle, ne trouvaient point encore d'autre remède que de s'assommer à la boisson.

Ici, on était chauffés jusqu'aux entrailles.

Venus de toutes les fabriques de Pantin, de Saint-Ouen, de Clichy, les rigoleurs, les « saboches », – les plus dissipés des ouvriers – étaient sortis des ateliers. Ils semblaient s'être donné rendez-vous pour célébrer une monstrueuse ribote.

Eux, les exclus, le rebut des prolétaires, les sous-payés, les mallotis, les râpeurs de limaille de fer, les suffoqués de vapeurs d'ammoniaque, les mouleurs de plomb, les découpeurs de charpentes, ils avaient éprouvé brusquement l'envie de faire sauter le couvercle de la marmite, d'aborder un ailleurs qui les transportât hors de leur condition ordinaire, d'oublier l'espace d'une nuit la marmaille en haillons qui, affamée comme une nichée d'oiseaux de printemps, attendait la paye au fond d'un galetas de banlieue, et cette compagne aux yeux emplis de reproches qu'en rentrant – ivres et enragés – ils finiraient par traiter de carne, de roupie, de drogue ou de grenier à coups de poing.

A leur façon, les blousiers exprimaient leur surchauffe, bien sûr. Et leur violence à l'état brut, leur rage grésillante de vivre d'autres frissons n'étaient pas sans signification. Il suffisait pour s'en persuader de prêter l'oreille au grondement de leurs conversations enflammées, aux récriminations, aux vociférations des plus éméchés.

Ceux qui étaient là aiguisaient à leur insu leur violence pour demain. Ils répétaient les mots, les gestes et la folie d'une future profanation. Ils étaient enragés.

A les entendre d'ailleurs, l'irréprochable objectif de la révolution exemplaire soudain s'éloignait. Sa consistance dogmatique, son jour

Le temps des assassins

le plus idéaliste, sa finalité historique, l'exaltation religieuse du grand éblouissement des masses pour demain n'avaient plus cours. Le chant des promesses de l'Internationale était bu par la distance. Nié par la simplicité fruste des êtres. Laminé par la vérité brute d'une force de chair et de tripes, de muscles et de mains calleuses, de mines efflanquées et de peaux sales qui racontaient mieux que les pallas des politiciens la montée lente, la colère énorme, aveugle, irrésistible, des damnés de la misère.

Tarpagnan quant à lui, ébranlé par cette vision abyssale de la condition ouvrière, pensait à Vallès. Il pensait à Vallès, à Varlin. A Louise Michel. Il pensait avec amertume à Mirecourt, à ceux de la rue Lévisse. A tous ceux que leur foi en un monde meilleur entraînait vers une aurore à peine dessinée.

En un éclair, il eut la vision d'une soirée sanglante où, guidée par ses seuls instincts, la meute des laissés-pour-compte sortirait de la tranchée d'ignominie pour déferler, avec des yeux brûlants, avec des mâchoires de loups, avec des pelles et des barres de fer sur les habitations des riches afin de les jeter à bas, de les flamber au pétrole, de les piller de la cave au grenier, de les dépierrer jusqu'à la terre rase, jusqu'à ce qu'un nouveau labour accorde aux ronces de la friche de nouvelles semailles.

Antoine s'était déplacé jusqu'à la porte d'entrée de la salle de bal.

Il se tenait sur le seuil comme s'il voulait habituer son regard de témoin indiscret à la honte et à la sauvagerie de quelque terre de perdition.

Il observait les « culbuteuses ».

Juste devant lui, une beauté rousse, au visage fin, au chignon effondré, au teint pâlot rattrapé par de magnifiques yeux verts, donnait à manger à un chauve d'âge mûr dans le creux de sa main. L'homme avait la figure allongée, un museau de bête désagréable et des yeux gris, bordés de rouge. Dompté par les charmes de la belle enfant qui lui dictait ses caprices du haut de ses dix-huit ans, l'homme faisait le chat. A quatre pattes devant elle, il lapait un breuvage – sans doute un peu de champagne Jaqueson à deux francs la bouteille – qu'elle lui octroyait d'un air ennuyé.

Un grand dépendeur d'andouilles qui jouait pour la galerie s'approcha d'eux entre les bancs. Avec des airs de théâtre il supplia la petite par gestes et mimiques de ne point vendre la mèche de sa présence. Ensuite, quêtant d'un clin de cil la connivence de son public, il botta le croupion du noceur d'un coup de pointe bien enlevé.

— Na ! hurla le chœur des initiés.

Et comme le donneur de coups de pied au cul doublait sa ration, un hennissement de rire salua son exploit.

Depuis la galerie qui dominait la piste, une couronne de divettes en mousse de jupons jaune tulipe daubait la victime.

Ces demoiselles de perchoir hurlaient :

— Aux oignons ! Aux petits oignons, Charles Henri ! Ça c'est du ci-blé ! En plein dans les émeraudes !

L'infortuné malagauche s'était redressé.

Rougeaud, il frictionnait son juste-milieu tout en cherchant à deviner sur la face hilare de ses voisins derrière quel rictus s'abritait l'auteur de la farce.

— Lui ! criait la volière.

— Non ! Pas celui-là !

— L'autre ! L'autre !

— Le blondinet ! Celui qui est parti !

Et tout le monde se secouait de rire à s'en faire crever le ventre.

Les plus endiablés des danseurs étaient repartis au chahut. Sur la piste, les filles criaient en se troussant. Les mains sur les hanches, elles gigotaient du genou. Charles Henri, le grand dépendeur d'andouilles, avait rejoint le bataillon de ses ouailles. Le nez en enclume, le sourcil haut et dessiné, il était la coqueluche et le meneur d'un parti de jupons jaunes. Hop ! il giguait le chahut, poussait un cri, levait la jambe par-dessus sa tête à rouflaquettes, prenait son élan, sautait et s'ouvrant grand comme un compas déployait au final ses longues jambes écartées en retombant sur le sol. Après lui, une, deux, trois filles à boas tentaient l'aventure.

Tombé, relevé, tortillé, plié.

La contagion gagnait du terrain dans la cervelle échauffée des gambilleurs. C'était à qui se risquerait au jeu du grand écart.

Un garçon de café, gagné par cette folie du saut écartelé, se lançait à son tour sans lâcher son plateau. Boum sur le parquet ! Boum dans son gilet noir ! Boum dans son tablier blanc ! Ouvert comme un parapluie.

On criait. On riait. On chaloupait. On se relevait. Si l'on était trop lourd, on roulait sur le côté. On mettait un genou en terre. Les copains vous hissaient. On s'en tirait par des magnes et des voltes.

Le piano tout aussitôt rembinait la rengaine. Les violons appelaient les gambilleurs. On repartait au manège, à la frotte, au galop, au rond de jambes, à la glissade. Un vertige de cotillons et de crinières répondait à la cadence des talons ferrés sur le parquet.

Au milieu de ce roulement de pieds, la rousse au chat botté s'était levée de sa table. Abandonnant à sa déconfiture son ancien chevalier servant, elle piquait droit sur Tarpagnan.

L'haleine suspendue, elle s'immobilisait devant lui.

Elle était menue. Sa bouche était fardée. Son visage impérieux était déjà gâché par un soupçon de vulgarité. L'éclat troublant de ses grands yeux verts ruiné par la méchante petite lumière cruelle qui s'y allumait de temps à autre.

Du fond de ses agates, elle dévorait ce bel homme brun sans rien dire.

— Eh ben, qu'est-ce t'attends ? lança-t-elle enfin en cessant de le regarder avec une aveuglante fixité. Y faut que j'te supplie pour qu'tu m'invites ?

— Crébleu ! Fais-la danser ! Elle va pas t'bouffer ! fit observer une voix rigolarde dans le dos du Gascon et le regard de ce dernier tomba sur deux troupiers en culotte rouge, les brodequins crottés, qui le dévisageaient en ricanant d'un air bête.

L'ancien officier les jaugea en un tour de main. Des griviers du 107e, des soldats perdus comme lui-même.

— Ah ça, les amis ! s'étonna-t-il. Mais que faites-vous ici ?

— Nous, citoyen ? s'interrogea celui qui portait un foulard rouge et dont la face soufflée arborait encore un sourire stupide. Hi, hi, hi ! Nous, c'est ma cousine Amélie la Gale qui nous a fait v'nir dans c'barnum ! Une rousse aux yeux verts qui chante pas que des cantiques et qu'j'ai l'honneur de te présenter !

Au travers de ses mèches, la demoiselle au casque rouge se fendit d'une petite révérence.

— Tarpagnan ! se présenta à son tour l'ancien capitaine. Antoine pour les dames !

— Mince ! Chaleur ! s'exclama aussitôt la lorette en s'éventant de la main, en marquant un recul.

Elle paraissait sincèrement dépitée.

— Comme ça, tu s'rais Antoine ? Le fameux Antoine ? Dans c'cas-là, t'es pas fait pour mon pied, mon bijou ! Chasse gardée ! Avec Caf'conc', je m'tiens à quatre !

Et voyant qu'Antoine n'y comprenait rien :

— Ben quoi ? J'veux pas d'embrouilles avec ma copine Gabriella !

— Où est-elle ? s'empressa Tarpagnan.

— Par là... fit vaguement la demoiselle. Depuis hier elle nous fait des lunes à ton sujet ! Dis donc ! tu lui as vraiment donné dans les yeux ! J'vais la prévenir... Avec discrétion, ajouta-t-elle avec un accent de faubourg.

Elle tourna des talons et, la hanche roulante, retourna dans la foule.

— Cousine Amélie est une fameuse chaufferette dans un lit froid ! s'enthousiasma le griveton. Et l'Œil de Verre est un fameux bouic !

— Dommage que c'soit si loin d'nos quartiers ! échota le caporal. Sinon on y s'rait fourrés tous les soirs !

— C'est vrai ça, se préoccupa soudain Tarpagnan qui regrettait d'avoir congédié McDavis et songeait au retour.

Et s'adressant au rougeaud :

— Depuis la caserne Babylone comment êtes-vous arrivés jusque-là ?

— A cheval sur un bidet, plastronna le militaire en étouffant un rire dans sa main. On a emprunté le hongre du sous-yeutenant et en arrivant ici, frais comme la rose, on l'a r'misé à l'écurie.

— Où sont vos chefs ?

Les deux tringlots s'entre-regardèrent en souriant niaisement.

— Nos chefs ? Quels chefs ? Y a encore des chefs ces temps-ci ?

Puis dévisageant Antoine avec la considération exagérée qu'on réserve aux gogos.

— Le pôv'meussieu est p't'être pas au courant, de c'qui s'est passé, Benoît ! plaisanta le plus grand.

— Les généraux sont tous tombés d'cheval, m'sieu, renseigna l'autre.

— Connaissez-vous le lieutenant Arnaud Desétoiles ? réitéra Antoine.

Les deux tringlots reculèrent aussitôt. Il se dessinait dans leurs regards un mélange de suspicion et de crainte.

— D'abord, comment que c'est-il que vous savez le nom d'Desétoiles ? demanda celui qui était caporal.

Le ton avait changé.

— J'étais officier avec lui. C'était un camarade d'armes. Il était au 88e. Il a été reversé au 107e le mois dernier et détaché au palais du Luxembourg.

— Desétoiles a tourné versaillais, dit lugubrement le caporal.

— Et nous, en arrivant du Havre, on a viré communeux ! ricana son collègue. Ça fait une sacrée différence !

— Mais... Et toi... s'intéressa le galonné en tournant autour de Tarpagnan. D'où qu'tu vas comme ça ?

— Moi ? J'ai fait comme vous... j'ai pensé que l'honneur avait changé de camp ! dit Tarpagnan.

— A la bonne heure ! ricana le cabot. A c'compte-là, faut pas rester dans l'courant d'air !

— Vouais ! opina le benêt. A trop rester dans l'entrée, on pourrait attraper une fluxion d'organes !

Sa blague lui paraissait énorme et bien gerbée. Pour un peu, il se serait volontiers payé un petit fou rire derrière sa main. D'un regard noir, le plus gradé l'en dissuada.

— Autant économiser sur le détail ! trancha-t-il. Entrons tous dans c'beau magasin d'fesses, vu qu'on est v'nus ici pour saluer les dames !

— Allez zou, vieux pot, passe devant ! approuva le jean-jean en

Le temps des assassins　　　177

poussant son copain dans les reins pour l'encourager à faire son entrée sur la piste.

Et bousculant Tarpagnan qui encombrait sa route :

— Y a plus d'officier qui compte, m'sieu ! Du coup, j'vous marche sur l'pied !

En moins que rien, les deux Normands s'étaient fondus dans la cohue des balochards.

Antoine pénétra à leur suite dans la salle enfumée et presque instantanément la stupeur se lut sur son visage.

A sa droite, il venait de découvrir un escalier assez raide dont la volée de marches aboutissait à la galerie. Depuis là-haut, on surplombait la piste de danse, aux abords encombrés de tables.

Accoudé à la rambarde décorée de guirlandes, Léon Chauvelot, alias Caracole, lingé de frais, chemise blanche et gilet prune, se curait les ongles avec la pointe de son couteau. Entouré de Jaccal le Zouave et de Col-de-Zinc, deux mangeurs de blanc de son espèce, le surineur portait beau sous sa deffe. Sûr de l'effet d'élégance que faisait sur les dames sa belle cravate ponceau à la Collin, il surveillait ses gagne-pain. Le sourire de sa cicatrice éclairé par le bas lui donnait une expression arrogante mais à la crispation de sa bouche, au regard noir qu'il venait de poser sur Antoine, on pouvait lire clairement sa disposition d'esprit hostile. Et le signe goguenard qu'il venait d'adresser à l'ex-capitaine signifiait sans équivoque qu'on ne tarderait pas à se revoir.

Tarpagnan passa outre bien que ses gestes fussent plus tendus et que les recommandations de prudence faites par Mirecourt lui remontassent à l'esprit.

Il longea la piste de danse.

Les deux militaires du 107e, la tête rejetée en arrière, le képi à la houle, se donnaient l'air « chicard » ; ils gigotaient dans la cohue avec une vélocité incroyable.

Soudain, une farandole énervée d'hommes et de femmes qui se déplaçait entre galerie et danseurs bouscula Antoine, le tira de ses sombres pensées. C'était un envol de robes vertes, rouges, mauves ou jaunes, un méli-mélo de raies, de ramages, de chinures, de moirés, de vergés alternés avec des blouses de coutil, des chemises aux manches bouffantes, des pantalons serrés sur les fesses, un feston, une chaîne de mains, une avalanche de gorges qui hurlaient *Zim-laï-la !* et entamaient *la Gaudriole* avant de laisser place nette et d'aller trébucher dans le noir des charmilles.

A la suite d'une femme en corsage canari, à l'excitation nerveuse, à la roucoulade aiguë qui venait de s'asseoir sur la banquette et de passer ses bras autour des épaules d'un jeunot au front fuyant, au museau maigre, un horizon temporairement vide s'était ouvert pratiquement en face de Tarpagnan.

Dressée au bord de la piste, entre plusieurs filles riantes de son espèce, la tête droite, les bras nus, la nuque sortie d'une longue robe blanche qui lui laissait la taille libre, la jambe élancée, la Pucci tournée dans sa direction souriait! Amélie la Gale la poussait gentiment dans le dos pour qu'elle sorte de son éblouissement.

Provenant d'une fenêtre entrouverte, un souffle de vent passablement doux s'était emparé des tempes de Tarpagnan, caressait son visage et retroussait les revers de son habit.

En un regard de la belle, il était lavé de sa fatigue, il était payé de son voyage.

42

Les amoureux sont seuls au monde

D'un coup, Gabriella se sent des forces neuves.

Elle qui les avait perdues toutes voit s'évanouir sa langueur. Au fond de son corsage gonflé de désir, elle écoute avec sérénité, avec plénitude le tintamarre de son cœur qui bat d'une nouvelle façon.

Eperdue, frémissante, elle dégage un pied gracile de la crue de volants qui bouillonne à ses chevilles. Elle prend sa course.

Le front brûlant, la langue sèche, dévorée par une soif ardente, elle fend les rangs serrés des danseurs. Elle se fraye un chemin jusqu'à son capitaine. Sur le point de le rejoindre, de se blottir entre ses bras, elle s'arrête pour scruter son visage mâle, ses yeux de charbon, son calme rassurant. Elle soupire, le couve de ses superbes yeux dormants; sa main droite esquisse un geste tendre en direction de sa joue et finalement se pose sur ses larges épaules. Un sac de cuir blanc qu'elle n'a pas lâché pend à sa main gauche.

Elle secoue la tête. Elle n'arrive pas à y croire.

Elle s'écrie :

Le temps des assassins

— Oh mon Dieu ! Ça n'est pas possible que tu sois là ! Je t'ai tant attendu ! Si tu savais !

Enfin, elle esquisse deux pas précipités, se jette contre lui et enfouit son visage au pli de son aisselle.

Elle enlace sa nuque. Elle caresse ses cheveux. Elle étouffe un petit cri animal, effleure le lobe de son oreille avec les dents. Elle se renverse en arrière pour le regarder. Ses yeux bougent très vite.

Elle est inquiète :

— Je ne savais pas ce que tu étais devenu ! Ce silence, cet intolérable silence ! Je ne voulais plus voir personne ! Je prétextais des migraines... Tu m'f'ras du mal à la longue !

Comme si elle avait toujours été sa maîtresse. Sa femme pour ainsi dire. Une folle exigence se peint sur son visage.

— Embrasse-moi ! Amour de Dieu ! Embrasse-moi plus fort ! Mets ta bouche tout entière dans la mienne !

Elle dévore ses lèvres.

Il peut sentir son souffle chaud. Le goût de sa salive. A son tour, il ne maîtrise plus l'état de son cœur qui cherche à sortir de lui.

Sa chaleur rayonne.

Il est seul avec elle. Le roulement des gens, les bruits, les situations leur échappent. Une fièvre nerveuse de se toucher, d'être l'un avec l'autre les réunit. Ils sont riches de leurs corps en fusion.

Mais c'est oublier le reste.

Un gros homme approche. Il longe la banquette. Il a l'œil à tout. Il surveille le service des filles de salle, le galop vigilant des garçons de café. Il compte les passes des émietteuses de plaisir.

Soudain, au bord de la piste, il s'immobilise.

Il croise ses bras costauds sur son estomac replet et, le sang aux joues, la bouche mangée d'amertume, pose ses yeux porcins sur le couple formé par Antoine et Gabriella.

Il les voit s'embrasser avec passion.

Au fond de l'intelligence obscure du colosse se produit immédiatement un craquement terrible ; un éboulis de poussière et d'images comparable à n'importe quel effondrement de galerie dans une mine. L'homme aux muscles de fer s'affole.

Il s'appelle Raoul Biloquet. On l'appelle Marbuche, mais il s'appelle Biloquet. Il est hercule de foire. Il est d'ailleurs revêtu de son caleçon de lutteur. A l'unique bretelle de son maillot, il a épinglé un bouquet de violettes que lui a justement offert Gabriella Pucci.

Marbuche bâille. Il y a de quoi bâiller !

Chez lui, c'est le signe de l'angoisse. Un hercule qui bâille est un homme fort qui réfléchit. C'est qu'il l'aime bien, l'Italienne. Elle a toujours un geste gentil pour lui avant qu'il n'aille sur l'estrade affronter les terribles champions de banlieue.

Tout de même, le mastodonte se demande s'il n'est pas en train de rêver. La femme du patron dans les bras d'un inconnu ! Et maintenant, elle recommence son manège : elle attire le visage de son beau cavalier contre le sien. Elle ouvre une bouche vorace. Elle l'embrasse avec passion.

L'homme lui rend son baiser. Il entraîne maintenant Gabriella dans une valse vertigineuse. Subjuguée par ce couple parfait, la foule des danseurs s'ouvre devant lui, referme sur son passage l'abri tourbillonnant de ses corps enlacés. La Pucci ferme les yeux comme une femme vaincue. Elle abandonne son corps, nuque renversée, cheveux défaits et pour Marbuche, plus de doute possible : il se passe, il s'est passé quelque chose qui n'était pas prévu, c'est bien cela, une catastrophe sans précédent vient d'arriver sous ses yeux et cet effrayant désordre lui arrache un grognement.

Il bouge sa gigantesque carcasse, il se sent faible et démuni comme un enfant. Il s'éloigne de la piste.

Il débouche dans une seconde salle où les habitués jouent au billard en fumant des cigares blonds à trois sous avec de faux airs distingués. Par la fenêtre ouverte, les marchandes de noix et les marchandes de moules tiennent leur commerce. Dehors, la terre entière se met à chanter *J'ai un pied qui remue*. Autour de Marbuche, une nouvelle farandole se forme. La bordée des blousiers est de plus en plus frénétique et lui, Marbuche, les yeux injectés de sang, s'élance en direction du bar.

Il bouscule tout devant lui.

Dans un galop d'éléphant il arrive devant Victor l'Auxerrois qui veille jalousement sur ses alcools. Le taulier au visage criblé de cicatrices lève son œil unique sur le colosse. Il mire un verre avant de verser une dose d'absinthe. Il découvre Marbuche qui s'effondre devant le zinc, les jambes brisées, respirant à grand-peine.

L'athlète en maillot de foire fait un geste de déconfiture. Il dit d'une traite :

— Victor ! Victor, il faut prévenir la Joncaille, sa femme a déraillé !

Le borgne fixe le lointain enfumé de la piste où, seuls au monde, Antoine et Gabriella valsent, valsent, toujours.

L'œil de verre de l'Auxerrois prend un mauvais reflet sous la lampe. Mais il ne fait rien. Il ne peut pas. Ventre abandonné, mâchoire pendante, il est vissé sur place.

La Langouste, sa légitime, une grande seringue avec la face congestionnée et jalouse, émerge du fond du comptoir où elle essuyait les verres. L'ancienne brelandière de tripot se cale derrière son homme et jauge la situation.

Le temps des assassins 181

— Mouac! elle gazouille, j'ai toujours su que Caf'conc' valait pas le pain qu'elle mangeait!

Toutes pinces sorties, elle laboure les côtes de son barbeau pour qu'il s'extraie de son apathie.

— Eh ben saute! elle tempête. Du combustible, l'Auxerrois! Remue-toi les pincettes avant qu'on ait fait carambouille! Va prévenir Edouard qu'il est cerf! S'il voit pas d'ses yeux la trahison d'sa dame, il voudra jamais nous croire!

Impensable! Le mot est lancé! L'incrédulité est d'ailleurs la réaction qui prévaut sur le visage des habitués de *l'Œil de Verre*. Les barbillons et les rouleuses du bord de l'Ourcq savent bien quelles lois régissent le milieu de la haute pègre.

Les arcans se taisent. Les filles se regroupent. Elles regardent danser Caf'conc' avec un air d'apitoiement. Elles savent bien qu'autant le commerce des corps compte pour du beurre, autant déshonorer son blanc relève du sacrilège.

— Avec Trocard elle avait pourtant des jours filés d'or et de soie! soupire une fille de rempart.

Elle s'appelle Rose, elle a vingt ans. Ses yeux brillent comme des escarboucles.

— Ici, elle avait tout! renchérit une pierreuse.

Elle s'appelle Julie. Elle a les cheveux filasse. Un maigre chignon.

— Encore si elle faisait ça pour de l'argent! chuchote une troisième.

Elle s'appelle Céleste. Elle a le dos rond. Une maussaderie dans l'intonation. Des dents féroces et chevauchantes.

— Elle fait ça pour l'amour, dit la Gale. L'amour, Céleste, tu peux pas comprendre! C'est pas d'avoir course faite... C'est comme si tu recevais un coup de soleil sur l'abdomen!

A deux bancs de là, Julie la pierreuse hausse les épaules.

— L'amour? elle fait sans se retourner, c'est que des eaux grasses et de la chair gâtée!

Rose se tait. Perdue dans son monde, elle esquisse un petit sourire détraqué. Les mains serrées, l'attitude frileuse, elle fait craquer ses doigts.

— Au mieux, dit Céleste, l'amour, c'est d'être dans ses meubles. Un nid avec un vieux. Et de la domesticité.

Amélie la Gale approche de ses amies son visage pâle, de cette pâleur qui vient de l'enfance et des privations. Elle baisse les yeux sur les collines perdues de sa gorge au fond des dentelles.

— L'amour, elle bataille, c'est pas que de la mollesse d'édredon! L'amour, c'est c'qu'on attend toutes! Quand il vous dépose sa carte de visite, il faut lui ouvrir la porte ! Moi je l'attends, l'amour. Je l'attends tous les jours...

— L'amour, mon petit trognon, dit Rose, tu peux éteindre ton gaz ! L'amour, y viendra pas ! T'es qu'une putain.

Ces derniers mots sonnent si crus et si glacés qu'ils scellent les bouches. A la manière d'une ombre mouvante, la mélancolie gagne le visage des filles. Ecrasées par le bilan de leurs vies dégradantes, les yeux baissés sur leur solitude, elles abdiquent. Elles se taisent. Elles se perdent dans leurs pensées.

Les noceurs jettent des regards obliques de leur côté. Nulle plaisanterie salace, nulle moquerie ne fuse des rangs des bambocheurs. Même le personnel ne cavale plus. Les garçons de café regroupent sur les tables les bouteilles entamées. Leurs gestes se ralentissent. D'un coup, la fatigue paralyse leurs jambes. Le torchon blanc en travers de l'avant-bras, ils restent appuyés aux piliers de la galerie. D'un tournoiement mécanique de leur éponge, de temps à autre, ils essuient leur plateau. Ils pensent vaguement à l'heure de la fermeture après laquelle il leur faudra encore balayer la salle avant d'aller chercher leur matelas au grenier et de le déployer sur le plancher pour goûter un sommeil de bûche.

Par paliers successifs, le brouhaha s'émiette. Par contagion, la fête périclite, s'anémie et même, couple après couple, la danse s'arrête.

Toute la salle s'est tue. Tous les regards convergent vers la piste. Tous les yeux sont brûlés par le giroiement rouge et blanc de la robe de Caf'conc', par l'allure svelte et les épaules bien découpées de son cavalier, par l'élégante façon qu'il a d'entraîner la jeune femme dans un tourbillon aveuglé et le mélange de leur naïveté charmante, de leur provocante attitude, ensorcelle un instant l'esprit des plus endurcis.

Sans fin, Antoine et Gabriella déroulent la valse.

Ils valsent même lorsque la musique s'arrête. Ils tournent encore. Puis, la déraison, comme une braise lente, peu à peu les quitte et s'éteint.

Elle les laisse écorchés au sang l'un devant l'autre.

— Tu ne te rends pas compte, murmure Caf'conc', sans oser affronter le regard de la salle, c'est terrible ce que nous venons de faire là !

Son visage se décompose sous l'empiré d'une peur qui la laisse aussi glacée que si elle avait passé une nuit sans sommeil.

— C'est... c'est comme si nous avions signé notre arrêt de mort ! murmure-t-elle à nouveau.

Un galop de bottines la fait se retourner. Amélie la Gale se tient devant elle. La gisquette a les yeux embués de larmes. Caf'conc' se jette dans ses bras.

— Oh, Mélie, Mélie, mon amie, ma fraline, que conseilles-tu ? demande-t-elle en étranglant un sanglot.

— Pas de conseils ! répond la petite. Vous êtes faits !

Le pas précipité de Victor l'Auxerrois qui court au-dessus de leurs têtes, dans la galerie, les éclats de voix suivis du galop de Marbuche dans l'escalier semblent lui donner raison.

— Ils sont partis pour avertir la Joncaille, murmure Gabriella.

— Il est dans son bureau, renseigne Amélie. Ils sont tous avec lui : Fil-de-Fer, le bel Auguste, Saint-Lago, Goutte-d'Huile, toute la bande ! Ils préparent une expédition pour cette nuit.

— C'est le bel Auguste qui a été désigné comme chef d'attaque, confirme Rose.

— Et c'est encore mon tour d'aller garnir le lit d'un bourgeois suant pendant qu'ils forceront son coffre, avoue la Gale.

Céleste, Julie la pierreuse, les filles de la volière, sont toutes là. Elles font cercle. La fièvre se lit dans les yeux des ménesses. Chacune donne son avis.

— Partez ! Partez ! encourage l'une. Profitez de l'effet de surprise !

— Non, non ! Ce serait de la dernière imprudence ! Restez ! Restez plutôt ! Plaidez votre cause ! abjure une autre.

— Elle a raison, s'en mêle une troisième. Les assommeurs vous rattraperaient et ce serait la valse des châtaignes !

— Ou pire, le vitriol, prédit Céleste. C'est la nouvelle crème de beauté !

Amélie la Gale étreint son amie. Les yeux dans les yeux, elle secoue Gabriella dont la voix s'étrangle.

Elle dit d'une voix précipitée :

— Réveille-toi, Caf'conc' ! Réveille-toi, je t'en suplie ! Nous sommes toutes avec toi ! Nous nous regrouperons devant la porte pour que ceux de là-haut ne puissent pas vous poursuivre !

— Pars avec nous, Mélie, chuchote Gabriella à l'oreille de son amie. Abandonne la rue. Ton corps t'appartient !

— Trop tard ! lance la voix de Rose.

— Trop tard ! se résigne la Gale. Caracole et Jaccal le Zouave sont déjà dehors. Ils vous attendent avec leurs grands lingres !

Tarpagnan jette un coup d'œil rapide du côté de la rambarde. Léon Chauvelot et les souteneurs ont disparu.

— N'importe, dit-il brièvement en cherchant à entraîner sa bien-aimée. Je sais où trouver un cheval. Nous forcerons notre route !

— Paix, les marmites ! Assez de javotte ! grince une voix de crécelle. Retournez au travail de vos fesses !

— Midi, les frangines ! prévient presque aussitôt Céleste qui s'est chargée de faire le guet. V'là l'Ogresse qui rapplique ! Elle nage à vive allure !

184   *Le cri du peuple*

En effet, dans le ressac des rangs, la Langouste avance son visage décharné de vieille viveuse.

La sous-maîtresse progresse à folles enjambées. Elle bouscule les mouflettes sur son passage. Elle en profite pour distribuer des prunes – un soufflet, une giroflée à celle-ci, une serviette à cette autre – vlan et vlan! elle décrasse sa route à vive allure. D'un bras tragique, elle se fraye un passage jusqu'aux amoureux.

Elle profite du saisissement général qui fige les esprits, pour mâcher de sourdes paroles. Elle abaisse sur la Pucci des yeux tourmentés de haine. Elle lâche entre ses lèvres minces des crapauds, des couleuvres de mots qui sifflent aux oreilles des filles comme une malédiction et empoisonnent en elles toute velléité de résister au pouvoir des dos-verts.

Elle bave son fiel, elle trouble les courages, elle dit :

— Au lieu de semer la grêle, l'Italienne, cours plutôt demander pardon au patron! Mon conseil à moi, c'est de t'humilier! De supplier ton maître! D'offrir ton sacrifice! D'être putain d'abattage pour payer ta dette! Jusqu'à la fin des temps! Jusqu'à faire saigner ton ventre! Et vous! Vous, monsieur, avec votre jolie gueule, vos dents si bien rangées, je vous conseille de vous évaporer! De vous répandre dans la nuit en gouttes si fines qu'on ne vous distingue plus de la rosée du matin! D'aller au bout des Amériques, tout au fond des jungles d'Orénoque, et de trouver une grotte si obscure et si humide que personne n'ait jamais eu envie d'en franchir le seuil! Sinon, vous êtes mort! Découpé en lanières! Lardé dans les tripes! Emasculé! Farci d'avance! Vous êtes... Vous êtes déjà un fantôme!

— Voilà le cheveu! Je suis vivant et je le prouve! rétorque Tarpagnan.

Il démasque son revolver, bouscule la sorcière et prend Gabriella par la main.

La foule s'ouvre devant eux et reflue sur les bords de la piste.

Edmond la Joncaille paraît.

43

L'homme aux mains de jonc

La tête longue d'un toupet qui ajoute selon lui de la séduction à son physique, Edmond Joseph Jules Marie Trocard sait se donner l'air important qui sied à un parvenu.

Lorsqu'il paraît au balcon de la galerie et que sa voix claque au-dessus des têtes, le cœur des assistants avance dans leurs bouches. Sa présence parmi eux les met dans le même état de crainte que si Zeus, père des dieux et des hommes, était descendu du Panthéon hellénique pour rappeler à l'ordre les simples mortels.

Ils lèvent vers lui des yeux craintifs.

A cinquante ans tassés, le singe, le patron, le manche, le *monsieur* de *l'Œil de Verre* est intouchable. Ses mains baguées d'or lui ont valu le surnom de la Joncaille. Un brillant incrusté dans le lobe de son oreille gauche, une montre à breloque et le magnétisme d'une voix de diacre ajoutent à sa réputation d'ogre des femmes, de pourvoyeur de poulettes faciles et de grand manipulateur des âmes.

Sa carrière dans le crime est derrière lui et personne ne se risquerait à venir lui disputer son territoire.

Au reste, il a gravi tous les échelons possibles de la pègre.

Son port de notable repu, ses costumes coupés dans les ateliers d'un faiseur anglais, sa vitalité peu commune, son sourire muet, ses yeux implacables et le choix de ses lieutenants parmi l'aristocratie des vauriens et des drogueurs de la haute enflent la légende d'un pouvoir qui se hisse, dit-on, jusqu'aux lisières du monde politique.

Lorsque sa voix roule par-dessus les têtes, un vent d'autorité souffle donc sur la salle.

Les lorettes refluent dans l'ombre de la galerie, les barbons se regroupent. Les pégriots, les toucheurs, les terreurs et les gouapes se tiennent sur le qui-vive et font rouler leurs biceps. Ils sentent qu'on s'embarque vers une bûchade générale.

Les blousiers soudain dégrisés s'écartent, peu désireux de se trouver mêlés à une affaire où l'honneur de la personne privée est mis en cause.

— Ma chère amie, dit le potentat en s'adressant à la Pucci, cette fois tu viens de faire une grosse, une irréparable sottise. Tu as mis tous les torts de ton côté. On ne bafoue pas un homme comme Trocard devant ses amis. Ir-ré-pa-ra-ble, insiste-t-il.

Le visage lourd de sombres ruminations, il pose ses mains d'évêque sur la rambarde de la galerie. Il est entouré par deux de ses lieutenants.

L'un sourit aux dames sous le blase du bel Auguste, l'autre a la face vérolée ; il répond au surnom de Saint-Lago parce qu'il se prénomme Lazare. Une silhouette étroite et familière vient se joindre à eux en toussotant. Antoine reconnaît Fil-de-Fer, le petit serrurier de la rue Lévisse. Leurs regards se croisent un bref instant. Fil-de-Fer comprime sa poitrine de ses deux mains comme si sa respiration oppressée l'étouffait. Dans un brouillard de larmes il éructe longuement, puis Trocard réclame le silence.

Ses premières paroles ont tellement l'apparence de l'honnêteté, son intonation huilée donne tellement le change, qu'un esprit naïf pourrait se laisser berner par son enjouement bonasse.

— Reprenez-vous, monsieur, dit-il en indiquant d'une main dédaigneuse l'arme que Tarpagnan pointe devant lui pour se frayer un chemin vers la sortie, et considérez que je ne souhaite pas faire couler le sang d'un héros de la Commune de Paris sous mon toit.

La Joncaille s'interrompt un bref instant et claque des doigts. Comme par magie, plusieurs coquins de tous acabits surgissent des pans d'ombre et forment un cercle menaçant. Dos à un pilier, Tarpagnan marque un temps d'arrêt. La bouche de son arme tient en respect les marlous les plus proches. A ses côtés, Caf'conc', haletante, porte la main à son cœur.

— Vous voyez bien, cher capitaine, mes chevaliers du bidet sont si nombreux que même si vous faisiez usage de votre brûle-feu, vous n'auriez pas le dessus ! ricane la voix du patron de toutes choses.

D'un coup d'œil circulaire Tarpagnan soupèse ses chances de réussite. Elles lui paraissent en effet bien maigres. D'ici la porte, une demi-douzaine de macques résolus avec des couteaux. Sur ses arrières, nichés dans les plis de la foule, d'autres escofiés aux visages couturés avec des muscles comme des pelotes, des attitudes de chats sauvages, des gestes suspendus, des envies d'en découdre se tiennent prêts à l'érailler eux aussi de leurs lames.

Lentement, Tarpagnan élève la gueule du revolver dans la direction de la Joncaille.

— Je pourrais me contenter de vous abattre, dit-il calmement.

— Allons, allons, monsieur ! rétorque l'autre en plastronnant avec un calme affecté, il faut raison garder ! Vous n'êtes pas un assassin de sang-froid ! Jetez plutôt votre pétoire et venez me parler.

— N'y va pas, souffle Gabriella. Il te fera poignarder dans le dos.

— Ne bougez surtout pas, murmure en écho la voix minuscule d'Amélie la Gale. C'est un piège.

— Nous n'avançons guère, constate Trocard en toisant les amants. Ma patience est à bout.

Dans le regard implacable du bandit, Antoine lit sa condamnation à brève échéance. La seule pensée claire qui lui vient à l'esprit, c'est qu'il lui faut trouver très vite un expédient capable de déstabiliser cet homme terrifiant dont la vanité est sans doute la seule faiblesse. Puisque la route de la retraite est coupée, la nature courageuse du Gascon lui commande de se battre sur le terrain même de sa passion. Un sang généreux lui monte à la tête comme à la veille d'une bataille.

— J'aime Gabriella Pucci, crie-t-il à la face de son rival. Voilà du moins quelque chose auquel vous ne pouvez rien !

— C'est peu tenir compte de mes propres sentiments, s'offusque le nabab qui n'attendait pas l'officier sur ce terrain-là.

Habilement, il rompt. Puis, sûr de donner le change devant la clientèle, il se donne l'apparence et les contours d'un garçon affable, d'une grande simplicité, qui, malgré sa position en vue, n'hésite pas à étaler son infortune devant ses amis. Il affecte un profond chagrin.

Il adresse à Caf'conc' un sourire gris et demande d'une voix tremblée :

— Tu ne m'aimes donc plus, mon cœur ?

Gabriella lève vers lui ses grands yeux envahis par les larmes.

Elle dit d'une voix implorante :

— Je t'en prie, Edmond, cessons cette pitoyable mascarade ! Sur ce que nous avons eu de plus cher et qui a été le partage des jours, tolère que j'en aime un autre ! Rends-moi ma liberté ! Ouvre la cage !

— La cage, ma mie ? Est-ce ainsi que tu appelles le petit nichoir que je t'ai offert au creux d'un hôtel du Marais ? Nargue de toi ! c'est quand même dur à digérer, ma petite chanteuse de beuglant ! C'est tôt oublier mes libéralités, chère croqueuse de diamants ! Demande autour de toi, Gabriella ! Tu as fait des envieuses, tu sais !

Et prenant Tarpagnan à témoin :

— Un écrin de douze pièces, monsieur ! Une petite folie du XVIIIᵉ à trente mille francs par an ! Sans compter les meubles et les domestiques !

— Je te rends tout ! Je ne veux rien ! Je ne demande rien pour moi-même ! s'écrie Caf'conc'.

Elle éclate en sanglots et, trop bouleversée pour s'exprimer davantage, se jette contre Tarpagnan.

Celui-ci redresse son arme et la braque en direction de Trocard.

— Si vous tenez tellement à elle, venez la chercher ! dit-il. Battons-nous loyalement et si vous êtes le meilleur, vous la reprendrez !

— Un duel, monsieur ? C'est d'un suranné !

— Je vous laisse le choix des armes !

— Pour qui vous prenez-vous, monsieur le Gascon ? Vous êtes ici chez moi et vous ne m'imposerez rien ! D'ailleurs, c'est vous qui n'avez pas le choix ! C'est vous qui déposerez les armes ! Et c'est moi qui déciderai de votre sort !

Chez Antoine, le sentiment de révolte prend le pas sur toute prudence.

— Mordious ! lance-t-il, c'est bien mal me connaître ! Taille ! je vais clouer votre gros bec, monsieur le gros brochet !

Et sûr de ne pouvoir revenir à du réparable mais soulagé déjà par son élan de cœur, Tarpagnan échappe à l'étreinte de Caf'conc' qui cherche à le retenir, il s'élance, il traverse la piste, il charge à poings nus la terre entière.

Une lame siffle à ses oreilles, se plante derrière lui. Sans interrompre sa course, il riposte par deux coups de feu, brisant la charge des deux marlous les plus proches. Le bras inerte et taché de sang, ils reculent. Ils cèdent le terrain, ouvrant la voie vers l'escalier.

Tarpagnan s'y engouffre. Il grimpe quatre à quatre.

A mi-chemin une armée de mains s'est emparée de lui. Les parements déchirés de sa veste sont pendants, sa chemise lacérée s'est ouverte sur son torse zébré d'une estafilade. Il succombe sous une averse de coups. Son revolver lui échappe sans qu'il s'en soit servi à nouveau. La meute le plaque au sol.

D'un geste, la Joncaille arrête ses chiens.

— Voyez vous-même où nous en sommes rendus, monsieur l'officier, dit-il à Tarpagnan avec une fausse commisération.

Le cauchemar est descendu dans la salle. Amélie la Gale cache son visage entre ses mains. Un barbillon s'avance au-devant elle. C'est un vilain museau de fouine avec un foulard rouge et des talons pour se hausser. Il tient la nuque haute, les yeux rapprochés. Ici, on le surnomme le Ventriloque. Avec une rigidité de tire-botte, par deux fois, il la gifle à la volée. La tête de la petite valse. Elle s'abat comme une toupie folle.

— Voilà pour ton acompte, dit le vilain gaspard. Le reste de l'avoine est pour après.

Il s'arrête devant Céleste qui vient de marmonner quelque chose entre ses dents. Il pose sur elle ses yeux obscurs, lève sa lame incandescente jusqu'à sa joue :

— Taupin vaut marotte, gronde-t-il. La prochaine fois, je te marque !

Voilà. A l'Œil de Verre, tout est rangé comme avant. Domptés par la violence, les êtres, les choses, se mettent en place et s'accordent aux exigences de la voix venue d'en haut.

— Amenez-moi la fille.

La Pucci, avec les bras mous, le teint de cire d'une poupée morte, se laisse entraîner par deux surineurs jusqu'aux pieds de la Joncaille. De toute leur énergie, ils l'obligent à s'agenouiller devant lui.

Le visage inondé de larmes, elle le supplie d'épargner Tarpagnan. Deux assommeurs aux voix injurieuses, aux sourcils noirs, la tête scellée aux omoplates de ce dernier, pèsent de tout leur poids sur les reins moulus du capitaine afin de lui ôter un reste de souffle. Ils le maintiennent au sol. Un bras retourné derrière le dos, face contre le parquet, Antoine grimace de douleur. Un guiche de dix-huit ans à peine, un jeune homme aux mains blanches, à l'accroche-cœur, un adonis des musettes qui fait depuis peu partie de la bande, s'avance en souriant. Il pose sa chaussure boueuse sur la joue du vaincu. Il montre à la salle qu'il pourrait lui écraser la tête.

— Je t'en prie, l'Ecureuil, hurle Gabriella, ne lui fais pas de mal !

Et s'adressant à Trocard :

— Je ferai ce que tu veux, Edmond ! s'humilie-t-elle. Je vendrai mon corps ! Je rachèterai ma folie !

Elle lève vers lui des mains implorantes.

La Joncaille ne répond pas à ce geste de soumission. Il savoure le silence dans lequel il s'enferme mystérieusement.

Il sourit.

Il s'avance jusqu'à la première marche de l'escalier et ramasse le revolver du capitaine. Il en fait tourner le barillet. Il en vérifie le chargement.

— Il reste trois balles, fait-il observer d'une voix anodine.

Il gratifie son rival d'un regard teinté d'ironie capricieuse. Il laisse planer un doute intolérable sur ses intentions.

— Je me demande quelle folie est la vôtre, monsieur Tarpagnan, dit-il. Et pourquoi cette idée de panache vous chatouille la semelle au point de vous exposer !

Puis avec une grâce de gros chat, il lui tourne le dos et se rend jusqu'à la silhouette tassée de la jeune femme dont l'échine, vibrante de sanglots, tressaute.

Il fixe la crinière sauvage de la Pucci. Avec une sorte de tendresse teintée de curiosité il écarte les mèches de la pointe du canon. Il met à nu le sillon laiteux de sa nuque et en caresse rêveusement le duvet avec l'acier bleuté du revolver.

— La beauté, dit-il avec amertume. La perfide beauté ! L'éphémère, la trompeuse beauté !

Gabriella lève la tête. Elle tourne vers son tourmenteur des yeux baignés de larmes. Ses lèvres se révulsent en un tic nerveux.

Une lumière surnaturelle baigne son front et illumine sa face d'une expression pathétique.

— Inutile d'essayer sur moi la panoplie de vos artifices, prévient Trocard. Je n'aime plus la peinture de votre joli visage, ma chère enfant, ajoute-t-il dans un élan soudain de vérité. Je vous aimais passionnément, figurez-vous, et seule mon adoration ardente pour vous me délivrait des odieux travaux du jour. Enfermé dans la réalité sordide de mon rôle de grand entrepreneur des crimes, j'avais tout misé sur votre beauté sauvage. J'écoutais vos chansons, j'oubliais le sombre. J'épiais votre beauté, vos yeux immobiles et lourds qui couvaient mon sommeil agité. Tout ce sang ! Tous ces crimes ! Je vous aimais comme une renaissance ! J'aimais votre rire, la cruauté de vos dents ! En vous regardant ce soir, je ne retrouve que duplicité, je ne vois que mensonge ! Et puisque vous n'avez pas su me donner votre amour, au moins, sachez me donner votre haine !

Vif comme la poudre, il change de caractère. Il se transforme à vue en un autocrate détaché des basses besognes. Il se tourne vers ses lieutenants. Il règle la situation en trois claquements de doigts. Des flammes dans les yeux, il rameute ses courtiers de chair humaine, il ordonne avec des paroles hideuses :

— Saint-Lago ! l'Ecureuil, bel Auguste ! emmenez-la à Saint-Denis, à Clichy, à Saint-Ouen, où vous voudrez ! je ne veux jamais connaître le lieu de ma vengeance ! Jetez-la à l'abattage ! Au cabinet noir ! Que cinquante verges labourent son ventre chaque jour ! Que cinquante véroles essaiment dans ses flancs ! Qu'elle s'évanouisse sous le poids des hommes ! Et qu'elle soit sauvagement frappée chaque fois que revient l'aurore !

— Comptez sur moi, s'éclaire Saint-Lago, chaque matin de lumière, je lui ficherai sa cinglée !

Edmond la Joncaille défiguré par l'emportement courbe les épaules sous le faix de la cruauté qu'il vient d'engendrer. Sans ciller, il regarde les souteneurs porter la main sur celle qu'il a follement aimée.

Un cri de bête fauve force la racaille à se retourner. Les mangeurs de blanc s'immobilisent. Ils contiennent à grand-peine l'Italienne qui se débat pour leur échapper.

Au prix d'une énergie surnaturelle, le Gascon vient de se soustraire à la poigne de ceux qui le maintenaient plaqué contre les marches.

Il s'est redressé. Ses joues tuméfiées portent les stigmates d'une rougeur de fièvre. Il fait deux pas en direction de Trocard.

— Montre-nous la suite de ton grand courage, Edmond Trocard, s'écrie-t-il, et tue-moi devant tous !

La fureur, la douleur de l'ex-capitaine sont si vives, si effroyables, que sa voix est devenue rauque. Son corps tendu à l'extrême est secoué d'un hoquet de nerfs. Ses dents grincent malgré lui. Les veines de son cou se gonflent d'une tension bleue. Seul et désarmé, il affronte son bourreau qui tourne vers lui la bouche de son propre revolver et menace d'en faire usage.

Les deux hommes se mesurent en un échange de regards lourds de menaces et de haine.

Tarpagnan hurle à nouveau :

— Fais au plus propre, qu'au moins, on en finisse !

Le temps des assassins

— Vous n'y êtes pas, monsieur l'officier, rétorque Trocard d'une voix égale. Tout rentre dans l'ordre, ajoute-t-il tranquillement. Mlle Pucci qui était de mes proches se place à nouveau sous ma protection. Elle se rend à ma ferme invitation et me confie sa vie. Je la lui reprends à ma manière. J'en garde l'usufruit. Je lui promets que rien ne sera tenté contre vous jusqu'à ce que vous passiez cette porte.

A demi évanouie, soutenue par Saint-Lago et le bel Auguste qui l'entraînent à nouveau vers sa destinée de paillasse humaine, Gabriella Pucci se détourne. Elle jette par-dessus son épaule un bouleversant coup d'œil vers Trocard.

— Edmond, supplie-t-elle en englobant Tarpagnan dans son dernier regard, me promets-tu sa sauvegarde ?

La Joncaille s'éclaire d'un sourire fielleux.

— S'il sait courir vite et éviter les eaux profondes, cet homme est robuste, il peut espérer survivre. Vous êtes libre, monsieur le communard !

Tarpagnan se cabre aussitôt.

— Que je m'en aille ? dit-il abasourdi.

— Comme vous êtes venu ! Moi, j'ai recouvré mon bien. Vous, vous retournez à vos anciennes espérances.

— C'est le pire des enfers.

— C'est celui que vous méritez !

44

Les chevaliers du bidet

— Droit devant ! Tu peux pas te tromper !

Ils viennent de le relâcher. Ils viennent de le remettre dans le vivier de la nuit. Quatre paires de mains qui l'ont envoyé s'étaler au milieu de la cour encombrée d'ivrognes allongés à même le sol.

— Droit devant ! réitère l'un des chacals. C'est le meilleur chemin pour affronter une mort rapide !

— L'Ecureuil a raison ! confirme un individu armé d'un couteau. Col-de-Zinc frappe au cœur. Il ne te ratera pas !

— Moi j'te conseillerais plutôt d'avancer sur ta gauche, nuance la voix moqueuse du troisième homme.

— Ta gueule, Coupe-en-Deux ! s'énerve le premier. A gauche, tu l'envoies à sa perte ! Caracole est un mangeur de pain rouge, m'sieu. La vue du raisiné l'affole et c'est d'un autre vice !

Comme un cheval harassé, Tarpagnan reste étalé sur la terre froide. Il écoute ces âmes charitables arranger son avenir. Il a gardé le souvenir ineffaçable de l'expression de terreur apparue sur le visage de Gabriella tandis que ses tortionnaires l'emmenaient vers son destin de serpillière publique et il se doute bien que son futur n'est guère plus enviable.

— Il n'a plus de ressort, constate l'Ecureuil.

— Assez de lariflas ! Donne-lui à boire un coup d'bleu, Cuir-de-Brouette, et qu'il aille se faire lingrer ailleurs !

La brute qui répond au sobriquet de Cuir-de-Brouette force le goulot d'un flacon entre les lèvres d'Antoine. Ce dernier boit à longs traits. La piquette au goût suret évoque le fond de barrique et tapisse sa gorge comme une brûlure.

— Tes affaires sont faites ! dit l'homme en reprenant sa gourde. Autant qu't'en finisses !

— Partout, les buteurs t'attendent dans l'épais d'la nuit ! échote Coupe-en-Deux. Tu peux pas les manquer !

— Saute sur tes pieds et détale !

On le hisse sur ses jambes. On le pousse vers l'obscurité. Les invectives retentissent de plus en plus fort.

— Tu vas voir comme ça fait mal quand ça pique !

— Houououu, haaaa ! Drra drra ! Vas-y !

Les dos d'azur poussent des cris de veneurs.

— Cours devant !

— Tricote !

— Bonne trace !

— Traaa, trraaa !

L'Ecureuil sort un pistolet de ses basques et tire un coup de feu en l'air pour donner le départ de la chasse.

Tarpagnan s'élance soudain. Abandonnant le cercle des derniers bambocheurs qui louchent de la jambe autour de lui et vident leur bouteille avant de s'abattre, les mollets rompus, dans un quelconque fourré, il se met à courir, prêt à affronter au détour de chaque buisson les assassins qui vont le frapper à mort.

Les vilains gueulards hurlent toujours dans son dos, clabaudent comme des animaux puants. Emplissent l'air des éclats de leurs paris.

— Dix francs sur le lièvre !

— Cinquante sur Caracole !

— Je mets tout sur Jaccal !

Le temps des assassins 193

Tarpagnan détale devant lui. Il échappe à leur vue.

Ils lui souhaitent bonne mort puis la porte de la taverne se referme sur leur ricanement général, des éclats de voix étouffés parviennent jusqu'au fuyard et, peu après, la musique s'élance. La fête reprend son cours. Les violons s'émiettent dans le lointain.

Tarpagnan reste seul avec le feu de ses yeux.

Sous son envie passionnée de vivre perce un découragement terrible. Comment peut-il espérer passer au travers des filets d'une bande de chourineurs connaissant parfaitement le terrain ?

Il cherche à s'orienter.

Il pense que l'écurie est inatteignable, qu'il doit renoncer à la monture des deux soldats et que le seul salut possible consiste à gagner le chemin de halage et à repasser le bief.

— J'y arriverai, se persuade-t-il.

Pour se donner du cœur, il pense à Paris où se joue le destin du pays. A ses nouveaux amis. Aux régiments de patriotes qui se forment. A la révolution qui l'attend.

— J'y arriverai, répète-t-il.

Et comme pour boucher la grande désillusion de sa vie amoureuse, il pense si j'atteins Paris sain et sauf, j'irai sur les barricades, j'offrirai ma vie inutile à la fraternité en danger ! J'irai respirer la poudre au milieu des communeux !

Soudain, il trébuche contre la margelle de la fontaine de roche.

Il plonge ses mains dans l'eau froide et s'asperge le visage quand un toussotement l'avertit de la présence de quelqu'un dans les parages.

Il se redresse. Il entend des pas fouler l'herbe et son regard exprime la même résolution impuissante que celle d'un renard chassé par des chiens. Il se met en garde prêt à affronter ses adversaires à poings nus et à vendre chèrement sa vie.

Il distingue une ombre qui s'avance vers lui. A l'instant même, une voix familière le hèle depuis l'épaisseur de la nuit.

— Hep ! Sur seize ! C'est moi, fiston !

Aussitôt, sur le visage à la pâleur mortelle du Gascon se dessine un sourire de soulagement car il vient de reconnaître l'inimitable Fil-de-Fer.

— La rue Lévisse ! s'émerveille-t-il. Avance à l'ordre ! J'ai bien failli te décoller la tête !

Emile Roussel franchit les derniers pas.

— Réserve ta bûchée pour un autre que moi, citoyen capitaine ! s'enroue-t-il.

Et avec des intonations de conspirateur :

— Ne va surtout pas du côté de la remise, c'est là que le gros de la troupe t'attend... Continue plutôt le long du canal. Prends ta chance avec le brouillard et moi, je vais essayer d'attirer ceux qui rôdent un peu partout et de les rabattre de mon côté...

Séance tenante, le petit poitrinaire se met à seriner des appels vraiment sinistres. Des hurlements de gosier étranglé. Il appelle au secours. Il cocoricote de toute la force de sa trachée artère fossilisée par le gypse. Il gueule qu'il a vu le gibier et qu'il se trouve auprès des charmilles.

— As-tu perdu la tête ?

— Nenni, tu penses bien ! J'ai plus d'une clé bénarde à mon trousseau ! chuchote l'as de la serrurerie.

Séance tenante, il se jette à quatre pattes aux pieds de Tarpagnan.

— Ecrase-moi le blair, capitaine ! ordonne-t-il. Frappe-moi que je saigne ! Allez, valse ! Un grand coup de latte dans le priseur ! Vite ! Crelotte, n'hésite pas à me savater ! Que je saigne comme il faut ! Chaque seconde est précieuse !

Tarpagnan reste incrédule.

— Pourquoi risquer ta vie ?

— Pour te donner une crâne idée de l'homme ! rétorque l'artiste du passe-partout. Pour le souvenir du 18 mars, si tu veux savoir !

Il froisse sa bouche sous son nez en une mimique dont il a le secret. Il ajoute :

— Parce que tu seras plus utile sur une barricade qu'au fond d'un puits ! Parce que, tu me fournis l'occasion de quitter les arcans et de rejoindre Louise Michel !

Tarpagnan semble encore hésiter sur le parti à prendre.

— Grouille ! Y s'passera pas des siècles avant qu'ils soient là ! le presse Fil-de-Fer à mots redoublés. J'entends un galop ! Débine daredare que je puisse dire que tu m'as estourbi et qu't'es parti dans la verdure !

Aussitôt un magistral plat d'empeigne s'écrase sur le nez du petit tubard. La muqueuse éclate, la lèvre se fend. Une gourmandise de sang vermeil sirote autour de ses gencives.

— Aïe aïe aïe ! s'écrie-t-il de bonne foi. Aïe, aïe, aïe ! gémit-il encore, mince coup de savate ! j'vais bouder aux dominos ! Au moins deux dents de d'vant qui manquent ! Merci pas, mon capitaine !

Tarpagnan se jette dans la nuit. Il court dans la direction de la palissade. Il la franchit d'un bond. Dans le lointain, il entend encore les appels au secours d'Emile, mêlés à des quintes de toux – un chant rentré et caverneux proche de la suffocation.

Tout en courant, le Gascon cherche à percer l'obscurité. Il n'y voit guère mieux qu'au travers d'un cul de bouteille. De temps à autre, il s'arrête. Il scrute l'invisible. Il ausculte le lugubre silence avec un rictus de doute.

Il a ramassé la canne ferrée d'un blousier endormi et le recours à cette arme improvisée lui fait aussitôt regretter d'avoir abandonné chez Mirecourt le makhila du notaire aux yeux gris.

Hitzā Hitz!

L'image fugace de Jeanne la morte – de Jeanne la suppliciée, l'éventrée, l'humiliée, – traverse soudain son esprit. Dans sa fièvre du moment, il entrevoit d'autres images hallucinées. Son imagination désordonnée lui communique la vision d'une cohorte immobile, d'une longue file d'hommes aux jambes nues, aux dents gâtées, aux ventres proéminents attendant leur part de plaisir à six sous devant le lit de Gabriella Pucci.

Jeanne la morte et Gabriella la putain, deux corps de femmes, deux souillures. Un violent dégoût s'empare de lui.

Il s'arrête.

La nausée tord son estomac. Un spasme le force à rendre sur le bord du chemin. Il vomit. Ecume et bile.

Ses yeux expriment une profonde souffrance et son destin lui récite la même malédiction qu'autrefois. Penché sur l'herbe, le souffle coupé, il voit les yeux gris de Charles Bassicoussé. Il entend l'anathème derrière ses épaules. Il perçoit aujourd'hui comme hier la voix du blasphémateur lui prédire le purin, la fange, chaque fois qu'il approchera le bonheur le plus pur.

Il reprend sa course aveugle.

En approchant de l'Ourcq, le brouillard se met de la partie.

Insensible à la douleur de ses chevilles malmenées au passage des fondrières, inconscient du marteau de son sang qui cogne et désordonne à ses tempes, il active les bielles de ses jambes, il tend les bras devant lui pour écarter les buissons, pareils à des fantômes. Les mains écorchées, les habits déchirés, il poursuit sa fuite en somnambule, en possédé, avec la pensée terrible que le premier coup de poignard pourrait aussi bien lui percer le dos que lui écorcher la face.

Tarpagnan court.

Il habite un trou glacé. Il court, il s'époumone.

Au travers de ses cheveux mouillés par la transpiration, il pressent la proximité des eaux noires. Le canal! Il ne doit pas manquer la passerelle sur l'écluse. Il cherche à percer la trame laiteuse de la nuit avec une nouvelle attention.

Le brouillard s'est épaissi.

Il s'arrête.

Où sont-ils ? Où sont les assassins ? Quand surgiront-ils des plis de ce voilage obscur ?

Sous le faix de l'angoisse, les images sacrilèges reviennent. Elles brouillent son attention. Elles suppléent à sa perception du moment, elles l'occultent. Ses yeux s'agrandissent sur le cauchemar que lui propose son imagination enflammée. Son front se couvre de sueur. Il balbutie, il bredouille d'une voix rauque : « Oh, mon destin deux fois maudit ! » Ses yeux cherchent la vérité de ce qu'il fuit. Il voit, il distingue des murs suintants, un grabat entouré par des chambres voisines d'où montent des râles et des soupirs. Des imprécations et des raclements de gorge. Sous ses yeux, se déroule l'inacceptable. Le corps admirable de la Pucci fait le pont, arqué sous la charge nauséabonde d'un débris humain qui l'injurie et la frappe avant de s'installer en elle. Et après ce miché de carton qui était laid et bedonnant, un autre loqueteux, un ivrogne, s'est couché entre ses jambes. A six sous la passe, il la possède en poussant des cris d'enfant affamé. Il la sert à plat couvert, il étend sur elle son long corps décharné, il agite des fesses blanches ornées des marques d'un pot de chambre. A l'abattage ! A l'abattage ! Cinquante hommes aux grosses mains rouges, aux ongles noirs, attendent leur tour. Bouffis d'ivresse. Pas lavés de six jours. Et ainsi va l'exaltation de l'indicible : souillure après souillure, bave après sperme, sang après suint, l'ignominie s'accumule. Elle corrompt la beauté, elle dissout toute grâce, toute pureté, dans l'ignoble lessive des hommes.

Tarpagnan pousse un gémissement. Peut-on souffrir davantage ? Où est l'enfer ? Peut-on envisager un sort plus malheureux, plus injuste, plus barbare que celui auquel est vouée l'infortunée jeune femme ?

— Je les tuerai ! Je les tuerais tous ! murmure l'ancien capitaine. Je n'ai plus peur. Je n'ai plus peur pour moi-même !

Il se remet en marche. Il continue sur son élan sans même remarquer qu'il vient d'aborder le chemin de halage.

Dans une sorte de délire, il crie, il se démasque, il s'expose à la mort :

— Je suis là ! Venez me prendre !

En arrivant à hauteur de l'écluse, il entrevoit des silhouettes estompées, une lanterne. Trois étirements noirs vite grisés par les nuées de brume suspendues au-dessus du sol.

Trois gredins. Dissous. Irréels. Rêvés, pour ainsi dire.

Là. Devant. Il les repère à nouveau.

A dix mètres à peine. Ils cherchent. Ils flairent. Ils s'écartent. Ils halètent. Ils battent les herbes mouillées.

— J'ai entendu sa voix, te dis-je ! glapit l'un d'eux.

— Trouvez-moi ce pante, que je le dégringole ! s'exaspère le jappement d'un autre.

Le temps des assassins

A nouveau, les ombres s'estompent. Un silence humide, puis Antoine entend se rapprocher un froissement de joncs. Il ne fait rien pour se soustraire à la rencontre.

Et soudain, ils sont là! Ils sont autour de lui. Antoine est presque délivré. Il retrouve ses moyens. L'action lui sied à merveille. Il jaillit comme un ressort. Il marche au-devant d'eux sans louvoyer.

Son bâton devant lui, d'un élan hardi qui va à l'encontre de toute prudence, il franchit l'espace libre. Il choisit d'avancer sur Col-de-Zinc. Il se souvient des commentaires de l'Ecureuil. Parmi les chourineurs, c'est celui qui est le plus franc avec sa lame. De ce côté-là du moins, l'homme ne biaisera pas son attaque.

Le héros de Puebla charge avec un cri rageur. Il ne quitte pas des yeux la main qui tient le couteau, un grand eustache en acier bleu, affûté pour piquer. Sans discontinuer sa progression qui surprend ses adversaires, il feinte d'estoc au visage, il taille de toutes ses forces sur le bras du tueur. Le bâton s'abat sur le poignet et rompt les os.

Col-de-Zinc pousse un cri bref et douloureux, il laisse échapper son grand lingre et s'enfuit, abandonnant le terrain, mais déjà le bretteur au gourdin qui sait qu'on est derrière lui pour le larder dans les côtes fait volte-face en portant un terrible moulinet. Son coup de tampon fait siffler l'air et frappe à la volée Jaccal en pleine tempe. L'homme s'abat sans un souffle.

Tarpagnan se tourne vers Caracole.

Le rouquin à la cicatrice qui rit est ramassé sur lui-même. Son pas dansant de surineur le fait évoluer en arc de cercle. Il est mobile sur ses jambes arquées. Prêt à piquer à tout instant. Prêt aussi à se replier, préférant rompre pour mieux revenir.

De temps en temps, il se redresse. Il fait mine de s'exposer. Il incite l'adversaire à venir le chercher. Ou alors, d'une simple détente du jarret, le vilain bonhomme à tête de cheval se projette en avant. Une incursion brève et terriblement rapide. Le tranchet jaillit, pointe en avant. Hop! Aussitôt, le chourineur se replie. Sa lame est passée près du visage de l'adversaire.

Et ainsi va la danse de mort pendant une longue minute, les deux hommes s'observent. Léon Chauvelot sans cesse revient dans le calme de la demi-nuit comme un fauve qui aime le noir des cavernes. D'un coup, il s'estompe : c'est pour mieux resurgir.

Ou bien, entre ses dents serrées, il laisse filer des bribes de phrases faites pour affoler l'adversaire.

— Gare à la sauce, capiston-trois-ficelles! Après c'tour de polka, on va passer à du plus sérieux...

Il avance. Deux entrechats. Il a l'air de se relâcher. Mais vite, il double le pas, très vite. La pointe de son long couteau sinueux festonne l'air d'une cabiole imprévue. Le fil de la navaja entame la chair du bras de Tarpagnan qui aussitôt recule.

— *Bioutifoul!* s'exclame l'ancien forçat en retrouvant son anglais à la vue du sang vermeil. *Red and beautiful!*

De sa main libre, il caresse les quatre poils de ses favoris roux. Il prend du recul. Il le fait « à l'artiste ». Il affûte son regard pour mieux revenir sur le motif.

Avec un appétit nouveau, il dit :

— Du sang qui rutile! Ah, j'en veux encore! *Blood! Red blood!*

Et la ronde reprend.

D'un geste sûr et précis, il change son couteau de main et s'étire. Cette fois, la lame esquive le bâton qui s'abat dans le vide et entame l'épaule de l'officier.

— *Blood again!* s'écrie le fagot.

L'esprit obsédé par sa soif de revanche sur celui qui l'a humilié, il volte.

Il veut tuer à petit feu.

Il tourne autour de sa proie.

A l'improviste, il lui délivre une nouvelle estafilade le long des côtes.

D'un bond en arrière, Tarpagnan s'est mis à l'abri. Cheveux-Rouges le regarde avec des yeux hallucinés. Il fixe le sang qui a goutté le long du bras de son adversaire.

Il rajuste sa deffe de marinier qui lui mange le front.

Les yeux dangereux, il ricane :

— J'suis ton guignon, j'te l'avais dit! Et j'vais t'larder!

Abandonnant toute précaution, il se lance en avant. Il risque une nouvelle attaque.

Antoine pare et mouline un coup qui atteint le voyou à la pomme d'Adam. Caracole pâlit sous la morsure de la douleur et rentre dans sa grotte de nuit.

— Pardon pour l'imprudence, s'excuse le voyou. Tu m'as fait perdre la carte... raisonne-t-il. La vue du raisiné qui fait ça... Ça ne se reproduira plus...

Il tombe à nouveau en garde. Plus prudént, il redevient plus dangereux. Plus sinueux.

— J'vais t'découper en lanières, tu vas voir...

Par deux fois, il feinte et, réussissant ses tours d'anguille, passe sous le bras armé de Tarpagnan. Il réussit à porter une estafilade et puis s'efface.

— Chevalier du bidet, tu t'rappelles? demande-t-il en tournant autour de son adversaire, en s'excitant, le visage enfiévré, les yeux brillants.

En deux temps, il se fend à nouveau.

— Han! Han! Regarde bien! Tâte le fer! Je touche! Et ce coup-ci? Han! *What do you say?* C'est pas d'un frotteur d'ail, avoue! Et çui-là! Han, han! *Not bad at all, what do you say?* Encore deux trois tours de rasoir et je t'envoie au tapis, mon glorieux soldat!

Mais soudain, le pallas du surineur tourne court dans sa gorge, il tient la bouche ouverte de surprise et n'en dira jamais plus.

Un poing lourd comme un marteau-pilon vient de s'abattre de très haut sur son crâne. Une bûchée de plomb pour ainsi dire, délivrée à la stricte verticale de l'occiput. Une flanchée à dégommer un bœuf.

Caracole flageole sur ses jarrets, esquisse deux pas de côté et fixe l'entrée du paradis. Il entrevoit une allée obscure, bien ratissée, deux trois joueurs de cartes perdus de vue depuis longtemps, – de très vieux camarades vidés de leur sang – il court sans mains au milieu d'un envol d'oiseaux blancs et, la vue troublée par un rideau de flammes, englouti par la commotion, tombe le nez devant – juste aux pieds de Tarpagnan.

Aussitôt, la silhouette d'une montagne se dresse dans le brouillard.

Tarpagnan, stupéfait, voit Raoul Biloquet s'avancer vers lui.

L'athlète de foire masse son poing endolori.

Le front bas, l'œil petit, toujours vêtu de son seul caleçon de lutteur orné d'un bouquet de violettes, il dévisage l'officier sans rien dire.

— Merci de m'avoir sauvé d'une mort certaine, murmure Antoine se décidant à rompre le silence.

Mais Biloquet ne répond pas. Il continue à fixer le Gascon d'un air hébété. De son battoir gigantesque, il frotte la périphérie de son crâne rasé comme pour en réactiver la circulation sanguine. Il semble incapable de comprendre ce qu'il vient de faire. Plutôt que d'aborder le meurtre de Caracole, il préfère remonter aux événements d'un passé récent. Il y puise une tristesse hargneuse et, brandissant un index vengeur en direction de Tarpagnan, lâche entre ses dents :

— Tout de même! j'ai bien failli vous dévisser le trognon quand je vous ai vu embrasser mademoiselle Caf'conc'! Vot'conduite était pas conforme! C'est pour ça, moi, bourrique, que j'ai donné l'alerte! Ah! Si j'avais su les conséquences! Le boss dans tous ses états! le bel Auguste qui entraînait *Mademoiselle* vers les bouics vénériens! – vous pensez bien que je n'aurais pas oublié de réfléchir! Et pourtant, c'est ce qui est arrivé, Marbuche!

Il se frappe le sommet du crâne avec désespoir. Il serre douloureusement son poing énorme et ânonne pour lui-même :

— Ah, Marbuche! Marbuche! Mademoiselle Caf'conc' te disait

toujours qu'il faut réfléchir, Marbuche. Elle disait Marbuche, tête de bûche !

Et levant les yeux sur son vis-à-vis :

— Je vous redis mot pour mot ce qu'elle me disait, m'sieu. Ça, et bien d'autres choses encore dont je ne me souviens pas pour le moment...

Il fronce les sourcils. Les idées généreuses qu'il souhaiterait exprimer restent prisonnières de la gangue de son esprit fêlé.

Il se tait. Il rumine.

Après une lutte terrible contre son entendement à la lenteur exaspérante, il abaisse ses yeux inexpressifs sur le cadavre de Caracole. Il repousse du pied le corps étendu du voyou dont la présence lui est une gêne, un reproche, on peut dire, et, dans l'attente d'un remords qui tarde à venir, tente d'expliciter son geste meurtrier.

— Mademoiselle Caf'conc' a toujours été bonne pour Marbuche, répète-t-il avec persévérance. Elle savait lui parler doucement du bonheur. C'est un art, monsieur, de faire naître le bonheur chez une personne où il n'y en a jamais eu...

Le colosse s'interrompt et rêvasse à ce point capital de son existence.

Pas de bonheur. Ou pour ainsi dire jamais. Un père dompteur, ivrogne et caucasien – mutilé par les fauves. Une mère de louage, une Mandchoue contorsionniste – morte sur les tréteaux. Des années à trimer dans un cirque. Beaucoup de coups sur la tête. Il fallait gagner son pain. Il s'agissait de résister à la ladrerie des uns, à la brutalité des autres. Sous le chapiteau, l'ours blanc, ce naufragé du Nord, avait été le modèle de Marbuche. Comme lui, il était fort. Comme lui, il écartait les barreaux, il aplatissait les hommes, et comme lui aussi, il cassait ses dents sur le pain rassis.

Le géant caresse son bouquet de violettes. Avec une lenteur d'escargot, une idée chemine au fond de sa cervelle et s'enlise à hauteur du sillon de Rolando.

Pris de court par son incapacité à la retrouver, l'athlète de foire rajuste la bretelle unique de son maillot couleur chair.

— Mademoiselle Caf'conc' lui donnait des fleurs, reprend-il en parlant de lui-même. Elle caressait la tête de Marbuche. Elle calmait sa migraine en soufflant sur son front. Elle lui chantait *Un baiser dans les blés*. C'était parfois très agréable de s'endormir la joue posée sur ses genoux.

Et le géant souriant soudain, comme si le brouillard opaque se déchirait devant ses yeux de porcelaine et lui ouvrait la voie vers un sentier ensoleillé, s'écrie :

— Vous savez, monsieur, Mademoiselle Gabrielle peut résister à la luxure obligée ! Même au mal vénérien ! Elle a la force pour ça ! Elle endormira son corps. Elle ne verra pas passer la laideur ! C'est une dame forte et intelligente. Une brave et belle personne. Il faut que nous la cherchions partout ! Il faut la délivrer !

Avec des gestes simples de nettoyeur de parc, le colosse soulève le corps étendu de Caracole. Il le charge sur ses épaules et d'un pas de jardinier qui se rend au compost s'en va balancer sa dépouille dans les eaux sombres du canal. Il revient déjà en s'essuyant les mains.

Haut et large comme une colline de Mandchourie, il se campe devant Tarpagnan. Il s'enferme dans un silence de rocher et verse une larme.

— Marbuche aimait Mademoiselle Caf'conc' comme un enfant, dit-il et pour démontrer davantage la vérité de ses paroles, il ajoute après un triomphant effort pour vaincre l'inertie de son cerveau : Le bruit de sa robe, monsieur, faisait de Marbuche un enfant.

Après quoi, sans plus d'explication sur son comportement, l'hercule aux muscles roulants enferme la main d'Antoine dans son battoir énorme. Avec une tendresse rudimentaire, il lui fait signe de marcher à ses côtés.

— Viens, Tarpagnan, exige-t-il en entraînant le Gascon derrière lui aussi commodément qu'un fétu. Viens avant que j'oublie des choses importantes !

— Qu'est-ce qui te prend ? Où vas-tu ?

— Nous partons pour Paris. Nous allons devant nous. Nous marchons jusqu'au jour. Nous allons jusqu'à ma verdine.

— Où est-elle ?

— A la foire de Montmartre. C'est un bon endroit pour réfléchir.

— Pourquoi devrais-je t'accompagner ?

— Parce que Marbuche a décidé que tu ne le quittais plus. Parce que Mademoiselle Pucci disait que *l'amour nous reste* !

Et sermonnant son compagnon avec une exigence pathétique :

— Parce que Marbuche et Tarpagnan sont riches du même amour ! Parce qu'ils sont désormais une seule et même personne ! Parce qu'ensemble ils vont retrouver celle qui chante et qui nous aime !

— Comment nous y prendrons-nous ?

— Toi tu réfléchiras. Et moi, je cognerai !

— Paris regorge de bordels !

— Nous les ferons tous.

— Au moins, lâche-moi la main !

— Tringle ! tu te sauverais ! Marbuche aurait perdu *la personne* faite pour réfléchir.

— Desserre au moins mes doigts !

Au contraire, l'autre les lui broie davantage.

Les mâchoires serrées, il se raccroche à l'idée fixe et insoutenable qui vient de le traverser. Il pourrait perdre son nouvel ami. Sa nouvelle cervelle. Et il serait un enfant seul.

— Et après, Marbuche aurait mal à la tête! épilogue-t-il en redressant sa haute taille.

Le colosse à nuque d'airain marche à grandes enjambées. Chemin faisant, une seule fois, il se détourne et avec une infinie douceur, une bonté presque douloureuse, il dit entre ses dents :

— Je sais que tu es un excellent homme, Tarpagnan. Aussi est-ce la dernière prière que je t'adresse, la plus sacrée... la plus insistante... ne m'oblige pas à te faire du mal !

QUATRIÈME PARTIE

L'AUBE EXALTÉE

45

Délires, secrets et tempêtes

Depuis qu'Horace Grondin avait franchi le seuil du pagodon de Trois-Clous une litanie de jours maussades avait écoulé son chapelet sans que les habitants du bout de la zone fussent le moins du monde conscients de l'alternance des après-midi ensoleillés mais venteux et de la nuit froide et marécageuse où coassaient les grenouilles.

Hormis le feu qui mangeait la tourbe et les planches avec un appétit brutal, la masure de style chinois était devenue aussi silencieuse que l'intérieur d'un cercueil.

Le poêle ronflait au milieu de la cabane.

Il dégageait une tiédeur vite évaporée par le courant d'air. Il réchauffait à peine la lumière morte des vitres dépolies et ravivait seulement l'étouffante odeur de moisi qui imprégnait toute chose.

Pendant ce cauchemar à la durée incertaine dont chaque minute était entièrement vouée à la bataille livrée pour conserver en vie l'étranger, la Chouette n'avait pas failli à sa tâche et son existence tout entière avait pris des allures de célébration muette.

Au moindre râle, à la plus infime plainte de son patient, au moindre signe, elle frémissait. Au seul clignement de son œil gris qui, du fond des ténèbres, l'appelait comme une invite, elle se rendait en courant.

Avec le dévouement d'une bête exténuée mais fidèle, elle lui prodiguait ses soins. Sous l'empreinte de son regard fixe et singulier, elle renouvelait ses pansements. Elle le massait de nouveaux onguents, préparait une tisane fébrifuge. Pour atténuer ses douleurs, elle desserrait avec douceur et compétence ses lèvres. Elle instillait entre ses dents un peu de sirop de morphine dérobé à Trois-Clous, une médecine occasionnelle dont le vieux usait « lorsqu'il voulait aller en Chine ».

Entre Grondin et la laide, bien qu'aucun mot ne fût jamais prononcé, était née une curieuse amitié, empreinte de mystère. La Chouette, dont tous les sentiments ressemblaient à l'amour, mais qui dans ce domaine obscur des fissures intimes se savait disqualifiée par sa hideur de gargouille, profitait en cachette du bonheur suraigu, idéal et charnel que lui procurait la fréquentation de son protégé à la peau froide et s'octroyait – me croira-t-on? – de coupables plaisirs, d'obscures défaillances.

Elle risquait tout dès qu'elle était à l'abri des regards.

Elle était prête à oser les gestes les plus hardis, les actes les plus inexplicables, prête à braver les interdits, à bafouer la fidélité vouée à son homme pour simplement retrouver l'espace d'un instant l'étrange et coupable émoi, l'irrésistible folie qui la traversaient chaque fois qu'elle approchait le grand corps musclé mais vaincu de l'homme à l'œil gris.

Ainsi, à l'heure éteinte où d'imperceptibles clapotements, des frôlements de bestioles sur les toiles goudronnées, de vagues rumeurs de terre mouillée, reléguaient la cabane dans l'eau morte de l'oubli, à l'heure tournoyante où les êtres sont seuls et les consciences brumeuses, elle aimait à s'aventurer jusqu'au chevet du grand gisant, endormi sur sa couche.

Immobile, elle laissait battre son cœur plein de tendresse, écoutait le vent obsédant qui précédait le jour et, doucement, soulevait la couverture. Elle glissait son avant-bras sous le haillon de cretonne qui faisait office de drap et posait sa main entre les cuisses du blessé.

Cette fête pour elle seule était célébrée sans vice, sans perfidie; elle laissait simplement sa paume inerte habiter de longs instants dans la grotte. L'esprit de la Chouette flottait, comme enveloppé d'un nuage épais.

L'œil du malade, d'un coup, se posait sur elle. Une lutte muette et effroyable commençait. Les loups venaient hurler dans la pensée perdue de la femme immobile. Sa main ne bougeait pas. Elle attendait. Une main sale et crevassée de mille gerçures. Une main qui n'aurait jamais son heure de douceur et de galanterie. Une main d'esclave. De pauvre. De rebutée. Une main née pour l'eau glacée, pour la crasse, pour la chinagre.

Et toujours le mystère allait son train : l'homme à l'œil gris ne disait rien.

Son masque déformé par la douleur, doucement, s'apaisait. Il refermait la paupière. A la lisière du sommeil, il s'abandonnait. La Chouette restait battante de son désir d'aimer et épouvantée par la violence des mots qui lui venaient à la gorge.

Eclairé par la lucarne du poêle, son visage plat prenait la couleur de la flamme. Dressée dans ses hardes, abrutie de ce qui lui arrivait et qu'elle ne comprenait pas, elle dominait le sexe flasque de l'homme qu'elle tenait à sa merci. Elle connaissait chaque pouce de son corps naufragé. Ne faisait-elle pas sa toilette comme on baigne un enfant ?

Dans son obstination exaltée à servir le malade, elle déplaçait sa main avec une tendresse calme et profonde, elle était heureuse de caresser son front, d'avancer ses doigts pour sentir le souffle de son haleine.

Un matin, vers six heures, les grenouilles s'étaient tues, elle referma sa main sur le sexe de l'homme.

46

Rêves de naufrages
et
remontage de culasse mobile

Durant la passée de ces jours obscurs et instinctifs, Alfred Lerouge s'était effacé dans la coulisse. Il formulait des vœux pour que Grondin ne décède pas, qu'il n'aille pas faire la cabriole des refroidis sans parler de son or.

Il s'en remettait à la Chouette pour le conserver dans ce bas monde et comptait sur le savoir-faire de la grande harpe pour le remettre d'équerre.

En attendant mieux, toute velléité de commerce, toute activité de chiffonnerie, toute fourgue, évaluation ou revente de marchandise étaient suspendues ; toute activité domestique, étroitement liée à la santé du « banquier ».

Incapable d'aligner deux idées cohérentes, de s'intéresser à l'extérieur, d'aller même retrouver ses amis de *la Casserole des Biffins*, le vieux mannequin restait prostré devant la table bancale qui embouteillait l'entrée de la pièce principale. Il y chopinait, il y fumait, il y pétait. Il y dormait aussi, la tête posée sur ses bras repliés, l'intelligence emportée par les vapeurs de l'alcool.

Assommé par le fil en quatre, il redevenait marin. Il reprenait la mer. Il s'embarquait pour faire la course. Il retrouvait immanquablement ses rêves de flibuste, ses abordages de fortune, ses voies d'eau par bâbord. Il mettait des chaloupes à la mer, il assistait à l'échouage de son brick sur l'arête des brisants ; il abordait des îles inconnues.

Dans ses repaires caraïbes, au fond des anses sablonneuses, à l'ombre des lataniers, il brassait les doublons et les perles aussi communément qu'on se lave les mains à l'eau claire, il pictonnait du vieux rhum à tout va et arsouillait ses nuits avec des jeannetons en pagnes.

A quelques pas de là, Grondin luttait contre le cercle de la souffrance. De temps à autre, il cherchait une meilleure position sur son grabat. La malodorante paillasse sur laquelle reposait son corps rompu d'ecchymoses et de blessures épousait fort opportunément la forme de son dos et soulageait quelque peu la douleur de ses côtes brisées.

Profitant des moments de répit, il supputait qu'il en avait pour un grand mois avant de recouvrer l'usage de toutes ses facultés. Le plus grave se trouvait du côté de l'abdomen, là où on l'avait lardé. Mais la femme qui le soignait lui avait laissé entendre qu'il avait eu de la chance. La lame avait dérapé sur l'os du bassin, elle n'avait pas touché le foie. Restaient trois plaies superficielles : une dans le gras de l'épaule gauche, la seconde au thorax, la troisième à l'avant-bras qui lui avait tant servi de bouclier pendant la charge des communeux.

Dès qu'il se savait seul et que la Chouette vaquait à ses occupations coutumières, le blessé ouvrait tout grand son œil unique.

Il inclinait la tête et inspectait sa vie minuscule.

De son univers rapproché, il ne distinguait qu'une planche où un alignement de bouts de cigare et de mégots de cigarette avait été mis à sécher par le propriétaire des lieux. Le coin opposé semblait dévolu aux ablutions bien rares des occupants de cette bauge aux relents d'épices et de camphre. Un verre servait de porte-savon, une boîte de conserve tenait lieu de vide-poches, un chromo évoquait une tempête où s'abîmait un trois-mâts en perdition. Une pipe à eau sommeillait dans un recoin.

A part cela, une statue de femme. Un régule exotique. La pièce maîtresse du musée de Trois-Clous. Une danseuse balinaise aux seins nus, avec des paupières étirées comme des truites arc-en-ciel, et des joues verdâtres de patine écaillée, figée dans l'attitude sacrée d'un saisissant mudra.

S'il avait le malheur de se contorsionner davantage pour explorer plus loin son domaine, il arrivait fréquemment au blessé qu'il grima-çât sous la morsure d'une douleur inopinée. Il se battait alors un grand quart d'heure pour restaurer l'équilibre précaire de sa charpente os-seuse et retrouver une meilleure assiette sur le matelas graisseux.

Afin d'atténuer les élancements qui lui poignardaient le thorax à la moindre inspiration et de délivrer son corps des névralgies lanci-nantes, l'ancien forçat se concentrait sur ses forces mentales. En-chaîné chaque nuit à un bat-flanc, le bagne lui avait appris à oublier l'indigence d'un corps malmené par le travail forcé et les fièvres quartes et à trouver asile en ces obscurs endroits du caractère où la do-mination et le souffle de la vengeance prennent le pas sur les tour-ments de l'enveloppe humaine. Grondin, à ce jeu avec le leurre qu'on se fixe afin de mieux ignorer la pointe de cuivre des douleurs, s'y entendait assez à égarer son esprit sur des voies obsessionnelles. Il lui suffisait d'évoquer Tarpagnan pour qu'il s'éloignât de ses tourments de chair. Il lui suffisait de rejoindre par la pensée cet homme qu'il imaginait dans la ville, libre de ses mouvements, empruntant à sa guise des rues sillonnées d'une foule de gens, pour que se forgeât en lui une colère neuve. Pour qu'il retrouvât intacte sa vocation de jus-ticier et qu'il associât à la perspective d'une guérison rapide sa vo-lonté d'instruire et d'élucider, fût-ce avec quinze ans de retard, le crime du Houga.

Agité par un tremblement fiévreux, il formait le vœu que sa haine tenace le conduise à nouveau en travers de la route de celui qu'il te-nait pour l'assassin de sa pupille. Ainsi divaguait-il pendant les heures les plus amères de la nuit, il cherchait, inlassable limier, une solution qui le conduisît à renouer avec la piste perdue.

Ziquet, lui, vaquait à ses occupations ordinaires. Le cul dans la poussière, ses jambes d'araignée jetées de chaque côté de son corps, il se tenait dans le hangar où il dormait ordinairement.

Le têtard s'occupait à séparer les chiffons destinés à l'engrais de ceux qui seraient réservés à l'effilochage. Il achevait en général son travail de tri par du plus délicat. Il manipulait avec adresse les tessons de bouteille qu'il passait à la meule avant de les livrer dans de petits sacs au fabricant dont c'était la spécialité d'utiliser les minuscules fragments pour garnir les feuilles de papier-verre ou les frottoirs pour allumettes.

Une fois mouché dans ses doigts aux ongles mi-deuil, il arrivait au garçon de fumer un crapulos. Il sortait sur le seuil de la grange. Il tirait sur son mauvais cigare comme un vieux rebouiseur. Il jetait un coup d'œil aux autres chiffertons qui partaient en tournée.

Lui, ne sortirait pas avec son hotteriot. Il se tramait d'autres affaires.

Il jetait un coup d'œil du côté de la pagode de Papa Rouille. Tout était immobile sous les planches. A peine si, de temps à autre, la Chouette soulevait la portière en toile de jute. Elle sortait avec une cuvette à la main. Elle jetait de l'eau rougie dans la bouillasse et rentrait en coup de vent dans la bauge. Ses cheveux poissaient autour de sa face de lune.

Ziquet crachait son mégot.

Il le ramassait aussitôt, le recueillait dans une boîte de fer-blanc. Il regardait une dernière fois du côté de la cabane à toits superposés construite autour d'un arbre mort aux branches biscornues. A contre-jour des barreaux de sa cage, il distinguait sous l'auvent la silhouette de Bosco, le cacatoès d'Alfred Lerouge, une vilaine bestiole tout juste bonne à cafter. Il prenait son élan pour chasser d'un coup de pied une carcasse de parapluie qui se prenait dans ses jambes et tournait le dos au tuyau de cheminée qui crachait noir sur le ciel gris.

Le jeune malfrin se disait que « là-bas », les affaires du vieux marin n'avançaient guère ; qu'on n'était pas à la veille d'être rupin et que, question de sortir de la mistoufle, il valait mieux compter sur l'abondance des biens de la terre plutôt que sur des promesses de Pérou faites par un mort au sang de navet.

Le Pérou n'existait pas. Ou alors seulement dans les divagations d'Alfred Lerouge. Ce qui existait bel et bien, c'était la révolution. Il y croyait Ziquet.

En une ou deux occasions, il s'était glissé dans des réunions. Une fois, il avait passé le nez au *Club de la Patrie en danger*. Il avait entendu la harangue d'une ouvrière en tablier bleu. La tête coiffée d'un mouchoir à carreaux noué en marmotte elle avait demandé si la Commune ferait quelque chose « pour que le peuple ne meure pas de faim en travaillant ». Là-dessus, l'orgue avait joué *la Marseillaise* à la façon d'un nouveau cantique, les hommes, les femmes s'étaient dressés pour chanter et ensuite tous les assistants s'étaient embrassés en camarades.

En une autre circonstance, Ziquet avait quitté la cité des Vaches à la fin du jour. Il avait filé à travers champs et friches pour aller entendre parler ceux de l'Internationale. Sous un ciel de suie, il avait traversé des terrains où s'étiolaient de petits arbres sans branches défendus par des lattes hérissées de clous. Tandis qu'il zigzaguait entre les ronciers, les usines puantes, les charniers d'équarrissage et les fumées industrielles, il se demandait s'il atteindrait jamais le lieu de réunion de la section AIT des Batignolles.

Au retour de cette équipée, il était rentré au hangar la tête bourdonnante des résolutions les plus folles. Il s'instruirait ! Il serait un tribun

L'aube exaltée 211

à la bouche pleine de promesses ! Séance tenante, il s'était confectionné un drapeau rouge avec un chiffon et prenant l'âne Bugeaud pour premier auditoire répétait inlassablement : « Je suis un socialiste révolutionnaire ! Je suis un socialiste révolutionnaire ! L'affranchissement des travailleurs doit être l'œuvre des travailleurs ! »

Il aurait tant aimé apprendre à discourir comme Varlin ou à se battre comme Garibaldi.

D'une manière plus prosaïque et parce que Trois-Clous lui avait botté le juste-milieu pour qu'il cessât de dire partout que le Bon Dieu avait fait son temps, Ziquet avait fini par mettre en sourdine la partie visible de ses revendications émancipatrices. Cependant, la semence libertaire avait germé sous la teigne de son crâne ébouriffé. Il allait répétant en tous lieux que la bourgeoisie féodale industrielle avait fait long feu. Que les exploiteurs mordraient la paille.

Ziquet serait soldat prolétaire.

A cet égard, il se sentait tous les courages. Les giroflées et invectives que lui distribuait le vieux (lorsqu'il était poivre, il avait la main lourde) ne changeaient rien à l'affaire. Le têtard se voyait déjà en train de gagner ses galons de caporal sur une barricade de la porte d'Asnières ; moins reluisants, il échafaudait aussi des plans de pillage et de cambriole et s'imaginait volontiers occupé à truffer pendant ses heures de loisir la vaisselle et l'argenterie dans les immeubles abandonnés par les gros bourgeois péteux du boulevard de Courcelles.

Dans l'éventualité de son départ vers les armées du peuple, Ziquet s'était mis un chassepot de côté, un bâton creux bien astiqué, avec son sabre-baïonnette et quelques balles pour le servir. C'était son secret. Il envisageait de vivre sa propre expérience et de quitter la chine pour le patriotisme. L'arme se trouvait sous les peaux de lapin. De temps en temps il allait la graisser.

Il possédait aussi un livre édité par Ardant et Thibaut à Limoges. Il l'avait arraché à une poubelle. C'était le *Manuel-Théorie du garde national sédentaire*. Chaque soir, il y piochait son instruction dans l'art et la manœuvre du fusil Chassepot ou du flingot à tabatière.

Il en était au chapitre de *l'arme sur l'épaule, droite*.

Les yeux mi-clos, il rectifiait sa tenue, il récitait :

— Un temps et trois mouvements !

Il se figeait au garde-vous.

Il gueulait :

— Oui n'adjudant ! A vos z'ordres, n'adjudant !

Il bombait son maigre torse, rentrait l'abdomen, effaçait le menton.

Il disait d'une voix ferme :

— Premier mouvement !

Et sans reprendre souffle :

— Article 187! « Eééé-lever l'arme avec la main droite verticalement vis-à-vis de l'épaule, la baguette en avant, la saisir de la main gauche, au-dessus de la grenadière; pla-aaa-cer en même temps la main droite sur le plat de la crosse, de manière que le bec se trouve entre les deux premiers doigts, les deux derniers sous la crosse. »

Il rouvrait les yeux et s'interrogeait lui-même d'une voix d'instructeur :

— Deuxième mouvement?

En avant, les postillons, il bridait les paupières, il rembinait au garde-à-vous, il débitait sa leçon :

— 188! « A-aaa-chever d'élever l'arme de la main droite, la porter sur l'épaule droite le levier en dessus. »

— Troisième dito?

— 189, n'adjudant! Laisser tomber vivement la main dans le rang!

Parfois, il manœuvrait de nuit ou bien visait la lune.

47

Les enfants de la balle

Depuis qu'il avait amarré son sort à celui de Raoul Biloquet, alias Marbuche, Tarpagnan vivait lui aussi des jours mystérieux.

Il avait débarqué sur l'un de ces archipels criblés de terres inconnues qui marquent, tout au bout du toit du ciel, les confins de la société.

Il respirait l'air des monstres. Il s'était égaré dessous la table. Il avait disparu de la surface du monde sensible.

Son nouveau port d'attache était un endroit de baraques foraines et d'attractions où la foule des badauds, ceux qui refusaient la fatalité de la pression versaillaise, venait en rangs de fête chercher devant les planches de l'estrade, sous les lustres de faux cristal, une joie bruyante et factice.

A l'invite des aboyeurs de spectacle, des clowns cassés, des pitres et des hercules à la bretelle fatiguée, les pantes et les blousiers faisaient cercle. Les trognes et les frimousses redoublaient d'attention. L'air ronflait de démesure et de beuglements. Entrez, entrez! Cabane bambou! Grand pugilat! Alcools infâmes! Lutte gréco-romaine! Puces savantes! Retour d'affection! Approchez, approchez! C'est à vous ficeler le souffle! Patriotes et fédérés! Citoyens et citoyennes! Yeutez l'équilibre du jongleur sur fil, la qualité des musiciens acrobates! Oyez le pétomane accéléré! Le gros moulé qui ventripote! Mademoiselle Eve en porcelaine! Vision grossissante! Très jolie vapeur d'illusion! Décapitez Monsieur Thiers! Sabrez Galliffet pour deux sous! Avez-vous vu la femme à barbe? Le ventriloque disloqué? L'albinos à jambe unique? Souhaitez-vous lutter avec le Serpent huilé ou lutiner la Vénus de Carcassonne? La chose est claire! Elle est tranchée! Payez-vous le boyau de la rigolade! Entrez dans le tunnel de verdure! Attention au froid minéral! A la caresse d'araignée! Au détrousse-caleçon! Pratiquez l'adultère mais gardez la voilette! Les dames pourront rire derrière leur main! Les messieurs toucheront ce sacré truc à poils qui va réveiller les enfants!

Antoine se souviendrait longtemps de son arrivée sur le champ de foire de Montmartre.

Marbuche le tirait par la main et la troupe des saltimbanques qui donnait sa parade sur les tréteaux juste en face de la baraque de l'homme-serpent s'était interrompue dans une grande cacophonie de trombone et de caisse.

Madame Tambour, sous son chapeau de plumes, avait ébréché son boniment. Palmyre, la jolie naine en satin zingaro qui soulevait de la fonte, était restée les bras en l'air. Tsé-Tsé, l'homme-mouche, qui marchait au plafond de la baraque était resté collé la tête en bas – les ailes pliées, l'os du front plissé. Trombine, l'hydrocéphale, avait retiré son béret de dessus l'outre de sa pauvre caboche. Avec ses lèvres de soucoupe, son air bonasse et sa tête emplie d'eau, il souriait au capitaine.

— Qu'il est beau! s'était s'exclamée la jolie Palmyre. Comme il a l'air intelligent!

Elle avait laissé retomber ses haltères.

Aussitôt, des trous mal bouchés du basson s'était envolé un percé de notes coquines.

Zim boum boum, la caisse s'était éclairci la panse. La cymbale avait failli se fendre en retrouvant ses accents. L'archet de zinc du paillasse en justaucorps bleu avait fait sortir un cri de la scie musicale. Le trombone avait coulissé dans un grand barrissement d'allégresse.

Marbuche, redressant sa haute taille, avait salué ses amis au passage. Il avait levé un bras au ciel. Tandis que s'élançait à nouveau la musique, sa tête rasée jouait le rythme.

Il était entré dans sa verdine en emmenant derrière lui le bel inconnu.

Le soir même, à la nuit tombée, les deux fenêtres de la roulotte s'étaient remplies de bouilles et de hures, de faciès à truffes rouges et de joues à marguerites. Encadrés de mains qui éclaircissaient la buée pour y mieux voir, vingt-cinq pitons s'écrasaient à la vitre. Vingt-cinq paires d'yeux avides de tendresse regardaient Tarpagnan se déshabiller.

Lorsqu'il les eut débusqués (Madame Tambour avait imprudemment laissé échapper un oh !), Tarpagnan avait éteint la lampe.

— Mordious ! s'était-il écrié (et toutes les têtes avaient disparu), sera-ce toujours comme cela ?

Il s'était ceint d'une serviette.

— Non. Dors, va ! C'est seulement le premier soir, voulut le rassurer Marbuche en étouffant un bâillement.

Puis, faisant remuer les muscles désaccordés de sa pauvre cervelle afin d'aller y pêcher un raisonnement qui se tienne, le géant ajouta :

— Ils sont intrigués parce que tu as ton compte de bras et de jambes. Parce que tes oreilles ne remuent pas et parce que tu n'as pas de trompe.

Loups des enfers, ayez pitié des hommes !

Ce soir-là, aux portes d'un sommeil agité, Tarpagnan sut qu'il allait devoir se conformer aux contours d'un sous-monde fantasmagorique et biscornu. Qu'il devrait se résigner à côtoyer désormais les monstres essoufflés, les ravissantes écuyères aux seins de lune, les dompteurs aux moustaches en croc, les manchotes à la barbe puissante, les voltigeuses à diadèmes, les nains aux yeux bleus, les géantes aux voix d'ogre, les enfants-singes, les sœurs-crevettes et leurs pères siamois à quatre gilets, six doigts et un œil sur le ventre.

Dès le lendemain, Madame Tambour frappa à la porte de la verdine. Elle entrouvrit l'huis, pencha la tête et se permit un sein énorme par l'entrebâillement.

— Bonjour, salua-t-elle Tarpagnan avec un sourire virginal. Vous n'avez besoin de rien ?

— Non, merci.

— Nous ne pouvons rien pour vous ?

— Je ne crois pas.

Elle se glissa à l'intérieur avec des mines.

— Nous nous faisons du souci pour votre santé.

— Il ne faut pas. Vous voyez bien, j'allais me raser...

— Beaucoup de souci, renchérit Palmyre.

L'aube exaltée   215

La jolie naine venait, elle aussi, de prendre pied dans la verdine.

Elle se percha sans façon sur les genoux d'Antoine, remua ses courtes jambes pour mettre en valeur ses beaux souliers à escarboucles et, tirant sur sa jupe :

— J'ai dit à mes amis, j'aimerai cet homme-là. Je le sais. Je le sens.

— Merci madame.

— Mademoiselle, rectifia la naine. Mon prénom, c'est Palmyre.

On la sentait frémissante.

Une mouche qui s'était introduite à sa suite par la porte entrouverte traversa la roulotte et s'abrutit à taper sourdement contre le verre de la lampe.

— On dirait qu'elle veut mourir, observa Palmyre. Pauvre bestiole !

— Je connais ça, dit Trombine en faisant son entrée. Moi aussi, parfois, je rêve de faire éclater mon front contre les murs !

L'hydrocéphale s'assit sur le lit à côté de Marbuche, mit sa trompe de côté et attendit.

Tarpagnan n'osait plus bouger. La lilliputienne lui caressait la main.

— Je suis sûre que ce qui va mal en vous est à l'intérieur du corps, intervint Madame Tambour en démasquant ses dents jaunes.

Elle donna du flou à sa chevelure de crin rouge et ajouta en se repoudrant malgré l'heure tardive :

— Je vous plains bien, monsieur, si votre infirmité au lieu d'être apparente comme chez la plupart d'entre nous se trouve au tréfonds de votre organisme.

— Oui, je vous plains sincèrement, dit Soupir, le paillasse, en entrant à son tour. J'ai connu un bonhomme qui entendait en lui un tic-tac.

— Auriez-vous pas avalé une pendule ? demanda ingénument Palmyre en baisant la main d'Antoine avec délicatesse.

— Non, dit Tarpagnan en s'adressant à tous, puisqu'ils étaient tous entrés : Clé-de-Fa, Mi-Bémol, Crépon, Tsé-Tsé, aussi les sœurs-crevettes, et que, malgré leurs peaux rudes, leurs trous mal bouchés, leurs ailes et leurs boursouflures de chair, ils étaient tous volontaires pour devenir ses amis, non, je n'ai pas avalé de pendule... mais on peut dire sans risque d'erreur que le mal qui me ronge est bien à l'intérieur.

— Qu'est-ce ? demandèrent-ils aussitôt.

On les sentait si sensibles et si vibrants. Ils avaient parlé d'une seule voix.

— Oui... qu'est-ce ? répéta la jolie Palmyre.

— C'est le bruit d'une femme, dit le géant Marbuche en saluant son auditoire avec une grâce de dignitaire. Ce que Tarpagnan a sous la peau et qui fait battre son cœur comme un sang épais, c'est le bruit d'une femme !

— C'est un tumulte gigantesque, confirma Antoine. C'est le mal d'amour.

Et il leur parla de Caf'conc'.

48

Le grand bivouac de la révolution

Cependant, à Paris, il s'en était passé de belles.

Bannis les politiciens à faux nez ! Emportés les fantômes des tyrans ou des pleutres ! Le temps des saignées, de la lancette et des tisanes bourgeoises avait fait long feu !

Le 26 mars, le peuple avait voté.

Les Parisiens, acteurs du triomphe de leurs idées, avaient exprimé dans les urnes leur volonté d'un changement inondé de lumière. La Commune était bien là désormais ! Elle aurait les couleurs de la liberté, elle s'épanouirait dans le respect des plus démunis. Elle s'exprimerait enfin par la bouche de la classe ouvrière qui devenait adulte. Et, puisque tout était à réapprendre, elle sécréterait un nouveau citoyen. Un résistant. Un juge. Un partenaire. Un acteur de sa propre force.

Bienvenue donc aux élus dans la maison silencieuse et grave du peuple souverain !

Composée d'un tiers d'ouvriers, la nouvelle assemblée a trente-huit ans de moyenne d'âge. Raoul Rigault en est le benjamin, il a vingt-cinq ans. A soixante-seize ans, Beslay – déjà député sous la monarchie de Juillet – en est le doyen.

Ces élus ne sont pas constitués en partis. Même s'ils se reconnaissent, – unis dans un même élan à vouloir réformer la société – blanquistes, jacobins, romantiques, indépendants, socialistes ou représentants de l'Internationale ne parlent pas forcément d'une même voix. Qu'importe ! Et qu'importe également que l'éventail de leurs convic-

L'aube exaltée   217

tions, la diversité de leurs dogmes, la finalité de leur engagement soient souvent mouvants, voire contradictoires. Pour l'heure qui est solennelle et qui tourne à la fête pourpre, au vermillon fraternel, au dépassement de soi-même, l'essentiel est que dans un trémolo de colère commune la fièvre des énergies a hissé ces représentants du peuple à la hauteur de leurs aspirations.

Oubliées donc, les disparités ! Chacun met de côté ses rancunes et ses haines, ses fièvres de revanche et ses ambitions d'aventurier du pouvoir.

L'installation de la Commune du 26 mars n'est pas conforme à l'idée cérémonieuse et amidonnée des fastes de nouveau régime. Elle est gueuse. Elle est crâne. Elle est spontanée. Elle est piquante comme un rire heureux. Elle n'est pas coiffée. Elle n'a pas trop de redingote. Pas de raie au milieu. Elle ne commande pas à une réunion de beaux messieurs cravatés de blanc. C'est un troupeau d'inconnus lâchés dans les rues. C'est un bouillon rouge. Elle est le rassemblement des malheureux, des bannis de la spéculation, des exploités de fabriques, des habitants des faubourgs et de la grande réserve des pauvres. L'ombre des modalités du devenir de cette foule en marche cède le pas à la fraternité du moment.

Comment d'ailleurs ne pas s'enthousiasmer à la vue d'un peuple aux cent mille têtes qui coule et houle dans les rues en direction de l'Hôtel de Ville comme le sang remonte au cœur ? Comment ne pas s'émerveiller de voir se retrouver côte à côte les tourneurs de la Bièvre, les dockers du quai d'Ivry, les étudiants de la Huchette, les rebutés des impasses de misère, les penaillés de la Brèche-aux-Loups, les ébénistes de Picpus et tous ces gens du Petit Charonne stupéfaits de se compter si nombreux ? Ah, le grand vertige ! Et comme l'Histoire est puissante qui conduit les citoyens vers de nouveaux soleils à l'heure où ils allaient dormir de découragement !

Le mardi 28 mars 1871, la pluie et la neige ont disparu comme par enchantement. Le ciel bénit les communards. Il est bleu comme une affiche de printemps.

En début d'après-midi, aussi paisible qu'un troupeau de broutards, une nuée espacée et laineuse fait son chemin à petit vent sur fond de pâturage azuréen. Ces gros nuages blancs flottent, musardent et bourgeonnent au-dessus de la foule en liesse. Les cuivres des musiciens rutilent. Les gens s'interpellent joyeusement. Les cliques sonnent à s'en percer les joues. Les tambours battent à s'en crever la peau. La grande kermesse du petit Thermidor peut commencer !

Ce matin de bonne heure, ceux de Montmartre, ceux de la rue de Lévisse, ceux qui ont voté pour Ferré, pour Theisz, pour Vermorel ou pour Dereure se sont mobilisés pour marcher vers le centre de Paris. Ils ont rejoint par groupes et affinités ceux qui ont voté pour l'ouvrier Hubert, pour le chaudronnier Chardon, pour les métallurgistes Duval, Assi, Avrial, Chalain et Langevin, pour les cordonniers Serraillier, Trinquet et Léopold Clément, pour Eudes, le correcteur, pour les relieurs Varlin et Adolphe Clémence, pour le menuisier Pindy ou le chapelier Amouroux.

— Une fois de plus, le sang des ancêtres est en nous ! s'est écriée Jeanne Couerbe, l'amie de Louise Michel, en s'adressant aux occupants de son immeuble. En cette circonstance, il sourd à notre cœur !
Ceux de la rue de Lévisse ont répondu :
— Femme a raison !
Ils ont crié :
— Jeanne a raison !
Jeanne du 7 de la rue Lévisse – autant dire toutes les femmes !

Elles.
Elles, prêtes à se battre jusqu'à la dernière goutte de leur sang. Elles, en quête d'éternelle justice. Elles – dont c'est aussi la fête, ce jourd'hui.
Femmes citoyennes. Femmes du Faubourg et de la Halle. Femmes des manufactures et des quartiers de misère de l'Est parisien. Femmes barricadières. Femmes de gardes nationaux à soixante-quinze centimes de subside par jour. Ambulancières, cantinières, employées des fourneaux et des hôpitaux, amazones rouges. Femmes en cheveux, en camisole à pois, en robes grises à volants noirs. Femmes nombreuses, femmes à châles, les cheveux relevés sur les tempes, un chignon aplati sur la nuque, femmes au cou blanc où pend une croix de chrysocale. Femmes guerrières – à tambour, à pistolets. Soldats en jupons, un petit chapeau sur les yeux, – mutines, zézayeuses, en écharpes rouges, la voix enfantine – femmes furies nues sous le caraco, jurant comme des chattes de gouttière, courant à la barricade, saoules de rhum et prêtes à mourir pour l'émeute.

Femme a raison !
Le sang court ! Le sang ne fait qu'un tour. Quel beau coup de gueule, ce fameux cri du peuple ! Une immense rumeur rythme les poitrines.
— Vive la Commune ! Vive la Sociale !

Jeanne a pris la tête du cortège des gens du XVIIIe.

L'aube exaltée
219

Elle a fabriqué un bonnet phrygien pour elle-même. Elle a enfilé un manteau rouge. Autour d'elles, les gardes nationaux piquent leurs képis au bout de leurs longues baïonnettes et les agitent au-dessus des têtes.

Jeanne se retourne sur ceux qui la suivent :

— Gueulez plus fort, tas d'animaux ! Il faut qu'ils nous entendent jusqu'à Versailles !

Ils sont tous là, ils lui répondent. Ils s'éraillent.

Ah ! ça ira, ça ira ça ira,
Les aristocrates à la lanterne...

Ils sont là.

Fil-de-Fer avec sa rangée de dents en moins depuis le fameux coup de pied de Tarpagnan, Œil-de-Velours qui a retourné sa bosse et qui est gagné à la cause. Abel Rochon, le va-de-la-gueule, le peintre en bâtiment, main dans la main avec sa jolie marmite, Adélaïde Fontieu, qui pour l'occasion a piqué une cocarde dans ses cheveux.

Ils scandent, ils gueulent, ils lampionnent, ils revivent.

Ils sont là.

Et les filles de la rue Girardon, les pensionnaires des Abbesses qui défilent derrière eux ont des fraîcheurs de joues. Elles sont pimpantes au milieu des jolis marins en col bleu, au chapeau de cuir verni qu'elles décoiffent avec une hardiesse rieuse. Elles laissent percer des cris de sauvageonnes en liberté. Elles se tiennent par le bras, elles naviguent, elles se bouchent les oreilles en passant devant les cuivres qui couaquent, les hélicons qui barrissent.

Et puis, elles sont là aussi, plus douces, plus rangées, Léonce et sa fille Marion qui suivent les délurées. Et Marceau. Et Ferrier et Voutard. Et Blanche aux seins plus émouvants que des collines du matin, Blanche, on s'en souvient, qui travaille avec Jeanne Couerbe à l'atelier de couture.

A tout moment, *la Marseillaise* éclate.

Tout de même, quel pouvoir sur les êtres cet hymne vengeur repris en chœur par des milliers de voix résolues ! Quel génial ressort de l'homme acculé à la misère, de l'homme humilié, catégorié, fêlé jusqu'à l'ossaille, cette faculté qu'il a de se redresser ! De reconquérir les rues d'une voix universelle à l'heure où il allait dormir de découragement !

Ils sont tous là, deux cent mille au moins, au pied de l'estrade où le Comité central vient de remettre ses pouvoirs à l'assemblée élue.

Du fond de leurs gorges jaillit une clameur unique, tendre et forte, ils crient :

— Vive la Commune !

Toutes classes mêlées, accordéons de rangs confondus et pressés, ils crient à pleins poumons dans un inoubliable esprit de communion.

Ils crient, ils sont presque tous là, ils arrivent encore, ils n'en finissent pas d'arriver. Ils croient en l'avènement du peuple. Ils sont les prolétaires aux regards clairs, aux ongles noirs, aux visages illuminés.

Ils débarquent, ils moutonnent, ils affluent.

Ils s'emparent de l'espace, accourus des quartiers, des usines, grappes humaines, jeunes filles accrochées aux sculptures, enfants juchés en haut des réverbères, sur la nuque des statues et même sur les toits, grouillement de personnes de tous âges, de toutes conditions — stropiats, bohèmes, vieillards, gavroches, ouvriers en blouses, petits-bourgeois en redingotes — tandis que gronde pour annoncer l'imminence du défilé militaire le tonnerre des canons, bouches chargées à blanc, qui pointent leurs salves vers le grand ciel nettoyé.

Ils sont là. Ils sont la foule hurlante. Ils se penchent, ils s'écrasent pour mieux voir ceux qui portent leurs espoirs.

— Le barbu, là... le jeune... c'est Rigault, je te le dis !

— Et le troisième, à ce compte-là ? aussi avec la barbe... celui qui écrit... tu le vois bien !

— Oui.

— Tu le reconnais pas ?

— Non.

— Eh bien, c'est Jules Vallès. Le gars du *Cri du Peuple*. Elu dans le quinzième. Et à côté, c'est Varlin. Elu trois fois ! Dans le douzième, dans le sixième et dans le dix-septième !

— Et çui qui préside ?

— C'est Assi, voyons ! Debout, Assi !

Ils rient bruyamment et montrent du doigt le centre de la tribune d'honneur où, sur un superbe fauteuil de velours rouge à bois doré, siège le mécanicien-ajusteur-gouverneur de l'Hôtel de Ville.

Assi se lève.

Son geste, anodin en d'autres temps, est salué par un hourra si vibrant que sa prise de parole est inaudible. Ranvier, chef de bataillon du Comité central, s'avance à son tour. Ceint de l'écharpe rouge, il est trop ému pour prononcer un discours. Sa tête livide semble, selon la formule future de Jules Vallès, avoir déjà perdu tout son sang. « Ses cheveux mêmes retombent comme la chevelure emmêlée d'un supplicié. Ses lèvres sont blanches. » Il bredouille « avec un sourire d'enfant et sa voix éraillée par la phtisie se perd dans sa gorge brûlée ». Boursier lui succède à la parlote. Il lit la liste des élus de la

L'aube exaltée 221

Commune mais sa voix se perd elle aussi dans la marée des applaudissements.

Au travers de la haie vivante des oriflammes tricolores mêlées du crêpe rouge de la révolution, Fil-de-Fer et Œil-de-Velours se haussent pour apercevoir les bataillons de la Garde qui vont participer à la revue. Entre eux et l'estrade plusieurs mitrailleuses Montigny en position montent une garde symbolique en cas d'attentat.

Les servants sont de vieux briscards. Ils sont assis à même le sol. Ils pétunent paisiblement. Un jeune fédéré, quinze ans à peine, l'un de ces enfants volontaires dont le képi trop grand lui rabat les oreilles, est préposé à la garde.

— Là ! Là ! Est-ce que ce n'est pas le fils Tironneau ?

— C'est lui ! c'est Guillaume ! Guillaume ! Ta mère est avec nous ! Elle te cherche pour t'embrasser !

Le gosse fait un signe de vétéran aguerri. Noyé dans sa vaste capote, le fusil sur l'épaule, il reprend son va-et-vient de pendule. Quand il est au bout du rang, il manœuvre. Un photographe s'avance et lui tire le portrait.

Il s'agit bel et bien de Théophile Mirecourt.

Il est là, le photographe des barricades.

Il est là, le traqueur des regards de l'Histoire.

Pour ce reporter, la journée n'est pas ordinaire. Il étrenne son premier appareil portable. Une chambre à soufflet extrêmement allégée et compacte qui pèse moins de quatre livres et se manipule sans que l'opérateur ait besoin de recourir à l'usage d'un trépied. Théo, après des mois d'expérimentation, a su s'affranchir des contraintes et manipulations délicates du collodion. Il est le tout premier à utiliser des plaques sèches au gélatino-bromure et, même si, en 1886, cette invention sera portée au crédit d'un certain Charles Harper Bennett, citoyen britannique, justice soit rendue en cette éclatante journée de fin mars 71 à celui que le noir destin de la Commune privera d'un rayon de sa gloire méritée.

— Bataillons ! Pour le défilé ! Marche !

Ainsi vient de rugir, sur le coup de quatre heures, le général Brunel en élevant la lame étincelante de son bancal par-dessus les têtes. Et pour faire écho à son ordre relayé de bouche en sabre par des officiers d'artillerie placés en relais, les canons installés sur le quai de la Seine crachent de gros postillons de fumée noire et s'en donnent à pleine poudre.

— Vataillons... 'arche !

Les colonels ont pris les choses en main.

Aussitôt, un sourd piétinement mal cadencé vous prend le public par le ventre de l'âme et ébranle le pavé.

Dans un élan vibrant de fanfares militaires jouant alternativement *la Marseillaise* et *le Chant du départ*, les premières compagnies apparaissent aux yeux des assistants dans une forêt de baïonnettes et d'oriflammes aux couleurs de la nation. Côte à côte, à l'ombre des drapeaux à la hampe surmontée du bonnet phrygien, symbole d'indépendance et de liberté retrouvée, les troupes des quartiers populaires et les volontaires des quartiers bourgeois vont défiler pendant plusieurs heures.

— Paris est reconquis !

— Nous sommes chez nous !

— Le vieux monde contre le nouveau !

A chacun sa formule. A chacun son émotion. Les applaudissements crépitent.

Au passage de la tribune, les étendards s'inclinent. Les officiers saluent sabre au clair. La troupe piétinante des gardes en vareuse rectifie l'alignement. Depuis les berges pavées, longues comme deux routes grises, les salves de l'artillerie couvrent les trompettes et les clairons qui, leur tour étant venu de faire les beaux, fanfaronnent dès que leurs époumonades de notes claires risquent de l'emporter sur les exclamations de l'assistance.

Insensiblement, alors que s'avance l'ombre du jour, la fête militaire cède le pas à la liesse civique. *La Marseillaise* prend du plomb dans l'aile et, la foule égrenant ses refrains, c'est Offenbach et d'Auber qui raflent la mise.

Une gigantesque carmagnole mâtinée de retraite aux flambeaux semble devoir s'installer un peu partout et se substituer aux réjouissances officielles. Les refrains, les scies à la mode, comme *le Sire de Fiche-Ton-Kan* avec son grand sabre « sens devant derrière », *la Femme à barbe* ou *les Pompiers de Nanterre* fusionnent en une barbare énergie avec des bribes de *la Badinguette* d'Henri Rochefort, des hymnes de 1792 et quelques relents de Rouget de Lisle.

Sur la tribune, dans une pagaïe de chaises, les élus, las de saluer les bataillons et la foule des heures durant, se sont levés tandis que les arias cuivrées de la revue s'éloignent. En gigotant des jambes pour faire circuler le sang, en se frottant les fesses, ces messieurs dégringolent les marches de l'estrade et avec ou sans uniformes se mêlent aux braillards enthousiastes qui font cohue autour d'eux et les congratulent pour leur élection.

Théo se faufile entre hanches et coudes.

— Presse ! Presse ! Laissez travailler la presse !

A ce vocable magique, Jules Vallès, qui bavardait avec Lefrançais et deux ou trois autres personnes portant l'écharpe rouge en sautoir, se retourne.

Théo les portraitise au quinzième de seconde.

Le rire aux dents, Vallès s'extasie aussitôt :

— Alors, c'est fait ? Tu photographies enfin sans le recours d'un échafaudage ?

Théo fait un signe d'acquiescement. D'une main il brandit son appareil, de l'autre il désigne et englobe la multitude chatoyante :

— L'air du temps n'est-il pas à la légèreté ? s'exclame-t-il. Aujourd'hui tout se désembourgeoise, il me semble ! Vive donc la liberté sans rivages et sans freins !

Vallès tend sa main ouverte vers l'appareil photographique :

— Fais-moi voir ton bois de rose...

Il soupèse la chambre, et mire le poli de son objectif bleuté :

— Mazette, c'est un bel engin ! Tu vas pouvoir observer le présent à la loupe et rendre compte du ciel d'aujourd'hui !

Et à l'adresse de ses collègues :

— Voilà, messieurs, qui relègue une bonne fois les Grecs au fond des dictionnaires !

Puis restituant son bien à Théophile :

— Au fait, Mirecourt ? Qu'est donc devenu mon rédacteur ?

— Tarpagnan ?

— C'est bien cela... Où est passé le cousin Vingtras ?

— Pas revu depuis l'autre soir...

— J'attendais son article.

— Il n'a pas réapparu.

— Sacré nom de Dieu, photographe ! Ton copain aurait-il fait couic ?

D'un air fataliste, Théophile redresse la sacoche qui pend à son épaule et contient les châssis de ses précieuses plaques.

— Comment savoir ? J'espère seulement que les pégriots des bords de l'Ourcq ne l'ont pas lardé...

— Foutre ! comme tu y vas ! Ce serait en effet bien affligeant pour le cousin Vingtras !

— Ce serait surtout dommage, rétorque Théo avec vivacité, qu'Antoine se soit fait repasser pour l'amour d'une grisette !

A l'instant, il regrette ce trait d'amère misogynie et lit sur les lèvres de Vallès, ourlées d'une fine cicatrice, un sourire indulgent.

Sous le frisson du ciel où s'est éteint le soleil, les deux amis se taisent. Ils échangent un long regard muet et pensent sans doute aux assassinés des bords du canal, noyés si souvent dans un flot de ténèbres, caressés par les herbes, bercés entre deux rives sombres.

— Ce Vellave par alliance, finit par dire le journaliste à voix contenue, avait des prunelles de gourmand. Je l'aimais bien. C'était un garçon grouillant de vie.

— Il me manque aussi, murmure Théophile.

Un air de tristesse terrible passe dans leurs yeux qui refusent les larmes. Puis, Vallès s'ébroue. Courroucé à l'idée qu'on puisse un seul instant penser qu'il s'apitoie ou abdique l'espoir de revoir le capitaine, il se jette sur Théo et rudement le secoue :

— Ah mais, imbécile ! l'apostrophe-t-il, cesse donc d'éplucher des oignons ! Un homme de la trempe de Tarpagnan ne meurt pas d'un croupion de femme ! Tu verras ce que je te dis, jeune photographe... Cousin Vingtras refera frimousse dans un jour ou deux... quand il aura fini de secouer le nid de la fauvette ! Là-dessus, à bas les morts, que diable ! Fouchtra ! la séance est levée ! Si tu vois ton protégé, dis-lui seulement que mon offre compte toujours et que j'ai besoin de rédacteurs qui fassent mouche ! Moi, de ce pas... je vais pondre mon article pour demain.

— Tu n'assistes donc pas à la première séance du Conseil ?

Vallès fait signe qu'il n'en a cure et retombe dans un cas de mauvaise humeur :

— Je me suis laissé conter qu'aucune salle n'avait été préparée pour nous recevoir ! s'exaspère-t-il. Il n'y en a que pour le Comité central !

Il hérisse sa barbe en passant sa main à contre-poil et ajoute :

— D'ailleurs, tu ne crois pas qu'après une journée pareille la politique est gavée ? Je serai plus utile au journal ! Aujourd'hui, c'est Paris qui m'intéresse ! Paris, ville citoyenne ! Paris, cité libre !

Exalté, absent, il laisse errer son regard sur la lueur mourante du crépuscule.

Chauffés de rires, de chansons et d'insolences, des ribambelles de jeunes gens bras dessus bras dessous achèvent de se disperser aux quatre coins de la place. Silhouettes grises tôt bues par le halo des ruelles mal éclairées, les jolies grappes de blouses, les casques de cheveux jaunes, les forts gaillards aux favoris acajou, mains nouées autour de la taille de leurs grandes cigognes en tabliers, emportent dans un galop de semelles les derniers bruits de la fête.

— Ah, sacrebleu, quelle belle soirée ! s'écrie le journaliste. Dussions-nous à nouveau être vaincus et mourir demain, ma génération est consolée ! Je vais, tant que les idées sont chaudes, écrire un nouveau chapitre de l'histoire du grand rêve réalisé ! après... après, j'irai manger d'une faim de loup en un endroit où l'on veut bien de moi... Tiens ! J'ai mon ardoise chez Laveur... Viendras-tu m'y rejoindre ?

— Je ne crois pas, s'excuse Théo en soulevant sa casquette. Et avant que l'heure soit de rouler dans le sang des patriotes, souffrez, monsieur le Conseiller du peuple, qu'à l'exemple de notre cher Tarpagnan je prenne moi aussi ma soirée !

— Elle est à toi ! Je te la rends ! s'empresse le nouvel élu de Grenelle.

D'un pompeux élan de son chapeau vertigineux, il salue avec malice son jeune ami :

— Bonsoir, monsieur le reporter moderne !

Et courotant dans le lointain, à demi détourné, la mine rigouillarde :

— Bien du plaisir, monsieur Mirecourt ! je prierai pour que les jeunes hommes des bas quartiers ne vous détournent pas trop longtemps des devoirs que vous devez au peuple des barricades !

49

Le frisson des drapeaux

Théo resté seul garde gravé sur les lèvres un sourire d'amitié.

Maintenant, autour de l'esplanade, règne seulement la froideur des fenêtres.

A part quelques officiers promenant encore leurs fortes bottes, quelques gardes les mains derrière le dos, le gros de la cohue s'est évanoui par les artères environnantes et peu à peu, les murmures de la révolution s'éloignant vers d'autres lieux, les employés municipaux commencent à replier les tentures qui ceinturaient l'estrade tandis que leurs grouillots enroulent les drapeaux.

Un dernier groupe d'attardés traverse l'espace vide en courant. De lointains points noirs se hâtent en direction d'une ligne de voitures. Tenu à la bouche, un cheval énervé passe dans un martèlement précipité de ses fers qui glissent sur le pavé. A la pointe de leurs lances, les préposés au service de l'éclairage raniment la lumière des réverbères à cinq branches sur les quais.

Théo s'éloigne.

Ses pas le noient tout d'abord dans les ténèbres.

Pas ou peu d'éclairage dans les petites rues. Les stocks de charbon de terre, dont la combustion sert à produire le gaz, tendent à se raréfier. Nombre de boutiques sont fermées. Les commerçants, les petits-bourgeois de négoce, ont déserté le Paris des pauvres et des rebutés pour ouvrir boutique à Versailles où l'argent s'est réfugié ces temps-ci.

Théodore, à une heure de marche de Montmartre où il se rend, a le temps de mesurer combien chaque jour nouveau l'éloigne davantage de sa jeunesse alanguie. Il est fier de faire partie de ce petit million de Parisiens qui ont choisi de vivre le nouvel ordre social.

Il glousse en pensant à tous ces gras propriétaires exilés qui, du fond de leur étroit logement de Seine-et-Oise, tremblent pour leurs possessions des beaux quartiers et leurs riches appartements laissés au bon vouloir des aventuriers de la Commune. Il sourit en pensant à la rage personnelle qui l'anime, en cultivant son désir iconoclaste de saccager la caste des nantis à laquelle son éducation préservée le destinait.

Il traverse une place où la gueule béante d'un vieux lion à demi effacé crache de l'eau dans un bassin.

Sous l'éclairage blafard, son beau visage qu'allongent depuis peu la barbe et la moustache prend des reflets farouches. Est-ce sa faute à lui s'il se sent bien mieux dans l'étoffe d'un insurgé que dans le camp de la redingote ? Est-ce une tare, une preuve supplémentaire de sa différence, si le désir de fraternité le pousse davantage vers le bruit des hachoirs, vers le souffle des forges et l'haleine des tanneries que sous les lustres à cabochons ?

Il presse le pas.

Distingué sous ses habits ordinaires, il chaloupe une démarche d'homme de la rue, prend le pli de ce qu'il veut devenir, et débouche sur une place où des enfants jouent aux billes avec des embouts de balles mortes.

Il aimerait tant entrer fibre et âme dans l'enveloppe d'un prolétaire, devenir l'égal et le frère des plus humbles, être estimé pour son seul courage et se fondre avec ceux qui, le moment venu, s'exposeront sans barguigner devant les boîtes à mitraille plutôt que de retomber sous le joug des beaux messieurs de la finance.

Rue de Turbigo, il longe le bâtiment gris d'un bureau d'enrôlement pour les femmes. Sur le point de passer à hauteur de la guérite qui escorte le perron, il fait un écart à la vue du planton. Ce dernier, sous les traits d'une amazone faisandée avec des joues rouges de repasseuse, vient d'appuyer son fusil léger derrière elle contre le mur, et d'un geste ample de ménagère aguerrie s'apprête à balancer un baquet d'eau sur le trottoir.

Vêtue de l'uniforme de son bataillon : pantalon, blouse de laine, capeline noire qui constituent les attributs distinctifs de ce corps de volontaires destiné à défendre les barricades et à rendre aux combattants *tous les services domestiques et fraternels compatibles avec l'ordre moral et la discipline militaire*, cette patriote dont sa seule hideur eût sans nul doute suffi à lui faire obligation de vertu sourit au jeune homme avec un grand vide de dents. Elle embrasse d'un même geste la carabine Enfield et la serpillière qu'elle brandit. Elle claironne :

— Et voilà l'boulot, citoyen ! Les devoirs du sexe et les contraintes du militaire !

— Je comprends bien !

Il lui fait signe de terminer sa tâche. L'eau sale s'en va au caniveau et ruisselle. La matrone reprend sa faction. Théo fait un bond, enjambe le pavé luisant. Change de trottoir en sifflotant. Il croise au large de quelques façades aux devantures closes, aux vitrines couvertes de bandes de papier collées par crainte des bris, aux échos de bataille.

Plus loin, il traverse un fracas de charrettes à bras. Croise un homme-orchestre qui sous l'effet du vin zimboume un chemin incertain. Puis, débouchant sur le Boulevard d'où s'échappent les cris habituels de la faune des « cocodettes » et des « crevés » mêlés ce soir à la marée populaire, il s'enfonce dans la foule heureuse où sommeille une odeur de bouquets.

Cependant, au fur et à mesure de l'avancée de ses pas, la joie de la ville entière repeinte de couleurs bon enfant renaissait sans grands mots dans chaque coin du Paris populaire. Sous l'impulsion de la multitude qui se cramponnait aux instants de sa joie exaltée avec l'émotion indéfinissable des humbles, pour lesquels le pain blanc du bonheur offre des garanties de brioche, les communards s'accordaient une nuit de grâce avant d'ouvrir les yeux sur leur destin.

Le peuple cocardier mêlé aux lignards ralliés, aux turcos en uniformes rutilants, aux garibaldiens en manteaux rouges, aux cantinières, un tonnelet sur la hanche, entamait une nouvelle allégresse.

De nouveaux airs, des rumeurs de voix, des bruits de la vie parcouraient les grandes ombres des avenues encore tièdes. Des goualantes sans apprêts faisaient vibrer les terrasses des estaminets et les places où se dressaient des estrades.

Dans les quartiers, en haut de la butte Montmartre, on jouait aux quilles, on buvait du vin capiteux. Le *Rat mort*, le *café du Théâtre*, la *brasserie des Martyrs* affichaient complet. On fraternisait au pied des platanes qui avaient échappé à la hache, on se bourrait les côtes, on s'esclaffait. On vivait enfin, quoi !

C'est dans ces dispositions d'esprit que Théodore s'en ira rejoindre ceux de la rue de Lévisse. C'est sans doute parce qu'ils étaient *destinés* que Théo passera la soirée avec le jeune Guillaume Tironneau.

Ils riront. Ils boiront ensemble. Ils évoqueront le capitaine Tarpagnan dont ils ignorent la destinée.

Guillaume, l'index au ciel, dira sa soif d'héroïsme. Théophile brûlera à l'unisson d'une joie étrange.

Avec des sauvageries d'enfants amoureux, ils referont le monde. Ils tisseront l'amadou de leur révolte intérieure.

Ils nommeront avec dégoût cette réalité qu'est la misère et, révolté par la faim et le froid qui sont le lot inique des souffrants et des misérables, l'enfant de la corsetière de Montmartre accordé au fils révolté de la riche bourgeoise du quartier du Sénat choisira des phrases de héros de carrefour pour dire sa détermination à vaincre ou mourir.

Unis par un lien subtil, – parole et regard – ils marcheront côte à côte à l'heure grave où les horloges récitent minuit. Ils se regarderont, pétrifiés de s'accorder si bien. Théo prendra Guillaume par la main.

Tous deux écoutant l'écho lointain des rues et les flonflons différés de la fête, ils s'assiéront face à la vastitude engloutie de la ville. Paris vu de Montmartre, Paris des deux façons s'étalera à leurs pieds. Paris de velours et de diamants et Paris indigent, au seul vêtement de travail.

Ils penseront à ceux qui veilleront toute la nuit sur les remparts. A Issy, à Montrouge, à Vanves ou à Asnières. Aux sentinelles. Aux braves qui prendront trois heures de sommeil, les yeux caves, la bouche ouverte, la tête jetée en arrière sur un sac de sable, le teint livide comme des demi-morts.

Ils ne diront plus rien, happés sans le savoir par le vertige hugolien devant l'histoire de Paris « où tout s'abrège et s'exagère en même temps ».

Simplement, pensant aux ennemis de la Commune tapis dans les brumeux replis de la Seine, souriants, étonnés de leur propre douceur face à un monde empli des violences à venir, ils se regarderont, ils s'apprendront.

— Quand rejoins-tu ton bataillon ?

— A l'aube. Nous ferons mouvement aussitôt. Nous irons épauler ceux des remparts...

— L'aube ? répétera Théo.

Il jettera un regard inquiet en direction du ciel.

— L'aube c'est maintenant, cher petit... c'est dans deux heures à peine... nous sommes devant Dieu.

Mais l'enfant intrépide loin de partager le trouble de l'adulte retournera à son ardeur guerrière.

Il dira :

— Nous renforcerons les défenses du pont de Neuilly C'est Bergeret qui commande ! Avec lui, on n'aura peur de rien !

Et ses yeux cherchant à écarter la brume, il désignera la direction de Versailles :

— Ils sont là-bas, dira-t-il sans les nommer. Ils sont nombreux.

Théo baissera la tête. Ses larges épaules se voûteront comme si un obscur pressentiment appuyait sur sa nuque.

— Ils sont nombreux, oui... acquiescera-t-il d'une voix sourde. Et ils seront impitoyables... Sept généraux attendent dans leurs bottes ! Un jour, ils vont venir, le sabre entre les dents... Dans quelques semaines... après-demain. C'est une question de peu... Ils rongent leur frein. Ils arpentent rageusement la rue des Réservoirs. Vinoy veut en découdre. Vois ces lueurs à l'horizon. Ces feux rougeoyants, ces bivouacs ! Le fort du mont Valérien avec son électricité ! Ils voudront curer la Commune jusqu'à l'os !

Et lorsque Guillaume posera à brûle-pourpoint cette question qui hante sa bouche : « Tu crois qu'on y laissera notre peau ? » une niaiserie d'enfant déformera ses lèvres, il aura beau essayer de ficeler sa crainte dans les accents d'une grosse voix, comment ne pas être ému par sa courageuse jeunesse ?

Théo l'enfermera dans ses bras, il répondra sans hésiter :

— Guillotinés ou fusillés au choix, ce sera notre seul recours !

Alors, le petiot, désarmant par son accent de sincérité, ressortira de l'affreux buisson de sa peur en criant :

— Exactement c'que j'ai dit à ma mère ! Si on est fusillés, c'est qu'on aura eu d'la chance !

50

Cocagne !

Le sixième jour après cette journée forte en émotions, à l'heure déchirée de bleu où le soleil allait poindre, Alfred Lerouge, au milieu de ses compagnons naufragés, dérivait sur un océan déchaîné et, la bouche épaisse du tafia de la veille, suppliait qu'on mangeât le mousse, lorsqu'un événement d'importance eut lieu qui le fit basculer dans l'eau glacée et tout aussitôt dresser la tête.

En peu de mots, voici comment les choses s'étaient mises pour réveiller Trois-Clous en sursaut :

La Chouette, malgré l'heure précoce, avait entrepris de retaper la litière de fougères sur laquelle était étalée la paillasse de leur pensionnaire. Grondin, malmené dans son repos, avait geint sous la poigne de ce chambardement inopiné.

Une fois reboisé sur du sec, après que sa soigneuse lui eut fait boire ses tisanes de sauge et ses philtres douteux, après qu'elle lui eut prodigué ses soins d'herbes rares, de badigeons et d'emplâtres alcoolés, Grondin essayait de se rendormir. Or, la sorcière, gagnée par ses fantasmes habituels, venait de poser sa main entre les cuisses de son presque-mort et commençait tout juste à s'égarer sur le chemin de ses inavouables idées et de sa rêverie aux joues chaudes, lorsque le sexe du blessé s'était dressé comme un mât.

A la vue de cette roideur turquine et sans reproche, la Chouette sut que le rescapé du champ Polonais avait repris quelques poils et que cette recouvrance de ses facultés le jetterait bientôt sur le chemin de la convalescence.

Une telle bandaison de verge retranchait Grondin du monde des délirants. Plus, elle lui rendait son statut d'être conscient et plaçait le grand convoité à l'abri des égarements de la fumelle en chaleur.

Traversée par cette pensée amère, la bringue aux yeux d'effraie supputa qu'elle venait de perdre la libre disposition de son amant immobile.

Le visage défait, les joues happées de l'intérieur, elle essuya machinalement ses mains aux pans de son grand tablier. Peinte sur le décor, incapable de détacher son regard de la turgescence hors du commun, on eût dit qu'elle avait peur d'elle-même. D'un geste vif, elle finit par cacher ses mains derrière son dos.

L'instant d'après, aveuglée par un noir chagrin, abdiquant devant la maladie de son âme qui retournait à la laideur, elle rabattit la couverture d'un élan rapide du bras, recula dans le gouffre de l'ombre et, avant de s'y dissoudre, poussa un cri sans retenue, accompagné d'un sanglot sec.

A ce strident signal du désespoir, la chaîne des événements prit la forme irréversible d'un tournoiement d'énergie nouvelle.

Nous l'avons dit : Alfred Lerouge, dans un bruit de chaise renversée, était sorti de sa torpeur océane. Les yeux habités de démence, le nez épaté et rougeoyant, il s'élançait aussitôt. Avec de faux airs d'auguste de barrière, il trottinait sur ses mules en peau de lapin et, le front encore mouillé de son cauchemar de radeau disloqué, dans un battement court de ses bras étendus, s'abattait au chevet du ressuscité afin d'y réclamer son dû.

— J'vous ai cédé mon lit, m'sieu, dit-il sans préambule, mais vous savez comme va l'usage : point d'argent, point de Suisse !

Et désignant tout à la fois sa bonne femme engloutie par les ténèbres, le poêle ronflant, la paillasse malodorante, il ajouta avec une certaine solennité :

— J'peux pas aller plus loin dans l'hospitalité sans avoir des gages de vot'solvabilité !

Le grand glacé à l'œil unique avait souri faiblement. Il avait prononcé quelques paroles inintelligibles puis toute humanité avait déserté sa face maigre aux os saillants, ses lèvres avaient repris leur minceur tranchante. Il avait fait signe qu'on s'approchât et fait comprendre qu'il faudrait cueillir sa voix sur le souffle.

— Où habitez-vous ? interrogea Lerouge. C'est là l'essentiel.

Grondin n'avait fait aucune difficulté pour fournir son adresse à Alfred. Sa reconnaissance envers les chiffonniers était sincère.

Il lui semblait naturel que ses bienfaiteurs allassent ouvrir son logement, qu'ils y pénètrent avec la clé dissimulée « sous la septième marche de l'escalier du troisième étage » et qu'ils accèdent à la soupente où, leur prescrivit-il, « après la cinquième poutre de châtaignier, entre tenon et mortaise » les attendait « une pliure de journaux enveloppant de beaux billets de banque tout neufs ».

Alfred Lerouge rêvait à nouveau de la poule aux œufs d'or. Sa compagne le fixait de ses grands yeux écarquillés. Il ne décanillait pas. Il surveillait le murmure du blessé.

— Si c'est pas abuser du crachoir, m'sieu, avait-il insisté en approchant son tubéreux appendice du visage de l'impotent, vous n'auriez rien d'autre à nous proposer ? Quéques piécettes épargnées, un peu d'or fin, un médaillon ? C'est pour mon presque-fils que j'vous d'mande ce service... pour mon ptit Ziquet, un gosse qu'a toujours eu faim et pas d'chance avec sa mère !

L'ancien forçat vissa son œil gris sur le regard vitreux d'Alfred Lerouge comme s'il cherchait à jauger les intentions du bonhomme. Pour n'être pas en reste, le biffin lui retourna le plus mielleux de ses sourires de gencives. Trois-Clous savait se fabriquer un bonne bouille.

— Vous trouverez, souffla le spectre, une boîte à biscuits dans le ventre de la comtoise... c'est le fond de tout ce que je peux donner...

— Sont-ce bien là toutes vos réserves de pécune, m'sieu ? grasseya le vilain épouvantail. Avez-vous pas un authentique romagnol caché dans la cave ? Ce s'rait pas gentil d'nous faire des cachotteries...

Mais l'œil gris s'était refermé.

Il a tout dit, pensa Trois-Clous. Et se tournant vers sa compagne :

232   *Le cri du peuple*

— Ses affaires sont faites ! Voilà un citoyen qui sent l'sapin. Passera p'têtre même pas la s'maine !

— Crois pas ça, Alfred, murmura la Chouette non sans malice. Ton client, je l'sens fort comme un pain de saint Hubert !

La sorcière s'y connaissait assez.

En réalité, Grondin avait feint de lâcher la perche, de tourner de l'œil et de sombrer à nouveau dans le coma. Pour qu'on le laisse en paix.

Prudence élémentaire ! L'ancien forçat avait trop peur que, profitant de l'état de faiblesse où il se trouvait, les biffins ne le travaillassent au tisonnier. Qu'ils l'asticotent et le bassinent de braises sous la plante des pieds afin de lui faire avouer qu'il avait d'autres disponibilités dispersées dans la maison.

Il avait geint pour les éloigner, il avait fait mine de délirer en proie à la fièvre.

C'est qu'on n'apprend pas aux vieilles lances à pisser couché dans un pot de chambre ! On n'apprend pas non plus à un ancien notaire, à un passe-singe de chiourme, à un coulissier de raille et de préfectanche à dégorger tous ses secrets !

Pas de doute, pensait-il en refermant son œil unique, ce n'est pas encore cette fois que je passerai le grand ruisseau. Tu vas te retaper, 2017 ! Tu vas y arriver ! Et n'oublie pas les conseils d'autrefois ! Il faut toujours que tu paraisses plus faible que tu n'es. Ne laisse pas voir à ceux qui t'entourent les progrès de ta guérison. Entretiens tes muscles dès que tu pourras. On ne sait pas ce qui peut arriver.

Il sourit faiblement.

Souvenirs de la chiourme, il avait encore les réflexes justes. Il avait déjà pris ses mesures. Il vérifia en passant sa main droite entre la paillasse et la litière et constata que la serpette qu'il avait pu attraper en tendant la main vers un clou où elle était suspendue était toujours à sa place.

51

La course au trésor

Avec Ziquet sur ses talons, Trois-Clous avait quitté toutes affaires cessantes son territoire de Clichy. Dans sa musette, il avait emporté un bon peu de casse-poitrine pour la route. Chemin faisant, il avait partagé un quignon de pain et un oignon avec le petiot.

Depuis la route de la Révolte, les deux chiffonniers avaient marché d'un bon pas. Coupant au plus juste par les terrains vagues illuminés de braseros, ils filaient maintenant le long des rails, suivant le ballast du chemin de fer du Havre dont le lit de pierres les conduirait infailliblement jusqu'à la gare des Batignolles.

Au détour de la rue Legendre, Trois-Clous héla un attelage qui dérivait dans la nuit, et que, faute d'éclairage, il avait pris pour un fiacre en maraude.

Cet équipage harnaché d'un drap sombre dont la haridelle à l'encolure de cerf jetait la jambe de travers et portait des œillères noires bordées d'argent se dérouta sur-le-champ et, en moins que cinq, le vieux carquois et le mouflet se retrouvaient becs à bouche avec un cheval de corbillard.

Le cocher était un échalas voûté sur son siège. Un flandrin rustre et bougon avec un visage long sous un chapeau à bords courts, un *morillo* comme on appelle. Ce piqueur de pompes funèbres tirait sa raideur de nuque d'une ivresse carabinée et sa monumentale poivrade ajoutée à la nuit profonde avait émoussé en lui toute capacité à distinguer un chiffonnier d'un garde national ou un adolescent d'une cantinière.

— Salut Mousqueton ! Bonjour Adélaïde ! leur envoya donc cet homme instable en se penchant du haut son perchoir. Où sont passés nos blessés ?

— Des blessés ? Euh... Nous n'en avons pas, bredouilla Alfred Lerouge. Nous cherchions un moyen de transport pour aller du côté de Saint-Martin...

— Voilà bien l'inconscience des Parisiens ! le morigéna le croque-mort. L'honneur de la révolution est en péril et les Boulevards vont à leurs affaires !

Et cherchant à percer l'obscurité pour voir à qui au juste il s'adressait :

— C'est à n'y pas croire! Le jour où je décharge la dépouille de plus de cent braves sur la paille ensanglantée de Beaujon, il faut que le Gymnase donne *le Voyage de M. Perrichon* et que je tombe sur des oiseaux du ciel qui ne pensent qu'à leur plaisir!

— Nous n'allons pas au théâtre, s'empressa de corriger Alfred Lerouge.

Mais il était trop tard. Le toiletteur des morts était lancé et, poursuivant son prêche patriotique avec une âpre jouissance, décréta :

— C'est qu'on ne détourne pas de sa mission sacrée un corbillard des pauvres transformé en ambulance par la Commune de Paris comme une simple patache! Je suis sur ordre, moi, citoyen! J'assiste les serviteurs du peuple, ceux qui sont écorchés de tant de laides blessures qu'ils réclament une évacuation d'urgence vers la chirurgie lourde!

— On se bat donc?

— L'ignorant! Le salopeux, le malpropre ignorant! Nos premiers morts pourrissent dans l'argile des champs de bataille et il me demande si l'on se bat! On s'étripe aux avant-postes de Paris, monsieur! On s'embroche à Courbevoie, on meurt debout et fier à Clamart, à Val-Fleury, à Bas-Meudon!

— Je ne le savais pas. Je vous présente mes excuses.

— Vous n'en avez aucune, croassa le busard en graillant d'une voix funèbre. Hier, l'étau des fédérés paraissait devoir se refermer sur Versailles, aujourd'hui, 3 avril, Bergeret est battu... et le jeune général Flourens, malgré son grand courage, s'est trouvé encerclé entre Rueil et Chatou, il est mort, sabré vif par un capitaine de gendarmerie...

— Nous marcherons, dit Trois-Clous rafraîchi par tant d'héroïsme auquel il ne participait pas. Vous pensez bien, nous pouvons parfaitement continuer à pied.

Il prit Ziquet par la manche et l'entraîna d'un pas de retraite.

— Attendez! siffla derrière eux la voix du croque-mort en les rattrapant au vol.

Le noir vautour fit avancer sa rosse et revint à la hauteur des quidams.

— Puisque nous devons tous mourir demain, autant s'entr'aider... dit-il avec une voix rassérénée. Où devez-vous vous rendre?

— Entre Temple et Château-d'Eau. Au 6 de la rue de la Corderie.

— C'est assez peu sur mon chemin, dit le rapace.

Puis démasquant sa gueuserie sombre de nettoyeur de cadavres, l'homme coula un regard sournois et risqua :

— Y aurait-il un peu de monnaie pour celui qui vous emmènerait?

— C'est envisageable, dit imprudemment Trois-Clous.

Le croque-mort avança aussitôt un prix exorbitant.

— Dix francs? s'épouvanta le chiffonnier. Tu m'prends pour un col cassé, l'ami! Y a erreur sur la personne!

Il s'avança dans un peu de lumière et exposa les oripeaux de sa vêture d'épouvantail.

— Pas rupin ! Pas de col dur ! Pas de bouton rouge à la boutonnière ! dit-il tandis que l'œil exercé du détrousseur de corps s'aiguisait sur sa redingote rapiécée.

— Dix francs pour toi, vieux crochet ! s'entêta l'autre. A prendre ou à laisser.

— C'est l'prix de vot'bourrin chez l'équarrisseur !

— Quinze francs si tu insultes mon isabelle, citoyen ! énonça le voiturier. Cécile a des pur-sang dans sa manche !

Quinze francs ! Alfred Lerouge fit un écart et dévissa son galurin à viscop pour s'éponger le front. Il tombait une pluie fine.

— Voyons, voyons, mon ami ! commença-t-il en rajustant sa coiffe, en oubliant son état pouilleux et mal lavé, en châtiant son vocabulaire comme au vieux temps de son passé mondain, j'attends de vous du raisonnable !

— Vous avez débiné ma jument, bougonna l'homme au fouet. Et je suis rancunier.

— J'ai dit sans passion que votre cheval jaune était quinteux et je donnerai volontiers sept francs pour le prix de sa course.

Le croque-mort remua la tête en signe de dénégation. La mélancolie était inscrite sur son long visage émacié.

— Cécile, dit-il gravement n'a pas échappé à l'hippophagie des hommes pendant le siège de Paris pour s'entendre reprocher son asthme !

Pour mal engagée qu'elle fût, la conversation aurait pu retomber au simple niveau d'une transaction ordinaire. Au lieu de cela, elle prit vite un tour plus querelleux. Un ton irréparable qui devait beaucoup à la cupidité du cocher des morts, à son entêtement biturin, et à la brusque montée de moutarde au nez de Trois-Clous.

— Allons, allons, mon brave homme ! fulmina soudain ce dernier, admettez que votre carne rase le tapis... c'est une lapine ferrée !

— C'est une jument, espèce de mal venu, qui descend du czar par les chevaux de cavalerie !

— C'est un bidet qui avale son ventre !

— A Topol, en Crimée, son père, un étalon de colonel, défonçait les armées françaises du poitrail !

— Elle est pinçarde ! Elle flageole ! Fût-ce en carrosse, la course vaut à peine huit francs !

— Elle en vaut douze depuis que tu récrimines, espèce de vieux bouson ! Et encore ! Tu sens plus mauvais qu'un macchabée ! On devrait t'faire payer pour la crasse de ton cul et l'odeur de ta bouche !

Voilà, ça empirait.

Ziquet tira le vieux par la manche qui en était à examiner la denture jaunasse de la haridelle pour en déterminer l'âge canonique.

— Elle a vu naître Voltaire, s'écria-t-il triomphant. Faudra faire un rabais !

— Fiche le camp de d'vant mes roues ! éructa l'automédon.

Il leva son fouet pour faire place nette et chasser la racaille.

— Bon, neuf francs, se résigna l'ancien marin en mettant la main à sa doublure.

— Douze, maintenant ! Ou je te laisse faire le chemin sur tes trottignolles.

— D'accord pour dix.

— J'ai dit douze !

— Douze balles, ça fait brosse ! Ça fait nèfles ! s'en mêla Ziquet. Espèce de garde-crotte !

— Treize, à cause de ton mouflon ! s'emporta le voiturier des morts. J'avais même pas vu qu'tu trimbalais un morveux avec toi !

— Bon. Douze et n'en parlons plus, capitula Trois-Clous.

Il ne consentait à cette dépense de nabab que pour abréger le fourmillement d'impatience qui s'était emparé de toute sa personne. Plus vite on serait arrivé et plus vite, on serait riche.

Il posa la main sur la bouche de Ziquet qui ne comptait pas en rester là avec le croque-mort et, étouffant dans son gosier de nouveaux propos désobligeants, poussa le gosse dans le corbillard pour qu'il aille s'étendre sur la paille tachée de sang. Lui-même se hissa sur le marche-pied pour prendre place à côté du vautour. Eh bien que croit-on ? Ce n'était pas encore fait ! Le haquetier était coriace et méchant. Il voulait savoir à qui il avait affaire.

— Au Négus de toutes les Ethiopies ! Au dernier roi d'Aksoum ! s'emporta Trois-Clous qui voulait asphyxier le vilain transporteur sous l'édredon de son érudition coloniale. A l'héritier des mines d'or du roi Salomon !

— Faudra quand même faire un effort sur l'odeur, citoyen, trancha l'automédon en se pinçant le nez. Treize francs tout ronds ! ajouta-t-il. Payables d'avance. Vous cassez trop du bec !

Trois-Clous capitula définitivement et déboutonna la doublure de sa veste rapiécée. Dégrisé par la vue d'une moyenne fortune exhibée par son client, le cocher mit de l'eau dans son vin et sans plus barguigner empocha la somme.

— Embrasse-moi, camarade, dit-il en se jetant au cou du vieux biffin. Tu pues vraiment mauvais mais ton argent sent le lys !

Vivement, il asticota sa rosse.

Cécile, fouettée à la croupe, prit un élan cahotant et bouleux. On sentait son effort pour faire jouer ses épaules clouées, ses jarrets cagneux. Au coin de la rue, dérouillée par l'exercice, elle était arrivée à prendre une allure qui ressemblait au trot. De temps à autre, lorsque la pente s'accentuait, elle passait d'elle-même au pas. Ses poumons sifflaient comme si une fuite d'air s'y était déclarée. Elle toussait. La bouche douloureuse, elle tirait sa charge sans rechigner, elle avançait sur le pavé brillant, les côtes saillantes, la tête courbée vers le sol, la jambe arrière arc-boutée.

Au moindre plat, le cocher fouettait l'animal exténué, lui rendait le col, l'encourageait de la voix.

— On arrive, souffla soudain Trois-Clous. Je r'connais les parages !

52

La tanière d'Horace Grondin

Par souci d'économie, aussi pour ne pas alerter par une arrivée tapageuse le voisinage de ce paisible quartier du IIIe, le chiffonnier fit signe au cocher d'arrêter sa jument à l'entrée d'une place venteuse.

A la breloque du vieux, il était passé minuit et l'endroit était désert. Le gaz des réverbères éclairait avec parcimonie des façades lépreuses sous une pluie fine, des murs clos, muets et lugubres.

Alfred fit glisser son mou derrière sur le capitonnage de la voiture. Les ressorts grincèrent sous son poids et le marchepied plia tout au long de sa descente.

— Le vent souffle d'ouest, se plaignit-il en posant pied à terre. J'ai mon nerf sciatique qui m'taquine et j'ai le cœur qui respire mal.

Il resta un moment sur le bord du trottoir à ausculter le bruissement irrégulier de son sang au fond des artères, il se sentait fatigué. Il fit quelques pas. Il tendit la main à Ziquet pour que le gamin saute et commença à longer le corbillard en se tenant le bas du dos.

L'homme au fouet s'était retourné sur son siège ; du haut de son perchoir, il observait ses étranges clients et leur servit un sourire sournois comme ils passaient à sa hauteur.

— Sans rancune, dit-il de sa voix aigre et traînante.

— Sans état d'âme, répondit l'ancien marin. Faut pas compter sur le pourliche.

Pour solde de tout compte, il tourna le dos avec ostentation.

L'adolescent collé à ses basques, il s'engagea en dandinant sur la place humide et vide, délimitée par quatre rangées de maisons.

Pensif, le croque-mort continua à les épier tandis qu'ils s'éloignaient. Il faisait crisser sa barbe sur ses lourdes mâchoires et ruminait en silence.

La rosse, habituée aux interminables stations immobiles, se reposait sur trois pattes et débourrait son crottin.

A une cinquantaine de mètres de là, Alfred Lerouge s'était arrêté face aux immeubles du fond de la place.

Les mains sur les hanches, il regardait en l'air. Après avoir inventorié les mansardes habitées par des pauvres, ses yeux observateurs dérivèrent sur les étages suivants. Ils s'arrêtèrent sur le logement de Grondin, au troisième étage, et sondèrent les fenêtres basses, aveuglées par des rideaux.

— Le romagnol est là-haut, murmura-t-il. De beaux billets neufs dans une pliure de papier journal... Une fortune pour ainsi dire à notre portée !

Toutefois, le vieux ne semblait pas se résoudre à pousser la porte étroite du numéro 6.

— Qu'est-ce qu'on attend ? souffla Ziquet qui avait observé son manège.

— Prenons pas de risques, rétorqua le biffin. Par les temps qui courent, faudrait pas tomber sur un pipelet chatouilleux ou sur une ronde de nuit à l'affût des pillards...

Il recula de quelques pas pour élargir sa vision. Il flaira à nouveau les boutiques barricadées de contrevents des petits commerçants du rez-de-chaussée, puis appesantit son regard sur le mystère des cours avoisinantes et des ruelles adjacentes.

— Je n'sens pas bien l'affaire, déclara-t-il tout à coup en frissonnant.

— Le pipelet dort, son rideau est tiré... assura Ziquet qui avait entrouvert la porte de l'immeuble et yeutait dans le couloir.

— J'entends bourdonner des voix en haut, dit Trois-Clous. Il y a de la lumière au deuxième.

Et comment n'y en aurait-il pas eu ? Derrière la crasse et l'humidité de l'immeuble encaissé de la place de la Corderie, dans une salle nue comme une classe de collège, la révolution était assise sur des bancs, malgré l'heure tardive. Les voix passionnées de Benoît Malon, de Camélinat et de la crème des Fédérations de corporations ouvrières – Antoine Demay, Louis Pindy, Aminthe Dupont ou Antoine Arnaud – s'interpellaient sur la désastreuse expédition décidée par le Comité central contre les versaillais. A l'heure où les bourgeois légitimistes de la rue des Réservoirs dansaient avec des mots orduriers autour des infortunés prisonniers de la Commune s'élevaient les discours d'hommes courroucés qui prônaient le talion. Leurs propos s'enflammant passionnément, nombre de blousiers souhaitaient, pour répondre aux fusillades sommaires du général de Galliffet, qu'à chaque vie de patriote ôtée par Versailles, une tête de bonapartiste, d'orléaniste, de légitimiste de Paris roulât comme réponse. D'autres, plus soucieux de symboles que de sang versé, disaient qu'il fallait arrêter les prêtres.

Cependant, au pied de l'immeuble, il se tramait d'autres atermoiements qui, pour paraître bien anodins, n'en étaient pas moins le reflet des préoccupations de fourmi du genre humain et apportaient, dans leur modeste mesure, la preuve qu'aux larges renversades de l'Histoire, il se mêle souvent le tumulte des vies minuscules.

— Je me méfie de cet endroit, murmurait Trois-Clous en humant l'étroite tranchée humide qui accédait à la cage d'escalier. Ce couloir sombre ressemble à un nœud coulant...

Ainsi en va-t-il de la prédestination des lieux. Une cinquantaine d'années en arrière, un viveur de province visitant sa maîtresse qui logeait sous les toits avait été sauvagement étranglé dans l'obscur boyau par le lacet d'un buteur qui l'y avait poursuivi pour le délester de sa bourse! Bien sûr on pourra toujours arguer que Paris est une ville martyrisée de souvenirs. Qu'il n'est pas de rue, pas de tourelle, pas d'escalier, pas de fumée montant droit dans le ciel qui ne recèle une part de l'histoire des douleurs ou des joies d'antan; pas une borne, pas un arbre qui ne raconte des baisers tendres, des reniements odieux ou des morts violentes, mais tout de même, à quelque chose mauvais pressentiment est bon.

En installant la crainte dans l'esprit de Trois-Clous, le couloir délabré et insalubre du 6 de la rue de la Corderie réussissait du moins le surprenant miracle de révéler à notre ami l'inconscience de son entreprise.

N'avait-il pas eu les dents trop longues, le vieux biffin? En quelle hasardeuse expédition l'appât de l'argent l'avait-il égaré? A quelles péripéties se vouait-il? N'était-il pas en train d'enfreindre les principes libertaires de toute une vie tournée vers le renoncement aux biens matériels, sans habitudes ni héritages, sans marchandages autres que ceux qui permettent de se nourrir et de partager le ciel et la pluie? N'était-il pas en train de commettre l'irréparable en s'apprêtant à violer la bauge secrète d'un grand commis de police?

Soudain, le spectre de Grondin se dressait devant Alfred Lerouge. Horace Grondin! L'homme aux yeux gris. Le grand disparu du 18 mars. Un homme d'un prestigieux calibre!

Imaginait-on que ce haut perché de la raille n'était pas recherché par ses amis de la corporation?

240   *Le cri du peuple*

Même si la prise de pouvoir par le peuple avait chassé les mouches de Monsieur Thiers des rayons dorés des ministères, nul doute que ces gens-là fussent d'une race de rats qui sait surnager au fond des égouts et se fondre dans la masse de ses congénères. Nulle raison suffisante, fût-ce l'arrestation de Monsieur Claude et l'installation récente du préfet Rigault à la tête de la police, pour que ces mouchards d'ancien régime ne se trouvassent point encore aux meilleurs postes d'observation, attendant l'heure du retour et tapissant les murailles grises de leurs silhouettes grises, de leurs yeux gris – une légion d'hommes endurcis, prêts à les retraverser.

L'imagination féroce de l'ancien marin commençait à lui forger des images abominables où il était saigné comme un goret par la police secrète.

— Et si c'était un piège ? s'interrogea la voix blanche de Trois-Clous.

— T'as toujours dit qu't'avais confiance en Grondin, lui reprocha Ziquet. Elle est belle, celle-là ! Alors, c'était du vent ?

— Non, non, s'encouragea le vieux. Un homme à l'article de la mort ne cherche pas à finasser avec ses bienfaiteurs...

Ils s'apprêtaient à doubler le cap de la loge lorsqu'une voix sortie du néant les fit sursauter. Aussitôt, l'œil guidé par une peur jumelle, jeune et vieux s'entre-regardèrent. Sur la pointe des pieds, ils rebroussèrent chemin jusqu'à la sortie.

Comme ils franchissaient le porche de l'immeuble, ils aperçurent leur cocher qui courait vers eux. L'échalas allongeait ses compas à vive allure. Le front penché, la main tendue, il rasait les façades.

A trois pas du but, pâle et essoufflé, il glissa sur ses semelles et posé sur sa longue tige comme un arbre mal taillé jeta un regard biais dans la direction des biffins.

— J'suis sûr que vous autres floueurs montez sur un fric-frac ! dit-il avec un surprenant sourire.

Trois-Clous demeura les yeux fixes et les mains embarrassées. Ziquet renifla un bon coup.

Le croque-mort esquissa une grimace conciliante. Fortifié dans sa résolution, il allongea son cou de vautour et dit :

— Juste une chose à laquelle j'ai pensé... au cas où vous auriez besoin de déguerpir du quartier plus vite que vous y êtes venus... voulez-vous pas que j'vous attende, mes *gentlemanes* ?

— Pas la peine, répondit Alfred.

Son visage paraissait en bois.

— On rentre chez nous. On habite au troisième.

— Oui, confirma le têtard. Ma mère est là-haut. Elle nous attend. On souffle la lumière, on s'couche et on dort jusqu'à d'main.

— Mon œil, dit le cocher. Alphonse Pouffard est pas né d'la dernière rosée.

L'aube exaltée 241

— Voilà votre pourboire, mon ami, trancha Trois-Clous en mettant la main à sa doublure. Tenez, je vous souhaite une bonne nuit !

— Vous me congédiez ? renauda le voiturier avec une nuance de menace dans la voix.

— C'est mieux pour tout le monde, conseilla Alfred Lerouge.

— Je n'en suis pas convaincu, dit le croque-mort en tournant des talons avec réticence.

Ziquet le regarda s'éloigner puis leva la tête vers le vieux et chuchota :

— Une thune de mieux pour le corbeau, comment qu't'y vas, Alfred !

— C'est juste que j'veux pas d'embrouilles, chuchota le chiffonnier en se livrant à un travail mental si important qu'il en fronçait le front. Mais c'est vrai qu't'as raison, gémit-il amèrement au bout du compte. Quatorze francs en tout ! Autant dire que tout le bon argent que nous avaient rapporté les chassepots est passé dans cette expédition !

— C'était p't'être qu'une mise de fonds, le consola le têtard.

— Peut-être, se secoua Trois-Clous. Il n'avait pas l'air dans son assiette. Mais restons pas là, exposés en pleine rue, ajouta-t-il en entendant venir des pas ferrés. La Garde pourrait bien nous prendre pour des fricoteurs... voire décider d'nous passer au falot !

— On est pourtant que des héritiers d'Ethiopie récompensés pour leur mérite ! protesta superbement le gosse.

La tête haute, le bec comme un furet, il glissa sa main dans celle du vieux avant de s'engouffrer avec lui sous le porche.

— Ouvre l'œil, Papa Rouille, chuchota-t-il en pressant le pas devant la loge du cloporte, encore trois étages à endurer et l'argent de la vertu va remplir nos fouillouses !

Il commençait à y croire sérieusement à cette histoire de trésor, Ziquet.

53

A point nommé réapparaît le chien du commissaire

Tapi au fond de l'appartement de Grondin, où il tenait ses quartiers clandestins depuis bientôt quinze jours, Hippolyte Barthélemy dressa l'oreille.

Un bonnet de coton enfoncé sur la tête, affaissé dans le fauteuil où il s'était endormi sur un livre, l'ex-inspecteur du quartier du Gros-Caillou écarquillait des yeux fixes. Il tenait la bouche ouverte car il venait de reconnaître sans peine le bruit furtif d'une clé tortillant son chemin dans les gorges de la serrure d'entrée !

— Sacrebleu ! jura le policier entre ses dents. Serait-ce pas Grondin qui rentre au bercail ?

Sans plus attendre, il rassembla sous lui ses jambes de faucheux, se débarrassa de la robe de chambre qu'il empruntait désormais chaque soir au maître de maison et se dressa en simple chemise.

Tandis qu'il enfilait les manches de sa veste, il écouta encore la danse de la clé dans la serrure. Il finit par prendre le chemin du couloir d'entrée avec l'intention louable d'accueillir lui-même le propriétaire des lieux.

Or, comme il atteignait la porte et s'apprêtait à l'ouvrir grande devant son hôte, Barthélemy abaissa le cerne de ses yeux inquiets sur la serrure et remarqua que celui qui explorait sa boîte ripait contre les encoches sans pour autant réussir à en faire jouer le mécanisme.

Se pouvait-il que le maître de céans ne possédât pas la bonne clé ?

Alerté par son instinct de chien fuyant, Barthélemy battit en retraite et revint se poster dans la pièce où il se tenait primitivement.

Les sens en éveil, il se rabattit jusqu'à l'angle de la cheminée où trois bûches rougeoyaient d'un souvenir de braise. Il prit appui contre le manteau de marbre et se tint coi.

Là-bas, après une interruption d'activité, la clé avait été désengagée de la serrure. Toutefois, un échange de chuchotements derrière la porte palière, un cliquetis de trousseau, firent avaler sa salive au policier recroquevillé dans l'ombre. Il nota qu'on venait d'échanger la première clé contre une autre et qu'avec une insistance pressée on reprenait le tournicotant manège d'un raclement de double pêne dans les gorges de la serrure.

Devant tant d'obstination, les choses s'éclairaient d'un jour nouveau. Grondin, en admettant que ce fût lui, n'eût point tâtonné si longtemps pour pénétrer dans son propre logis ; il n'eût point non plus éprouvé le besoin d'entourer son retour de précautions aussi feutrées.

Dès lors, persuadé que ce grattement de métal insistant annonçait le début de graves ennuis et précédait le tintamarre clouté d'une descente de police lancée à des fins de perquisition au domicile de l'ancien adjoint de la Sûreté, Barthélemy s'apprêta à recevoir les argousins du sieur Rigault avec la dignité et le courage que lui inspirait la haute idée de ses devoirs d'ex-fonctionnaire de l'ancien régime.

Sur la pointe des pieds, il s'avança pour refermer la porte de la pièce où il se tenait. Il souffla la veilleuse et se tint sur le qui-vive.

Au bout du couloir, la serrure d'entrée venait juste de se rendre.

L'huis joua sur ses gonds avec un grincement notable puis le battement imperceptible de la gâche refermée avec des soins jaloux fut suivi d'un piétinement sur place et d'un échange assez vif de chuchotements qui ressemblaient fort à un conciliabule.

Combien étaient-ils ? Peut-être trois. A moins qu'ils ne fussent quatre. Entre bâton et sifflet, Barthélemy connaissait bien la chanson des visites domiciliaires. Il pouvait imaginer sans peine le commissaire qui conduisait l'opération et supputa que cet homme mandaté par la Commune avait pour mission non seulement de renifler les dossiers secrets de Grondin mais aussi de l'arrêter par surprise. Après Monsieur Claude, son adjoint ! La purge allait son train ! On s'introduisait nuitamment chez les gens pour les mieux surprendre dans leur sommeil. Ah, vraiment ! Le grand risque ! Le grand courage ! Ces messieurs de la force publique, redoutant sans doute que l'homme aux yeux gris fût embusqué derrière un meuble et opposât une farouche résistance, se prémunissaient contre sa capacité à se défendre en investissant sa grotte dans un pitoyable renfort de catimini !

Accroupi derrière le dos du fauteuil, le grand éteignoir de l'ancienne police guettait l'entrée de ses confrères. Il s'attendait pour la minute suivante à un déferlement de croquenots, à une irruption brutale, à des aboiements de loups-cerviers. En place de quoi, pendant une interminable minute, il entendit des frottements de vêtements contre les murs, un raclement de gorge, un silence prudent, une haleine derrière la porte.

Au comble de l'énervement, Barthélemy fourrageait dans ses cheveux noirs partagés par une raie de milieu. Une hypothèse fraîche, et c'était la plus simple, venait de se faufiler dans son esprit assailli par une grêle de pensées contradictoires. Pristi ! tu t'es trompé, Polyte ! se gourmanda-t-il soudain et, inconscient de la gigue frénétique qui affolait ses yeux au fond des orbites, il resta cloué sur place, occupé seulement à suivre les lièvres d'une kyrielle de mots lancés à vive allure sous son crâne. Ah, mais... galopait sa pensée, ton fauteuil moelleux te joue de fameux tours ! Tu t'amollis devant le feu, chaussette à clous ! Tu perds ta finesse et ton flair ! Laisse donc les communeux ! Ils n'y sont pour rien ! Ceux qui sont derrière la porte sont d'une autre catégorie !

Recouvrant ses moyens, il recula dare-dare et s'en fut cette fois planquer derrière la tenture d'un double rideau de velours. Hop, hop ! en moins que rien, le nez dans la poussière, il était escamoté par les plis du drapé.

Des voleurs ! Des cambrioleurs à la flan, tout simplement ! Des pillards d'occasion qui visitaient les logements abandonnés !

Comment n'y ai-je pas pensé plus tôt ? se répétait le chien du commissaire Mespluchet. Et retrouvant ses automatismes de spécialiste des flagrants délits, il porta sa main à sa poche et y cueillit la crosse de nacre du revolver Adams.

Ah, les coquins voulaient de la surprise ? Et même du désagrément ? Eh bien, ils en auraient !

Le grand flageolet au teint blafard se réjouissait presque à l'idée de la sérénade qu'il allait jouer aux mauvais garçons. Il se tint prêt à leur tomber sur le col et à les astiquer dès qu'ils pénétreraient dans la pièce.

A trente-six ans, Barthélemy, on s'en souvient, avait une formation d'en-bourgeois de terrain. Plus d'une fois, dans les affaires de basse pègre, il avait été amené à faire le coup de poing pour serrer la truandaille. Il était dur à la châtaigne et les grinches de tous acabits étaient ses ennemis naturels.

Qu'ils entrent !

54

Bientôt sera le temps

Ils entrent.

Ils sont deux.

L'un dit à mi-voix :

— Je ne me sens toujours pas à l'aise, Ziquet... je suis tout essoufflé d'avoir grimpé les étages et cette étrange expédition ne me dit rien qui vaille...

L'autre répond :

— On ne va quand même pas reculer Papa Rouille... Tu vas pouvoir t'acheter des dents... un carreau à ta vue... de l'herbe à rêver... on est déjà moitié riches !

Leurs silhouettes se profilent sur la lumière du couloir. Elles diffèrent en ceci que l'une est corpulente et pataude ; l'autre révèle à l'inverse les maigreurs d'un corps d'adolescent tout en pics.

— Qu'est-ce qui m'arrive, moi ? s'écrie le plus âgé.

Il titube vers l'arrière et sur le point de perdre l'équilibre trouve un appui maladroit au chambranle de la porte.

— La, tu vois... encore un éblouissement ! dit-il. J'ai le cœur qui serre ! La respiration courte... les jambes qui dérobent...

Depuis sa cache, Barthélemy entend sa respiration de forge.

— Dis plutôt qu't'as eu peur de ton ombre en grimpant jusqu'ici ! s'énerve celui qui se prénomme Ziquet. En passant sur le palier du deuxième où ça gueulait contre Versailles, j'ai bien vu qu'tu y allais qu'd'une fesse !

— Vraiment, je ne me sens pas bien, plaide encore le vieux. Oublie pas, charançon, que tu m'dois le respect !

Le jeunot ne fait pas grand cas de cette remarque. Il tient un bougeoir allumé à la main. Il a dû le trouver dans l'entrée. Son premier soin est d'éclairer les six chandelles qui ornent les deux candélabres de la cheminée. Ainsi se révèlent les visages des visiteurs : celui d'un sexagénaire pouilleux avec un chapeau à viscop, un nez aux contours de tubercule, et de son fils ou petit-fils, un ébouriffé de quinze ans à peine, larron comme une pie, qui commence déjà à retourner les tiroirs.

A la vue de cette racaille des lisières du faubourg, de cette lie ambulante, le roussin embusqué derrière le velours reprend des couleurs. Il se dit qu'il n'aura aucun mal à arquepincer les deux caroubleurs et réfléchit seulement pour savoir en quelle prison il pourra bien les boucler. Il se souvient alors que le logement donne, côté service, sur un escalier tournoyant dont les marches de pierre plongent jusqu'aux entrailles d'une cave profonde. Cet endroit enterré lui paraît acceptable pour loger les deux individus derrière de solides verrous et les livrer ainsi au jugement de Grondin, dès son retour.

Il est trois heures du matin sonnantes à la pendule de la cheminée et Hippolyte Barthélemy s'apprête à entrer en scène avec les intentions de muscles que l'on sait, lorsque les propos échangés par ses visiteurs gèlent quelque peu son zèle et sa précipitation.

— Pas besoin de remuer les tiroirs, Ziquet ! gronde le gros homme en redingote éculée. Ni de fourrager les papiers du secrétaire ! Grondin a indiqué où se trouvait son bel argent et j'ai tout lieu de respecter ses autres biens puisque la gratification qu'il nous offre suffira à notre bonheur...

Grondin! Depuis sa cachette, Barthélemy sursaute. *Grondin! il a bien entendu Grondin! Les deux vilains lascars connaissent Grondin! Ils seraient même mandatés par l'homme aux yeux gris!*

— Tu veux dire qu'au passage on ne va pas se servir sur tout c'qui reluit? se rebiffe le têtard.

— Tu as bien entendu, petit. Nous prendrons seulement la part qui nous est due. L'honnête homme est celui qui se contente de ce que Dieu lui destine.

— L'ennuyeux avec toi, Alfred, c'est qu't'as été rupin autrefois, réplique le blanc-bec. Chez vous, les anciens chapeaux, les bonnes manières, c'est indélébile!

Mais alors, mais alors, sacré radis noir, s'apostrophe Barthélemy depuis sa cachette, *si ces deux-là savent en quel lieu, en quelle situation présente se trouve le grand espion de Monsieur Claude... ils vont pouvoir te mener jusqu'à lui... C'est que c'est du nouveau d'importance, ça! Ergo, tu retombes sur tes pattes, mon cher Hippolyte! Tu vas retrouver celui que tu cherchais en vain! L'un de tes frères de race. L'as des as! Le meilleur! Ton maître de l'ombre, en quelque sorte!*

L'argousin au teint citron ne se sent plus de joie. A la veille de rompre la situation d'isolement qui l'amidonne devant l'âtre depuis quinze longs jours, il tend le cou et reporte son attention sur le loqueteux à viscop dont la voix monte une gamme et qui est occupé à donner du pain de chapitre à son cadet.

— Nous ne prendrons que ce à quoi nous avons droit, fils, réitère le vieux. Et si ce soir j'étais en meilleure santé, je ferais ton éducation!

— En me tannant le cuir, comme d'habitude?

— En te donnant ton avoine! De temps à autre, Ziquet, tu as besoin que je te savonne!

— Faux j'ton, Trois-Clous! regimbe le jeune ébouriffé. Tu veux les thunes pour toi et pour ta vieille... Vous êtes des exploiteurs d'enfant!

— Comment peux-tu dire cela, misérable? Je t'ai recueilli à la mort de ta mère, une pas rien! Je t'ai élevé sous mon toit. Je t'ai appris à lire et à compter!

— Et moi? t'ai-je pas assez payé de retour, vieux tableau?

— Tu as acquis sous ma férule les rudiments du noble métier de la chine, plaide le vieux crochet.

— Des mouchettes, Alfred! Tu m'as tanné le cuir avec ta ceinture! J'ai gratté les os, j'ai raclé les peaux! j'ai fouillé les ordures pour toi pendant sept ans! Maintenant, je veux vivre à la hauteur de ma vie!

— Tu fais fausse route, marin, et tu me contraries beaucoup, s'étouffe le vieil homme.

Il est atterré de lire dans le regard de son protégé une dureté qu'il ne soupçonnait pas.

Soudain, il a le teint terreux.

Il tombe dans une profonde absence.

Il porte la main à sa poitrine avec surprise et lutte contre une douleur fulgurante avec une frayeur hébétée.

— Ah ! exhale-t-il avec une sorte de regret dans la voix, comme c'est désagréable, cette tache sombre devant les yeux...

Il ôte son chapeau à viscop. Son crâne chauve gansé d'une marque lie-de-vin et couronné de cheveux gris révèle un homme usé. Il soupire et se laisse glisser au creux du fauteuil. Il attend un moment pour reprendre souffle et ses poings fermés blanchissent aux jointures.

Ziquet hausse les épaules d'impatience.

— Remets-toi sur tes pattes, Alfred ! Le magot nous attend. C'est pas le moment d'avoir froid au cul !

— Je te l'ai dit plusieurs fois... ce soir, halète le chiffonnier, une main pesante appuie sur ma respiration... Je n'ai plus d'air dans les poumons... Et je ne me sens pas bien. Pas bien du tout.

— C'est juste que t'as la fièvre de veau, vieux brancard ! raille le gosse. Le grand aventurier des Caraïbes, la rude épée des mers de Chine est une pagnotte qui étouffe dans son jus de trouille !

Alfred Lerouge ne réplique pas. Au sortir d'un grand puits de découragement, le bourlingueur des terrains vagues, le rêveur de rivages exotiques, lève un regard défait sur l'effronté coquelet qui s'enfonce dans la mutinerie et expose ainsi son cœur de roche.

Le chagrin tatoue le visage du chiffonnier de petits chemins creux :

— C'est vrai, Ziquet, dit-il d'une voix brisée, toute ma chienne de vie, j'ai été lâche. Lâche, ivrogne et cupide. Et à l'heure de fermer mon parapluie, il faut même que je te fasse un aveu...

— Déballe ton ramona, qu'enfin on en finisse !

Le vieillard incline sur le côté sa hure parcheminée. Il dit avec une humilité sincère :

— Eh bien, petit... Au bout d'une nuit qui pour moi n'aura pas de matin, voilà ce qu'il faut que tu saches, et qui sera ta dernière leçon... Je n'ai jamais fait le tour du monde. Je n'ai jamais été capitaine. Mon père n'était pas armateur. Simple marinier d'eau de Seine. Un pur carapata de péniche. Et moi, jeune marin de cabotage, passé Caudebec-en-Caux et le retour du mascaret, j'avais le mal de mer... la langue sur la bouche... et des envies de voyage intérieur...

Pour lors, le têtard n'en revient pas. Derrière les plis du rideau, Hippolyte Barthélemy est lui-même gagné par l'émotion. Il scrute par une déchirure du velours le visage cireux du vieillard. Il ne se sent pas le droit d'intervenir à l'heure où se dénoue le destin d'un homme sur le point de se présenter devant l'officier du ciel.

Il se tient coi. Il attend. Il écoute.

— Mais alors la mer de Chine ? demande l'adolescent boutonneux.

Les sourcils froncés par un vif ressentiment, il se penche sur la face ravinée par les larmes de son tuteur, il grave ses méchants yeux sur lui.

— La mer de Chine ? sourit amèrement Trois-Clous. Simples divagations de géographies lointaines sur des atlas...

— Les bordels de Tamatave ?

— Des assommoirs de banlieue...

— La princesse Pi Chu ? s'acharne le jeunet qui voit s'écrouler un à un tous les châteaux de ses propres émerveillements.

— Un rêve éteint, du côté de Chatou... une ombre blanche aux yeux de lune...

— Au moins Foutchéou, Valparaiso, la province de Chékiang ? supplie presque la vilaine chenille.

— Non, rien, dit le vieux comme s'il retirait l'échelle.

— Il n'y a rien à sauver ?

— Rien de rien, te dis-je. Si je m'en vais, il va te falloir être seul et courageux...

Trois-Clous ferme les paupières. Telle vie, telle fin, il envisage de quitter le pays avec un fin sourire.

Le jeune Ziquet, voyant blanchir ses lèvres, voyant se creuser ses joues et s'altérer sa connaissance, commence à prendre peur pour ses intérêts immédiats. A l'idée que le vieux pourrait retourner sa hotte en égoïste, il bouillonne, il perd la tête.

Sans ménagements, il pince le nez de celui qui donne les signes du grand départ.

— Impossible ! C'est impossible, bredouille-t-il en repoussant de toutes ses forces une pensée qui menace de le rendre fou de rage. Hé, gros paquet ! s'écrie-t-il en secouant le biffin par la chemise. Hé ! Hé ! Hé ! Perds pas la boussole ! Au moins, dis-moi où est le trésor, avant que tu flanches !

Alfred Lerouge rouvre les yeux.

— Je t'ai vu venir depuis longtemps, petit... murmure-t-il avec amertume. Le vieil arbre est à peine tombé, déjà, tu cours aux branches...

Il murmure encore :

— Ziquet, mon presque fils, quand comprendras-tu que nous ne sommes que des mouches destinées à se taper la tête contre les vitres, avec, en face de nous, la liberté inatteignable ?

— Liberté inatteignable ? rugit la moitié d'homme, dis-moi plutôt où se trouve le magot, vieille tempête !

Trois-Clous referme les paupières.

— A petits coups, je déménage, dit-il simplement. Je m'en vais. C'est trop moche.

L'aube exaltée

Sa disparition imminente est comme la foudre qui tombe aux pieds de Ziquet. Elle laisse le rapiat en butte à une angoisse affreuse. Toute vénération retirée de son cœur, sa véritable nature réveille en lui une âme blessée dont la violence extrême s'épanche à l'instant :

— Longtemps, vieux sac, caquette-t-il en s'emportant dans l'aigu, tu t'es torché le bec sans rien me donner et maintenant que je réclame, tu ne veux toujours rien me donner !

Echappant à toute retenue, le jeune misérable empoigne son bienfaiteur par le col. Il commence à le secouer comme un arbre à prunes.

— Quatre poils au menton et tu t'imposes par la force, souffle le vieux en lui faisant signe d'arrêter.

Au lieu de cela, le boutonneux perd ses nerfs. Il redouble de violence. Il pleure, il a la voix sèche. Il ramasse sur la table un moulage de bronze en forme de buste de philosophe, il l'élève au-dessus de la tempe du moribond pour l'en frapper sauvagement.

Trois-Clous entrouvre des yeux vitreux et voit son geste :

— Je suis mat ! exhale-t-il en crispant sa main sur son cœur. Ne commets pas l'irréparable !

— Il est sur le point de nous quitter, ne devenez pas un assassin, échote la voix grave de Barthélemy.

Il vient d'apparaître derrière Ziquet. Il pointe son revolver. Il désarme le jeune insensé qui se laisse faire et devient la proie d'un tremblement de tous ses membres.

D'un coup, c'est comme si le garçon était tombé malade. Comme s'il se réveillait avec un cri terrible, il sort de sa brève folie. Il réalise sa faute, l'horrible fosse puante en laquelle il allait s'enfoncer. Il tourne vers Barthélemy des yeux brouillés de larmes.

L'autre abaisse son revolver.

Alors, ébouriffé, enfiévré, tout en nage, Ziquet se jette à genoux devant le corps affaissé de Trois-Clous, ses doigts blancs se posent sur son front embrumé des sueurs de l'agonie, déchiffrent le braille de ses rides englués de crasse avec la passion de réapprendre quelle sorte de héros était au juste cet aventurier du minuscule dont il n'a pas su distinguer la vérité sous le masque de la puanteur.

A toute vapeur (Qu'elle est donc bouillonnante la conscience humaine ! Qu'elle est mystérieuse la voie secrète qui mène à la réflexion !) l'adolescent, sur le point de chausser ses bottes d'homme, rebrousse les chemins de son apprentissage. Comme on paye ses dettes, il revient sur ses pas. O temps merveilleux de la prime jeunesse ! Il fait pèlerinage au pays des magiques soirées pendant lesquelles, enfant de cinq ans à peine, juché sur les genoux d'Alfred Lerouge, saturé de son remugle de sardine et de rhum, il avait l'impression, succombant à une lévitation bienheureuse, que son corps libéré de toute pesanteur matérielle l'autorisait à devenir un oiseau blanc capable de franchir les espaces infinis.

Il ressuscite les ténébreux et grondants soirs de tempête sous la lampe du pagodon, lorsque Trois-Clous racontait ses abordages de fortune sur les atolls du Seuil Austral. Il revoit les cartes marines déployées sur la table bancale de la route de la Révolte. Au poing du vieux biffin brille le compas de capitaine, il cherche un cap navigant en direction des îles Perles. Ziquet écoute le boum boum lent des machines évoquant l'effort d'un cœur imperceptible, il entend le bruit froissé des débris de coque rejetés sur les récifs, le son grave des trompes indigènes, il vomit l'eau du naufrage et drossé sur la grève, le corps rompu, l'esprit égaré, lutte contre la fièvre tandis que des sauvageonnes aux seins de pain d'épice, aux colliers de tiaré, veillent sur son sommeil agité et que l'océan, rassasié d'avoir fracassé le navire des marins du mauvais temps, sculpte l'encre noire des rochers dans le soir qui descend.

Le voilà bien l'héritage du temps ! Le voilà tout entier, le trésor caché ! Quelques diamants cueillis dans la poitrine d'un homme !

En sanglotant, Ziquet caresse le visage d'Alfred Lerouge sculpté par la misère et le casse-poitrine. Il lisse les cicatrices, les gravures de vache enragée, la falaise des promesses. Doucement, il aide à passer celui qui fera seul le voyage.

Peu à peu, préoccupé par les derniers préparatifs, le front de l'agonisant se détend.

Lui, Ziquet, sous un soleil pâli, entrevoit comme au temps des songes racontés l'immense pâturage de l'océan immobile accolé à l'infini du ciel pur.

Il suit dans le reflet de ce miroir à deux faces la double trace d'un vol de goélands à la blancheur persistante, et, lorsque les oiseaux sont sur le point de disparaître de son horizon mental, il crie, il cherche un rivage. Il pressent qu'il est en train de perdre Trois-Clous, de perdre le seul être qui l'ait jamais guidé dans le cauchemar de la vie. Il frappe des coups emportés contre sa poitrine et, les yeux hagards, l'échine parcourue de frissons nerveux, luttant contre un froid inexplicable, il s'enroue de sanglots et implore son pardon.

— Papa Rouille ! crie-t-il avec un désespoir inimaginable, une fantastique brûlure de bouche, un ressac de toute son âme qui va bien au-delà de tout ce que peut exprimer la douleur humaine, j'ai compris ! Je jure que j'ai compris !

Pour lui faire répons, au seuil du sommeil lourd, celui qui avale sa langue bouge un peu. Même si c'est impossible, Ziquet le sent bouger. N'est-ce point là l'essentiel ?

L'instant d'après, Alfred Lerouge a sauté le pas.

Comme il était venu, il est reparti. Il a troussé son bagage et vogue vers le mystère de la grande clarté, il a rejoint l'infini verdurage à poissons, l'océan à sargasses, la sacrée flotte à cabrioles, à mille tempêtes, dont il a tant rêvé, il file dessus les lames, à la barre d'un fantastique bateau blanc, il sourit.

Il sourit : son dernier mouvement dans l'immobile.

Et Ziquet se jetant sur son corps pour l'embrasser, Ziquet met une couronne à son œuvre de presque père, il pleure, il se repent, il l'aime, il demande pardon, il dit, il répète qu'il s'engagera dans l'armée des fédérés et que Trois-Clous sera fier de lui.

CINQUIÈME PARTIE

L'ESPOIR ASSASSINÉ

55

Route de la Révolte

Du fond de sa cage verte, ornement et enseigne de l'extravagant pagodon de planches érigé par Alfred Lerouge à la lisière de la cité des Vaches, Bosco, le cacatoès, poussa un cri strident et se congestionna.

Habile à susciter une apoplexie de crête, le volatile, jabot gonflé, exprima par un battement d'ailes son indignation de voir entrer un grand chien flairant dans la demeure de son maître.

Il émit deux avertissements gutturaux et se pencha sur son perchoir.

— *Qui tu es, toi, bétaille ?* interrogea-t-il tandis que l'intrus faisait le tour des lieux avec un sans-gêne de facteur.

Mais autant jouer la mélodie à un sourd des deux oreilles : le pouilleux cabot avait toutes les audaces. La queue pas trop haute, il avait entrepris de passer à la reniflade les parois de planches de toute la cabane.

— *A l'abordage ! A l'abordage !* modula encore l'oiseau.

Le visiteur à poils ras n'en avait cure. D'une truffe méticuleuse, il poursuivit son inspection des moindres recoins, flairant au passage les cloisons de boîtes à sardines remplies de terre.

Méprisant les calfatages de toiles goudronnées, il finit par tomber en arrêt devant un empilement de tasses et soucoupes décorées de filets et filigranes d'or qui attendaient de la part de Trois-Clous un tour de chimie capable d'en extraire le métal fin.

— *Sa-per-lotte ! Sa-cre-creu !* jura encore l'oiseau. *Au voleur ! Au voleur !*

Avec une délicatesse infinie, le bâtard venait en effet de prendre une tasse dans sa gueule et les crocs passés dans l'anse de porcelaine s'apprêtait à s'escamper avec son larcin quand un bruit étouffé l'obligea à reposer le butin.

Un grand moment, le cambrioleur à poils ras tendit l'oreille. Rassuré par le silence retombé, il avança son museau entre les replis d'une guenille tendue en guise de rideau et passa la tête par l'ouverture.

A voir ce qu'il vit, une forme d'homme allongée sous la touffeur des couvertures, le taïaut s'assit sur son séant pour réfléchir.

A tout hasard, il commença à battre le tambour de l'amitié avec sa queue sur le sol. Il poussa deux trois petits gémissements de sociabilité mais, comme rien ne bougeait, décida de s'aventurer plus avant.

Arrêté devant la bouteille posée sur un tabouret et qui faisait office de porte-chandelle, l'avisé bâtard découvrit dans la flamme de la bougie le visage émacié du sieur Grondin. La lumière crue et blanche accusait la pâleur de son visage.

L'animal se passa la langue sur les babouines et rassuré par l'apparence de ce corps sans vie commença à fureter dans la cambuse. En reniflant de-ci, de-là, il ne tarda pas à mettre sa truffe sur un pansement ensanglanté que la Chouette avait oublié après les soins dans la ruelle du grabataire. Abandonnant toute prudence, l'espion canin venait de s'en emparer d'un happement de gueule lorsqu'un poing noueux comme une bûche sortit de dessous le droguet qui servait de couvre-lit.

Vlan !

Avec un élan de massue, le poing fermé d'Horace Grondin s'était abattu sur la tête du cabot pour le raplatir.

Le vilain cagne poussa un jappement de douleur, joua des pattes et montra le cul sans demander son reste.

A hauteur de la table bancale, il leva précipitamment la patte, arrosa le pied le plus proche d'un trait d'urine et, négligeant la vaisselle d'or qui le tentait l'instant d'avant pour ne garder dans sa gueule que l'ignoble pièce de charpie, ressortit de la masure chinoise aussi affairé qu'il était venu.

Surpris par la sortie inopinée du vagabond, Bosco le perroquet répéta *sacrebleu, saperlibotte*, pour la cinquième fois consécutive. Il regarda détaler le cagnotte en se rengorgeant avec l'air hérissé d'un concierge qui viendrait de voir passer des impayés devant sa loge.

Au fond de l'alcôve, Horace Grondin s'anima. L'œil vif au creux des orbites, il tourna la tête en direction de la portière de haillons et fixa son regard sur l'extérieur.

Par l'entrebâillement laissé vacant par le chien, il pouvait apercevoir une fraction de la pièce principale, sa table graisseuse ceinte de trois chaises dépareillées, une gerbe de paille et un tas de chiffons.

Dans l'ouverture de la porte sur rue, il entrevoyait à contre-jour de la lumière grise la silhouette d'un homme enveloppé de hardes multicolores et le dos d'une femme en noir, acharnée à gesticuler. Il eut beau tendre l'oreille pour saisir leurs propos, les voix étaient trop faibles et c'est seulement lorsqu'il entendit les glapissements de la matrone, qu'il acquit la certitude que celle qui défendait l'accès de la pagode était bel et bien la Chouette.

Le salopeux qui reniflait la femme de Trois-Clous avec un bon sourire et provoquait ses cris s'appelait Goutte-d'Huile. Son apparence était molle et sa peau luisante. Ses propos, ses intonations reflétaient l'apprêt et la fausseté. Il venait de faire compliment à la Chouette sur son fichu et en avait profité pour proposer à la bringue d'aller « se reposer un moment sur le ventre avec elle » et « de faire travailler le vieux cuir » sur un petit lit douillet.

— Une mocheté comme moi ? suffoquait la Chouette.

— J'te chaufferai bien le cul, disait Goutte-d'Huile. J'suis sûr qu'au pieu, t'es une farceuse ! Trois-Clous n'en saura rien.

Le fourlineur approchait son nez brillant de la grosse poitrine de la guérisseuse. Il parlait avec douceur, aussi entreprenant avec elle que si dessous les guenilles de ce monstre sans âge monté sur deux vieux jambons postérieurs immangeables palpitait la chair nacrée d'un tendron en bouton.

— Viens, grosse loche... disait-il. Viens ! on va mettre Villejuif dans Pontoise !

La Chouette laissa échapper un couac épouvantable.

— Recule, salaud ! C'est pas avec un navet comme toi que j'vais faire porter le bouquet à mon homme !

Mais le vilain cambouis s'incrustait. Maintenant il avait décidé de ne plus cacher son jeu. A cette minute même, il essayait avec des manières de Grec de lui tirer les vers du nez au sujet du mystérieux locataire que son époux et elle abritaient depuis au moins trois semaines dans leur pagode goudronnée.

— Chez nous, on n'a personne, dit la vieille.

Elle avait pris l'air farouche. Ses grands yeux ronds cernés de bistre, son nez gommé dans une figure plate lui ravivaient ses allures de chouette effraie.

— C'est pas c'que disent les voisins, insinua Goutte-d'Huile. Le soir du 21 mars, Trois-Clous est rentré à la brune. Y a eu transport d'homme !

La matrone faisait non. Elle faisait non avec la tête, son chignon se défaisait à mesure. Elle secouait toutes ses plumes. Toutes ses amulettes : des griffes de chat enfilées, une croix du Bon Dieu, des anneaux de rideaux en cuivre, un assortiment de perles en bois et une boussole, cadeau d'Alfred.

Goutte-d'Huile ne la lâchait pas. Noyé dans ses oripeaux de théâtre maintenus par des ficelles, le pégriot continuait à arrondir autour d'elle ses mots tentateurs. Il lui distribuait des sourires d'armée du crime. Il proposait maintenant à la vieille d'aller boire un raide à *la Casserole*, connaissant sa propension à l'effiloche dès lors qu'elle avait trop biberonné.

— Rien qu'une petite gobette, la Chouette ! Une timbale d'amitchié pour détourner le froid et la solitude...

— J'veux rien ! Seulement qu'tu m'laisses, disait la Chouette.

C'est que Goutte-d'Huile n'avait pas bonne presse dans la cité des biffins. Et même s'il pratiquait la hottée et le croc, à Clichy, à Saint-Ouen, on connaissait ses empressements véritables : il était plus proche des arcans de l'Ourcq que des amis du crochet.

La grande harpe ne s'y laissait pas prendre. A elle la contre-attaque.

— Qui qu'c'est'y qui t'envoie ?

— Personne, la Chouette ! Je m'renseigne juste en général...

— Des plis, vieux graillon ! s'entêtait la matrone. Pas la peine de balader ta main large sur mon intimité ! j'ai pas perdu l'heure du soleil ! Tu m'rouleras pas sur le tas ! Et j'parie qu'c'est Trocard la Joncaille qui t'envoie pour renifler l'secteur !

— Il a d'mandé à tous ceux qui circulent autour de Pantruche de gaffer dans les garnis, avoua le ferlampier. La Joncaille a perdu d'vue un de ses plus riches clients... depuis l'dix-huit mars figure-toi... et nous v'là mi-avril ! Sa dernière trace est sur la Butte ! Et après, dis-paru ! Escamoté ! Un varlot qui lui doit une fortune ! Et le boss s'inquiète du manque à gagner...

— Y a personne comme ça chez nous, répéta la Chouette.

Elle fit claquer trois fois son tablier pour conjurer le mauvais sort qui s'acharnait depuis que le grand raboin aux yeux gris était arrivé chez elle, puis elle eut une pensée affolée pour Trois-Clous qui n'était pas réapparu de trois nuitées.

Sans prévenir son interlocuteur de son départ inopiné, elle s'élança vers la pagode dans un tapotement de sabots.

— On s'reverra ! cria Goutte-d'Huile dans la distance.

Il fit trois pas dans les immondices qui jonchaient la route, sembla réfléchir sur la conduite à tenir et siffla entre ses doigts. A ce signal, un manteau de poils jaunâtres étalé dans la poussière d'un hangar à peaux de lapin jaillit dans la lumière. A bride abattue, le grand chien pouilleux accourut. La queue entre les jambes, il se jeta aux pieds de son maître.

Goutte-d'Huile lui ébouriffa le haut du crâne. Il se pencha sur le bâtard qui lui faisait des yeux de miel.

— Alors, Gobseck, vieille serpillière ! Quelles nouvelles ? interrogea-t-il. Qu'est-ce t'as trouvé dans la cambuse ? Un p'tit peu d'or ? Une tite cuiller en vermeil ? Un gros secret ? Dis à papa ! Montre ta gueule ! Ouvre, salaud ! Tu t'cales les joues ? Montre à Goutte-d'Huile c'que t'as engrangé dans ton puyant moule à gaufres !

Il écarta sans ménagements les mâchoires de l'animal soumis et lui fouilla la gorge.

— Des vieux pansements avec du sang? Mazette, mon beau taïaut! T'es meilleur qu'à la truffe! Comme qui dirait qu't'as trouvé la fève au gâteau! Il est là-bas, n'est-ce pas l'homme aux yeux gris? Et tu l'as vu, mon bon chien d'chasse! Il est là-bas, il est à nous! Et m'sieu Trocard s'ra pas regardant! Y va nous récompenser!

56

Les après-midi de Mademoiselle Palmyre

Sur le foirail de Montmartre, la brise d'avril faisait claquer les toiles. Les couples enlacés se donnaient du bon temps dans l'haleine chaude de la saison nouvelle.

Grisés par le soleil qui s'était fait communard, les Parisiens conservaient l'esprit de la fête. Et même, au fur et à mesure que la tragédie finale se rapprochait, une sorte d'exaltation extraordinaire faisait briller leurs yeux.

En habits du dimanche, la population, grouillante et loquace, défilait dans les allées poudreuses. Sur la foire, les balançoires s'envolaient dans les airs. Les tourniquets grinçaient. Les boutiquiers faisaient goûter leur pain d'épice aux enfants. Les gosses lançaient dans l'air tiède des bouquets de cerfs-volants.

Malgré la concurrence des profiteurs qui louaient des longues-vues dix centimes pour faire découvrir aux chalands le théâtre des opérations militaires aux portes de Paris, les artistes ambulants continuaient à bonimenter.

Madame Tambour y allait de sa harangue. Palmyre, en satin zingaro, soulevait ses haltères. Tsé-Tsé, l'homme-mouche, butinait les fleurs de carton. Soupir, Mi-Bémol et Clé-de-Fa musiquaient la cantonade, rameutaient les flâneurs. Pifastre et Crépon faisaient la manche ou passaient l'assiette au pied de l'estrade. Trombine, l'hydrocéphale, posé sur un socle à franges dorées, attendait dans la position du lotus le défilé des clients au fond de la baraque.

Les forains alentour exhibaient eux aussi leurs troncs et leurs tranches. Leurs gauchis et leurs estropiats. Leurs Mayeux et leurs Polichinelles.

Les gens de la Butte faisaient la queue pour voir la vie affreuse au beau milieu de la vie réelle.

La guerre était à l'horizon. Sept généraux attendaient dans leurs bottes... Ils s'appelaient Maud'huy, Susbielle, Bruat, Grenier, Montaudon, Pellé, Vergé... Nul n'ignorait qu'ils avaient l'œil à la lorgnette. Que leurs divisions affleuraient aux murailles des forts du sud et de l'ouest fouillées par les obus de Versailles, mais l'avaleur de sabres gardait son franc succès auprès du public et l'homme-canon se proposait toujours comme projectile volontaire pour bombarder la rue des Réservoirs.

En compagnie du géant Marbuche, on devrait dire sous sa surveillance exclusive, Antoine Tarpagnan habitait toujours la verdine stationnée en plein cœur de la foire.

Il se contentait de compter les jours et d'épeler sa vie de reclus. Il était virtuellement le prisonnier du lutteur.

Il ne pouvait d'ailleurs sortir qu'en sa compagnie.

Faisait-il mine de s'éloigner du village de toile et de roulottes que l'autre fondait sur lui, toujours le rattrapait, l'entourait de ses soins, le suppliait de ne point chercher à s'enfuir sinon il serait dans l'obligation de le frapper à mort.

Le bouillant capitaine acceptait mal ces aventures misérables. Ecarté des vertiges de la gloire militaire, éloigné des préoccupations de la révolution en cours, il n'avait décidé de s'y soumettre que dans l'espoir de retrouver rapidement Gabriella et d'arracher la femme qu'il aimait aux mauvais traitements de Saint-Lago.

Dans l'attente du moment béni où il écraserait la face tavelée de cet infâme souteneur sous les talons de ses bottes, son cœur généreux gonflait sa poitrine d'un battement désordonné.

Un étrange sourire accroché dans la barbe, les poings fermés, les mâchoires serrées, Antoine Tarpagnan regardait s'éteindre la lumière du jour par la petite fenêtre de la roulotte.

Il accueillait la nuit venante ainsi qu'une délivrance.

Par la rigole des rues sombres, par les sentiers bordés de jardinets, rituellement devrait-on dire, les deux hommes prenaient le chemin des quartiers malfamés de la capitale. Ils écumaient les maisons d'abattage, les brocards de Belleville, les boîtes à vérole de Clichy, menant une quête sans fin de bordel en bordel, pour tenter de ramener à la lumière la malheureuse Pucci. Aucun magasin de fesses, aucune officine à parties, aucun bouic à soldats n'avait échappé à leur visite.

Parfois, les gerces ou les blancs leur riaient au nez. On finissait par les connaître de la rue Saint-Vincent à la Chapelle et de Bastille à Rochechouart. Ils étaient ceux qui venaient reluquer ces dames au salon et qui ne consommaient pas. On les surnommait les deux flanelles, les sœurs de charité, ou plus infamant encore, Bique et Bouc, les chevaliers de la rosette.

En vérité, les injures, les moqueries, les quolibets importaient peu à Tarpagnan.

Le Gascon acceptait crânement pour lui-même les avanies et même prenait avec philosophie sa part de vexations tant il les ressentait comme une expiation nécessaire, comme un donnant donnant de l'âme, un contrepoint inévitable à la grimaçante et intolérable épreuve traversée par Gabriella Pucci.

Il associait le supplice de cette dernière, la souillure qu'elle endurait, à celle qu'avait subie autrefois Jeanne l'assassinée et son acharnement à renouer avec son bel amour s'en trouvait décuplé d'autant.

A ses yeux, il tenait du sauvetage humain.

Marbuche et lui rentraient au petit matin.

Ereintés par leurs pérégrinations de la nuit, les deux compagnons retrouvaient la maringotte, cette grande voiture de voyage que le Mandchou tenait de son père, l'ancien dompteur de fauves.

Le géant bâillait. Il ôtait ses éternelles ballerines en peau de zèbre, faisait glisser la bretelle unique de son maillot de lutte, apparaissait dans sa blancheur d'épaules musculeuses et se frottait les paupières, signe qu'il envisageait de piquer un somme réparateur.

Il s'étendait sur son lit.

Il soupirait à fendre l'âme.

Il décrochait d'une patère en cuivre la splendide robe que Gabriella Pucci lui avait confiée comme un gage de son affection.

Il se recouchait, entraînait son trésor dans sa grotte. Il reniflait longuement l'étoffe. Il se pénétrait de son parfum. Il commençait à la triturer. Et si Tarpagnan agacé par ce froissement de soie lui demandait ce que, mordious, il maniquait sous ses draps, invariablement le colosse répondait :

— Je fais un bruit de robe, mon ami. Je respire Mademoiselle pour ne pas l'oublier. Je fais les gestes qu'elle a appris à Marbuche. Marbuche fait ce qu'il doit pour redevenir un enfant...

Ses paupières s'alourdissaient. Son menton pesait du plomb. Sa tête s'inclinait sur le côté.

Tôt englouti par une liqueur de sommeil, il avait un sursaut. Il rencontrait les yeux de Tarpagnan posés sur lui. Il se souvenait que s'il s'endormait, son partenaire risquait fort de lui fausser compagnie. Il marchait jusqu'à la porte, se penchait à l'extérieur et criait :

— Palmyre ! Peux-tu venir ?

La lilliputienne arrivait aussitôt.

Elle était pomponnée dès le matin. Chaque jour, autour de ses cheveux, elle nouait un nouveau nœud rose en forme de coque. Elle vivait en rêvant à Tarpagnan. Elle piquait son fard dès qu'il lui adressait la parole.

Heureuses minutes dérobées à la fatalité du temps ! Plus sûrement qu'un bonheur aveugle et raboté, le commerce des êtres les plus démunis conduit souvent celui qui ose s'y risquer à la rencontre d'une lumière neuve. Elle est une école d'amour. Elle rend conscientes les choses invisibles et révèle celles qu'on n'était pas fait pour voir jusqu'alors.

Tarpagnan découvrait chez ses nouveaux amis des fêlures attendrissantes.

Et s'il est vrai que s'aimer dans un autre est parfois ennuyeux, du moins notre Gascon, en plongeant à cette profondeur de disgrâce et d'abjection, en se frottant à la plus extrême laideur, apprenait au fil des jours à débusquer la beauté et la grâce jusque dans les cavernes de chair meurtrie. Il traquait l'humour au fond des yeux les plus chassieux. Il pardonnait aux moignons pour ne retenir que l'élan fraternel d'un visage qui se blottit soudain contre vous.

Il découvrait la passion qu'il inspirait à la naine.

Parfois, avec Palmyre, il se laissait envahir par la familiarité douce à laquelle vous conduisent les femmes.

Malgré sa courte taille, la lilliputienne avait les traits fins et se laissait porter par une idée rieuse de la vie. Elle avait le don de le calmer. Si elle le sentait tendu, elle n'hésitait pas à grimper sur le lit pour ébouriffer avec une mansuétude inquiète les mèches sombres et buissonneuses qui encombraient le devant de son front têtu.

Il se détendait. Il se laissait porter par ses contes qui chantaient les roues du voyage. Elle le tenait au courant des événements ou bien elle s'offrait à lui jouer des czardas.

Un jour, elle était arrivée avec un violon à sa taille.

— Tu connais la musique ?

— J'ai appris les notes à l'oreille.

Elle jouait à merveille.

Avec elle, il assistait à une série d'actes paisibles. Elle préparait le thé. Elle le servait. Il régnait entre eux un accord calme et tranquille. Et quand il jugeait qu'il avait assez parlé, ma foi, il se taisait.

Il gaspillait alors deux grandes minutes à penser à Caf'conc'.

Dans l'air alourdi par la respiration des hommes, il imaginait la détresse de la jeune femme. L'état de délabrement physique et moral qui devait être le sien. Son visage muet, glacé de dégoût, le frisson derrière ses épaules, chaque fois qu'elle endurait entre ses cuisses luisantes, au plus intime de son sexe soumis, la secousse abominée de son dominateur de passage.

La hantise d'Antoine était d'arriver trop tard au chevet de sa beauté. Il aurait voulu en retrouvant intacts l'éclat vivant de sa carnation et la joliesse de son visage raccommoder les brisures éparpillées de sa propre jeunesse. Il ne se pardonnait pas d'avoir été la cause d'un naufrage aussi pathétique.

A la pensée de cet étouffement chaud, des odeurs excitées, des sueurs humaines, des visages congestionnés, des rudesses quotidiennes qu'elle devait endurer, Tarpagnan ne sentait plus sa propre chair, ni ses muscles, ni son corps. Plus exactement, il luttait de son mieux pour les oublier. Il s'était mis à détester jusqu'à l'humeur ardente de sa propre virilité et battait les nuages dès que son esprit s'égarait sur le souvenir de celle qu'il avait connue dans la magie de son absolue beauté.

Tapie dans la fraîcheur de l'ombre, Palmyre glissait sa menotte dans la sienne et respectait sa rêverie.

Au bout d'un long moment, elle osait bouger. Elle lançait alors une poignée de petits cailloux dans la mare de ses pensées secrètes.

Elle murmurait :

— Tu penses à elle, n'est-ce pas ?

— Oui...

Il se redressait.

Il avait répondu oui, comme si quelqu'un avait surgi à ses côtés et lui avait demandé à brûle-pourpoint :

— Vous aimez la dame de pique ?

Il aurait répondu oui.

Et dans ces obscurs moments, si Palmyre avait ajouté :

— On couche ensemble ?

il aurait répondu oui. C'est l'instinct de vie qui aurait parlé. Il n'aurait pas su ce qu'il disait.

La petite le savait bien.

Elle se contentait de chuchoter :

— Tu me quittes souvent par la pensée. Je le sais, tu divagues. Je m'en suis aperçue. Je te parle mais tu n'es plus avec moi. Tu es avec elle.

— Oui. Je suis avec elle.

— Tu penses que je suis trop petite. Que je suis trop miette.

— Non. C'est juste que je l'aime trop.

— On n'aime jamais trop, disait Palmyre. C'est une grande affaire.

— Une grande affaire, répondait Antoine.

Son esprit à nouveau battait la campagne.

Palmyre n'y trouvait pas à redire.

Depuis si longtemps, elle avait appris à s'oublier.

57

La montagne bleue du Bessillon

A l'heure désespérée où Tarpagnan apprenait vaille que vaille à vivre et à s'orienter dans les limbes d'un sous-monde d'acrobates, de contorsionnistes, d'hommes-serpents, de femmes à barbe et de lilliputiens, Gabriella Pucci, retranchée des senteurs et des rires, endurait dans son corps les fièvres chaudes du plaisir des autres, les grivoiseries des clients de ruisseau venus assouvir en elle leurs grasses humeurs, leurs frustrations de sexe et leurs convoitises imbéciles.

Dans le petit périmètre de la rue Girardon et le coin des Abbesses, le bruit avait couru sous le manteau que Saint-Lago, le souteneur à la face de vérole, détenait sous sa coupe la merveille des merveilles – une pensionnaire d'une grande beauté, une poupée molle et passive dont aucune science de l'amour n'arrivait à briser l'air froid et dédaigneux, dont aucune embrassade, aucune caresse, n'aurait su tirer la moindre plainte de gorge, le plus infime accord de regard, ou susciter la moindre parole défaillante. Une femme douloureusement frissonnante, une courtisane consentante malgré tout (Saint-Lago la battait chaque matin selon les prescriptions de Trocard), une amante aux yeux d'enfant songeur, dont les transports ressemblaient à l'agonie, dont les manières de souveraine défiaient la vulgarité, dont le détachement de fauve blessé lui permettait de retenir son plaisir faute d'en partager l'égarement, bref, une putain d'un genre nouveau pour un établissement aussi modeste que *l'Escalier de Vénus*.

En vérité, l'univers de Gabriella Pucci se résumait à quatre murs sales. Après sa dégelée du matin, elle mâchouillait son petit déjeuner, une tranche de pain trempée dans du lait.

Pendant un quart d'heure, elle regardait le vide d'une fenêtre à barreaux d'où se pouvait apercevoir un puits, au fond du jardin. Elle ouvrait le vitrage, secouait les barreaux avec ses mains impuissantes, humait l'air frais tramé par la brume et tendait l'oreille pour percevoir le grondement du canon. Parfois, il lui semblait tout proche, à croire que les obus tombaient à l'intérieur de Paris.

Avec des gestes de somnambule, elle se retournait. Elle contemplait deux chaises, une table, une chandelle. Elle utilisait un pot d'eau pour continuer un semblant d'hygiène.

Ensuite, elle écoutait naître les bruits de la maison et raccommodait son linge. Le visage un peu creusé, la chair comme enfoncée autour des arêtes du nez, des orbites et des joues, elle passait des heures vides et ennuyeuses à soigner quelques petits pots de fleurs ou à relire un vieux journal. Il y était fait mention d'un décret de la Commune en date du 12 avril qui visait à abattre la colonne Vendôme, « symbole du bonapartisme et monument de haine », et d'une délibération en cours selon laquelle, en « vertu de l'affranchissement de la femme pour sa dignité », les autorités s'apprêtaient à fermer purement et simplement toutes les maisons de tolérance.

Gabriella Pucci haussait les épaules. Gagnée par un sourire immobile, elle menait un combat contre les soupirs. Dieu sait pourtant si le paysage des jours était sombre et répétitif. Dieu sait si l'affreux Saint-Lago avait la main lourde lorsqu'il la frappait. C'était à hurler, l'entrain qu'il mettait chaque matin à la torgnoler. A la taper. A la battre. A l'humilier.

Au fil du temps, une intime sensation d'impureté avait poussé en elle et la bataille perdue de son corps l'éloignait chaque jour davantage de Tarpagnan. Jugeant que leur amour bafoué était désormais inatteignable, elle avait même fini par s'interdire de penser à son bel amant. Elle avait effacé totalement de sa mémoire le son de sa voix tonitruante, la vivacité de ses yeux, le sautillement élastique de sa démarche et, peu à peu, banalisant le dévergondage auquel la soumettait son état de fille de joie, elle avait vu s'éteindre en elle jusqu'à la nécessité de pleurer.

Juste elle respirait pour vivre assez.

Sa main devenue molle laissait échapper le journal. Elle pensait à son village natal. Elle laissait voyager son esprit jusqu'à Barjols, une cité de tanneurs appuyée au flanc des montagnes du Bessillon. Elle imaginait les rues inondées de soleil, les places harnachées d'or et de reflets. Elle entendait chanter les cigales et bourdonner les insectes. Elle pénétrait dans la maisonnette de ses parents, émigrés italiens échoués en ce pays de haute Provence dans l'espoir d'y trouver une seconde patrie. Elle suivait son père à la sortie de la fabrique, elle le revoyait quand il n'était pas trop lancé par le vin, tremper sa main rugueuse dans l'eau fraîche des fontaines et chanter en piémontais le village aux trente-deux sources qui l'avait accueilli.

Réfugiée dans le creux de ses pensées, la recluse se cambrait, lèvres entrouvertes, et son esprit égaré s'attardait encore un peu dans le jardin de sa mère.

Il était d'autres matins plus amers où elle mesurait la faillite de sa vie. Elle était alors à deux doigts d'abandonner la lutte, de se laisser glisser, d'accepter définitivement la pente qui la précipiterait hors des limites de la raison. Dieubon! Pourquoi ne pas en finir? Pourquoi ne pas aller chercher le repos au fond d'un carré de terre, sous une odeur fade de terreau? Adieu toujours et à jamais!

Elle pensait à toutes les femmes exemplaires qu'elle avait croisées. A Louise Michel, à celles de la rue Lévisse. Elle finissait invariablement par écrire une lettre adressée à Edmond Trocard, une lettre de plus, où elle disait à son bourreau qu'elle avait assez payé son tribut à sa vengeance, une lettre où elle le suppliait de la laisser s'engager dans un corps d'infirmières. Elle savait que le lendemain, lorsqu'elle remettrait cette supplique à Saint-Lago, il lui allongerait une dariole du revers de la main, qu'elle recevrait six coups de ceinture supplémentaires. Elle savait que la missive n'atteindrait jamais son destinataire. Elle persévérait dans son propos avec une expression malade et s'entêtait, pathétique dans sa maigreur acharnée.

Vers quinze heures, quoi qu'elle eût fait de son temps, la pauvre ensevelie sursautait au premier coup de sonnette. Le trousseau de clés de la sous-maîtresse tintait dans le couloir. Un pêne s'engageait dans la serrure et libérait la gâche qui la tenait prisonnière jusqu'alors. Des frissons descendaient en cascades glacées derrière ses épaules.

Elle portait la main devant sa bouche en reconnaissant le vacarme des pas sur le carrelage ou dans l'étage, les rires et les éclats de voix des habitués qui prenaient possession des lieux.

Elle respirait pour se donner le courage d'affronter une nouvelle journée d'abattage. A l'époque d'un sacré cafard, elle fermait les yeux et faisait naître une montagne à deux bosses. Comme le Bessillon.

Elle respirait.

Elle s'éloignait sur la montagne.

Mais qu'est-ce que ça voulait bien dire dans son cas, s'éloigner ? Rien, bien sûr ! Sinon admettre au fond de soi que la vie a sans doute un sens caché et que, parfois, les desseins de Celui d'en Haut sont encore plus insondables que l'abîme qui les contient.

58

Ziquet s'en va-t'en guerre

Avec des yeux d'eau creuse, la Chouette se tenait au bord du chemin.

Une main en visière, l'autre enfouie dans la poche de ventre de son tablier, elle observait à contre-soleil l'étrange équipage qui venait de quitter la route de la Révolte et s'avançait à toute poussière – un point sur la ligne d'horizon.

En ces périodes de réquisition et de priorité militaire, les chevaux étaient suffisamment rares pour qu'elle s'étonnât de la présence d'un attelage à proximité d'un village de taudions et de cambuses comme la cité des Vaches.

Dos au pagodon à toits superposés, elle recula donc dans l'enclos.

Elle cavala jusqu'à l'unique fenestron. Elle tapa au carreau. Elle gueula pour celui qui se terrait dans la masure :

— M'sieu Horace ! On a d'la visite !

Elle courut à la porte d'entrée entrebâillée pour laisser entrer le soleil : une gonde d'un beau rouge céleste à lisérés dorés, peinte et décorée par son homme.

Elle la cléta à double tour.

Elle préférait prendre ses précautions. Opposer aux visiteurs une barricade, même si les planches étaient vermoulues, même si toute la cabane n'était qu'un tas de carton branlant.

Elle jeta la clé dans la cage de Bosco, tais-toi sale bête, espèce d'ara, ils viendront jamais la chercher entre tes pattes ! Morfondieu ! Ce foutu perroquet d'Amérique jurait plus fort qu'un rembarqué d'la marine. Tais-toi, j't'ai dit, sale bétaille, tu refoules du bec ! La vieille faisait des signes cabalistiques, ses amulettes et ses grigris claquaient des griffes autour de son cou décharné, elle chaloupait à vive allure dans sa jupe gonflée. Elle se faisait un mouron d'enfer.

Elle agissait par intuition d'un danger proche. Elle n'aurait pas pu fournir d'explications sur sa conduite mais elle sentait le sel dans sa bouche. C'était toujours ce goût-là qui revenait sur sa langue et l'assoiffait quand le malheur rôdait autour d'elle.

Elle ressortit de l'enclos et courut se percher sur le chemin.

Pas de doute, la voiture cahotait dans sa direction. Elle tanguait en franchissant les ravines. Le cheval tricotait les pattes en huit au milieu des fumerolles malodorantes. Il coupait court par le champ d'ordures.

La grande harpe gardait la tête froide. Elle poignait un croc de chiffonnier derrière son dos. Un numéro sept. Elle laisserait pas faire les choses si elles tournaient mal. Des fois que ces intrus seraient des suppôts de la Joncaille, des spadassins de l'Ourcq envoyés par Goutte-d'Huile. Une bande de malvenants partis pour faire des misères à son *Monsieur aux yeux gris*. A Monsieur Horace. C'est comme cela désormais qu'elle appelait Grondin. Elle se sentait des droits sur lui. Il était un peu son œuvre. L'avait-elle pas rafistolé d'aplomb, le grand vautour de préfectanche ?

Depuis deux ou trois jours, il allait mieux. Ses joues s'étaient réveillées. Il avait ouvert son œil gauche. La poche de sang s'était résorbée, laissant place à une cicatrice blanche. Il avait réclamé de l'eau, il aurait voulu se tremper dans le savon. Ah, mais ! Du savon blanc, il aurait voulu ! Comme si ça existait cette denrée-là à la cité des Vaches ! La Chouette s'était débrouillée. Elle lui avait ramené un *nécessaire* dans les pans de son tablier : une serviette, un grattoir aiguisé comme un fil, un éclat de glace pour lui servir de miradou. Tout barbeux et salop, il s'était rasé. Elle l'avait même soutenu pour faire ses premiers pas. Il était mince et élingué mais il tenait sur sa charpente. Elle le ceinturait tout contre elle. Il réapprenait la marche. Il lui avait décerné un vrai sourire. Appelez-moi Horace. Elle s'était mordu les lèvres jusqu'au sang. Elle avait été ébouillantée de bonheur. Elle avait promis de lui procurer des habits. Il avait demandé à essayer un peu de tabac dans une pipe. Elle lui avait offert une marseillaise, une bouffarde courte et poreuse en remplacement de la sienne.

Mais pour l'instant, la traiteuse des onguents, des philtres et des tisanes, la soigneuse des humeurs et des plaies avait autre chose en tête. Ses yeux de chasseur nocturne voyageaient dans les airs.

Ils se posèrent à nouveau sur la voiturée qui se rapprochait dans le contre-jour du p'tit soleil frisant.

Ces bobosses-là qui ça pouvait bien être ? C'est vrai, qui c'était donc ? Des tueurs à longs couteaux ? Des communeux de la révolution ? A moins que ce *soye*, pensait la Chouette, et pourquoi pas, mar-monnait-elle, c'débris d'Alfred, accompagné d'une wagonnée de biberonneurs de son acabit. Hein ? à moins. A moins, c'est bien c'que j'dis, que ce soit le vieux crochet faisant retour vers ses quartiers et résidence ? Foutu chineur à hotte et à carquois ! Crébleu ! Mais c'est qu'alors... Lerouge aurait touché le magot ? Investi dans un cheval ? Cinq nuitées qu'il était pas rentré, Trois-Clous ! Il avait dû prendre son temps dans les estaminets, s'empoivrer la ruche à l'eau d'af', cré cochon ! Pitancher chez le mastroquet Saint-Flour. Boire son or au goulot, vieux chameau !

La Chouette tenait plus en place.

La patache à roulettes était presque devant elle.

Dans une gloire de soleil éblouissant, sa carcasse noire environnée d'un halo de poudre blanche n'avait plus qu'à dévaler la dernière pente au trot déchevillé du cheval de tire qui jetait une furie de sabots vers l'extérieur de sa course.

— Jésus des enfers ! Un omnibus de conis ! Une voiture de maccha-bées ! s'écria la Chouette en identifiant un corbillard pavoisé de dra-peaux rouges et tiré par une haridelle habillée d'un drap de deuil.

Elle se signa trois fois.

Son cœur lui montait dans la bouche. Elle avait envie de retourner son estomac sur le chemin tandis que dans un grand étirement de rênes, un tohu-bohu de brancards et d'essieux, un coquin de cocher roidi sur ses jarrets et jeté en arrière mettait un terme au bardi-barda indiscipliné de sa jument jaune.

— Alphonse Pouffard, croque-billard et ambulancier de la Com-mune pour vous servir ! salua ce vicaire de la mort en ôtant son cha-peau morillo pour saluer la sorcière. Faut avoir envie de vous trouver, ma bonne dame, pour venir jusqu'ici !

— Où est mon mari ? s'empressa la Chouette.

— Ah, d'la mousse, ma p'tite dame ! On n'est pas aux pièces ! répliqua le charroyeur.

Il empestait la vinasse.

— Avez-vous pas d'abord un peu d'eau claire pour faire boire ma Cécile ? Ma jument est crevée. Elle passe avant tout le monde.

— Ou est Alfred Lerouge ? rembina la sorcière. Le goût du sel à nouveau tapissait sa bouche. Où est passé mon vieux crochet ?

Ses yeux perçants inspectaient le banc où, à côté du voiturier, venait de se dresser un grand mannequin aux genoux aigus, au teint blafard, un blousier à casquette qui s'apprêtait à prendre contact avec la terre ferme.

— Votre mari a descendu la garde, dit ce dernier en prenant appui sur le marchepied.

— Répétez-moi ça, dit la vieille.

Elle avait soudain l'impression d'être abandonnée sur une terre déserte.

Hippolyte Barthélemy, car c'était lui, sauta du marchepied. Il atterrit devant la laide et la salua casquette basse, avec des gestes empreints de gravité.

— Mardi dans la nuit, Lerouge Alfred, soixante-sept ans, chiffonnier patenté et capitaine au long cours, a fait le saut du lapin, répéta-t-il.

Et lui tendant la tabatière d'écaille et la montre de gousset à caravelle du défunt :

— Voilà sa fauffe et sa breloque.

— C'est à n'y pas croire, bredouilla La Chouette.

Sa main contenant la montre et la tortue d'écaille s'était réfugiée dans les pliures de sa longue jupe gonflée.

Elle posa sur le messager deux grands yeux impénétrables.

Face à ce glacis qu'il interprétait comme de la souffrance humaine, Barthélemy se crut obligé d'ajouter quelques mots porteurs d'espoir nourrissant :

— Votre mari, ce beau marin, avait subi un grand astiquage cérébral qui l'avait tant contrarié qu'il a préféré éteindre la lumière... Cependant, sur le point de casser sa gaffe, il a conduit sa barque avec une grande dignité... Et c'est pour faire suite à sa perte irréparable que nous vous présentons, madame, nos condoléances attristées.

La grande harpe au visage plat ne cilla pas.

— Me fichez pas une colle, citoyen ! se contenta-t-elle de dire à voix contenue. J'veux dire, allez-y carrément, m'ssieu. Qu'est-ce qui lui est arrivé ?

L'ancien fligue à dard se recouvrit le chef.

— Il est mort du cœur. Nous n'avons rien pu faire.

— Nous ?

— Le gosse et moi, renseigna Hippolyte Barthélemy avec un air de circonstance.

Puis désignant Ziquet dont la crête ébouriffée venait de surgir au détour du corbillard :

— Ce jeune homme est bien ébranlé... avancez-vous, jeune Ziquet...

La Chouette se tourna vers le commis.

— Te v'là, crapaud ? fit-elle. Pourquoi qu'tu t'cachais ? Pourquoi qu't'as laissé parler les autres à ta place ? Tu n'me dis rien ? T'as donc rien à m'dire ?

Elle rangea la montre et la tabatière dans sa poche de ventre, planta son croc dans une souche et courut jusqu'à lui. Elle emprisonna ses deux mains dans les siennes qui étaient rêches et froides. Leurs yeux étaient presque au même niveau maintenant que le têtard avait grandi. Ils se regardaient sans rien dire et la Chouette n'osait pas bouger.

L'espoir assassiné 271

— Alors ? graillonna-t-elle sans battre une paupière. Crache, salop !

— C'est la soif de l'or qui l'a tué, Maman Rouille, murmura le jeunot en baissant la tête. Comme l'a dit M'sieu Barthélemy, l'émotion l'a étouffé. Et l'usure a fait le reste...

— Usure ?

La Chouette en bâillait carpe.

— Ben oui... Papa Rouille avait tout donné autrefois, dans la soif de ses grands voyages !

— Oh, pas de contes bleus, petit ! La vérité ! récrimina la vilaine harpie. Trois-Clous était surtout un employé de comptoir ! Y buvait comme une mie de pain.

— L'océan ! Les aventures... Bornéo. Les naufrages, les fortunes de mer, ça vous use un homme, tenta encore Ziquet qui essayait de sanctifier la mémoire du chiffonnier par de pieux mensonges.

— Ffutt ! J't'embrouille ! Trois-Clous était juste un mangeur de vache enragée ! Je l'ai toujours su !

— Trois-Clous était mon seul père, répliqua Ziquet en récupérant le libre usage de ses mains. Maintenant qu'il n'est plus là, je n'ai plus personne.

La Chouette ne le démentit pas. Ça n'avait jamais vraiment collé entre elle et ce morveux. Il lui rappelait trop qu'elle n'avait pas pu avoir de nichée de son propre lait.

— Et l'argent au moins ? souffla-t-elle en direction du grelu. L'or ? Est-ce que vous avez trouvé le romagnol ?

— Nous n'avons trouvé qu'une pincée de billets dans une cachette sous les poutres, renseigna Barthélemy en s'avançant. Tenez, je vous remets la somme, dit-il en lui tendant un journal plié. Le reste, un gros trois quarts, est passé dans la poche du sieur Pouffard...

En entendant prononcer son nom, le noir vautour, qui entre-temps avait su trouver un seau d'eau pour sa rosse et une bouteille de vin pour lui-même, s'était retourné.

— Approchez, Pouffard, venez dire votre chapelet ! dit Barthélemy.

Et s'adressant en aparté à la veuve :

— S'il n'est pas déjà trop biturin, il va vous raconter la façon honteuse qu'il a eue de nous faire chanter...

L'autre s'inclina, la main sur le cœur. Il passa devant Barthélemy comme s'il n'existait pas. On voyait qu'il ne prisait guère la compagnie de l'ancien agent de la raille qui le lui rendait bien.

— Quand ces messieurs ont eu recours à moi pour les obsèques, commença le nettoyeur de cadavres, c'était le milieu de la nuit, je dormais dans la paille de mon ambulance. A leurs mines alarmées, à leurs chuchotements qui réclamaient la discrétion, j'ai tout de suite pensé qu'on avait affaire à un cas d'espèce... Je les ai donc suivis où ils me demandaient d'aller et... arrivé dans ce logement du troisième où avait eu lieu le drame, j'ai tout de suite su que l'évacuation du défunt allait coûter beaucoup d'argent à mes interlocuteurs pourvu qu'ils en eussent...

— Pouffard nous a rançonnés, expliqua Ziquet.

— Quel saut dans l'ingratitude, petit ! affecta de s'offusquer le croquedu. Qu'ai-je fait d'autre que de vous aider à trouver une sépulture décente pour cet infortuné M. Lerouge...

— Qu'avez-vous fait de mon Alfred ? glapit la sorcière.

La Chouette faisait assez peur à regarder.

— Nous étions embarrassés par la présence de son cadavre... tenta d'expliquer Barthélemy.

— Dites plutôt que vous n'pouviez pas vous passer d'Alphonse Pouffard ! grasseya le croque-mort. J'l'ai tout de suite compris, allez ! Vot'coup était trop louche. Les biffins étaient montés sur un fric-frac et toi, l'éteignoir, t'étais du genre gobe-mouches en cavale... Comme l'œil au milieu du visage, j'ai su que tu n'souhaitais pas rencontrer les fédérés !

Il vint rôder jusque dessous le nez du grand échaudé, gingina une œillade à son intention et susurra :

— J'aurais pu, aussi bien pu, te dénoncer aux autorités, tu sais, mon grand héron ! Un espion de la réaction et un casseur de portes, j'avais du poisson plein ma nasse ! Rigault et Théophile Ferré auraient été trop heureux de vous passer à la question !

— Vous avez préféré vous faire graisser les poches, espèce de sangsue, surnagea l'ancien policier.

— Parce que l'argent rend fou, dit le cocher. Parce que j'ai toujours soif, ajouta-t-il en tétant le goulot de sa fiasque. Aussi parce que t'avais un revolver !

— Il a fallu attendre deux jours qu'il dessaoule, expliqua Ziquet à la vieille. Et un autre jour entier pour qu'il repasse sous nos fenêtres avec un chargement de morts de la Commune.

— Vous avez jeté mon Alfred sur un tas de morts ? Vous l'avez enterré avec un ramassis de soiffards et de pas rien ? suffoqua la matrone.

— Ah toi, vieux torchon ! parle pas comme ça des patriotes ! vociféra Pouffard en pointant un index furieux sur la Chouette.

Ces deux-là étaient sur le point de se crêper la tignasse. La Chouette faisait claquer son tablier bleu sous le nez du voiturier. De plus en plus déraillé par l'alcool, ce dernier était sorti de ses gonds.

La bouteille à la main, la moustache humectée d'une mousse de vinasse, il était parti pour donner des leçons :

— Ces trépassés que tu insultes étaient des héros, citoyenne ! Un bataillon de gardes nationaux morts la baïonnette en avant dans un fort mouvement d'infanterie...

Hors de son bon sens, le cocher des derniers voyages s'était approché de la bonne femme jusqu'à toucher son visage hideux :

L'espoir assassiné

— Ecoute plutôt l'histoire, espèce de tréteau! éructa-t-il. La dépouille de ton vieux bougre a été exposée pendant vingt-quatre heures dans une salle de l'hôpital Beaujon et a reçu l'hommage du peuple de Paris! On pouvait difficilement, je trouve, faire plus d'honneur à un guenillard de son espèce qui n'a jamais pris les armes pour défendre la liberté! à un gros ventre qui sentait encore plus mauvais du temps de son vivant que quand il était mort! Et que cette barbe à coquillons reposât en terre des braves avec des héros cueillis sous les remparts de Vanves par le feu croisé des mitrailleuses versaillaises valait bien, je pense, que j'empochasse une poignée de monacos!

Il s'était tu. Il sentait bien qu'il s'était empêtré dans empochasse. Avec des mots ficelés pareils et un demi-litre de rouge dans la panse il avait les oreilles rouges au lieu d'être grises. Il roula sur ses pieds et ramassa ses guides.

— Là-d'ssus, j' m'en vas, dit-il. J'espère que t'es reposée, Cécile. Les blessés de la patrie nous attendent, fifille. Et toi, gringalet, si tu veux me suivre, hâte-toi de prendre tes hardes. Je ne vais pas moisir plus longtemps sur ce champ d'immondices!

— J'cours chercher mon chassepot pour aller à la guerre! lança aussitôt Ziquet. Je r'viens tout d'suite! Mon sac est préparé!

En deux bonds, l'adolescent avait traversé le chemin. Il se retourna un bref instant avant de s'engouffrer dans la remise à peaux de lapin.

— J'arrive, m'sieu Pouffard! Vive la Commune!

Il réapparut presque aussitôt. Il avait un shako sur l'oreille, portait une capote sur le bras. Il brandissait son fusil. Il était hors d'haleine.

Sur le point de se hisser sur la paille du corbillard, il se retourna toutefois vers la Chouette et s'avança jusqu'à elle.

— Adieu, dit-il en essuyant ses lèvres où se mêlaient l'odeur âcre de sa transpiration et le halètement de son souffle. J'crois bien qu'on n'se doit rien.

— Rien, répondit la vieille. Décampe, Ziquet et r'fiche pas les pattes ici avant d'avoir changé l'monde!

— J'vais essayer, dit le têtard. D'abord avec le flingot. Et après, avec les idées... J'étudierai! J's'rai maît'd'école! Trois-Clous disait qu'l'avenir est dans les livres...

L'ébouriffé toucha brusquement la joue de la vieille et cette ébauche de caresse la raidit sur ses gros jambons.

— Trois-Clous m'a appris à lire, dit-il en la regardant avec une suffocante tendresse. Une chose que j'oublierai jamais.

Elle, piquée droite au milieu des ruines fumantes de sa vie désormais sans attente, riboulait des yeux rougis où germaient deux grosses larmes qu'elle tentait de chasser.

— Tiens, dit-elle. Prends. En souvenir de lui...

Elle avait glissé dans la paume de l'adolescent la montre de son mari.

Le têtard avança le cou.

— Ah! Va! s'étrangla-t-elle à demi, en battant l'air pour éviter qu'il l'embrasse. Pousse-toi, Ziquet! Laisse-moi! Toute cette eau qui me coule, c'est juste que j'étais habituée à lui! Ça va sûrement sécher!

Elle ferma les yeux.

Elle reconnut la toux sèche d'un coup de fouet. Elle entendit s'ébranler l'attelage. Elle écouta s'éloigner le grondement des roues. Elle sut qu'une partie de vivre s'était détachée d'elle.

Elle rouvrit ses paupières et sous la soie drue de ses cils inspecta le champ de fumerolles où retombait la poussière. Elle chassa le plus gros de ses pleurs avec ses mains endurcies. Elle noya sa figure dans son mouche-nez et prit le chemin de la maison.

Comme elle franchissait l'enclos, elle aperçut Horace Grondin penché à la fenêtre.

En chemise blanche, le spectre ouvrait tout grands ses bras à Barthélemy. Il lui offrait l'accolade.

— La Chouette! lança-t-il du plus loin qu'il la vit. Déverrouillez la porte! Car j'ai retrouvé un ami!

Il riait. Ce qui était rare et effrayant.

59

Les cent visages d'Horace Grondin

Avec un froncement central du front, l'inspecteur Barthélemy que sa haute taille obligeait à se courber au passage du seuil pénétra le premier dans la masure chinoise.

Afin d'apprivoiser la curiosité peinte sur le visage de son visiteur, à moins que ce ne fût simplement pour le laisser s'habituer au clair-obscur, à la misérable apparence du lieu, à la puanteur de hardes souillées ou à la vue de la paille corrompue qui jonchait le sol, Horace Grondin, debout au milieu de l'unique pièce, gardait une attitude réservée.

Il avait retrouvé l'air le plus ordinaire du monde et ce n'était pas là le signe le moins inquiétant de sa personnalité changeante. Voilà un homme qui était capable de réunir sur son visage les contrastes les plus bizarres.

A l'instant, il était froid, calme et grave.

Il observa la Chouette qui se glissait à son tour dans la bauge et s'ouvrait un chemin jusqu'à lui, d'un pas rapide.

— Mon homme a r'tourné sa chaloupe, lui apprit-elle les yeux dans les yeux. Le v'là mort et enterré. Je m'retrouve toute seule au monde.

Grondin s'abstint de parler. La grande harpe resta un moment devant lui, le pied levé, les yeux délavés. Sans escompter le moindre apitoiement, elle fit claquer son tablier. Mue par une envie brusque de se jeter la tête en avant, elle retourna sur ses pas aussi vite qu'elle s'était avancée.

D'une volée de la main, elle referma la porte qui était restée entrouverte. Tournée face au mur de carton moisi, elle ôta ses sabots en marmonnant un bredi-breda de paroles indistinctes.

Elle releva la tête, secoua ses amulettes. Une sorte de brutalité marbrait sa face plate. Sans regarder son interlocuteur, elle débita d'une traite :

— Je m'doute bien que vous allez décamper, allez ! Mais, si vous voulez bien de moi, j'suis résolue à vous suivre. Je tiendrai votre ménage. J'coucherai par terre. Je ne vous demanderai rien. Pas plus qu'une bête.

Le visage de Grondin resta indéchiffrable. Dans l'air confiné et malodorant de la pièce il recula comme pour élargir son point de vue.

Il posa son regard terrible sur les deux créatures de bas étage que le destin avait placées entre ses mains pour être les instruments de sa résurrection.

Il dessina un pâle sourire à l'intention de la laide et en moins que rien, sans qu'il eût exprimé la moindre exigence, elle courut poser trois écuelles sur la table bancale et ranimer le feu sous la marmite.

Grondin laissa alors dériver ses yeux pénétrants sur Barthélemy. Il observa sa mise d'ouvrier et le complimenta à mi-voix pour son art consommé du déguisement.

Il le prit ensuite familièrement par l'épaule pour le conduire à la table. Il l'invita à prendre place sur le banc vermoulu. Le grand héron se découvrit avec respect devant lui et n'eut de cesse que l'ancien sous-chef de la Sûreté se fût assis le premier.

A l'empressement de l'une, à la platitude de l'autre, l'homme aux yeux de vrille sut qu'il n'avait rien perdu de son art de régner sur les êtres, de jauger les sombres sursauts du cœur ou de manipuler la versatilité des caractères.

Plus tard, au-dessus de la soupe de pois cassés, il demanda à la Chouette de lui procurer des habits de travailleur qui lui permettraient de circuler librement dans Paris. La dernière cuillerée lapée, la sorcière partit sans récriminer faire le tour de ses relations.

Tout acquise au service de cet homme ténébreux qui était capable de prendre de l'ascendant sur quiconque en faisant la seule visite de ses yeux, elle s'était lancée en clopinant sur un sentier taillé entre les immondices afin de couper au plus juste et d'aller visiter une clique de savants de la fripe qui habitait la cité voisine. Elle visait des fourgats pas trop curieux, des rebouiseurs de la cité du Soleil qui avaient des obligations de reconnaissance envers son défunt Alfred. Elle avait décidé par avance de n'acheter qu'une seule pièce vestimentaire chez chacun d'entre eux, afin de ne pas éveiller leurs soupçons.

Après le départ de la vieille, Grondin avait commencé à bourrer sa pipe.

Entre lui et Barthélemy, au travers des premières volutes de fumée bleue, il s'était tout naturellement renoué un dialogue de gens de police.

Grondin avait demandé sur un ton de fermeté :

— Faites-moi votre rapport, Hippolyte. Que s'est-il passé au-dehors ? Je n'ai rien vu ni rien su depuis que je suis enterré ici... Et tout d'abord, comment êtes-vous arrivé jusqu'à moi ?

— Après bien des bifurcations, monsieur ! s'écria l'argousin et il commença à enfiler un discours tellement persillé de digressions que Grondin sut à l'instant qu'il n'allait pas s'en tirer sans peine ni longueur.

De fait, tantôt sur le ton d'une amertume haineuse, tantôt avec un empressement nerveux, le héron gris ne lui fit omission de rien. Il raconta par le menu la fuite du commissaire Mespluchet pour Versailles, la visite faite à Monsieur Claude, l'arrestation de ce dernier par les communards, son incarcération à la Santé et comment, las de risquer sa peau à chaque croisement de rues, de fréquenter les chauffoirs publics et de lécher les gamelles des « fourneaux économiques », il avait, lui, Hippolyte Barthélemy, fini par atterrir dans le logement de la rue de la Corderie et par y trouver refuge pendant deux longues semaines avant que n'y débarquassent fort inopinément Trois-Clous et son têtard ébouriffé.

Grondin avait posé ses yeux gris sur son jeune collègue et avec un miel étrange dans la voix l'avait remercié d'être venu jusqu'à lui pour le tirer du si mauvais pas où il se trouvait.

— Pensez donc ! avait protesté Barthélemy, je n'ai aucun mérite... Tant de pentes me ramènent à vous, monsieur ! Tout d'abord, nos affaires de police, bien sûr, mais aussi, par des voies détournées, quelque chose de plus intriguant – quelque chose que je ne comprends pas... un instinct, une curiosité, un remous, qui m'appellent vers l'obscur... un peu comme si une énergie souterraine circulait entre nous et conspirait à nous réunir... Un peu comme si, sorti du droit chemin des honnêtes gens, pour aller à votre rencontre, j'entrais au pays profane qui est le vôtre, et apprenais à manipuler la braise incandescente sur la paume de mes mains nues... avec un zèle et un bonheur que je ne soupçonnais pas...

A ces paroles prononcées par le bourre dans un état de raideur et de dédoublement de soi qui faisaient penser à l'effet d'exaltation d'une influence hypnotique, Grondin avait détaché ses yeux de renard argenté de ceux de son vis-à-vis. Un étrange sourire restait accroché à sa bouche tandis qu'il se levait dans un élan imprévu.

Avec un glissement de bête fauve, il avait gagné le fond de la pièce.

— Le vertige du Mal ! avait-il grincé en faisant volte-face. Le vertige du Mal, Hippolyte ! répéta-t-il en perdant son masque effrayant pendant une fraction de seconde. Je suis maudit et vous l'avez senti ! Je sens le soufre ! Et vous avez le nez fin !

Barthélemy sembla reprendre contact avec la réalité. Il lutta un moment contre son corps. Puis, ses épaules s'affaissèrent et, façonné à son insu par une volonté plus forte que la sienne, le cauteleux roussin ne lâcha plus son maître des yeux.

Ce dernier, une fois de plus, venait de changer de masque.

A sa grande stupeur, Barthélemy découvrait le visage bouleversé d'un homme en proie à une douloureuse émotion.

— Pardonnez-moi, monsieur, bredouilla-t-il, si j'ai dérangé quelque pièce sensible touchant à votre édifice personnel... Je... je n'aimerais pas vous avoir blessé, sachant trop comment chacun d'entre nous étaye sa conscience derrière une apparence... et qu'au pied d'une montagne de regrets, dans l'ombre de nos couloirs secrets, rôdent les travaux pas finis... les efforts gâchés... les amitiés trahies... les portes pas ouvertes...

— Barthélemy ! Barthélemy ! Très cher ami ! Vous touchez juste ! Seize ans que je me venge de Dieu ! murmura Grondin en proie à une souffrance inimaginable. Seize ans que je piétine sa blancheur parfaite ! Seize ans que je l'extirpe et qu'il demeure en moi !

Il faisait peine à voir. Il était méconnaissable. Une énergie incoercible ondoyait tout au long de son échine amaigrie et y imprimait une vague de grelottements.

— Seize ans que je suis très méchant et possédé d'une haine féroce! Seize ans que la malveillance m'aiguillonne! gémit-il en se frappant la tête avec le poing, en divaguant, en s'allant dissiper comme un fantôme gris dans l'obscurité de l'alcôve où se trouvait sa paillasse immonde.

Perdu où il était, Barthélemy l'entendait claquer des dents.

— Puis-je faire quelque chose pour vous, monsieur? se risqua-t-il en avançant son visage ictérique et inquiet, en essayant vainement de percer le mystère des ténèbres.

Mais l'autre, terré dans sa grotte, était devenu plus dangereux qu'un ours blessé.

Déformée par une lutte abominable, sa voix gronda :

— Mordieu! A chacun ses flammes! Gardez-vous d'approcher Barthélemy! Je n'ai besoin de personne! Je frissonne, voilà tout. Et la fièvre me brûle.

Après quelques soupirs encore, il se fit un lourd silence.

Cependant, quelques minutes plus tard, à croire que rien d'étrange n'avait eu lieu, il réapparut à la clarté. Il osa regarder du côté du fenestron et la lumière attisa le gris de ses yeux qui avaient conservé une expression secrète et rêveuse. Il fit quelques pas et, planté debout, ferme sur ses jarrets pour bien montrer au roussin qu'il était ragaillardi, s'écria sur un ton dédaigneux et railleur :

— Les conformismes! Les habitudes! La blancheur insupportable de la vertu! Vous verrez, mon petit Hippolyte, on apprend vite à voyager à la lisière du Mal! Le Mal est notre guide vers un désespoir très pur!

Puis effaçant d'un sourire retrouvé l'affreux dégoût qu'il semblait avoir de lui-même et de sa vie tourmentée, il s'approcha de son subordonné et lâcha sur un ton si léger que le change était donné :

— Corbleu, mon ami! D'une façon plus terre à terre, j'en reviens au séjour que vous fîtes rue de la Corderie...

— Oui, monsieur?

— Vous êtres entré chez moi, je veux bien! Mais alors... Simple réflexe de propriétaire... vous avez dû piller mon huisserie!

— Que non, monsieur! Ni cadet, ni monseigneur! se défendit aussitôt Barthélemy, croyez bien que je me suis introduit chez vous proprement! Je veux dire par la serrure!

Pour étayer ses dires, le grand échassier sortit de dessous sa blouse un trousseau de passe-partout qu'il fit sonner devant lui.

— Souffrez que je vous présente mes filles! dit-il en se rengorgeant.

— Ah les mignonnes! apprécia l'ancien forçat en tâtant le museau de cette collection de bénardes, clavettes, crochets et rossignols. Que voilà un bel attirail ! Et... qui donc vous a enseigné la pratique de la brugerie ?

Barthélemy ne répondit pas. A l'image de ces éternels seconds rôles qui ne se remboursent de la modestie où les confine leur emploi qu'en lisant un peu d'intérêt dans le regard du public qui les accueille, il faisait soudain mystère de ses accointances.

— Eh bien ? le pressa Grondin. D'où tenez-vous votre savoir ?

— D'un maître voleur ! plastronna le héron qui n'y tenait plus. De l'un de ces cagous de première catégorie qu'un jour, après filoche, j'avais serré sur le tas et que j'ai accepté de relâcher... moyennant qu'il m'instruise.

— Retourner un homme ? La recette est excellente, mon cher ! admit Grondin avec l'air admiratif.

— A petites doses, c'est mon talent, j'ai su instiller à mon caroubleur l'idée de son propre retournement, dit Barthélemy avec un sourire un peu fat.

Et javottant plus loin son récit :

— Sur le point de se laisser passer les bracelets, voilà-t-il pas que mon client se met à suffoquer ! Rouge crête, il porte la main à son gosier. « Harnibieu ! s'écrie-t-il : voilà ma crise qui me prend ! » D'un coup, il se plie en deux... S'étouffe en congestion... Il tousse, crache, se vide ! Il flanche à l'air comme celui qui va crever ses poumons sur le palier... Entre deux spasmes, moi, je lui tiens la tête... tout à trac, moitié violet, entre étouffement et convulsions, je l'entends qui me dit : « Suis poitrinaire... dernier degré ! Supporterai pas l'humidité des carruches ! Enlève-moi les tourtouses et j'frai c'que tu voudras... » Pensez si je l'ai pris au mot ! Et l'instant d'après, le coquin allait mieux !

— Y a-t-il un nom pour ce beau tragédien ?

— Fil-de-Fer !

— Fil-de-Fer, répéta Grondin sans montrer que le nom du tapedur lui était plus que familier.

— Oui. C'est un serrurier de Montmartre qui en croque pour les idées nouvelles. Il est très proche de cette Louise Michel dont il est tant question dans la presse depuis qu'elle a tenu le pari de sortir de Paris sans tirer un coup de carabine et de pousser sa promenade incognito jusqu'à la rue des Réservoirs...

— Crébleu, quel jupon ! A-t-elle réussi son exploit ?

— La légende des bivouacs dit qu'elle se serait dissimulée dans un chariot des quatre-saisons pour franchir les lignes et serait passée au nez et à la barbe des versaillais...

Grondin sourit. Sans doute, le temps d'une pensée fugitive, revoyait-il la maigre Louise du 18 mars, avec ses cheveux tirés, son allure évangéliste, sa volonté farouche. Et il souriait.

Barthélemy, se méprenant sur cette infime lumière dans ses yeux ardoise, voulut lui en apprendre davantage.

Déjà il ouvrait la bouche pour parler.

— Fil-de-Fer, vous disiez ? l'interrompit Grondin en coupant le fil à son phraseur.

Il avait la paupière lourde, l'air indifférent.

— Oui... Emile Roussel. Il loge au 7 de la rue Lévisse, s'empressa le roussin, ravi d'ouvrir son carnet d'adresses et d'épater ainsi le potentat de la Sûreté.

— Diable ! Voilà de fameux renseignements ! apprécia Grondin tout en mâchouillant sa pipe.

Il se pencha en travers de la table afin de s'octroyer un petit verre de trois-six que la Chouette avait sorti pour l'occasion. Il lampa séance tenante cette eau-de-vie de contrebande, fit claquer sa langue contre son palais et reconnut que c'était du raide.

La voix anodine, il versa une dose d'alcool dans le verre de Barthélemy, puis, rallumant sa marseillaise qui s'était éteinte, changea de sujet. C'était sa façon de pénétrer chez autrui. De se promener dans la tête de ceux qu'il sondait à leur insu.

— Où en sont les Parisiens ? demanda-t-il soudain.

— Paris a beaucoup changé, monsieur...

— Des détails, s'il vous plaît ! exigea-t-il en se versant un nouveau verre d'eau d'af', en le lampant cul sec. Donnez-moi du vivant !

— La guillotine a été brisée. Elle s'est évanouie en fumée au pied de la statue de Voltaire... Et le peuple a dansé, autour de son brasier !

Grondin tirait sur son brûle-gueule. Aucune trace de sa faiblesse ne transparaissait sur son visage émacié, couturé, déchiré, illisible.

— D'autres nouvelles, mon ami ? demanda-t-il entre deux bouffées de fumée bleue. Du significatif ! Brossez-moi le tableau ! Je veux voir l'époque au travers de vos yeux ! Je veux l'entendre comme si j'avais été présent !

— Paris se bat, monsieur. Les canons se parlent par-dessus la tête des fantassins. Les immeubles du côté de Neuilly se consument. Les communeux se font volontiers tuer pour l'amour de la liberté. Ils sont assez acharnés à ce qu'il semble.

— Mais où se tient la bataille ?

— Devant les forts. Dans la nuit, dans le noir. Sans plan, sans stratégie. Les balles pleuvent. Les versaillais sont au contact. Soudain, ils reculent. Les francs-tireurs sont dans les maisons. Ils tiraillent. Les soldats des deux camps s'embrochent en hurlant. La pluie du matin efface tout.

— J'en veux savoir encore plus ! Où en est la population ?

— Elle continue à sortir. Guignol s'est replié au Palais-Royal mais les cafés sont bondés ! Les théâtres sont ouverts. Les Boulevards sont pleins d'une foule qui monte vers les Champs-Elysées pour assister à la bataille. La nuit, même affluence de fêtards ! La ribouldingue continue parfois ses échos jusque derrière les volets clos !

— Mais enfin, les gens ? Les gens ordinaires ! Ceux qui se couchent à terre quand siffle un obus, que font-ils ?

— Ils apprennent à vivre avec la proximité du danger.

— Ils sont résignés ?

— Ils sont tout sauf cela, monsieur ! Ils sont enragés ! Et même le Paris qui ne se bat pas grimpe sur les remparts pour suivre les combats ! Les bourgeois ont leurs lorgnettes. Les gosses les plus délurés grimpent sur les sémaphores du chemin de fer. De temps à autre, la place de l'Etoile reçoit sa portion de boîte à mitraille. Ou alors, vlam ! Un morceau d'acier en fusion explose en plein bitume. Les femmes poussent des cris. Les ambulances arrivent. Les blessures sont vilaines. Une pince chirurgicale à la boutonnière, les professeurs de Faculté sont en première ligne. Ils opèrent. Des étudiants les assistent.

— Vous semblez remué par leur courage !

— Vous l'avouerai-je, monsieur ? Partout j'ai été surpris par la solidarité révolutionnaire des Parisiens... Les blessés meurent beaucoup. Les morts sont enterrés par groupes, en grande pompe militaire. Les gardes, canons du fusil vers le sol, encadrent les fourgons pavoisés de drapeaux rouges. Les cortèges remontent les Grands Boulevards, annoncés par les clairons et les *Vengeurs de Paris*...

— Parlez-moi des vivants.

— Ils brûlent la poudre pour dégommer les « soldats du Pape » ! Même les gosses du ruisseau s'y mettent ! Et une loi vient de paraître à *l'Officiel* qui dit que « sous peu sera enrôlé et condamné à marcher contre les versaillais tout homme marié ou non marié de dix-neuf à cinquante-cinq ans ».

— Comment sont leurs défenses ?

— Construites à la hâte. Mais avec quel cœur ! Il faut voir travailler les hommes et les femmes à quatre francs par jour qui enterrent les rails, les planches, les pavés et montent les barricades...

— Et les bourgeois, vous disiez ?

— On les a réquisitionnés ! Ils étayent les casemates et remblayent des redoutes de fortune.

— Manient-ils la pelle de bon cœur ?

— Certains marmonnent tout bas, monsiéur. D'autres, moins soumis ou plus revanchards, se font la mèche lente de toutes les rumeurs lancées par Versailles.

— La Commune a bien raison de leur racler le ventre, n'est-ce pas, Hippolyte ?

— Ça, monsieur ! Certains haussiers de la Bourse avaient du gras à revendre ! Et je ne donnerais pas vingt sous pour les plaindre !

Grondin sourit. Il y avait du vice dans son regard.

— Dans le fond, insinua-t-il en joignant le tutoiement à la perversité, tu te demandes même si les autorités ne devraient pas fusiller les gens de la Haute par paquet de dix, après usage ! Hein ? Qu'en penses-tu ?

— Voilà-t-il une invention ! protesta Barthélemy avec un regard par en dessous. Je n'ai jamais rien dit de semblable, monsieur !

— N'allonge pas la courroie, mon joli fourbe ! C'était entre les mots ! J'ai bien entendu ton exécration de la classe possédante !

— N'allez surtout pas croire que je me range du côté de l'insubordination ! Ni que je me prenne pour l'un de ces insurgés !

— Depuis un bon quart d'heure ne m'as-tu pas chanté que le prolétariat était un immense, un beau, un inépuisable réservoir de vertus ?

— Vous m'aviez demandé de palper la rue...

— Tu l'as fait avec talent, mon bougre !

Grondin semblait beaucoup s'amuser du flottement qui s'était installé sur la physionomie veule de son porte-serviette.

— Ah ça ! s'écria-t-il avec un entrain extraordinaire, qui t'en voudrait d'avoir tourné casaque, mon bon Hippolyte ? Mespluchet est-il derrière toi pour t'aider à faire le tri des braves gens dans la rue ?

Puis, plus froidement ironique :

— T'a-t-il jamais aidé quand tu étais seul au milieu des périls de la dénonciation ? N'était-ce pas trop facile d'avoir les orteils étalés dans des pantoufles chez une cousine de Seine-et-Oise à l'heure où tu croquenotais dans les impasses malfamées ?

— Je ne sais pas... Je ne sais plus... je dois dire...

Barthélemy était de plus en plus défait. Les yeux égarés, labourant machinalement de ses ongles noirs le dos de sa main qu'il ensanglantait, il essayait fébrilement de comprendre en quels draps inconnus le conduisait Grondin. Le grand satan était-il en train de lui tresser un piège pour l'éprouver ou bien était-il du dernier sérieux ?

Dans le doute, le grand escogriffe essaya de se retapisser une vertu :

— Je ne suis bien sûr qu'un humble porte-maillot de la police, dit-il, mais j'ai une haute opinion de mon devoir de fonctionnaire, monsieur.

Grondin se retourna sur lui avec des yeux terribles.

Le trouble qu'inspirait cet homme hors du commun était bien grand et, tête baissée pour se mettre hors d'atteinte de son magnétisme, Barthélemy, assourdi par le tumulte de lointaines appréhensions qui rappliquaient au galop, se demandait qui était au juste cet Horace Grondin.

Un ancien forçat comme le bruit en avait couru ? Un limier hors du commun ? Un cynique ? Un visionnaire ? Un suppôt de l'Empereur ? Un Marat aux dents longues prêt à manger au râtelier de la populace rugissante ? Un communiste dévoyé par les idées subversives de Marx ?

— Je veux que vous sachiez, s'acharna le flique, que je suis resté à Paris sur ordre, afin de rendre compte à mes supérieurs des failles et craquelures des nouveaux maîtres du pouvoir.

— Joli travail de coqueur! murmura Grondin en posant sur lui son regard impitoyable. Comme je te plains!

— Je me suis contenté de tenir le commissaire Mespluchet informé des faits et gestes de la Commune chaque fois que j'ai pu lui faire passer un courrier. Ai-je si mal fait, monsieur? perdit pied le mouchard, submergé par le malaise qui s'était installé en lui.

L'homme aux yeux d'ardoise s'abstint de répondre. Il était occupé à curer sa pipe éteinte.

— Mais enfin, monsieur! Avons-nous retourné casaque? s'affola le sécot en tournant les cernes de ses yeux inquiets vers son supérieur.

Grondin démasqua son rire effrayant.

2017, en ce moment, était bien en lui. Les yeux noyés sous les sourcils, l'ancien forçat était aux anges. Il se tenait les côtes, Dieu sait pourtant si elles lui faisaient encore mal!

— Hippolyte, il n'y a que les ânes qui ne changent pas d'avis.

— Sans doute, monsieur... Vous avez raison, monsieur...

— Alors, cessez d'être prudent si vous voulez que j'aie quelque confiance en vous, trancha soudain l'homme aux yeux gris en revenant au voussoiement.

Et, la tête détournée de peur de laisser transparaître l'opinion qu'il s'était faite sur la rigueur morale de son compagnon, il ajouta :

— Allons faire quelques pas dehors. Après cette longue période de grabat, je me sens l'envie de marcher un peu au grand air.

60

Sous le soleil de la révolte

L'instant d'après, impénétrable sous son masque de métal, Horace Grondin s'était mis à arpenter la terre du chemin devant la pagode. Cent enjambées devant lui, autant pour revenir, il essayait ses forces.

Le famélique inspecteur Barthélemy s'était mis tout naturellement à trottiner dans ses pas avec les yeux et l'attitude d'un chien couchant qui, après une longue divagation, est soulagé d'avoir recouvré l'autorité d'un maître, même s'il le trouve bien fantasque de se promener en chemise.

Perdu dans ses pensées, l'ancien sous-chef de la Sûreté jetait de temps à autre par-dessus son épaule un coup d'œil machinal en direction de son accompagnateur. Ce chacal rampant qui mettait en lui une sorte de foi aveugle et profonde lui redonnait des forces. Sans qu'il s'en rendît nettement compte, mais pourtant avec une intuition confuse de sa nécessité, Grondin supputait l'emploi qu'il pourrait faire de ses services pour retrouver au plus vite la trace de Tarpagnan.

— Là ! dit-il à Barthélemy au bout d'un moment, donnez-moi le bras, Hippolyte ! Je crois que je vais m'appuyer sur vous pour marcher plus commodément.

Une main de fer se referma sur la manche du roussin.

— Allons, dit Grondin en repartant de plus belle.

Les mâchoires importantes, haussant sa stature marmoréenne, avec l'acharnement rageur d'un caractère qui veut obliger son corps à lui obéir et extirper de son esprit un épisode peu reluisant de sa vie, il commença à relater d'une voix sourde la façon que le peuple avait eue de lui nettoyer la carcasse et de le laisser pour mort sur le champ Polonais.

— J'ai beaucoup réfléchi sur mon lit de souffrance, finit-il par dire tandis qu'ils repassaient pour la troisième fois devant le pagodon. Ici, au fond de ce trou noir qui puait la fièvre, j'ai été réchauffé et soigné par des gens pauvres. Ils étaient le rebut. En d'autres temps, je ne les eusse même pas regardés... Un chiffonnier... une laide à pleurer... ils étaient de l'espèce flétrie qui n'a rien à offrir à part les gerçures saignantes de ses mains ouvertes... mais ces gens possédaient une richesse unique... de celles qu'on ne distingue bien qu'au seuil de la grande caverne... ils étaient, figurez-vous, dotés du pouvoir de me rendre la vie ou de la laisser s'échapper... ils ne possédaient rien mais ils détenaient l'essentiel... Et l'haleine de la Chouette s'attardant au fond de mes poumons pour réchauffer mon âme vaudra toujours autant pour moi que des regrets de senteurs borromées !

Essoufflé par la course vive qu'il avait menée, presque un vieil homme, il imposa brusquement un arrêt au bord de la route et laissa voyager son regard sur l'entassement des taudis alentour.

— Vous êtes bien pâle, monsieur, s'affola Barthélemy.

Grondin ne répondit pas. Il était ailleurs.

Dressé dans sa chemise, le spectre de l'ancien notaire offrait à la lumière blafarde la tranche de son masque hideux, scarifié d'une balafre. Sa manière voûtée de se cramponner à l'épaule de son compagnon accentuait l'image d'un corps ruiné par la maigreur et le marasme. Il donnait l'impression que ses jambes amaigries, presque annihilées par le manque d'exercice, pouvaient à peine soutenir son corps épuisé.

— Je me suis aperçu, poursuivit-il en reprenant sa marche, que ce n'est pas à coups de bâton, ni à force d'indifférence, qu'on chasse les indigents de toute société humaine. Au contraire, à force de se servir du balai pour les humilier davantage ou de la trique pour les expédier plus loin, nos préfets de police les ont voués à une épouvantable misère... à une effrayante nudité. Ils ont fabriqué aux portes de la ville des ateliers de rancune.

Et s'emportant soudain :

— Sommes-nous donc aveugles ? Faut-il attendre que les pauvres soient si pauvres, qu'il ne leur reste plus qu'à se révolter ? Un jour, les hardes qui pendent au clou deviennent immanquablement l'étendard de la haine ! Nos dirigeants ont bien trop oublié que le cœur de la France bat aussi dans la poitrine des désespérés ! Que ceux qui sentent mauvais valent bien ceux qui se parfument ! Et peu importe si, à la fin du compte, l'ivrognerie, la déchéance et la brutalité sont au rendez-vous de la foule : tous ceux qui ont tenu le balai, tous ceux qui ont battu les indigents et relégué les penaillés de la misère méritent la mort ! Dès lors, dans les circonstances où il y va du soleil de la révolte, quel métier infamant que le nôtre ! Le 18 mars, en prenant pied sur le champ Polonais, je n'étais moi-même qu'un mouchard. J'en avais la mise ! J'en avais l'uniforme ! J'avais en tous points la noirceur d'une mouche posée sur une soupe à la blancheur nouvelle et je n'en veux guère au peuple des insurgés de m'avoir voulu lever les aiguillettes de la peau et travailler le cadavre !

Il s'était à nouveau arrêté au bord du chemin. Le vent à rebours de sa calvitie caressait la couronne de ses cheveux gris et lui donnait un air formidable.

— Braves larmes ! murmura-t-il en chassant deux traînées luisantes qui ravinaient ses traits émaciés. Vous me dites que je possède encore un cœur ! Vous me rappelez aussi que parmi les innombrables épreuves que j'ai subies, alors même que je m'avançais dans la suffocation du feu de la vindicte qui n'a pas cessé d'animer les derniers seize ans de ma vie errante, les regards du Seigneur que j'ai cent fois renié ne m'ont pas quitté ! Vous me rappelez enfin qu'en sacrifiant ma nature, ma réputation, mon apparence, à cette ogresse dévorante qu'est la Vengeance, je suis devenu insensiblement cet homme inique et sans attaches, méditant le mal en toute saison...

Il s'était tu.

Le corps abandonné, les yeux posés sur le vague du ciel, il regardait s'éloigner les corbeaux de tous ses cauchemars éveillés. Ils emportaient de la viande plein leurs becs.

Perdu dans ses pensées, doucement, il laissa ses pleurs emprunter les striures de son visage immobile.

— Ah, Barthélemy ! murmura-t-il au bout d'un long soupir. A vouloir rendre sa propre justice, peut-on marcher sur des charbons ardents sans se brûler les pieds ?

Une vengeance ?

Une course de seize ans, la rage au ventre ! Une vie sacrifiée ! Un homme qui a côtoyé l'abîme !

Le discours de Grondin intriguait tant Barthélemy que, même s'il faisait encore peu de sens, en l'état parcellaire où il lui était dispensé, la désespérance qu'il enfermait réveillait l'instinct de l'enquêteur. Dès lors, le limier, conscient qu'un pan du voile recouvrant le mystère de l'ancien sous-chef de la Sûreté risquait à tout moment de se déchirer devant lui, tremblant que le seul son de sa voix n'interrompît le cours des confidences entamées, recula prudemment et chercha à se faire oublier.

Grondin resta un homme seul, en bannière, écrasé de lumière au bord du chemin.

La tête levée vers le ciel et le regard tendu vers le Très-Haut, son visage traversé d'ignobles cicatrices rayonnait d'un éclat si sauvage et surnaturel qu'il semblait détaché de toute contingence.

Emu au-delà de toute convention, conscient du combat avec l'invisible livré devant lui par l'ancien haut perché de la raille, Barthélemy vit le convalescent brandir la menace de son poing vers le soleil puis délier ses doigts un à un et ouvrir sa paume avec une extrême lenteur.

Il vit l'homme aux yeux gris fixer le rougeoyant flambeau du ciel. Il le vit poser ses prunelles opalescentes sur la flamme irregardable et défier le brasier rayonnant.

L'exercice était périlleux. Le pénitent au teint d'ivoire se balançait au-dessus d'un gouffre insondable. Il mettait à affronter l'énergie de l'univers la même patience, la même fermeté que celle qu'il s'imposait en toute chose.

Le soleil dardait.

Les yeux de Grondin donnaient l'impression de saigner. Ils s'emplissaient d'un vide immense. Ses genoux se pliaient instinctivement. Le javelot du soleil crevait le centre de sa haine. Mais Barthélemy, posté dans la distance, comprit qu'aucun feu, aucun miroitement, aucune radiation n'avait assez d'éclat pour aveugler l'insensé qui défiait la morsure de l'astre incandescent.

Et ce fut lui, le guetteur, qui à trop fixer la majestueuse lumière pourpre du soleil ne distingua plus qu'un brasier blanc en face de ses propres rétines.

Il baissa la tête.
Il était mat.

Alors, il entendit tonner la voix de Grondin.

Il entendit, lancé contre l'immoralité de Dieu lui-même, l'irréfragable défi d'un homme qui, bousculant l'observance des règles absolues, conduisait l'onde immense de ses anathèmes jusqu'à l'horizon, bien loin au-dessus de la plaine d'immondices, et demandait salaire de sa peine à celui qui régit toute chose.

Il entendit un tutoiement de grandes orgues que prolongeait un souffle oppressé. Une grinçure de ventre qui n'avait plus rien à voir avec une occasion humaine de sacrer le nom du Bon Dieu. Quelque chose qui ouvrait la nue jusqu'à la route de la Révolte et allait comme ceci :

— Toi ! Toi, piège de vie ! Toi, dont la balance est fausse ! Toi, créateur de beauté ! Grand muet des profondeurs et des misères du monde ! Dieu de servitude et Dieu de haine ! Dieu de cécité et de mansuétude ! Ecoute, écoute celui qui tantôt te conspue et tantôt t'implore ! Laisse-moi rattraper celui que je poursuis ! Mets ta lumière sur mon chemin ! Guide-moi jusqu'à lui ! Permets que je châtie le criminel qui a éventré la pureté et l'enfant ! Laisse-moi accomplir le crime de justice ! Après, prends-moi ! Fais ce qui te plaît ! Déchiquette ma misérable enveloppe ! Tout en moi est déjà défiguré ! L'âme et le visage ! Ah ! mes larmes ! Vous revenez sous les paupières ! Pas de paix ! Pas de paix, mon Dieu, pas de paix pour les méchants !

Puis, coupant court à l'indéchiffrable explication de sa douleur, à la tempête de ses mots, l'imprécateur mit un terme à ses clameurs. Ses bras retombèrent sur les côtés de son corps. Il se voûta. Son silence devint gémissement.

Dans un sanglot sec et sourd, il laissa échapper :

— Rentrez-moi, Barthélemy. Le grand air me tourne la tête, j'ai bien assez respiré la solitude.

Comme il disait ces mots, un vacarme gigantesque obligea les deux hommes à se retourner.

Une flèche bleue emportée à vive allure par la forme allongée d'un cheval noir à la bouche déchirée les contraignit à se jeter dans l'ornière pour ne pas être renversés.

Dans un concert de vociférations et une confusion de bruits de ferraille entrechoquée et forcée, cet équipage s'arrêta un peu plus loin qu'eux. La poussière rabattue par le courant d'air les engloba sous la trame d'une écharpe grise tandis que du fond d'un élégant cabriolet descendaient trois hommes.

L'un d'eux était Edmond Trocard.

61

Vie brève et bégayante
d'Agricol Pégourier,
planteur de salades

Le toupet avantageux, le sourire muet, le singe de la bande de l'Ourcq s'avance à pas mesurés. Les graviers crissent sous la semelle de cuir de ses très fines chaussures anglaises.

Il est vêtu de l'un de ces costumes à chevrons bleus et blancs dont la qualité de drap, la facture cossue et la coupe à martingale inspirée par la mode des *sportsmen* d'outre-Manche confirment son appartenance à cette catégorie d'hommes inattaquables qui depuis longtemps ne se salissent plus les mains à l'expédition des basses besognes.

Flanqué de Goutte-d'Huile (occupé à ronger une saucisse) et de l'Ecureuil (qui lisse un accroche-cœur), il marche d'un pas du dimanche à la rencontre d'Horace Grondin.

La main au gousset, couperosé comme un notable repu, il joue, chemin faisant, avec sa belle montre en or. Il a l'air de dire, on tue, on assassine, on dépèce autour de moi, mais ne vous y trompez pas, je vis paisiblement, détaché en somme des contingences du crime et de la noirceur quotidienne, pour seulement me consacrer à de grandes perspectives.

Il s'arrête devant l'ancien haut perché de la raille, porte l'index à la lisière de son chapeau pour le saluer et évalue d'un seul coup d'œil l'état de délabrement physiologique dans lequel se trouve son interlocuteur.

— On t'a bigrement arrangé, Horace, constate-t-il en s'avisant de la maigreur de celui qu'il visite. Il faudra prendre un peu de vin Aroud au quina pour te retaper !

— Je vais de mieux en mieux, dit fermement Grondin. Et j'attendais ta visite, la Joncaille...

Le scélérat se fend d'un sourire amène. De ceux qu'on réserve aux amis de longue date.

— A la bonne heure, vieux mion de boule ! s'illumine-t-il, j'étais sûr qu'avec un dabe de ta trempe nous allions rattraper le temps perdu et solder notre passif en moins que rien !

Ensuite, avec l'air important qui sied à son statut de canaille arrivée, il laisse son regard croiser un bref instant les yeux inquiets de Barthélemy, qui campe résolument aux côtés de Grondin.

L'espoir assassiné

Au rictus poli qui se fige au coin des lèvres de l'élégant Edmond, il n'est pas sorcier de comprendre qu'il cherche à interpréter le rôle joué par ce grand échalas gris coiffé d'un casque à auvent. D'ailleurs, en moins que rien, l'homme aux mains de jonc a reniflé le blousier.

— Rigolez si vous voulez, lui dit-il d'un air bonasse, mais je n'ai pas retenu votre nom, m'sieu !

— Fau... faute de... de l'avoir entendu pro... pro... prononcer, bégaye le roussin, persuadé qu'en faisant l'âne il va flouer son monde.

— C'est donc cela ! persifle le caïd avec un sérieux des plus comiques. Et comment m'y prendrais-je, moi, pour vous interpeller ?

Barthélemy ricane niaisement et vide ses poches avec complaisance.

— Je... je m'appelle... A... A... Agri – Agricol Pégourier... annonce-t-il. Et je suis maraîcher de... dd... dans la plaine d'Ecouen.

La gaieté de Trocard redouble.

— Ah, bien, mon ami ! Très bien ! et qu'est-ce qui nous vaut votre passage par ces terres de peaux de lapin ? Vous vous rendiez aux Comices, j'imagine ?

Barthélemy désigne Grondin du menton.

— Quand vous m'avez vu avec meu... meu... monsieur sur le bord de la route, répond-il sans sourciller, je... je... roulais vers Paris pour m'engager ch... ch... chez les fédérés et lui demandais mon chemin pour... pour... pour couper à travers champs...

— Là ! C'est ça ! Tout s'éclaircit ! Les ombres sont légères ! opine Edmond Trocard en laissant un rire naturel déborder son faux col.

Il essuie une larme, jovial et rassuré. Il se tourne vers ses sbires et leur dit :

— Ah mais, garçons ! nous avons trouvé un patriote !

Il rit de plus belle. Il répète des fois et des fois :

— Un patriote !

En réalité, son expérience de terreur et de gouape lui confirme qu'il a devant lui un déguisé de la race des nuisibles. Un sacré chien qui pue la préfectanche et vient de la Grande Boutique.

— Sérieusement, mon ami, dit-il avec une grâce de gros chat, vous avez le teint bien jaune pour un homme de plein air ! Et une prescription de lait philoderme assorti d'un bain de sève redonnerait à votre peau le soleil de printemps qui lui a fait défaut !

Il touche machinalement au brillant incrusté dans le lobe de son oreille gauche et par ce geste convenu – dit *signe d'arçon* chez les buteurs de l'Ourcq – alerte l'Ecureuil et Goutte-d'Huile qu'ils doivent se tenir sur leurs gardes.

L'instant d'après, peaufinant ses contours d'homme affable, la Joncaille tend une main charitable à Grondin et aide le convalescent à sortir du contrebas de l'ornière où il s'était réfugié pour éviter la voiture emballée.

— Reviens sur le sec, 2017! l'encourage-t-il d'un ton enjoué. Donne-moi le bras, Poigne-de-Fer!

On s'en doute assez : en épelant ainsi l'ancien forçat par ses bracs et matricule de bagne, Edmond Trocard n'obéit pas à une pulsion innocente.

Il joue contre le faux bègue. Met à l'épreuve cette parfaite chaussette à clous.

Goguenard, il passe devant lui non sans avoir capté l'état de suspicion qui s'est installé sur sa face bilieuse et sent glisser avec délices le regard indiscret du lardu sur ses épaules tandis qu'il entraîne Grondin en direction de la pagode.

Sans se retourner, il clairone :

— Allez, ouste! A Chaillot, le cultivateur! Paris, c'est tout droit, mon brave! Et nous autres, allons apurer nos comptes, vieux cotteret!

A ce point de la comédie jouée par Trocard, Barthélemy qui n'a pas cessé de s'alambiquer le cerveau soudain se décide à redevenir lui-même. Il échappe à la vigilance de l'Ecureuil et de Goutte-d'Huile et en quatre enjambées de faucheux rattrape les deux hommes.

Sous la visière de sa casquette, l'ombre lui dessine un long visage empreint d'une sévérité noire. A reculons devant la Joncaille et Grondin, il s'adresse à ce dernier en le regardant de manière insistante. Il a des airs de chien fidèle résolu à se faire tuer sur place.

— Souhaitez-vous que je vous accompagne, monsieur, pour essayer de régler cette affaire au mieux de vos intérêts? demande-t-il en négligeant la présence des deux gardes du corps qui se sont rabattus à ses côtés.

— Non, mon bon Agricol... merci... rétorque Grondin d'une voix sans tam-tam. *Il est midi*, ne tentez rien.

La Joncaille gratifie l'ex-sous-chef de la Sûreté d'un regard teinté d'ironie. Barthélemy remarque alors que le bandit poigne dans sa main baguée d'or un petit revolver à broche, système Chaîneux, dont le museau fouine entre les côtes de l'homme en chemise.

Il s'apprête à réagir mais il est déjà trop tard. Sans se départir de son calme affecté, Trocard vient de claquer des doigts. Comme par magie, l'Ecureuil se trouve derrière l'inspecteur et lui retourne un bras derrière le dos.

Tandis que Barthélemy grimace de douleur, le regard métallique de Grondin dévore un bref instant les yeux mal ouverts de Goutte-d'Huile, noyé dans ses hardes de théâtre. Avec une rapidité stupéfiante, le lymphatique arsouille vient de sortir son couplard des profondeurs de sa vêture à mille pièces maintenue par des ficelles. Il en pointe la lame effilée de bas en haut, juste devant l'estomac du décharné.

Inépuisable gouailleur, Emile Trocard s'exclame :

— Bonté du monde, Agricol ! Je manque à tous mes devoirs, moi aussi ! et je ne t'ai pas présenté mes aminches !

La mine rigouillarde, il fait un signe à l'Ecureuil. Aussitôt, le coco-dès aux mains blanches accentue sa prise. Il oblige Barthélemy à mettre un genou en terre.

De sa belle voix d'estrade, le patron de *l'Œil de Verre* fait les annonces :

— Au *bras retourné*, l'adonis des musettes ! J'ai nommé l'Ecureuil ! Regard de fille et vacherie d'homme ! Chevalier de la rosette et dos d'azur !

Dans le mouvement, il pointe son index en direction de Goutte-d'Huile et à grands traits brosse le portrait du grassouillet à peau luisante :

— Avec ce rossard-là, pas d'imprudence ! C'est un dangereux, c'est un escarpe ! Du coupe-sifflet, il est le roi ! Floueur de cartes et tranche-lard, son nom de rousture, c'est Goutte-d'Huile ! Y soigne les cœurs au baume d'acier !

Interrompant le panégyrique de ces gens de métier, le potentat de l'Ourcq perd soudain sa bonne humeur et sa faconde.

Il sort sa bogue en jonc de sa poche de gousset, consulte l'heure et, le visage lourd de sombres desseins, désigne Barthélemy à ses complices :

— Allez, garçons ! Assez de jappe ! Emmenez-moi ce mannequin dans la grange et demandez-lui fermement s'il a toujours planté des salades !

— Et s'il est pas jardinier ? demande Goutte-d'Huile.

— Tu lui mettras ton œil de verre dans la main, ordonne Edmond Trocard. Tu lui joueras du bouillon pointu avec ton surin ! En d'autres mots, dans un quart d'heure, tu le buteras, numéro 14 !

— Fête ! se réjouit l'Ecureuil.

D'une flexion, il pèse et fait levier sur le bras de Barthélemy et l'oblige à se relever :

— Viens, cabestan de mes amours, lui chantonne-t-il à l'oreille, allons voir à la grange si tu sais danser sans violons !

Pour le maître de l'Ourcq, le sort du mouchard est réglé. Il reporte son attention sur Grondin.

Il le fixe avec un étrange sourire et lui dit :

— Entre nous, Horace, pas de tours de jambe, n'est-ce pas ? Je rentre mon crucifix à ressort et nous marchons en camarades jusqu'au palais chinois...

L'homme en chemise lui cingle un regard couleur de pierre et acquiesce sombrement. Les deux hommes se remettent en marche.

La Joncaille remise son arme.

— A la moindre marlouserie, prévient-il, je tire au travers de ma poche. Dix dragées de 9 millimètres. Colique assurée. Fabrique liégeoise.

L'instant d'après, Grondin précédant Trocard, ils pénètrent dans l'enclos, passent devant la cage de Bosco le perroquet qui se réveille en sursaut, s'étouffe d'une bordée de jurons de marine, et craille dans son parlé imitatif de psittacidé :

— *Halte ! Sacrelotte ! Qui tu es, toi matelot ?* avant de se rendormir dans un hérissement de son plumage multicolore.

62

Où la Joncaille avale sa langue

Ils sont dans la masure.

Le premier soin de Trocard est de tirer le verrou.

Un jour pâle et lugubre s'infiltre à peine dans la pièce délabrée où pendent d'épaisses toiles d'araignées.

Edmond Trocard sonde les lieux.

Son regard évalue ce réduit bas constitué de planches assemblées vaille que vaille, selon une ordonnance incertaine. Il s'avance jusqu'au centre du galetas insalubre et gluant, lève la tête et sourit malgré lui en découvrant soudain la folie d'une charpente qui, pour respecter ses ambitions de pagodon oriental, parie sur l'envolée d'une carène dont l'assemblage hétéroclite constitué pour une part de fûts d'acacias un peu torses, pour l'autre de lattes vermoulues, réussit, au prix de cinq paliers aigus et successifs, le déraisonnable et hasardeux miracle de s'élever jusqu'à un comble coiffé d'un ultime chapeau chinois recouvert de tuiles verdâtres.

Le sourire d'Edmond Trocard graduellement s'efface.

— Un grand mois et demi, que tu avais disparu de la surface de la soupe, 2017 ! laisse-t-il tomber sur un ton d'amer reproche.

— Trois jours seulement depuis que ton busard est venu se poser devant ma porte... rétorque Grondin en faisant allusion à la visite de

Goutte-d'Huile et de son espion à quatre pattes. Je savais bien que tu finirais par débarquer ici, la Joncaille...

— Poussé par le désir de te retrouver vivant, Horace ! s'offusque le scélérat.

Avec un sourire ironique, il appesantit son regard sur le sol de terre battue jonché de paille pourrissante. Il longe les parois de carton noirâtre et humide, contourne la table bancale et jette un coup d'œil méfiant du côté de l'alcôve dont le renfoncement ténébreux ne lui inspire pas confiance.

— Tu m'avais laissé sans nouvelles... dit-il en s'avançant de ce côté inexploré de la pièce. Et les apparences étaient contre toi, vieux zigue... Elles me donnaient à penser que sitôt réglée ton affaire avec le gibier que tu voulais serrer, tu avais filé ton nœud à toute escampe en oubliant proprement de me donner ma petite récompense !

— Tringle ! Crois-tu que j'avais le cœur à dandiner du cul ? se fâche Grondin en fermant ses poings noueux. J'étais réduit aux abords de la mort ! Entre fièvre et délire, huit longs jours au bord d'une nuit sans matin ! Des semaines à chasser les mouches !

— Comment l'aurais-je pu deviner, Horace ? Tu avais promis à Caracole d'honorer ta dette dès le lendemain de votre rendez-vous de l'église Saint-Pierre... Et même si nous savions que derrière la redingote du hussard de guillotine se cachait un ancien collègue de grand pré, avoue que ta défection avait de quoi nourrir nos doutes !

Tout en argumentant de la sorte, la Joncaille soulève la draperie de hardes rapiécées qui commande l'entrée du renfoncement. Il renifle l'obscurité moisie, s'aventure à l'intérieur de la sombre tanière et, soulagé de n'y point découvrir de piège, revient dans la pièce en époussetant les revers de son beau costume de *sportsman*.

— Pas de mauvaise farce en vue, concède-t-il, mais on n'est jamais trop prudent. Surtout avec un mecque à la colle forte de ton espèce !

— Judacer n'a jamais été de ma religion, se récrie Grondin.

— Ton passage par la Boutique à clous aurait pu altérer tes principes ! lui retourne le scélérat.

— Ne va pas plus loin, Trocard ! s'énerve le grand spectre en chemise. Il est des couleuvres que je n'avalerai pas !

Un calme glacial a envahi sa voix. Sa mine est devenue sombre. Ses yeux sont ternes et vingt-cinq entailles sculptent son visage.

— Sitôt à Paris, dit-il en fixant le marlou, je solderai les quarante mille francs que je t'avais promis. Mon bras à couper si je manque à ma parole de falourde !

Impressionné par la pâleur de son teint de noyé, la Joncaille s'aperçoit qu'il a poussé le bouchon un peu loin. Affable de nouveau, il cherche, comme on dit, un petit coin d'herbe avec des oiseaux tout autour.

— Va donc, vieux zigue! susurre-t-il gaiement en lui tapant sur l'épaule. Tu me fais le grand nez?

Grondin ne répond pas. Visage soudé, il s'est jeté sur le banc.

Les coudes sur la table, la tête entre les mains, il attend, prostré dans une attitude de fatigue indicible. Ses tempes s'irriguent d'un entrelacs de plusieurs serpentins de veines que la Joncaille ne lui connaissait pas.

— Ah, Horace! Horace! s'écrie ce dernier en se faisant brebis, surtout, pas de rancune entre nous! Je n'ai pas voulu te faire passer sous la fourche!

— Montre-moi plutôt la couleur de ce que tu veux, répond l'homme aux yeux gris. Car je flaire bien que tu n'es pas venu me chatouiller pour me faire rire.

Le maître de l'Ourcq pirouette sur ses chaussures anglaises. Il tourne autour de la silhouette efflanquée de Grondin, fagoté sous sa longue chemise de coton et soupire :

— Toi et moi le savons bien assez, cher Horace! La vie est une balançoire. Tel qui est en haut aujourd'hui, demain se retrouve dans les fonds et je n'aurai pas le mauvais esprit de me moquer d'un homme à terre.

— Pas de fla-fla! l'interrompt sèchement l'ancien haut perché de la raille, droit au but!

Trocard le regarde d'un air grave et triste. Dans sa gorge, un instant, il cherche sa voix puis se jette à l'eau :

— Quarante mille francs-or, notaire! s'écrie-t-il. Sans discours ni chiqué, c'est là-dessus que je veux revenir!

— Quoi? Tu bisques sur la somme? Tu trouves que je ne casque pas assez? Que ce sont là des broquilles?

— Pointe! Au contraire! C'est la force de ta déraison, Horace, qui me met à l'envers! répond le coquin. Ce qui m'épate c'est ta hargne à arquepincer l'homme que tu chasses... C'est ta méchanceté à lui tomber sur le râble! Car enfin! ta quête n'est pas celle d'un policier ordinaire...

— Je chasse pour ma justice! Zon! Zon! Mêle-toi de ce qui te regarde!

— Tu t'emportes! Tu parles avec de grosses dents! Mais conviens-en, quel acharnement hors du commun! Ta folie semble avoir arrêté tout projet dans ton esprit, tout espoir de vie dans ta façon de regarder le monde...

— C'est le prix de la vérité!

— Ne crie pas! Nous causons ici en tête à tête. Mon instinct me dit que tu aurais pu mettre tout ton sang dans l'affaire pour attraper ton bonhomme! Que si je t'avais demandé cent mille francs, tu les aurais dépensés...

— C'est vrai ! J'aurais payé n'importe quelle somme pour l'ensaquer ! Et aujourd'hui encore, devrais-je en être ruiné, je donnerais tout ce que je possède si l'on me remettait sur sa voie...

— Tu veux dire que tu l'as perdue ?

Grondin baisse la tête.

— Oui, admet-il. J'étais sur le point d'engerber le misérable lorsque la foule m'a nettoyé...

A ces mots, le maître de l'Ourcq se redresse dans son élégant costume. Persuadé qu'il a maintenant la situation bien en main, le beau du jour fait le tour de la table et pose une fesse sur le bord de son plateau bancal.

— Parlons carré, dit-il en usant du pouvoir fascinateur de sa voix de baryton. Hier, tu as mangé la soupe et le bœuf ! Tu étais un haut pilier de la raille et tu détenais sur la pègre un pouvoir qui ne t'appartient plus. Aujourd'hui tu es un homme de fer-blanc ! Il faut t'habituer à ta défaite, Horace.

— C'était donc cela ? sourit tristement Grondin en relevant la tête, l'hallali !

Et ses yeux cherchent la lumière.

— Tu n'es plus qu'une simple mouche de régime en cavale ! assène le vainqueur en se penchant en travers de la table.

— Dès que j'aurai regagné Paris, je cesserai d'être un orphelin de muraille, s'obstine le vaincu.

— As-tu pensé à la précarité de ta situation ?

— Je ne suis pas au tapis.

— La Commune te recherche.

— J'ai mes planques.

— C'est compter sans les visites domiciliaires !

— Je sais où aller. J'ai mes perchoirs, j'ai mes oiseaux !

— A ta place, je ne compterais pas trop sur le réseau des anciens de la Volière, ironise la Joncaille.

Il pavane, observe un moment de silence.

— D'ailleurs, voici ce que je voudrais ajouter pour me faire mieux comprendre, dit-il. En ces jours de qui-vive où la rue est à la populace, vous ne pourrez même pas mettre le nez dehors ! Le moindre de tes argousins sera visible comme cinq pieds sur un mouton ! Prends l'exemple de ton pince-sans-rire. Il puait la chaussette à clous !

— Je ne connais pas cet homme ! se récrie Grondin comme s'il voulait faire peau neuve.

Il fixe Trocard de ses yeux gris et pour mieux tromper l'escarpe fait mine de tirer définitivement l'échelle sur le sort de Barthélemy.

Il glisse entre ses dents :

— Je me fricasse de ce qui arrive à cette bourrique de commissariat ! Et je ne suis pas loué pour la protéger !

296   *Le cri du peuple*

— A la bonne heure ! approuve Trocard en guettant la plus infime réaction sur la face de Grondin, tu me rassures, 2017 ! Car à l'heure où nous parlons, le sort du pécore n'est certes pas enviable !

Le chef des assassins sort sa tocante de la poche de son gilmont à fleurs.

— Moins le quart, énonce-t-il sans plus d'états d'âme qu'un chef de gare qui pointerait la fumée d'un train dans la dernière courbe avant le quai. L'Ecureuil et Goutte-d'Huile ont sûrement fini de lui riffauder les paturons ! Et le pauvre fade doit être bien proche du coup de couteau final !

Pour faire écho et réponse à ce présage lugubre, deux coups de feu rapprochés éclatent de l'autre côté du chemin et poussent le fracas de leur tonnerre jusque dans le taudion.

— Tout est brossé, la messe est dite ! épilogue Trocard en remisant sa montre au gousset.

— Deux détonations ? s'étonne Grondin. Je croyais que Goutte-d'Huile préférait la discrétion du surin à la grosse voix rayée du bafaye ?

— Il aura été doublé dans son zèle par l'enthousiasme de l'Ecureuil, ricane Trocard. Le giton est nerveux ! Il a du goût pour le pain de sang et aura voulu faire son faraud.

Grondin garde un masque illisible. Animé par un instinct qui lui commande de gagner du temps et d'amuser le terrain, il donne l'impression de ne s'intéresser qu'à son propre salut.

— Une fois à Paris, rabâche-t-il comme s'il forgeait seulement des projets concernant sa sauvegarde, je me procurerai des luques et je changerai d'identité.

— Frêle défense !

— Que veux-tu dire ?

— Que les temps sont brouillés. Que les proscrits vivent à la merci d'une dénonciation. Que les pipelets font la loi derrière leurs rideaux. Qu'un vent de délation souffle dans les couloirs. Qu'on arrête même les prêtres !

— Alors, je me fondrai dans la masse ! Je hurlerai avec les loups ! Je brandirai le drapeau rouge !

— Tu n'en seras pas moins à la merci d'un musicien dans mon genre qui pourrait te dénoncer au Comité... Tu serais fusillé sur-le-champ !

— Tu ne ferais pas ça, la Joncaille. Pas toi ! Tu ne balancerais pas un ancien copain d'arganeau...

Edmond Trocard lisse son toupet d'une main distraite, laisse mijoter son monde, puis recouvre l'usage de son délicieux sourire.

— Non ! Bien sûr ! pas moi ! dit-il. Je flanchais ! Je jouais à la petite guerre pour te mettre à l'épreuve ! En réalité, tu sais comme je suis fixé sur la morale... et justement...

Pensif, il tourne le dos à Grondin et commence à faire les cent pas dans le gourbi.

— ... Justement, répète-t-il, chaque fois que je ressasse, je m'aperçois que... dans cette affaire qui nous lie, toi et moi, camaro – tout nous désigne pour devenir associés !

— Que dis-tu là ?

Le maître de l'Ourcq rumine sa prochaine charge. Il s'exclame comme si quelque chose le réveillait :

— Je dis que j'ai autant de raisons que toi de crever la paillasse de ce fichu capitaine Tarpagnan !

— Tu te souviens de son nom ?

— Peut-on jamais oublier le blase et le sourire d'un misérable qui vous a fait porter le bouquet ? Ton séduisant traîneur de sabre a carabiné le cœur de la femme que j'aimais ! Comment pourrais-je pardonner au faublas, au suborneur qui m'a cassé le col ?

D'un coup, Trocard a changé de registre.

Il cesse son va-et-vient, se retourne. La couleur lui monte au visage. Il se précipite sur Grondin et le cloue au prix d'un geste inattendu. Il l'a saisi par la main. Il cherche son regard et jette son feu dans un sourire farouche où se mêlent des larmes chaudes.

Il lui confie la débâcle de ses sentiments :

— Il n'est pas de soir ou de nuit – m'entends-tu ? – que je ne sanglote comme n'importe quel coucou ! Tiens, écoute... J'avais une chère amante qui s'appelait Gabriella Pucci... J'en tenais pour elle comme tu n'imagines pas ! Jamais je n'avais reçu pareil coup de soleil ! Le velouté de ses seins, le cristal de son rire, ses mains venues du fond de l'univers pour toucher mon corps, ses fesses blanches, sa rosée humide, me rendaient chaque nuit la pureté que mes crimes du jour m'avaient ôtée... Et moi... moi, pauvre insensé ! obéissant à ma jalousie, à mon orgueil, qu'ai-je fait ? Tonnerre m'écrase ! Qu'ai-je fait ! Aveuglé de colère, j'ai éteint la lumière de sa vie comme elle avait retranché la mienne ! Pour la punir de sa trahison, je l'ai précipitée au fond d'un bordel ! Je l'ai vouée aux sanies, à la vérole, à l'abattage !

Plus malheureux qu'un gibet, il se tait. Il laisse Grondin en paix. Se redresse avec lenteur.

— Tel, tu me vois, murmure-t-il, déjeté, hagard, regardant vers le vide, par la faute de ce valet de cœur !

Il sort une fassolette de sa poche, se mouche bruyamment.

— Derrière chacun d'entre nous, la vérité humaine ! s'écrie-t-il avec dérision. Blessé, inconsolable, j'ai commencé à boire... Le soir, dans ma chambre, je casse le goulot, je titube, je suis complet ! Je me ramasse la margoulette sur le carrelage ! Tu me crois, n'est-ce pas ? Tu restes bille ! Tu scrutes mon teint chaud, la pivoine de mon nez, tu devines l'apport de l'alcool sous ma complexion congestive... j'essaye pourtant de porter beau pour cacher mon chagrin...

Le mirliflore bombe le torse sous son gilet. Il fait craquer les articulations de ses doigts bagués d'or. Il rentre le ventre, s'efforce de cacher son désarroi sous un grand air de dignité.

— Pfi ! fait-il en rajustant son costume, en tirant sur ses manches, la vie nous traite déjà si mal. Pas la peine d'en rajouter ! Mais sache que je n'ai plus guère de goût à faire suriner les michés que les hasards de bamboche placent sur mon chemin. Autant dire même que j'ai lâché la gouverne. Il n'est jusqu'à mon pouvoir qui s'effrite depuis que le Gascon m'a fait jonquille. Les jeunes mangeurs de blanc, les filles et les garces à chiens font les cornes dans mon dos ! On rit ! On me vanne ! On se moque de moi ! On conteste mon autorité depuis que ce forcené de Tarpagnan a signé mon malheur ! Pire ! depuis qu'il a graissé les épaules de mes deux plus fidèles porte-lames et déquillé sur son passage mon meilleur lieutenant !

— Tu veux dire que Léon Chauvelot a avalé son bulletin ?

La Joncaille incline la tête avec douleur.

— Bûchaillé, Caracole ! Je suis dans la mélasse !

L'absurde est là qui réunit les deux hommes devant la même montagne.

— Cent mille francs si tu me désignes l'endroit où se trouve l'assassin de ma pupille ! rugit Grondin. Cent mille, tu m'entends ? Je te les donne et je règle d'un trait ton affaire et la mienne !

Edmond Trocard ne répond pas. Il fait le dos rond. Il marche à nouveau. Il a les mains derrière le dos, il arpente la paille, méditatif comme un curé dans une allée de presbytère.

Au passage, encore, il capte le regard furtif de Grondin.

Il s'arrête.

Et puis, d'un coup, il se campe en face du grand sauvage et le fixe avec une sorte de détermination frémissante qui fait trembler ses lèvres et l'éloigne de la réalité.

Dehors, pourtant, il se fait un tumulte confus, mélange de voix et de bruits étouffés. Le perroquet Bosco crie un *sacreleu* et même un *sacrelotte*. C'est une sensation désagréable mais les deux hommes ne réagissent pas. Ils sont enchaînés par l'oubli du temps.

La Joncaille finit par articuler d'une voix blanche :

— Quelque résolution que tu prennes à présent, Horace, ce que je vais te dire est uniquement dans ton intérêt.

Les yeux de l'ancien forçat se rallument et la fièvre s'empare de lui. Ses oreilles brûlent. Ses prunelles fouillent comme l'acier d'une paire de ciseaux. Les mots nouent dans sa gorge. Pas besoin de prononcer le nom de celui de qui l'on parle.

— Tu sais où il est, n'est-ce pas ?

L'espoir assassiné 299

— Oui.

— Livre-le-moi ! Je ferai de toi un homme riche.

— Notaire, je n'irai pas par quatre chemins. Je veux me retirer des affaires et m'éloigner de Paris où plus rien ne me retient...

— Combien ?

— Tout !

— Je viderai ma cassette.

— Ce n'est pas assez !

— Que dis-tu là ?

— Ce n'est pas assez, répète le malfrat en reprenant son va-et-vient. Réfléchis encore une miette !

— Mais encore ?

Le coquin revient sur ses pas.

— Je veux Perchède.

— C'est impossible !

— Je veux la Tasterre et ses bois. Je veux Mormès et ses vignes. Je veux aussi les Arousettes !

— C'est ma peau que tu prends !

— C'est le prix de ta vengeance, notaire !

— C'est mon âme jetée au feu !

— Toutes tes propriétés du Gers, Charles Bassicoussé ! exige Edmond Trocard. Et je te livrerai l'homme avec un beau morceau de ficelle autour des poignets.

Grondin reste sans ressort. Il regarde l'acte de donation que l'élégant vient de sortir de son portefeuille.

— Signe, notaire.

— Tu touches au fondement de ma vie, Trocard. Ce coin-là n'est pas négociable.

— Grande transe ! Je t'élève jusqu'au bout de toi-même ! Je te mets au pied de ta vengeance !

— Tu me saignes ! Tu prends mes dernières forces !

— Je t'aide à réussir le voyage que tu as entrepris depuis si longtemps... La peste, les péchés, les pays inconnus, l'ordre et les souffrances, si tu vas au bout du périple, tu auras tout dompté ! Et au bout, tu n'as jamais vu quelque chose d'aussi beau !

Horace Grondin lutte encore un peu. Il a l'impression que l'air qu'il respire le consume d'un brûlement peu ordinaire. Il sent des douleurs affreuses le long de ses tempes. Seule l'idée de la terre le soutient encore sous les bras.

Il pense à son Gers natal, à la douceur des soirs d'été sur les champs de seigle, au tapis fauve des feuilles de magnolia tombées sous la ramure alourdie de fleurs blanches. Il revoit la double rangée de cèdres qui accompagne l'allée de graviers jusqu'au pied des grandes colonnes de son domaine colonial.

Il sourit aux ombres qu'il voit danser sur les murs de sa maison et mène son combat farouche contre ce qui lui arrive et que tout son être lui déconseille.

Il finit par dire à voix haute :

— Ton sourire m'égare. Ton amabilité est fausse, Trocard ! J'y vois trouble ! Ta force est annihilante.

— Cesse de trembler pour des puces ! Je te fais entrer dans le jardin perdu !

— Je sens une mauvaise odeur. Tu m'attires au fond des bois puants, la Joncaille !

— Tu n'as rien compris, Horace ! C'est à vous ficeler le souffle ! Toi et moi sommes là *par amour !* Pense à Jeanne l'éventrée ! Sèche pour moi les sanglots de Gabriella !

— C'est bon ! abdique Horace Grondin avec des yeux fous. Je me rends !

Sa tête lui fait un mal de fer chaud.

— Tout est à toi ! s'écrie-t-il en se prostrant comme un fantôme de chiffon. Je me dépouille de tout ! Je signe avec le diable pourvu que tu me livres cet homme !

— Ne signez rien, monsieur ! tonitrue une voix venue de l'extérieur et que Grondin identifie aussitôt comme celle de Barthélemy.

Horace jette un coup d'œil à sa droite et voit la longue face de carême du policier collée à la vitre du fenestron. Il devine une ombre plus floue qui court dans l'enclos et s'escamote furtivement.

— La porte est clétée de l'intérieur ! glapit aussitôt une voix féminine et Grondin reconnaît le caquet de la Chouette.

— C'était donc cela ! rugit Trocard, encore un piège de ta façon !

Les deux mains du bandit enserrent aussitôt le cou décharné de Grondin qui, pris de vitesse, essaie de lutter en vain contre l'étranglement qui le menace.

La lutte est furieuse. Les deux hommes roulent au sol.

La porte s'ouvre sous l'effet d'un formidable coup d'épaule. Barthélemy, catapulté par son élan, trébuche sur les corps enchevêtrés des deux combattants et s'écrase sur la table qui chavire et se retourne sous son poids.

Dans le sillage du grand échalas, la Chouette est entrée. Les deux mains réunies sur la tige de fer de son crochet de chiffonnière, elle ahane sous l'effort. Deux fois, trois fois, une fois encore, plus haut, plus fort et davantage, elle frappe, elle frappe avec son numéro sept, elle tisonne le dos de celui qui serre le gaviot de *son Monsieur Horace* et cherche à éteindre sa vie à petit feu.

La grande harpe a les yeux fermés. Elle a le goût du sang dans la bouche. Elle tremble. Elle bûcheronne. Elle frappe encore une fois sur la bête malfaisante qui lâche prise et écrase de tout son poids le pauvre monsieur aux yeux gris.

La bête ne bouge plus. N'importe ! La Chouette la poinçonne encore. Elle lui donne son reste et son avoine. Han ! Tiens ! Tiens, je te dourde ! Han haïe ! Je te perce et je te crève !

Une fois. Treize fois.

Hippolyte Barthélemy a rangé depuis longtemps son revolver Adams au fond de sa poche quand la vieille cesse de frapper la dépouille sanglante.

Elle rouvre ses grands yeux exaltés. D'une tape de la main, elle redresse son bonnet qui a glissé vers l'arrière de sa tête. Son visage s'est un peu creusé. Avec une mélancolie de lune éteinte, elle renifle la senteur de vieille litière et de faisandé qui plane sur tout le taudis. Elle allonge le cou. Elle flaire toute la pièce comme si elle sentait pour la première fois son odeur abjecte.

Elle ouvre sa main veinée de bleu et laisse tomber son crochet sur le sol.

En enjambant le cadavre de l'homme aux mains de jonc elle dit :

— Il n'y a pas de meilleur lit que la mort pour ceux qui la méritent !

Elle regarde Grondin qui se redresse, éreinté par la violence de ses cauchemars.

Elle jette avec un ricanement d'ogresse :

— Cette fois, not'maître, si j'ai la cervelle bien assise, vous pourrez plus rev'nir en arrière... et maintenant que j'ai crevé la gueule de çui-là, faudra bien m'prendre avec vous...

Elle grince une drôle de musique avec sa bouche. Elle fait même une révérence.

Sous son harnais de haillons, elle bonnit :

— Me v'là comme qui dirait vot'gouvernante ! Bosco, s'ra vot'perroquet !

— ... Et moi votre Michel Morin, monsieur ! complète Barthélemy en se dépliant comme un télescope. Car j'ai tué les deux autres grinches et je ne vous quitte plus.

63

Le chien du commissaire Mespluchet
ne lâche pas son os

Ayant ainsi parlé, l'ex-roussin du quartier du Gros-Caillou dépoussière un peu ses habits. Il porte avec lenteur ses mains en arrière de ses reins peineux car il s'est fait mal en se projetant sur la table. Il décerne à Grondin un sourire pâle et, les paupières rouges prises par un mauvais tic d'énervement, sonde longuement les profondeurs de sa blouse.

L'instant d'après, il ouvre sa main osseuse et fait rouler sur la blancheur striée de sa paume trois petites sphères de porcelaine.

Grondin y reconnaît trois œils de verre.

— C'est curieux, dit alors Barthélemy, sur le point de me ratiboiser, les deux tranche-lard se sont battus pour savoir lequel aurait le droit de me glisser dans la main l'un de ces globes de verre.

— Simple ! l'affranchit le vieux tigre aux yeux gris. Ils se disputaient le privilège de te faucher le colas !

— Je n'aperçois toujours pas la différence ! Le pruneau de l'un ou la lame de l'autre, avouez que si je n'avais pas tiré le premier, dans les deux cas les vilains chiens m'auraient débarbouillé !

— Ils se battaient pour la règle !

Barthélemy fronce les sourcils et interroge Grondin avec des yeux profonds comme des songes :

— La règle ? s'étonne-t-il. Quelle nouvelle musique est-ce là ?

— Dans la main refermée d'un mort, l'œil de verre signe le crime. Dans la main ouverte d'un vivant, il scelle l'amitié.

— Vous m'avez l'air de parler d'expérience, monsieur, s'étonne l'officier de police. Pourriez-vous pas m'emmener sur le chemin d'une explication plus lisible ?

Pour toute réponse, l'ancien haut perché de la raille se penche sur la dépouille de la Joncaille. Il retourne le mort vers le ciel et ferme ses yeux vitrés. Il fouille les poches de son beau costume de *sportsman*. Il y trouve un nouvel œil de verre qu'il exhibe entre pouce et index.

— Casquette basse, grand engourdi ! dit-il en le déposant sur la paume de Barthélemy. Voici l'œil de verre numéro 1, voici l'emblème du singe !

L'instant d'après, à la fois guide et visiteur de ce vilain crevé qui régnait sur la haute pègre, il lui confectionne une épitaphe improvisée ;

L'espoir assassiné

— Ci-gît un vrai grand fauve ! le maître de l'Ourcq ! Une pointure extrême, le pompon des méchants ! Toute sa vie, il a tâté de l'assassinat avec succès puisqu'il ne s'est jamais fait prendre. Belle frimousse et nerfs d'acier ! Avant d'avoir ses avoués et ses placiers en Bourse, il a parcouru toutes les cases du jeu avec le crime !

— Un jeu maintenant ? Comme vous y allez !

— Un absurde pari sur la mort... un monstrueux projet que la Joncaille avait su imposer à ses ouailles... un pacte avec l'immoralité, on peut le tourner comme ça...

Grondin s'arrête court et lance un coup d'œil à Barthélemy par-dessus son épaule.

Les paupières mi-closes de l'inspecteur, sa bouche serrée, un air de ruse animale, trahissent l'intérêt puissant qu'il accorde aux révélations de son supérieur. D'ailleurs, il fait profil doux. Son visage ictérique est brusquement habité par un simulacre de sourire engageant :

— Dites-m'en davantage, je vous en prie, monsieur le chef de la Sûreté ! supplie-t-il. La curiosité me tourmente !

Grondin se retourne d'une pièce. Il a l'air malade. Le dos voûté, le crâne sans plumes, les épaules prises par sa chemise souillée de sang, il darde sur le mouchard de police des yeux qui jugent sans aménité :

— Tu veux savoir à toute force ? demande-t-il en s'assombrissant. Tu veux remuer la tourbe ?

L'autre opine. En deux pas d'araignée, il s'approche de Grondin.

— Eclairez-moi, dit-il en lui parlant dans la bouche. Je veux tout savoir.

— Ecoute donc l'inécoutable, consent l'ancien adjoint de Monsieur Claude et plongeons dans l'eau noire ! En entrant dans la confrérie de l'Ourcq, chaque lofat, chaque nouveau membre de la bande, accepte de se voir confier trois œils de verre numérotés à son chiffre. A lui de s'en débarrasser ! A lui de signer son forfait ! A lui de s'endurcir ! Tous les trois meurtres, à condition que le numéro précédent soit libre, le buteur en s'enfonçant dans la voie du sang progresse dans la hiérarchie des arcans. Chaque fois qu'il *porte le coup*, l'apprenti chourineur est davantage respecté par ses pairs... Chaque fois plus éloigné de ses scrupules, le misérable devient plus familier avec l'abominable... il vide le ciboire du vice et ses parts de butin s'arrondissent !

— Seigneur, monsieur ! s'écrie Barthélemy sincèrement horrifié, ce que vous nous racontez là fouette les nerfs et repousse les limites de l'abjection !

— Le pire est à venir, mon joli nettoyeur ! Et la colère du crime ne fait que commencer ! car dès que se sera répandue la nouvelle que la Joncaille a fait la cane, le boulier des voyous va devenir fou ! La loterie des grands lingres sera ouverte ! Les numéros valseront ! La guerre de succession fera rage !

304   *Le cri du peuple*

— Je comprends mieux, dit Barthélemy en portant un regard fasciné sur les billes qu'il tient dans sa main. L'Écureuil, qui portait le numéro 17, avait encore deux œils de verre dans sa poche de gilet... Goutte-d'Huile, lui, n'avait plus qu'un seul numéro 14 à distribuer !

— Et la case numéro 13 était vide, murmure Grondin comme un écho fatal et douloureux.

Barthélemy lève aussitôt la tête et le dévisage avec une grande intensité. Il déplie sa main d'une maigreur extrême, pointe son index et se fait plus pressant :

— Ce numéro 13, monsieur, revêt pour moi un intérêt capital... et j'ai promis au commissaire Mespluchet de lever le voile sur l'énigme de la dessalée du pont de l'Alma !

D'une traite, l'homme de proie raconte dans ses moindres détails la macabre découverte de la noyée du 17 mars. Il insiste sur le fait que « la repêchée du quai de la Bourdonnais » (depuis lors identifiée comme étant la baronne de Rumuzan) tenait en son poing fermé un œil de verre portant le numéro 13 et conclut en se faisant plus insidieux :

— Il me manque encore dix-neuf sous pour faire un franc, mais je n'en devine pas moins, monsieur, que vous connaissez l'identité du criminel. Et il faut me la révéler.

Horace Grondin ne répond pas.

Il se rend jusqu'à l'alcôve. Il fouraille dans une boîte en fer où la Chouette lui a permis de serrer ses maigres richesses.

Il revient avec l'œil de verre à l'iris bleu dont lui a fait cadeau Caracole, son ancien camarade de fers, à l'église Saint-Pierre et le tend à Barthélemy.

— Tiens, dit-il avec une lassitude inattendue, voilà ton coupable. Maintenant, laisse-le reposer en paix !

— Montez sur la table, monsieur ! proteste le roussin qui ne l'entend pas de cette oreille. Je veux savoir aussi son nom !

— Quelle importance ?

— La vérité !

Grondin marque un temps d'arrêt. Fût-ce une minute, il se repose. Son esprit divague. Il observe un moment le gâchis de sang qui embrouille le dos de la Joncaille et, supputant sans doute que la discrétion n'est plus de mise, révèle d'une voix contenue :

— Il s'appelait Léon Chauvelot. Pour certains, c'était une gouape prête à tous les tuages, à toutes les égorgeries... pour d'autres, un gentil grillon qui savait partager sa chaleur, son gousset et son pain... quant à moi, j'aurai beau passer le mouchoir sur mes souvenirs jusqu'à la fin des temps, en m'endormant, je reverrai toujours ses cheveux rouges...

— Vous en parlez comme d'un proche...

L'espoir assassiné

— J'en parle comme d'un cotteret qui disait que l'amitié n'est pas un vain mot et que tout le reste, c'est de l'air qui passe autour.

D'un geste brusque, il efface les images et, pour couper la broche de ses souvenirs, vire sur les talons.

Il va jusqu'à la Chouette, lui demande d'aller cacher les deux allongés de la grange sous les tas de peaux de lapin. Il s'apprête à nouveau à diriger la maison, dit qu'on partira de nuit après avoir mis le feu à la cahute et revient vers l'alcôve, lorsque le grand argousin au teint jaune lui coupe le chemin et lui pose la main sur l'épaule.

— La justice sera heureuse des services rendus par ses serviteurs même pendant les jours les plus sombres de l'histoire de Paris, dit-il. Et je bénis mon étoile de vous avoir rencontré.

— Ma foi, si le nain aux lunettes d'or revient aux affaires, ta carrière est faite ! Tu seras commissaire principal !

Barthélemy déploie son bras comme une aile et ce geste ample soulève la grande tente que fait sa blouse par-dessus sa maigreur.

— Encore un mot, murmure-t-il.

Un mauvais sourire butine au coin de sa bouche et retrousse ses lèvres sur ses gencives exsangues. Il est redevenu le limier qu'il n'a jamais cessé d'être, le vilain chien de chasse au dos plat, le pistard à l'odorat infaillible qui avec son air de soumission, son flair de capon, est néanmoins capable d'aller renifler jusqu'au bout de la piste.

D'une seule question il comble l'abîme effrayant, infranchissable que Grondin a toujours essayé de creuser sous ses pas.

Il lui dit :

— Pardonnez-moi de vous parler si crûment, monsieur, mais comment se peut-il que vous ayez été si intime avec ces canailles sans avoir été de leur compagnie ?

Et voyant l'homme aux yeux gris irrité sans mesure, il sait, en le retenant encore un peu par l'épaule, en inspectant son visage sec comme du bois et ses pupilles défaillantes de doute, qu'un jour ou l'autre l'ancien notaire devra payer son compte à la vérité.

Il lui décoche un sourire jaune et s'en va.

64

Marbuche a une idée

Plus s'avançaient les jours cruels, plus Tarpagnan faisait ses calculs. Moins il se donnait de chances de secourir à temps sa bien-aimée, plus intolérable lui devenait ce jeu absurde avec l'idée de la retrouver au fond d'un magasin de plaisir, sous les traits d'une femme fanée, avilie, flétrie, morte de honte. La certitude de l'échec le dominait à tel point qu'il reniait sa propre force et l'éclat de sa santé.

Il ne soignait plus sa barbe. Ne fréquentait pas les glaces. Ne lavait plus ses mains.

Il finit par rester prostré sur son lit, au fond de la maringotte. Il buvait un âcre vin qui ressemblait à du vinaigre et ressassait le passé, fouillant inlassablement dans la malle de ses anciens voyages.

Les heures s'étiolant, il avait lié connaissance avec une famille de gens de piste et d'arène afistolée de nez rouges, de paillettes, de fards et de faux-semblants. Il avait appris à côtoyer la détresse des avortons, des hermaphrodites, des pygmées, des polycéphales, des lémures d'aquarium. Petit à petit, dans une étrange convulsion de sentiments partagés, il s'était pris de compassion pour ses nouveaux compagnons et il n'était pas rare, une fois le soir tombé, de voir l'ancien capitaine aller et venir comme un chien de manège flairant l'arrière-décor des baraques d'attractions avant d'en soulever la toile et de sonder les grottes, les bassins d'eaux sombres où, au fond du dernier vivier des apparences humaines, vivotaient et respiraient dans un état de réclusion et de puanteur extrêmes des êtres rebutés aux visages pathétiques.

Une fois, au terme d'une nuit sans sommeil, une de ces nuits de cendres et de noirceur où tout paraît inatteignable, Antoine avait quitté sa couche et s'était glissé dehors sans réveiller Marbuche. Il avait erré parmi les tentes du campement, écouté les ronflements de la femme magnétique, ausculté le silence aux abords de la verdine de Palmyre et de Madame Tambour.

Poussant plus loin son escapade, il s'était risqué jusqu'à la coulisse d'une tente isolée dont il avait soulevé le pan. Il s'était trouvé face à face avec le regard d'une strige à la chevelure couleur d'algue, aux yeux allongés – une malheureuse enfant d'une douceur extrême. Et ce regard brûlant, posé au ras d'un soluté bleuté auquel cette bouleversante femme-chien abandonnait le poids de sa tête, trop lourde à porter, annihilait tout espoir de parole.

Pendant un long moment, elle et lui s'étaient entre-regardés. Dans la pénombre, le temps avait suspendu son vol.

Au bord du gouffre de sa pensée vide, Antoine était resté d'une immobilité parfaite. La nausée lui tordait les tripes.

Puis, les yeux de la chimère, ternis par le détachement et la solitude, se fermèrent à demi. Sa conscience s'éteignit, laissant Tarpagnan au besoin impérieux de se forger de nouvelles raisons de vivre.

Il ressortit dans la nuit. Un calme glacial avait envahi tout son corps.

Pour l'homme, ce misérable petit tas de secrets, il en est parfois du spectacle des souffrances comme de ces voyages exténuants où rien n'est conforme à l'idée qu'on s'en fait, et la brisure de l'âme ou la douleur la plus poignante, pour peu qu'elles soient apprivoisées par l'intelligence du cœur, deviennent, au fond de l'abîme, une dimension de la vie.

Cette nuit-là, Antoine essaya de penser au feu tranquille d'une maison, au sourire de Gabriella Pucci et n'y parvint pas.

Il laissa son regard vagabonder doucement sur la trame du jour naissant et, par-delà le toit des verdines, ouvrit la percée du ciel indigo à son imagination.

Il aperçut dans les nuages le profil halluciné de sa bien-aimée. Il devina derrière la nue six fois ses yeux et six fois le même effroi peint sur son visage. Il vit un linge déroulé qui ondulait derrière ses jambes blanches. Il la vit courir vers un carré sombre et s'y jeter dans un bruit d'eau lointaine pour échapper à une forêt de mains.

Alors, il se laissa envahir par l'amertume.

Comme il faisait mine de se mettre en marche vers la ville, il vit se détacher de l'ombre la masse d'épaule de Marbuche et l'instant d'après la main du colosse enserra la sienne.

Sa voix grondante demanda :

— Où vas-tu, mon ami ?

— Je marche vers mon rêve. Je vais me jeter à mon tour dans un puits.

— Un puits ? Un rêve ? Se jeter ?

Le géant était abasourdi. Il enserra avec une force d'étau le poignet de Tarpagnan.

— Tu te moques de Marbuche, dit-il en secouant la tête.

— Non. Je jure que j'ai eu la vision d'une maison où Caf'conc' était détenue. Une masure au fond d'une impasse avec un arbre coupé. Un cerisier. Un cerisier en fleur. Je ne comprends pas pourquoi un arbre si prometteur a été abattu...

308   *Le cri du peuple*

— Sornettes ! Confettis ! Tu ne m'auras pas !

— J'ai vu Caf'conc' de dos. Elle était nue. Elle était poursuivie. Elle courait vers le fond d'un jardin. Elle s'est retournée vers moi et elle s'est jetée dans le puits.

— Folie de cœur ! Tes idées se brouillent ! Tu veux emblémir Marbuche ! L'enganter dans un rêve ! Tu veux seulement lui fausser compagnie !

Le front vindicatif, il s'apprêtait à frapper Antoine.

— Tu n'es pas mon ami, gronda-t-il en élevant son terrible poing au-dessus de la tête du capitaine. Mademoiselle n'est pas morte ! Mademoiselle ne meurt pas !

Il allait pulvériser le crâne d'Antoine avec aussi peu de discernement que le jour où il avait écrasé celui de Caracole, lorsque soudain, retournant sa fureur aveugle contre lui-même, il assena un mauvais coup sur sa pauvre caboche pleine d'insuffisances et de miettes breloquantes.

Cette bûchée à tuer un bœuf sembla ramener un peu de lumière dans la lucarne de son intelligence.

— Tu n'es pas un mauvais homme, Tarpagnan, dit-il d'une voix plus conciliante. C'est seulement que tu es découragé. Aujourd'hui est une péniche sans eau mais peut-être demain nous conduira enfin où Mademoiselle Pucci se trouve !

— Non, Marbuche. Tu sais bien que depuis de longues semaines, taule après turne, nous avons tout essayé. Et nous n'avons plus d'autre ressource que d'avouer notre échec.

— Abandonner nos recherches ? Tu n'y penses pas ! Marbuche ne voudra jamais !

Le colosse au front obtus pointa les lueurs éloignées.

— C'est renversant ! s'exaspéra-t-il. Mademoiselle Pucci se trouve bien quelque part ! Elle est là ! ou là ! Elle est seule avec notre amour ! Au fond d'une maison, elle crie ! Marbuche entend ses plaintes. Il a mal à la tête ! Elle se débat ! Elle pleure ! Elle est vivante !

— Je ne rêve que de la retrouver, murmura Tarpagnan.

Un morne silence les réunit. L'accablement leur mangeait la figure.

— Marbuche te ramène à la maison, dit le mastodonte d'une voix sombre.

Il prit Antoine par la main. Avec une certaine douceur, il l'entraîna à sa suite ainsi qu'il en avait pris l'habitude. Las et brisé, l'athlète au maillot mauve avait la démarche lourde. Il semblait plongé dans d'obscures ruminations.

Et puis d'un coup – sa trogne était à voir – au beau milieu de l'esplanade déserte, il se frappa le front.

— Cabre ! Des quatre fers ! proféra-t-il en bloquant soudain sur ses jarrets. J'ai une idée ! Une cinglante idée !

L'espoir assassiné 309

Au fond de leurs cavités, les petits yeux du géant mandchou semblaient habités par l'éclat d'une irregardable inspiration.

— J'entends les anges! J'ois leurs trompettes! dit-il avec ravissement. Leur conseil est formel! Au lieu de retourner nous coucher, nous allons soumettre ta vision au professeur Chocnosophe!

Une réelle agitation habitait désormais son faciès cramoisi par l'effort.

Volté à vif, il s'écria :

— Le professeur exerce la voyance... Tarots, retour d'affection... Il habite la Dame de cœur dans le Palais des cartes à jouer, c'est à deux pas d'ici! Travail d'extralucide! Grande concentration!

Et comme s'il offrait à Tarpagnan un tremplin inespéré vers l'espoir, Marbuche ajouta :

— Je lui demanderai de lire notre futur dans son cristal d'Egypte! Il reniflera le plan de Paris avec son pendule! Il interrogera les souffles! Du diable s'il ne dégotte pas ta fameuse maison!

Epuisé par cette ultime tirade qui lui asséchait la cervelle, le lutteur fronça le sourcil en lisant le doute dans la prunelle de son partenaire.

— Quoi encore? rugit-il hors de lui. Tu as l'air perplexe?

Tarpagnan haussa les épaules. Il lui semblait soudain qu'il n'avait jamais vécu que dans la familiarité de blessures incurables.

— Mon pauvre Marbuche, dit-il. Bien sûr que nous irons voir ton Chocnosophe, mais crois-tu vraiment qu'il saura nous aider?

— Marbuche n'est plus sûr de rien, murmura le géant en baissant la tête. Ses mains deviennent froides.

La lenteur du temps éteignait graduellement son énergie. Une gouttière s'était formée dans son entendement. La tension lâchait ses nerfs par degrés. Enfin, le colosse à cervelle d'oiseau retourna au néant.

— Si Chocno ne trouve rien, bredouilla-t-il, nous finirons chez Palmyre. Elle te surveillera d'un œil. Moi, je pourrai dormir.

Retourné aux simples dimensions d'un bloc de force aveugle, le géant, de sa poigne intraitable, entraînait le capitaine vers le Palais des cartes, vers de nouveaux parages entre devenir et néant.

Et Marbuche, obscur instrument du destin, en plongeant Tarpagnan plus avant dans l'intimité des monstres de foire, en lui faisant toucher le fond du ruisseau et partager le vent froid de la misère et de l'abandon des certitudes, préparait sans le savoir le Gascon aux retrouvailles infernales avec son bel amour saccagé.

65

L'Escalier de Vénus

C'est au moment le plus douloureux de son esclavage, que Caf'conc' allait apercevoir une sorte de lumière pauvre qui ressemblerait à l'espoir. Et aussi déshonorante que fût sa renommée de catin frigide et excitante, ce fut bel et bien grâce à elle que l'ancienne chanteuse entrevit un maigre coin du ciel clair.

Approchée ordinairement par une race d'hommes brutaux qui se penchaient sur la profondeur captivante de son regard, lui dérobaient sa bouche et se prenaient au jeu de la vouloir emmener sur les marches hautes de la jouissance, il se trouva qu'un après-midi, en l'absence de Saint-Lago, une bande de joyeux permissionnaires, de retour des avant-postes sur le chemin de fer de Sceaux, débarqua à l'Escalier de Vénus avec la ferme intention de connaître la chaleur de ventre de la belle hétaïre.

Conduits par un sergent-chef, ces bruyants jeunes hommes, ces pères de famille en goguette, qui avaient tâté de la guerre et voulaient, comme ils disaient, « nettoyer leur vaiselle », envahirent le grand salon des présentations où les attendaient les pensionnaires.

Ces demoiselles papotaient au grand complet. Elles s'interpellaient dans un tintamarre de bottines, un roulement de paroles entrecoupées qui trahissaient une exaltation peu ordinaire. Toutefois, et que cette chose-là soit dite dès l'entrée, leur vacarme de perruches effarouchées ponctué de soudains éclats de rires que venait éteindre un effarement inquiet n'était pas tant provoqué par l'arrivage inopiné de fédérés aux doigts palpeurs, à la trogne blagueuse, que par la propagation d'une rumeur insistante dont les conséquences, si la vérité en était confirmée, avaient de quoi remuer le microcosme des perles de boudoir.

Depuis le matin même, en effet, grande affaire ! A la vitesse d'une traînée de poudre, sorti on ne sait d'où, le bruit avait couru dans les alcôves de l'Escalier de Vénus que le patron de l'Ourcq, qu'Edmond Trocard en personne, avait été retrouvé mort sur un terrain vague, percé comme un crible, lardé derrière les épaules par quelque tierce de chourineurs de bas chemins qui l'avaient déchaussé de son or — breloque, bagouses et même de son bel anneau d'oreille.

Cent mètres plus loin, les yeux vidés par les corbeaux de la plaine

Saint-Denis, deux de ses gouapeurs, à demi immergés dans un trou d'eau, avaient eux aussi passé l'âme au vent.

Le bel Auguste, dépêché sur le terrain, avait identifié sans peine la dépouille des deux pégriots. Il avait reconnu l'Ecureuil à sa denture de rongeur et identifié Goutte-d'Huile à sa vaguotte multicolore. Mais quel coup de tonnerre sur la planète des arcans! Quel forfait inattendu! Quel crime de lèse-majesté! Qui donc avait osé s'en prendre au potentat de l'Ourcq? A un homme inatteignable qui avait ses notaires, ses placiers en Bourse, ses gérants immobiliers et dont c'était l'art, le grand art, de savoir garder les yeux perdus sur le menu peuple des arcans, de se donner l'apparence d'un garçon bien gentil et d'une grande simplicité qui continue malgré sa réussite éclatante à se mêler à la foule des comptoirs et n'hésite pas à doter dans un moment de générosité telle ou telle famille indigente dont le chef est en carruche pour que son aînée fasse des études. Dès lors sous quels auspices s'était déroulé ce règlement de comptes? Qui avait intérêt à faire disparaître l'homme aux mains de jonc? A qui profiterait le crime?

Rien n'était conforme dans cette affaire. Tout avait été nettoyé. L'or et les portefeuilles. Les papiers et les montres.

Il n'était jusqu'au magnifique cabriolet gris dont le nabab était si fier, jusqu'à son grand cheval noir, qui se fussent volatilisés eux aussi. La manœuvre des roues, soigneusement inspectée, avait laissé des traces attestant qu'à l'issue de l'embuscade présumée, la berline était repartie en direction de Paris.

Dans chaque recoin de l'*Escalier de Vénus*, les langues allaient bon train. Quelques chuchotis plus loin, les lariflas de couloir enflant les racontars et supputations à un train de chorale, la nouvelle s'était répandue que Saint-Lago, désigné par la Confrérie de l'Œil de Verre comme un plausible assassin du grand singe, aurait prudemment mis de l'air entre lui et ceux qui le soupçonnaient de briguer la succession de la Joncaille.

Voilà du moins qui donnait un tour plausible au départ précipité du barbillon à tête de vérole. Ce dernier, tôt levé le matin et vite chaussé, était parti en courant comme un râle. Il avait même omis de donner son avoinée à la recluse « du bout du couloir ». Il avait abandonné la gouvernance de la maison à sa plus ancienne pensionnaire (épisodiquemment sa maîtresse), la sémillante Coraline Eugénie Beaupré, quarante-trois ans sous la guimpe, à qui il avait fait jurer secret et discrétion et interdit de communiquer la nouvelle de la mort de la Joncaille à son ancienne égérie.

Cora Beaupré, on s'en doute, avait quelque peu failli à sa première promesse. Mais elle avait en tous points respecté la seconde. C'était sa façon stricte de reléguer la Pucci dans l'obscur et le silence.

Depuis l'arrivée de l'infortunée jeune femme, Coraline, Cora la

312   *Le cri du peuple*

Science, comme on appelait la Beaupré, avait été une geôlière sans
faille. Elle ne forçait pas son talent, jalouse comme un tigre à la pensée que Caf'conc' aurait pu la supplanter dans le cœur de Saint-Lago
et la reléguer au rang de simple poule de volière. Elle disait à qui voulait l'entendre que les manières sucrées de la nouvelle détournaient la
clientèle des pantres à son profit et faisaient du tort aux filles honnêtes
qui, elles, étaient prêtes à se soumettre à la règle de la maison et à
exercer consciencieusement leur pratique.

    Mais revenons au salon. Il n'est que temps de le faire puisqu'ainsi
que nous l'avons écrit, un parti de militaires fraîchement débarqué du
front s'y pressait et réclamait des soins.
    Drapée dans son châle de cachemire, Cora la Science, commise au
rôle de mère souteneuse en l'absence de Saint-Lago, reçut fort
aimablement ces miraculés d'une compagnie décimée. Un grain de
beauté sur sa hanche (ce qui sous-entendait que quelque chose de plus
attrayant les attendait ailleurs), la belle gobante pria ces héros des
remparts de laisser leurs sabres et baïonnettes au vestiaire et, pour
plus de protocole encore, prit position sur le grand divan rouge où elle
étala l'argument de ses charmes.
    Comme les griviers revenaient au salon sur leurs chaussettes, Cora
leur fit encore meilleure figure.
    — Soyez les bienvenus, jolis grivetons, roucoula-t-elle en laissant
battre ses paupières dans les bleus.
    Elle retira la cigarette qui pendait canaille au coin de ses lèvres et,
conformément à l'usage de la maison, offrit aux pioupious, rafraîchis-
sements compris, les services modestement tarifés d'Henriette la
blonde, de Clara la rouge, d'Adèle au rigaudon et de Rosine l'enfant.
    A l'énoncé de leur nom et de leurs talents, sans doute pour se faire
mieux connaître et mousser, chacune de ces jeunes femmes ôtait avec
une grâce toute personnelle une pièce de ses vêtements et, qui un
caraco entrouvert, qui un coquin pantalon au bout des doigts, saluait
les petits soldats de la Commune d'un joli trémoussis du popotin ou
d'une œillade traversière.
    Or – déroute extrême ! – il se trouva qu'à l'issue de cette revue
d'appas, de ces escarmouches de lingerie jetées si généreusement par
ces demoiselles dans la corbeille du désir, la mine réjouie des militaires vira au gris et fit bientôt place à un manque d'enthousiasme qui
frisait l'outrage.
    — Qu'est-ce que c'est que ce lever de rideau, militaires ? s'étonna
la maquerelle tandis que s'éteignaient les gloussements de sa volière.
Est-ce que par hasard mes nymphes ne seraient pas assez bien tour-
nées pour vous autres ?
    Le sergent-chef, qui menait sa troupe au bocard comme on va à la

soupe, rentra la tête dans les épaulettes. Il inspecta le visage de ses hommes et marmonna pour lui-même :

— Scrogneugneu ! Les p'tits n'en voudront pas... Ils n'en voudront pas...

Et de fait, les bidasses reluquaient les lorettes par en dessous, sans véritable appétit. Ils mâchonnaient sur place avec des rires incertains, un vrai troupeau de bêtes puantes, mais aucun d'entre eux ne semblait prêt à jeter son dévolu sur l'arrondi prodigieux de plusieurs de ces dames.

Le temps passa lentement sur les grands yeux bruns de Cora la Science. Elle fit servir l'absinthe ce qui lui donnait l'avantage d'une hospitalité qu'on n'aurait su bafouer davantage.

— Eh bien, que faisons-nous, jeunes gens ? interrogea-t-elle à la fin. Sommes-nous seulement venus gâcher du temps et du plaisir ? Discutons-nous les tarifs ? Trouvons-nous à redire sur l'accueil et la chaleur accordés à de vrais patriotes ?

— Nenni, citoyenne ! protesta le sergeot qui du haut de ses galons d'argent guidait la meute dans ses choix de vitrine. J'vas vous dire le fond du problème !

Et sans plus tergiverser, cet homme décoré demanda pour sa troupe valeureuse le privilège de faire « grincer le sommier » avec la fameuse Caf'conc'.

Cora la Science porta machinalement ses mains à son ventre et rougit sous l'affront.

Elle objecta que *la sucrée* était déjà en main. Elle fit valoir d'une voix sèche que toutes ses filles de noce, qui, par parenthèse, étaient autrement propres et expérimentées que la donzelle en question, devaient avoir leur part de régal.

Toutefois, elle voulut bien admettre que, puisque ces messieurs étaient six et que ces demoiselles n'étaient que cinq, il s'en trouverait fatalement un qui devrait se contenter de la mijaurée. Elle ajouta perfidement que pour ce qui était de passer *une fine après-midi*, elle n'enviait pas ce militaire. Que si l'odalisque « du bout du couloir » avait du zinc, comme on dit, et portait même d'assez jolies épaules, elle était loin d'être un chopin.

Mais le gradé, sans doute pour ne pas perdre la face devant ses camarades, se contenta de prendre l'air ennuyé.

Il tordit la pointe de ses moustaches et batailla d'une voix qui tient les rênes :

— On nous avait dit...

— Taratata ! On vous aura berlurés, trancha la marchande de plaisir en tirant sur sa cigarette égyptienne.

Vif-argent, elle avança vers le sous-officier ses seins giboyeux qui ne tenaient pas dans une seule main. Elle exhala par le nez une volute de fumée bleue et dit avec une grande fièvre :

— Au diable les sornettes ! Cette Caf'conc' est une figurine, sergent, – me fais-je bien comprendre ? – qui ne connaît rien à l'art de la clarinette et qui renâcle devant l'emprosage à rebours !

Sur sa lancée, décidée à convaincre les grivetons que seules ses filles détenaient un quelconque savoir-faire, elle ajouta avec de ces accents sucrés-salés qu'on n'accorde qu'aux connaisseurs :

— N'y allez pas, militaires ! Question de confiance ! Cette fille est une genreuse ! Une gâcheuse qui n'envisage même pas de baguer le nœud du client autrement que sur le dos ! Elle coque à la paresseuse, si vous voyez ! Le genre de prodige lisse comme du vernis qui se contente de laisser aller le chat au fromage et de passer la douane sans rien dire...

Et prenant ses filles à témoin :

— Flûte alors ! Est-ce que ça se fait, ça ? même pas saluer le miché !

Un cri de réprobation spontané jaillit de la gorge de ces demoiselles. Les soldats tantinet retournés par ce broutta et ces dénégations unanimes entamèrent une discussion entre eux.

Illico, Cora la Science suggéra qu'on tirât au sort le malheureux qui « irait au bout du couloir quand la place serait libre ».

Un bruyant jeu de bouchon fut organisé séance tenante dans la traversée du couloir et, à qui perd gagne, la partie fut emportée par un jeune garde national qui avait à peine seize ans et n'était là que pour faire sauter son pucelage.

— Nous v'là jolis garçons ! décréta le sergent. C'est Guillaume qui fera boum ! Pour un coup d'essai, mon gars, essaye que ce soit un coup de maître ! Et si tu fais miauler la dame, je paye la Veuve Cliquot !

— Bonne bourre, Tironneau ! lancèrent ses amis.

Et c'est de cette façon inopinée que Guillaume Tironneau, enfant de la rue Lévisse, ouvrit le judas de sa curiosité sur les secrets du corps féminin.

66

Le pucelage du p'tit bleu

Il entrouvrit d'abord la porte.
Il passa la tête.
Il entendit une voix lasse qui lui disait :
— Entre. Pose ton pantalon sur la chaise. Il y a de l'eau dans la cruche. Nettoie tes petites affaires.
Il devina dans la pénombre une forme allongée sur la paillasse blanche. Il se demanda s'il devait se nommer. Se faire reconnaître par Mademoiselle Pucci, une personne qui avait si mal tourné depuis qu'il l'avait entendue chanter *la Canaille* sur le champ Polonais. Il n'en fit rien tellement l'initiation qui l'attendait mobilisait son énergie. Emporté par son cœur qui battait la chamade, il referma la porte derrière lui et fit ce qu'on lui avait recommandé de faire.
Guillaume se dévêtit.

Un client de plus.
Caf'conc', étendue sur sa couche, écoutait le mécanisme têtu de sa volonté battre à son oreille. Une voix intérieure lui soufflait de tenir bon. Encore un jour. Encore un jour.
Le nouveau venu ne bougeait pas depuis qu'il était nu.
Elle descendit de la montagne.
— Amène-toi, dit-elle.
Tremblant, Guillaume se faufila sous le drap. Il faisait trop sombre pour que la Pucci déchiffrât son visage.
Gabriella sentit seulement sa raideur de corps contre le sien. Préparée à recevoir l'assaut habituel d'un mâle échauffé, elle fut surprise de sentir l'imperceptible attouchement d'une main hésitante et froide qui caressait son sein. A ces gestes maladroits, elle reconnut que celui qui s'était glissé dans son lit ressentait une violente exaltation.
— Fais ce que tu es venu faire, le pressa-t-elle. Ça ne doit pas durer des heures !
D'un effacement de hanche, elle l'aida à s'étendre sur son ventre. Elle enferma dans ses bras un torse fluet et presque cassant. Elle palpa les bras de son client et les trouva frémissants comme des cordes. Celui qui perdait ainsi ses nerfs avait le poids d'un enfant.
Elle entendit sa voix qui chuchotait :
— Il faudra m'aider, m'dame. C'est la première fois. J'viens casser mon sabot.

Elle l'aida à venir en elle. Elle dirigea le gouvernail de sa force. Pour le guider, elle trouvait des gestes maternels. L'adolescent était fou comme un cheval et s'essoufflait en étincelles.

Elle brisa son élan.

— Doucement, jeune cerf, murmura-t-elle. Tu vas écorcher ton bois.

Mais il était emporté et ne l'écoutait pas. Une nouvelle fois, il se précipita trop vite au-devant du vide et bientôt elle ressentit les spasmes de son long déchirement.

— C'est fini ? demanda-t-il hors d'haleine comme après une longue course devant soi. C'est déjà fini ?

— Eh, oui, dit-elle. C'est fini.

Et se moquant gentiment de lui :

— Vingt secondes d'oubli ! Tu dois être bien jeune pour te contenter d'un jardin aux allées aussi courtes !

Mais lui, avec une curiosité hardie :

— Justement, m'dame. J'suis sûr que j'peux faire mieux ! J'm'en sens assez de r'commencer !

— Tu n'as plus droit à rien, dit-elle en se jetant de côté pour esquiver son exigence.

— Donnez-moi ma chance, madame Pucci ! J'vous promets que tout c'que j'veux c'est apprendre à donner du plaisir !

— Tu connais mon nom ?

— Et comment ! Moi c'est Guillaume, dit l'hurluberlu en sortant la tête de dessous les draps. Guillaume Tironneau, du 7 de la rue Lévisse !

C'était si différent de l'ordinaire qu'elle n'entrevit pas tout de suite le parti qu'elle pouvait tirer de cette situation hors du commun.

— Tu es chez les gardes nationaux, n'est-ce pas ?

— Oui, m'dame. J'suis Iago, du côté de Sceaux ! Eclaireur volontaire ! On a bien dégusté !

Elle avait pris sa main puis l'abandonnant s'était mise à tâter machinalement ses bras si maigres.

Elle se taisait. Il respectait son silence.

— Mais... s'enquit-elle au bout d'un moment, tu vois quand même de temps en temps ceux de la rue Lévisse ?

— Chaque fois que j'ai une permission, je vais embrasser ma mère. On partage mes trente sous. Elle en a bien besoin.

— Mais alors ? tu vois aussi Emile Roussel, le serrurier...

— Fil-de-Fer ? J'vous crois ! bien qu'il soit plus guère dans la brugerie... il est aux avant-postes avec les gars de Louise Michel.

Elle prit un temps.

Elle retardait la question qui lui brûlait les lèvres.

— Tu as revu le capitaine Tarpagnan ?

— Vot'Arthur, m'dame ? On l'a pas r'vu ! Paraît qu'il est mort et disparu ! C'est Fil-de-Fer qui l'a fait savoir.

L'espoir assassiné   317

Elle ferma les paupières. Ses yeux étaient secs d'avoir trop pleuré.
Pas une larme ne vint.

— J'vois aussi m'sieu Théo, continua Guillaume. Vous savez Théo
l'photographe ? Il est v'nu m'visiter sur le front. Il dit qu'il m'aime
bien. C'est aussi pour ça que j'veux savoir si j'suis un homme !

Elle lui sourit mystérieusement.

Elle dit soudain :

— Viens, Guillaume, je vais te montrer qui tu es. De cette façon, tu
pourras répondre à M. Théo.

— C'est vrai ? Vous voulez bien ? Qu'est-ce qui vous a décidée,
m'dame ?

Au lieu de lui répondre, elle l'accepta en elle. Elle l'accepta en le
pliant à la majestueuse lenteur d'une femme qui vainc la force sauvage. Elle éclairait doucement son chemin.

Dans l'obscurité, en ce refuge de lieu où le temps est suspendu,
Gabriella venait d'arrêter le balancier de ses scrupules. Une pensée
l'assaillait revigorante comme la caresse du soleil. Mon Dieu, se disait-elle, malgré tout ce que j'ai enduré, à trente ans, j'aime encore
l'espoir ! Au fond d'un long tunnel, elle entrevoyait une parcelle de
vie pour elle-même. Elle fut d'abord effrayée par son calcul. Tarpagnan mort, se pouvait-il qu'elle ait encore assez l'instinct de vivre
pour essayer de recouvrer la liberté ? Et la réponse était oui ! Mille
fois oui ! Profite de cette beauté que le Seigneur a bien voulu
t'allouer ! Sois serpent, ma fille ! Gagne ta liberté !

Elle bougeait délicatement. Elle conduisait le jeune homme avec
lenteur vers son brasier.

— Brûle-toi, dit-elle, soudain. Brûle-toi ! Encore ! Plus ! Je veux des
cendres ! C'est bien !

Et, incapable de refréner l'ondoiement chatoyant d'une chaleur parfaite qui s'appropriait son propre ventre, elle laissa échapper une
longue plainte.

Ils restèrent un moment immobiles, vaincus par leurs étonnements
respectifs.

— Merci, m'dame Pucci ! souffla l'adolescent. C'était un vrai grand
rendez-vous.

Elle caressait ses cheveux. Elle voyait son plan.

— Guillaume, s'entendit-elle chuchoter, service pour service, je
vais te charger d'une lettre pour Fil-de-Fer. Tu n'en souffleras mot à
personne. Tu la lui feras parvenir quoi qu'il t'en coûte.

— Je vous le jure, m'dame ! Tout c'que vous voulez, m'dame !

Il s'habilla pendant qu'elle écrivait.

Il souleva le rideau et regarda le jardin où fleurissait un cerisier,
près du puits.

— Bon sang, s'écria-t-il. Ça fait du bien d'être un homme !
Dehors, c'était justement le printemps des amoureux.

67

Les papillons de la mort

Sème le temps, les arbres sont maigres dès lors qu'on est triste.

Tarpagnan refusait l'avancement du printemps. Il raclait des pieds comme un somnambule. Dans un aveuglement de larmes, il suivait Marbuche, sa main emprisonnée dans la sienne.

Tous les jours, ils partaient. Ils se mettaient en chasse. Ils allaient là où les conduisaient les dernières communications de leurs indicateurs.

Sur les conseils du professeur Chocnosophe dont la boule de cristal avait clairement établi que, conformément à un récent cauchemar de Tarpagnan, une maison au fond d'une impasse, son puits et son arbre coupé existaient bel et bien, la troupe des saltimbanques et l'orchestre de Madame Tambour s'étaient spontanément proposés pour écumer la ville et élargir ainsi le cercle des recherches.

Le professeur avait fourni un dessin conforme à l'idée qu'Antoine se faisait des lieux.

Paillasses et musiciens accomplissaient des prodiges. Ils sillonnaient les rues. Ils tendaient l'oreille. Ils interrogeaient les filles. Ils espionnaient les mangeurs de blanc à l'heure du billard.

Depuis le seuil de sa verdine, le lutteur au maillot mauve, à l'éternel bouquet de violettes fanées, guettait leur retour.

Il regardait venir à lui la troupe exténuée de ses amis foresques qui revenait de la ville. En tête du cortège, il y avait Marjolin qui rigolait dans ses mains comme un fafa, l'homme-squelette avec ses genoux cassés, son air brûlé, derrière lui Soupir, le trombone, un homme ridiculement contrefait dont la bosse était double, le professeur Chocnosophe qui enseignait les astres et tirangeait les cartes.

Tous les autres suivaient. Ils remontaient la pente en clopinant. Les mancheurs, les clowns cassés, les avaleurs de sabres, les mâcheurs de zinc clopinaient sous les ailes des moulins. Madame Tambour levait la main. Allez, musique ! Clé-de-Fa sonnait le rassemblement. Ils rentraient au bercail. Trombine, forcément, fermait la marche alourdi par sa large tête qui partait à la valdrague. Il tâtait le terrain avec son nez en forme de trompe. Ses yeux minuscules qui avaient tant versé de larmes en 70, lorsque les moblots avaient tué pour le manger l'éléphant du Jardin des Plantes, riboulaient dans ses orbites.

Marbuche se concentrait pour remettre en marche sa cervelle. Du haut de sa maringotte, il demandait :

— Quoi de neuf, les amis ?

Les têtes s'inclinaient sous le poids de la fatigue.

— Rien. Nous n'avons rien trouvé.

— Rien.

— Rien à Belleville.

— Et rien à Bastille.

On remuait du bout des pieds la poussière. Les cheveux tombaient sur les épaules basses.

Parfois, les mots tournaient court.

Marbuche se voûtait. Il faisait un signe d'abandon et la troupe s'égaillait pour aller prendre un peu de repos avant la parade du soir.

Le géant reintégrait la verdine aux fenêtres occultées par des linges. Dans la pénombre, il rejoignait Tarpagnan qui refusait désormais de voir se lever le jour et restait étendu au fond de son lit.

Après une grande embardée, l'hercule aux muscles roulants se penchait sur le reclus. Il découvrait son visage amaigri, ses joues envahies par la barbe, son teint terreux, les cernes de ses yeux.

Il grommelait. Il répétait des fois et des fois :

— Monsieur Byron ! Monsieur l'important ! Monsieur l'important ! Réveillez-vous ! Daignez nous regarder !

Il se redressait, déployait son envergure. De la haute tour de son corps, il envahissait l'espace de la ruelle entre les lits. Il marchait à pesantes enjambées et sa colère enflait à mesure. La roulotte tremblait sur ses essieux fatigués. Il leur imprimait sa tempête.

A l'adresse de Tarpagnan, il tonnait :

— A la fin, tu m'agaces avec ton air de maréchal ! Toute la sainte journée à faire la planche ! Le reste du temps à te laisser conduire comme un enfant ! J'en ai mon blot de ton chiqué supérieur, monsieur l'intelligent !

Il courait jusqu'au lit. Il gueulait :

— Le sang me bout dans le cœur de te secouer les puces ! Pour faire court et brutal, je vais te coller un pain !

Il était sur le bord de le faire. On entendait son gros souffle. Dieu sait si son poing noué était énorme !

Il restait un moment avec son battoir suspendu dans les airs.

— Cesse de me fixer! disait-il à Tarpagnan en essayant de faire passer sa jugeote par la fente de raison qui lui restait. Quand tu me regardes ainsi, j'ai l'impression que mon corps se couvre de poils et qu'une bête est en train de se cacher en moi.

Pour éclaircir le brouet qui chaudronnait dans sa tête, il tapait sur son propre estomac, frappait sauvagement son garde-manger, seul moyen qu'il ait jamais trouvé pour ne pas se laisser aller à démantibuler l'allongé.

Ainsi était le géant Marbuche. Il n'avait guère plus de raisonnement qu'un grizzli. Il aurait noyé sans pitié une portée de quinze petits chats, mais la réussite du beau visage franc de son ami, sa vérité énergique, l'empêchaient de le frapper.

Il ne le fit jamais.

Mieux encore, après ces séances emportées, le costaud avait tellement honte de ses menaces de torgnole que pour se faire pardonner il faisait rissoler des oignons, il apportait au capitaine une cassolette de légumes mitonnés, lui servait à déjeuner avec des grâces de jeune fille.

— Les Chocnos sont rentrés bredouilles, se bornait-il à grommeler.

Le géant allongeait sa jambe devant lui. Il se prenait la tête entre les mains.

— Un jour, je finirai par ne plus savoir ce que nous cherchions, avouait-il.

— Nous cherchions la grâce et la beauté, lui expliquait Tarpagnan en repoussant son repas.

— Tu n'as pas faim?

— Non.

Ils bravaient le silence. Leurs cœurs séchaient dans leurs poitrines.

Tarpagnan répétait :

— Nous cherchions la grâce et la beauté. Mais maintenant, quand bien même nous remettrions la main sur la personne qui les incarnait, elle serait tellement différente de la femme infaillible que tu avais imaginée que tu ne la reconnaîtrais pas.

Il ajoutait :

— Et nous aussi, nous avons changé.

Incrédule, Marbuche secouait la tête.

— Cré coup de tonnerre! C'est beaucoup fort ce que tu dis là, gringalet!

Son regard réduit à deux fentes dévisageait avec un reste de méfiance la créature barbue et misérable qui se trouvait en face de lui.

Des idées surnageaient dans son pauvre crâne. Des revenez-y d'intentions. Des nécessités opiniâtres. Mais force lui était de reconnaître que l'essentiel de son projet lui était sorti de la mémoire.

Un matin, il s'avança jusqu'au chevet d'Antoine. Son front ruisselait de gouttelettes parce qu'il s'était foutu la tête dans l'abreuvoir.
Ses prunelles bleues paraissaient propres comme de la porcelaine.

— Tu peux partir si tu veux, lui dit-il. Marbuche ne te retient plus.

Là-dessus, le lutteur mandchou avait détaché sa cape de scène de la
patère et, le dos lourd, était sorti de la verdine.

Tarpagnan n'avait pas réagi sur-le-champ.

Silencieux comme une pierre, il avait redressé ses oreillers. Une
main plantée dans sa chevelure emmêlée, il s'était calé au fond de sa
couche. A son tour, il paraissait réfléchir sur la conduite à tenir.

Un grand quart d'heure passa sans qu'il laissât rien paraître de ses
intentions. La terre entière semblait échapper à sa conscience.

Pourtant, faisant vibrer le vitrage, une série de détonations sourdes
avait roulé dans le lointain, rappelant à qui voulait les entendre que les
canons de Versailles accentuaient la pression de leur bombardement
contre les positions des fédérés.

Il eût suffi à Antoine de soulever l'étoffe du rideau pour apercevoir
le large panache de fumée qui étendait son gant de suie sur Asnières.

Les explosions se succédaient.

Là-bas, sans doute, la terre empestait de cadavres.

Sous le masque de son apparente indifférence, l'ancien lignard
imaginait parfaitement ce qui se tramait derrière les collines. Son cou
s'était armé d'une tension nouvelle tandis qu'il pensait aux combattants buvant au quart un ultime coup de raide. Il entendait gueuler
comme s'il y était la voix des sous-officiers derrière l'écran des
fumées noires. Il entendait visser les baïonnettes et se hâter les
ambulanciers. Il voyait les hommes surgir des positions en criant. Il
imaginait les premiers rangs, bras en croix, rebondir contre le mur de
balles qu'ils essayaient de franchir d'un seul coup d'aile.

Panaches de flammes. Gerbes de terre retournée. Salves grisâtres
nappant de leur branle tragique les champs de coquelicots. C'était toujours la même musique! Les mitrailleuses au museau brûlant poussaient leurs hoquets rauques sur la lancée d'un chemin de lumière. Les
hommes à demi saouls de schnaps et de peur couraient pour leur vie.

Affreux! Affreux! Antoine le savait pour l'avoir vécu sur d'autres
champs de bataille. Charge. Alignement. Reculade. Les pioupious
entraient au paradis sans frapper. Encore! Encore un mort! Encore un
jeunot! Encore un enfant perdu hurlant le nom de sa mère dans la
mitraille!

Tarpagnan voyait passer les papillons de la mort. Pas besoin de soulever le rideau. Il humait la boucherie sous un ciel d'une pureté étrange. Turcos, Défenseurs ou Vengeurs – frappés à la hanche, fouettés en pleine poitrine, boulant, empêtrés soudain du fusil entre les jambes, le sabre nu, les yeux voilés de la poussière du chemin, il les voyait tomber.

Il les voyait tomber et il gardait les yeux fermés.

Lorsqu'un infime bruit de souris le fit sursauter.

68

L'amour ne se nourrit pas d'à-peu-près

La porte de la verdine vient de s'ouvrir sur Palmyre.

La jolie naine est plus pâle que de coutume. Un bonnet phrygien remplace sur sa tête bouclée l'habituel nœud en forme de coque.

Il lève les yeux.

— Issy? demande-t-il d'une voix blanche.

— Feu violent, répond-elle aussitôt.

— Clamart?

— Pas de pertes.

— Montrouge?

— Une volée d'obus. Le bastion d'angle a démonté une batterie ennemie.

— Montrouge?

— Quarante hommes ont été enveloppés par deux compagnies de cavaliers versaillais. Quatre des gardes sur le point d'être capturés ont mis bas les armes. Aussitôt, sur un signe de l'officier, ils ont été fusillés.

— Porte Maillot?

— Plusieurs blessés. Les agents de Pietri fusillent les prisonniers. Ils égorgent les blessés et tirent sur les ambulances.

— Asnières?

— Tu viens d'entendre le bousin, j'imagine! Un dépôt vient de sauter. Dombrowski lance la contre-attaque.

L'espoir assassiné   323

Elle se tait. Elle le juge avec des yeux fouillants. Il s'en veut d'avoir été surpris dans l'état d'irresponsabilité dans lequel il se trouve.

— J'allais me lever, dit-il.

La petite hausse les épaules.

Palmyre est devenue le principal lien de Tarpagnan avec l'extérieur. Elle lui donne ainsi chaque jour des nouvelles fraîches. Elle se flatte de savoir lire et compter.

Ce matin-là, les joues bien drôles, elle fixe Antoine de son regard clair.

Elle lui dit avec grand sérieux :

— Tarpagnan, écoute-moi.

Elle se juche sur ses genoux. Désormais, c'est sa place.

Elle dit :

— Dehors, le temps s'accélère.

Elle le lui dit. Elle le lui répète avec insistance.

Elle dit :

— Les versaillais vont venir. Le brasier va s'allumer partout.

Elle dit aussi :

— Nos vies sont condamnées. Paris va devoir se battre.

Elle touche machinalement ses joues colorées par un vermillon léger, elle souffle :

— Thiers n'attendra plus longtemps. Il tourne comme un écureuil dans un tambour.

Elle soupire :

— Les espions pullulent. Galliffet est sans pitié avec les prisonniers. Il insulte les femmes. Il fait fusiller les hommes et même les enfants. Les Parisiens ne sont plus les mêmes. Ils sentent venir l'averse. Ils vivent les premiers revers et l'amertume de la retraite. Ils savent que la large lueur qui éclaire le ciel à l'horizon sera bientôt au-dessus de leurs têtes et que les murailles de leur ville s'effriteront sur les trottoirs.

Elle lui dit encore :

— Je n'aime pas les hommes qui regardent quand les autres se battent ! Et plutôt que de pleurer cette femme qui n'existe pas, tu devrais aller rejoindre les amis du peuple et prendre les armes à leurs côtés.

Il la dévisage sombrement.

— Tu me prends pour un lâche ?

— Je cherche ta flamme, Antoine ! Certains hommes sont vivants. Ils se dressent ! D'autres sont morts pour le genre humain. Certains sont vrais. D'autres sont imaginés. De quelle espèce es-tu ?

324   *Le cri du peuple*

Une gêne étrange s'est installée entre eux. Elle le regarde de manière aiguë.

— Eh bien, remarque-t-il soudain en reluquant son joli minois sous le bonnet phrygien, qui m'aurait dit que mon jeune bouton de rose tournerait jacobin !

— Cesse de me faire droguer, dit-elle. Comme dit ton ami Vallès, moins de statues ! Plus d'hommes ! Vis au présent ! Lève-toi ! La Commune a besoin de tous ses enfants.

Elle murmure :

— Même des plus petits.

Elle ajoute :

— Tout à l'heure, je pars sur les barricades. Je suis bien assez forte pour porter des pavés.

Elle rit. Elle redevient sérieuse.

Elle dit :

— Même si la sagesse de se taire est la première nécessité pour une fille comme moi qui n'a pas d'avenir, j'ai une question à te poser avant que nous ne nous voyions plus... refuserais-tu de m'aimer une fois pendant trente secondes ?

Sans lui demander sa permission, la lilliputienne se coule contre lui. Elle faufile sa menotte jusque sur la peau de ses pectoraux et les caresse.

Elle lève les yeux avec l'autorité d'une amante.

Elle dit :

— Chaque drapeau naissant doit voir le feu !

Sans attendre sa réponse, avec une grande faim, elle se jette à son cou. Elle tient ses lèvres pressées contre les siennes.

Elle relève la tête. Tendrement, elle visite ses yeux noirs.

— Je sonne la révolution des femmes ! souffle-t-elle.

Elle pose sa main sur la chaleur de son ventre. Elle se glisse dans le lit. Elle le presse. Elle se love contre lui. Cherche sa peau. Elle est de la taille d'une enfant. Elle détient une force étrange.

Elle souffle, elle répète :

— La lumière de mon âme est parfaite. C'est elle que je veux te donner.

Elle s'est glissée sur son ventre. Elle est adjacente. Elle s'ouvre d'elle-même.

Elle commande :

— Laisse-moi faire. Je ne suis rien.

Elle bouge délicatement. Elle guide.

Elle murmure :

L'espoir assassiné 325

— Reviens au centre.

Elle n'est pas égoïste. Elle le fait voyager jusqu'à la braise. Il respire court.

Au fond de la chaleur, elle dit :

— C'est bien. Est-ce mieux ainsi ?

Elle pèse à peine.

— Tu vois ? Nous ne sommes rien. J'existe à peine. J'éclaire le chemin mais il n'y a rien devant...

— C'est ce que tu crois, chuchote Tarpagnan. Voyage encore... Plus loin dans la grotte, tout est harnaché d'or et d'argent...

Premier habitant de son monde, il entraîne Palmyre dans un endroit heureux. Au bout d'une longue allée de *millefiori*, elle aperçoit une tache pourpre et elle crie :

— Tienne ! Tienne ! Jusqu'à la fin des temps !

Elle s'éteint.

Ni remords. Ni regrets. Et pas d'ajouts non plus.

Elle se lève. Elle déserte la couche. Elle va laver ses fesses très blanches au-dessus de la porcelaine de la cuvette.

Elle s'assied au bord du lit. Ils échangent un sourire.

Palmyre prête l'oreille. De nouvelles explosions résonnent dans le lointain.

— Le temps s'acharne ! constate-t-elle.

Il caresse ses joues empourprées.

Il dit :

— Tu as bien fait d'agir ainsi.

Elle le regarde. Elle rive ses yeux aux siens. Elle entoure son cou de ses bras.

Tarpagnan dit :

— Tu m'as appris que c'est une drôle de vie et que la beauté des êtres reste inconnaissable.

Elle respire tranquillement.

Elle murmure :

— J'ai eu tout ce que je voulais. Mon petit volcan est couvert de neige mais les cerisiers sont en fleur.

Tarpagnan pense à l'arbre coupé près du puits. Il pense à Gabriella Pucci, à l'arbre de son cauchemar.

Il se tait.

— C'est l'heure de nous quitter, dit la petite en passant le flair de son nez sur sa bouche, en effleurant ses lèvres.

Elle ajoute d'une voix en apparence distraite :

326   *Le cri du peuple*

— Tout de même, que je n'oublie pas ! Un parti d'amis t'attend dehors... Trois gustaves qui sont arrivés tout à l'heure.

Tarpagnan reste interdit.

— Des amis ? Tu dis des amis ?

— L'ont-ils assez seriné ! répond Palmyre.

— Qui sont ces gens ? Comment sont-ils ? Où est passé mon pantalon ?

Palmyre hausse les épaules.

Elle cherche le vêtement avec lui. Ils sont côte à côte et à plat ventre. Ils ont la tête en bas vers la ruelle. Ils palpent l'espace sous la couchette.

Palmyre tourne la joue. Elle dit à son voisin :

— Le premier a du feu dans les yeux... vêtement civil et revolver dans la ceinture, mèches blondes et bras costaud... d'assez jolie figure ; le second, plus rassis : genre vieux Vengeur avec un mouchoir à carreaux rouges autour du cou... du sang dans l'épais de sa barbe, une mauvaise toux, képi cassé et demi-bottes... et le troisième, évidemment, le troisième servirait de passeport à un aveugle... impossible de passer à côté de lui sans le remarquer...

— J'ai remis la main sur mon montant ! Le troisième pantre, tu disais ?

La jolie Palmyre rit.

— Monsieur Vallès en personne, pour fermer la marche !

— Mordious ! Est-ce que j'entends bien ? Jules Vallès est ici ?

— Avec sa belle rosette rouge à franges d'or de la Commune !

Le Gascon se redresse et devient pivoine.

— Millediou ! Et tu ne m'as pas averti ?

Aussitôt, elle mesure sa colère. Elle saute sur la descente de lit et s'esbigne avec des mines de voleuse de poules qui regarde une dernière fois derrière elle.

Lui, à vouloir enfiler trop vite son pantalon, rate l'entrée de son pied dans l'entrejambe, s'empêtre dans la doublure de son fond de culotte, lutte pour son équilibre et s'étale sur le flanc.

La jolie guêpe l'examine comme ça, avec un air de fille coquette. Elle pouffe derrière sa menotte.

Elle lui craque la vérité en face. Elle se moque de sa colère féroce. Elle dit :

— Mais ça, m'sieu, tant pis si ça vous fâche, pour une fois, je me suis seulement occupée de moi. J'y étais assez préparée !

Soudain inquiet, Antoine rampe jusqu'à la fenêtre.

— Sont-ils encore là ?

Il arrache le tissu qui obture l'ouverture. Il soulève le rideau.

Il aperçoit bel et bien Jules Vallès au milieu des pitres et des paillasses, allant, venant parmi les saltimbanques, distribuant sourires et poignées de main à tous ces gens d'estrade comme s'il les connaissait depuis toujours, heureux avec les géants, copain avec les albinos, trottant entre les roulottes pour finir par se venir installer devant une grosse dame à un seul bras, à un seul doigt, à pas de jambes, vissée sur un tambour, qu'il embrasse sur les deux joues.

— C'est Césarine, notre *Vénus au râble*, souffle la petite qui s'est glissée à nouveau derrière Antoine. Place Mazas au bout du pont d'Austerlitz, au Trône ou à la Bastille, il sait où la trouver... Elle va lui lire sa bonne fortanche avec le *Rhotomago*. Il ne faut pas les déranger.

— Rhotomago ?

— Le *Thomas*, si tu préfères ! je t'en ai déjà parlé ! s'irrite la lilliputienne. C'est cette espèce de bocal dans lequel se balance un enfant en bois. Du bout de son index unique, Césarine va noyer le magot... et chaque fois que le vilain bonhomme remontera à la surface du liquide, il fera savoir l'avenir...

Encore à la page des nerfs, Antoine ne répond pas. Las de regarder les plongeons du nageur en buis, ses yeux le conduisent de l'autre côté du chemin poussiéreux.

A l'extrémité d'un manège, il localise Théophile Mirecourt. En bras de chemise, ce dernier est occupé à prendre une photographie de Fil-de-Fer appuyé contre le géant Marbuche.

Emile Roussel, placé en plein soleil, offre à la lumière le vide d'un rire sans dents. Il marie l'étroitesse de ses flancs à la masse du torse noueux du Mandchou qui plisse les yeux. D'une main, le maigrot tient le géant par le cou, de l'autre, il expose fièrement un drapeau rouge.

Antoine n'entend pas ce que le serrurier de la rue Lévisse caquette mais, dès que le cliché est pris, c'est merveille de le voir grimper sur les tréteaux les plus proches.

A ses deux bras qui se dressent, à sa façon de se dévisser, de rehurler, d'expectorer une salive d'inondation pour ameuter le populo, pas sorcier d'imaginer le langage braillard et vivant du tapedur. Il est en train de prêcher pour sa chère fiancée, la Commune !

— Quel beau portrait de la vie ! s'exclame Tarpagnan.

D'un coup, il se sent bouleversé.

Aïe ! De joie, son cœur lui fait mal. Il meurt d'envie de rejoindre ses amis sur-le-champ et de sucer avec eux le jus de ce beau printemps d'aventures.

Porté par un élan qu'il ne mesure plus, stimulé par une urgence qui dépasse les limites de sa compréhension, il oublie Palmyre. Il se soumet à l'instinct.

Il se lève d'un bond. Il se jette sur sa barbe. Il trempe son blaireau dans la mousse du savon. Il rit. Il chantonne.

Il se retourne brusquement. Palmyre est restée debout sur le lit. Elle attend son regard.

Elle le fixe droit dans les yeux. Sans brisure. Sans cassure.

Elle dit simplement :

— Les énergies sont en double. Tes amis sont là. Tu n'as plus besoin de moi.

Il passe sa langue sur ses lèvres desséchées et baisse la tête.

Elle dit :

— Je sais. Ça n'a plus de sens. Nous deux, c'était il y a si longtemps.

Elle dit encore :

— Bonne mort, Tarpagnan. Ne perds plus de temps. N'oublie pas que nous sommes déjà sur le chemin du néant.

Elle saute à terre. Elle courote vers la porte de la verdine. Elle veille à ne pas faire grand bruit.

Elle sort de sa vie sans se retourner.

69

Au rendez-vous des bons amis

En dix traits de coupe-choux, il a rasé la luzerne de ses joues et gardé la moustache. Il est redevenu Tarpagnan le Gascon.

Quand il apparaît en haut de l'escalier de la roulotte, il a retrouvé le regard de hardiesse qui faisait briller ses yeux. Ses amis ne s'y trompent pas. Ils l'applaudissent même si pour certains la tentation des reproches est plus forte que la joie des retrouvailles.

En lui tendant son makhila, Théophile Mirecourt lui fait l'œil noir et décharge sa rate :

— Cent ans que tu es parti ! Je croyais tout de même que tu prendrais plus à cœur le parti de la Commune...

En lui glissant une lettre de Gabriella dans la main, Fil-de-Fer avec sa gosille voilée de moineau de la Butte lui joue un autre contrechant et plaide pour la tolérance :

L'espoir assassiné   329

— Faute de chair, faute légère ! Il est tombé amoureux ! A qui peut-on en vouloir ?

En lui donnant une accolade fraternelle, Jules Vallès, avec son air pressé, offre encore plus de perspective à la générosité.

— Bon ! s'écrie-t-il. Antoine est un vert-galant doué pour les parties de traversin ! C'est un Gascon à la peau chaude, un sacré batteur d'omelette ! mais qu'on s'en torche ! ça n'est pas un lâche !

Et se reculant :

— Mes amis, mes amis, n'oubliez pas ! A l'heure grave où nous sommes, nous devons ressembler plus à une famille unie qu'à des gens venus sur les draps pour faire du linge sale ! Il se dessine devant nous d'autres carnavals à jouer ! Autrement plus exaltants ! Et tenez, je prends les paris ! A l'heure des baïonnettes, cousin Vingtras sera aux premières loges ! Le gaillard fera merveille... il mourra sans chapeau... sur une barricade !

— Faut-il pour qu'il se fasse pardonner son absence lui prédire une fin si violente ? se hérisse soudain Mirecourt en renversant la vapeur de son ressentiment.

— Fouchtra ! N'en remplis pas une pleine musette, cher Nadar portatif ! Je ne prédis pas sa mort à Tarpagnan plus qu'à toi ! Pas plus qu'à moi d'ailleurs ! Mais par la voix de Césarine et du Rhotomago les augures sont formels... mourir demain, c'est notre lot !

Soudain, en Vallès, la vitalité sauvage du Vellave reprend le dessus. Il cligne de l'œil, passe la main dans la forêt de ses cheveux noirs plantés en broussaille, tourne vers ses compagnons sa face tourmentée et s'écrie :

— Raison de plus pour aller manger un morceau chez un petit marchand de vin qui fait l'angle de la rue des Petits-Champs et de la place des Victoires ! Hein ? Qu'en dites-vous ? J'y ai mes entrées... Avec Pierre Denis et Casimir Bouis, nous y suçons assidûment les yeux d'un bouillon de pattes de poularde... et ma foi, je me targue d'avoir enseigné à mes rédacteurs l'art de faire chabrot sans tacher leurs chaussures !

Négligeant de consulter quiconque pour s'assurer que sa proposition emporte les suffrages, le bouillant patron du *Cri du Peuple* donne le signal du départ. Il galope trois pas de taurillon devant lui, presque aussitôt se ravise.

Il frappe son front forgé de bosses et, cédant à une inspiration subite, retourne son habit :

— Ou plutôt non, mes cocos ! meilleure idée ! Puisqu'aujourd'hui c'est la fête, allons place Vendôme ! Protot nous cédera bien quelque coin de balcon au ministère. Nous y verrons peut-être Courbet, dans sa belle redingote bleue ! L'occasion de lui chatouiller les oreilles avec sa colonne Vendôme ! Spectacle garanti ! Convenablement asticoté, notre Caravage en rupture de ban montera sûrement dans ses grandes lunes !

70

Chez Protot

Deux heures plus tard, ils sont assis, joyeuse tablée, autour d'un frugal repas que partagent avec eux les habitués de la Délégation de Justice.

Protot préside, cantinier et ministre.

Autour de lui, sans préséance hiérarchique, se côtoient Léon Sornet, à la fois attaché au cabinet du délégué et gérant du *Père Duchêne*, Charles Da Costa, frère du substitut du procureur de la Commune, et deux ou trois officiers à triple galon d'argent, aux moustaches cirées, aux accents faubouriens, avec des visages immobiles de guerriers fatigués qui se repassent le vin en parlant de fournitures de chaussures pour les bataillons de gardes du fort d'Issy.

Outre cette demi-douzaine d'alligators de régime, Vermersch et Vuillaume, les deux rédacteurs les plus agissants du *Père Duchêne*, ressassent la prise de la redoute du Moulin-Saquet située à l'extrémité sud-est du plateau de Villejuif.

Protot dit que le gratin du *high life* versaillais fait des gorges chaudes de ce fait d'armes et y voit le triomphe de l'intelligence tactique du général Lacretelle et de la bravoure de ses troupes. Vermersch pince le nez dans son assiette. Il marmonne qu'en colportant et amplifiant ce qui n'est après tout qu'une péripétie de guerre on contribue à mettre en marche une machinerie conçue pour discréditer le commandement fédéré. Il ajoute qu'on vise Rossel au travers de ses officiers parce qu'il est le seul homme de rigueur et qu'il tient dans son poing les derniers vestiges de la discipline.

Vuillaume lui emboîte le pas. Qui touche à Rossel s'attaque au *Père Duchêne*. Le colonel Rossel est un ami du journal. Un homme éblouissant.

L'espoir assassiné

Da Costa argue que cette piteuse « escarmouche » a tout de même coûté deux cents hommes à la Commune et trois cents prisonniers appartenant aux 55e, 20e et 177e bataillons. Plus dix canons. Sa voix perçante fait un effet de bouillotte froide sur les convives surtout lorsqu'il sous-entend que la trahison pointe son nez à chaque méandre de cette douloureuse affaire.

— La trahison alliée à la faiblesse des chefs ! surenchérit un capitaine en essuyant sa moustache. On a laissé mutiler par l'ennemi les cadavres de nos soldats. C'est un crime !

Vuillaume s'échauffe aussitôt. Façon de ruer dans les brancards, il repousse son assiette et rugit que si les gardes nationaux en libations dans le village de Vitry n'avaient pas livré le mot d'ordre au capitaine du 74e d'infanterie, l'idée de surprendre de nuit la garnison de la redoute et d'égorger les sentinelles n'aurait pas spontanément germé dans le cerveau des stratèges d'en face.

— Pour lors, voilà une négligence qui met en cause le colonel Rossel ! interrompt Protot.

— Mesurez vos propos, citoyen ! s'emporte Vermersch. Rossel voudrait au contraire que le soldat ne bût point ! Qu'il ne discutât pas, qu'il obéît ! et l'accuser fait de vous un suspect !

— Cessez de vous prendre pour Hébert !

— Et vous pour Camille Desmoulins !

— Messieurs, messieurs ! essaye de calmer Léon Sornet.

— Voilà en tout cas un doute qui empeste la maison du peuple, s'en mêle Da Costa. Pire ! Voilà une suspicion qui empoisonne la confiance que le Comité central de la Garde nationale avait placée dans l'autorité du délégué à la guerre !

— La Commune tranchera, dit Vallès. Rossel est convoqué demain.

— Le mal est fait ! répond Vermersch. On parle d'une lettre adressée au *Times* dans laquelle Rossel se défend d'avoir demandé un grade à Monsieur Thiers. Tout cela n'est que calomnie !

— Ou manœuvre délibérée ! C'est le Transnonain lui-même qui joue avec nos nerfs, dit Mirecourt. Il n'ignore rien de ce qui se passe à Paris. Ses espions, ses canardiers ou crieurs de fausses nouvelles circulent au grand jour sur les boulevards.

Tarpagnan est assis entre Mirecourt et Vallès. Atterré, il écoute ce dernier rapporter le climat de félonie qui règne jusque dans l'état-major de l'Ecole militaire. Il l'écoute raconter avec une gaieté sombre la façon dont opèrent les espions de Thiers et les agents de Versailles. Comment Vermorel, Lefrançais ou lui-même ont reçu chez eux la visite d'une escouade de vénus de chaussée tarifées pour « dégourdir les serrures ». Un lot de jolies personnes agréables, d'accortes messagères, à la taille bien prise, riantes toujours pour montrer la blancheur de leurs dents et décolletées assez pour dévoiler la vallée de leurs seins, un régiment de grisettes soi-disant effarouchées, touchantes et bavardes qui avaient des confidences à faire, de fort intéressantes révélations et qui proposaient à mi-chemin de l'entretien un autre rendez-vous, à une heure plus tardive, afin d'aborder plus à l'aise, en des catiminis plus intimes, une grande embardée de derrières.

— Ainsi va l'humour versaillais ! conclut Vallès. On espère bien nous prendre un jour ou l'autre. Alors, pensez ! nous saisir dans le lit des putains, quel bonheur ! ce serait nous compromettre à jamais aux yeux de la province vertueuse !

Les convives s'esclaffent bruyamment mais il flotte dans l'air une impression de bouffonnerie forcée, mâtinée d'amer désarroi. Et dans le grand salon du ministère, soudain, les faibles comme les puissants sentent que les temps sont proches. Que l'assaillant sera sans pitié. Que dans son manteau de liberté reconquise, Paris a les manches trop courtes.

Il n'y a guère que le géant Marbuche pour ne pas manifester de crainte ou d'appréhension. Le front obtus, il jongle avec une idée fixe.

Il se contente de marmonner :

— Est-ce que Marbuche trouvera une vareuse à sa taille s'il veut aller se battre ? Est-ce qu'il reste un fusil pour Marbuche ?

Mais personne ne lui répond. Il n'est pas assez important.

Il se lève de table. Il s'éloigne en emmenant une aile de poulet dans sa main grasse.

Au fond de la salle, il va rejoindre quelques vieux lions grisonnants, quatre ou cinq vétérans à l'uniforme poussiéreux et déchiré à qui les cuisiniers ont alloué les reliefs du repas comme à de vieux serviteurs qu'on traite à l'office. Fil-de-Fer partage leur collation. Ils sont assis à même le parquet.

Marbuche sourit.

Il sait qu'il n'a guère d'intelligence mais qu'il fait l'effet d'une montagne. Tout ce petit monde de troubades de remparts lève les yeux sur lui.

Il tend sa cuisse de poulet au plus âgé des fédérés. Le regard attentif, noyé sous une broussaille de sourcils drus, l'ancien le jauge un moment. Il prend l'abattis que le Mandchou lui propose et remercie d'un hochement de tête.

— Pose tes jambons, dit cet homme. Tu tomberas pas le cul plus bas.

Il se recoiffe de son képi qu'il ne quitte plus depuis des semaines. Le géant se cale à côté de lui.

— Marbuche, se présente-t-il.

— Léon Voutard, mâchonne le troupier. De la rue Lévisse.

— Et ceux-là, annonce Fil-de-Fer de sa voix de gypse, c'est aussi mes poteaux... Marceau et Ferrier. Des chasseurs de brouillard. Des bibards comme il faut. Des fistons d'la Commune.

Marbuche leur broie la main.

Ils ne se quitteront plus. Ils partageront les puces et le froid. Le chaud et les balles. Le chaos et la mort.

Les conversations reprennent. On en est à lécher les plats en commentant la dernière nouvelle. Paraît qu'à Montretout, Thiers a fait installer une batterie monstre. Un truc à déverser de l'acier chaud en plein cœur de Paris.

— Bientôt, ce sera la guerre terrible, souffle quelqu'un.

La vision des immeubles incendiés par les bombes mine les esprits. Des tombereaux de cadavres défilent devant les yeux.

— Tant qu'on est là, j'vas écrire une 'tite lettre à ma femme, dit Marceau. Qu'elle oublie pas de dire à mon patron de me conserver ma place après la guerre.

Il jette malgré lui un coup d'œil du côté de l'éternel rang de fusils en faisceaux surmonté du drapeau rouge à crépine d'or.

Doucement, il sort son encrier de sa giberne, en dévisse le couvercle et ajoute :

— Avec les mitrailleuses américaines et les francs-maçons de not'côté, ça s'ra p't'être que l'affaire de quelques semaines...

— Du lard, menuisier ! Ça s'arrêtera qu'après un grand abattoir de chair trouée, répond Ferrier. Faut pas trop compter ramener tes deux mains.

— Taisez-vous, tas d'képis sans galons ! Si vous voulez épargner à vos enfants vos douleurs et vos misères, il vous faudra vous battre comme le peuple de 89 ! Prendre vos bastilles... Marcher jusqu'à Versailles ! Et même plus loin s'il le faut !

Son voisin, un guignard à fond de cale, hausse les épaules en se contentant d'examiner l'état piteux de ses pieds.

— Ça, c'est c'qu'est écrit dans les bureaux, Fil-de-Fer ! ronchonne-t-il. C'est la Philosphie ! Tout à l'heure, j'ai écouté le r'présentant aux vivres et subsistances... Il a bien dit qu'avec du fer et du pain, on pouvait aller jusqu'en Chine... Seulement, foutu Grouchy, il a pas parlé de nous donner des chaussures !

On se tait. On rumine.

A l'unisson de ses nouveaux fiasses, Marbuche torche un fond de casserole. Les camarades ont promis de lui trouver une vareuse et de le présenter au capiston du corps franc. En un lieu obscur de la cervelle en friche de Raoul Biloquet germe lentement une envie fraternelle de partager le péril commun. Marbuche a l'impression de sortir de son néant. Il n'a plus rien à craindre puisqu'il est avec les autres. Il sera habillé *comme* les autres. Il défendra les mêmes idées. Pas besoin de se fatiguer à avoir les siennes. Il lui suffira de partager celles de ses collègues.

334   *Le cri du peuple*

Il écoute avec ravissement Emile Roussel lui parler de l'armée des prolétaires aux bras nus et Léon Voutard évoquer cette intrépide cantinière qui s'appelle Couerbe, Jeanne Couerbe. Une femme brave comme un homme. Une qui court au milieu des balles et des éclats d'obus, verse l'eau-de-vie aux blessés sans crainte de la mitraille et dispense ses baisers les plus chauds à ceux qui vont passer l'arme à gauche.

Fil-de-Fer finit son quart d'aramon et lève les yeux. Il regarde du côté de la table où sont les pontes.

Après l'heure du café, c'est l'heure de la collecte. Le préposé à la caisse passe la timbale. Chaque convive paye ses quarante sous. Sauf Tarpagnan, « exempté pour cause de retour exceptionnel », Tarpagnan qui vient de s'isoler et qui, à l'écart du brouhaha, relit pour la troisième fois la lettre de la Pucci.

Fil-de-Fer frotte une bûche plombante contre le mur. Il allume un infectados et, au travers de la fumée grésillante de son cigarillo, ne quitte pas des yeux l'ancien capitaine. Le petit bruge n'ignore rien de ce que contient la foutue lettre. Il pourrait en réciter chaque ligne par cœur si c'était nécessaire. Caf'conc' l'a écrite devant lui. Sur ses conseils, on peut dire.

> *Mon bel ami,*
> *Grâce à Fil-de-Fer, je viens de revoir la lumière.*
> *Je sais d'avance que désormais mon chemin sera sans maison, sans homme et sans amour. Mon pas est lourd. Mes yeux sont froids. L'ancien moi n'existe plus. Le plaisir d'aimer ne reviendra jamais.*
> *Longtemps, j'ai souhaité me débarrasser de mon corps. Toutefois, il m'est revenu une certaine envie de vivre. Ce n'est plus la même qu'auparavant, bien sûr. Sans passé (que je ne veux plus voir), sans futur (que je ne saurais calculer), je me contenterai d'un présent continu. Je ne vais donc nulle part plus loin que ce qui constitue le chemin d'aujourd'hui.*
> *Pas d'espoir. Pas de regrets. Pas de larmes.*
> *Puissent la folie des combats, les cris des mourants, la précarité de l'instant que chaque détonation peut éteindre à tout moment apporter un début de réponse logique à l'absence de question que désormais je me pose.*
> *Si tu m'as jamais aimée, ne cherche pas à me revoir. Gabriella.*

Fil-de-Fer soupire en regardant monter dans un rai de soleil le filet bleu de sa fumée. Il évoque par la pensée sa dernière entrevue avec Caf'conc'. Il l'a accompagnée trois jours plus tôt rue Oudinot, à l'Ambulance de la Presse, jusqu'au bureau d'enrôlement du corps d'infirmières, qu'elle avait choisi. Il l'a suivie des yeux tandis qu'elle s'éloignait dans la longue perspective de couloirs encombrée de lits où des blessés réclamaient ses soins.

Sauf magie insurmontable, elle ne réapparaîtrait plus. Elle serait emportée. Cette petite femme-là était finie. Pas besoin d'être expert en chair humaine pour voir les dégâts. Usée par la vie sur le dos. Une sorte d'obscurité éteignait les reflets de ses yeux. Vous sentiez son absence. Elle ne sentait plus ni épines ni ronces. Elle était morte au monde.

Là-bas, la tête appuyée à une vitre, les larmes au bord des yeux, Antoine froisse soudain la lettre. Il marche jusqu'à l'âtre d'une cheminée préparée pour le feu et y jette la boulette de papier.

Il rejoint les convives.

Les uns bouclent leurs ceinturons et repartent aux avant-postes. Les autres décident de fumer un cigare au balcon.

Tarpagnan devise avec Vuillaume et Vallès. Les deux journalistes ont allumé un londrès offert par Protot en signe d'apaisement. Accoudés à la balustrade ils tirent sur leur havane de banquier.

Dehors, l'heure est chaude et digestive. La place Vendôme paraît engourdie. Le képi sur l'oreille, adossés aux empilements de pavés qui ferment les barricades de la rue de la Paix et de la rue de Castiglione, les factionnaires fédérés eux-mêmes ronflent du sommeil du juste.

Antoine respire l'odorante odeur du tabac. Sur la ferronnerie de la rambarde, il se chauffe les mains une miette et bizarrement se sent neuf et disponible.

En cet instant même, sur ce balcon, il a l'impression qu'une fougue miraculeuse s'empare de lui. Que là où la vie l'emmène, il est fait pour aller. Et que pousser les portes d'un monde plus juste justifie pleinement la seule manière de respirer sans cesse d'une autre façon.

Dans le cours d'une existence humaine, admet-il en se réfugiant à l'orée de ses pensées secrètes, tout est inscrit d'avance. Et je suis taillé pour être celui qui ne s'accomplit qu'au travers d'un harassant voyage !

Il sourit à son ami Théo.

Il dit à Vallès :

— Je veux me battre. Je suis prêt.

Vallès répond :

— Je m'en occupe.

Il désigne l'entrée de la place, côté rue de Castiglione. Il précise :

— C'est par là qu'arrivera Dombrowski. Je lui ai donné rendez-vous à côté. A l'hôtel de l'état-major. Pour lui parler de toi, cousin Vingtras.

— Merci, dit Tarpagnan en s'interrompant net parce que Vuillaume, d'un signe du menton, lui indique qu'il y a du spectacle à reluquer sur sa droite.

— Le pauvre Gustave, souffle Jules Vallès. S'il se mine davantage, il y perdra sa robuste santé !

A l'extrémité du balcon, Antoine découvre la silhouette puissante d'un homme seul. C'est seulement à une sorte de familiarité dans le maintien qu'il identifie Courbet.

Une pipe éteinte à la bouche, le bassin large, assis sur un pliant, dominant la vastitude ensoleillée de la place, le peintre renvoie l'image d'un pêcheur à la ligne qui se tiendrait au bord d'un lac. L'échine trempée de transpiration, le grand artiste est immobile. Avec une inusable patience, il fixe la tige de bronze de la colonne Vendôme. Il est devant elle aussi fasciné qu'un escheur de vif surveillant sa plume posée sur l'onde dormante de quelque pièce d'eau où patrouilleraient des carpes nonchalantes.

Il attend.

A ses pieds, Paris s'étiole, gagné par la torpeur. Les oiseaux se taisent. C'est l'heure lourde et halieutique où les insectes rôdent sur la somnolente lumière de la ville. Les sentinelles dorment. Partout, une lassitude bienheureuse règne.

Mais lui. Lui, Courbet. Douloureux sur son siège, solitaire au bout du balcon, il ausculte la musique du silence. Il accompagne la langueur du temps. Et lorsque Tarpagnan s'approche de lui pour le saluer, tout à son angoisse de pêcheur, il ne bouge pas.

Alors seulement, Tarpagnan comprend.

Venant de la base de la colonne, un tout petit grincement rompt la monotonie du paysage. Ce grincement, c'est celui d'une scie. Pour dire plus vrai, d'un passe-partout que manœuvrent lentement, très lentement, deux ouvriers accroupis de part et d'autre du piédestal de la fameuse réplique de la colonne Trajane.

— Ils s'en prennent à César, murmure Antoine, croyant trouver une entrée en matière. C'est un moment historique.

— Oui, mais tu vois l'imposture, Tarpagnan, réplique Courbet qui n'a pas besoin de se retourner pour savoir qui se tient derrière lui, on nous a fait croire pendant des lustres qu'on avait fondu douze cents canons d'Austerlitz pour fabriquer ce machin et en fin de compte, leur tuyau de bronze n'a même pas l'épaisseur d'un ongle !

Un tout petit nuage de poussière grise s'échappe du fût de bronze pour lui donner raison. Et, comme le notera quarante ans plus tard Vuillaume dans ses « cahiers rouges » : « En regardant avec attention, on se rend compte de la façon dont se forme ce petit nuage. Les hommes scient la pierre très tendre, dont est fait le gigantesque tube, recouvert d'une lamelle de bronze comme un sucre de foire enfermée dans sa gaine de papier doré. »

— Leur colonne ! grince Courbet en se retournant.

Ses yeux tombent sur Maxime Vuillaume et Jules Vallès qui se sont approchés eux aussi.

— Ohé, déboulonneur ! claironne le codirecteur du *Père Duchêne*, tu contemples ton œuvre destructrice ?

L'effet de ces propos est immédiat sur le pétitionnaire qui, dès le 14 septembre 70, avait émis le vœu de voir disparaître cette colonne « mal placée et ornée de figures grotesques ».

Il cramoisit. Ses yeux roulent. Il montre le poing à l'insolent. Il est presque beau, l'artiste au cou de taureau, chemise échancrée, macérant dans son jus de colère, lorsqu'il s'écrie, penché dans un demi-sourire :

— Déboulonneur ! déboulonneur ! Cette bonne blague, monsieur le zélateur de la Grande Terreur ! Bien sûr que j'ai demandé qu'on déboulonne ce ridicule tuyau ! Dé-bou-lon-ner, tu m'entends, Maxime ! Je voulais qu'on déboulonnât cette sacrée merde de colonne ! Je n'ai pas dit de la foutre à bas !

D'un haussement d'épaules, il les envoie à l'ours. Il leur tourne le dos. Il retourne à sa patiente contemplation.

Il soupire :

— Douze cents canons pour une méchante feuille de métal, ça donne quand même envie de rester socialiste !

Quelques jours plus tard, le mardi 16 mai, à dix-sept heures trente-cinq minutes, sur un dernier tour de cabestan, devant une assistance nombreuse préparée par des bandes de musique interprétant des airs patriotiques, la colonne Vendôme s'inclina un peu, puis, émiettée dans les airs, s'abattit sur un lit de fumier.

César se cassa la tête.

Le sol de Paris, dit-on, fut à peine ébranlé.

SIXIÈME PARTIE

LA DÉCHIRADE

71

L'haleine chaude du mois de mai

En capote à double rang de boutons ou en blouse, en uniforme d'amazone ou en *Vengeurs de Flourens*, en *Zouaves de la République* ou sous le drapeau communard des *Enfants perdus*, les Parisiens mettaient en pratique leur zèle révolutionnaire avec la détermination fraternelle que leur soufflait le ton féroce des Vermersch et autres Vuillaume dans *le Père Duchêne*.

Des nuits entières, ils sondaient l'obscurité des embuscades. Pendant la passée des jours brûlants, vêtus de l'uniforme de la Garde nationale, sanglés, bottés, sabre au flanc, ils filaient à la fusillade. Ils accomplissaient leur devoir avec l'intuition lyrique que leur fournissait la prose superbe et enflammée de Jules Vallès dans *le Cri du Peuple* : « Le drapeau blanc contre le drapeau rouge ! Le vieux monde contre le nouveau ! »

Pour effacer la fatalité du passé, pour en finir pensaient-ils avec la misère et l'exploitation des plus démunis, les ouvriers, les femmes, les hommes, les gavroches de Paris montaient la garde aux remparts. Ils se tenaient aux avant-postes de l'avenue des Champs-Elysées labourée en sillons sinistres par les canons du mont Valérien et de Courbevoie. Ils creusaient des tranchées avec des pelles, ils prenaient leur part de turpitude sous les obus, ils œuvraient dans les hôpitaux où déjà refluaient les premiers évacués des quartiers exposés. Ils militaient aux barricades.

Leur calme était admirable. Femmes et gosses servaient comme brancardiers dans les postes sanitaires d'urgence. Ils couraient en se courbant le long des façades écornées par les obus qui ricochaient sur les corniches et menaient à bien l'évacuation des personnes âgées.

Avec une foi et un courage qui avaient de quoi désarçonner les enragés de la presse versaillaise, les pisse-copie de feuilles anticommunalistes chargés de lancer de véritables appels au meurtre contre les

« jean-foutre » de l'Hôtel de Ville, le travail se poursuivait dans les ateliers.

Paris, ville libre, Paris, ville rebelle, Paris, loin de céder au canon, aux intimidations des valets de la calomnie et à la pression sournoise des canailles et des manipulateurs qui s'ingéniaient à lancer de fausses nouvelles, Paris gardait la tête froide.

Bien sûr, de temps à autre battait la générale. Bien sûr, il se trouvait par-ci par-là un meulard pour demander qu'on minât tous les égouts de la ville ou qu'on fusillât les prêtres et les nonnes. Bien sûr, le fort d'Issy avait été évacué dans un enfer de feu. La garnison criblée de balles. Les cadavres des braves défenseurs entassés sur deux mètres de hauteur. La Cécilia blessé. Bien sûr, on chuchotait que la Garde nationale ne voulait plus se battre. Bien sûr, on rapportait que par mesure disciplinaire et pour exposer leur indignité à la réprobation publique, on avait fait couper la manche d'uniforme de ceux qui se dérobaient au feu, à commencer par les officiers. Bien sûr, le colonel Lisbonne s'était replié devant les tueurs de Versailles et le drapeau tricolore flottait désormais aux portes de la capitale.

Bien entendu, on parlait de complots et de mystérieux explosifs propres à faire sauter Notre-Dame, mais, même si l'atmosphère de la capitale s'enfiévrait de jour en jour, les Parisiens continuaient à vivre presque constamment dans la rue.

Et un radieux soleil aux couleurs du renouveau se faisait le complice de leurs rêves de délivrance.

Dans un beau jus de sève, les rosiers des jardins publics se transformaient en sourires. Leur gaieté odorante resplendissait sur les Tuileries. Caracos et casaquins se faisaient plus légers sur la gorge des citoyennes. Des moissons de fleurs encombraient les étals des Halles. Dans le lointain des places, au détour des carrefours, sous la lumière triomphante du joli mai, des forêts de baïonnettes tanguaient à la houle. Drapeau rouge en tête, les bataillons populaires partaient au front, ondulantes guirlandes de pas cadencés. La révolution tournoyait sur le pavé, bruyante dans la nuit tiède, scandée par des musiques revanchardes qu'on avait ressuscitées pour avoir moins peur du lendemain.

Dans le Cri du Peuple, Vallès s'était écrié :

« Paris a survécu ! Le soleil brille sur la Révolte ! L'indomptable Liberté s'est relevée, chancelante, mais appuyée sur tous ses drapeaux rouges et défiant les spectres meurtriers de Berlin et de Versailles. »

Louable lyrisme écarlate, mais comme la Fête flambait mal !

S'étant privée de Rossel, la Commune avait mis son propre Comité de salut public en accusation. Les lambeaux du pouvoir jonchaient déjà le pavé. Les cicatrices étaient visibles. Les factions allaient leur train. Les animosités se montraient au grand jour.

On ne dépose pas facilement ses haines, même s'il s'agit de sauver un pays ! En ce moment crucial où s'insinuait le doute dans les esprits, la défense de Paris ne reposait plus guère que sur le Peuple.

Horace Grondin faisait ses premiers pas sans accompagnement.

Sous la férule d'Hippolyte Barthélemy, professeur de savate émérite, qui s'était attaché à lui comme à un Dieu vivant et prenait pension sous son toit, il se livrait deux heures par jour à des exercices de traction ou d'assouplissement ou à des assauts de bâton, destinés à restaurer ses forces grandissantes.

Bientôt, ces exercices physiques ne suffirent plus à canaliser la belle énergie de l'homme aux yeux gris. Ayant vaincu les brisures de son corps, Horace Grondin marchait d'un pas vif entre les fauteuils et la table. Le logis, partagé à trois, lui paraissait trop exigu. Il disait qu'il respirait mal. Il reprochait aux tentures de sentir le rance et quand la Chouette, seul lien avec l'extérieur, rentrait du marché avec son cabas, il se précipitait sur elle afin de flairer l'air frais de la rue qu'enfermait encore son tartan.

— Les nouvelles, les nouvelles ! exigeait-il.

Il inondait le laideron de ses gestes précipités, la faisait tourner en bourrique, ouvrait son sac pour en extraire la gazette du jour.

Il dépliait fiévreusement le sacré journal. Il se sentait fou comme un serpent à sonnettes.

Le jour où il apprit que Delescluze, l'inattaquable, l'incapable délégué civil Charles Delescluze, avait pris le relais de la guerre en lieu et place de Rossel, il commença à tournevirer comme un fauve dans l'appartement.

Pendant ces moments d'excitation, personne ne se risquait à lui adresser la parole. Grondin finissait en général par se planter devant la cage de Bosco, le cacatoès.

Il observait le perroquet derrière ses barreaux, le provoquait au jeu des *sacrelotte* puis disait qu'il avait faim. Ses souhaits avaient valeur d'ordres. La Chouette s'affairait. Servait le monarque des lieux.

— Ils ont décidé la destruction de la maison de Thiers, place Georges, lui annonça-t-elle le même soir en le reservant d'une assiettée de soupe.

Visage fermé, l'ancien bagnard engloutit les trois autres plats confectionnés par la grande harpe. Après le riz au lait, il se leva de table, s'essuya les lèvres et dit :

— Ce n'est pas moi qui plaindrai le petit Tamerlan à lunettes d'or. Qu'on raplatisse donc la maison de Monsieur Thiers ! Je m'en bats !

Une demi-heure plus tard, à contre-jour de la lumière, l'homme à la cicatrice se profilait sur la fenêtre, côté rue. Fantôme de bois mort, le front appuyé à la vitre, il regardait passer les gens. Ses pensées devenaient plus vastes que le ciel couchant.

— Ne vous montrez pas trop aux fenêtres, monsieur Horace, le supplia la Chouette. Les voisins sont piquants comme des frelons dans ce quartier ! Ils se méfient de nous. Ils sont à l'affût du moindre réfractaire et voient boufioler des espions à toutes les lanternes et dans tous les renfoncements !

Grondin haussa les épaules. Il roula pensivement un morceau de papier pour en faire un fidibus, alluma sa pipe et retourna à sa contemplation.

Il aimait par-dessus tout l'heure indécise qui précède la tombée du jour.

Vers vingt heures, n'y tenant plus, malgré les adjurations de sa gouvernante, malgré les mises en garde de Barthélemy, il quitta l'appartement de la rue de la Corderie non sans avoir lancé derrière lui :

— C'est bien entendu, Barthélemy ? Je ne veux pas de vous sur mes basques ! De l'air ! J'ai trop besoin d'être à mon compte !

72

Paris cocarde

Dehors était la vie.

Dehors était le vertige. Pour celui qui était resté si longtemps éloigné de ce qu'il aimait le plus : renifler la rue, ses senteurs, feuilleter son livre ouvert, il y avait une joie profonde à fouler le pavé parisien.

Grondin se laissait emporter par le flot des bras, ballotter, et remettre dans la foule.

Comme il se sentait naître des forces, il allongea le pas, et poussa plus loin son vagabondage.

Passé le Temple, il se glissa par un passage aux odeurs nauséa-

La déchirade   345

bondes entre deux immeubles décrépits, aux mansardes pleines de pauvres, et se laissa dériver par un entrelacs de venelles jusqu'aux lisières du faubourg Saint-Antoine.

Pourvu qu'il restât à l'abri de la masse des sombres immeubles, la rumeur affaiblie par la distance et filtrée par le dédale des boyaux et des cours parvenait au promeneur comme une version transposée du tumulte d'ailleurs. C'était le plus reposant silence.

Mais il ne s'en contenta pas. Il serra ses poings froids et, bravant le danger d'être reconnu, déboucha au grand air.

A l'entrée du faubourg, un mur de pavés. A hauteur du 68, une autre barricade où étaient logées les bouches de trois pièces d'artillerie.

Il contourna le piquet des gardes trop occupés à commenter les désertions de Vanves et de Montrouge pour se préoccuper de lui et poursuivit son chemin.

Du côté de Richard-Lenoir, rue Sedaine, rue Bréguet, rue des Taillandiers, la ville n'avait rien perdu de son animation. Les cafés étaient éclairés et fréquentés par la clientèle ouvrière du quartier. C'était un public en casquette ou en cheveux, des hommes en coutil, des femmes aux épaules drapées d'un fichu, aux jupes salies par un long usage, aux yeux aigus, à la repartie vive, à la rancœur facile.

Les enfants jouaient sur le seuil des porches. Par esprit d'imitation, ils se donnaient des attitudes de vieux briscards. L'un d'eux soufflait dans un clairon de laiton acheté à un marchand de joujoux. Un autre, bonnet phrygien enfoncé jusqu'aux yeux, portait un vrai sabre avec des airs de gravité extrême.

Devant une pharmacie, des groupes de citoyennes, certaines avec le fusil en bandoulière, s'attardaient en interminables commérages. Deux concierges du quartier racontaient à qui voulait l'entendre qu'elles avaient vu passer des gens suspects. Des pékins sortant de l'ordinaire, accompagnés d'individus patibulaires, aux barbes longues, aux uniformes inconnus, qui recensaient le soufre et la poudre et traquaient les dépôts d'huile minérale et de phosphore.

Des ménagères circulaient, très affairées, leurs mioches entre les jambes. Des grappes de badauds se constituaient ou au contraire se désagrégeaient sur les terre-pleins aux arbres sciés – fourmilière curieuse, prête à se regrouper autour du moindre attroupement.

Une louve enragée, une vivandière nommée Papavoine, avec un tour de tête fait d'un ruban violet et une jupe si courte devant elle qu'on lui voyait les tibias, racontait que rive gauche, rue de Varenne, au 78 exactement, on recrutait à tour de bras des brodeuses et des plieuses sans emploi pour des besognes mystérieuses. Une autre créature avec un chignon aplati sur la nuque disait qu'en cas de bataille de

Paris, *on jetterait le feu* dans les maisons, dans les caves, avec des bouteilles remplies de pétrole, qu'on n'aurait peur de rien et qu'en dernier recours, on lâcherait les femmes sur les versaillais.

— Encore nous à la tâche ? protestait une cantinière en robe rayée de rouge et de noir. Cochons d'hommes !

— Pour leur faire des chatteries ? demandait avec une voix enfantine une repasseuse qui affectait un air mutin.

— Non, pour leur serrer la main !

— Quelle drôle de farce !

— Sous prétexte de fraterniser, tu leur tendras ta jolie paume, dans laquelle, secrètement, tu auras enfermé une boule en caoutchouc armée d'une épingle en or, très courte et creuse, propageant de l'acide prussique. La mort sera immédiate !

— Qu'on m'en donne une et on verra ! dit la petiote avec sa bouche en cœur. Je serrerai bien des mains !

— Tu l'auras bientôt ! Parisel en a commandé trois cents. C'est Assi qui fournit l'acide.

Les rumeurs étaient folles. La boussole perdait le nord. Mais Grondin sentait qu'ici battait le pouls du vrai mouvement révolutionnaire.

De temps à autre, il croisait une cohorte d'épouses qui, calicot rouge en tête, s'en allait rejoindre les « vainqueurs de Versailles ». Il les suivait des yeux, essayait d'interpréter le sens de leurs clameurs violentes qui réclamaient la tête d'un traître. Il renonçait à comprendre le nom qu'elles scandaient, revenait sur ses pas.

Ailleurs, sur le passage d'un omnibus des ambulances avec son chargement de blessés, c'était la haine qu'il lisait sur les visages. La crainte. L'obscure crainte de voir se rapprocher la vérité du danger.

L'omnibus passait en cahotant.

En tas, pêle-mêle, sans qu'on sache leurs noms, corps ballottants, visages tuméfiés, stropiats ensanglantés, les rescapés d'une compagnie décimée faisaient leur dernière route, au sortir du grand abattoir, vers un hôpital de première urgence.

Des soldats débraillés, une meute d'inconnus à brassards, mi-civils, mi-militaires, avec un simple képi, précédaient en courant les chevaux fourbus et effrayés. Les rangs de la foule s'ouvraient devant eux, se refermaient aussitôt. Les gens suivaient des yeux le sinistre cortège de retour du village d'Issy où se livraient encore de furieux combats.

Des cris éclataient sur le passage des gueules cassées. Les femmes accompagnaient le charroi de la défaite, visages pâles et abattus. En cheveux, elles courotaient, hagardes, comme soulevées par un ressort.

La déchirade 347

Elle s'interpellaient. Elles disaient :

— Boucherie ! Boucherie !

— Avez-vous vu le cocher ? Ses souliers sont rouges de sang !

— Il faut arrêter ça !

— Il en passe tous les quarts d'heure !

— Au Bourget, à Champigny, ça va mal !

— Ils y vont à la baïonnette, au pistolet, à la crosse !

Insensible à la fatigue, à l'émotion, Grondin, grand météorologue des orages populaires, ne se résolvait pas à rentrer chez lui. Il continuait à forcer son passage dans la multitude, à s'égarer dans l'effervescente rumeur.

Pourtant, dans les parages, rien n'était rassurant pour un oiseau de son plumage. La scène tout entière appartenait au peuple des mal-vêtus. C'était un coup à lâcher pied. De quoi rentrer chez soi, se cacher au fond d'une cave avant que la rue ne se fâche, et ne prenne en écharpe le moindre suspect.

En un moment, noyé dans une bousculade, attiré par de grands cris, un piétinement, Grondin s'était approché derrière une forêt de dos.

Dans une cacophonie de clairons, de tambours, il avait entendu crier : « A mort ! »

Il avait vu passer un cortège de gardes encadrant une demi-douzaine de prêtres et deux ou trois femmes aux cheveux rasés. Il avait mal vu, bousculé par ses voisins.

Il s'était enquis de ce qui se passait.

Un officier au visage rubicond, à la colère méchante, lui avait gueulé dans les airs, par-dessus les têtes :

— Cré ? Qui c'est çui-là ?

Et la réponse lui était venue d'un grand diable au nez camus, au pantalon rouge, à la tignasse prise sous le chapeau mou des Enfants perdus.

— Tu n'sais pas ? C'est des otages qu'on a pris à la Roquette ! Six calotins et trois pets-de-nonne qu'on va fusiller au creux du fossé !

Des enfants en armes, des femmes avec des fusils se trouvaient dans les rangs des suiveurs. L'une des matrones, une brune assez frêle et mignonne, avec une cocarde plantée dans les cheveux et un revolver passé dans sa ceinture, avait surgi aux côtés de Grondin. Elle l'avait reniflé bizarre.

— Ça sent la vieille mouche par ici, avait-elle dit aussitôt en tournant vers lui sa face saignante et boueuse de combattante.

Ses yeux pervenche s'étaient rivés sur lui. Il en fut le premier étonné. Il avait pourtant renoncé depuis belle lurette au port du costume, remisé la tour de son haut-de-forme et adopté pantalon noir, paletot et casquette mais, sans doute parce qu'il était encore imprégné d'une impalpable odeur de régime, à moins qu'il ne possédât tout simplement un physique si saisissant qu'on le regardait à deux fois partout où il passait, il se fit autour d'eux un fourmillement de voix qui lui rappela désagréablement celui du 18 mars.

— J't'ai d'jà vu sur mon chemin, s'entêta le petit bout de femme.

Son regard inquisiteur creusait les yeux de Grondin qui fuyaient la lumière.

— Oh, tu peux faire ton Joseph ! insista-t-elle avec une certitude patiente, j'vais sûrement retrouver d'où qu'on s'connaît...

Tout autre que Grondin eût été sur le point de perdre pied. Lui, le spectre gris, devant l'imminence du danger, s'était contenté de remettre en service sa mémoire d'ancien coulissier de la raille. Cette gironde... Cette pétardière... Son nom déjà ? Mordieu, son nom ? Fontieu ! C'est cela ! Adélaïde Fontieu ! La marmite du peintre Rochon ! Et son mari ? Foireuse engeance ! un indicateur... un alcoolique, 7, rue Lévisse. Le sous-chef de la Sûreté l'avait rencontré au bord du zinc. En trois occasions. C'est cela. En trois. Avec Fil-de-Fer. Rochon : un ravelin d'homme. Une fontaine à paroles. Une grande gueule.

— Tu s'rais pas un réchappé de la Boutique à clous ? s'enquit Adélaïde.

En un éclair, Grondin se remémorait les confidences de l'ivrogne sur la façon qu'avait sa femme de pourvoir aux soins du ménage.

— Non mais d'un culot ! s'écria-t-il sans broncher. Tu fais gourance, citoyenne ! Tu me r'mets pas ? Je suis ouvrier matelassier chez Crépin et Mercier. Et la dernière fois que je t'ai vue, tu faisais éternuer la tirelire des michés dans un *gros numéro* de la rue Girardon !

— Ah, ça alors ! c'est plus fort que d'jouer au birlibi ! s'éclaira la brunette. C'est bien possible que ce soit sur un pieu que j't'ai vu, citoyen !

Pour mieux éclairer son jeu, les mains sur les hanches, avec un radieux sourire, la jolie nymphe se tourna vers la fourmillante et affranchit le populo :

— La maison Crépin-Mercier faisait l'entretien de la literie du « 14 rue Girardon » et forcément, de temps en temps, par toquade, j'faisais une fleur au personnel !

Et ginginant à l'égard de l'homme aux yeux gris :

— On a rudement bien fait de profiter de ton matelas, camarade ! Encore un coup de reins que les Prussiens n'ont pas eu !

La farce était énorme. Les assistants n'attendaient que cela : être emportés dans un rire bruyant. C'est qu'aujourd'hui la joie était une denrée plutôt rare. Elle venait du fond des nerfs. Pour une fois qu'on s'en payait une tranche, autant en profiter. On lâchait la bride. On s'écartait les côtes. C'était toujours ça de pris.

Grondin qui avait singé l'hilarité générale en donnant à voir ses dents dans un simulacre de rire se serait volontiers évaporé.

Fort heureusement pour lui, la foule était inconstante. L'attention d'Adélaïde, celle d'une dizaine de pékins, venaient d'être captées par un roulement de tambour qui allait en s'amplifiant.

Un nouveau désordre venait d'éclater à l'entrée du boulevard.

Au loin, s'étirait un accordéon de têtes.

— En vlà-t-il pas un tam-tam ! On dirait qui s'maillochent !

— V'nez vite ! Donnez-moi l'bras, compère ! Y a du raffut dans l'air !

Echarpes rouges. Bousculade. Fusils brandis. Bouquets piqués sur les baïonnettes. Il y avait toujours quelque chose à voir.

— Allons-y sur les deux pieds ! s'écria Adélaïde.

En s'escrampant, elle se détourna tout de même un instant vers Grondin et agita la main :

— Adieu, vieux gilet de cœur ! Viens me reparler de ta santé un d'ces soirs ! Rue du Télégraphe, au numéro 17. J'ai quitté mon Ronchon ! Rayé mon Othello !

Elle était déjà loin, légère, légère. Une salve de mousquet roula au-dessus des têtes annonçant un nouveau contingent de fusillés.

Quel bouillon ! Quelle confusion !

Grondin fila de son côté.

Pour retrouver la rue du « Faubourg Antoine » comme on l'appelait familièrement à cette époque il emprunta les nombreux passages qui s'ouvrent des deux côtés de la voie.

Au cœur de ces îlots insalubres, le travail se poursuivait selon des rites de quasi-recueillement. Des ateliers riverains se déversaient les bruits de l'effort humain. Grincement d'un rabot, coups de maillet ou de marteau, ronron fugace d'une machine, ronflement d'une scierie : c'était un peu comme si, dans ces tortueux recoins d'abeilles affairées, les repères d'un labeur acharné restaient plus nécessaires à la dignité des hommes que les gesticulations guerrières.

A moins, pensait Grondin, à moins que la voix, la grande voix des tribuns ne soit pas encore parvenue jusqu'au fond de leurs lits froids, de leurs taudis mal balayés, des mansardes où redoublait la fatalité d'être pauvre.

Au détour d'un mur lépreux, il entra dans une échoppe, avec le simple projet d'y faire faire un point à l'une de ses chaussures. Malgré l'heure tardive, l'artisan, un petit homme au crâne blanc, était encore penché sur son ouvrage.

— J'travaille pour une garnison de va-nu-pieds qui est là-bas, à Vanves, où ça chauffe pour nous ! dit ce petit bouif sans lever la tête ni voir à qui il avait affaire.

Le front obstiné, après plusieurs coups de marteau, il soupira et dressa le menton, exposant sa binette de désastre à la lumière de la lampe.

— Quelques revolvers, des flingots, trois quatre feux de Bengale contre les batteries de Châtillon, de la Tour-des-Anglais et du Moulin-de-Pierre, que voulez-vous qu'ils fassent? demanda-t-il avant de s'absorber dans une nouvelle brossée de coups de marteau. Situation intenable dans les souterrains! La boue, le froid, la faim! Et moi, j'ai encore trois paires de montants à leur livrer avant le contre-assaut de d'main matin...

L'homme paraissait épuisé. Grondin se serait bien assis auprès de lui. Il aurait volontiers noué langue avec ce citoyen cordonnier, voulu le réconforter, lui parler tout simplement de l'air du temps, des menaces de destruction qui planaient sur Paris. Au lieu de cela, il se trouva en butte à l'air soupçonneux du savetier qui, sans s'arrêter de lisser une tige sur la forme pour l'attendrir, venait de lui lancer un nouveau regard aigu.

— Mon pauvre homme, vous ne vous reposez donc jamais? lui demanda Grondin avec l'ébauche d'un sourire aimable.

Le bouif reprit son élan, battit ses semelles de plus belle puis, brusquement, s'interrompit.

— Me reposer? dit-il avec l'air rancunier.

Il avait maintenant de la semence plein la bouche, une série de petits clous qui lui crénelaient les lèvres, et son marteau levé.

Puis s'avisant que le client tenait à la main sa chaussure gauche :

— Faites voir vot'péniche...

Il inspecta le contrefort décousu, évalua la douceur et la souplesse du cuir de belle qualité. Mais presque aussitôt, abandonnant l'idée de rapetasser une chaussure dont l'origine lui paraissait suspecte, il devint franchement rogneux. Il dessina un geste vague mais agacé en direction de Grondin comme s'il était dans l'incapacité de formuler que ce qui le gênait était la raideur de son buste, tellement inhabituelle pour un enfant du peuple.

— J'vous sens pas, citoyen! déclara-t-il. Et vous tombez un mauvais jour. Hier, mon fils de dix-neuf ans a eu le ventre transpercé de baïonnettes et la poitrine brûlée par plusieurs décharges de revolver. Un autre de son âge a eu les yeux crevés. Son copain avait le cou séparé du tronc. On m'les a ramenés c'matin. Y sont là... au-d'ssus de nos têtes... dans la chambre. Ma femme et la voisine sont en train d'les veiller...

Sans plus d'explications, il se dressa dans son tablier de cuir :

— On s'fait massacrer par d'aut'Français à la mode des sauvages d'Afrique! Et moi, y faut m'comprendre! je n'vous connais pas!

D'une bourrade il venait de rabattre l'intrus vers la rue et il jetait son soulier au beau milieu de la chaussée.

— J'vous connais pas d'Adam, m'sieur ! répéta-t-il douloureuse-ment. Allez faire recoudre vos patins par un gnaf moins r'gardant que moi !

Grondin ramassa sa chaussure, l'enfila et s'éloigna à grands pas.

De temps en temps, il se retournait, jetait un regard tendu par-dessus son épaule. Il lui arriva même de changer précipitamment de trajet à la vue d'un cortège.

Comme il remettait le pied dans son propre quartier du Temple et passait le porche de son immeuble, il lui sembla, sans qu'il en puisse acquérir la certitude, qu'un mufle d'homme pipait sous la voûte, qu'une ombre grise l'accompagnait à petits bonds jusqu'à l'escalier et qu'en un mot comme en dix, il était suivi par le sieur Casimir Cabrichon, son nouveau concierge, un pipelet désigné par le comité de quartier en remplacement du précédent cloporte – un père de trois enfants, mort au champ d'honneur.

73

Confidences aux mirabelles

Horace Grondin rentra d'un pas pressé dans sa tanière et retrouva Barthélemy tassé dans un fauteuil. A la lueur d'un rat, le policier graissait son revolver Adams.

La Chouette, de son côté, avait allumé une flambée dans la cheminée. Même si ce feu s'avérait bien inutile en raison de la température clémente, les flammes, en dansant joliment dans l'âtre, donnaient à la pièce un air de concorde.

La duègne des terrains vagues avait revêtu une robe noire, coupée, cousue, gansée, brodée à son gabarit et affichait des airs de dame de compagnie. Une marmotte coquettement nouée sur le devant contenait le fourrage ondulant de ses cheveux gris qu'elle avait roulés en chignon. Un ruban de velours noir entourait son cou et redonnait quelque tension à sa peau légèrement bleuie par le réseau des veines. Elle arborait la broche d'argent dont l'avait gratifiée Grondin en signe de

352   *Le cri du peuple*

gratitude. Le matin même, comme pour marquer l'avènement d'une ère nouvelle et citadine et faire un pas de plus dans la familiarité de son protecteur, elle avait décliné pour lui sa véritable identité : Augustine Hortense Juliette Raboiseau, veuve Lerouge.

Comme à l'accoutumée, la haute tour veillait jalousement sur le ménage de ces messieurs. Elle ployait l'arc de son dos pour repasser le linge de corps, s'échinait à plier les serviettes de table en trois parties égales « comme Monsieur Horace aimait qu'elles le fussent ».

Elle tenait la bouche pincée du fait de sa constante concentration. « Attention ! » répétait-elle dans son inaudible salmigondis de mots passés entre ses dents : « Bien respecter les plis et surtout tourner le relief du monogramme en broderie sur le dessus de la serviette, des taies d'oreiller ou des fonds de bain. »

Ce soir-là, au 6, rue de la Corderie, on dégusta d'un muet mais commun accord une belle mirabelle d'alambic.

Le maître de maison l'avait tirée de l'un des placards dont il gardait les clés par-devers lui. Un vrai fil en quatre qui venait de Lorraine.

Horace avait dressé sur leurs pieds trois jolis verres arrondis et avec cérémonie les avait essuyés et disposés sur un plateau. Ensuite, passant devant chacun, il avait servi une franche rasade à ses compagnons de veillée.

Barthélemy, ramassé sur ses jambes de faucheux, s'était jeté, nous l'avons dit, au fond du fauteuil le plus proche de la cheminée. Lorsqu'on l'avait servi, il avait furtivement levé ses yeux jaunes mais s'était abstenu de prononcer le moindre mot. La Chouette, en prenant sur le plateau le verre qui lui était destiné, avait exhalé un remerciement de sacristie, un souffle qui ressemblait à un trop-plein d'air. Tous deux avaient pensé que, pour qu'il les traitât de la sorte, il fallait que Monsieur Horace eût un sacré secret sur la langue.

Et de fait, à pas moins de trois reprises, l'homme aux yeux d'ardoise veilla à ce que ses hôtes ne fussent point privés des délicats fumets de mirabelle.

Après un assez long chemin de dégustation, il était bien minuit, l'air s'était dégelé. L'humeur entre les êtres s'était faite plus amicale. On se souriait à distance, même si l'on ne se parlait pas. Dès le troisième verre, la vieille était devenue rouge comme une crête. La pendule faisait son tic-tac. Le feu musiquait autour d'une bûche. Grondin s'était adjugé le second fauteuil et tournait les pages de son journal au rythme de la lecture.

La veillée ne pesait guère ainsi. C'était un peu comme si chacun, retardant à sa manière le moment de s'aller coucher, espérait troquer, en cette occasion de fusion exceptionnelle, le frugal échange de la

La déchirade 353

conversation habituelle, contre un laisser-aller du cœur – antichambre de tous les rapprochements et de tous les aveux.

Enfin, Grondin replia sa gazette.

Pour donner le bon exemple de la parole, et inciter ses compagnons à parler, il fit mine de prendre fait et cause pour le dernier projet de construction d'un aéronef à moteur à acide carbonique et hélice. Avec des airs de n'y point toucher, il commença à discuter tactique pour les insurgés et avança même l'idée que seuls des dirigeables permettraient de lâcher des bombes et matières explosives sur les lignes des versaillais et de desserrer l'étau de Thiers autour de la capitale.

Oh bien sûr, en abordant un pareil sujet, on était encore loin de la vivante sincérité qui délivre les êtres des démons tapis dans leur gorge, mais c'était un début. On parlait. N'était-ce pas l'essentiel ? A n'en pas douter, on s'acheminait vers du mieux. Vers du plus intime.

Barthélemy avait rangé son revolver, remisé dans leur boîte ses chiffons et l'écouvillon qui lui servaient à nettoyer son arme. A l'invite de Grondin, il avait tendu son verre pour le faire remplir de nouveau.

La Chouette avait émis un curieux petit rire de gorge.

Fine mouche, elle avait dit :

— Vous nous arrosez au tafia, m'sieu Horace ! Et ça me rappelle mon mari quand y souhaitait qu'on appareille !

Tout en ravaudant ses hardes, elle avait entrepris à mi-voix de raconter les traversées imaginaires qu'elle avait accomplies en compagnie de Trois-Clous, « son cupidon des grands rivages perdus ».

— A-t-on pas voyagé sur du sec, dans c'foutu pagodon ! ratiocinait-elle. J'avais droit à tous les récifs, à tous les abordages, aux grands creux des vagues et même aux escales !

Avec des magnes de danseuse du ventre, l'affreuse momie des terrains vagues, ressuscitée sous la morsure de la mirabelle, s'était mise à singer sous ses cottes les bourrasques de hanches des Balinaises. Débordée par les vapeurs fruitées, sans cesse à la recherche de mots exotiques, elle dépeignait la façon qu'avait eue son vieux marin d'eau douce de l'entraîner par la magie des contes dans ses aventures de pirate des mers chaudes.

— Vieux castor ! s'attendrissait-elle. Y m'racontait Chatou et Conflans sur l'air des îles de la Sonde !

Elle mouillait son aiguillée de fil. Elle élevait le chas de son aiguille jusqu'à hauteur de ses yeux exorbités.

Elle riait, elle versait une larme. Elle s'embrouillait dans son raccommodage. Elle reprisait à s'en crever la vue.

Grondin souriait.

Le temps d'un profond soupir lâché par la vieille, voilà qu'à son tour Hippolyte Barthélemy s'était dressé sur ses mollets de tétras.

Une grande excitation faisait briller les yeux noirs du corbeau et un je-ne-sais-quoi de solennel dans son attitude indiquait qu'il envisageait de prendre le relais des péroraisons.

Il avait d'abord contemplé son auditoire sans dégoiser, donnant l'impression qu'il voulait seulement faire son beau et que son élocution serait pâteuse. Puis, au prix d'un transport d'humeur où se mêlaient la vacuité du soûlard et les vieilles manières de vivre, il avait entamé son discours en maintenant sur ses croquenots à bascule un équilibre quelque peu précaire.

Il exhibait sur la paume de sa main droite sa collection d'œils de verre qu'il avait tirée de sa poche et faisait rouler les pupilles bleues avec l'air satisfait d'un minot qui mire ses agates.

— Je vous suis bien reconnaissant, monsieur le sous-chef de la Sûreté, commença-t-il d'une bouche prudente, de m'avoir aidé à résoudre l'affaire de la dessalée du pont de l'Alma... Je sais que j'ai encore beaucoup à apprendre à votre contact. Que vous êtes mon maître et mon guide dans les coulisses du crime... et je vous sais gré aussi de me donner asile en ces temps incertains...

Il s'interrompit un bref instant pour restaurer son équilibre qui n'était toujours pas fameux et dompta un renvoi d'alcool dont l'aigreur jusqu'alors lui gâtait l'œsophage.

Après cela, évidemment, la conversation n'arrivait pas à prendre son galop aisé et naturel. Mais, ayant croisé les yeux de Grondin, Barthélemy leva un doigt, ce qui chez lui dénotait l'intention de prendre le devant de la scène. Il devint effectivement plus ferme sur ses pieds, ses paroles se dénouèrent, et le chafouin personnage, ayant retrouvé d'un coup l'instinct d'investigation qui se dissimulait si bien sous son aspect veule et casanier, se lança avec un sourire affamé dans le gras d'une tirade comme on ouvre une porte d'un coup brusque.

— Outre nos strictes affaires de police, débita-t-il précipitamment, je veux profiter de l'occasion qui m'est offerte ce soir pour évoquer à nouveau le terrain vague et intriguant qui me rabat vers vous, monsieur... ce penchant, cette curiosité, cette énergie souterraine qui me poussent à ne vous pas quitter dans l'espoir de vous mieux connaître et de sonder le marécage où vous cachez votre vraie personnalité...

— Sont-ce là les prémices d'une enquête que tu lances à mon propos, scorpion des murailles ? lui lança Grondin sur un ton presque enjoué.

Il s'était levé avec brusquerie, signe qu'il se tenait sur ses gardes.

— Non pas ! se récria l'échassier. Je me suis seulement senti ce soir dans le sentiment de bavarder avec vous.

La déchirade 355

— Avoue que tu aimerais au passage trouver du croustillant sur mon compte !

— Dimanche, monsieur ! Vous m'offusquez !

— Tu es démasqué, grand flandrin ! rétorqua Grondin qui s'amusait férocement. Je lis dans ton jeu ! Tu escomptes le retour de Mespluchet et de sa clique ! Tu veux me livrer à tes prochains maîtres ! Avoir de l'avancement !

Une expression de vexation profonde peinte sur sa face de carême, Barthélemy s'était suspendu sur la pointe des pieds. Par peur de troubler un moment si enviable où il ne titubait plus, le grand élingué inclina gravement la tête.

— Je suis seulement fasciné par la vérité ! murmura-t-il.

— Belle âme, Hippolyte ! Aurais-tu donc déjà oublié notre promenade devant le pagodon ?

— Que non, monsieur !

— Alors tu te souviens sans doute que la vérité est comme le soleil. Elle fait tout noir devant les yeux et ne se laisse pas regarder.

D'un coup, l'inspecteur semblait dégrisé. Pour tendre un autre filet, il se prit à réfléchir.

— Je veux seulement essayer, dit-il pensivement, de comprendre pourquoi à votre contact je manipule avec zèle et bonheur une braise incandescente qui en d'autres compagnies me brûlerait les mains... Ainsi, je veux que vous m'expliquiez comment j'ai pu supprimer deux vies sans éprouver le moindre remords ?

— N'est-ce point là du recuit ? s'emporta Grondin en venant lui parler en face. Nous en avons suffisamment débattu, il me semble ! Si tu n'avais pas déquillé les deux gouapes qui te chauffaient les pieds, c'est elles qui t'auraient lardé !

— On peut le tourner comme ça, reconnut gravement le héron, mais je préfère penser que Celui qui nous regarde en toute chose a voulu m'épargner !

— Dieu ? flamba Grondin en devenant noir de colère. Laisse-le éternuer dans sa poussière de tabernacle ! Je connais mieux que quiconque l'attrayante limite de sa cacochyme influence ! Et j'ai bien des raisons pour ma part de détester le camp du bien vers lequel il me rabat sans cesse !

A la violence de ces propos, Barthélemy sut qu'il venait d'agacer un point sensible.

— Monsieur, dit-il après un fouettement de langue, sans vouloir vous blesser, ma modeste expérience m'inclinerait à penser que davantage que la haine de Dieu, c'est l'urgence de la société qui ne vous laisse jamais dans l'oubli du bien...

— Sornettes ! Ou alors, tu veux à toute force que je sorte de mes gonds !

— Mais non, monsieur! j'essaye de raisonner! Vous étiez policier... Les obligations de votre charge vous ramenaient donc sans
cesse du côté des assises de la vertu...

— Des nèfles, te dis-je, imbécile! Je n'ai jamais cru que les principes de droiture ou d'honneur fussent liés aux charges hautement
glorifiées et matériellement rémunérées par l'Etat!

Les yeux gris de Grondin, égarés par le courroux, se posèrent un
moment sur les flammes de l'âtre. Il tourna son front tourmenté vers
le roussin qui l'asticotait contre son gré et ajouta :

— Maintes fois, dans les plis du pouvoir, j'ai sondé de fieffés scélé-
rats, tu sais! débusqué de gras prébendiers qui devaient l'aisance de
leur vie à leurs combines de canailles respectables! Et quant à moi, je
n'irai pas mettre le vivier des vertus essentielles chez les riches!

— Pourquoi les riches seraient-ils de plus mauvais *mauvais* que les
autres? insinua le vilain vautour. En bonne logique, on peut penser
que celui qui est fortuné veut protéger ses biens... Ergo, il est fatalement du côté de la vertu!

— Voilà un discours à tuer un bœuf!

— Je ne crois pas! Le bourgeois qui connaît la valeur de l'argent a
forcément de la morale!

— C'est un cul étroit! C'est un égoïste! C'est un négrier de petite
embouchure! D'ailleurs – pourquoi n'en pas faire l'aveu? – c'est souvent dans le dessous des crémeries borgnes, au fond des gargotes de
grande truanderie que j'ai pêché des âmes de grande valeur... Et j'ai
tôt compris que les dessous du boulevard du crime recelaient de bien
plus exemplaires leçons de morale, d'autrement plus terribles châti-
ments pour le mal, que les salons brillamment éclairés où se pavane le
bien en d'éclatants triomphes de faux-semblant!

Barthélemy sourit finement.

Nous y voilà enfin! pensa-t-il en s'étranglant dans une bouffée
d'orgueil. A genoux, le grand maître! Je l'ai conduit jusqu'au seuil
des aveux. Les jeux sont faits! La porte du mystère va bientôt s'ouvrir
tout à fait!

— Vous-même avez eu du bien au soleil... dit-il en relançant ses
dés. Ne fûtes-vous pas notaire?

— Là-dessus, mets porte et verrou à ta bouche, je te prie! rugit
Grondin qui lisait maintenant la provocation dans les yeux de l'autre.
Tu ne sais pas d'où je sors! Tu ne connais pas le terrible secret qui
commande à mon existence!

— J'en devine le poids, monsieur. Et votre familiarité avec Trocard
m'a conforté dans les renseignements que j'avais recueillis à votre
sujet...

— C'est donc bien cela, malagauche! Tu m'as provoqué à dessein!

Les deux hommes se regardaient en souriant vaguement. Ils se sentaient un peu dans la position de deux personnes qui après avoir long-temps couru l'une après l'autre se seraient enfin rattrapées. Mainte-nant, ils s'attendaient l'un l'autre. La détestation les guettait.

— En quel linge veux-tu me tordre ? demanda enfin Grondin. Que faut-il t'avouer ?

Barthélemy laissa passer une seconde. Il avala sa salive, puis mitrailla son discours comme ceci :

— Il faut m'avouer, monsieur, que le bagne a été dans votre jeu ! Que vous avez été Charles Bassicoussé, alias Poigne-de-Fer ! Qu'en vertu d'un jugement et arrêt des assises de la cour de Pau, vous avez été condamné à vingt ans de pré pour assassinat et infanticide et déporté à l'île du Salut le 17 février 1856 ! Que vous êtes un ancien forçat, matricule 2017 ! Et que, fagot de première classe, après douze ans de *dur*, vous avez bénéficié d'une mesure de clémence et d'élargissement pour bonne conduite !

La Chouette, assoupie devant son tas de linge, avait soudain dressé la tête.

En bridant ses yeux embués de sommeil pour essayer d'y mieux voir, elle découvrit à contre-jour des chandeliers la haute silhouette de Grondin. Il lui apparut comme un homme transi de froid et de fai-blesse qui maîtrisait à grand-peine un frisson de toute son échine.

— Fournaise ! chuchota-t-elle, est-ce que les contes bleus que débite ce grand cerceau sont vrais, monsieur Horace ?

— Ils le sont... ma bonne Chouette, dit le spectre en tournant vers elle un curieux regard, à la fois humble et hautain. Longtemps, j'ai laissé mon épuisette racler le fond des eaux troubles... mais c'est seulement parce que les événements de la vie commandaient.

— A c'compte-là, c'est vous, l'aventurier, s'enthousiasma la grande harpe en se réveillant tout à fait. C'est plus mon vieil impos-teur de Trois-Clous avec son carquois et ses ferrailles !

D'un coup, Augustine Raboiseau, veuve Lerouge, avait retrouvé toute la conviction de son amour pour un homme qui avait connu le cachot, les fers, les sévices des porte-clés, la vermine et le knout.

Son dérangement d'esprit la jetait en avant. Des mèches grises étaient sorties de son foulard en marmotte.

Elle répétait les mains posées sur son ventre :

— Bonté du monde ! Dites un brin ! Quelque chose ! Il faut nous raconter ça ! Jusqu'à maintenant, je sentais bien que je cherchais une famille mienne... J'avais si froid d'être seule ! je cherchais... je cher-chais... Quelque part, elle existait... eh bien, maintenant, je l'ai trou-vée ! Un signe enfin ! c'était vous, m'sieu Horace ! je serai vot'vieille fiancée du malheur ! Dites-nous surtout comment que c'est-il que vous vous êtes ensauvé du bagne ? J'parie que c'est à la nage ?

— Tu ne crois pas si bien dire, sorcière ! murmura Grondin en remuant ses souvenirs. Convict de première classe, j'avais obtenu de cultiver un petit lopin de terre en bordure de l'estuaire du Maroni. Un jour, j'ai sauvé la fille du directeur de la noyade dans les tourbillons gris du fleuve. Cette circonstance exceptionnelle m'a permis de faire réviser mon procès.

— La justice avait donc des doutes sur votre culpabilité? s'avisa Barthélemy qui ne lâchait pas le morceau.

— Pendant treize ans de travaux forcés, je n'ai jamais cessé de protester de mon innocence!

— On vous a affranchi?

— On m'a rapatrié. Ma peine a été commuée, au bénéfice du doute. J'ai d'abord été cap de bagne à Marseille. Puis je suis devenu chef de la chiourme.

— Et devenir haut perché de la raille? s'égosilla la vieille. Ça alors! Bonneteau sur toute la mise! Comment s'y prend-on? Je suis trouble devant les yeux! Allez-y carrément! Comment avez-vous fait, m'sieur Horace? Nous fichez pas de colle au moins!

— La vieille a raison, le pressa Barthélemy. Qui est au juste Horace Grondin, monsieur le sous-chef de la police de sûreté?

— Une créature inventée de toutes pièces par le préfet Ernest Cresson. Une ingénieuse carapace façonnée par l'autorité de l'époque pour y glisser un ancien forçat, une haute pointure du bagne, qui avait en boutique un sacré portefeuille concernant la Hautc!

— L'héritier de François Vidocq!

— Un simple revenant, au début. Un prisonnier manipulé qui, pour recouvrer sa liberté, avait accepté de se fondre pour toujours dans la nuit des ombres!

— Un subversif! Un provocateur!

— Un enragé qui avait déclaré la guerre à cette société qui l'avait injustement condamné! Un révolté de Dieu et des riches! Un rescapé des fièvres et de la pourriture à qui une étrange immoralité conseillait de se soumettre au pouvoir pour mieux le circonvenir...

Malade de sa sauvagerie ou pour dissimuler des larmes de rage Grondin avait relancé son ossature puissante et s'en était allé au fond de la pièce où il se tenait, la tête entre les mains.

Soudain il rouvrit ses yeux injectés de sang.

D'une voix où pointait comme un espoir, une nouvelle énergie, il clama:

— Mais je jure! Chemin faisant dans le noir labyrinthe où m'entraînait la justice criminelle, je n'ai jamais voulu oublier les hommes! Souvent, j'ai eu compassion pour les réprouvés que j'ai croisés. J'ai aimé leur bravoure. Leur camaraderie. J'ai admis la loi des reclus au fond des cachots, j'ai tâté de la vermine sur les bat-flanc, j'ai écouté la confession des rescapés du coupe-tête du bourreau. J'ai eu pitié des misérables. C'est peut-être la raison pour laquelle vous êtes là tous les deux. Vous, mes chats égarés !

— Chaleur, not'maître ! protesta la Chouette. Là vous m'touchez la chanterelle ! J'ai p'têtre estourbi Trocard mais c'était pour vous défendre ! Quant à grinchir les riches, moi et mon vieux gavot si on y est allés d'bon cœur, c'était juste pour vivre et pour manger chaud !

— La part de chacun étant tirée au sort, je ne vous juge pas, la Chouette. Ni toi, Barthélemy. Même si je sais qu'un jour, tu seras mon judas ! Même si je sais que tu me dénonceras le moment venu.

— Pourquoi le ferais-je, monsieur ? Je n'ai qu'à me louer de vous !

— Parce que c'est ta nature.

Les yeux gris d'Horace Grondin avaient retrouvé leur éclat implacable.

Ceux de Barthélemy avaient chassé imperceptiblement sur le côté. Mais, on l'aura compris, l'allumeur était de première force. Il inclina donc le col, se voûta comme le fait un écolier injustement tancé par son maître et, après avoir lancé un coup d'œil de souris malade du côté de la Chouette, se réfugia dans un silence outragé.

C'était bien connaître les ficelles.

Une heure du matin venait de sonner à la comtoise.

La veuve Lerouge s'était replongée dans son raccommodage. Elle remâchait sans doute que *son* Monsieur Horace n'y était pas allé avec la main plate pour moucher ce pauvre Hippolyte.

Grondin était retourné à son journal. Il avait fini par resservir à boire, signe qu'il offrait l'armistice.

Fourbe et inventif, Barthélemy, jambes repliées sous lui, s'était à nouveau enfoui dans les profondeurs de son fauteuil. Il réchauffait son verre au creux de sa main décharnée. Le plus naturellement du monde, il avait repris le fil de la conversation là où s'était échoué le bateau des confidences. La figure tournée vers le mur, sans regarder personne, il avait murmuré avec une intonation de curiosité qui n'était pas feinte :

— Mais... bien avant Horace Grondin, qui était Charles Bassicoussé ? Car enfin, même à supposer qu'aujourd'hui dans la mémoire des gens il ne soit plus qu'une figure jaunie par le temps, nous ne savons presque rien sur sa personne, hormis qu'il fut un riche notaire...

L'hypocrite avait aussitôt rentré la tête dans les épaules, cuit dans la pierre comme une gargouille qui voudrait se faire oublier au coin d'une corniche. En proie à une sombre exaltation intérieure, il attendit un moment que ses mots fassent le voyage jusqu'à leur destinataire et, quelques instants plus tard, sentit une onde de plaisir démoniaque l'envahir en entendant la voix âpre et poignante de Grondin faire écho à la sienne et répondre :

— Charles Bassicoussé était un homme malheureux. Un homme qui fut écartelé entre son sens du devoir et l'urgence de ses propres sentiments.

En parlant de la sorte, l'ancien tabellion s'était éloigné de la table devant laquelle il se tenait.

Dressé sur l'arbre de ses longues cuisses, sa pipe éteinte entre les dents, il donnait l'impression de fixer le fond du puits de sa vie. L'histoire n'est pas neuve ! Un homme recule toujours lorsqu'il est sur le point de réchauffer son passé et d'aborder sa bouleversante énigme. Ainsi en était-il d'Horace Grondin. Dans les ombres noires de la pièce, étirées par l'or de la lumière des chandelles, ce qu'il distinguait avait de quoi l'effrayer, qui n'était que folie sombre et destruction.

— Je veux essayer de vous raconter la pitoyable histoire de Charles Bassicoussé, finit-il par dire à voix basse.

D'un geste calme qui n'atténuait pas la gravité de son propos, il déboîta le tuyau de sa pipe, souffla dedans comme pour le déboucher, déposa la marseillaise sur la table et poursuivit :

— Je veux essayer de le faire avec autant de détachement que si elle ne m'appartenait pas. Je veux vous expliquer comment le diable a entraîné le notaire hors des limites de la raison. Je veux vous conter les belles nuits tout en étoiles, la paix d'une famille sous les grands cèdres, et le terrible meurtre d'un petit garçon qui commençait à pousser dans le ventre chaud de sa mère en croyant que tout le monde lui devait une vie !

» En d'autres mots, ajouta-t-il comme si le son même de sa voix le faisait retourner dans une ville inhabitée dont il se souvenait de chaque maison, je m'apprête à vous faire revisiter un crime tellement horrible qu'il vous fera franchir la ligne de modération. Et puisse l'amer dégoût qui se dégagera de mon récit vous entraîner vers le grand fond d'une onde de compassion...

74

Le notaire du Houga-d'Armagnac

Charles Bassicoussé fit un pas en avant, mesura son auditoire et dit plus distinctement :

— Je possédais cent dix hectares de vigne de picpoul, un peu moins de la moitié en picardan, deux cents hectares de bois en feuillus, six métairies et trois propriétés en état de marche, lorsque mon ami Joseph Roumazeille qui était le régisseur du domaine mourut d'une mauvaise pneumonie contractée par refroidissement en secourant nos maïs et nos seigles, versés par la poigne venteuse d'un terrible soir d'orage.

» Joseph était veuf. Il était un homme sans reproche, sans famille et sans ascendants. Et sur le point de se présenter devant l'officier du ciel, c'est tout naturellement vers moi qu'il se tourna pour me confier son bien le plus précieux : sa fille unique, – Jeanne – une charmante enfant de douze ans, en me faisant jurer de la traiter désormais comme ma propre fille.

» Au regard de la loi, je devins donc le tuteur légal de la petite et, cinq ans plus tard, après que le décès de ma pauvre femme m'eut laissé dans la plus extrême solitude, je reportai tout mon amour sur cette jolie pousse qui ornait ma demeure de Perchède et gagnait chaque jour en beauté et en grâce.

» Etant moi-même sans descendance directe, j'en fis mon héritière. Je veillais sur ses pas avec un soin jaloux. Je poussais son éducation tout en essayant de la maintenir dans la pureté de l'enfance. Je l'élevais dans la crainte de Dieu, j'envisageais son avenir avec des ambitions secrètes et, les années passant, ému par la triomphante transmutation de ma jolie nymphe en claire jeune fille, je la regardais avec bonheur vivre sous mon toit, éclairer nos soirées de son rire ou enchanter nos hôtes de passage en les régalant de son talent de pianiste.

Ombre parmi les ombres, celui qui ouvrait ainsi le livre de sa vie à des pages inconnues de tous eut un geste las pour essuyer son front. Dans sa bouche, sa langue s'était assoupie un moment. Ses yeux gris assoiffés d'un monde tendre s'attardèrent sur la flamme de la bobèche et il murmura doucement le prénom de celle qu'il évoquait.

— Jeanne, prononça-t-il avec ferveur. Jeanne la blanche...

Au bout de ce rêve éveillé, le vocable aimé s'étrangla dans sa gorge. Il frissonna, désemparé, les lèvres sèches. Ensuite, de peur de céder à l'émotion et de laisser percer quelque signe de son désarroi intérieur, il se détourna. Son regard redevint invisible pour ses auditeurs et, l'esprit obsédé par le combat farouche qu'il se livrait à lui-même, il reprit le cours de son odyssée avec un sourire désabusé :

— Ne soyons pas ingrat avec la couleur du passé ! soupira-t-il. Dans ma grande habitation aux vingt-huit fenêtres de façade, Jeanne était le soleil !

Transcendé par une ferveur subite, il s'avança à nouveau en lisière de la lumière et s'exalta :

— Elle était le parfum sucré et elle était le rire ! Je me réjouissais de l'aubaine de sa jeunesse ! Et j'étais à cent lieues de penser que notre vie radieuse pût jamais trouver son terme, lorsque, par un jour de chaleur accablante, – une de ces fins d'après-midi d'ombres et de lumières qu'on n'oublie pas – alors que je regagnais Perchède en coupant par les friches, je la vis surgir à la corne d'un bois et d'un joli bond franchir un fossé. Sitôt qu'elle m'aperçut, ses pommettes, sous le coup de l'émotion, s'étaient empourprées de deux macarons d'un rouge vif qui soulignaient l'éclat de ses prunelles. Elle venait tout juste d'atteindre dix-sept ans et m'avoua son amour pour un fils de métayer à peine plus âgé qu'elle et qui se prénommait Antoine...

Le regard voilé par une indicible tristesse, l'ancien notaire interrompit momentanément le cours de son récit où le temps se perdait en échos interminables.

Puis, avec la brusquerie qui était la sienne, les yeux posés sur l'étincelante rivière de ses souvenirs, il nettoya d'un coup son esprit et retourna devant la vieille et le policier le sac de son fascinant passé.

Lorsqu'il en vint, d'une voix qu'il répugnait à entendre chevroter mais qui ne lui obéissait plus, à déballer tout sur les circonstances de l'abominable crime du Houga, il ne put retenir ses larmes.

De temps à autre, il s'interrompait. Il jetait un regard tendu par-dessus son épaule. S'assurait s'il était suivi par son auditoire et reprenait son terrible dévidage.

Parfois, Barthélemy ou la Chouette posait une question. La gouvernante ne perdait pas une miette de ce qui se disait. On lisait tour à tour la révolte ou la commisération dans ses pupilles exorbitées. Elle s'emballait dans les brancards de sa chaise comme une vieille gallienne ou au contraire s'affalait.

— Cristi ! finit-elle par s'épancher, j'en crois pas mes esgourdes ! Une jeune donzelle éventrée... écafouillée... un bébé écrasé, c'est de la boucherie ! C'est là l'ouvrage d'un garçon crinolier !

— Plus qu'un crime de désosseur, c'est un acte de déraillé, intervint Barthélemy. Le misérable qui a fait cela n'était plus guide de sa démence !

La déchirade 363

Charles Bassicoussé s'était voilé la face. Impuissant à dire plus sur le carnage de sang qu'il avait vu, il fixait la chiffonnière et le policier au travers de l'éventail de ses doigts. Déchiré par la renaissance de son désespoir et la hurlante permanence des images ineffaçables, le visage foudroyé, livide et lointain, il leur retourna à peu près ce chorus :

— Maudit ! s'écria-t-il. Que je sois maudit ! Je viens de vous le dire, mes amis ! A l'épilogue d'une folie si meurtrière, les yeux se ferment ! Je ne pouvais plus me regarder en face ! Quelle culpabilité, n'est-ce pas ? Car j'avais sûrement ma part dans le malheur de Jeanne ! J'éclairais le chemin de la pauvre petite mais je ne veillais pas assez fermement sur son vol d'oisillon. Je ne l'avais pas vue prête à tomber du nid ! J'étais aveugle ! Maudit notaire ! Orgueil de l'homme ! Toujours à courir dans la poussière ! Toujours à vouloir accumuler des biens pour qu'elle soit richement dotée ! L'argent ! L'appât du gain ! Ce crime avant l'heure !

Lorsqu'il en vint à charger Tarpagnan du terrible forfait d'infanticide et de meurtre rituel, une sorte de violence irrépressible ferma les poings de celui qui, redevenu Horace Grondin, communiquait à tout son mufle un plissement de bête fauve.

Son visage osseux, la paralysante terreur inspirée par la cicatrice qui traversait la découpe de son œil gauche, sa colère couleur cendre, criaient plus loin que les mots la portée de sa haine pour l'assassin de sa pupille.

— Sachez que du jour de ce forfait abominable, nulle part au fond de moi, je n'ai été samaritain ! s'écria-t-il encore en lâchant la bonde de sa violence. Trop révolté ! Trop obsédé ! Trop endurci ! Je me suis aguerri au bruit des sanglots, au son des cris. Je ne me suis fait policier que pour mieux approcher le crime de celui que je poursuivais. Pour mieux rattraper le seul assassin que j'aie jamais voulu arcquepincer de toute ma carrière ! Un homme ! Un seul homme ! Et lancé derrière lui, avide de retrouver sa trace, j'ai été comme un serpent qui se nourrit de la poussière ! J'ai pactisé avec la pègre. Je voulais mettre dans mon jeu tous les atouts qui me rapprocheraient au plus vite de mon gibier...

— Celui que vous désignez comme un fou criminel et infanticide avait l'air d'un jeune homme droit, l'interrómpit Barthélemy. Vous nous avez dit vous-même qu'il était vif, assez drôle, et dans le rôle de coureur de jupons que vous lui donnez, je le vois mal assassiner les jeunes filles !

— Tout à fait lui, au contraire ! *Hitzā Hitz !* La parole donnée ! La parole brisée ! Je vous ai raconté l'histoire du makhila ! Je lui avais accordé ma confiance. Il a toujours su tromper son monde !

— Vous avez reconnu vous-même que vous n'aviez pas de certitudes concernant sa culpabilité !

— J'ai dit que je ne l'avais pas pris sur le fait ! Mais lorsque je suis arrivé sur les lieux du massacre, je jure que derrière la trame des rideaux j'ai vu une ombre se glisser dehors...

— Ce n'était pas forcément la sienne.

— Ce ne pouvait être que lui !

Le visage de Barthélemy se plissa imperceptiblement. Ses muscles longs comme des câbles se raidirent dans ses bras.

— Mais alors, glissa-t-il d'une voix insidieuse, qu'est-ce qui vous a valu d'être suspecté ?

— J'étais sur les lieux du drame. J'ai découvert le crime. Je me suis affolé. Sous la pression des gendarmes, j'ai avoué mon amour coupable pour ma pupille. D'un coup, on me trouvait un mobile ! On me chargeait de tous les vices ! Et j'ai su que j'étais perdu...

— Ainsi vous l'aimiez ?

— Comment n'aurais-je pas été ému par la musique de son corps ? Son buste fluet me semblait si cassant ! A tout moment, elle faisait entrer le grand air ! Avouez que c'était un fameux coup de magie qui se donnait sous mes yeux ! Quel éclairage soudain ! Quelle embellie dans la vie sans péripéties ni surprises d'un notable de province dont l'existence était jusqu'alors entièrement vouée à vendre des biens, à signer des minutes, à rédiger des actes !

L'ancien notaire s'était tu.

D'un geste machinal, Augustine Lerouge, tout à son rôle de vestale, avait rapproché les cendres du feu où couvait une braise agonisante. Les chandelles touchaient à leur terme.

Emballé dans le linceul des ténèbres montantes, le terrible secret d'Horace Grondin cadenassait les visages et une nuée de mélancolie était descendue sur les âmes.

Grondin se laissa tomber dans son fauteuil et avala sa salive au fond d'un gosier sec. Hippolyte Barthélemy leva sur lui les cernes de ses yeux chafouins et lui décerna un sourire jaune.

— Je suis flatté, je veux dire... nous sommes honorés que vous nous fassiez les dépositaires d'une si terrible confidence, dit-il. Mais j'aimerais que vous nous fournissiez certains éclaircissements.

— Qu'est-ce donc là ? Tu me soupçonnes encore, vilain bidet ?

— Chaleur not'maître ! s'écriait la Chouette, moi je vous crois corps et âme !

— Tout de même, railla le grand échalas, je n'oublie pas, vous lorgniez sur votre protégée, vieux coquin !

— Ne soyez pas impie ! Elle avait dix-huit ans quand le malheur a fondu sur nous. J'en affichais déjà quarante !

— Sa beauté vous troublait.

— Je n'ai jamais montré mes sentiments ! En une seule occasion, je l'ai prise entre mes bras. Et je n'ai pas su me déclarer. Je remplissais envers elle un devoir trop sacré ! Elle était ma presque fille ! Lorsqu'elle m'a avoué son amour pour Tarpagnan, je me suis rangé au seul conseil que m'inspirait la sagesse. J'ai décidé sur-le-champ de marier les deux enfants. Et plus tard... après que le galant se fut enfui plutôt que d'honorer sa promesse d'épouser Jeanne, j'ai confié la douce colombe à la garde d'un prêtre afin de ne pas céder à la tentation de lui proposer le repos de mon épaule si elle allait vivre abandonnée sous mon toit.

Dans les yeux de la Chouette coula une mauvaise pensée. Grondin la capta au vol.

— Parlez sans détour, Augustine, dit-il.

— Comment s'appelait-il vot'ratichon ? s'enquit-elle.

La grande harpe n'aimait guère les curés.

— L'abbé Ségouret. Il était curé-doyen de la paroisse. Un très saint homme, croyez-moi ! Il a veillé et réconforté Jeanne, l'abritant au presbytère jusqu'au terrible soir de son assassinat.

— Vous voulez dire qu'on a découvert le meurtre chez l'abbé Ségouret ? s'écria Barthélemy.

— Non. Chez moi... Sur mes terres de Mormès. Dans un pavillon de chasse.

— Que faisait la jeune fille à cet endroit ?

— Sur un coup de tête, elle s'était enfuie du presbytère et avait trouvé refuge dans cette maison au fond des bois. Elle la connaissait bien pour y avoir souvent fait halte lors de ses promenades à cheval. Elle devait avoir rendez-vous avec son assassin...

— Tarpagnan ?

— Qui d'autre ? Le misérable était revenu au pays depuis peu.

— Moi, j'parie qu'c'est le rochet qu'a fait l'coup ! glapit soudain la Chouette.

— Comment pouvez-vous blasphémer de la sorte, espèce de grande brouette !

— Les razis, c'est capable de tout ! dit la laide. La preuve, mon bon monsieur, c'est que le peuple les fusille par poignées !

Grondin haussa les épaules.

— L'abbé Ségouret était un saint homme et un brillant jeune ecclésiastique ! Il a d'ailleurs très vite connu la reconnaissance de sa hiérarchie. Pendant un temps archiprêtre à Mont-de-Marsan, il a été appelé à de plus hautes responsabilités. Et depuis bientôt trois ans sert Monseigneur Darboy dont il est devenu l'un des vicaires.

— Il est à Paris ?

— Je viens de vous le dire. Il assiste l'archevêque...

75

Ainsi va la vie d'Augustine,
que d'un coup,
elle se brise.

Ils en sont à ce point de leur conversation lorsque trois bagueule-ments brefs leur glacent le sang et les font s'entre-regarder.

— Une perquisition ! chuchote Barthélemy.

— A cette heure-ci ? s'étonne la Chouette. C'est pas une heure pour les cognards !

Pour lui rabattre son caquet, une volée de coups ébranle la porte d'entrée. Au fond du couloir, en provenance du palier, il se joue une cymbalerie de rampons, un tambourinage de mains calleuses et de coups de pied ferrés distribués par une troupe d'énervés.

Elle est tôt suivie d'un brouhaha de voix avinées qui attisent un peu plus les nerfs des occupants de l'appartement.

— A-t-on poussé le verrou ? s'enquiert Grondin qui s'est dressé le premier.

— Tout est barré à double tour. Crampons et verterelles ! jure l'ancienne chevalière du crochet.

Elle court le long du mur, silencieuse sur le feutre de ses pan-toufles, et va s'emparer du tisonnier qu'elle assure dans sa main comme une arme.

— Je peux les assaisonner s'ils ne sont pas trop nombreux, souffle Barthélemy.

Il a mis la main à sa poche et revolver au poing s'apprête à vendre sa peau.

— Je peux vous aider pour un siège, dit Grondin. Mais je ne pense pas que ce soit la meilleure idée.

Il se rend tout de même jusqu'à un tiroir de commode et en sort un lefaucheux à broche d'un calibre fort convenable.

Sur le palier, les coups ont cessé.

Soudain, c'est un clairon qui sonne. Assez vite, l'embouchure mange la respiration de l'homme et l'instrument de cuivre termine son élan dans un vagissement lamentable. Quand tout rentre dans l'ordre, on se tait derrière la porte et une voix pâteuse se dessine, qui, à ce qu'il semble, a vu passer plusieurs litres de vin.

La déchirade 367

— Ouvrez du logis ! Le bon monde n'a rien à craindre ! C'est votre portier ! C'est le citoyen Cabrichon, qui vous amène de la distraction !

Sous la forme de ricanements étouffés, cet humour de pochard reçoit quelques échos dans les rangs des échauffés. Il se fait derrière l'huis un silence sur le souffle, puis un pet déchire distinctement un fond de pantalon et déclenche l'hilarité au sein de la troupe des bibards.

— Crève puant cloporte ! crache la Chouette, tu nous as balancés !

— Ouvrez aux vengeurs du peuple, répond un loustic. C'est grand lavage pour des gens comme vous !

— Ouvrez ! surenchérit une autre voix. C'est le chef de poste de la rue des Francs-Bourgeois qui vous parle ! Les baïonnettes sont croisées, les fusils sont chargés, nous allons enfoncer la lourde !

— Rendez-vous, tas de gobe-mouches ! gueule un troisième énervé, nous savons qu'vous êtes là !

— Un joli bouquet de friquets pour finir devant l'peloton !

Le roulement d'une nouvelle averse de coups de poing met un terme provisoire à ces menaces, à ces mises en demeure.

— Nous sommes fichus, dit Barthélemy sans perdre son sang-froid.

— Je ne crois pas, répond Horace Grondin en bougeant très vite.

En quelques enjambées il s'est rendu jusqu'à la bibliothèque. Il chamboule une rangée de livres, et s'y fraye la place d'une main. Il engage son avant-bras dans l'espace ainsi formé et accède à une serrure dissimulée dans l'angle du rayonnage. Il y fait tourner le bec d'une clé minuscule qu'il détenait à son trousseau. L'instant d'après, par simple pression de son pouce sur un ergot à peine visible il déclenche un mécanisme et met en branle un grand pan de la bibliothèque qui, en pivotant par moitié sur elle-même, démasque l'arche basse d'un portillon ouvrant sur les ténèbres d'une soupente.

— Faites vite ! aboie Barthélemy. Déjà, ils esquintent la serrure à coups de crosse !

Grondin est redevenu le maître en toutes choses. Il se tourne vers la Chouette.

— Augustine, commande-t-il avec un calme absolu, dès que nous serons passés dans la cache, tu iras leur ouvrir. Aie l'air ensommeillée... Passe une robe de chambre.

— Sainte Migorge ! Vous me tutoyez, m'sieu Horace ? C'est la seconde fois que vous m'appelez par mon p'tit nom ! s'illumine la laide en oubliant le danger.

— Je t'en donne pour ton dévouement, répond Grondin. Allez, crécelle ! Du revêche ! Je compte sur toi ! De la cervelle aussi ! Tu leur dis que nous n'y sommes plus. Que nous nous sommes espignés au début de la soirée. Tu es ma gouvernante mais tu ne me connais que sous le nom de Monsieur Julien.

368   *Le cri du peuple*

— Et s'ils savent tout de bon qui vous êtes, qu'est-ce que je fais, moi ?

— Tu fais l'andouille avec toute la largeur de tes yeux ! Tu n'y comprends rien. Tu es un peu sourde. Je t'ai recrutée dans la rue. Et tu ne sais même pas lire...

— Ça n'est pas loin de compte ! s'écrie la vieille. J'sais reconnaître le nom de Monsieur Victor Hugo sur le journal, mais sortie d'là, bernique !

— C'est bon, écourte ! dit Grondin. Vas-y et embrouille-moi ces gens...

— N'êtes-vous pas en train d'envoyer cette femme à une mort certaine ? s'insurge Barthélemy.

— Ils ne lui feront rien, répond Grondin.

— J'y vas d'bon cœur ! s'en mêle la Chouette qui a tout entendu. Je m'occupe de tous ces poussés de boisson, m'sieur Horace ! J'vas leur faire le boniment, la postiche et la parade ! Moi vivante, ils ne vous auront pas !

En un tour de main, la matrone a ôté sa robe et son cotillon. Elle apparaît dans sa nudité de grande caraque. Elle arbore un ventre plissé, une nuée de tatouages de marine sur les bras. Elle se couvre d'une robe de chambre et court déjà dans le couloir au-devant des visiteurs, elle crie :

— Parbleu ! Vous m'tirez d'mon poussier ! Voilà ! Voilà ! On y va ! On s'esclavage ! Arrêtez ce chabanais !

Et les autres, au revers de la porte lui répondent :

— Ouvre nom de D... espèce de potineuse ! Ouvre au nom de la Commune !

— Voilà, j'vous dis ! Taisez vot'jappe, espèces de biturins !

Pendant ce temps, les deux fugitifs sont passés dans la soupente. La bibliothèque pivote sur elle-même et se referme dans un cliquetis de mâchoires, les plongeant dans les ténèbres.

Grondin bat la pierre d'un briquet phosphorique qui ne le quitte pas et allume un quinquet qu'il éloigne tout au fond du réduit.

Le visage ictérique de l'inspecteur Barthélemy s'approche de la flamme.

— Vous aviez tout prévu, constate-t-il en sondant la pénombre et en prenant la mesure du lieu.

Il découvre un espace étroit et allongé d'environ dix pieds carrés gagné sur la pente du toit qui correspond, à l'identique, avec un autre réduit, nettement plus spacieux, aménagé dans les combles de l'immeuble mitoyen. En se courbant, il distingue de ce côté-là un lit de camp, des vivres, deux sièges et une penderie où sont suspendus des déguisements.

Avaricieux de commentaires, Grondin fait signe qu'on se taise. Il

tend l'oreille, attentif à ce qui se passe de l'autre côté de la bibliothèque. Atténués par la cloison et l'épaisseur des livres, des éclats de
voix leur parviennent par bribes.

Aux jappements de protestation de la Chouette répondent des coups
de crosse que répercutent des bris de verre ou de planches éclatées.
Parfois, le talon métallique des fusils heurte du plus solide, s'attaque
au marbre de la cheminée ou résonne en échos sourds contre les murs.

— Ils capotent tout, souffle Barthélemy.

Une voix plus perçante que les autres, celle de Casimir Cabrichon,
filtre par-delà l'épaisseur de la muraille.

Les deux reclus entendent distinctement :

— Parle grenouille, sinon je te coupe la langue !

Suit une exclamation générale qui salue une trouvaille inopinée.

— Du riquiqui sur la table ! De la boisson !

— Tiens ! La chnoque a bu dans trois verres ! Elle n'a donc pas dit
la vérité !

Les coups de crosse s'acharnent sur les murs. Un sabre dénoyauté
de son fourreau sonde furieusement les tentures et les livres. Il se
fiche dans le bois des rayonnages, ressortant par la pointe dans le
camp des fuyards.

Ces derniers ont armé leurs revolvers. Ils sont sur le qui-vive. Ils
retiennent leur souffle. Le soudard aviné ahane et bataille pour
récupérer son tranchant en jurant comme un charretier.

— Crédieu de fils à putain ! se dégrimone-t-il, a fallu que le bois
soye vermoulu ! y veut pas m'rendre mon fauchon !

Il ne saura jamais que la lame du briqmont est passée si près des
épaules de l'homme aux yeux gris qu'il aurait pu le saigner.

Des ricanements fusent à nouveau. Des verres s'entrechoquent
comme si les brindezingues trinquaient entre eux.

Les deux clandestins les entendent vaguement crier :

— Vive la Commune !

Puis une voix commande :

— Saisissez-vous de la grenouille ! Puisqu'elle n'est pas bonne à
manger, qu'au moins on la fusille ! Ecrivez, greffier, elle a craché sur
mon gros nez ! Emmenez-la ! Elle est jugée !

Les pas des raffalés sabotent un moment sur le parquet. Leurs cris
d'ivrognes piaillent en s'éloignant.

Une porte claque. Le silence retombe.

Au creux de son pouce, Grondin détend le chien de son arme. Il
passe le revolver dans sa ceinture.

Barthélemy ouvre la bouche comme un poisson qui manque
d'oxygène. Il gobe l'air de la soupente qui sent le moisi. Il frotte sa
nuque comme après une grande fatigue, et, s'y prenant avec une façon

de chacal, affronte son maître au milieu d'un sourire jaune où pointe le reproche.

— Vous avez sacrifié la vieille, dit-il. Elle en savait trop sur votre compte.

Avec un calme de sourd, Grondin chuchote :

— Pas de sensiblerie, Hippolyte. Chacun d'entre nous roule vers son destin ! La Chouette a la peau dure. Peut-être, elle s'en tirera.

Le roulement d'une fusillade toute proche lui répond à l'instant le contraire.

Le regard de l'inspecteur Barthélemy s'appesantit instantanément sur la ligne affaissée des épaules de Grondin qui vient de lui tourner le dos. Les prunelles anthracite du roussin éclairent la pénombre d'une flamme à la froideur extrême.

Grondin bouge à peine. Pas besoin de miroir pour regarder derrière lui. Faisant usage de son don de double vue, il dit :

— Vous me haïssez, n'est-ce pas Hippolyte ? Mais les choses du devenir ne sont plus tout à fait entre nos mains... A l'extérieur, des colères d'orage et de tuerie se mettent en place qui vont tout balayer... Nos ambitions, nos tourments d'âme, nos dos à peine cicatrisés... nos pesanteurs de corps... n'ont plus rien à voir avec la marmelade de sang et le feu de l'enfer qui se préparent ! Il reste peu de temps avant que tout ne se précipite !

— J'en suis conscient, monsieur. Et j'ajouterais que même si vous et moi distinguons mieux la vraie nature de nos rapports... nous sommes enchaînés. Je n'ai plus que vous. Et, vous n'avez plus que moi.

— Sur ces principes de haine, notre association est à la fois fragile et indissoluble... convient Grondin. Aussi ai-je une dernière chose à vous demander, Barthélemy... C'est de m'accompagner jusqu'au bout de ce que je recherche.

— Ça ! Pas de danger que je vous lâche ! dit le grand échalas. Je veux aller jusqu'au bout !

— L'envie de savoir si je suis coupable ?

— La volonté de démasquer le véritable assassin.

— Vous avez le vice dans la peau, Barthélemy.

— Je suis un vrai policier, monsieur.

— Moi, je suis toujours un homme malheureux. A part retrouver la piste de Tarpagnan, rien ne m'intéresse.

— Quel est votre plan ?

— A l'aube, dit l'homme aux yeux gris en passant dans la soupente voisine, nous sortirons de ce trou en empruntant l'escalier qui se déroule derrière la penderie. Dans l'épaisseur de la pierre, son colimaçon nous mènera jusqu'à l'arrière-cour de l'immeuble voisin. Vous, Barthélemy, vous irez trouver le serrurier que vous avez si habilement retourné.

— Emile Roussel ?

La déchirade 371

— Oui. Le petit bruge a fait partie de la bande de l'Ourcq. Puisque Tarpagnan a mené ses frasques amoureuses jusque dans le repaire de la Joncaille, il y a fort à parier que Fil-de-Fer saura vous donner des nouvelles de l'endroit où il se trouve.

— Il m'enverra lanlaire !

— En échange de ses renseignements faites-lui valoir que si les réguliers entrent dans Paris, vous oublierez qu'il a porté l'œil de verre numéro 7 et qu'il a pris fait et cause pour la Commune.

— C'est compter sans le patriotisme de notre poitrinaire... Jamais il ne crachera le nom d'un camarade de combat à un fligue à dard de Monsieur Thiers.

L'ancien haut perché de la raille hausse les épaules.

Il s'éloigne en direction d'une poutre, passe sa main entre chevrons et voliges et extirpe un paquet d'une cachette.

— Voilà du sirop de reniement pour la toux de votre client, dit-il laconiquement en tendant une bourse d'or à son associé.

Barthélemy l'empoche et dit :

— Vous-même, monsieur, que deviendrez-vous pendant le temps de mon enquête ?

— Tout est forgé, répond Grondin. Je t'attendrai dans un garni que je tiens en réserve, du côté de Saint-Julien-le-Pauvre. L'abbé Ségouret en détient les clés. Je les lui avais confiées pour qu'elles soient en de bonnes mains. Il me suffit à tout moment d'aller les prendre à l'évêché.

— L'adresse de ce havre de paix ?

— 4, rue des Grands-Degrés. Au fond du jardin.

— J'y serai !

76

Le noir dimanche de Dombrowski

Ils avancent.

Ils sont là.

La ligne.

Les pantalons rouges.

Tarpagnan les regarde venir au travers de sa jumelle.

Ils avancent.
Ils sont là.
La ligne.
Les pantalons rouges.
La division Vergé.

Une colonne a tourné la place du Trocadéro. Un millier de fédérés blottis à l'abri d'un semblant de barricade s'est rendu.
Faute d'être aguerris, ils n'ont pas su se défendre.

Plus loin aussi, par le boulevard Murat, par Suchet, ils avancent, les soldats.
Les lignards, les pantalons rouges.
Ils progressent par bonds parmi les ruines.
Le sabre de leur officier jette parfois un éclat de soleil.

— En avant !
La troupe régulière sourd de derrière les talus. Elle rejoint, déployée à l'unisson d'une écartée d'étourneaux, le couvert d'un terrain caché par un mur de pierres blanches. Ils sont là. Ils réapparaissent le long de la caserne de la Pépinière.
Les griviers dévalent les pentes des pelouses. Les clairons s'époumonent et sonnent la charge.
Une clameur, un envol.
Ils sont là.
Le général Blot vient de dégager la porte de Passy.

La veille, Dombrowski a été blessé à la poitrine par un éclat d'obus. Il a demandé des renforts et il n'en a pas obtenu. Cette nuit, il s'est rendu à l'Hôtel de Ville. Il est arrivé là-bas, très droit et très beau sur son magnifique petit cheval noir.
A ceux qui étaient autour d'une table et qui fumaient, à ceux du Comité de salut public – à Eudes, à Arnault, à Billioray, à Gambon et à Ranvier qui le croyaient mort – il a dit qu'il avait la teigne au cœur.
Il leur a jeté les nouvelles. De bien mauvaises nouvelles.

Il a dit que devant l'église d'Auteuil, ses bataillons ont livré bataille avec rage.
Il a dit que ses soldats s'étaient repliés sur le château de la Muette où, sous les ordres du commandant Tarpagnan, ils essayaient de résister, bien retranchés, bien défendus, par un excellent officier de métier.
Il était pâle.

Il a dit que Tarpagnan ne pourrait pas tenir longtemps si ses soldats continuaient à l'abandonner pour rentrer en désordre dans leurs quartiers. Il a répété que ses officiers s'efforçaient d'arrêter ou de regrouper les fuyards en colère. Que ces derniers leur jetaient au visage des insultes et qu'ils rentraient chez eux pour se battre sur les barricades.

Il a dit qu'il ne restait guère plus que cinq cents hommes valides à Tarpagnan pour s'opposer à l'invasion des colonnes lancées par Mac-Mahon.

Il a prévenu que Paris se réveillerait demain, 22 mai, sous la botte versaillaise.

Et il est reparti pour se battre avec les siens.

Ils avancent.
Ils sont là.
La ligne.
Les pantalons rouges.

A la Muette, on tire.
Tout est ouvert !
Soixante-dix mille hommes sont entrés dans Paris !
Dans l'obscurité, les chassepots s'enrouent. Les balles miaulent, écrasent les poutrelles et rebondissent en zigzaguant ainsi que de mauvais insectes chauds.

Le voisin de Tarpagnan garde les yeux ouverts, la bouche ouverte, la main ouverte. Il est mort d'une hachure de plomb. Sa gorge est un sourire.

Comme il faudrait s'y mettre tous – une nation, un peuple, des femmes et des enfants – pour forger une résistance organisée ! Comme il faudrait raffermir les courages et trouver assez de bras, de fusils, pour se défendre quelques heures de plus !

Ils avancent. Ils submergent. Ils crient.
Tarpagnan fixe la nuit. Imprenable aux balles, il fixe les ténèbres.

Il évalue le degré de résistance de sa maigre troupe, clouée au sol par le feu d'une mitrailleuse. C'est une fièvre, un remuement de toutes ses entrailles, une horloge folle, tout le raccourci d'une vie bouillonnante qui submerge l'officier.

Une étrange lueur prend feu derrière ses prunelles.
La rage au cœur, il lève le bras.
— Sergent, crie-t-il, c'est l'encerclement ! Sonnez l'ordre de repli !

Autant qu'ils le peuvent, les brancardiers prennent en charge les blessés. Ils entourent les fourgons de paille et portent des civières.

Les autres avancent encore.

Trente mètres séparent les combattants.

Dans la nuit chaude, on se fusille à bout portant. Au plus près, on s'embroche. On se regarde et on se brûle à bras tendu. Les yeux dans les yeux. Dans l'élan. D'un coup de revolver, on se brûle. D'un jaillissement de sabre, on se perce. D'un étirement de baïonnette, on s'étripe.

Ils sont là.

Ils ont tout pris.

Les derniers fédérés courent sous les balles. Les irréductibles se retournent. Le pouce passé à la sangle du fusil, ils se retournent. Des éclairs partout les poursuivent. Dans une bouche d'écume, ils insultent ceux qui les tuent. Ils défient la mort qui passe en hurlant à leurs oreilles. La haine, une mauvaise rage, un corps blasé qui ignore s'il mourra dans quelques jours ou dans la minute suivante leur donnent un hoquet de soubresaut. Des brisures tombent du ciel. Des projectiles de sept. De temps en temps, cymbales ! Des choses mystérieuses se lisent dans leurs yeux enfiévrés de crainte et de défi.

Soudain, ils fléchissent sur un genou et épaulent à nouveau. Ils chargent et ils tirent. Ils sont à peine protégés par un arbre renversé, par une clôture affaissée. Ils s'exposent et ils font le voyage final de l'être humain au bout de son destin.

Souvent ceux qui s'acharnent ainsi à tirailler, les dents serrées, l'épaule noire de poudre, sont des gosses. Des enfants de douze à quinze ans.

Sur les cadavres qu'il faut bien abandonner, les cantinières jettent à la hâte des branches arrachées aux tilleuls voisins.

Quand la fournaise grésillante s'éloigne enfin, le soleil du petit jour se lève sur les restes du courage abandonné.

Des sacs. Des gibecières et des chaussures. Des jambes disloquées, des corps qui râlent et des insectes qui butinent. Des képis sur la tranche et des bidons cabossés. Au fond d'un trou, des lambeaux de chair déchiquetée. Chemises mordues, capotes lacérées. Contre une grille, des cadavres aux lèvres blanches. Dans une rue en pente, des ventres boursouflés, des visages livides.

Charognes. Bientôt charognes.

C'est bien amer, la déroute !

77

Dernier baiser

Ce même lundi 22 mai, 19, rue Oudinot dans la salle commune de la maison de santé des frères Saint-Jean-de-Dieu, à l'heure grise où les tempes des blessés ruissellent de sueur froide, au moment glacial où la camarde entreprend sa tournée des moribonds pour faire cracher les âmes et où l'ombre blanche de l'infirmière penchée sur l'agonisant se confond avec les limbes du monde éteint vers lequel il s'apprête à retourner pour toujours – un jeune soldat, cloué la veille par un de ces fameux assauts de baïonnettes, prononça le nom de sa mère et, sur le point d'affronter le jaillissement d'une grande lumière aveuglante de pureté, cabra son torse en un sursaut vers l'avant et accueillit sur ses lèvres déjà froides le baiser d'adieu accordé par la jeune femme qui veillait sur ses derniers instants.

Ce soulagement de la dernière extrémité, cette ultime politesse de la compassion humaine, ce baiser décerné au martyr sur le seuil de son autre séjour, étaient faits pour dire au mourant le respect que son départ inspirait. Ils venaient d'être dispensés par une ambulancière au teint pâle, à la beauté parfaite, au visage grave sous son casque de cheveux noirs.

Ils mêlaient l'horreur de la guerre à la saveur de la vie et prouvaient, s'il en était besoin, que le rite pieux de cette ultime fleur d'amour tendue au soldat sous la pluie des étoiles était tenu en usage dans le service des ambulancières de la Presse depuis qu'une infirmière du nom de Jeanne Couerbe l'avait pratiqué sur le champ de bataille.

Gabriella Pucci, car c'était elle, venait de pratiquer pour la première fois « le baiser à la mort ». Elle savait que désormais elle l'accorderait aux mourants au même titre que toutes les femmes – mères de famille ou filles légères, viragos ou gais minois, mégères lourdes ou tailles fines, repasseuses ou ouvrières, dames des œuvres ou institutrices – qui faisaient avec elle, aux avant-postes de la boucherie, le sacrifice de leur propre vie pour secourir et évacuer ceux qui réclamaient leurs soins.

Caf'conc' ferma les yeux du jeune militaire, presque un enfant, puis, graduellement, se redressa sur la chaise basse où elle venait de passer plusieurs heures de veille.

Elle contempla le visage lisse de Guillaume Tironneau et soudain, sur le point de s'ouvrir comme un foulard, submergée par le chagrin de voir retranché de la couleur de la vie un garçon qu'elle avait fait naître à l'état d'homme, le regard égaré, les mains rapprochées du ventre, maîtrisa à grand-peine un sanglot convulsif.

Elle demeura longtemps immobile, les avant-bras noués sur l'abdomen, le regard perdu. Elle se balançait sur place, elle revoyait des images et tournoyait en elle-même.

Ensuite, les yeux secs, sans proférer une plainte, elle scruta un instant le voile translucide et calme du rideau qui, dans l'imminence du petit jour, ondulait devant la fenêtre ouverte.

Peu à peu, le battement d'une porte, l'écho d'un bruit de pas sur le dallage de la salle commune l'obligèrent à accommoder sur la réalité.

Elle respira pour se reprendre.

Par-delà les lits où geignaient les blessés de la nuit, elle vit s'avancer vers elle la silhouette noire du cocher avec lequel désormais elle faisait équipe pour aller ramasser les morts.

L'homme empestait la vinasse malgré l'heure matinale. Il souleva son chapeau morillo sur son crâne en forme de genou blanc et froissant ses joues couperosées grimaça un sourire qui se voulait engageant :

— Alphonse Pouffard, croque-billard et ambulancier de la Commune pour vous servir, ma princesse ! annonça-t-il. Cécile et moi avons dormi deux heures pleines et voudrions savoir si vous nous accompagnerez aux Champs-Elysées pour le premier service !

— Champs-Elysées ?

— Eh oui ! On s'y défonce, cauchemar sans fin ! La Concorde est sous le feu des obusiers ! grinça le vicaire de la mort. Sans faire de mousse, on nous réclame ! Il faut racler la viande et ramasser la boyasse !

Caf'conc' était restée sur place. Une envie de vomir germait à ses lèvres et menaçait de lui retourner l'estomac.

— Je comprends votre empressement à venir, grinça le vilain charroyeur.

Puis s'avisant du décès de Guillaume Tironneau :

— Sixième dessous ! Ma pauv' princesse ! Vous avez perdu vot' joli grivier des francs-tireurs ? P'tit populo, va ! Un gosse qu'était encore au tétin ! Ah, vache d'époque ! Saleté d'enfer ! Le continu emporte l'homme ! L'affaire vous touche, à c'qu'il me semble... c'était un ami à vous ?

— C'était un peu mon dernier enfant, dit Caf'conc' en se redressant sur sa chaise.

Puis refrénant un léger tremblement de ses lèvres :

— Allez-y, citoyen Pouffard. Marchez devant ! Je vous rejoins à la patache.

Elle se recueillit encore un moment devant la dépouille du défunt, se signa avant de tirer le drap sur son visage de cire, puis recula juste ce qu'il faut pour ne gêner personne. Elle se tenait dos à la muraille peinte au blanc de chaux tandis que deux fossoyeurs levaient le corps et l'emmenaient sur une civière pour le déposer à la morgue.

A sa façon de respirer court, de suspendre ses gestes, à la voir sans ressort serrer ses poings froids et regarder sans un mot s'éloigner le fantôme de la jeunesse, il y a fort à penser que Caf'conc' pleurait des larmes sèches.

78

La Commune ou la mort

A l'heure où le linceul du jeune Guillaume Tironneau quittait la rue Oudinot pour être déposé à même le sol froid de la chapelle voisine de l'hospice des Incurables et y partager avec cent vingt-sept autres corps mutilés l'attente d'une sépulture de fortune, Horace Grondin et Hippolyte Barthélemy, profitant de la trêve indécise entre rosée et brume, se glissaient à l'air libre par la poterne d'une porte basse donnant rue Dupetit-Thouars et, sans se retourner pour savoir qui marchait sur leurs talons, décampaient loin de la rue de la Corderie de sinistre mémoire.

Les mains dans les poches – ombres grises, sur le trottoir du boulevard du Temple – les deux hommes marchaient d'un bon pas en direction du Château-d'Eau. Plus ou guère d'éclairage dans les rues. L'insupportable relent des cabarets particulièrement nombreux dans le quartier et les hordes d'ivrognes armés que les deux compagnons croisaient à chaque pas aggravaient encore l'impression d'insécurité qui régnait autour d'eux.

A l'angle du boulevard du Prince-Eugène, c'était dit, ils se sépareraient.

L'un d'eux gagnerait les pentes de Montmartre pour tenter de trouver Emile Roussel qui avait peut-être passé la nuit chez lui, au 7 de la rue Lévisse, tandis que le second se hâterait vers la rive gauche où résidait le vicaire Ségouret, logé, eu égard à ses nouvelles fonctions, au siège du palais archiépiscopal.

Les fugitifs avaient endossé de nouvelles fripes pour mieux s'accorder avec la rue et passer inaperçus. Leurs oripeaux, sélectionnés dans la penderie d'Horace Grondin, les rendaient méconnaissables.

Outre une vieille redingote déchirée, la nouvelle garde-robe de Barthélemy se composait d'un pantalon de charpentier et d'un gilet en peau de mouton. Cet accoutrement mi-landais, mi-artiste de la varlope, amélioré par un chapeau rond de couleur marron, à l'aspect neuf et brossé, était si disparate qu'il avait tout l'air d'appartenir à un détrousseur de cadavres. Grondin, quant à lui, misérablement vêtu d'une mauvaise capote dans un bleu délavé par les campagnes, d'une chemise sans col, d'un pantalon gris rentré dans des bottes, avait adopté une apparence de traîne-sabre en déroute. Un képi cabossé posé sur la couronne de ses cheveux blancs, un chassepot à la bretelle, une musette, un bidon et du barda cliquetant derrière lui, banalisaient sa silhouette. La terrible estafilade qui traversait sa joue hâve, une barbe pas nette, des traits burinés, complétaient l'image d'un vétéran dont le chiffon de flanelle – un grand linge à carreaux qui s'enroulait autour de son cou décharné – avait fait longtemps son usage à la fois de mouchoir à priser et d'étoffe à tout faire, c'est-à-dire à cirer les bottes ou à saisir l'anse de la cafetière pour la sortir de la fumée du bivouac.

En vue de la place du Château-d'Eau, les deux compagnons ralentirent leur train, stupéfaits de découvrir une animation inhabituelle.

Des officiers essayaient de rassembler leurs troupes désorganisées. L'exhortation aux lèvres, ils faisaient appel à leur esprit de responsabilité. Ils haranguaient des gardes qui leur tenaient la dragée haute. Les chevaux piaffaient, tenus au mors par des individus vociférants. Des bataillons, en passe de se former, voltigeaient en grappes puis se désagrégeaient comme si, à l'annonce d'une mauvaise nouvelle ou d'un ordre contradictoire, un flottement des consciences leur interdisait de s'inscrire dans une logique de discipline. A tout moment, une frange d'hommes agités refluait. Leurs rangs, soudain frappés de folie, se disloquaient ou à l'inverse, pour obéir aux gueulements d'un sous-

La déchirade 379

officier, recommençaient à s'agglutiner en formations régulières. Les soldats hurlaient de colère, criaient à la trahison. Les tambours battaient dans les rues avoisinantes.

— La situation s'est encore dégradée, souffla Grondin à son compagnon.

— C'est le craquement qui précède l'effondrement de l'abîme, ironisa le famélique inspecteur Barthélemy en tendant le cou pour mieux distinguer ce qui se tramait devant eux.

Les églises sonnaient le tocsin à toute volée. Trois femmes attelées en flèche tirant derrière elles une mitrailleuse, deux autres la poussant, une sixième et une septième s'arc-boutant pour activer la rotation des roues, les dépassèrent. Elles furent accueillies par des vivats au coin d'une rue où s'érigeait une barricade de fortune.

Force fut à Grondin et Barthélemy de traverser une haie de badauds. Bousculés, happés par les remous de la foule ils se consultèrent du regard, repoussant l'idée de se séparer avant de se faire une notion plus juste de la situation d'ensemble.

Ils furent bien vite au courant des événements de la nuit. De l'intrusion subite des versaillais dans Paris. De leur avancée fulgurante.

Le bruit courait qu'à Auteuil, à Passy, des monceaux de cadavres jonchaient les rues et les jardins, que dans le quartier de Javel l'inondation humaine des lignards, accompagnés de bataillons de gendarmes, de sergents de ville triés sur le volet, avait tout submergé. Fusillades sommaires, charniers de suppliciés. Des centaines de cadavres fédérés racontaient la sauvage férocité des bouchers de Monsieur Thiers.

Vallès lui-même, Jules Vallès, qui avait assisté à la débandade du Champ-de-Mars, Vallès ballotté par la foule des fuyards devenue aveugle « comme la marche dans la poussière d'un troupeau de buffles » avait grimpé quatre à quatre les escaliers du ministère de la Guerre pour raconter la débandade et n'y avait rencontré « personne ».

Seigneur ! Où allait-on ? A quel général se vouer ?

Il n'était de source plus sûre que d'écouter les voix angoissées de ceux qui racontaient les dernières mesures alarmistes prises par Delescluze. Certains revenaient de l'Hôtel de Ville où il régnait une désorganisation supprimant toute hiérarchie, toute idée de discipline.

— Brunel organise la défense à la Concorde ! pérorait un passant bien informé qui portait deux fusils et n'avait pas l'air d'une bravoure exagérée.

— Sa légion est disposée en tirailleurs sur la terrasse des Tuileries ! confirmait un pied-bleu dans les quinze ans à peine et dont le front s'ornait d'un bandeau sale et ensanglanté.

— Trois pièces de quatre, une de douze, deux de sept ! Sûr qu'on va gagner la guerre ! s'excitait sa voisine, une grande pivoine au front haut en écartant les gens pour rallier un autre attroupement.

Partout, on s'écrasait. On se montait sur les arpions pour avoir des nouvelles. L'obscurité à n'y pas voir un couteau devant soi ne changeait rien à l'affaire. Les haleines se mêlaient. Grondin et Barthélemy étaient ballottés par des vagues de gens empressés.

Sur les murs tapissés de bavures de colle à peine sèche fleurissait une récente génération d'affiches. Les concierges du quartier, des cliques de coquines excitées, des femmes en robes de soie, se bousculaient pour en déchiffrer les proclamations rédigées à la va-vite, pendant la nuit.

Au premier rang, un costaud en bourgeron dont le nez faisait bonne garde au-dessus d'une moustache épaisse interprétait le texte d'une voix de stentor :

« AU PEUPLE DE PARIS !
« A la Garde nationale !
« Citoyens !
« Assez de militarisme ! »

Après lui, un petit homme nerveux, à tête de chien, monté sur des membres courts, aboyait l'essentiel de ce qu'il avait retenu pour ceux qui se trouvaient derrière lui :

« Citoyens !
« Assez de militarisme ! Plus d'états-majors galonnés et dorés sur toutes les coutures !
« Place au peuple ! aux combattants aux bras nus ! »

— Gi ! C'est nous ! criait une jeanneton aux cheveux carotte, bien décidée à faire les répons. C'est nous, les girofles aux bras nus ! Les mangeuses de vache enragée et les pourvoyeuses d'huile de coude !

Cent bouches l'acclamaient.

A leur façon, les blousiers exprimaient leur surchauffe, bien sûr. Et cette violence à l'état brut, cette rage grésillante de vivre sans chaînes donnait d'un coup tout son prix à la Commune.

La voix de basse de l'homme en bourgeron montait à nouveau du premier rang et poursuivait sa lecture du placard :

« Aux armes ! Citoyens, aux armes !
« L'heure de la guerre révolutionnaire a sonné ! »

Le court sur pattes avec des yeux de basset et son tic qui lui envoyait la tête dans les épaules aboyait aussitôt de sa voix de fausset :

« Si vous voulez que le sang généreux qui a coulé comme de l'eau depuis six semaines ne soit pas infécond, si vous voulez vivre libres dans une France libre et égalitaire... marchez à l'ennemi ! Et que votre énergie révolutionnaire montre qu'on peut vendre Paris, mais qu'on ne peut ni le livrer ni le vaincre ! »

Pour faire écho à ces propos enflammés, à ces promesses de canonnades très proches, la bahuteuse aux cheveux carotte venait d'être hissée sur une borne. La robe retroussée et passée dans la ceinture, une main sur la hanche et l'autre poignant la hampe d'un drapeau rouge où était écrit « La Commune ou la mort », *coram populo*, elle s'adressait aux péquins les plus proches et donnait ainsi le dièse :

— Sonnez le bistourné ! Battez la générale ! Aux barricades ! J'vous en donne mon billet, citoyens ! Si on monte des pièges à feu devant chaque maison, les Bismarck et les aristos du P'tit Clamart ne passeront pas !

Alentour, comme pour donner raison à sa déraison, c'était un va-et-vient ininterrompu de civils en armes, de femmes sans bonnets ni marottes, de cocardières coiffées de rouge, courant d'une maison à l'autre, s'interpellant dans les cours ou se concertant dans les embrasures des entrées d'immeuble.

Le témoin de cette agitation en retirait un étrange sentiment de confusion un peu comme si la seule défense envisagée par les autorités était pétrie d'un verbalisme poussé jusqu'au délire et d'une naïve croyance en la toute-puissance de l'énergie révolutionnaire.

— Dieu ! que le peuple est idéaliste ! soupira Barthélemy.

— Il croit en la révolution, corrigea Grondin.

L'ancien météorologue des convulsions populaires observa un moment les contorsions de la foule dans l'obscurité finissante, puis prêta l'oreille au roulement d'une canonnade qui semblait affreusement proche :

— Que nous réserve demain ? s'interrogea-t-il en laissant défiler devant ses yeux gris le fil de ses pensées.

— Difficile à dire, monsieur, répondit Barthélemy qui s'attachait à ses pas pour ne pas le perdre. Le canasson de la guerre civile est emballé ! Même en tirant sur les guides de l'Histoire, nous ne retiendrons plus rien !

— Si Paris sombre dans le chaos, nos chances de remettre la main sur Tarpagnan s'amenuisent ! s'énerva brusquement le spectre.

L'idée de la vengeance, la loi de la foudre, l'impitoyable et fanatique course à la justice dessinaient à nouveau les contours de son visage impitoyable.

Le cri du peuple

— Il me faut cet homme, Barthélemy! murmura-t-il. Où qu'il se trouve, il me le faut, m'entends-tu? Je veux me faire justice!

— Pas besoin d'ajouter un mot, monsieur, grinça le policier. Je n'oublie pas ce que je vous ai promis. Et je m'y tiendrai en vous livrant votre homme.

— Eh bien, pars! Sois muraille! Ramène-le-moi! murmura Grondin emporté par un terrible mouvement d'humeur. Et pardonne-moi si je t'expose.

Noyé dans les pans de sa redingote noire, le grand oiseau lui retourna son éternel sourire jaune.

— Allons, monsieur! Pas de ça entre nous! Vous le savez bien, l'aiguillon qui m'asticote est ailleurs!

— Quoi? Toujours l'envie de me mettre à genoux?

— Seulement le besoin de la criante vérité, monsieur le sous-chef de la Sûreté!

Le visage de Grondin se souda brusquement.

— Le diable n'est pas celui qu'on pense! dit-il d'une voix sourde.

Puis recouvrant son autorité naturelle, il toucha le bord de son vieux képi déteint, troué, couvert de taches et salua le vautour qu'il lâchait sur sa proie :

— Demain, rue des Grands-Degrés ou en enfer! murmura-t-il.

L'instant d'après, les épaules rondes, le faciès éteint, il se transforma en un vieil homme courbé sous le faix de sa musette et de son fusil.

Et Barthélemy qui le suivait des yeux ne vit plus qu'un homme ordinaire qui, d'un pas allongé, se fondait dans la foule tourbillonnante.

79

L'Hôtel du Châtelet

Comme il franchissait la Seine par le pont Notre-Dame et le Petit Pont, Grondin s'avisa qu'il transpirait sous sa capote et que l'aube née d'un ciel de brume cédait rapidement le pas à une journée chaude et ensoleillée.

Il avait décidé de rallier la rue de Grenelle en coupant au plus juste par le cours des ruelles mais bien qu'il prît garde d'éviter chaque fois qu'il était possible les espaces dégagés, ne put faire l'économie de donner la main en plusieurs occasions à des citoyens qui, en passe d'élever une barricade ou d'improviser une redoute à deux étages, mobilisaient toutes les énergies à leur portée. Fort contrarié dans sa course, entraîné malgré lui, il se retrouva le pic en main, occupé à lever des pavés du côté de la rue Saint-André-des-Arts.

Ici et là, pratiquement à tous les croisements du VIe arrondissement, surgissaient des ouvrages. Rue du Regard, rue du Four, au carrefour de la Croix-Rouge, la pioche attaquait la chaussée, renversait les derniers arbres. Des brigades d'enfants roulaient des brouettes de terre.

Des chaînes d'hommes et de femmes parfois en haillons se repassaient des blocs de pierre, des poutrelles, des matelas, des sacs de sable. Tout le monde participait à l'œuvre civique. Les ouvrières et les commerçants, les minots et les vieillards et même les simples passants. Les boutiques restaient obstinément fermées. De nouvelles affiches jetaient partout le mot d'ordre de résistance.

On pouvait lire maintenant :

> *Que les bons citoyens se lèvent!*
> *Parisiens! la lutte engagée ne saurait être désertée par personne, car c'est la lutte de l'avenir contre le passé, de la liberté contre le despotisme, de l'égalité contre le monopole, de la fraternité contre la servitude, de la solidarité des peuples contre l'égoïsme des oppresseurs.*
> *Aux armes!*
> *Donc, aux armes!*

A chaque détour de la ville, de bonnes volontés. Les choses se faisaient sans ordre, sans directives venues d'en haut. Paris l'insurrectionnelle, Paris au cri d'orgueil et de défi, Paris des fous, des justes et des prolétaires semblait poumoner au rythme tumultueux de l'improvisation populaire.

Tout craquait. Rien n'obéissait. La rue était superbe et généreuse.

Elle serait inexpugnable.

Onze heures sonnaient à la rotonde de la chapelle réformée du couvent des bernardines de Pentémont lorsque Grondin atteignit la rue de Grenelle.

Il remonta prudemment cette artère à contre-courant d'un grand transbahutement de fourgons chargés jusqu'à la gueule de mobilier et de dossiers de ministères qu'escortait un tournoiement de gardes à cheval. Passé ce secteur délicat sillonné par des estafettes qui s'élançaient ventre à terre pour porter des plis ou acheminer des ordres, il reprit sa marche et s'ingéniait à raser les murs des hôtels pour se faire oublier lorsqu'il dut à nouveau s'abriter sous un porche afin de faire place au bruyant galop d'un ultime escadron de dragons, ferraillant, sabres et fers, sur toute la largeur du pavé. Un officier ivre d'eau-de-vie braillait, couché sur la crinière de son alezan. Ses gestes étaient vifs et ne lui appartenaient plus. Il criait à ses hommes que le corps d'armée de Clinchant menaçait Saint-Lazare. Les cavaliers, la bouche chaude d'alcool, s'aplatissaient pris par la voltige de leurs montures emballées. La tête dans le col, ils continuaient à rigoler dans un mascaret de poussière, une gerbe d'étincelles, ils allaient au déluge, à l'embroche horrible, à la tripaille.

Grondin les regarda s'éloigner, féroces à ne pas croire, qui, dans une grêle de sabots et un grand cliquetis de lattes, viraient au coin de la rue.

Enfin, la voie libre de tout obstacle, il se dirigea d'un bon pas en direction de l'Hôtel du Châtelet où, au numéro 127, se dressait le palais de l'Archevêque de Paris, autrefois maison de l'Empereur, puis maison du Roi.

Il pénétra dans la cour de la somptueuse demeure par la porte cochère toscane.

Dès l'entrée, il eut le regard happé par l'avant-corps du bâtiment, orné de quatre colonnes corinthiennes d'ordre si colossal qu'il eut l'impression d'être écrasé et raplati de grandeur. Une fois franchie cette antichambre pour géant où résonnaient ses pas, délivré du sentiment de pesanteur, il découvrit avec soulagement la façade du palais, autrement moins solennelle, avec ses fenêtres à guirlandes et pénétra dans l'édifice en poussant devant lui la haute et lourde porte-fenêtre d'entrée.

A l'intérieur, pas d'huissier, pas de prêtre, pas le moindre petit *monsignore* en soutane et collet.

Modifiant l'envergure de ses enjambées, il s'avança.

Sans rencontrer âme qui vive, il traversa le hall pavé de marbre noir, dominé sur toute sa longueur par un balustre. Il contourna le massif d'un monumental escalier qui menait aux salles d'audience et de réception, au secrétariat particulier de l'archevêque, ainsi qu'aux appartements privés de Monseigneur Darboy puis s'engagea, par le fond du décor, vers une étroite volée de marches descendantes dont le dénivelé mystérieux creusait une sorte de puits par lequel il sembla disparaître, escamoté par le vide ouvert sous ses pas.

L'instant d'après, on redécouvrait le grand homme froid poursuivant sa route dans un couloir long, droit, et vide qu'il emprunta jus-

La déchirade 385

qu'au bout de sa perspective avant de s'arrêter devant une modeste porte peinte en trompe-l'œil, avec des effets de filets de bois.

Pendant un moment, comme si l'intuition d'une force maligne lui conseillait la prudence, Horace Grondin resta immobile devant elle. Il examina la plaque de cuivre sur laquelle était gravé : « Monsieur le vicaire général » et ausculta longuement le lugubre silence en provenance du logis où il s'apprêtait à pénétrer.

Sur le point de s'annoncer, il suspendit son geste. Ses yeux voyagèrent lentement à sa gauche et à sa droite, et sondèrent le fond de l'ombre douce qui nimbait le fond du couloir. Seulement après qu'il se fut persuadé qu'il n'avait pas été suivi son poignet pâle et osseux s'avança vers la porte. Sa main décharnée s'empara du heurtoir de bronze. Il en fit basculer à plusieurs reprises le marteau dont la grosse voix de métal répercutée par son socle roula jusqu'au fond du logis de l'abbé Ségouret.

Au début, personne ne répondit.

Grondin s'était reculé et restait dans la pénombre. L'oreille aux aguets, il ne tarda pas à percevoir l'émergence d'une averse de sandales, plus exactement d'une cavalcade, qui peu à peu montait jusqu'à lui.

Depuis sa cachette au fond d'une niche, il vit d'ailleurs bientôt s'inscrire au bout de la perspective du vestibule une troupe de jeunes prêtres. Ces noirillons de séminaire courotaient dans un envol de soutanes et dans un état d'affolement peu conforme avec la pondération qui sied d'ordinaire à un banc d'ecclésiastiques. Leur passage éclair ressemblait fort à une fuite et lorsqu'après eux le calme tapissa à nouveau les vieux murs, Grondin prit garde de ne se point montrer. Il attendit.

Le visage encore plus sec que de coutume, il observa le lointain pour s'assurer qu'aucun poursuivant n'allait surgir inopinément et le surprendre dans l'allée.

Enfin, une porte claqua. Chassée par un courant d'air ou refermée violemment sur elle-même.

Quelqu'un, assez loin, une personne âgée, se prit à tousser longuement. On se moucha aussi.

Puis, plus rien.

Grondin sortit du renfoncement où il avait trouvé asile près d'un grand saint Antoine en bois de noyer. Il s'avança vers la porte. Il leva le marteau du heurtoir et le laissa retomber à nouveau plusieurs fois sur son socle.

Un froissement de pas furtifs glissa jusque derrière l'huis. Une voix de femme, une voix prudente, demanda :

— Qui est-ce ?

Et à peine eut-il décliné son identité de notaire que Charles Bassicoussé fut admis à passer le seuil de la sombre demeure.

Comme il venait de le faire et cherchait du regard à apprivoiser l'ombre, un être aux contours flous, à la silhouette torse, aux membres grêles, se faufila entre lui et la muraille. Profitant de l'effet de surprise, cette apparition avait surgi de derrière les épaules de celle qui venait d'entrebâiller la porte. Suivie par une étrange odeur de soufre et de rance, elle glissa sous le nez de Grondin et se jeta vers la sortie, communiquant au visiteur la sensation désagréable et presque urticante que procure le frôlement d'une araignée.

— Entrez, dit la femme. J'avais une visite avant vous.

80

La gouvernante

Mme Ursule Capdebosc n'avait pas d'âge.

On aurait pu lui donner soixante-dix ans. On aurait aussi bien pu lui en retrancher dix. Ses cheveux étaient blancs, tirés en chignon sous une coiffe.

Elle avait conservé malgré plusieurs années passées à Paris son incurable aspect de fille de la campagne. Une façon d'être bien campée sur ses jambes. Un air de netteté, une peau blanche et lisse, avec des pommettes hautes rehaussées de deux macarons roses, un front net et bien dessiné, des yeux bleus profondément enfoncés dans les orbites, des paupières miraculeusement bombées comme seules en possèdent les Vierges peintes par Fra Filippo Lippi dans les églises de Sienne.

Elle n'avait rien perdu de sa vivacité, rien de son accent roulant du Sud-Ouest, ni de sa mémoire de vieille bonne de presbytère.

D'un seul coup d'œil, elle avait reconnu celui qui venait de frapper à sa porte.

— Mon Dieu ! Le Gers ! s'écria-t-elle comme à la vue d'un bon fantôme qui l'effrayait un peu mais la réconciliait aussi avec un passé, une géographie qu'elle n'aurait jamais dû abandonner.

« Mon Dieu ! C'est le sang par terre ! répéta Ursule Capdebosc avec les mains jointes devant sa bouche, monsieur le notaire du Houga ! Monsieur Charles ! C'est donc vous ! En ce moment ! Avec tout ce qui se passe et qui n'est pas joli !

Puis s'avisant de la tenue de son visiteur. De sa mine patibulaire. De sa barbe à faire peur. Du fusil qu'il portait en bandoulière, du képi qu'il tenait à la main, elle murmura simplement, les yeux emplis de crainte :

— Vous en êtes ? Vous aussi, monsieur Charles ? vous mangez du prêtre ? Vous bouffez du curé !

— Ne vous mettez pas la cervelle à l'envers, ma bonne Ursule ! avait aussitôt répliqué Grondin en se débarrassant de son harnachement, ce déguisement me pèse autant qu'il vous répugne et ce n'est qu'un laissez-passer pour circuler dans des rues qui sont livrées à elles-mêmes.

— Comme ça, je respire ! s'écria la vieille gouvernante. C'est que je me faisais du potin ! Après tout ce qui nous est arrivé et qui est à se donner la tête contre les murs, on est en droit de s'attendre à du pire !

— Qu'est-il arrivé de si terrible ? Où donc se trouve l'abbé Ségouret ? interrogea Grondin.

Il avait un mauvais pressentiment.

La gouvernante tourna vers lui un visage pathétique et secoua devant son visage défait ses deux mains jointes.

— Ah, mon pauvre monsieur ! dit-elle, le front déformé par une expression bouleversante, le malheur a fondu sur nous, c'est de connaître !

— Où donc est l'abbé Ségouret ? réitéra aussitôt l'homme aux yeux gris.

Mais submergée par une poignante douleur muette, Ursule Capdebosc venait de rompre son attitude de madone implorante. Lancée sur ses bas noirs dans une course devant elle, sur un signe, elle entraînait l'ancien notaire vers les profondeurs du logement.

Elle le fit pénétrer dans une salle à manger basse et plutôt obscure donnant par des arcades sur un jardin. Au passage de la porte, elle lui recommanda de prendre garde à ne pas glisser sur le sol encaustiqué, puis, l'invita à s'asseoir.

— Avez-vous faim ? demanda-t-elle dès qu'il se fut posé. Voulez-vous casser le millas ?

Il fit signe que non.

Elle parut vexée.

Il comprit qu'il n'était pas quitte.

Ursule avait toujours fait les choses dans un ordre qui était le sien. Le notaire la connaissait trop bien pour essayer de changer quoi que ce fût à la liturgie qu'elle entendait donner à la conversation. Et le temps de raconter les malheurs qui avaient frappé les gens et la maison ne viendrait qu'après les civilités d'usage.

Instinctivement d'ailleurs, la vieille servante retrouvait les gestes de l'hospitalité gasconne. Depuis qu'elle était née, autour d'elle, l'accueil des personnes avait fait loi. On en usait ainsi au Houga et les menus détours du cœur avaient toujours réussi aux braves gens. Il y aurait l'armagnac en préalable à tout. On le pratiquait chez Monsieur le curé autrefois, on aurait à le subir aujourd'hui, même si la curiosité d'évoquer les récents événements était à son comble.

Ursule fit donc mine de passer la main sur la table pour la débarrasser de miettes imaginaires, elle marmonna deux ou trois fois le nom de monsieur Charles, courut au buffet et vite, vite, que je me dépêche, disposa devant son hôte une assiette garnie de *merveilles* saupoudrées de sucre et un petit verre d'armagnac hors d'âge.

— C'est du Mormès ! spécifia-t-elle. Du 31. Du *bon* que vous aviez offert pour la Noël 54 à l'abbé Ségouret... en remerciement du soin qu'il prenait à préserver Jeanne des éclaboussures de la vie. C'était... c'était juste après ce mariage raté avec ce courraillous de Tarpagnan. Un an tout juste avant *l'horrible histoire*, ajouta-t-elle sans avoir besoin de préciser à quel drame elle faisait allusion.

Grondin posa sur elle son regard pénétrant.

— Je suis venu chercher les clés de ma petite retraite de la rue des Grands-Degrés, dit-il sans autre forme d'explication.

— Je vous les donne, s'empressa Mme Capdebosc en reprenant son trot de souris sur la tommette luisante de cire odorante. Elles sont dans la chambre de Monsieur l'abbé où je n'ai rien touché. J'en ai pour deux minutes...

Quand elle revint avec les clés, elle était en larmes.

— La belle inondation ! dit Grondin jugeant qu'elle était prête à parler. Voilà deux fois déjà que l'Adour sort de son lit !

— Ah, vieille soupe-mouille ! Je m'en veux ! Pardonnez-moi, monsieur Charles ! s'écria Ursule Capdebosc en levant vers lui ses yeux rougis, je ne fais plus que chouiner !

Et tordant ses mains de douleur :

— C'est comme ça depuis quinze jours et davantage ! Une vraie Madame Cerfeuil !

— Si vous m'expliquiez, Ursule... sinon, je n'y comprendrai jamais rien...

— Vous expliquer ? fit-elle d'un air las en se laissant tomber sur la chaise située en face du notaire. Jésus ! je n'ai plus de goût à rien ! Ce n'est pas difficile, à rien ! Tout monte en herbe ! Depuis que Monseigneur Darboy a été arrêté, cette maison est à non plus !

Grondin tombait sincèrement de haut.

— L'évêque a été arrêté ? s'écria-t-il.

— Depuis deux mois. Vous ne le saviez pas ? s'étonna la brave femme.

— Je n'ai pas toujours été libre de mes mouvements, dit-il en éludant la réponse. Où est-il interné ?

— A Mazas. Mais il vient d'être transféré à la Roquette. Avec ses prêtres... Avec le curé de la Madeleine, avec le président Bonjean et le banquier Jecker. Un saint homme de sa taille ! Si vous pouviez imaginer une chose pareille ! Un grand monsieur comme ça ! Logé sur la paille et nourri au pain de munition !

Ursule se signa à la va-vite mais ce n'était pas assez.

— Nous n'avons pas fini d'aller au malheur ! prévint-elle. Il y a plus sinistre encore ! Rien que d'y penser, ça me coupe la voix ! Ecoutez ça... Notre abbé Ségouret nous a quittés voici quinze jours. Il venait d'être nommé vicaire général en remplacement de l'abbé Lagarde, précédemment arrêté avec Monseigneur.

Puis montant d'une gamme, la voix emportée par les pleurs, elle hurla :

— Les communeux l'ont molesté ! Des follas ! des braillards, vous auriez vu ! Des va-nu-pieds dégargansés ! La chemise ouverte, le ventre poilu ! Dringués en rouge comme des épouvantails ! Ils l'ont pris au saut du lit, l'ont frappé au prétexte qu'il n'avait pas hésité à tenir des propos très rudes vis-à-vis de leur révolution...

— Où se trouve-t-il ?

— A la Roquette avec les autres, dit Ursule en bavant comme un escargot. Un mauvais coup de crosse lui a enfoncé le visage. Et deux vilaines plaies suppurent qui l'affaiblissent chaque jour davantage.

— De qui tenez-vous ces nouvelles ?

— De l'un de ses gardiens que j'ai soudoyé avec mon foie gras et que je tiens en laisse avec quelque argent.

Elle ajouta, les yeux baissés :

— C'est lui, Monsieur Charles, que vous avez croisé en franchissant la porte. Un crapaud d'une laideur à faire peur, mais je me force à lui donner le change.

Grondin avait contourné la table et posé une main compatissante sur les épaules de la fidèle servante.

— Séchez vos pleurs, ma bonne Ursule, lui dit-il. D'ici à quelques jours tout sera terminé.

— Avant, il faudra en voir de toutes les couleurs, augura la vieille dame en laissant divaguer son esprit obsédé par la mort. Déjà, je sens le goût du sang.

Elle essuya ses yeux admirables d'un revers de la manche.

— Ah, tiens ! se gourmanda-t-elle, en posant sa main fine et sèche sur celle du notaire, comme on dit chez nous, chien pisse et femme pleure ! Et je m'en veux d'être si faible.

Elle sourit au travers d'un reste de larmes et commença à parler.

81

Les prisonniers de la Roquette

Au fond de leurs cellules, la vie des captifs battait à trois temps.

Un temps pour le sommeil agité qui les assommait par secousses sur leur paillasse poussiéreuse, un temps pour la peur qui les prenait à toute heure du jour d'être appelés et conduits au rez-de-chaussée pour être exécutés sommairement et un temps pour la prière qui les jetait à genoux sur le plancher délabré de leur geôle. Là, devant leur châlit rongé de vers, le front englouti dans les mains, l'âme affamée de belles images de miséricorde, ils suppliaient Dieu de leur donner le courage d'affronter les épreuves qui les attendaient.

Pour ces prêtres abandonnés par la lumière d'en haut, pour ces hommes relégués dans un lugubre cercueil de pierre de huit pieds carrés, le moindre bruit, une fusillade lointaine, une trépidation sourde, des clameurs atténuées, apportait le signal de la mort violente.

Au moindre heurt d'une crosse de fusil contre la paroi du mur, au plus infime traînement d'une galoche ferrée le long du couloir, ils sursautaient. Les yeux des malheureux s'agrandissaient sous l'empire de la frayeur. Leurs bras se nouaient autour de leurs corps amaigris. Des ondoiements de nervosité attisaient leurs flancs.

En trois bonds, ils se plaçaient derrière la porte de leur réduit solidement verrouillée. Ils tendaient l'oreille. Ils s'efforçaient d'être prêts à entamer l'ignoble, l'insupportable descente qui les conduirait depuis le corridor du premier étage où ils étaient enfermés jusqu'à l'extrémité du chemin de ronde où, comme d'autres avant eux, ils seraient piochés par les balles de leurs exécuteurs.

Le cachot de Monseigneur Darboy portait le numéro 23. Le prélat occupait l'avant-dernière cellule, à droite, au fond du corridor. Il bénéficiait d'un lit en fer. Lorsqu'il n'était pas étendu dessus, il marchait inlassablement dans sa cage, la tête penchée, le visage sombre et ombrageux, marqué par une lassitude extrême, un peu comme si un doute envahissant avait peu à peu érodé sa croyance en la loyauté humaine ; un peu comme si le sournois poison de l'abandon empêchait cet homme pieux et loyal de retrouver son calme intérieur et l'acculait au sombre pressentiment de sa fin prochaine.

Monseigneur Darboy vivait dans l'affliction. Il est même loisible de penser que la sensation d'échec qu'il avait retirée des nombreuses lettres envoyées à Monsieur Thiers n'était pas étrangère à la tristesse indéfinissable qui émanait de sa personne. Dans son dernier message, loin de se montrer hostile à la Commune, le saint homme avait eu la délicate naïveté de suggérer au chef du pouvoir exécutif l'échange d'un certain nombre de détenus contre la mise en liberté de Blanqui, interné depuis le 17 mars. Cette dernière proposition n'avait rencontré qu'un refus catégorique de la part du petit foutriquet à tête de marron sculpté.

Dès lors, comment Monseigneur Darboy, si injustement maltraité et voué au mépris d'un nabot de cabinet, aurait-il pu aborder un quelconque nouvel espoir alors que même une ambassade du nonce du pape n'avait rien changé à l'attitude de l'inflexible homuncule ?

On se dira avec juste raison mais pourquoi fichtre tant d'acharnement à l'encontre d'un dignitaire de l'Eglise qui n'était guère remuant ? D'un archevêque qui avait la voix douce (à part quelques réserves expresses formulées sur le dogme de l'infaillibilité pontificale). Pourquoi une attitude aussi malveillante, pourquoi tant de perversité envers un homme de robe qui ne gênait guère qu'une poignée de catholiques ultramontains ?

Lancés comme nous sommes, et pour pousser plus loin le raisonnement, franchement, quel forcené, pour le moment, aurait voulu assassiner l'archevêque de Paris ? Qui diable aurait souhaité que fût accompli le puant ouvrage de son exécution alors que, d'étonnements polis en désintérêts progressifs, il n'était jusqu'aux intégristes les plus acharnés qui ne fussent tentés de lâcher la piste de sa vie sans relief ?

Les historiens auront beau jeu de nous dire que nous n'avions pas regardé au travers du bon côté de la lorgnette ! Nous leur demandons pardon ventre à terre ! Il fallait évidemment fouiller plus proche, plus myope et plus fangeux que l'apparence des sauvageries quotidiennes ! Admettre que la vérité des desseins de Monsieur Thiers soigneusement voilée derrière une feinte apathie était beaucoup plus sordide, autrement calculée que ne le laissait présager son attitude indifférente !

Le « petit homme » respectable avait besoin d'un cadavre. Il avait besoin d'un martyr, d'un grand immolé symbolique. Il fallait, pour son bonheur, que la Commune abattît une tête qui eût de l'altitude. Il était nécessaire que la populace commît un geste iconoclaste et irréparable qui la jetât dans le camp des bouchers et désignât le peuple de la révolte tout entier à la vindicte du bon droit et de la respectabilité triomphants.

En un mot comme en cent, Monseigneur Darboy mort était plus utile que Monseigneur Darboy vivant. Son trépas justifierait toutes les répressions, fussent-elles d'une cruauté sans pareille.

La voie du sang était ouverte avec une froide logique par le petit exécuteur.

Mais, pour l'heure, revenons tranquillement par les plis du roman vers la grande volée de horions qui se prépare, et, épousant à peu de chose près le récit que fit Ursule Capdebosc à Charles Bassicoussé, étudions la façon dont vivaient dans le plus grand dénuement les otages de la Roquette.

Mis à part la cellule de l'archevêque de Paris, les autres carlingues étaient doubles. Elles donnaient sur le même corridor et, partagées par deux captifs à la fois, étaient dévolues à Deguerry, le curé de la Madeleine, qui cohabitait avec Bonjean, l'ex-président de la Cour de cassation, aux pères Clerc et Ducoudray arrêtés à la maison des Jésuites de la rue Lhomond et au père Allard, aumônier des ambulances, dont le sort était lié à celui du vicaire Lagarde – incarcéré le 5 avril.

La dernière geôle du quartier des otages était occupée par le vicaire Ségouret. Elle était la seule à ne point porter de numéro.

Le vicaire ne partageait sa captivité avec personne.

82

La « faute » de l'abbé Ségouret

Dans la faible lueur bleutée répandue par trois veilleuses espacées, approchons-nous maintenant de ces ratières et faisons-le au pas pesant de l'un de leurs gardiens.

La déchirade 393

L'homme pousse devant lui un chariot sur le plateau duquel fume une bassine de chaudrée.

Au menu, soupe de vendangeur. Le chou est omniprésent. Sinon, croûte au pain et trois navets.

Ici, au séchoir, comme on dit, l'ordinaire varie peu.

D'ailleurs, en bon bréviaire de prison, il est répété qu'un curé, c'est fait pour jeûner. Que les calotins, les moinillons, les corbeaux, c'est bien connu, prennent paradis pour famine. Qu'autant les mettre à la portion congrue. L'archipointu de Notre-Dame et ses rochets, même farine ! Que le bichot et ses diacres chient donc à petites crottes ! Après tout, que le sort voulût qu'à leur tour, ils claquassent des dents et montrassent leurs salières compensait en bonne justice les gras menus où dans leurs gais palais et cossus presbytères ils s'étaient, à trop ripailler, fait des ventres et des bosses !

Pas étonnant donc si le cuistot de la Roquette, un robuste renverseur de marmites, les mettait déjà sur la route du ciel.

Mais, pour le moment, revenons, comme je l'ai dit, entre les brancards de la cantine roulante. Nous sommes avec le gardien qui distribue la picorée du soir. Nous sommes dans son sillage.

A chaque tour de roue, son branlant chariot émet un couinement plaintif. L'homme n'en a cure. Il s'avance lourdement.

Sa silhouette est basse et massive. Sa démarche appuyée. Son œil enfoncé et cupide, sa mâchoire affaissée par l'absence d'une rangée de dents. Il a la paupière lourde, le front assez bas, un crâne aplati. Il est d'une laideur marquée par des traits en éventail et possède des yeux de batracien qu'on n'oublie pas.

A l'approche des cachots, c'est là un rite plus qu'une méchanceté délibérée, ce porte-clés au physique monstrueux ouvre une large bouche, crache le jus noir de sa chique et glapit invariablement à l'adresse des prisonniers :

— Debout là-d'dans, les razis ! C'est l'heure de nourrir le cadavre !

Toutefois, avant de pénétrer à la suite de notre homme dans la première de ces carruches, de renifler avec lui l'âcre odeur de moisi et d'humidité, de découvrir l'état de délabrement physique en lequel se trouvent les reclus, d'informer le lecteur sur la taille et la tournure de l'abbé Ségouret, de fournir quelques indications sur le cursus de sa vie et d'aborder les tourments de ce serviteur de Dieu, déchiré par les supplices d'une âme lavée et relavée mais toujours aussi turpide, qu'il me soit permis, selon le procédé cher à mes illustres devanciers, – romanciers d'esprit large et de haute apogée (révéré Alexandre Dumas ! bien proche Eugène Sue ! bien-aimé Victor Hugo !) et vous, feuilletonistes qui ne fûtes jamais des nains au teint pâle ou des contemplateurs de nombrils, tous gros travailleurs de la plume, prolifiques ligneurs de livraisons fébriles, francs écrivains de la vie gigantesque, amis, mes frères ! – d'intervenir dans le livre et de suspendre le temps pour écarter une minute les portes de l'avenir et vous faire toucher du doigt que l'Eternel est toujours caché dans les sillons du quotidien.

Ainsi, regardez bien le repoussant porte-clés que nous venons d'entrevoir.

Approchez-vous plus près de cet homme au pas lourd de bête laitière. Approchez-vous, car je veux raviver votre mémoire à propos d'un personnage qui, bien que vous l'eussiez connu dans le courant des pages précédentes, n'a peut-être pas eu assez de mystère ou d'extravagance pour retenir votre attention, lui qui fut initialement distribué dans un rôle épisodique et de modeste envergure, lui qui va se voir confier, à brève échéance, l'emploi plus gratifiant et justement remarqué de messager du destin.

Je vous invite à reconnaître ses traits sous l'uniforme de gardien de prison, à identifier dessous son masque d'artoupan le lointain descendant de l'illustre John Law, celui-là même qui, un soir de brume, conduisit Antoine Tarpagnan jusqu'aux vapeurs des bords de l'Ourcq.

Gavin McDavis, puisque c'est lui, en l'espace de deux mois, s'est laissé engloutir par les intempérances de l'alcool et submerger par la détestation du genre humain. A l'époque où nous le retrouvons, il abomine la terre entière. La réquisition de son cheval de fiacre à des fins militaires, la trahison de sa carne d'épouse, passée après neuf grossesses légitimes entre les bras galonnés d'un polisseur d'asphalte dont les bottes jaunes talonnaient les boulevards, ont réduit l'ancien cocher à l'état d'épave et l'ont conduit jusqu'à l'égout de son emploi de bourreau subalterne.

Il est devenu le plus vilain maton qu'on puisse imaginer. Un écouteur de peur. Un amateur de lâcheté. Un bouffeur de curés.

Sauteleux sur ses jambes grêles, il est taiseux et déteste la loi. Ses yeux sont sauvages, sa nuque congestionnée. Il abhorre les femmes. Il rumine en permanence une vaste colère contre le genre humain. Il est plus que jamais fasciné par la mort violente.

Le voilà qui s'avance, dans les dispositions d'esprit que je viens de dire, vilain ambassadeur du mal, prophète des apocalypses, prédicateur de menaces.

Le voilà.

Devant chaque porte, il marque un arrêt. Il ébranle l'huis avec son poing noueux. Il est l'annonciateur des afflictions d'autrui et le pourvoyeur des mauvaises nouvelles.

Il remplit les gamelles, il distribue le pain. A chacun, c'est l'habitude, il donne de surcroît sa pâture de guignon quotidien.

A Lagarde et Allard, il lance :

— Les réactionnaires ont donné un fameux coup de reins toute la journée ! Ils ont surpris les gardes nationaux au Champ-de-Mars, bousculé Dombrowski et débarqué à la mairie du XVᵉ. Encore un peu, ils seraient arrivés jusqu'à Montparnasse ! C'est bien mauvais pour vous ! On va vouloir vous ratisser le col !

Il crache noir et referme la porte.

Aux deux jésuites, il lâche une autre seringuée :

— Vos amis ne nous auront pas ! C'est compter sans le peuple de Paris ! Mes neuf enfants sont aux barricades ! Avec eux les ouvriers ! Ça bâtit, ça maçonne ! Ça brouette de partout ! De la terre, des sacs ! On vous fait des murs ! des tours de six mètres ! Le sang des curés va couler à merveille !

Avec Bonjean et Deguerry, en même temps qu'il leur sert leur brouet, le cantinier gonfle sa gorge d'une grosse colère :

— Les chassepots claquent ! Les mitrailleuses rouspètent ! Le canon assourdit ! La rue de Rivoli noircit de fumées noires ! Mais le drapeau rouge est là ! Les femelles aussi sont là ! Elles démolissent les bancs ! Et les institutrices sont là ! Elles remplacent les bigotes et les sœurs ! Elles les valent tout autant ! Des catins faites pour s'enfourcher sur les hommes ! Des putains enragées comme ma femme ! Les versaillais ne passeront pas sans écailler leur ventre !

A Monseigneur Darboy, enfin, il confie :

— Votre Monsieur Thiers parle de la cause de la justice, de l'ordre et de l'humanité mais il n'est pas près de vous relâcher, bichot ! Et j'ai entendu dans les couloirs que si Paris doit brûler, il brûlera ! J'ai entendu dire aussi que pour chaque communard fusillé, trois ratichons plieront leur soutane ! Et *notamment l'évêque* !

Monseigneur Darboy opine tristement. Il montre au grimaçant gardien sa croix pastorale.

Le visage calme et résigné, il murmure :

— Je mourrai donc comme Monseigneur Affre, je mourrai avec sa croix attachée à ma poitrine...

Plus loin roule l'ignoble cerbère.

Bientôt, il fera jouer les énormes verrous de la porte cloutée derrière laquelle est relégué l'ancien curé du Houga-d'Armagnac.

Il donnera au prisonnier sa portion de pain noir, – une tranche de larton brutal – sa louche de brouet et son pichet d'eau claire pour la nuit.

Pour obéir aux directives du sieur François, directeur de la Roquette, il sondera le sommier plein de vermine avec la pointe de sa baïonnette et s'assurera qu'aucun tesson de verre ne s'y trouve caché.

Dito, il fouillera l'abbé au corps et confisquera sa ceinture de soutane de peur que le ci-devant, qui en a fait plusieurs fois la menace, n'aille se pendre aux barreaux, dans un de ces accès de démence dont il est coutumier.

Nous sommes sur le point d'entrer.

L'emboîture de la lourde porte va jouer sur ses gonds. Mais, je l'ai dit, l'horrible matuche fait durer le plaisir. Il nargue sa clientèle. Il sait le degré de soif et de faim qui torture l'organisme des malheureux et, dans l'attente d'une piécette, leur marchande par avance une louchée de soupe.

Il crie :

— Sur tes pieds, Ségouret ! Ce soir, c'est Saint-Pansart ! Je t'ai gardé une feuille de chou, bon compagnon ! En voudras-tu ?

L'horrible McDavis garde la main sur le verrou. Sur le point d'entrer, il ricane. Nos souvenirs émergeant, on se rappellera sans doute maintenant sa tendance à l'obsession. Sa logorrhée pathologique sur le sujet du crime et de tous ses accomplissements. Son attitude fascinatoire pour les mœurs des grands assassins. On se souviendra qu'intarissable en la matière il avait si bien rabâché son monologue aux oreilles de Tarpagnan que ce dernier avait fini par lui tourner le dos.

Aujourd'hui, le fait qu'il ait abandonné le plaid du cocher de fiacre pour l'uniforme des employés de prison ne signifie pas pour autant que notre homme, je devrais dire notre malade, ait occulté sa passion dévorante pour les férocités du meurtre. Au contraire, le vilain cinglé, non content d'avoir troqué le chapeau rond pour le shako et le manche du fouet pour la tige du sabre-baïonnette, n'a rien retranché de sa déviance d'esprit ni de ses obsessions.

Ivre et cocu, méchant et solitaire, il est devenu un impénitent ramasseur d'histoires sanglantes, un écumeur patenté d'éventrages inédits, un collectionneur de crimes parfaits. Il met toujours une nappe neuve dès lors qu'il s'agit d'écouter le récit des forfaits de l'ignoble Troppman ou de ceux de Hurledieu l'Eventreur. Il fréquente une ripopée de soûlards particulièrement féroces, des volontaires de peloton prêts pour une demi-tasse de gloria à exécuter avec douze balles toutes les basses œuvres de fosse commune. Affranchi du joug de toute morale, il emplit ses poumons de la misère du monde et mêle à sa délectation de l'assassinat ordinaire un intérêt morbide pour les aveux de ceux qui vont mourir.

La déchirade 397

Il sait qu'au seuil du grand saut, les êtres confessent toutes leurs fautes, avouent par souci de pureté ou crainte du châtiment suprême ce qu'ils ont éventuellement retenu toute une vie durant.

Là-dessus j'en ai trop dit. Et force m'est de porter sans tarder à votre connaissance une scène hors du commun qui s'était déroulée dans le plus grand secret, le surlendemain de l'arrestation de l'abbé Ségouret.

Les faits auxquels je vais faire allusion trouvent leurs prémices le 5 mai dans la nuit, pendant la course furieuse d'un orage dont l'imminence puis la violence avaient mis à vif les nerfs de chacun. Ils étaient nés pour ainsi dire de la muraille, sortis du néant humide des pierres de la prison, rumeurs incertaines progressant dans le labyrinthe des escaliers, des couloirs et des basses-fosses, frôlements d'abord impalpables comme des tressaillements de la nature, des volettements d'oiseaux effrayés, des glissements de bêtes fauves lâchées dans les ténèbres, puis – haleine sifflante, plus identifiable, cris funèbres, échos d'une voix brisée, plaintes prolongées – tous les symptômes du désespoir d'un homme luttant contre le tumulte de sa désespérance.

Tant et si bien qu'au retour de sa nocturne glissade dans les entrailles suintantes de la prison, le porte-clés McDavis, l'oreille alertée par ces remuements sourds et ces gémissements hors du commun, s'était glissé dans la cellule d'où ils provenaient.

Celle du récent prisonnier.

Terrassé par la fièvre, le prêtre au visage livide lui était apparu dans la lumière crépitante des éclairs. Il avait été fort malmené lors de sa prise de corps par les zouaves de la Commune, battu à coups de crosse, caressé à la trique et avait eu les os de la face fracassés en deux endroits au moins.

Sa physionomie effrayante paraissait se cabrer au milieu d'une ondulante fontaine de lumière qui ruisselait du ciel entrouvert. L'orage était sur sa peau. Le curé délirait sur sa paillasse, tendait sa seule main valide vers le ciel, implorant, le front brûlant, les tempes mouillées de transpiration, en proie à une agitation surnaturelle.

La vue d'un mourant est d'ordinaire touchante à plus d'un titre, mais, cette fameuse nuit dont il est question, la démence de l'abbé Ségouret, son visage tuméfié par des plaies purulentes, son nez recourbé, mince et tranchant, ses dents longues et chevauchantes, ses yeux éberlués par la veille et injectés de sang n'auraient su éveiller chez aucun être normal autre chose qu'un invincible dégoût.

Or, il se trouva que sur McDavis, la déchéance et l'état de sauvagerie du nouveau venu, les vibrations douloureuses de son marasme psychique, agirent à rebours de ce qui eût été prévisible chez un autre individu.

Les sourcils de l'Ecossais se froncèrent.

Chez lui, nul sentiment de répulsion. Pas de miséricorde non plus. Nulle envie de secourir l'affligé en le faisant boire ou en essayant de soulager ses maux. Plutôt de la curiosité. J'allais dire de la sympathie. Du penchant.

Il s'approcha.

Debout devant la couche du malheureux forcené dont le bras décharné fauchait l'air, l'abominable porte-clés restait immobile. Cloué sur place par un égoïste bonheur de se trouver là à bon escient, McDavis ébauchait un sourire pour la première fois depuis d'incomptables années !

Un sourire ! Une brèche ouverte dans sa laideur. Un arc-en-ciel posé sur sa disgrâce.

Le retroussis de ses lèvres sur sa large bouche sans fond était à vous couper le souffle !

Etrangeté, dira-t-on, des plaisirs malsains !

Certains êtres rencontrent en effet l'idée de se trouver à leur juste place au moment même où il s'agit de s'engager dans des marais fétides et de côtoyer des précipices infernaux !

Une perception rapide de sa pensée avait, il est vrai, persuadé l'ancien cocher qu'il était envoyé au chevet de l'abbé Ségouret à temps fixé. Que, témoin de la dernière chance, il avait été mandaté en quelque sorte par une force surnaturelle pour recevoir les dernières confidences d'un homme calciné par le remords. Que son destin avait été choisi depuis longtemps et qu'il n'aurait su se soustraire à ce rendez-vous avec le cerceau enflammé du jugement dernier.

Notre vilain bonhomme fit quelques pas de plus et, accaparé par la certitude qu'il avait un pieux devoir à accomplir, finit par s'agenouiller au chevet du délirant.

Dehors, l'orage continuait à lancer ses beuglées fusantes.

Pour McDavis, c'était à ne pas croire ! Le Malin était devant lui et se tordait de douleur !

Le collectionneur d'assassins buvait les paroles du moribond. Plus il recomposait le lambeau des phrases lâchées par le délirant, plus le sombre Ecossais reconstituait le fil d'une pensée tourmentée qui, lancée sur les sentiers du vieux temps, racontait avec terreur et abomination le déroulement d'un crime perpétuellement revécu par son auteur.

Il se trouvait bel et bien au chevet d'un meurtrier qui, devant l'imminence de sa mort, avouait à Dieu sa faute capitale.

Les heures passant, fasciné, hypnotisé par le mal-vivre de l'assassin qui, seize ans après son crime, revoyait les yeux suppliants de sa victime avec autant de précision que si ç'avait été hier, il avait écouté les bribes de son délire discontinu et capté la folie de ses mots éperdus, mêlés de prières exaltées. Il avait maintenu entre ses mains de fer les poignets décharnés de celui qui griffait ses joues et trémoussait son corps empoussié et sanglant sur les sentiers d'un chemin ivre. Il avait vidé par saccades le sac de paroles du pestiféré et reniflé l'odeur de sa peur. Il avait recueilli jusqu'au dernier de ses mots qui exprimaient la terreur de la façon la plus écœurante et suppliaient le pardon.

C'était abominable à voir. A sentir. A entendre.

De temps à autre, la bouche écumeuse du prêtre mordait le drap sale pour en étouffer les sanglots. Et le combat avec l'ange aux ailes blanches avait fini par paraître si inégal aux yeux de McDavis que la défaite annoncée du Malin l'avait rapidement conduit, lui, l'ignoble marcheur des champs de l'angoisse, sur la voie d'une joie surnaturelle.

Gavin McDavis s'était mis à trembler de tous ses membres. Des larmes de bonheur coulaient à son insu sur ses joues griffées par les empreintes des injustices de la vie. Sa grande hideur acclamait le chagrin et le repentir. Le batracien, l'homme endurci, était en proie à un effrayant déchirement de tout son être. Les mots nouaient dans sa gorge. Dans le silence d'une lutte immense, il comprenait enfin pourquoi sa propre obsession du crime avait été fabriquée. Il comprenait que la trame du destin l'avait préparé au noir parce qu'un jour, la mission qu'il aurait à accomplir, la confession qu'il serait appelé à recevoir de la bouche d'un vicaire du Christ défierait les forces d'un homme ordinaire. Il serait le dépositaire de ce qu'il pouvait y avoir de plus abominable sur terre. Il verrait passer des hyènes et il entendrait siffler des nœuds de serpents. Il faudrait qu'il accepte le poids de cette confession hors du commun, parce qu'aucun homme de Dieu, fût-il archevêque, n'aurait pu la recevoir, parce que le délit était trop grave, parce que seul Satan peut pardonner à l'abomination d'un meurtre d'enfant, à l'éventration d'une mère, à la trahison de la parole donnée à Dieu !

Jusqu'aux confins de l'aube crayeuse, McDavis resta blotti au chevet de l'écorché.

Il avait observé jusqu'à ce qu'elles se taisent, faute de vocables, les lèvres blanches et plates, à demi collées du palpitant renégat qui, demain, serait brûlé au feu avec tous les miasmes putrides de son corps, avec tous les parasites de son âme.

Il l'avait aidé à dormir.

A se soulager.

Et, aux premiers rayons du soleil, lorsque le prêtre, échappant miraculeusement à la mort, avait lentement repris conscience, lorsqu'il avait rouvert avec étonnement ses paupières clignotantes et rougies et que, pâle, les narines pincées, le faciès décomposé par la maladie, il avait redécouvert l'émergence de la vie en la personne du grimaçant porte-clés, il avait poussé un long cri et laissé retomber sa tête sur la poitrine.

Ainsi Louis Désiré Charles Marie Ségouret, ancien curé du Houga-d'Armagnac, assassin de Jeanne Roumazeille, colombe blanche et craintive, et de son propre fils, venait-il de comprendre que dans sa demi-inconscience il avait remis entre les mains de Satan lui-même une âme damnée d'avance.

Et de ce jour, il commença à rédiger sa confession.

Lecteur, je ne vous demande pas grand-chose sauf de me croire. Après tout, je suis l'écrivain. Et même si j'ai froid en vous racontant la confession de l'abbé Ségouret, je vous demande par-dessus tout, comme moi, d'avoir merci et mansuétude pour McDavis, pauvre créature déposée en marge du genre humain, mal aimée, torse des jambes aux idées, qui, pour adulatrice qu'elle soit du bas-fion des viandes mortes et de la gourme des meurtriers, n'en est pas moins sous l'emplumage du charognard un enfant de Dieu, remonté pour affronter la rigueur du devoir.

Regardez-le s'approcher de celui qui continue chaque jour à verser les larmes amères du regret. Regardez-le dans son extrême laideur avec plus de sympathie. Le voilà qui pousse la porte de la cellule et élève sa lanterne à hauteur de son front froissé pour éclairer le réduit, où, à genoux devant la fenêtre grillagée que doublent cinq barreaux à épis, sanglote l'abbé Ségouret accablé de pesanteur et de remords.

Le vicaire se tourne vers son geôlier.

Il a les yeux petits et enfoncés. Les sourcils épais. Les cheveux emmêlés et grisonnants. Les joues creusées par l'insomnie.

Il demande :

— Frère McDavis, est-ce que j'ai parlé, cette nuit ?

— Oui, Ségouret. Cette nuit comme les autres ! Tes boucs, encore une fois, ont accouché, l'abbé !

— Alors bats-moi, je t'en prie.

— Combien de fois ?

— Douze. C'est bien le moins, dit le prêtre. Et ne me donne pas de pain ce soir.

Avec humilité, il enlève sa chemise et, se tournant, présente son dos strié de marques à la chiourme de l'Ecossais.

— Faisons pénitence, dit-il.

McDavis frappe.

Pas de cruauté. Pas d'états d'âme. Pas de pitié, non plus.

— J'ai fini, dit-il au supplicié. Tu me dois encore un peu plus d'argent.

— Va trouver Mme Capdebosc. Dis-lui que tu m'as rendu service. Je vais te signer un billet.

— Quelque chose d'autre?

— Oui, s'il te plaît. As-tu vu Mme Capdebosc hier?

— Je l'ai vue. Je lui ai donné de tes nouvelles. J'ai rencontré chez elle un homme dont les yeux gris transpercent l'âme. Il venait prendre de tes nouvelles.

L'abbé Ségouret tressaille.

— Charles Bassicoussé! murmure-t-il. Enfin! Merci, Seigneur, de m'avoir entendu!

— C'est lui, n'est-ce pas? demande le porte-clés.

— C'est bien lui, répond le prêtre. Celui que la justice des hommes a condamné à ma place.

— Veux-tu que je lui parle?

— Tout est prêt, s'empresse le vicaire en s'emparant d'une lettre qui est sur la table bancale. Remets-lui seulement ceci au soir de ma mort.

83

La dernière photo de Théophile Mirecourt

En avant la pioche et le pavé! Paris a connu une nuit laborieuse.

Sous un ciel chargé de menaces, les armes se sont momentanément tues. Les versaillais ont interrompu leur avance. Leurs chefs ont sans doute eu peur de voir grésiller les immeubles de chaque quartier et la ville tout entière s'embraser sous leurs pas!

A la lueur du gaz, les insurgés travaillent.

Le poids de sept heures de silence oblige chacun à marcher, à agir, à œuvrer, dans la perspective d'un cauchemar encore plus alarmant que le beuglement des bouches à feu et le déluge des obus. Il n'est de combattant qui sache en son for intérieur que la prochaine fois sera l'ultime déboyade. Qu'il faudra affronter directement les hommes. Nez à nez, le plus féroce. Les assoiffés d'idéal, les insurgés, contre d'autres Français. De beaux soldats de ligne, des petits chasseurs bronzés au soleil d'Algérie.

Les yeux dans les yeux. Lever le fusil comme une broche. Hardi dans la tripaille !

Vaincre ou mourir.

Finalement, le peuple est venu au rendez-vous tragique.

Ils ont répondu présent ceux qui las d'avoir supporté la faim savent que c'est aujourd'hui qu'il faut défendre la cause de la liberté. Ils ont le courage du désespoir.

Ils sont tous là, une foule de gens éreintés et affamés. Ils inondent les tranchées, ils croisent la baïonnette, les humbles prolétaires aux mains tordues par le travail. Ils sont venus se battre. Ils ont travaillé jusqu'au dernier moment dans leurs échoppes, dans leurs ateliers.

Avant, à quoi leur aurait servi de se parer de plumes de coq garibaldiennes ou de jolies buffleteries d'uniforme ? Quand on ne reçoit pas un traitement de porte-lorgnon de ministère, on ne peut pas se payer le luxe de faire le faraud !

Et puis, dites ! Pour ce qui est de renverser la soldatesque, un pantalon de panadeux vaut un faux col de mirliflore !

Ils sont tous là.

Ils sont venus.

Les gnafs, les marmots, les baluchonneurs, les marchands de paniers, les travailleurs des métaux, les chaudronniers, les ajusteurs, les ébénistes.

Ils sont sortis de leurs lugubres maisons, de leurs logis de quatre sous. Ils se disent que mieux vaut trembler pour quelque chose de terrible que d'être lâche et asservi.

Un contre dix.

Ils vont se battre.

De leurs lèvres s'échappent des paroles droites et justes.

Ils sont accompagnés par leurs femmes et leurs mioches. Les poupons sont légion chez les haillonnés. Ils sucent encore le nénais de leur mère.

Au fond d'un boyau, assis ou couchés, cent communeux jabotent, vivent et scrutent les ténèbres.

Ailleurs, à cent mètres de là, des enfants agenouillés autour du cadavre d'un cheval taillent de grands morceaux de chair dans sa panse éventrée.

Un bataillon à peu près complet, l'arme sur l'épaule droite, des casseroles sur le dos, du pain au bout des baïonnettes, s'ébranle en direction de l'église de la Trinité. Parmi eux se trouve Ziquet. Il nage dans sa capote tachée de sang dont les pans ont été raccourcis par des ciseaux pressés. Un sourire mince traverse son visage. Hier, à Passy, il a déchargé son fusil à bout portant dans la tête d'un grand diable d'officier qui levait son sabre sur lui.

Il ne joue plus à la guerre. Il défend sa vie. Plus rien ne reste de l'enfance.

La fin de la nuit sera longue.

Qui n'a pas peur ? Que se trame-t-il ? Qui avance dans le sombre ?

A peine une ombre se détache-t-elle de l'arche d'une porte cochère qu'une jeune fille à la mine inquiète, le chassepot à la main, la cartouchière aux reins, surgit de la barricade :

— Halte-là, citoyen ! On ne passe pas !

Ici, place Blanche, cent vingt Amazones rouges veillent sur Paris.

Nuit de recueillement. Moments d'espoir cimentés de haine. Harassant qui-vive, passé à surveiller les tours de cape de l'ennemi.

Tout à l'heure, aux avant-postes des Batignolles, une sentinelle a été enlevée par une patrouille de reconnaissance versaillaise.

Le fédéré a crié :

— Vive la Commune !

Ses camarades avertis par son cri ont pris les armes. L'instant d'après, le roulement de la fusillade leur a appris que le héros venait d'être couché au pied d'un mur.

Attente.

Les sens portés au paroxysme.

Intolérable usure qui vide les tripes.

Qui fauche les jambes.

Est-on si pressé de tomber les dents plantées dans la poussière ?

Impatience des doigts.

Odeur du sol et de la pourriture.

Un corps en décomposition ? Un égout ? Un cheval éventré ?

Rien de plus lugubre que de sonder les ténèbres où se dissimule la mort.

Des voix s'interrogent :

— Qui va là ?

— Passez au large !

Dans le noir, on se cherche, on se compte.

Par où viendront-ils ? Combien seront-ils ? Ceux de Clinchant. Ceux de Ladmirault. Ceux de Cissey ?

On dit cent trente mille.

Nous, nous ne serons que dix mille.

A l'avant-jour du ciel qui commence à s'éclaircir, chacun sait qu'il marche sur la route du sang. Chacun se réfugie un moment dans la maison de sa tête. Rêves de charnier. Hachis de bataille. Demi-sommeil de cendres. Parfois, à l'heure du danger, il est singulièrement beau et frais et inhabituel pour l'homme, inconscient d'une si grande occasion, de revenir en lui-même, de faire par la pensée le voyage jusqu'au lieu des origines et de la naissance et de les contempler avec de nouveaux yeux d'enfant.

Celui-ci allume une pipe en terre.

Celui-là consulte une vieille lettre de sa mère.

Tel, qui pense à son village, regarde le vide en soignant ses pieds.

Tel autre recoud un bouton.

Le plus jeune entend distinctement un sanglot.

Le plus rassis lève la tête vers une fenêtre qui s'entrebâille sur un visage féminin.

Un mari déplie une nappe sur quatre rangs de pavés. Il lappe du bouillon que son épouse vient de lui porter.

Un anxieux compte et recompte ceux de la barricade. On sera trente-sept pour arrêter la vague des lignards.

Trente-sept, dont deux petits soldats de treize et quinze ans.

On se résigne. On a le courage de l'amour-propre. Courbés sur le sol, creusant ou dépavant encore un peu. La promesse de l'assaut prochain a tendu les nerfs des plus braves.

Quel est l'imbécile qui vient de jurer qu'il a entendu chanter une perlinchette dans un taillis ?

Le peuple tout entier des gens de la rue a accouché la terre. Les derniers arbres sont sur le flanc. A la pelle, au pic, à la barre, à la bêche, au hoyau, on a tout retourné. Les blousiers, les pantes, les beaux messieurs en habit, les femmes en guenilles, les demoiselles de quartier ont creusé des fossés où s'enterreront les obus. Les sommiers lancés du haut des fenêtres ont rejoint les défenses hérissées de lits en fer, de bureaux, de pierres liées à la hâte et de fourgons renversés.

Palmyre, la jolie naine, a travaillé sans discontinuer aux barricades des Batignolles. Ses mains saignent. Elle expose ses paumes. Elle les lèche doucement.

Elle dit à son voisin, un grand faucheux à la face ridée qui maçonne depuis quatre heures :

— Passe-moi un coup de picton, citoyen.

Tandis qu'elle se désaltère, son esprit s'envole du côté de Tarpagnan. Où est-il à cette heure, son héros ? Où est-il son bel endormi ? Est-il redevenu l'officier de fougue qu'il n'aurait jamais dû cesser d'être ? En quel valdingue de fumée et de mitraille avance-t-il ? Vers quelle poitrine pointe-t-il son sabre ? On dit que la bataille est engagée du côté du Panthéon.

— Mon Dieu, murmure-t-elle. Je veux qu'il vive ! Le pire avec moi, c'est que je l'aime encore !

Autour d'elle, les visages sont mornes. Pas un seul officier à quatre galons d'argent pour commander la redoute.

La place Pigalle est occupée par les femmes.

Vaillantes petites sœurs ! Soldats en jupons, pleins d'ardeur martiale. Qu'elles sont belles les enragées superbes !

Elles posent pour le photographe. Elles forment un groupe. Elles adressent un sourire à l'objectif de Théophile Mirecourt.

Au travers du dépoli de son merveilleux appareil portatif, il vise, le photoseur.

Il est le premier reporter.

Il devance son siècle.

Rue des Carrières, il campe un autre joyeux groupe de combattantes.

Le bonnet phrygien les coiffe. Elles se tiennent un peu en avant de la barricade. L'une d'elles a un enfant sur la hanche. Un fusil sur l'épaule. Une autre est bien gouailleuse avec sa jupe de cantinière, sa vareuse de garde national, son revolver dans la ceinture. Les autres, laides ou avenantes, louves ou narquoises commères, sont toutes armées de la carabine Entfield.

Dans leur dos, vingt gardes restés sur la barricade veillent.

D'un coup, une cavalcade fait tourner les têtes. Une troupe de combattants en pleine débandade fait son apparition au débouché d'une cour. Ils ont le visage noir de poudre, certains sont sans gibecière. Deux au moins sont blessés superficiellement.

Ils sont accueillis par les exhortations des insurgés. Ils rallient la barricade.

— D'où venez-vous, mes fiers lascars ? interroge une femme vêtue d'un pantalon.

Elle marche rapidement entre les groupes. Donne les premiers soins aux blessés. Son visage montre une grande fermeté.

— On a sauté les murs ! On a tiré, on s'est repliés !

— Ils avancent !

— Je suis du quartier, dit un jeune gars avec un bandeau sur l'œil.

— D'où venez-vous ?

— De partout ! Des ateliers ! De Montmartre.

— Clinchant arrive ! Il s'avance par les Batignolles. Malon ne tiendra pas longtemps !

— Ah bon, alors c'est fait ? s'informe un vieil homme. On va se nettoyer la gueule ?

— Oui. Ils arrivent de partout ! Trente mille vers le nord. A ce qu'il paraît, ils inondent les remparts ! Ils prennent toutes les portes en tournant la Butte.

— Nouzailles, on va les recevoir !

Insatiable photographe !

A l'écart, encore un cliché avant de faire la guerre, Théophile épouse le soleil grandissant. Il prépare son appareil.

Hier, il a passé la soirée avec Tarpagnan. Ce soir, les deux amis doivent se retrouver chez Laveur, 6, rue des Poitevins, pour dîner avec Jules Vallès.

Théo, le trop beau Théo, partage ses dernières idées riantes avec une jeune maman qui berce son enfant. Il plaisante gentiment. Il dit que lui aussi a eu une mère, qu'il l'a beaucoup aimée.

Théophile rit. Il est sous son voile de photographe aussi tranquille que sous les jupes de sa propre mère et il inspecte la beauté du monde. L'amour maternel.

La jeune femme se penche sur le couffin où chougne son bébé. Elle incline sur lui son minois de dix-huit ans, lui donne une balle à toucher, un joli petit hochet de cuivre.

Lui, le maigrechin, se met à brailler. Il donne sa chanson parce qu'il a un creux dans l'estomac. Il souffle, le bougret, dans ses joues gonflées d'air, agite ses petits doigts aux extrémités fripées et réclame la becquée.

N'importe la bataille proche et les balles qui vont siffler !

Un enfant de pauvre a faim tous les jours. Même derrière une barricade.

La belle friponne sort son sein. D'un accompagnement de la main, elle fait jaillir toute la volière.

Exposition dix secondes. Le ciel nettoie son bleu. Le sujet est centré. Le photographe ajuste le point. Comme la vie sera belle après la guerre ! Une chanson de mots roule dans la tête de Mirecourt. En fait, il ne le sait pas, mais il respire son dernier oxygène. Il chasse une mèche rebelle sur son front. Sa langue bat dans sa bouche ses dernières syllabes.

Il pose le pouce et l'index sur le capuchon de cuivre, s'apprête à faire entrer dans sa boîte noire la lumière et à fixer l'instant béni de la grâce éphémère.

Radieuse, la jolie maman donne le téton à son fils. Elle le fait sans façon, Ninon.

Ninon ou bien Justine. Léonie ou Séraphine.

Théo ne saura jamais son nom, la mignonnette.

Stop ! Encore un peu de temps, s'il vous plaît, monsieur l'artilleur ! Sur le point d'être brisée, que la vie s'éternise !

Depuis la barricade, les gardes aux visages rudes sourient dans leur barbe. Ils ouvrent les yeux sur le spectacle de l'harmonie. Ils s'attendrissent sur l'enfant, ce joli morceau de viande rose qui boit de si bel appétit. Sur la bulle de lait qui crapule au coin de ses lèvres goulues. Sur la jeune mère qui caresse l'arrondi parfait du petit crâne à la douceur si neuve. Ils s'émeuvent en regardant – ultime repère du plaisir terrestre – la poitrine de Ninon, de Séraphine ou de Julie, dont la chair rebondie forme un globe de velours doux et vivant.

Trois secondes ! Trois petites secondes encore et Théophile aura capté le mystère de la beauté ! C'est du gage ! Deux secondes, une petite seconde... un dernier et infime degré d'éternité... et il aura gravé la précieuse image sur la plaque sensible...

Las ! Illisibles horoscopes ! Coiffés destins, comme on voudra ! La hausse à trois cents mètres, une culasse de canon se referme.

Feu ! En un clin d'œil, tout est repeint !

Un obus siffle et déchire l'air. Il ouvre sous lui un trou béant. La terre se soulève avec légèreté. Retombe. Et c'est fini. Tous déchiquetés en gouttes de sang !

Théophile repose sur le dos. Les yeux ouverts, il regarde le ciel. Il a de la terre sur les pupilles. Son appareil, sa magnifique invention à regarder les autres, est pulvérisée.

La petite maman est morte. Elle sourit. Ses yeux restent doux sous la frange de ses cils, bien qu'ils s'irisent de brèves facettes de lumière froide.

Le bébé respire encore.

En même temps, au galop de la charge, les hommes de Clinchant remontent l'avenue de Clichy. Les vingt gardes se défendent. Ils font brûler les canons de leurs fusils. La rage sèche leurs larmes.

Les yeux rouges, ils tireront sans relâche.

Ils tireront sur les versaillais jusqu'à ce que l'odeur de la poudre fasse monter à leurs narines la nausée du dégoût. Ils se souviendront dans une rage aveugle qu'on les a fait travailler dix-sept heures par jour à poser les rails du chemin de fer du Nord, que la viande vaut trois francs soixante le kilo et qu'au temps de leur jeunesse, les seins de leurs fiancées étaient aussi doux et fiers que ceux de Marion, à peine fleuris comme des roses de mai.

Trouillasse du grand vacarme, les balles fouettent, ricochent et fouillent les matelas. L'une d'elles atteint un baril de poudre. Miroir incandescent, une langue de feu se réveille, d'une blancheur éclatante, elle lèche et fulgure le long d'une façade et tout un mur s'écroule.

Alors, la déraison s'emparera de tous.

Dans un piétinement de godillots certains sauteront le parapet et se précipiteront au-devant de l'ennemi en poussant des cris d'animaux. On en découdra à l'arme blanche. Féroces comme on n'imagine pas. Les mitrailleuses ricaneront en arrière-plan. Elles feront voler des copeaux gris tisonnés par les flammes. Le reste des défenseurs s'accrochera à sa casemate.

Les troupes de Ladmirault qui a tourné le cimetière de Montmartre les prendront entre deux feux.

Les femmes, les derniers gardes refuseront de se rendre.

Les versaillais les fusilleront sans pitié.

Quand tout sera consommé, les vainqueurs traverseront la rue sans parler. Ils enjamberont les corps. Le bébé pleurera puis se taira. Dans un bruit craquant, un soldat marchera sur une plaque.

Chez le marchand de vin du coin, debout devant le comptoir, les soldats de la reprise en main boiront avec une impression étrange de vivre dans un rêve. A côté d'eux, un jeune enfant s'essaiera à allumer une pipe.

Au loin, un clairon sonnera une autre charge.

84

Les mains sales et les cœurs propres

La barricade de la place Blanche vient d'être prise. Les Amazones ont été massacrées pour la plupart. Louise Michel secondée par Elisabeth Dmitrieff y a animé jusqu'au bout la résistance.

La « Vierge rouge » épuisée par les combats, à demi assommée, s'écroule dans une tranchée de la chaussée Clignancourt. On la laisse pour morte.

A ses compagnes capturées, la foule cruelle et lâche, ignoble et versatile envoie des injures, des quolibets. Les enfants surtout s'acharnent sur elles et leur jettent des pierres.

Prisonnière, Adélaïde Fontieu !
Elle marche dans le troupeau épuisé des combattantes qu'on vient de capturer. Elle a baissé son petit chapeau d'amazone sur les yeux. Elle ne fixe personne. Une concierge de la rue Girardon la reconnaît. La poissarde quitte sa loge. Elle traverse la rue. S'avance, pleine de curiosité malsaine. Elle arrache brutalement la coiffure d'Adélaïde.
Elle gueule :
— Marmite ! Putain ! Fusillez-la ! Fusillez-la ! C'est une catin !
Une crosse de fusil dans les reins fait avancer la malheureuse.

Les survivantes de la place Blanche tentent de résister à l'entrée du boulevard Magenta. Délogées de nouveau par la ligne, pas une ne survivra.
Morte Jeanne Couerbe, une balle en plein front.
Mortes sur le même rang, le fusil au creux de l'épaule, Léonce et sa fille Marion.
Morte Blanche, la gantière.
Morte, aussi, la mère de Guillaume Tironneau, morte en tablier.

Palmyre, seule survivante de la tuerie des Batignolles, claque des dents. La honte lui monte au visage. Recroquevillée dans une petite niche de pavés entassés où un soldat rigolard l'a enfermée, elle pense à Tarpagnan. Elle essaye de se défaire du collier de chien que le soudard lui a passé autour du cou. Elle essuie les crachats sur son front.
Mais comment donc s'appelle l'amour, lorsqu'on est si petite ?

Rue Lepic, les versaillais gravissent la Butte. A midi, un des leurs hisse le drapeau tricolore sur la tour Solférino. Les canons du 18 mars, les centaines de pièces du champ Polonais n'ont servi à rien. Faute de servants. Faute de munitions, ils sont restés muets.

A treize heures, La Cécilia, entouré d'une centaine d'hommes qui tiraillent encore abrités derrière les fragiles levées d'une terre remuée pied à pied par le tumulte des assauts, fait sonner la retraite.

La mairie de Montmartre est occupée. L'état-major versaillais s'installe sur la Butte. Les massacres de masse vont commencer.

Fusillés gratis, les premiers suppliciés !

Fusillés à genoux : quarante-trois hommes, trois femmes et quatre enfants.

Fusillés, 6, rue des Rosiers, au fond du jardin.

A la santé du général Lecomte !

Passés par les armes les communards, les sympathisants, les suspects.

Dos au poteau ceux qui ont les mains noires, ceux qui ne déclinent pas assez vite leur identité.

Butés vifs ceux qui croyaient à Blanqui, ceux qui croyaient aux fables de la liberté, à l'égalité des chances, à la conquête d'un salaire décent.

Au falot ceux qui ont faim, ceux qui arborent une cocarde, ceux qui ont des balles dans les poches.

Criblés tous ! les femmes, les gosses, les chnoques, les hommes qui sentent le vin.

Criblés dans le cimetière de Montmartre, au parc Monceau, au Château-Rouge.

A l'abattoir !

Matés !

Et puis, chasse aux rouges ! Aux socialistes ! A l'Internationale ! Taïaut sur les déserteurs ! Partout, la lie des pourvoyeurs de peloton d'exécution fait son sale travail.

Les victimes détroussées gisent dans les rues, sur les trottoirs, dans les échoppes.

Fusillés les défenseurs des Batignolles, fusillé celui qui passait par là, fusillée Adélaïde Fontieu, la jolie marmite aux yeux bleus.

Mutilée sa menotte par un coup de sabre.

Déchiré, son cadavre par la pointe des ombrelles et des cannes.

Levées ses jupes par des matrones salaces.

Fouillé son ventre par des bignoles en folie.

L'horloge est folle ! L'horloge est folle !

SEPTIÈME PARTIE

LES HEURES SANGLANTES

85

Le Polonais

Tout s'embrase ! Tout déraille ! Rive gauche, rive droite, couleur invariablement rouge ! La voûte du ciel dilate au canon. Les nuques explosent au coup de grâce. Danger aveugle et continu, les balles perdues forcent leur route titubante dans l'air chaud. Elles passent au-dessus des têtes avec deux ailes de bruits effrayants ou fixent sans prévenir une étoile de mort au front de leurs victimes.

Tarpagnan n'a pas dormi depuis deux jours.

Après la reculade du 21, il est resté avec Dombrowski qui n'a toujours pas de commandement.

Au hasard des coups de main, il a suivi le général avec une poignée de rescapés de Passy qui, comme lui, se fient au courage de ce meneur d'hommes exceptionnel.

Quand notre Gascon a revendiqué l'honneur de servir plus directement sous ses ordres, le Polonais l'a transpercé de l'onde de ses yeux bleus. Un fin sourire a éclairé son visage d'une blancheur de glace et relevé le coin de sa bouche délicate.

Il a touché les quatre poils fous de sa petite barbe en pointe et il a dit :

— Sais-tu, commandant, que mes aides de camp vivent en moyenne trois jours seulement ?

Antoine a souri.

— Je pense que je peux faire mieux, mon général !

— Dans ce cas, saute à cheval et n'hésite pas ! a laissé tomber Dombrowski. Car le jeune Berthier qui tenait ton emploi est mort il y a une demi-heure à peine d'un chapelet de mitrailleuse en plein cœur !

— Vous voulez dire que vous m'acceptez comme aide de camp, mon général ?

— Je dis que tu m'énerves à rester bâiller devant la porte de la sacristie, camarade !

— Où dois-je galoper, mon général ?

— Commence par la rue des Dames ! Je veux un rapport sur la situation de la barricade. Et après, nous ferons un saut à Condamine, ils vont plutôt mal, là-bas... j'ai reçu un appel au renfort de la part de Jaclard... il y a plus de civières que de gens pour les porter !

Géante trombe dans la ville entière ! Un ouragan ! D'énormes creux ! Des fumées noires ! Le drame est là dans toute son horreur !

Paris brûle ! La poudrière du Luxembourg saute ! Les Tuileries, le Palais-Royal, le ministère des Finances flambent. Plus de repères. Plus de boussole.

Ainsi naviguent-ils à vue depuis deux jours dans la tempête qui emporte la révolution.

Ainsi vont-ils, ballottés d'un côté à l'autre de Paris, attachés à une cause perdue, avec la ferveur de ceux qui marchent vers leur mort sans haine pour leurs exécuteurs et regrettent seulement le beau, le lumineux visage de la liberté souillée, reprise, humiliée, piétinée, diffamée – trahie.

D'un point chaud à un autre, n'appartenant à personne, à aucun corps constitué, ils galopent, – une dizaine de cavaliers jetés à la diable sur l'encolure de leurs chevaux – ranimant les courages ici, rassemblant les hommes ailleurs, cherchant à aider les fédérés du mieux qu'ils peuvent, surgissant du gris de la mitraille pour sauver des cas désespérés, toujours prêts à ajouter la hardiesse ou l'inattendu de leur charge à l'improvisation d'un combat incertain, toujours prêts à couvrir le repli des insurgés en déroute.

A ce train-là, notre Gascon n'est pas malheureux. Conformément aux prévisions de Jules Vallès, il est devenu un vrai réfractaire. A la vue des soldats épars, des barricades que personne ne défend, il sent qu'il est forgé pour la besogne de l'honneur préservé. Il aime donc la stature hors du commun de Dombrowski. N'ayant lui-même plus rien à perdre, il a trouvé dans son exemple un modèle de bravoure et de folie téméraire qui lui conviennent.

Parfois, le cœur du Gascon bat follement. Au milieu du combat, lorsque tout paraît perdu, il entend un cri de rage, un cri à donner la chair de poule. Il sait que c'est celui du Polonais.

L'instant d'après, il le voit charger sur son étalon noir, allongé sur sa selle dans une longue course devant soi, sabre au clair, s'enfoncer dans le tumulte du corps-à-corps. Il le perd de vue, il le retrouve derrière une fumée d'incendie – ombre de héros désespéré qui cabre son cheval au milieu des ruines fumantes.

Alors, à son tour, Tarpagnan pique des deux. Il galope en réinventant le terrain, il rase le tapis dont la mitraille soulève la trame calcinée et la pulvérise en charpies obscures tachées de pigments de feu.

Il se place aux côtés de Dombrowski et tous deux, d'un élan jumeau, prenant à revers les servants ennemis, oublieux de leur grade, payant de leur personne comme de jeunes conscrits, surprennent les sentinelles, démontent les officiers, croisent le sabre avec une bravoure exagérée, tranchent des gorges, lardent des poitrines, prouvant à tous que seule la fournaise éprouve la trempe de l'acier.

Ainsi vit Tarpagnan, mort en sursis, ombre de son modèle.

Ainsi va Dombrowski, général sans armée, qui charge à contre-jour de la raison, qui se jette au milieu des balles avec l'arrière-pensée de s'offrir à elles. A croire que désespéré et révolté par l'accusation de trahison qui, un moment, a pesé sur lui, l'homme à l'étalon noir, au pantalon, à la tunique noirs, cherche à atteindre l'étoile de sa dernière demeure. A croire qu'il cherche à se faire tuer dans le feu de l'action.

Le regard est vivant en lui. Le cœur est vivant en lui. Mais l'âme est brisée.

86

Brève rencontre
ou
la carline des espérances

Ce matin, après une reconnaissance pour essayer de jauger les positions de Ladmirault et comme s'il était toujours possible de redresser la situation militaire au nord de la capitale, Dombrowski, obéissant à l'ultime mission que lui a assignée Delescluze : « faire ce qu'il pourra », vient de décider que sa petite troupe d'une centaine d'hommes va tenter de rejoindre Vermorel qui mange du plomb sur les barricades des Poissonniers et de la rue Myrrha.

Tarpagnan part ventre à terre. Il est chargé d'éclairer le terrain.

Chemin faisant, le spectacle de Paris est effroyable.

Rues défoncées. Maisons écornées par les obus, façades tavelées d'impacts de balles. Trottoirs constellés de mille objets dont les locataires par peur d'être exécutés se sont débarrassés dans le cours de la nuit en les jetant par les fenêtres.

Uniformes. Cartouches. Gibecières. Et même des fusils.

Les cadavres jonchent les rues.

De temps à autre, le visage d'un civil effrayé paraît par l'entre-bâillement d'une porte cochère. En apercevant l'officier qui débouche au grand galop, la porte d'un immeuble se referme. Les civils, les poltrons, les partisans de Thiers, des familles entières avec chiens, nourrices et cassettes se terrent dans les caves. Ils attendent à l'abri la défaite de la Commune.

Au croisement de deux avenues, le cheval de Tarpagnan fait un écart et bronche. Deux de ses quatre fers glissent sur les pavés de bois, les deux autres, dans une gerbe d'étincelles, attrapent la bordure du trottoir, les jambes de l'animal fléchissent et le cavalier, emporté par la chute de sa monture, culbute lourdement dans la poussière.

A peine est-il au sol que Tarpagnan est rejoint par la morsure d'une balle en fusion. Le projectile passe à deux doigts de sa tête et s'en va ricocher en miaulant contre un mur.

Antoine localise le tireur, un pantre qui s'est mis du côté de l'ennemi et veut se glorifier d'avoir dégommé un communard derrière sa persienne. Tarpagnan rassemble les rênes de son cheval. Comme souvent lorsque la vie est à la merci d'un caprice du hasard, l'insouciance de la mort le gagne et lui communique un vertige. Il saute sur l'animal, qui s'est redressé de lui-même.

Mitat Cyrano, mitat d'Artagnan, le corps penché du côté opposé au tir du bourgeois, le *gouyat* gascon renaît en lui. Il lance sa monture à bride abattue. Poursuivi par le frôlement d'une nouvelle abeille en furie, il disparaît à l'abri d'un immeuble d'angle et saute de cheval.

Il met un genou en terre et sort son revolver. Il a atterri juste à côté du cadavre d'un vieux à barbe blanche, encore revêtu de sa vareuse de fédéré. L'homme s'est vidé de son sang. Il paraît endormi, la pipe au bec. D'aucuns reconnaîtraient en lui un des vétérans que Tarpagnan lui-même a côtoyés deux mois plus tôt, place de l'Hôtel-de-Ville, mais notre commandant a d'autres chats à fouetter, il vient de localiser le chassepot que le garde a laissé échapper dans sa course et qui gît à quelques pas de lui sur le trottoir.

En rampant, Antoine cherche à se l'approprier. Depuis son poste d'observation, au troisième étage, le tireur embusqué joue encore une fois avec lui. Il lui expédie un pruneau tandis qu'il avance la main.

C'est alors que par l'avenue déserte s'annonce dans un grincement de roues un étrange attelage, tiré par une haridelle.

Le canasson vient à allure douce, dans un flageolement général de ses membres. Il jette les jambes de côté comme s'il était au bout du rouleau.

Ventre avalé par l'effort, le poussif bidet, étouffé par un double encombrement catarrheux de ses bronches, émet à chaque expiration un si curieux son – situé entre trompe et cornemuse – que Tarpagnan, alerté par ce halètement insolite, se retourne. Il croise l'œil lunatique de la rosse et s'aperçoit que ce quinteux canasson brancarde derrière lui un fourgon empli de boîtes à dominos sur lesquelles sont entassés des cadavres plus frais qui, privés de quatre planches, voisinent tête-bêche, – disloqués, tranchés, ouverts, les yeux vides, les bras pen-telants – seulement scellés entre eux par les ruisseaux de leur sang.

La patache au toit entièrement couvert est ornée d'un dais noir à larmes d'argent. Ses flancs, armoriés d'un calicot à croix rouge, disent que ce char funèbre, un moment transformé en ambulance, vient d'être rendu à sa destination première – à savoir, corbillard du dernier voyage – et que, ce matin-là, pavoisé à quatre drapeaux rouges ornés de crêpe noir, le tombereau des damnés de la Commune, encombré de plus de quatre-vingts cadavres, roule vers le charnier du quartier Lariboisière en remuant autour de lui une puanteur énorme.

Le cocher, un noir corbeau vêtu en croque-mort, tire sur le licol de sa vieille jument en arrivant à hauteur de l'officier et arrête son cimetière ambulant. Depuis le banc du wagon des morts, il soulève son galure, salue Tarpagnan avec beaucoup de cérémonie, et grince d'une voix de gargarisme :

— Respects, mon officier ! J'assure le nettoyage des rétamés et avec votre permission, la princesse et moi, on va vous débarrasser d'votre voisin qui n'a pas l'air de la première fraîcheur et doit vous encharogner sévère.

— Mon brave, je vous remercie, mais je préférerais que vous me passiez le chassepot qui dort sur le trottoir et que vous m'aidiez ainsi à me débarrasser du malvenant qui m'expédie du plomb par sa fenêtre.

Le fourgonnier des morts lève la tête.

Au lieu de prendre peur, il dessine un geste de lémurien en direction des façades et, fataliste, étouffe un bâillement à se décrocher la mâchoire.

— Ah crébleu ! s'écrie-t-il. En voilà encore un qui canarde ! Depuis que les pantalons rouges sont là, les vilains beurriers de la réaction se sentent pousser tous les courages !

Il se tourne vers une forme engloutie sous un voile noir qui est as-sise à ses côtés sur le banc et semble dormir profondément.

Il lui fourre sans ménagements son coude dans l'estomac et fourraille un moment.

— Hep, princesse! gourmande-t-il, réveille-toi les nénais, nous avons du travail! En voilà encore un qui veut nous faire une boutonnière dans l'œil!

— Pardonnez à notre esquintement, ajoute-t-il en essuyant ses yeux rouges, mais depuis hier, mon assistante, Mlle Pucci que voici, Cécile, ma jument que voilà, et moi-même, Alphonse Pouffard, pour vous servir, avons ramassé tant de mortibus, d'allongés et de raidards que nous ne savons plus très bien si nous sommes vivants ou morts nousmêmes...

En entendant prononcer le nom de celle qu'il a tant aimée, Tarpagnan s'est redressé. De son côté, Gabriella a reconnu son bel ami du 18 mars.

Elle soulève le voile qui dérobait ses traits à sa vue.

Deux magnifiques yeux ourlés de bistre envoient en direction du Gascon un éclat ténébreux et chaud et s'attachent à lui, sans passion ni regrets, logés au creux d'un visage impénétrable, hâlé par le soleil.

Antoine lutte contre un étourdissement.

Comment pourrait-il en être autrement? S'il lui fallait décrire son état mental, il serait amené à dire que c'est l'ébriété d'un rêve éveillé qui le domine.

De son côté, Caf'conc' attend de retrouver son calme intérieur. Elle compresse son cœur qui bat follement.

Puis, graduellement, après ce grand début d'exaltation, stupéfaite et attristée par cette rencontre qui redit l'impossible de ce qui fut et ne saurait recommencer, elle coiffe sa main sur son ventre et découvre au fond d'elle un grand froid glacial. Elle comprend alors que désormais, elle est une autre personne, qu'elle appartient à un autre monde et que ses rosiers sont coupés.

De son côté, il déchiffre le nouveau visage de sa bien-aimée. Il y découvre une énergie fiévreuse. Un éloignement de l'âme.

Adieu insouciance! Fanée la légèreté d'aimer. Perdus, les sourires à fleur de lèvres.

— Bonjour, Gabriella, dit-il à mi-voix, mais il sait qu'il n'est plus gouverné par elle.

— Bonjour, Antoine, répond-elle, mais elle refoule au fond d'elle ce qui n'est après tout que l'illusion d'un faible plaisir chimique.

Pendant qu'Alphonse Pouffard, inconscient de ce qui se joue autour de lui, descend du corbillard et repousse le fusil du pied en direction de l'officier, il se passe encore quelques mystérieux instants qui éloignent les amoureux l'un de l'autre.

Antoine sait qu'on ne marchande pas le temps.

Il dit comme on fredonne un vieux refrain :

Les heures sanglantes   419

— Je t'attendais encore un peu. Je savais que tu viendrais.

Gabriella frissonne, la bouche sèche.

— Il est bien trop tard, réplique-t-elle. Tu le sais assez.

— Je t'ai cherchée partout, murmure-t-il, désespéré.

Dans un sanglot, elle suffoque :

— Ne me dis plus jamais un seul mot d'amour !

— Hé là, citoyen officier ! s'offusque Pouffard qui vient de prêter l'oreille à leur dialogue et devient soudain ombrageux, essecusez si j'vous coupe la musette, mais il me semble que vous foutimacez de drôles de mots dans les oreilles de ma princesse !

Antoine serre les poings. Il dévisage le croque-mort. Il renifle son haleine qui empeste la vinasse.

Il demande entre ses dents :

— La citoyenne est votre femme ?

Il n'ose plus regarder du côté de Gabriella.

Alphonse Pouffard lui décerne un sourire de légitime fierté :

— Femme et fourre-tout ! plastronne-t-il sans se faire prier. La princesse est tout cela ! Une fois commencée la route sous le ciel, y faut aller jusqu'au bout ! Nous sommes attachés l'un à l'autre par les morts. Seule une balle au front peut nous détacher !

Tarpagnan opine tristement du chef. Tant de douleur l'étouffe.

Le regard désespéré des deux amoureux se croise une dernière fois. Un espace si vertigineux les sépare qu'il ouvre sous leurs pieds une fosse escarpée.

Tarpagnan ramasse le fusil.

Le visage suffoqué, hors des limites de la raison, Gabriella sent ses yeux se brouiller de larmes.

Elle semble lutter un moment contre son incapacité à s'exprimer.

Puis, sans prévenir aucun des deux hommes, elle sort un avant-bras à la maigreur acharnée de dessous sa cape noire, elle saisit la bride et lance la jument qu'elle fouette sauvagement pour l'obliger à trotter.

Cécile, peu habituée à un semblable traitement, hennit de douleur et part en sabotant de guingois vers le milieu de la place.

Alphonse Pouffard semble brusquement se réveiller, il regarde incrédule le fourniment de morts qui s'éloigne.

Il prend ses jambes à son cou et essaye de rattraper la nef ambulante où dansent des corps sans vie. Il veut rejoindre le corbillard fou. Il arrive au milieu de la place. Au troisième étage une persienne s'entrouvre. Un coup de feu claque.

Le croque-mort incrédule porte une main à son abdomen et chancelle.

En titubant, il esquisse une grimace en direction de Tarpagnan et crie :

— Vous la connaissiez ?

— Mieux ! Je l'aimais !

— Aimer ? s'interroge Pouffard.

Et les yeux voilés par une peau bien gênante qui lui trouble la vue, il tombe.

Simultanément, Tarpagnan épaule. Il ajuste le bourgeois qui se penche au balcon. L'homme est en gilet. Il appelle sa famille et rit. Son épouse se tient en retrait. Trois beaux enfants entourent leur père.

Antoine lui expédie sa balle en plein front.

87

Un regard clair s'éteint, une poigne surgit.

Sur le coup de midi, Tarpagnan arrive à la barricade érigée à l'angle des Poissonniers et de la rue Myrrha. La situation est critique. Il annonce aux défenseurs la venue prochaine du général Dombrowski. On lui rit au nez.

Il monte aux avant-postes de la barricade et relève le drapeau rouge qu'une salve vient d'emporter.

Près de lui, surgit un jeune garçon.

Balle d'amour et taches de rousseur. C'est un gosse de douze ans à peine. Un mignon gringalet qui fait sa croissance sous une vareuse d'homme.

Il tire sans relâche. Son fusil lui brûle les mains.

Quand il recharge son arme, pour montrer que personne ne peut prendre le dessus sur lui, il bagoule, l'effronté moineau.

Il lance :

— Vive la Commune ! V'nez nous chercher, tas de balochards ! On vous piquera !

Parole et jactance ou pruneau de chassepot, le garnement aux pieds

Les heures sanglantes 421

nus use de toutes les munitions. Il veut que son plein temps soit occupé à se battre.

Il monte au gouffre. Les cheveux ébouriffés en tous sens, il est la statue du courage.

De temps à autre, il se retourne vers un rang de civils, des fils de Prudhomme, des rossards en gilet que la fatigue et le découragement laissent au pied de la barricade.

Il les apostrophe à leur tour :

— Montez ici, tas d'embusqués ! Donnez-vous la peine ! Y r'mettent la gomme sur leurs machines !

Les mitrailleuses en effet crachent des tourbillons de poudre semés de fulgurances d'or.

Il faut rentrer la tête dans les épaules.

Le jeune héros glisse une nouvelle cartouche dans le magasin de son fusil.

Avec des accents de babil mâtinés de jurons de charretier, il monte à la colère. Il sort des énormités de sa bouche enfantine. Il interpelle les officiers ennemis. Les conspue. Quand il en a fini avec les insultes, il appelle Azor comme s'il était au poulailler. Il siffle en pliant sa langue dans sa margoulette.

Il crie aussi :

— Ouille ! Aïe ! Merde !

Il se brûle les doigts au fût de son arme. Il se frappe la tempe avec le poing. Il soupèse sa cartouchière. Ses gestes sont vifs. Il est enragé. Farouche au milieu des ramponneaux de guerre.

Tarpagnan l'oblige à se coucher pour éviter la salve prochaine.

— Comment t'appelles-tu ? hurle-t-il.

— Alexis Ramier, répond le gouspin en avalant sa morve. Pupille de la Commune ! Et j'ai ma jugeote !

Il ajoute fièrement :

— Mes copains m'ont fait capitaine !

Il tire.

La crosse du chassepot rebondit contre sa petite épaule endolorie. Il valse sur le cul.

Il se redresse. Il prend des éclats de bois plein le museau.

— Bordel merde ! Bande de couillons ! Vous allez m'le payer en roupie de singe !

Badaboum ! Il tire.

Soudain, une secousse de Saint-Guy lui ouvre la poitrine. L'enfantelet danse un moment à la rafale. Derviche sous son chapeau à plumes. Il a l'air étonné et s'en va dinguer sur le flanc.

Un vieux birbe sans coiffure dégage son corps.

Pas un mot. Sauve qui tire ! Il prend la place du gosse à l'ouverture.

Il regarde du côté de Tarpagnan qui s'apprête à riposter.

Il dit simplement :

— Je suis un vieux soldat de la République universelle. Je me suis battu en 48 et maintenant, je meurs en 71. Il n'y a plus guère de temps pour la politique, n'est-ce pas, citoyen ?

Il tire.

Il se bat, le vieux fédéré.

Epaule contre épaule, ils sont encore là, plusieurs à ses côtés.

Une poignée.

Lorsqu'à midi et demi Dombrowski arrive enfin, il est flanqué de Vermorel qui est retourné boulevard d'Ornano pour installer des petits canons.

Dès qu'elle les voit, une femme d'âge mûr, elle s'appelle Marie-Eugénie Rousseau, elle est occupée à laver les chassepots à grande eau dans une bassine pour les faire refroidir, se précipite au-devant du général qui caracole au milieu des balles.

Elle le fait reconnaître et acclamer par un groupe de combattants qui refluaient en désordre. Dans l'élan de cet enthousiasme, ces gens défaits, venus des carrières de Montmartre, du Château-Rouge, de la chaussée Clignancourt rassemblent leurs esprits et rejoignent ceux de la barricade.

Marie-Eugénie Rousseau fait métier de coiffeuse. Toute la matinée, elle a mobilisé les habitants du quartier, elle est allée par trois fois au moins cueillir les fusils des morts sous la mitraille.

Insensible aux balles qui sifflent leur pluie battante à ses oreilles, elle s'avance à la rencontre de Dombrowski, belle cible immobile, dressée sur son cheval noir.

Marie-Eugénie lui crie :

— Descends, général ! tu vas te faire dégommer !

Sans fébrilité excessive, il quitte sa monture qui reçoit plusieurs balles dans les flancs et s'affaisse sur les genoux. A longues enjambées calmes, il traverse la rue Myrrha en direction de Tarpagnan. La mitraille fauche inlassablement autour de lui.

— Où en sommes-nous ? demande-t-il à son aide de camp.

Depuis son juchoir, Antoine jette un dernier coup d'œil aux mouvements des versaillais. Il aperçoit une batterie de six qui s'installe sur la chaussée Clignancourt et s'apprête à battre la rue en enfilade.

— Ils vont charger, dit-il. C'est bientôt fini.

Il lit le mépris de la mort dans les yeux de Dombrowski qui s'apprête à retraverser la rue et demeure une cible idéale.

Les heures sanglantes 423

Soudain, le Polonais tombe.

Une balle vient de l'atteindre en pleine poitrine. Un peu de sang perle à ses lèvres.

Il met un genou en terre, se détourne vers Tarpagnan et d'une voix contenue lui dit :

— Il faut défendre jusqu'à la dernière énergie. Je compte sur toi.

Il vomit, puis, entre deux hoquets, jette ses derniers mots :

— Ils ont pu dire que je les ai trahis !

Les hommes qui se trouvent là se précipitent au secours du blessé. Ils le transportent à la hâte dans une pharmacie voisine.

Dombrowski, la tête renversée vers l'arrière, le teint crayeux, une main traînant au sol, c'est la dernière image que Tarpagnan emporte de celui qu'il pensait imprenable aux balles.

Crinière d'écume ! Immense murmure des voix ! Les images du malheur sont toujours trop bruyantes pour qu'on puisse les effacer !

Antoine reste seul face à lui-même.

A l'heure brûlante, il est calme. Il se sent dans son rôle. Il a la main ferme. Face à sa part de péril, tout se cale au net. Tout dessine son juste tempo. Le sang afflue à ses tempes. Tout s'enchaîne ! Tout va si vite ! Alors, va ! pense-t-il, pourquoi revenir sur la gravité des pas que nous avons déjà gravés ?

Seul le présent fait l'avenir du monde.

Le commandant Tarpagnan se tourne vers les défenseurs du bastion.

Il leur lance :

— Dombrowski a demandé que nous nous battions ! Combien sommes-nous ?

Ils répondent qu'ils sont tous là.

Leur mouvement est naturel.

Ils se feront larder à coups de baïonnettes par le 45e de ligne. La Sociale ne reculera pas. C'est leur quartier qu'ils défendent. Ils savent qu'ils n'ont parfois plus que quelques minutes pour faire les gestes de la vie.

Ils se massent derrière un mètre de pavés et des matelas pour couvrir les poitrines.

Qu'ils viennent ! Qu'ils y viennent !

On fricassera la ligne !

On piquera dans le tas !

Ils tirent.

Tout feu ! Tout flammes ! Le canon leur répond par son archi-musique de poudre ! Torrent des percussions rugissantes. Saumure des hommes ! Carnage étalé !

Les matelas éventrés crachent leur crin.

Les balles mordent le gras des chevaux abattus.

Les hurlements sinistres des blessés se mêlent aux cris de rage des survivants.

Tout glapit à l'horreur.

Encore cinq longues minutes passent et la fantassaille galopante des versaillais se rue vers les derniers défenseurs de la redoute.

On va droit à la bouillasse.

On va bidocher sanglant.

La vague d'assaut déferle sur l'ouvrage.

On marche sur du jus d'homme.

Un lignard lève son sabre-baïonnette sur Tarpagnan qui n'a plus de munitions.

La mort est dans ses yeux.

Reste le makhila pour parer.

C'est fait ! Le temps est garni. Tout vibre ! Le bâton tient bon.

Mais c'est partie remise.

Le soldat lève à nouveau le fusil-baïonnette dans les hauteurs. Il va clouer celui qui a la tête près du sol.

Après, plus de lumière ! Rien que des boyaux fumants ! C'est tout ! Qu'on en finisse !

Tarpagnan emplit ses poumons de la vie qui passe une dernière fois. Il attend le coup et l'agonie. Il pousse un cri. Sous l'effet d'une poigne invisible, il roule comme un pantin. Un grand diable sorti de la bourrasque des fumées noires le prend à bras-le-corps, l'enlève pas plus lourd qu'un moineau de huit plumes, le soustrait à la tranchade qui lui était promise, le dérobe, le porte galopissimo au-dessus de la forêt des baïonnettes et au terme d'une course éreintante le dépose finalement au coin d'une ruine – sain et sauf, rompu, humilié d'être en vie, haletant.

Sans une égratignure.

Longtemps, mi-furieux, mi-reconnaissant, Antoine laisse faire le boulot de l'âme. Il considère celui qui vient de l'asseoir sur une borne et qui le dévisage avec un calme de lac, avec une douceur de crème, avec une humanité d'ours lécheur.

Et puis d'un coup, tout se réchauffe ! Ah, la harpe du cœur !

Tarpagnan donne une bourrade affectueuse dans le gras de la remonte d'estomac du colosse qui est agenouillé devant lui.

Il s'écrie de bonne foi :

— Merci ! Merci de toutes mes forces, mon bon Marbuche !

Il saute sur ses pieds. Danse sur place. Acclame la lumière. Caresse le crâne chauve du géant et s'exclame :

— Le pire avec moi, c'est que je me remets vite à la vie ! Viens, s'il te plaît ! Viens, camarade ! S'il reste un restaurant ouvert dans Paris, je le connais ! Et je te paye un solide repas !

A cent mètres d'eux, une fusillade roule.

Les versaillais achèvent les survivants.

L'officier commandant le peloton est un sémillant capitaine qui étrenne ses galons.

Il s'appelle Arnaud Desétoiles.

88

Simple arrêt sur image

Revenons sur la rive gauche, où nous avons laissé Horace Grondin.

Dieu ! qu'il a l'air résolu et sûr de son fait celui que nous croisons au soir du 23 mai ! La démarche assurée, il débouche du couloir des petites rues qui avoisinent l'église Saint-Julien-le-Pauvre – rue Fouarre, rue Galante – toutes venelles au passé rutilant d'escholiers, anciennes crémeries d'étudiants et de lolottes, qui font suite à la rue de la Bûcherie et à celle des Grands-Degrés d'où il vient à l'instant de quitter sa maisonnette.

Il marche presque vite.

Sur ses lèvres flotte un sourire qui en dit long sur son état d'esprit. Ses prunelles sont emplies d'une clarté vivante, l'excitation se lit sur son visage, son port de tête témoigne d'une insouciance parfaite malgré les dangers imminents de la rue qui se prépare au combat.

426   *Le cri du peuple*

Au risque de vous déplaire, quittons-le. Ou plutôt non, par un de
ces expédients de cinématographe (qui en 1871 reste à inventer),
figeons le mouvement qui l'anime, laissons-le un pied levé au-dessus
de la rigole des rues sombres, l'autre encore posé sur le sec et sa
capote flottant derrière lui. Nous saurons bien assez tôt où il se rend,
radieux sous sa hure effrayante, perdu dans le monde de ses obsessions, galvanisé par une étrange plénitude d'emportement.

Oh, bien sûr, ce ne serait pas faire un grand frais que d'expliquer
tout de go le pourquoi de sa sortie vespérale ni une bien haute trahison
de révéler dès l'entrée de ce chapitre la raison pour laquelle l'ancien
bagnard entend les oiseaux chanter ce soir, mais nous n'avons pas
l'intention de brûler les étapes ! C'est notre nature. C'est de notre
vocation de contrarier le temps. Au reste, faut-il rouler à toute
bombe ? L'époque où nous sommes, il nous semble, est suffisamment
à la tremblote et à la hâte permanentes pour que nous n'aspirions parfois à rien d'autre qu'à être en vie ! Devant le spectacle de la mer
brisant sur les rochers, n'avez-vous jamais été possédé par des envies
minérales ? Tant de gens courent sans savoir où ils vont et sautent à la
fin dans un grand trou noir ! Horace Grondin n'échappe pas à la règle.
Il se presse lui aussi vers son destin. Et nous allons tout faire, quant à
nous, pour retarder le récit de sa fracasse, persuadés que la véritable
aventure d'un livre réside à la fois dans sa capacité à aiguiser
l'impatience du lecteur (voyageur impatient qui souhaite dévaler à
toute bride dans l'action) et dans son aptitude à ménager l'avancement
de limace des sombres arcanes de la vie profonde.

Avant donc que ne s'allument les torches de la brutalité la plus
extrême et que nous ne parcourions le champ des morts décousus au
tranchant des sabres, contentons-nous donc, pour le présent, de dire
qu'Horace Grondin se trouve entre rue Saint-Jacques et boulevard
Saint-Michel. Qu'il contourne les défenses de plusieurs ouvrages dont
les barricadiers se préparent à la tragédie finale. Qu'il est inaccessible
à l'épouvante des fusils qui se dressent sur son passage.

Qu'il va.

Qu'il marche presque vite.

Qu'il n'a plus rien à voir avec l'être aux abois et sans repères que
nous avions conduit, voici seulement vingt-quatre heures, aux
marches du palais de l'archevêché et laissé en conversation animée
avec la gouvernante de l'abbé Ségouret.

Et préoccupés de préserver l'autorité mystérieuse des détails voulus
par l'auteur, entrouvrons de bon appétit le passé récent.

89

Où Ursule Capdebosc chante la péronnelle

Le 22 mai, qu'était-il advenu ?

On se souviendra sans doute du chaleureux et respectueux accueil réservé par Ursule Capdebosc à l'ancien notaire du Houga.

On n'aura pas oublié les justes accents trouvés par l'excellente gouvernante pour décrire la brutalité avilissante dont les soldats chargés d'engerber l'abbé Ségouret avaient usé envers ce dernier – laissant l'infortuné ecclésiastique perclus de jus de bâton et de crosse, à demi délirant sur une paillasse rongée de vermine.

Ursule Capdebosc avait la parole ronde et facile, on s'en est rendu compte. La commère gersoise avait raconté au notaire comment elle avait obtenu des nouvelles de l'abbé par l'entremise d'un messager exerçant le métier sombre de porte-clés à la Roquette.

Le sang glacé, elle lui avait avoué sa répulsion pour ce gnome à la hideur impressionnante. Et, bien qu'elle le reconnût pour son frère en Jésus-Christ, elle n'en trouvait pas moins qu'il répandait derrière lui un fameux remugle de bouc, une odeur grasse et suiffeuse truffée d'un arrière-goût de soufre et de métal qui coupait la respirante et ôtait l'envie de manger.

En se signant, elle avait ri. Elle avait resservi un pet d'armagnac à son invité. Elle avait épilogué sur la tête de grenouille de l'affreux gardien de prison et insisté sur l'aspect noueux de ses bras disproportionnés et hérissés de poils, sur sa poitrine velue, son cou épais, qui lui conféraient tous les signes extérieurs d'une parenté avec Lucifer. Elle avait avoué à Charles Bassicoussé qu'elle n'osait aborder la vilaine gargouille humaine que protégée par la grille du chœur de l'église Sainte-Marguerite où le griffleur lui donnait ordinairement rendez-vous, et qu'elle n'oubliait jamais de se placer sous la protection de la très Sainte Vierge Marie en ondoyant son propre front d'eau bénite.

Avec l'art de n'y point toucher, Horace Grondin s'était fait préciser l'heure exacte de leur prochain rendez-vous qui devait avoir lieu le 24, à l'ancien cimetière Saint-Bernard, non loin de la Roquette. La brave Ursule tremblait d'avance à l'idée de s'y rendre. Elle ne s'était guère fait prier lorsque son visiteur lui avait offert de la remplacer. Au train où avançaient les troupes versaillaises, la rue de Grenelle tomberait entre leurs mains d'ici quelques heures et rien n'était moins sûr que Mme Capdebosc pût se rendre à la mystérieuse chapelle des

Ames du purgatoire derrière laquelle l'attendrait le très laid et très puant personnage ! Brr, d'ailleurs, quel endroit était-ce donc là ? Un couloir de vent entre les tombes ! Elle en avait le sang froid !

Sur cette lancée, Ursule Capdebosc avait encore beaucoup parlé. Elle faisait partie de ces personnes qui ont peur du silence.

Elle avait également si peur d'avoir peur !

Elle était volubile et intarissable.

Trompettes de la patience absolue ! Il avait fallu à Grondin une infinie maîtrise de soi pour accepter sans broncher les orgues de son torrent de mots.

Pour un début, Ursule avait entamé le chapitre des foies gras mi-cuits et des pâtes à pâtés. Avait suivi de près la façon gersoise d'accommoder les demoiselles, puis, sur sa lancée, transfigurée par le bonheur de ce grand lâcher de recettes, elle avait abordé d'un cœur doux la radieuse lumière de la religion.

Les yeux gris du notaire l'avaient reçue plutôt froidement sur le sujet. Une si visible inappétence de la part de son vis-à-vis, un grincement de dents proche de la réprobation avaient stoppé net son envolée vers la blancheur des sommets inatteignables.

La gouvernante du curé s'était interrompue. Les anges s'étaient croisé les ailes.

— L'époque est douloureuse, avait balbutié Ursule. Je me doute bien, allez, monsieur Charles, que vous n'avez pas eu une vie facile. Et je prierai pour vous.

Comme Grondin ne disait toujours rien, Mme Capdebosc avait eu sincèrement peur du vide.

Elle avait commencé par dire qu'elle priait soir et matin pour le salut de l'abbé Ségouret et de fil en aiguille avait fait ses reproches au peuple. Elle avait décrété que le prolétariat devait moins boire, souhaité le retour de son bon maître qu'elle imaginait déjà sous la mitre et tenait en odeur de sainteté. Elle remplissait de temps à autre le verre de son visiteur. Sautait de branche en branche. Enfournait de nouveaux discours. Jasait comme une pie borgne. Avait fière tapette.

Elle s'ingéniait à broder des histoires. A faire du neuf avec du vieux. A rappeler le cochon ou les foies gras. A donner plus d'importance à sa souillarde qu'aux convulsions de l'Hôtel de Ville. A chanter son ramage et parler son patois.

Lui, perclus de fatigue, saoulé de paroles creuses, commençait à dodeliner du chef. Elle, javotte en tous sens, conjurait ses angoisses et sa grosse frousse de la révolution sanglante.

Pour ne pas voir les lèvres bleues des blessures ou les miséreux aux pieds nus, elle embrassait la terre des pauvres, elle se tordait les mains, elle mélangeait pêle-mêle la lune et les orties, la charité et les édredons en duvet de canard.

Enfin, de peur de rester en cale sèche devant le froid regard du notaire, elle avait atterri sur le mois de mai qui, cette année 1871, avait toujours un soleil d'avance.

Pour la faire taire, Grondin avait frappé dans ses mains et donné lui-même le signal de son départ. Il avait empoché le trousseau de clés de sa petite maison du quartier Saint-Séverin et avait accepté que la gouvernante garnisse son havresac d'un assortiment de conserves et de terrines.

Vaille que vaille, le flingot sur l'épaule, avec l'air éreinté d'un vieux briscard qui clopine pour prendre deux heures d'un repos bien mérité, il était rentré chez lui, rue des Grands-Degrés, au numéro 4, sans faire de mauvaises rencontres. Son déguisement de vétéran lui assurait la plus parfaite sécurité.

Il avait passé la première nuit à se reposer dans sa maison sourde au fond d'une cour et tout le lendemain avait attendu le retour d'Hippolyte Barthélemy.

90

Sombres desseins

Pour toiser le temps et oublier les coups de crosse, les charges hurlantes et le déluge de feu qui, dehors, entre place Vendôme et rue du Bac, faisaient cymbale aux cris de rage et aux supplications des insurgés submergés, contournés, harassés, Horace Grondin s'était assis sur un fauteuil de bonne femme, tout au fond de sa chambre.

A la recherche d'une sérénité que son énervement contredisait, il avait allumé sa pipe et s'était imposé la lecture d'un livre.

Bien vite, l'ouvrage lui était tombé des mains. Il avait écouté pensivement le roulement de la canonnade de plus en plus proche et s'était demandé combien il faudrait de temps aux troupes de Mac-Mahon pour avaler la ville de son appétit d'ogre et la liquider de ses défenseurs.

Les yeux perdus sur le vague, les bras croisés, il avait entamé une sorte de méditation grave et raisonnée qui lui arrachait parfois des froncements de sourcils.

Il pensait à son gibier. Il pensait à Tarpagnan. Il se proposait de mettre la main sur lui, de le ramener par n'importe quel moyen rue des Grands-Degrés et de le séquestrer dans la cave.

Tandis qu'il ourdissait de si sombres desseins, le soir s'était avancé jusqu'aux vitres de la fenêtre. Par couches furtives, le velours du crépuscule avait arrondi les angles des meubles, annexé la pendule, enténébré le temps et effacé la tapisserie.

Grondin avait allumé une chandelle.

Il s'était à nouveau laissé tomber au fond du fauteuil à oreilles. La flamme orangée de la bobèche faisait saillir les angles de son visage farouche. Il imaginait Tarpagnan avec autant de netteté que s'il s'était trouvé en face de lui.

La pipe éteinte, le regard terni et égaré, il poursuivait son monologue intérieur et parfois même élevait ses deux mains décharnées comme si, pour faire front à l'argumentation d'un être invisible, il n'avait de ressource pour répondre aux obscures répliques que le choix des ripostes emportées qu'il se faisait à lui-même.

Ainsi, entre lui et cet autre énervant lui-même, une lutte herculéenne s'était-elle engagée. Ainsi, peu à peu, l'idée de la séquestration du criminel dans sa cave avait presque déserté l'esprit du chasseur.

Je ne l'interpellerai pas, pensait-il avec une véhémence croissante, avec une folie de regard que lui communiquait la consomption de son âme. J'inventerai pire. Sans cesse, je serai à ses trousses.

Comment le serais-tu, pauvre jobard ? s'apostrophait-il en réponse. *La grive est à tous les carrefours ! Tu ne pourras pas l'approcher ! Nous sommes en pleine guerre civile ! Les événements ont pris le pas sur toute chose !*

Il faudra bien qu'il se repose ! Qu'il mange. Qu'il regarde le ciel. Qu'il respire le printemps ! se répondait-il par l'entremise de sa seconde voix muette. Je m'approcherai d'abord. Je me ferai voir. Il rencontrera mes yeux. Je lui ferai savoir que je veux l'arrêter pour le meurtre de Jeanne. Je l'accompagnerai comme une ombre. Je lui parlerai du passé. Je lui en ferai reproche. Je ne le quitterai pas. Je lui gâterai la douceur du présent. Je saccagerai ses amours, ses amitiés, ses ambitions.

Ses ambitions ! En plein carnage ? Le monde est nu, pauvre fou ! Plus de projets ! Plus d'amours ! La salle de danse est déserte ! La liberté est liée au sursis de la vie ! Et la vie elle-même ne s'acquiert plus qu'à la pointe des baïonnettes !

Je serai là où il sera !

Il sera sur les barricades.

Je serai sur les barricades ! La liberté, fût-elle celle de l'instant, finira par n'avoir plus de charme pour lui ! Il deviendra de plus en plus inquiet. Il sera gagné par une épouvante mortelle. C'est ainsi que je l'acculerai aux aveux ! Il se laissera volontairement avaler par moi. Il dira tout pour se délivrer. Il avouera son dégradant forfait.

Et je l'étranglerai de mes mains !

Obscurément hanté par l'obsession du meurtre, Horace Grondin respirait avec une peine infinie. Sa tête chauve était tombée sur sa poitrine. Blême, l'attention mobilisée par une fascination singulière, il donnait l'impression de regarder au fond d'un précipice. S'il redressait un peu le col, c'était pour fixer des yeux hagards sur le vide, pour observer avec stupeur des clartés indistinctes, des constructions de lignes tracées par les ombres. Il bougeait à peine. Il déglutissait sa salive. Il essayait en vain de reprendre contact avec la réalité.

Les tempes inondées de sueur froide, absorbé par un délire constant, une sorte d'horreur sacrée, absent au monde, il repartait au bout des profondeurs effarées de sa réflexion.

Il sombrait à nouveau.

Cieux ! comme l'âme des hommes est triste dès lors qu'elle penche vers le crime !

91

Chien qui lèche peut mordre aussi

Le 23 au soir, il était environ vingt et une heures, emporté par ses pulsions meurtrières, le notaire luttait contre un constant brasier dans son cerveau lorsqu'un infime bruit, celui d'une tige écartant avec adresse les pênes de la serrure d'entrée, vint troubler le tumulte de sa cervelle et briser le cercle de ses sinistres résolutions, coupées d'accablements.

Aussi raide et spectral qu'un rescapé d'ensevelissement sortant des profondeurs de la terre, l'homme aux yeux gris resurgit entre les quatre murs de la chambre.

Il entendit distinctement au fond du couloir le pas glissé d'un homme se déplaçant avec prudence. Il se dressa sur ses jambes et moucha la chandelle avec ses doigts.

Un porteur de fanal dont la lumière était masquée par un carton ajouré venait de se glisser dans la maison et sa longue silhouette de faucheux s'était immobilisée dans le sombre du couloir.

Cet homme, inconscient du danger qu'il courait, n'était autre qu'Hippolyte Barthélemy qui, fort étonné au demeurant de ne trouver personne pour l'accueillir, s'employait calmement à ranger son trousseau d'explorateur en passe-partout dans la trousse de son arrière-poche et enfonçait son index au fond de son nez afin de convenablement réfléchir.

Hippolyte avait la conscience en paix. Son intrusion dans cette maison n'était rien de moins que naturelle. N'y avait-il pas rendez-vous ?

Donc, il s'introduisait à l'intérieur.

Auparavant, pour se faire reconnaître, il avait frappé à deux reprises à la porte et scrupuleusement respecté le tempo et le code édictés par Grondin lui-même.

Par deux fois son signal était resté sans réponse. De quoi alarmer tout autre que le noir corbeau.

Appuyé contre le mur, il attendit un moment, tassé près d'un portemanteau encombré de hardes, puis, la peau tendue sur une abominable grimace qu'un trou de sa lanterne sourde éclairait par le bas, Hippolyte se remit en marche.

Horace Grondin, dans le même temps, avait amené à lui le casier d'un tiroir. Il en avait tiré son revolver et armé le chien. Prêt à expédier l'intrus dans l'autre monde, il avait tourné la gueule du crachefeu en direction de la porte.

De son côté, Barthélemy avait poigné son adams. Surpris de ne point rencontrer dans cette maison plus de bruit que dans un cercueil vide, le chrome anglais pointé devant lui, il avançait sur la pointe des pieds.

Tout à coup, la vibration lointaine et mélancolique d'une cloche tendit à vif les nerfs des deux hommes.

Vingt et une heures sonnaient à Saint-Julien-le-Pauvre.

Grondin tendit l'oreille.

Barthélemy fondit en eau.

— Monsieur ! humm... monsieur ! se risqua-t-il d'une voix détimbrée en tendant le col depuis le profond du couloir.

Les heures sanglantes

Il avança encore d'un pas raide puis, son godillot heurta malencontreusement une chaise que l'ancien bagnard avait allongée en travers du dallage dans l'éventualité d'une visite impromptue et, cette fois sans retenue, le grand oiseau de la police jura à bec ouvert.

Grondin identifiant le croassement de cette voix inimitable sut qu'enfin le grand passe-singe du commissaire Mespluchet était revenu.

— Hippolyte! s'écria-t-il aussitôt en s'élançant. Espèce de genreux! Avance! J'ai failli te brûler la cervelle!

— Et moi aussi, monsieur, j'ai cru que j'aurais si peur, que j'allais transformer vos portes en écumoire!

L'instant d'après, les deux hommes se donnaient l'accolade, heureux de se retrouver, liés par quelque chose d'étrange et de puissant qui passait aussi bien par l'estime que par le mépris, par la curiosité que par la duplicité, par l'amitié que par la défiance.

— Raconte! Ne me fais pas droguer! As-tu vu le petit bruge?

— Oui. Tout va bien, monsieur! Malgré les aléas. Et je suis fier assez d'avoir ramené ma carcasse à travers la mitraille.

— Au sujet de Tarpagnan? Crache! Vite!

Barthélemy bâilla à s'engloutir le poing.

— Excuso! plaida-t-il. Depuis deux jours ni repos, ni repas... Il vous faudra attendre!

L'argousin lut dans les yeux de Grondin que ce dernier couvait une très méchante colère.

— Ça m'est égal! Bourrez-moi le pif à coups de tampon si vous voulez, monsieur! s'entêta-t-il, mais je ne découdrai mes lèvres qu'après avoir fait un vrai frichti!

Escarmouche d'araignée avec un tigre, dira-t-on, mais le plus petit venait de désarmer le plus fort.

— D'accord, compagnon! Mange! Après nous nous entre-dévorerons!

Grondin se sentait presque affable. Il comprenait bien que l'autre ne rentrait pas bredouille.

Il alluma les lampes.

Cinq minutes plus tard, assis devant une table, l'ancien bagnard, étranger à toute autre pensée qu'à son urgent désir de savoir où était Tarpagnan, regardait le policier se jeter sur la nourriture.

Le chien du commissaire était affamé. Vorace comme n'importe quelle brute de cambrouse, il goinfrait avec le regard en dessous de celui qui a manqué de tout pendant longtemps et Grondin, malgré son envie dévorante d'être informé, le laissa manger son pain et son sac jusqu'au bout.

Quand le grand échalas eut torché l'assortiment de pâtés et de confit arrosés de vin de madiran que son hôte avait disposé devant lui, il battit des paupières. Les yeux rougis, les traits tirés par la fatigue, le teint plus ictérique que jamais, il récompensa Grondin par un regard reconnaissant et, repoussant son assiette, entama sans plus tarder son rapport.

Pour faire court et efficace, l'inspecteur Barthélemy dit en préalable qu'il avait fait chou blanc en se présentant rue Lévisse. Envolé, le ta-pedur ! Emile Roussel avait fermé boutique. Les volets de l'atelier de serrurerie étaient barrés.

Il avait appelé à cor et à cri, fait du raffut dans la cour et frappé en vain à plusieurs portes.

Il s'apprêtait à quitter l'immeuble déserté par tous ses locataires, lorsqu'un vilain cordonnier du nom d'Œil-de-Velours avait surgi fort inopinément des entrailles de la terre en demandant qui bousinait de la sorte.

Cet étrange pamphile, un bossu aux yeux si ombrés de longs cils qu'ils paraissaient maquillés comme ceux d'un radja, émergeait de sa cave où il était descendu pour y rafler un casier de six bouteilles de vin de Saint-Pourçain avant de repartir au front. Habilement cuisiné par Hippolyte qui s'était fait passer pour « un de l'Ourcq » et avait exhibé son numéro 14, le cordonnier, croyant avoir affaire à une rela-tion de Fil-de-Fer, ne s'était pas trop fait prier pour donner des nou-velles de ce dernier.

Le petit bruge faisait le coup de feu en première ligne et combattait aux côtés de Louise Michel qui venait d'être culbutée avec les siens aux barricades de la place Blanche et avait été laissée pour morte ce matin même dans une tranchée de la chaussée Clignancourt.

Pour inspirer confiance, Barthélemy fit savoir que lui-même avait été engagé dans les combats de la rue Lepic et qu'il s'était replié avec La Cécilia après s'être battu dans chaque maison, étage après étage. Il fallait bien, n'est-ce pas, qu'il s'auréole d'un peu de gloire pour trou-ver le culot de demander ce qu'était devenu Fil-de-Fer après la bataille !

Le vilain boulendos avait haussé sa bosse. Il s'était assis sur une pierre couchée qui faisait une espèce de banc dans la cour. Il avait engoulé la moitié d'une bouteille de saint-pourçain sans respirer. En s'essuyant la bouche du revers de la main, il avait dit d'un air mysté-rieux :

— Suivez la femme et vous saurez peut-être !

— La femme ? De quelle femme parles-tu ?

Le bibard l'avait regardé de travers.

— J'en rabats quinze à ton sujet, avait-il hoqueté avec méfiance. Si t'es d'la gance de l'Ourcq, obligado tu dois connaître Amélie la Gale !

— Pas d'emballes ! se récria le grand déguisé en tirant une carotte. Amélie, j'la connais ! Elle a d'sacrées gambilles !

S'il s'agissait d'y aller au noir culot, Barthélemy était depuis longtemps passé ministre.

— Une fameuse bichette ! avait opiné l'autre croche en s'y laissant prendre. Seize ans à peine ! Une goulue que Fil-de-Fer a rachetée au Ventriloque, son jeune barbillon.

— Où la trouverai-je ?

L'homme parut trop absorbé pour répondre. Il s'évertuait tranquillement à finir d'étouffer sa bouteille.

— C'est plus que toqué, exhala-t-il quand ce fut fait, la trouille me donne soif !

Il avait fallu patienter deux autres bouteilles avant qu'il ne parle. Mais cette fois le briolet avait fait son effet.

Le bouif était garni, il dégoisa sans effort.

Quand elle n'était pas aux armées avec un bataillon de femmes de Montmartre, Amélie la Gale était dans les bras du serrurier. Elle était son élixir de jouvence. Elle rejoignait Emile Roussel dans un coquet trois-pièces de l'Enclos Saint-Laurent que son nouveau protecteur avait mis à sa disposition.

Amélie était une perdrix avec plusieurs tours dans son sac. Elle savait parler aux hommes. Elle avait ensorcelé le petit poitrinaire. Elle aimait son humour vif, ses pensées libertaires et envisageait de se faire épouser, supputant que le bruge (qui cachait bien son jeu) possédait plus de biens au soleil qu'un honnête bourgeois.

Lui, l'industrieux Fil-de-Fer, miné par sa toux de gypse, se savait condamné à brève échéance. Dans sa sereine philosophie, le jeu avec la vie était clair. Il allait chaque jour aux barricades pour défendre ses idées et le soir couchait à la maison où Amélie, sous prétexte de le dorloter sous un bel édredon gris, lui suçait la santé.

— J'm'en fous, disait Fil-de-Fer. D'une façon ou d'une autre, pruneau ou embolie, la camarde sera flouée.

Il était fou de la Gale.

Hippolyte Barthélemy avait fini par se rendre rue de l'Aqueduc, dans le Xe, où était le nid d'amour des tourtereaux. L'immeuble était propret. On passait sous un porche. On ressortait à la lumière.

Au fond d'un jardinet de roses, il avait frappé à la porte d'une maison de poupée. Il croyait aborder le minois d'une jolie maîtresse, il se trouva en face du masque déchirant de la douleur.

Amélie était veuve depuis deux heures.

Les camarades lui avaient ramené son Filou. Une décharge de chassepot lui avait emporté le bas du visage.

Amélie avait entraîné son visiteur presque de force à l'étage pour qu'il vît sa dépouille.

Fil-de-Fer était étendu raide comme balle sur le lit recouvert d'une courte-pointe ajourée au crochet. Il se lisait quelque chose d'enfantin, un peu de gouaille et de pureté sur le visage tuméfié du défunt. Son menton était soutenu par le bandeau d'un mouchoir ensanglanté. Il tenait dans sa main ouverte un œil de verre porteur du numéro 7.

— C'était pas un brochet, c'était un homme ! avait murmuré la lorette d'une voix brisée. C'était mon Arthur ! J'arrive pas à croire qu'il m'a brisé la politesse !

La petite n'arrivait pas à détacher ses grands beaux quinquets de cette astucieuse figure de cire qu'elle avait tant aimée. Elle n'osait même pas l'embrasser, son homme. Elle était vêtue d'une robe blanche qui lui rendait sa candeur. Elle se tenait droite et immobile devant une obscurité tellement impénétrable qu'elle gardait la bouche étonnée et ouverte parce que l'univers qu'elle avait entrevu n'existait plus.

Le monde était tombé dans un trou.

Elle avait ajouté avec de la rosée dans ses yeux :

— Vous êtes un de ses camarades, citoyen ?

Le moyen de dire autrement ! Le fliquard avait acquiescé.

La divette, avec ce tendre instinct du cœur qui couronne les grandes passions, lui avait alors raconté dans un flot de paroles douces ce qui était arrivé.

Les versaillais avaient conquis la Butte. Emile et ses amis – Marceau, Ferrier, Voutard – s'étaient battus pied à pied. Débordés, ils s'étaient réfugiés pour résister encore et plus longtemps dans les galeries des carrières de gypse qu'ils connaissaient admirablement. La ligne avait donné l'assaut et jeté des fumigènes par tous les conduits. Avec sa toux de gypse, Fil-de-Fer ne risquait pas de faire long feu.

Alors, il avait eu l'*idée*.

Ses amis et lui avaient choisi de se donner mutuellement la mort plutôt que de se rendre.

Compagnons insurgés, ils s'étaient regardés une dernière fois. Et puis la mort entre les doigts, ils avaient lâché l'un contre l'autre les ouragans qui renversent, la poudre et les coursiers de plomb. Hop, dans les airs ! Ils s'étaient fait sauter la caisse : vive la Commune !

Barthélemy s'était tu.

Après un silence ourlé de reflets vagues, l'une des lampes avait flanché. Grondin et lui, visages plongés dans la pénombre, se sen-

Les heures sanglantes 437

taient à ce point troublés par le sursaut d'héroïsme du petit serrurier et de ses amis qu'en cet instant étrange où ils communiaient avec eux, ils adressaient mentalement une sorte de salut posthume à ces martyrs de la révolution, morts la cervelle criblée et la tête à demi emportée au milieu des turbulentes spirales de la suffocante fumée.

Grondin avait fini par remuer sur son siège. Les yeux caverneux, il avait murmuré d'une voix sans subterfuge :

— Tant de courages et tant d'assassinats !

Puis étouffant le cri aigu des victimes pour revenir à son unique obsession :

— Est-ce que la petite Amélie t'a mis sur la piste de celui que je cherche ?

Barthélemy battit des paupières. Jambes repliées sous lui, dans la position humble et orgueilleuse à la fois qu'il affectionnait, tassé dans son coin, habile au jeu, sortant de son trou d'ombre comme un rat pour devenir fourbe à volonté ou renaître doucement, – inventif et méchant – il laissa mijoter un peu l'homme aux yeux gris.

— Vas-tu parler, scorpion des murailles ! finit par s'énerver Grondin.

— C'est que je réfléchis, dit l'autre. Bon, ça ne me revient pas, ça n'a pas d'importance !

Il ne se souvenait plus comment la petite et lui en étaient arrivés à parler de Tarpagnan.

Ah si ! La jolie nymphe s'était écriée :

— Antoine ? C'est un bel officier ! Vous le connaissez ? Il est avec Dombrowski ! S'il y a une sortie, il est toujours le premier.

Elle avait ajouté :

— Je l'ai aperçu hier. Il parlait à son ami photographe. Le beau gars, avec un cou indéracinable. Ils se sont même donné rendez-vous à vingt-trois heures pour souper le 23 chez Laveur. 23 et 23 ! ça les faisait bien rire.

Grondin ne se tenait plus d'excitation.

— Tu es sûr qu'elle a dit cela ?

— Sûr ! Elle a ajouté avec tristesse : « Faire des projets ! Quelle folie ! » Elle a haussé les épaules, elle a chougné contre mon épaule, elle a sangloté : « Aller au restaurant ! Quelle folie ! Crois-tu pas ? Des projets, en c'moment, est-ce qu'on peut en faire ? On n'en peut pas faire ! »

» Elle était bouleversée. J'épiais le moment où le passement de son corsage glisserait sur sa charmante épaule. Elle était si ravissante !

» Et puis, elle s'est reprise. Soudain, la chaleur frappait son visage. Elle était exaltée.

» Elle a dit : « Maintenant, j'y vois plus clair ! Puisque le général Ladmirault m'a dépiauté mon Emile, je veux foutre le feu partout ! »

438   *Le cri du peuple*

» Et je jure que vous n'aviez plus envie de la culbuter sur un lit. Elle était devenue farouche. Elle était gale ! Soudain sous l'enveloppe de cet être fragile se révélait un fantastique réservoir d'énergie ! Une poussée surhumaine poussait la divette vers les maisons... Je l'ai suivie un moment dans ses pérégrinations... Une outre de pétrole à la main, elle courait incendier les beaux quartiers... Elle ne pensait pas à sa mort... Elle pensait à sa délivrance !

Barthélemy s'était tu à nouveau.

Il lisait bien dans les yeux de Grondin que quoi qu'il racontât maintenant, son propos ne l'intéresserait plus.

Le temps était devenu coupant comme un couteau porte-malheur.

— Eh bien... dit le grand élingué en grattant de ses ongles noirs le blafard de sa joue, il est vingt-deux heures et nous sommes le 23. A trois cents mètres d'ici, monsieur, vous pouvez choper votre homme et j'ai rempli ma promesse.

Grondin, d'ailleurs, s'était levé. Il venait d'enfiler sa capote. Il tenait à la main son arme et en vérifiait une dernière fois le chargement.

De ses yeux qui paraissaient blancs, il fouilla l'obscurité du côté de Barthélemy et laissa tomber :

— Ma foi, tu as raison, c'est l'heure ! Séparons-nous pour toujours, cher Hippolyte.

— Oui. Au revoir, monsieur Grondin.

Les choses avaient l'air fort simples mais les nerfs avaient été éprouvés.

Grondin, sur le point de partir, contemplait les déchets de leur amitié, cette étrange fraternité masquée par les crachats finals.

— Te voilà bien sinistre ! s'essaya-t-il à plaisanter. Réjouis-toi, garçon ! Les gens de ton camp progressent. Le commissaire Mespluchet fera bientôt sa réapparition. Tu as résolu l'énigme de l'Ourcq. Tu peux faire un fameux rapport sur moi. Tu seras fêté pour ton civisme tricolore !

— C'est vrai, monsieur, reconnut le héron dans un fouettement de langue. Je vous dois beaucoup.

Il exhibait sur la paume de sa main droite sa collection d'œils de verre qu'il avait tirée de sa poche et faisait rouler les pupilles bleues avec l'air ingénu d'un homme qui ne cherche pas à se pousser.

— Je vous suis bien reconnaissant, allez, monsieur le sous-chef de la Sûreté, recommença-t-il comme autrefois. Et j'ai beaucoup appris du fait de votre fréquentation.

Le sombre argousin baissa la tête comme s'il lui était pénible de lutter contre le penchant d'un caractère qui n'était pas né d'hier mais aussi comme s'il acceptait avec une sorte de jouissance intime son destin d'âme résignée.

— Je pense qu'on me fera passer commissaire. Mais on ne se change pas en héros pour autant. Aussi redeviendrai-je rapidement ce que je suis.

— Un délateur de vocation ?

— Un homme de peu de foi au regard de l'amitié que je vous porte, monsieur. Un fonctionnaire zélé. Mais, ajouta-t-il en levant des yeux inquiets porteurs d'une épouvantable, fantastique et pitoyable interrogation, si vous en veniez à assassiner un innocent pour satisfaire à votre obsession de la vengeance, que pourrais-je faire d'autre que de vous dénoncer, puisque je dois à mes chefs la vérité sur vos agissements !

— Qu'insinues-tu, sombre coquin ? Que Tarpagnan est innocent ?

— Vous ne m'avez pas laissé finir tout à l'heure, monsieur, j'avais encore à vous dire que j'ai filé votre suspect et que, quoi qu'il fût communard jusqu'au bout des ongles, il est un vaillant homme. Un officier d'un courage exemplaire. J'ai peine à l'imaginer en assassin de jeunes filles !

— Seize ans que la malveillance m'aiguillonne, vilain chien ! répondit Grondin. Tu ne vas pas briser mon ressort ! Adieu, Barthélemy, ajouta-t-il en lui tournant le dos. Je te laisse les clés et toute la baraque ! Je n'imagine pas que je reviendrai jamais ici ! D'ailleurs, avant deux heures cette portion de Paris sera versaillaise ! Mon futur est de l'autre côté !

— Vous serez pris pour un des leurs !

— Tout ce qui nous arrivera est déjà écrit dans le Livre.

Grondin coiffa son vieux képi déchiré, balança sa musette sur son dos voûté et s'engouffra dans le couloir.

Sur le point de sortir, il se ravisa.

— Ah ! J'oubliais... Une dernière chose, Hippolyte ! Si d'aventure je tue un innocent en croyant faire justice, fais-moi serrer par tes argousins ! Je ne t'en voudrai même pas.

— Merci, monsieur, dit le policier en s'éclairant. C'est ce que j'attendais de vous !

Il se sentait brusquement investi d'une responsabilité qui élevait son âme et remplissait son intelligence d'une bonne odeur de confiance, d'une sorte d'allégresse blafarde qui éclairait tout son être comme la lune en son plein.

Il referma la porte à double tour sur Grondin et pensa qu'il avait le temps de faire un somme avant de se présenter aux autorités militaires et de se faire reconnaître comme un loyal serviteur du régime.

Maintenant, Grondin marchait devant lui. Maintenant Grondin marchait presque vite.

Maintenant, il était là où nous l'avons laissé, maintenant, il abordait la place Saint-André-des-Arts.

Un sourire un peu fou éclairait son faciès d'oiseau de proie. Il faisait penser à ces dames-blanches qui, à la tombée du jour, poussent un cri voilé et rauque et quittent les grands pans d'ombre de la grange en laquelle elles nichent, pour survoler d'un vol ras et heurté les bosselures du terrain noyé dans le vague d'une ouate de brouillard et se rendent au festin de leur chasse meurtrière.

92

Le dernier dîner sur une nappe

Ce mardi 23 mai, alors que Paris flambe et que la rive gauche se bat avec acharnement de Vavin au Panthéon, les habitués de la pension Laveur semblent s'être donné le mot pour partager un ultime repas sur les petites nappes à carreaux rouges de la rue des Poitevins.

A deux pas de la bataille, déterminés à boire « le coup de l'étrier » avant que ne se referme sur le Quartier latin la tenaille de la barbarie versaillaise, ils rêvent une dernière fois, la prunelle sombre, à l'harmonie parfaite de la vie et leurs pensées secrètes s'échappent par des labyrinthes de désirs nacrés vers la caverne de leurs visions folles et fugitives où parfois se glissent les femmes qu'ils ont aimées.

D'autres parlent de leur journée. De moellons et de barricades. Ils montrent leurs mains noircies par la poudre. Ils disent que la défaite est sûre.

Occupés à défaire leur nœud de serviette, beaucoup de têtes connues. Des amis de Vallès : Langevin, Longuet, le colonel Maxime Lisbonne. D'autres combattants aussi, deux trois turcos accidentels, quelques Enfants perdus. Un garibaldien dans son jus de plumes cassées et de panache roussi. Et puis des gens plus éreintés. Des lascars qui depuis huit jours au moins sont tisonnés par les bouches à feu. Déchirés à la mitraille. Voués à l'embrochage. Au grand vacarme.

Ils ont faim.

Ils salivent. Ils s'impatientent. A croire que la guerre aiguise leurs

Les heures sanglantes 441

dents. A croire que l'habitude du trépas n'efface pas l'envie de vivre. A croire surtout que nul n'aurait voulu rater le fricandeau à l'oseille magistralement exécuté par la robuste Mme Laveur, une personne du sexe qui a, comme on dit, les mains longues sur ses hôtes et sait sonner la grosse cloche au fond de ses marmites avec autant d'autorité et de talent qu'un maître de beffroi en mettrait à pédaler Josquin des Prés sur son clavier de sonnailles.

Au moment où nous pénétrons dans l'enceinte de la salle surchauffée de grosses voix et enfumée de pétune, le tohu-bohu fait graduellement place à un silence de trappiste.

D'un coup, c'est la messe, on dirait.

Tout est muet dans la cambuse ! On se découvre au premier rang ! C'est que Mme Laveur, dans sa gibbosité de chair voluptueuse, vient de paraître avec son torchon rouge jeté sur l'avant-bras.

Majestueuse, elle se hisse sur le piédestal de sa caisse. En deux petits pas de côté, elle trouve à l'aveugle son tabouret. Elle y dépose son maousse fessier.

Divinement allégée, lavée du poids de son corps, elle sourit. Le front carré sous un chignon fourni, des bagues à chaque doigt, elle trône, telle une Junon en plus accessible, postée, frémissante et mamelue, entre guichet de cuisine et porte battante de salle à manger – autocrate sans partage d'un règne qui la situe entre Olympe et cuistrerie terrestre.

Elle toise sa clientèle qui finit de batailler avec les poils de l'invariable soupe aux poireaux servie en guise d'ouverture au menu du jour, puis frappe dans ses mains.

Le regard impitoyable, elle foudroie d'un claquement de langue l'élan glissé d'une grande pie de serveur à gilet noir, à tablier blanc, qui poursuivait sa course vers une table. Tétanisé vif dans le bronze de son autorité sans faille, le larbin, porteur à bout de bras d'un plat fumant, se fige gracieusement. Il suspend son bras comme une branche de chandelier et, abordant le temps avec un sourire éternel, reste sans branloter en équilibre sur une jambe.

Par Jupiter ronflant ! Quelle trompe à salive ! Forte d'une attention renforcée de son auditoire, la citoyenne Ernestine Laveur met sa puissante voix au service d'une mesure d'amnistie générale pour les ardoises en cours.

Cariatide vivante, elle annonce en outre la gratuité du repas de ce soir qu'elle offre « à tous les patriotes ». Elle s'immerge dans le tonnerre des applaudissements, goûte avec bonheur à son succès, et, les bras ouverts à tous ces braves qui scandent son prénom, – Ernestine, Ernestine ! – vocalise dans une ambiance de final d'opéra le plat du

jour : – « *Fricandeau de ménage au jus de ma façon !* » – une préparation si goûteuse, qu'elle est ordinairement réservée au seul menu du
samedi.

La perspective de cette succulence souffle le chaud dans les esprits
et dans les ventres des convives :
— Ah, nom de Dieu ! Quel désintéressement ! Qu'est-ce qui lui
prend à la dabuche ? s'interroge un jeune brigadier au milieu de
l'ovation générale.
— C'est tout pensé ! lui répond un vieil homme. Tout est perdu ! Le
drapeau saigne ! C'est sa manière de nous dire qu'on va tous claquer !
Leurs visages sont mornes au milieu du bonheur général.
— Je vous aime ! lance Ernestine Laveur à tous ses hommes. Elle
leur envoie ses baisers les plus fous. Allez ! commande-t-elle aussitôt
après, mangez et retournez vous battre, les petits ! Le jus de veau, y
faut pas qu'ça r'froidisse !

Délivré, le larbin statufié pose son patin au sol et reprend sa course.
Le personnel en cohorte jaillit de l'office et commence le service. La
salle les attend de pied ferme.
Tous ces gens meurent de faim !
Les voilà dans l'instant qui travaillent à la tâche de manger avec
des coups de fourchette étourdissants. Ils se pavent le gosier de belles
tranches de veau braisé. Ils marchent à la larde, succombent aux effets
de la divine rouelle, succulent le moelleux des jus de viande réduits
dans un patient mijotis de bouillon, saucent avec le pain, finissent
avec les doigts, ne laissent rien au bord des assiettes, for un peu de
buée d'oseille – d'impalpables traces végétales – qu'ils regardent
longtemps, avec des yeux vagues et reconnaissants.

Bien sûr, il y a un tour.
Les derniers servis commencent à peine lorsque les premiers les
envient déjà. Les mâchoires des dîneurs mandibulent plus qu'elles ne
mastiquent.
Elles broient. Elles déchirent. Elles rongent. Elles vont à l'os. Elles
usent les sucs.
On entend des bruits de bouche et de fourchettes. Des succions de
chair. Des régalades de vin. Des grognements de fond de gorge. Des
soupirs d'aise. Des craquements de chaise si l'un des convives, après
avoir mis les morceaux doubles, prend ses distances avec la table et
s'écarte de son assiette, soudain trop proche pour un ventre qui rit.
C'est un dîner à l'étouffement. Un rendez-vous de fripe-sauces.
Une gorge chaude de dernier sacrement. Une estouffade de la dernière
chance.

Tarpagnan, quant à lui, ayant choisi la carte, vient tout juste de finir la *morue Mithridate* qui faisait suite à la soupe aux poireaux lorsqu'un serveur dépose devant lui la succulente assiette de veau braisé.

Antoine avance la main pour refuser le plat.

— Je n'en veux pas, mon ami. Ce serait trop.

— C'est obligatoire, monsieur. Tout doit disparaître ! Mme Laveur le veut ainsi.

Le serveur s'éloigne en courant. Il est déjà parti porter sa provende ailleurs. Il tient six assiettées en équilibre sur sa manche.

Antoine regarde d'un œil attendri le géant Marbuche qui tend la main vers sa portion et s'apprête sans parler à entamer sa seconde pantagruelade de choux rouges au lard et d'oseille. Par-dessus les épaules du lutteur mandchou, il voit s'entrouvrir la porte du fond de la salle à manger et tend le cou pour découvrir au plus vite le nouveau venu.

Il attend Vallès ou Mirecourt. C'est un monsieur aux cheveux bruns qui se profile à la porte à tambour. Un fonceur d'allure pressée.

93

L'invité de la dernière minute

Son chapeau vertigineux à la main, l'inconnu fait quelques pas sur le parquet.

C'est visible, il cherche quelqu'un du regard. Pendant un bref instant, il explore le fond de la salle. Soudain ses yeux se vissent sur Tarpagnan et même il semble à ce dernier que le quidam lui adresse un signe familier.

Il baisse aussitôt la tête.

Quand il la relève, l'homme s'est déplacé. Il paraît connaître admirablement les lieux, les us et les gens puisqu'il vient de saluer Mme Laveur et de se débarrasser de sa longue canne dans le porte-parapluies de l'entrée, une patte d'éléphant, où Antoine lui-même a déposé son makhila.

Poursuivant sa route d'un pas de chasseur, il salue au passage une table de familiers où s'empiffrent Régère et Francis Jourde. Il leur sert deux ou trois phrases véhémentes. Il a le teint pâle, les joues rasées de près, le front bosselé et volontaire. Il possède de très beaux yeux enfoncés, qui pétillent d'intelligence quoiqu'ils soient rougis par la veille.

Antoine ressent une gêne étrange. Bien que la physionomie de l'homme ne lui soit point étrangère, il est toujours incapable de mettre un nom sur le visage glabre.

Encore trente pas et son gêneur sera là.

Il porte une jaquette déchirée par endroits et, jouant de ses épaules assez bien découplées, dandine entre les rangées de tables, porté par des jambes nerveuses et trapues qui stoppent net en arrivant devant Antoine.

— Pardon d'être en retard, cousin Vingtras! s'écrie aussitôt l'intrus.

Il se laisse tomber sans plus de façons sur une des deux chaises restantes. Il salue Marbuche, lui demande des nouvelles du clown Kantalabutt, de la Vénus au râble et du Rhotamago et, sans interrompre son discours crépitant, se sert d'autor et d'achar un grand canon de vin rouge.

Tout en le buvant à grands traits, le volubile sans-gêne revient à Tarpagnan. Ses yeux sombres s'attachent à lui, des yeux de charbon qui ne peuvent être, qui ne pourraient être que ceux de l'illustre élu du XVe arrondissement si la mélancolie ne s'y lisait pas, inscrivant sur sa face blême un fond de désespoir pathétique comme n'en saurait cultiver l'homme au roulis farouche, à l'énergie inusable, à l'entrain endiablé qu'est Jules Vallès.

Tarpagnan est de plus en plus perplexe. Il essaye de faire bonne figure, seulement muré dans un silence poli.

L'autre lui dit à toute volée qu'aujourd'hui a été une journée bien difficile, qu'il a couru d'une barricade à l'autre, qu'il a dû signer pour l'incendie de deux maisons rue Vavin et que les nouvelles qu'il apporte ne sont pas fameuses.

Voyant que le Gascon hésite à lui faire fête, qu'il se tient sur la réserve, que son hésitation à le reconnaître le prive de l'usage de la parole, Jules Vallès, car c'est bien lui, s'écrie :

— Décidément, aujourd'hui, personne ne veut de moi sans ma pilosité! Je me suis rasé! Bon! Mais la barbe, ce n'est que de l'emmaillotage! Or, figure-toi que tout à l'heure, place du Panthéon, on a voulu me coller au mur! La foule demandait Vallès... Moi, pauvre nicdouille, j'arrive avec ma physionomie! Des excités me demandent où est passé leur grand homme! Je réponds que c'est moi.

Que je me connais bien ! Que nous ne sommes pas nombreux à traîner dans le coin avec une écharpe rouge ! Les gens scandent : « Des armes ! du pain ! » Comme si j'en avais à revendre ! Je leur dis que je n'en ai pas. Qu'il n'y a nulle part où en aller chercher. Ils le prennent mal. Un braillard se fâche. Je me trouve seul. Il gueule que je suis un imposteur ! Un mouchard. Que l'intègre Vallès porte le poil comme un astrakan ! Fouchtra ! On m'entoure. On me presse. On me veut du mal. Ça commence à piquer autour de ma redingote ! Sans un excellent Alsacien du nom de Wurth, je te certifie que l'idole du quartier allait passer un mauvais quart d'heure !

Il s'interrompt. Il mange trois miettes qui traînent sur la nappe. Il fixe Antoine qui ne dit toujours mais.

Il balbutie :

— Quoi ? Tu te tais ? Tu m'en veux ? Pardon d'être en retard ! J'ai mille excuses pour ça ! Je viens d'essayer de calmer les esprits. Les gens deviennent fous de douleur ! Ils veulent brûler la bibliothèque Sainte-Geneviève ! Il a fallu leur expliquer l'absurdité du geste. Ailleurs aussi, ils voulaient foutre le feu. Certains ne s'en privent pas. Hop, une bouteille enflammée dans les caves ! En venant, j'ai vu des femmes fuir en tirant leurs mioches par la main. Elles emportaient leurs hardes dans un mouchoir. J'ai voulu tendre ma ceinture rouge en travers de leur panique. Mais cela ne veut plus rien dire... Le peuple se dit avec amertume que les beaux messieurs à écharpes des Comités de défense n'ont malgré leurs vanteries rien prévu ni rien préparé pour se battre...

Découragé, il s'interrompt, regarde son ami :

— Nous sommes fichus, cousin ! Mais il faudra rester. Rester avec ceux qui fusillent et qui seront fusillés ! Tenir notre rôle. Il faudra refuser la stratégie du désespoir.

Et comme Antoine ne dit toujours rien, il pâlit. Il observe l'ombre sous la table avec abattement. Les larmes lui montent aux yeux.

Il approche son visage de celui de Tarpagnan, lui caresse fraternellement la joue et, serrant ses mâchoires puissantes, murmure avec compassion :

— Ah, mon pauvre petit vieux ! L'imbécile que je suis ! Je comprends seulement maintenant ce qui te muselle ! Par Dieu ! Ton chagrin vaut le mien ! Tu t'en doutes, j'ai pleuré comme un veau !

— De quoi parles-tu ?

— Du drame épouvantable qui nous prive à jamais de la présence de notre cher Théo !

— Je ne savais rien, avoue Tarpagnan d'une voix blanche. Mirecourt ? Comment est-ce arrivé ?

— Un peu en retrait de la rue des Carrières. Un obus l'a frappé de plein fouet ! Je veux que personne ce soir n'occupe sa chaise !

Longuement, les deux camarades se regardent. Les éclats de voix autour d'eux sont réduits à des bruissements d'insectes. Puis, Antoine, visage soudé par la douleur, penche la tête, soupire avec angoisse, et raconte, gorge nouée par l'émotion, la façon dont Dombrowski lui aussi a été frappé à mort sous ses yeux.

Ses paroles, il en est conscient, sonnent comme un glas et se rattachent aux réalités poignantes de la vie insécure, au grand voyage hagard vers le danger que mènent tous les honnêtes gens entraînés comme lui ou comme Vallès dans la tourmente des jours sanglants. Le mauvais sort des uns n'est-il pas là pour leur rappeler que le radeau auquel ils sont cramponnés, sans cesse dérive vers le plus noir de la tempête et que les cris poussés par les trépassés d'aujourd'hui seront les leurs demain ou seulement dans une heure ?

Jamais sans doute comme en cet instant Tarpagnan n'a senti que chaque événement est un tournant de la route. Qu'aussi les horizons changeants de l'existence se superposent, s'annulent, et puis s'oublient – fantastiques lumières d'orage ou cruelles nues balayées par les vents. Qu'à l'obscurcissement des visages succèdent des clartés de bonheur.

Incroyable ! Il se surprend à sourire au milieu de ses larmes !

Tout à coup, sans qu'il sache lui-même comment il en est arrivé là, il essuie ses joues et adresse un sourire à Vallès. Avec une sorte d'instinct plus fort que l'opacité de ses craintes, il s'arrache du grand vide noir. Il évoque la rieuse démesure de ses beuveries avec Mirecourt, la beauté de ses photos, les fous rires avec Courbet, les chevauchées de la folie avec le Polonais.

Son œil redevient farouche. Avec brusquerie, il allonge le poignet en travers de la table et pose sa main sur celle de Vallès.

— Tu dois manger, lui dit-il. C'est ce qu'aurait voulu Théo. C'est ce que nous avons tous fait.

Vallès acquiesce.

Il dit :

— Tu as raison, mon camarade. La vie l'emporte ! Plus forte que tout ! Je veux dîner royalement avant de retourner me battre ! Je veux de ce braisé que je vois partout dans les assiettes et dans les bouches ! Vite ! Une bouteille de bourgogne ! Après, je prendrai une frangipane trop sucrée et un café arrosé !

Il le fait. Il mange. Il dévore.

Il accomplit une sorte de rachat physique. Il fourchette et découpe sa viande avec l'énergie de la survivance. Il assouvit sa fringale de vie sans fausse honte et tout en finissant son café brûlant, revigoré par la bonne chère et le vin d'Irancy, il phosphore avec une énergie nouvelle et vaticine sans plus tarder sur la mauvaise tournure prise par les événements.

Plus que jamais rebelle, enragé par sa soif d'idées généreuses, désespéré en même temps par l'échec d'une cause dévouée et héroïque, il
frappe de sa main carrée sur la table.

Avec obstination et véhémence, il répète :

— Tout va à tourne-cul ! La Commune de Paris va sombrer, même
si l'idée est invincible ! L'idée, Tarpagnan ! Et c'est le symbole de la
révolution qu'il nous faut préserver ! Sa pureté tremblante et résolue.
Son sens moral et exemplaire !

A travers son verre de vin, Antoine regarde l'insurgé avec une sorte
de tendresse indulgente.

— Bravo ! le félicite-t-il, tu peins un grand soleil en pleine nuit !

— Grand soleil ? Tu me ris au nez parce que tu trouves que je joue
du clairon ?

— Seulement parce que vous voilà d'accord, le père Hugo et toi !

— Bien sûr ! A tout fracas ! s'emballe Vallès en éclatant d'un rire
tonitruant. Le sens révolutionnaire est un sens moral ! C'est pourquoi
la populace ne peut faire que des émeutes. Pour faire une révolution, il
faut le peuple... Et le peuple, Tarpagnan, c'est maintenant que nous
distinguons sa vertu !

— Pauvre peuple ! berné par les idées des uns et des autres !

— Peuple intarissable ! Peuple généreux de son sang ! Peuple qui
n'abandonne pas les travailleurs !

Des paroles qui résonnent, étranges et sombres.

Des paroles perdues pour tous. Cent étoiles farouches lâchées au
milieu du vacarme, de l'animation des conversations, de cet immense
brouhaha d'après repas.

Les deux hommes se taisent.

Un moment, Vallès semble céder aux tourments qui l'animent. Les
yeux sombres, il s'éloigne par des voies secrètes jusqu'aux confins de
ses doutes. Il a le regard vague et lointain.

Tarpagnan, lui, regarde avec bonheur le géant Marbuche dont la
petite âme a pris le chemin paisible de la lumière et qui, dans la
constante simplicité de son esprit sans frise-à-l'âme, se contente de
goûter l'instant présent.

Comment ne pas envier le simplet, terrassé vif par l'abondance de
la nourriture et passé sans transition d'une force de bœuf à une mollesse de végétal ? Recroquevillé sur sa chaise, le pouce fiché dans la
bouche, il offre le spectacle d'un gros bébé bataillant contre une
léthargie bienheureuse que rien, rien à part la déflagration d'une pièce
de sept installée aux lisières de son tympan, ne saurait contrebattre.

Antoine reporte son attention sur Jules Vallès et laisse tomber :

— Combien de jours tiendrons-nous ?

448 *Le cri du peuple*

Le journaliste sort immédiatement de son égarement passager.

— Tant qu'il restera un courage.

— Nous sommes vaincus, n'est-ce pas ?

— Pardieu ! Ce n'est pas faute d'avoir fait tirer le canon d'alarme !

— Mais, s'acharne Antoine, si la révolution bégaye n'est-ce pas parce que la grande voix des tribuns n'est pas encore parvenue jusqu'au fond des lits froids, des taudis mal balayés, des soupentes où redouble la fatalité d'être pauvre ?

— C'est, se fâche Jules Vallès, parce que les philosophes et les artistes confondent l'oiseau de rêve, la fumée de leur cigare et la portée de leurs lunettes avec l'espoir des mains tordues par le travail !

Soudain, la conversation le ranime. Il s'échauffe tout à fait. Sa capacité de révolte est intacte :

— Croire qu'après les estomacs vides et la souffrance des pères, les fils connaîtront enfin le ralliement des cœurs ! Qu'ils obtiendront des patrons de meilleures conditions de travail ! Quelle utopie ! Quelles fichaises ! Quel trompe-l'œil ! Et que d'injustices à venir, avant de mettre à bas la misère humaine ! Ah, comme il est empoisonné le chemin vers le progrès ! Quant au ressac...

— Tu crains les débordements ?

— Je crains la folie qui sème la graine des assassinats ! Des deux côtés, on tuera les prisonniers ! On achèvera les blessés ! On réglera ses comptes !

D'un coup, il rejette sa chaise en arrière.

— Demain, tout Paris sera féroce ! s'écrie-t-il.

Il se lève. Il s'essuie les lèvres.

— J'y retourne, n'empêche ! dit-il en pliant sa serviette aussi simplement que s'il allait revenir après une course dans le quartier. Il faut accompagner ceux qui seront dépecés demain !

Il fait un faux départ. Se ravise. Fixe Tarpagnan.

— Bonne mort, cousin Vingtras, dit-il en s'apprêtant à donner l'accolade au Gascon.

Le souffle de l'un effleure les joues de l'autre.

Tarpagnan murmure :

— Je te promets de rester aux côtés du peuple.

— Adieu Antoine, répond Vallès. Je savais depuis le début que ta musique de cœur était immense. N'oublie pas que tu es un soldat de l'idée révolutionnaire. Chacun son poste.

Il embrasse Tarpagnan, caresse la tête du géant Marbuche et, le cœur gonflé d'un espoir de lutte, quitte de son pas pressé la pension Laveur.

94

L'homme de glace

Véritable trombe humaine, à peine jaillit-il sur le trottoir, qu'il percute la forme massive d'un curieux tout en os, qui, le dos courbé dans la position de l'écouteur aux portes, se tient dans l'obscur du voisinage privé d'éclairage.

L'espion a le visage collé à une vitre. Il épie dans la clarté jaunâtre des lampes les allées et venues des clients de la pension Laveur.

Vallès pousse un grognement de désagrément et tape sur l'épaule de l'indiscret.

— Que faites-vous là, citoyen ? Si vous avez l'âme fraîche, rentrez plutôt. Vous serez régalé gratis ! Et si vous êtes méchant, partez ! La boue des délations nous éclabousse assez !

L'étranger reste crampé devant la fenêtre. Sans se départir de son étrange calme couleur suaire, il répond :

— Vous voyez bien ce que je fais ! J'écoute fondre le temps en espionnant la lumière et je m'apprête à surprendre un homme à qui je veux du mal !

Croyant avoir affaire à un fou, Vallès, qui était sur le point de s'esbigner, fait tout pour rencontrer les yeux de l'olibrius. Sitôt qu'il l'a fait, il a l'impression de s'enfoncer dans du froid.

Il découvre un portrait ricanant, aux fossettes saillantes, au teint d'ivoire et déchiffre en un éclair la profondeur captivante de ses yeux de serpent.

— Ici, l'on mange bien, à ce que je vois ! siffle l'apparition en reprenant son observation immobile. On fait un fameux balthazar ! On se goberge ! On en profite !

Vallès ne répond pas. Il frissonne malgré lui.

Le spectre tourne vers lui ses yeux gris et pénétrants.

— Ça m'est égal que les gens rient, décrète-t-il en surprenant à nouveau son interlocuteur par le timbre rauque et désaccordé de sa voix, parce que ce soir, figurez-vous, moi aussi je suis heureux ! Moi aussi, je fais bombance ! Sur un simple coup d'œil, j'ai rassasié mon esprit affamé de vengeance ! Vous savez bien, ce plat qui se mange froid ! Et je viens de rattraper seize ans de temps perdu !

La stridence métallique de ses cordes vocales transporte des accents de haine indélébile. Vallès n'a jamais entendu une telle mélodie. Il jurerait que le sacré fantôme lui parle depuis le fond d'une caverne de glace. Soudain, la rue elle-même lui paraît gelée.

Enveloppé d'une longue capote, l'homme au regard insoutenable se redresse.

Il élève devant sa face grise sa main aux doigts longs et maigres, avec des ongles froids. Son corps tournoie doucement dans le petit vent de la nuit.

Il met en branle sa haute stature voûtée, il ôte sa casquette de vétéran et découvre un crâne auréolé d'une couronne de cheveux blancs comme le givre.

Il entre dans le restaurant.

Comme il passe le seuil de la porte, Vallès a le temps d'entrevoir la griffe d'un cicatrice blanche qui traverse de part en part l'écorce desséchée de sa peau de basane.

— Monsieur ! lance-t-il pour briser l'élan de l'étrange personne.

Mais autant essayer de diriger un cauchemar.

Hanté par des pensées funestes, Jules Vallès regarde tourner les reflets de la porte pendant un long moment. Il chasse de sa cervelle encombrée de nuages de mort le souvenir irréel de l'apparition qu'il vient de croiser.

Mains au fond des poches, il plonge dans l'obscur et retrouve la frémissante douceur de mai, sa naïve verdure qu'ornent d'une mélancolie languissante trois marronniers, rescapés de la hache.

Il tourne le coin de la rue Hautefeuille et hâte le pas. En remontant le boulevard, il entend crépiter une roulade de mousqueterie.

Il suit la ligne des façades et s'en va en rasant les murs passer la nuit sur la barricade de la rue Soufflot.

Etendu sur une simple couverture, en attendant la piquette de l'aurore d'un nouveau jour sanglant, il pense à Mirecourt et, d'un sommeil agité, s'endort non loin d'un autre mort au crâne défoncé.

95

Le fantôme de la pension Laveur

Mais remontons quelque peu le temps.

Vallès sort de la pension Laveur.

Tarpagnan se secoue d'une apathie passagère dont le bourgogne est la cause. Il se reprend.

Il griffonne à la hâte un mot à l'attention de Marbuche et laisse le billet en évidence sur la nappe. Il indique au géant, profondément endormi sur son siège, où il pourra rencontrer Gabriella Pucci qui travaille aux « ramasse-morts » de Lariboisière. Il ajoute qu'il se tiendra quant à lui à la barricade de la rue du Pot-de-Fer, où il passera la nuit.

Tandis qu'il rend plume, encrier et buvard au garçon qui les lui a apportés, son esprit divague un court instant et s'en va se perdre sur le papier à fleurs de la pension. C'est une tapisserie industrielle dans les vieux rose avec des rehauts d'indigo dont le motif répétitif est un dessin de saltimbanques. L'attention d'Antoine s'est perchée tout naturellement du côté d'une verdine où, sur un escalier à sa taille, il distingue Palmyre.

Palmyre est sur les pointes. Elle a un magnifique nœud rose dans ses cheveux. Elle lui fait signe.

La jolie naine dit :

— Dehors, le temps s'accélère.

Elle le lui dit. Elle le lui répète avec insistance.

Elle dit :

— Le brasier s'allume partout.

Elle dit aussi :

— Nos vies sont condamnées.

Elle touche machinalement ses joues colorées par un vermillon léger, elle souffle sur des bulles de savon et disparaît.

Tarpagnan vient de se lever de table.

Sommeil de folie ! Tout soudain, une sorte d'obscurité éteint les reflets de ses yeux. Les oreilles lui sifflent comme des trains. Sa bouche reste en suspens sur un demi-sourire.

Est-il possible que l'horloge du monde vienne battre jusqu'ici ? Est-il dans le rêve ? Est-il dans le cauchemar ?

452   *Le cri du peuple*

Son regard se glace.

Il fixe à l'autre bout de la salle celui qui le foudroie avec des yeux terribles. C'est son passé qui lui saute au visage. C'est une momie qui se dresse sur son chemin !

Le regard de l'homme aux yeux gris le transperce malgré la distance. Chose inouïe ! sans bouger, sans remuer, sans s'approcher, il réussit à être effroyable. Pas de doute, c'est bien lui ! Pas de doute, c'est bien le visage de Charles Bassicoussé qu'il faut lire sous le masque grimaçant du spectre dressé près de la porte d'entrée ! C'est bien celui du convict qui est resté près de quinze ans l'anneau au pied, enfermé comme un fauve dans une cage, et qui, rejeté, avili, voué à l'oubli par le verdict de la justice des tribunaux, est ressorti au grand jour après tant de saisons de relègue, de mauvais traitements, de dysenterie, de fièvres, et d'humiliations qu'il a vraisemblablement attrapé la rage. Qu'il vient demander des comptes. Et qu'il sort aujourd'hui la loi de la foudre.

Antoine essaie de rassembler ses esprits. L'émotion lui noue la gorge. Il respire sa guigne. De toute éternité, il a redouté ce moment mais il l'a aussi appelé de ses vœux. Combien de fois s'est-il demandé quand resurgirait l'homme aux yeux gris sur son chemin ? Inconsciemment, il sait qu'il attendait ce tournant de sa vie. Peut-être souhaitait-il même une explication qui le délivrerait du remords.

Que reste-t-il à faire ? pense-t-il. Cent ans que je l'attends ! Finissons-en ! Une seule pensée soutient Tarpagnan. Celle de sa propre innocence !

Il se met en marche. Lâchez les acouphènes ! Il a perdu ses tympans ! Son cœur bondit comme un étalon fou. Il s'avance dans la direction du fantôme de sa vie.

Doucement, les prunelles de l'ancien notaire s'imprègnent d'une lueur dangereuse. Une joie méchante traverse son visage défiguré par une balafre.

Soudain, Tarpagnan voit l'ancien forçat se précipiter sur la patte d'éléphant qui sert de porte-parapluies. Il le voit en un geste fou s'emparer du makhila, l'élever à deux mains jusqu'à hauteur de son visage de cire, le montrer à tous avec une effroyable joie, le brandir et le briser net sur son genou levé.

Un cri surhumain, une vocifération d'archange féroce, vient renforcer cet acte d'écrasement, cette revendication d'une réparation, ce défi ininterprétable pour quiconque, sauf pour Antoine.

Par deux fois, Horace Grondin ficelle le souffle de toute une salle.

Il rugit :

— Hitzā hitz! Hitzā hitz!

Et presque aussitôt, avec une agilité confondante, alors que le commun des convives pétrifiés en est encore à tourner la tête, alors que Mme Laveur sent se glacer son sang, que les flammes des bougeoirs agonisent, Horace Grondin disparaît, se volatilise, s'évanouit dans le reflet des glaces. Il s'enfonce à reculons dans la nuit, surnaturel, inexistant, les épaules agitées par un éclat de rire convulsif, usant de cet affreux rictus qui lui déchausse les dents et fait de sa hure épouvantable un objet d'effroi supplémentaire.

Au cri de l'ancien bagnard, Tarpagnan a bondi en avant. Il a bousculé un grand larbin qui faisait obstacle à sa course et qui est allé s'écraser sur une table dans un tintamarre de vaisselle brisée.

Il a passé la porte.

Il a débouché dehors.

Il a hurlé :

— Notaire ! reviens !

A peine, il était là, sur le pas de la porte, l'air d'une balle a soufflé sur ses joues comme un vent qui cherchait à effacer la vie.

Le vacarme de la détonation l'a jeté sur ses genoux.

Dans le silence revenu, il a guetté le déplacement du tireur. Il a entendu la mort voler doucement comme un oiseau noir. Il a bougé un peu. Une autre balle est aussitôt sortie de la langue d'une pointe de feu. Elle a ronflé, elle a fait cercle autour de sa tête et s'en est allée ricocher sur de la tôle.

Il s'est dressé, s'exposant volontairement.

Un rire effrayant a salué son courage.

— Une autre fois ! lui a promis l'invisible tortionnaire. En plein front ! Plus de répit ! Plus de repos ! Plus de trêve !

Tarpagnan a fait un pas en avant.

Sitôt, il a vu fondre devant lui l'ombre du notaire dont l'éphémère réalité s'est dissoute dans le sombre du coin de la rue.

Il a de nouveau entendu hennir le rire.

Il a su qu'il venait d'entamer un jeu avec la peur.

Il a humé la direction dans laquelle le fugitif avait disparu.

Il a surmonté le désordre, le chaos et le vide.

Il a poussé un cri de loup.

Et il s'est mis à courir.

96

Le fuséen du boulevard Saint-Michel

Fou sauvage, Tarpagnan devient le chasseur.

Il court à longues foulées élastiques. Il tourne le coin de la place Saint-Michel. Sur l'esplanade de la fontaine de Davioud, il découvre un monde en folie. Un monde d'ombres qui se déplace en tous sens.

Au coin des rues avoisinantes, des factionnaires débordés canardent des croisées d'où on les fusille en retour. Lorsque Tarpagnan arrive vers ces sentinelles, les yeux blancs, elles se retournent. Qui vive ! Halte ! Au large ! Les mises en garde, les rencontres inattendues se multiplient. Des cris plus lugubres montent par degrés. La poussière soulevée par des milliers de semelles en perpétuel mouvement, les faces hargneuses, les visages marqués par la poudre ou le sang, disent la hauteur du tumulte.

Si l'on se fie aux tourbillons de fumée, à des caisses de cartouches que l'on défonce au bord du trottoir pour ravitailler la gibecière des combattants, si l'on se repère au terrifiant spectacle des incendies, on se bat à moins de deux cents mètres de là.

L'agitation est extrême qui s'empare de chacun et révèle l'approche de l'ennemi, la désorganisation de la ligne de défense.

Les gens devant Antoine bougent, détalent, se mêlent et se démêlent. Certains ont peur. D'autres font peur. Ils se battront la tête haute. Ils repartent vers la ligne de feu. Ils crient :

— Nous n'avons pas peur de la mort !

D'autres leur répondent :

— « Ils » ont tourné les barricades !

Des fusillades de mousquet, des tirs de mitrailleuses-revolvers trouent la nuit de leurs salves hoquetantes. Cent coups de feu partent en même temps. Les angles, les carrefours, les façades sont criblés de petits cratères clairs qui éructent des poussières de pierre. Des cadavres anonymes jonchent les rues. Le corps d'une femme presque nue gît le long d'une plaque d'égout.

Tarpagnan court. Il ne perd pas de vue le fuyard.

Devant lui, une femme crie.

— Ils sont chez moi ! Dans la maison ! Les fédérés y étaient, maintenant c'est la ligne !

Les heures sanglantes 455

Elle tend vers Tarpagnan ses mains entravées par des liens.

— Défais-moi ! Ils m'ont attachée ! Je me suis sauvée. Mon mari est mort ! Ils emmènent ma fille au cimetière Montparnasse !

Il tranche la corde avec son poignard. Il passe. Obsédé par la poursuite, il ne s'arrête pas. Il fouille la réalité chimérique de la nuit enflammée par les tirs. Sans cesse l'inconcevable s'ébauche sur son passage. A quelque cent mètres devant lui, avec une netteté spectrale, il situe la silhouette de Bassicoussé.

Il accélère sa course.

— Arrête-toi, notaire ! Je jure que je suis innocent !

Qui se soucierait de lui en cet instant ! Le drame se noue à tous les étages. Il se développe dans toute son horreur.

Paris brûle. Les gens disent : ce sont les Tuileries. Le Palais-Royal. Le ministère des Finances.

L'homme à la longue silhouette détale toujours devant Tarpagnan. Ce dernier entrevoit la ligne de ses épaules qui flotte silencieusement au-dessus de la houle des têtes nues. Il n'entend plus rien parce qu'un gamin vient de décharger son pistolet tout près de son oreille.

Il bouscule. Il s'approche. Il gagne du terrain.

— Notaire ! Notaire !

Les idées se pressent dans la tête d'Antoine. Il avale la sagesse. Tout est si noir !

— Notaire ! Arrête-toi !

Seigneur ! Au milieu du formidable tohu-bohu de la rue, une seule idée le hante. Comment le persuader que ce crime n'est pas de son fait ? Qu'il a aimé Jeanne mais qu'il était un chien fou ? Comment pourrait-il le convaincre de son innocence après toutes ces années ?

Tarpagnan court.

Il a oublié son uniforme d'officier qui le désigne nettement comme un insurgé. Il met le sabre au clair lorsqu'il repère la charge d'une demi-douzaine de cavaliers à vestes bleues et brandebourgs blancs qui taillent et tranchent dans une vingtaine de fédérés écrasés les uns contre les autres, poussiéreux, sanglants. Il démonte l'un des ennemis. Lui fend la tête. Passe.

Plus loin, il tombe sur un banc de plusieurs femmes en déroute. L'une porte un bébé sur le dos, emballuchonné dans un châle. Une autre a le bras en écharpe. Le caraco d'une troisième est teinté de sang.

— Ne va pas par là, lance cette dernière. Quel méchi ! Tu te jettes dans les gendarmes ! Ils ont fait prisonniers ceux de Saint-André-des-Arts. Ils les ont pris à revers ! Ils vont les fusiller !

N'importe le danger d'être pris ! Tarpagnan accélère. Ses poumons sont en feu. Ses poings font fonction de bielles. Son fourreau bat dans ses jambes.

L'homme est devant lui. Encore dix mètres. Encore un obstacle de fuyards, de soldats aux fusils renversés. Encore un troupeau en débandade, haletant comme lui qui va à contresens.

A contresens de la vie, comme le fantôme du notaire.

Il court.

Il force sur ses jambes. Son cerveau fonctionne à l'allure de la foudre. Il prépare ses mots. Il sait ce qu'il va dire.

C'est vrai, admet-il, autrefois, je me suis dérobé à mon devoir, en ne venant pas témoigner à son procès. C'est vrai que d'un seul jour de ma lâcheté a dépendu le sort de cet homme qui voulait faire mon bonheur et celui de Jeanne, mais je ne suis pas l'assassin ! C'est ce que je vais lui redire. Même s'il ne me croit pas. C'est mon innocence que je vais clamer ! Comme autrefois, il a clamé la sienne ! Même si je sais que je ne trouverai jamais le courage de lui avouer que c'est bien moi qu'il a vu fuir au petit matin sur les lieux du crime. Car enfin, c'était moi ! Moi, qui avais rendez-vous avec Jeanne et qui venais de découvrir le meurtre. Moi qui ai eu si peur qu'on me charge de l'abominable massacre !

Plus que deux mètres !

Plus qu'un obstacle. Des civils. Ceux-là, chargés d'habits ou de valises, fatigués, visages pathétiques mangés par les ombres.

Tarpagnan tend le bras. Il crochette l'épaule du fugitif. Il le déstabilise. Il le ceinture. Il le retourne. Il est prêt à recevoir du gris.

Il crie :

— Ce n'est pas moi ! Je n'y suis pour rien !

Et les mots s'étranglent dans sa gorge. Celui qu'il vient d'arrêter n'a rien à voir avec Bassicoussé. C'est un diable couvert de sueur. Avec un nez de travers. Des haillons en guise d'habits, – un fuséen qui tient dans ses mains façonnées par les rudes métiers du métal ou de la forge deux bouteilles allumées, deux brûlots de matières explosives qui font danser dans le noir son rictus de fatigue, sa maigreur d'ouvrier, ses traits tirés, son énergie indéracinable.

— Qu'est-ce tu m'veux ? bonnit l'homme.

Il brandit ses engins incendiaires.

— T'en veux une ?

— Oui.

Pourquoi diable a-t-il répondu cela ?

— Suis-moi ! Rase les murs. Gaffe ! Ils sont partout ! Parfois on en croise. Traverse l'averse ! Ils ont à peine le temps de te reconnaître ! S'ils tirent, ils s'arrêtent vite. Ils ont peur de tuer les leurs. Avance !

Remue les merlins ! Traîne pas en route ! Il faut foncer ! S'enfoncer plus loin. Entrer chez les pantres et les rupins ! Coquer le rifle chez eux !

Ils font cause commune.

Ils courent.

Ils croisent un cortège de prisonniers encadré d'un peloton de chasseurs.

— Ils les emmènent au clou ! p't'ête bien à l'abattoir !

Sur une charrette sont étendus des prisonniers qui ont voulu s'évader. Certains portent à la nuque des blessures béantes. Une cantinière contient le sang de plusieurs de ses doigts, tranchés par un coup de sabre.

Ils se faufilent derrière la foule ignoble, le parti des *honnêtes gens* qui hurle : « A mort ! » et hue les combattants accablés qui n'ont que leur mépris à opposer.

Soudain, le pétroleur s'arrête devant un bel hôtel en pierre de taille.

— Celui-ci te convient ? Qu'est-ce t'en penses ? C'est l'dessus du panier !

Avec Antoine sur ses talons, il se glisse dans la cour pavée et observe la loge.

— Le pipelet est sorti. Sûr que c'est un coqueur !

Ils traversent la cour. Ils se tiennent immobiles, embusqués à droite du perron d'entrée. Les fenêtres brillent. Derrière un rideau, se profile un moment la silhouette d'une jeune femme. Son cou est allongé. Sa taille fine. Ses bras nus dessinent un geste charmant lorsqu'elle relève son peigne.

Le fuséen murmure :

— C'est tout de même fichant d'penser qu'il y a des floumes qui proutent dans la soie !

Il s'écarte un peu de la façade. Il lève la tête. Le drapeau tricolore est déployé. Les caves affleurent le trottoir qui ceint la maison.

Le brûleur lance sa bouteille par l'un des soupiraux. Il rigole de toutes ses dents gâtées :

— T'as vu, ça ? Y a d'la main ! A ton tour, lapin !

Tarpagnan pense à Vallès. Son compagnon prend son hésitation pour de l'inexpérience.

— Qu'est-ce que t'as à margauder la marchandise, mon officier ? Tu canes ? T'es malade du pouce ? Donne-moi ça, gueux-gueux !

Il lui prend le brûlot des mains et balance la deuxième bouteille dans les profondeurs.

— Maintenant faut pas faire flanelle et rester dans l'secteur ! Guibe à tout va ! On rentre !

Ils reviennent sur leurs pas.

D'un seul coup, un bruit sourd et cadencé. La lune éclaire faiblement sept ou huit soldats qui ratissent la rue disposés en patrouille.

— Une raclette ! Y a du pet !

Le fuséen cavale. Cherche un abri meilleur qu'une simple porte cochère. Au bout d'une centaine de mètres, il entraîne Tarpagnan sous le porche d'un bâtiment sombre. Ils sont engloutis par les cavités de la nuit.

A tâtons, ils suivent la lèpre d'un mur. Ils se terrent dans un renfoncement. Il y a quelque chose d'inhabité dans ce quadrilatère de vieux ateliers délabrés et hors de service. De l'herbe commence à pousser entre un tas de souches et une accumulation de tuyaux de fonte.

Il fait un silence profond. Ni bruits de rue, ni murmures de jardin.

Le temps s'écoule.

Douceâtre, presque une odeur de charogne, Antoine sent l'haleine de son compagnon qui passe sur lui et sa voix rauque qui souffle :

— Avant d'sortir, pisse dans tes mains ! Lance dans tes mains, j'te dis ! et nettoie-les bien ! Quand on touche à ces engins-là, on est tout imprégné, ça pue l'pétrole ! Et s'ils te prennent « à l'odeur », t'es bon pour le falot !

Antoine entend le bruit de l'urine de son compagnon qui se répand au sol.

Un silence. Un frottement de vêtements.

Puis la voix de l'incendiaire :

— J'y vas l'premier ! Chacun pour soi ! Salut !

— Salut !

Depuis sa cachette, Tarpagnan ausculte la nuit. Il voit passer à contre-jour de la rue des silhouettes galopantes. Il entend des bruits cloutés. Il perçoit des cris de terreur. Des martèlements sourds. Il se sent saisir par quelque chose de plus terrible que la terreur, quelque chose qu'il ne saurait qualifier mais qui a une parenté avec l'idée d'un bruit d'agonie sous la voûte du monde.

Une fin d'homme inqualifiable.

L'instant d'après, il fait quelques pas dans la rue et, à trois portes cochères de là, découvre le cadavre du fuséen qui vient de le quitter.

Les genoux d'Antoine plient malgré lui. La sueur lui coule dans les reins. En quelle planète se trouve-t-il ? En quel purin des hommes ?

La face mutilée du supplicié n'est plus qu'un masque informe, son crâne laisse sourdre un flux ininterrompu de sang et de cervelle.

Il vient d'être cloué à la porte d'une maison.

97

Paris est un jardin de feu

Derrière Antoine, les versaillais avançaient pleins de colère.

Les soldats de Cissey détruisaient les biens, ils arrêtaient les hommes. Ils servaient la haine des délateurs. Renseignés par des pipelets, guidés par des gilets rayés, qui désignaient à leur vindicte les sympathisants de la Commune, ils montaient à la curée. Raclaient les immeubles et les impasses. Pillaient l'argenterie. Vidaient les chambres. Jetaient les enfants dans les escaliers.

Pour hâter la besogne, ils fusillaient sur-le-champ. Ils n'épargnaient pas les femmes. Ils laissaient tomber la pointe de leurs baïonnettes dans les yeux des suppliciés. Ils écrasaient la vérité des pauvres.

La nuit avait pris un air de folie.

Alors, traversant le bûcher des maisons, – rouges et ronflantes de la cave au grenier – remontant le courant des rues pleines de lueurs éclatantes, alors, courbé sous des pluies de cendres et de flammèches, fuyant la proximité des boutiques qui vomissaient la flamme par toutes les devantures brisées, Tarpagnan remonta vers la Seine.

Sur le pont, harassant voyage, régnait un indescriptible tumulte que dominait le cri des femmes. Cris de douleur et cris de haine. Insupportables stridences, modulations suraiguës involontairement jetées par l'épouvante et la rage de tout perdre.

Alors, il s'arrêta un moment et eut la certitude que l'homme aux yeux gris était encore après lui. Il l'aperçut très vite.

Le spectre était penché sur la rambarde du pont. Il s'était placé en pleine lumière comme pour se faire bien voir.

Les prunelles rayonnantes d'étincelles, jouant l'indifférence vis-à-vis de son souffre-douleur, avec une joie triste et singulière, il inspectait la grandeur inattendue du spectacle qui s'offrait à lui. Antoine, lui-même, subjugué par la plénitude sauvage du feu qui se jetait comme un animal furieux sur la ville, ne pouvait détacher ses yeux épouvantés du fossé encaissé de la Seine, fleuve aux eaux captives, prises en tenaille par un rugissant arc de feu, offrant les archipels découpés de ses rives mangées par les ruines, tandis que, dans un effet de lave, le miroir des ondes évacuait vers les ponts, vers les places, l'aveuglante réverbération des incendies.

Alors, le cauchemar des ombres et des chimères avait commencé.

Alors, dans le Paris des murailles et des tours, des cours, des murs et des carrefours, Tarpagnan n'avait plus marché qu'en se retournant pour voir s'il était suivi.

Alors, avaient commencé pour lui l'obsession, la crainte, l'hallucination, de voir surgir à ses côtés ou à ses basques le visage du notaire, son masque impitoyable de vieille boiserie creusé par une démence farouche et riante qu'aucune adjuration, aucun pouvoir raisonné n'auraient su convaincre de la folie de son acharnement et de l'inanité de son désir de vengeance.

La fumée était dans la rue comme un brouillard.

Elle favorisait la traque du gibier. Tarpagnan se retournait. Cent ombres mouvantes se coulaient derrière lui. En quelle découpe noirâtre fallait-il déchiffrer la silhouette de son suiveur, de son assassin ?

Alors, Antoine longeait les murs et surveillait la grisaille des porches. Alors il sentait, fidèle et sifflante, la respiration de l'autre, s'échinant derrière lui.

Par-dessus l'épaule, parfois, il entrevoyait ses yeux, aux reflets de lacs lointains.

Parfois, c'était lui, Tarpagnan, qui s'arrêtait. La colère le prenait au ventre.

— Hé, toi ! Approche !

Son revolver d'ordonnance à la main, il se sentait prêt à provoquer une explication.

Aussitôt, l'autre s'immobilisait à son tour. Parmi les centaines de visages que la lueur des incendies et des torches teignait d'écarlate, le regard fixe, il se contentait de sourire à Antoine.

Ce dernier bougeait-il pour aller au-devant de lui, que le spectre, refusant toute confrontation immédiate, s'évanouissait ainsi qu'une forme impalpable dans les plis sans cesse renouvelés de la foule. Il égrenait derrière lui quelques notes acérées et moqueuses et semait sa malédiction désaccordée, un chapelet de mots inintelligibles, dont la litanie s'atténuait avec des échos de cauchemar, absorbée par l'écran des épaules et le balancement des têtes de ceux qui couraient à la débandade.

Alors, Tarpagnan repartait.

Alors, il gardait en lui l'empreinte du rire sardonique qui l'accompagnait comme un triomphe, alors la crainte d'essuyer un coup de feu dans les reins martelait une mauvaise pression à ses tempes, alors il essayait d'oublier l'avertissement de mort que véhiculaient les bribes de rire du possédé et reprenait sa quête hésitante au milieu du grand capharnaüm de la déroute et de la peur, errant à la recherche de visages résolus.

Alors, face à l'obscur défilé des rues, Antoine regardait Paris avec des yeux hallucinés. Alors, la ville des jours heureux était réduite en cendres. Alors, devant la carcasse assombrie de ses chefs-d'œuvre engloutis, il demandait pardon d'avoir si mal. Alors, la ciboule cinglée, mordious, il se sentait capable de n'importe quoi.

Paris tourbillonnait sous la cape d'un épais remous de fumées noires. Paris bourgeonnait de lueurs rouges. Paris était badigeonné à l'huile de pétrole. Paris lampait sous une neige noire – Paris était transformé en une bouilloire du râle et de l'abomination.

Où donc, en quel jaillissement de flammes, en quelle fusillade de coin de boulevard, était le géant Marbuche? En quel tohu-bohu de charrettes courait Palmyre? En quelles légions de morts et de blessés éviscérés, en quels charniers de puanteur, en quels ruisseaux de sang marchait Caf'conc' à l'heure où cette aurore pâle à l'haleine nauséabonde dessinait sa frimousse naissante au-dessus des maisons? En quelles situations de colère bleue, de courage inutile, d'énergique résistance, de reproches injustes, d'injurieuses menaces, de pertes énormes se battait donc l'ami Vallès?

La barricade du Pot-de-Fer n'était pas joignable. Le Panthéon, disait-on, tenait encore tête aux coups de boutoir d'un régiment entier. Tarpagnan tremblait de rage. L'homme aux yeux gris était toujours après lui.

En un moment, Antoine s'était arrêté, lui avait tourné délibérément le dos. Il le sentait rôder sur le trottoir d'en face. Il avait résisté à l'envie de se retourner.

Encore le rire.

Bon.

Il laissa faire.

Et puis, soudain, joli projet de mort! l'impact d'une balle avait écorné le mur, dessiné une petite fleur de pierre avec un pistil noir, à pas plus d'un pied de sa tête.

Il s'était instinctivement jeté au sol.

— La couleur d'un adieu à la vie! avait crié la voix du spectre.

Antoine avait fait volte-face, le revolver au poing. Au fond de ses pupilles dilatées, un éclair de rage.

Il avait de bons yeux. Il avait entrevu entre deux poutres calcinées l'étirement diagonal de la capote grise qui disparaissait en coup de vent derrière un muret à demi effondré. Escamoté, le fauve glacé! L'obscurité s'était refermée sur le revenant comme une boîte à double fond.

Tarpagnan s'était frotté l'œil avec le dos de la main. Le tonnerre des canons tirant depuis Montmartre roulait dans les airs. Peut-être était-il entré dans un rêve ?

A l'opposé de la découpe rougeoyante des Tuileries se dressaient, hiératiques mandragores en dentelle de pierre, les noires tours de Notre-Dame.

Alors il avait repris sa course dans l'haleine irrespirable de la nuit en feu. Alors il avait entendu un cri de fureur barbare éclater derrière lui.

Alors, il courait. Il courait, l'échine trempée, le regard inquiet. Les fumées jaunes et sulfureuses lui piquaient les yeux. Alors autour de lui, en sourdes explosions volaient puis retombaient des débris calcinés. Alors, il sentait toujours à ses trousses la présence tendue par un fil invisible de celui qui, animé par une énergie sauvage, l'écume à la bouche, flairait sa piste, jouissait de son désarroi, attendait le moment où il se coucherait sur le bord de la rue, les yeux vitrés, la bouche ouverte, gibier forcé.

Alors, il courait encore. Il enfilait le parcours de petites rues sombres où brusquement le gaz éblouissait. Au-dessus de sa tête se poursuivait un duel d'artillerie qui envoyait ses beuglées fusantes contre les façades. Pour se donner du cœur, il fredonnait une chanson que lui avait serinée autrefois Fil-de-Fer. Deux trois rimes qu'il tenait de Louise Michel. Une ritournelle que le combat avait inspirée à la Vierge rouge.

Tarpagnan se souvenait qu'elle allait comme ça :

> *Amis, il pleut de la mitraille.*
> *En avant tous ! Volons ! Volons !*
> *Le tonnerre de la bataille*
> *Gronde sur nous... amis chantons !*

D'un coup, une colonne de foudre traversa le pignon d'un immeuble dont la couronne, une partie du toit et un grand pan de mur s'effondrèrent devant lui.

Il ne s'arrêta pas. Il traversa la fumée, enjamba les débris, sauta l'obstacle des poutres. Il faisait furie de tout son corps. Il se poussait au milieu du mugissement hurlant des obus.

Feu ! Flammes ! Cendres ! Linceul ! Poussière ! Viandes mortes ! L'odeur du bois brûlé le prenait à la gorge. Peu lui importait désormais le poids flottant du notaire attaché à ses pas, à ses os, à sa hanche, à sa course, comme une vieille cabale, comme une rechute, comme un inexorable guet-apens tendu par les menteries du temps.

Alors, il courait. L'instinct de vie contre l'instinct de mort. Alors, il nourrissait un rêve tenace, alors, les yeux fouillants, il se retournait vers le grand oiseau nocturne qui volait après lui, il s'adressait à l'autre : « Tu veux être après moi, sacré fils de putain ? Escorte du passé ! Suis-moi ! Echine-toi ! Plus vite ! Cours après moi, mufle de ma mort ! Le souffle précipité ! L'œil à la montre ! Dans une demi-heure, le soleil ! La fureur quotidienne va repartir ! Fièvre ! Quelle exaltation ! Quel éclat de jeunesse dans mes jarrets ! Cours, spectre ! Avance ! Le jour naissant envoie son mot de passe ! La suprême bataille se livrera au centre de Paris. Je veux y être ! J'en serai ! J'ai choisi la porte de ma sortie ! »

Alors, il était arrivé en vue des Halles. Il était cinq heures du matin. Tandis qu'il avançait vers Saint-Eustache une grande ménagerie d'ombres s'était remise en marche, les balles recommençaient à siffler, les cris, les invectives, les plaintes gutturales et cent fontaines de lumières explosantes apportaient la preuve qu'il approchait des combats et du peuple de l'audace.

98

Le crime d'Horace Grondin

Soudain, avec le petit jour qui pointe, le présent est là.
Il est là, il s'amène. Il s'impose.
Il sera soleil. Il sera poudre d'or et apaisante lumière. Qu'il se lève ! Qu'il dompte la douleur des hommes ! Qu'il réchauffe les courages !
Las !
Emblème de vie, sa lumière caressante aggrave la douleur des enfants de la Commune.
Sorti pimpant des griffes de la nuit, le soleil en écartant la nue leur montre que ce mercredi 24 mai aura pour eux tous les échos d'un grand carnage.
Des papiers calcinés volettent dans le ciel comme de noirs corbeaux. La fumée des huiles minérales monte vers le ciel en un fa-

buleux tournoiement de suie. L'élan de la journée qui débute n'est que continuation de la violence. Les vignerons du sang relancent le pressoir des hommes.

Les voilà bientôt qui arrivent, les chiens sanguinaires de la division Ladmirault !

Sur la place, Tarpagnan fait l'état des lieux. Il passe le long des murs de l'église où sont dressés contre les arcs-boutants des civières de blessés ensanglantés qui veulent encore se battre.

Aux premières lignes, où il se présente, il est acclamé par une soixantaine de combattants en guenilles qui se pressent au coude à coude derrière un assemblage de pavés, de tonneaux, de sacs de gravats, de matelas crevés et deux omnibus retournés entre lesquels ils dardent la bouche d'une pièce de six. Il prend le commandement de ces braves dont l'officier, un capitaine du génie, vient de succomber à une balle en pleine jugulaire.

Chenapans des bouges ou filles de joie.
Bouchers ou forts des Halles.
Ils sont là.
Les communards. Les rouges. Les enragés.
Les vrais agrafés de la vie.
Le Peuple.
Ouvriers ou commerçants.
Ils se battent comme en d'autres temps ils ont travaillé. Consciencieusement. Scrupuleusement.
Pour eux, c'est aujourd'hui le pari du Grand Devenir. Ils se battent pour que leurs enfants ne travaillent plus quinze heures par jour dès l'âge de huit ans.

Galops de troupe, vrombissements de canons, crépitements de mitraille. La lutte pour la conquête du ventre de la ville est engagée. Elle sera terrible. Elle annonce la destruction complète des défenses et des défenseurs.

Ils tirent, les ouvriers.
Ils plongent dans l'inconnu de la bataille absurde.
Elles tirent, les femmes. Elles chargent les fusils.
Sous le caraco des amazones, sèche la misère des corps endurcis.
Dans la tête des prolétaires, bouillonne la rage de l'amour floué.

A cent mètres en amont de cette position, un fougueux capitaine récemment versé au 45e de ligne achève avec ses sergents les derniers préparatifs pour donner l'assaut à « l'obstacle de l'église Saint-Eustache ».

Il s'appelle Arnaud Desétoiles. Ce brillant officier s'accommode admirablement des « odieuses nécessités de la guerre ». Il fusille sans pitié s'il faut faire fusiller.

Nous l'avons entrevu aux barricades de la rue Myrrha, nous l'avions connu au début de ce livre, lorsqu'il était l'estafette du préfet Valentin. On se souvient sans doute de l'arrogant jeune homme dépêché le 17 mars auprès du commissaire Mespluchet. Il est plus que jamais l'homme de sa caste. Un reître de bonne famille dont l'aïeul a été pair de France. Un ambitieux qui a trouvé son chemin. Un défenseur convaincu des valeurs de la famille, de l'Eglise, du progrès, du mérite et de l'instruction. Il est en outre l'ancien condisciple de Tarpagnan.

Dans moins de dix minutes, il donnera l'assaut. A l'instant même, il ordonne que commence une forte préparation de mousqueterie.

Derrière un entassement de voitures de maraîchers, Tarpagnan rampe au milieu de la mitraille. Sans cesse, il passe de la vie à la mort. Il bouge. Il encourage. Il redresse. Il prodigue un mot ici ou là. Ordonne que l'on pointe le canon calmement, en pesant sur la culasse pour élever quelque peu le tir et allonger la trajectoire de l'obus jusqu'aux lignes de l'ennemi.

Autour de lui, des mourants geignent, des blessés supplient pour un peu d'eau. Des sabrés vifs n'ont plus figure humaine. Une balle a arraché la joue de celui-ci. Celui-là bourre lui-même son ventre ensanglanté des charpies d'un drapeau rouge.

Lucidité de brouillard, Antoine n'a pas peur pour lui-même. Il regarde par-dessus son épaule et voit s'avancer le notaire.

Alors, il lui montre la barricade où se trouve un parti de farouches combattants, des hommes comme des loups qui voulaient aller jusqu'au bout. Il l'appelle. Il fait signe qu'il peut venir prendre sa part de fracas et de mort.

Le front tranquille, il fait un sourire narquois en direction de Bassicoussé et se hisse aux avant-postes.

Il sait qu'il y a en chaque homme un coin de danger indéracinable. Il sait que l'œuvre d'un corps n'est que matière et sang et comprend que là où il est, sera forcément sa mort.

Il sait qu'il sera riche pourvu qu'il la choisisse seul.

Il sait qu'enfin, il est arrivé chez les siens.

Horace Grondin, tapi à l'abri dérisoire d'un tumulus de cadavres entassés, écoute les balles piocher avec un bruit mat et écœurant la viande morte des fédérés qui lui servent de bouclier. A sa gauche, une charrette des quatre-saisons renversée a vomi ses bottes d'asperges dont la blancheur morbide lui paraît insupportable.

Fasciné par le comportement d'Antoine dont le courage chante à des hauteurs prodigieuses, il regarde le fier Gascon se battre avec la crânerie d'un général de légende populaire, dégager tel cadavre pour prendre sa place, hisser le drapeau de la révolution au-dessus de la mêlée.

Tandis que le feu grésille partout, qu'on fusille et qu'on tiraille dans les rues avoisinantes, que le tambour bas et voilé annonce la retraite, tandis qu'on s'entre-sabre et qu'on s'embroche maison après maison, Horace Grondin, frappé de stupeur, regarde mourir le peuple des braves gens et suppute qu'encore une fois, les plus disgraciés n'auront pas gain de cause. Une fois encore, les pavés de l'insurrection, la vérité de la fureur des survivants, la grâce titanesque des dépossédés du bonheur, le droit violé du peuple massacré ouvrent une brèche dans les certitudes de l'ancien notaire.

Les épaules tombantes, il regarde passer les fuyards.

Une voix formidable crie :

— Repliez-vous dans l'église ! Regroupez-vous dans les pavillons !

Le gros des rescapés se retranche dans l'église.

Ils étaient cinq cents au début de l'engagement.

Il ne reste plus qu'une poignée d'irréductibles autour de Tarpagnan. Peut-être sont-ils deux douzaines de braves autour du drapeau rouge ? Peut-être moins. Le rugissement d'une salve vient d'en coucher trois sur le côté.

Grondin ne quitte plus des yeux celui qu'il appelait sa proie. Antoine se bat comme un tigre blessé. Son épaule saigne. Il est le haut d'une pyramide grouillante d'insurgés haillonnés, épuisés de boisson, de fatigue et de colère vaine dont le trait d'union est le sang versé.

Grondin lève la tête par-dessus la jonchade de morts derrière laquelle il a trouvé refuge, cloué par le feu nourri de la ligne.

Personne alors ne saurait mesurer sa situation d'âme. Il perd pied. Il échoue dans la douleur. Il sent progressivement lui échapper la juste raison qu'il s'est forgée pendant seize ans d'assassiner ce presque fils. En mesurant la hauteur de ses exploits, en découvrant l'intrépidité et le degré d'abnégation de celui qui, à tout instant, reforge la vertu de ses compagnons et risque cent fois pour eux de se faire tuer en héros, il abdique. Une telle générosité de soi et de sa force, ce sang-froid sans faille, relèguent soudain aux oubliettes tous les vieux démons de sa rancœur, tous les supplices que lui avait inspirés l'obsession de sa vengeance.

Les heures sanglantes

Les yeux gris de l'ancien bagnard renoncent brusquement à espionner la barricade. Il s'enfonce dans ses pensées.

Foudroyé par les contradictions de son cœur, éclairé malgré lui par un amour de l'autre qu'il s'évertue à refuser mais qui l'étouffe, saturé d'émotions, Grondin lutte farouchement en lui-même pour distinguer le chemin qu'il doit suivre. Soudain, son appréciation est trouble. L'écrasante relativité de la justice humaine lui paraît aveuglante. Sa hure sauvage reflète son trouble profond. Il rue. Il s'insurge. Il se cabre. Une ombre passe dans son regard.

Il maudit Dieu qui vient d'insinuer l'idée de la clémence dans son esprit dérangé par l'étreinte des désolations. Il pousse un cri de rage et, émergeant de la caverne de corps renversés, s'élance à son tour sur la barricade.

Les voilà côte à côte.

Un sergent a lancé un fusil à Grondin. Ils font le coup de feu ensemble. Ensemble ils se préparent à entrer dans le tombeau. Devant eux la ligne s'élance. La vague d'assaut va bientôt les submerger. Des centaines de soldats galopent vers eux en hurlant, baïonnette pointée.

Un instant, Tarpagnan se détourne. Il hurle en se tournant vers l'homme aux yeux gris :

— Je ne suis pas celui que vous cherchez ! Je n'ai pas tué Jeanne ! J'en fais le serment ! Vous mentirais-je en cet instant ?

Ils tirent. Trois de leurs compagnons meurent. Ils brisent une première fois la charge.

Antoine gueule :

— Pas de sens commun, notaire ! Nous sommes là tous les deux... à chauffer nos fusils... à tuer les mêmes hommes... à viser la même cible... tenez ! Cet officier-là ! Qui vient de surgir... qui met le sabre au clair... qui rabat la charge sur nous... tuons-le tous les deux... Si nous ne le tuons pas, c'est lui qui nous sabrera... feu ! Il est mort ! Nous l'avons eu tous les deux en pleine poitrine et nous nous détestons !

Ils sont débordés. Rouges de sang. Tout flaque et tout rigole. La ligne les submerge. On est jetés. On se rattrape. Tarpagnan s'élance à l'aveugle. Il s'apprête à entrer dans un noir de suie. En sabrant devant lui, il s'ouvre un chemin sanglant qui s'arrête devant une forêt de baïonnettes.

Alors, Grondin s'affole. Tarpagnan lui échappe. Alors, la démence, comme un deuil prématuré, s'empare de lui. Alors, ses yeux sont deux perles froides.

Dès qu'il accepte de rencontrer sa propre vérité, celle du meurtre nécessaire, il la trouve étincelante comme du sel.

Il ferme à demi son œil balafré.

Il vise. Il tire. Et d'une seule balle rompt la moelle épinière de celui qui allait mourir en héros.

Après, brisé par ce qu'il vient d'accomplir, il emplit sa bouche avec un peu d'air qui passe, laisse tomber sa hure dans la saumure auprès du faciès mutilé d'un cadavre aux lèvres blanches et fait le mort. Il entend venir à lui le bruit mou des godillots de deux sous-officiers qui foulent la vendange des terrassés et remontent l'entassement des cadavres. De temps à autre, le premier tire un coup de revolver derrière l'oreille d'un blessé qu'il achève. L'autre, plus économe de ses munitions, y va de sa lardoire dans les intestins ou de sa crosse derrière le crâne.

Grondin a droit à la crosse. L'occiput éclaté, il bascule dans le vide et s'en va pour toujours dans un grand champ d'étoiles.

Toute la rue sent une odeur de chair avariée.

Des nuées de soldats versaillais se répandent dans les rues adjacentes. Trois cents prisonniers sont fusillés séance tenante.

99

Le messager du diable

Sur le cadran brisé des jours, le temps bondit ! Le temps s'échappe ! Tout s'en va ! Tout s'emballe et tout déraille !

Le tocsin bégaye. Les sons glapissent. Le tambour se tait. La terre est gavée de sang. Les flammes enroulent leur colère.

Fusillés les jeunes et les vieux ! Fusillés les insurgés, les petits soldats de l'invincible idée !

Fusillés de dos quarante fédérés surpris les armes à la main, rue Saint-Jacques.

Fusillé sans jugement rue Gay-Lussac, Raoul Rigault, procureur de la Commune.

Fusillée toute femme mal vêtue ou aux effets en désordre.

Fusillés les godillots et les haillons !

Les feux de peloton roulent au Luxembourg, à la prison du Cherche-Midi, place Saint-Sulpice. On abat les irréguliers rue Soufflot, au Jardin des Plantes, à la Montagne-Sainte-Geneviève. On les liquide au parc Monceau. Chaleur d'airain! Tout brode à l'arabesque! Le grand sabre à décerveler du fervent catholique Marie Edme Maurice Patrice de Mac-Mahon, duc de Magenta et maréchal de France, fonctionne jusqu'à l'hôpital. Quatre-vingts blessés exterminés sur leur lit de douleur en même temps que leur médecin! Le cœur monte à la bouche!

Visages livides. Ventres boursouflés. Crevures d'organes. Poitrines enfoncées. Chevelures arrachées.

La journée entière s'est mise à puer sous le clair soleil.

Mais a-t-on assez pensé que les morts appellent les morts?

A la Roquette se dessinent de sinistres représailles. Les trucidés des barricades, les fusillés de Caumartin, les veuves des derniers exécutés réclament réparation. La colère tapisse les gorges.

L'archevêque de Paris et six de ses compagnons entament la lugubre descente de l'escalier de pierre dont le colimaçon mène par son goulet voûté et étroit jusqu'au rez-de-chaussée de la prison.

Le porte-clés McDavis a pris la tête du sinistre cortège. Il élève très haut au-dessus de son grimaçant visage de batracien une lanterne dont la lumière pauvre et jaunâtre fait danser les ombres sur les faces livides de ceux qui ont été choisis pour payer du prix de leur sang la cruauté versaillaise.

Deguerry, Bonjean, Allard, Clerc, Ducoudray et Ségouret sont les agneaux du voyage.

Ou plutôt non! Ségouret est en trop, puisque les choses se sont déroulées comme il suit:

François, le directeur de la Roquette, a demandé qu'on lui fournisse les noms de ceux qui seraient exécutés.

Genton, le blanquiste, qui est en charge de l'affaire avec Fortin a répondu aussitôt:

— Il en faut six. C'est sur mon papier.

— Et l'archevêque? a demandé quelqu'un. C'est lui le gros calibre. C'est surtout lui qu'on voudrait faire danser!

Ils sont une trentaine à mêler leur grain de sel. Les têtes sont chaudes. Quelques femmes se glissent entre les rangs. Les gens espèrent qu'on va leur donner du curé à bouffer.

— Pas d'ordres.

Ça gronde et ça rechigne. Une force aveugle et sans contenu.

Fortin lève la main et demande le silence.

— Bon! s'écrie-t-il, l'archevêque sera du voyage!

Autant calmer les esprits.

— Oui, mais alors, ils seront sept ! fait observer McDavis. J'peux p't'être reconduire çui-ci au placard. C'est pas un bien gros pigeon...

De sa lanterne, il désigne la face blême de l'abbé Ségouret.

Fortin monte sur une borne. Il s'éclaircit la voix. Il calme à nouveau son monde. La fièvre du lynchage s'est emparée de l'auditoire. Tout est insécure.

— Silence citoyens ! s'écrie-t-il. Si nous sommes là pour souffler la bougie de l'archevêque, peu importe combien nous ajoutons de flammes au gâteau ! Ségouret sera de la fête !

Et pour faire diversion :

— Qui est volontaire ?

Un pompier sort des rangs.

— Moi, dit cet homme sans hésiter.

Il a les yeux rouges.

Il ajoute :

— Mon frère a été fusillé ce matin.

Ils sont partis.

Ils ont trouvé une trentaine de volontaires. La plupart de ces va-de-la bouche se sont armés au râtelier de la prison. Quatre d'entre eux précèdent les prisonniers. La suite de l'escorte consiste en une ribambelle disparate d'uniformes noyautée dans la hargne par une poignée d'excités et par quelques femmes à la cervelle mal timbrée qui veulent voir les curetons et les engrosseurs de leurs filles faire le plongeon.

On vient de franchir une grille et on pénètre sur le chemin de ronde extérieur dont le mur longe la rue de la Vacquerie.

Monseigneur Darboy est le premier des otages à emprunter le terreplein renforcé de gros cailloux et de castine. Il a une barbe longue et blanche qui lui donne des allures d'image sainte. Il incline douloureusement la tête. Il tient sa croix pastorale et, sans doute, il prie.

Derrière lui, les autres. L'abbé Ségouret ferme la marche. Sa santé semble s'être détériorée de façon alarmante. Il est d'une maigreur extrême. Pommettes saillantes, teint crémeux, plaies purulentes. Seules ses prunelles éclairées de l'intérieur par un feu surnaturel trahissent le tumulte de son âme et sa cervelle démontée.

Au passage de la grille suivie d'une volée de quatre marches McDavis s'est arrêté. Levant sa lanterne pour éclairer quelque peu le chemin du sinistre cortège, il pose sa main sur le bras de l'abbé Ségouret et, l'accompagnant pendant un bref instant, plante la profondeur captivante de ses yeux dans ceux du criminel.

Du fond de sa laideur, l'Ecossais coasse :

Les heures sanglantes 471

— Là où tu vas, curé, le sol est aride ! Que Satan te pardonne ! Tu vas piquer dans la cendre incandescente !

Dans l'imminence des précipices infernaux, le vicaire englouti avance ses longues dents. Il suinte la peur. Il prononce quelques paroles précipitées :

— Quand ce sera fini, implore-t-il, je t'en supplie, lave mon corps ! Lave mon corps !

— Ce sera fait.

— Fais parvenir ma lettre au notaire !

— Ce sera fait. Ce sera fait.

— Je me repentirai jusqu'à la fin des temps !

McDavis lui lâche le bras. Avec le masque de la férocité retrouvée, il esquisse un sourire qui retrousse sa large bouche :

— Ne te décourage pas, Ségouret, pour tout ce vide devant toi ! Pour tout ce noir ! Tout ce rien ! Rien ! Rien !

L'abbé s'éloigne, effrayé par la vision d'un châtiment sans contours, sans formes et sans limites.

Personne n'a prêté attention à leur manège. McDavis en claudiquant remonte le cortège des assistants.

Les hommes désignés pour le peloton se disposent sur trois rangs. Les condamnés sont dos à la meulière. La gueule des fusils est tout près de leur visages.

Un sabre s'abaisse.

— Feu !

Les armes crachent leurs flammes longues, rapides et rouges. Les ramponneaux jaillissent du fond de leurs orgues caverneuses.

Ségouret est foudroyé par une hache de lumière en plein front. L'archevêque reste un instant debout puis s'incline sous le poids d'une nouvelle balle en plein cœur.

— Il est donc blindé, celui-là ! murmure une voix dans le silence retombé.

Deux gardes lui donnent le coup de grâce. La horde des exécuteurs se disperse. L'horloge de la prison sonne huit heures.

La nuit va tomber.

Mc Davis reste seul. Il tire le corps inerte de l'abbé Ségouret de dessous l'empilement des cadavres. Il le traîne sur une dizaine de mètres, puise de l'eau fraîche au puits, revient avec un seau rempli à ras bord et doucement lui parle à l'oreille.

— A grande flotte, tu vas voir, camarade, laisse-moi faire, je vais t'étriller ! murmure-t-il.

Il commence la toilette du mort.

Une petite heure plus tard, il longe la rue Mercœur, file par la rue Gobert, traverse Charonne et se glisse dans l'église Sainte-Marguerite.

Un bref galop dans la nef, et le puant gnome au visage aplati, aux membres poilus, plonge derrière le croisillon gauche, ouvre la porte donnant sur le cimetière Saint-Bernard et, le nez à l'air frais de la nuit, hume l'odeur fade des fleurs fanées.

Silhouette affairée, trottinant sur ses membres grêles, dandinant de sa carrure d'athlète, le vilain crapaud des murailles longe les sépultures des inhumés du quartier du Temple.

Immédiatement à gauche, contre la chapelle des Ames du purgatoire, il s'arrête devant une petite tombe signalée par une croix de pierre.

Sur cette pierre, il est gravé :

L... XVII (1787-1795).

Et en dessous :

Attendite et videte si est dolor sicut dolor meus.

Le vilain gnome hume le vent qui coule entre les tombes. Il regarde flapir le jardin des endormis. Il pose son vilain cul sur la margelle du caveau où repose l'enfant-roi et sonde l'obscurité dans l'attente du pas pressé d'Ursule Capdebosc.

A quelle lugubre évocation de la folie des meurtres du passé veut-il associer le rendez-vous de ce soir ?

A quelle pensée saugrenue, à quelle stratégie perverse, à quel humour de diablotin obéit-il, l'affreux porte-clés ? Pourquoi a-t-il choisi la dernière demeure du fils de Louis XVI, pour livrer à la justice des hommes le nom et la confession du prêtre infanticide ?

S'agit-il d'amoindrir la fragilité tenace de la vieille gouvernante et d'entraîner la bigote en même temps que son maître dans le bas-fond des abysses infernaux ou faut-il prêter à l'affreux batracien les pouvoirs occultes d'un messager du diable qui sait déjà depuis lurette que ce n'est pas Ursule Capdebosc qui se présentera au rendez-vous de ce soir, que ce n'est pas non plus Charles Bassicoussé qui s'en viendra, mais que c'est celui qui maintenant s'avance dans l'allée ?

A qui donc appartient-elle cette ombre brune et allongée qui marche sous les arbres et lentement sort des ténèbres ? Qui est-il celui qui tâte le terrain de la pointe extrême du pied puis s'immobilise sur un fil afin de tâter la nuit ?

Il est aérien, prudent comme un vautour. Il est de la race de ceux qui déchiquettent la nourriture d'autrui et la régurgitent plus tard.

Il a l'aspect d'un fossoyeur. Il porte une lanterne d'une main et tient une pelle et un sarcloir dans l'autre. Il a le teint jaune et paraît se déplacer sur des échasses. Il salue. Se découvre. Il se fabrique un sourire. L'air cauteleux, il darde ses yeux inquiets sur le porte-clés et se borne à demander :

— Avons-nous quelque chose à faire ensemble ?

— C'est selon, répond McDavis.

— C'est tout vu, répond le fossoyeur en s'épanouissant étrangement.

Et se présentant :

— Je suis le bedeau de Saint-Sulpice. Je représente Mme Capdebosc et vous apporte de sa part un petit pot de beurre et quelques signes de sa gratitude.

Il pose sa loupiote sur la tombe, ses outils sur le gravier, fait tourner sa besace sur son dos maigre, en ouvre le rabat, y puise une bourse d'or qu'il tend gravement au matuche et ajoute à ce premier cadeau quatre terrines de foie gras.

McDavis s'empare de ces libéralités avec un plaisir infini. Il soupèse la bourse et la glisse dans sa sous-poche de vareuse.

Le vautour s'incline, embêté aux entournures. La bouche ouverte, il songe.

Il songe et puis murmure :

— D'ici la rue de Grenelle, ce fut assez difficile de parvenir jusqu'ici mais, avec l'habitude des préparations d'artillerie, des charges et des contre-charges des uns et des autres, je peux me vanter de savoir me faire assez mince et d'avoir appris à me faufiler entre les lignes...

Il lance ses prochaines paroles dans un claquement de langue.

Il dit :

— Serait-ce un effet de votre bonté de me donner des nouvelles de notre bon prêtre ?

McDavis vient d'arrêter sur lui des yeux de grenouille satisfaite.

Il n'y va pas par quatre chemins :

— C'est chagrinant à entendre, ricane-t-il, mais le citoyen Ségouret a bouffé son œuf !

— Je ne comprends pas, balbutie le grand pélican brun.

— Vous ne voulez pas comprendre, corrige le porte-clés, mais je vais être plus explicite. Votre Ségouret est retourné à ses boucs sans passer par le paradis ! Douze balles dans la peau ! Il a avalé son plomb en même temps que l'évêque de Paris et cinq autres ravets de leur espèce !

Hippolyte Barthélemy, puisqu'on s'en doute, c'est lui, reste interdit. Sa mâchoire tombe et fait yak-yak.

— Fusillé ? répète-t-il sans attendre véritablement de réponse. Fusillé ? Quelle mort biscornue pour un soldat du Christ !

Au bout d'un moment, il regarde la lune, les étoiles, tout ce qui brille et qui est inatteignable. Il soupire. Il a l'air de revenir d'un grand mal. Il porte avec lenteur ses mains à l'arrière de ses reins.

— Mort-mort ? insiste-t-il en se cambrant.

— Renversé pour toujours ! C'est moi qui suis chargé de mettre ses affaires en règle.

Le porte-clés sort de sa poche la lettre que lui a remis le prêtre et la tend au policier.

— Un testament ? s'étonne Barthélemy.

— Dites plutôt un crachat de l'âme ! dit l'Ecossais sans précaution de voix.

Il giroie ses grands bras velus, dégageant au moindre de ses froissements d'aisselles des odeurs méphitiques.

Il ajoute en grimaçant :

— Toute sa vie durant votre tison de l'enfer a pissé au bénitier ! Quand vous aurez lu ça, citoyen, vous aurez p't'être moins envie de porter le saint homme jusqu'au ciel !

Tandis que l'autre empoche la lettre, McDavis recule de quelques pas, saute comme un crapaud, tourne brusquement sa médaille, lâche un pet malodorant dans son froc et disparaît dans le noir.

100

Le retour du commissaire Mespluchet

— Acré ! C'est fort de café ! C'est à rire ou à pleurer ! C'est... c'est extravagant ! C'est le renversement de toute prévision humaine ! s'étrangla Isidore Mespluchet en déchaussant son lorgnon et en le remisant au bout du cordon auquel il était assujetti.

Le commissaire du Gros-Caillou venait tout juste de refermer la couverture d'un épais compte rendu de mission sur une gerbe de deux cent cinquante-quatre pages posée devant lui.

Abasourdi par cette lecture in-plano, le regard repu, il fixait le captivant dossier en caressant d'une main flatteuse la couverture cartonnée et l'étiquette calligraphiée lorsque trois coups discrets pour ne pas dire furtifs furent frappés à la porte de son bureau et que la porte joua timidement sur ses gonds.

— Crédieu ! Entrez, Barthélemy ! Si c'est vous, marchez franchement ! Après votre rapport, j'ai bougrement à vous dire !

Lancé à la recherche de l'auteur du brûlot, son regard myope suivit un moment les moulures de la boiserie en noyer.

Le commissaire fronça les broussailles de ses sourcils en atterrissant sur un coin sombre de la pièce, un renfoncement de fenêtre planté d'un perroquet, où l'on suspendait les pèlerines. Il finit par accommoder sur le chiffonné flou d'une lointaine silhouette à la consistance immatérielle, une forme vaguement délimitée par le contour d'une redingote noire et raide et haute à n'en plus finir.

— Crésambleu! Hippolyte, jura-t-il entre ses dents, c'est vous? C'est bien vous?

Il s'en assura d'un coup de lorgon et, sûr de son fait :

— Ah, mon pauvre grand! Mon cher petit! s'écria-t-il, de votre fourniture, si vous saviez, j'ai fait mon suc et ma délectation! Fichtre! Quelle matière! En deux mois, quel métier vous avez pris! L'esprit d'observation est omniprésent. Aussi, une certaine causticité! Je vous en félicite! Elle est la marque d'un homme qui sait ce qu'il trace! A vous lire, tout devient vrai! On comprend admirablement les sursauts et les causes de cette révolte plébéienne! Et le reste aussi... Paris beau-linge, clair comme de l'eau de roche! Paris dans sa misère de rues raconté comme une lionnerie! Un aveugle y mordrait! Tous ces pauvres, ces indigents, ces rapiécés de la vie, le portrait que vous en faites, dites! Les détales, les planques, les culbutes, la zone, le temps des estimes et celui des filoches, c'est... c'est d'un fameux! C'est digne de très grands éloges!

Le souffle court, Mespluchet leva la tête et vit que son ancien gadasson à tout faire se tenait maintenant devant lui. Il poursuivit donc sur sa lancée :

— Et puis dites, cré pétard! quel combustible tout cela que vous nommez dans votre fameux rapport! Oh là là! C'est du miel! Ces dessous, ces caches, tous ces fusils armés, cette tempête de vies, ces grands arcans que vous désignez! Tous ces pégriots du dessus du panier, ces détourneurs, ces grinchisseuses, ces enquilleuses, ces avale-tout-cru – gobeurs de joncaille –, tous ces tenants de bouics ou de casse-gueule, ces vieux crochets, ces brochetons, ces buteurs, ces pas-grand-chose, j'en passe, et caetera, coupe-jarret, légriers, filles des rues, pétroleurs de Commune, ah mais, sacrebleu! quand je vous lis, quelle fierté! Un en-bourgeois que j'ai laissé derrière moi! Un argousin que j'ai formé!

— Je n'ai pas d'autre mérite que celui d'avoir rempli la mission que vous m'aviez assignée avant votre départ pour Versailles, dit le grand sécot au teint jaune.

— Taratata, Hippolyte! Il n'est chasse que de vieux loup! Bravo mon petit! Vous avez été solide au poste!

— Bast! Sont-ce pas les affaires qui font les hommes, monsieur?

476   *Le cri du peuple*

— Je t'en fiche ! Vous avez du truc !

Hippolyte Barthélemy avait avalé sa salive. Il se passait indubitablement quelque chose au tréfonds de lui. Il s'était imperceptiblement redressé. C'était à n'y pas croire. Il avait cessé d'être un passeur de pommade.

Il fit un nouveau pas en avant.

— Je suis un vrai policier, dit-il. Un observateur avisé des mœurs de la rue.

Il avait parlé d'une voix assurée et son regard noir et épais était posé sur le bureau où sommeillait le dossier.

Mespluchet qui ne s'attendait pas à ce que l'autre eût cette tranquille opinion de soi se trouva fort dépourvu.

— Ah ! Ah ! s'ébroua-t-il. Certainement ! Certainement, Hippolyte ! Un vrai policier ! C'est ce que vous êtes !

Il rit du bout des dents, à plusieurs reprises, puis, conscient qu'il devait effacer la trace de cet enthousiasme factice, il se jeta à nouveau sur le dossier. L'ouvrit par le milieu. En feuilleta les pages, lissa sa moustache et, promenant rêveusement son pouce sur la tranche des feuilles annotées qui en constituaient la matière, happa l'air pour se donner quelque oxygène supplémentaire.

— Tout de même, exhala-t-il, plus j'y repense et plus toute cette histoire est folle !

D'un coup, il avait recouvré sa prestance et son ton de supériorité jargonnante. Par le plus court chemin, il revint à l'essentiel de ce qu'il avait à dire et qui n'avait pas encore été abordé, faute de circonstances plus favorables.

— Crésambleu ! s'éclama-t-il. Le plus dur à avaler concerne ce que vous relatez au début de votre mémoire ! Un homme de la stature de Grondin ! Un haut perché de la raille qui se révèle n'être rien de moins qu'un cheval de retour ! Un ancien du grand pré, injustement condamné ! Un notable de province mis au ban de la société puis choisi par elle pour lui servir de bouclier ! Un dur à cuire, un meneur d'hommes, un repenti, – mi-bourreau mi-victime de son inextinguible courroux ! Un fabuleux animal de police qui, *in fine*, se rend coupable du meurtre d'un innocent en croyant réparer les erreurs de la justice humaine ! Non mais ! Quel gâchis ! Quel contresens perpétuel ! Quelle perte pour le grand corps de la police de sûreté !

— Justice soit rendue à feu Horace Grondin ! l'interrompit Hippolyte Barthélemy en avançant sa face de carême dans un cône de lumière projeté par le clair soleil.

Sans crier gare, sa main longue et nerveuse venait de s'envoler dans la pièce. Frôlante et désordonnée comme une chauve-souris, elle traversa plusieurs fois l'espace devant le visage ébahi du commissaire et l'humble tocasson, puisant en lui les ressources d'un courage qui l'éclairait sous un jour nouveau, s'écria :

— Comme c'était terrible, monsieur, de vivre à la façon de cet homme ! Grondin était un être de fièvre ! Un être lugubre et affolé de lui-même. C'était par-dessus tout une personne d'une envergure remarquable, un inventeur des gens qu'il prenait sous son aile, qu'il s'essayait à modeler sans cesse. Et vous avouerai-je que l'affaire me touche ! C'est au travers de ses yeux implacables que j'ai appris à lire les machinations des puissants, à regarder la naïveté du monde des rues et à déchiffrer les arcanes de la haute pègre.

— Voilà donc pourquoi vous les décrivez si bien ! fit mine de s'enthousiasmer Mespluchet qui n'était guère satisfait par la tournure que prenait la conversation.

Pour faire diversion, il s'octroya une prise, sortit de sa poche son grand mouchoir et dégagea ses fosses nasales dans un bruit de trompe bouchée.

A la suite de quoi, au bout d'un long moment de viduité qui lui affaissait le ventre, il écarta son fauteuil du bureau d'un coup de reins, se dressa sur ses membres courts et, les mains nouées derrière le dos, entama une série d'allées et venues dans la vaste pièce aux rayonnages entièrement vidés de leurs dossiers.

— Monsieur Claude a été libéré, dit-il soudain. Notre directeur de la Sûreté reprendra ses fonctions. La détention n'a pas entamé son esprit de fermeté. Ses services seront réorganisés. Il faudra bien lui trouver un adjoint... un homme de pointure.

Mespluchet arrêta son va-et-vient. Il chaussa à nouveau son carreau, toisa son interlocuteur et se fit la réflexion que l'ancien gadasson à tout faire avait encore pris de l'assurance. Ainsi nota-t-il qu'il avait dépassé le centre de la pièce et se tenait maintenant appuyé au dossier de l'unique chaise qui faisait face au bureau. Son corps paraissait délivré de sa raideur. Souple, pour ainsi dire. Libre était le mot que Mespluchet cherchait confusément.

Barthélemy fixait le chapeau du commissaire, posé sur ce siège. Il semblait peser les paroles qu'on attendait de lui.

— J'ai de plus en plus clairement l'idée de ce que devrait être une police moderne, articula-t-il.

— Ah oui ? ne put s'empêcher d'éternuer Mespluchet.

Le nez épaté, les paupières lourdes, la moustache tombante, le commissaire réintégra soudain son bureau. Il avait l'air désarçonné. Il trouvait que ses affaires n'allaient pas comme sur des roulettes. Même les plus minuscules.

A un moment donné, il souffla dans ses joues épaisses afin de chasser une mouche, un simple diptère acharné à voleter de la tranche de son nez à la pointe des seins d'une statuette figurant la République, et dont le seul manège menaçait de faire capoter sa dignité ou de rincer la partition qu'il lui restait à interpréter sur ordre de la Préfecture.

— Foutre ! Sans rabâcheries sur le fameux avenir et l'avancement que j'entrevois pour vous, cher Barthélemy, commença-t-il, quelle odyssée fut la vôtre ! Comme je vous envie ! Quelle aventure ! Quelle belle et noble cavale dans le Paris insurgé ! Comme vos notes sont précieuses. Vos renseignements. Et sans grands mots, quel beau talent vous avez montré à traquer le crime ! A dénouer le vrai du faux ! A rattraper le vice ! A démasquer sous les traits d'un serviteur de Dieu celui qui, en anéantissant la vie de deux êtres à l'aube de la leur, avait commis le plus grave homicide qui se puisse concevoir !

Soudain plus concentré, il ajouta à voix plus basse, presque le ton de la confidence :

— Du moins sur ce chapitre *avons-nous* eu de la chance ! L'assassin a trouvé le bon goût de ne pas *nous* laisser la charge d'instruire son procès !

— De la chance, monsieur ?

— Assurément, voyons ! L'abbé Ségouret est décédé, je crois ?

— Oui, monsieur.

— Etranglé en somme par la laideur et l'énormité de son propre forfait !

Le commissaire joignit à ses propos un peu de mise en scène. Il frappa dans ses mains et levant les yeux au ciel lâcha son lorgnon dans le vide :

— Un prêtre ! dit-il les yeux révulsés. Mon Dieu, un prêtre ! Vous vous rendez compte ! De quoi discréditer un peu plus la si belle, la si nécessaire image de notre chère mère l'Eglise !

— Un assassin est un assassin, monsieur.

— La Grande Boutique le voit autrement, cher ami. En ces temps de restauration de la morale et du civisme, les criminels ne sont pas faits pour se trouver parmi les grands commis de l'Etat ou les serviteurs de la religion.

— Seuls les sagouins ont les mains sales, murmura insidieusement Hippolyte.

— Que dites-vous là ?

Mespluchet la main déployée en conque derrière l'oreille s'était penché sur son bureau. Pas très sûr de ce qu'il venait d'entendre il adressait au tocasson un regard chargé de méfiance. Il se trouva en face d'un radieux sourire jaune.

— Rien, monsieur.

— A la bonne heure, Hippolyte !

Le grand éteignoir semblait maté. L'attitude modeste, il avait retrouvé ses airs de chien fuyant.

— Ne soyez pas déçu, Hippolyte, s'enfla Mespluchet. Vous avez bien d'autres cordes à votre arc ! **N'avez**-vous pas mis à genoux la bande de l'Ourcq ?

— J'en ai effectivement démonté le mécanisme, monsieur, comme vous avez pu vous en rendre compte à la lecture de mon rapport.

— Eh bien, le voilà le bon grain à moudre ! Dès que Paris sera entièrement libéré, nous dresserons une expédition sur les bords du canal et *nous* nettoierons la racaille !

— Certainement, monsieur.

— Ah que je suis content ! Vous voilà comme *nous* vous aimons tous ! N'avez-vous pas noté quelque part que le nouveau chef des chourineurs s'appelle Saint-Lago ?

— C'est bien cela, monsieur.

— Il est fait ! Nous lui tendrons une embuscade ! Nous lui tomberons sur la bosse ! Quant à votre avenir... Je vais transmettre votre rapport à Monsieur Claude... Avec une petite note de recommandation ! Tout cela va fermenter !

— Merci, monsieur ! Je n'en attendais pas moins de vous, sourit pour la première fois le grand flandrin.

— C'est sûrement une promotion qui vous guette, heureux veinard ! se congestionna le commissaire en écrivant fébrilement quelques lignes en tête du dossier. Peut-être même le ruban rouge !

Il souligna plusieurs phrases en usant d'encre de couleur, en assurant l'appui de sa plume sur la rectitude d'une règle métallique.

— Voilà ! Au petit poil ! C'est du travail bien fait !

Un essuyage de buvard, une relecture et le fonctionnaire redressa la tête.

A la recherche d'une conclusion, il resta la plume en l'air :

— Décidément, bienheureux Hippolyte, quel merveilleux voyage dans l'entendement des passions et des vices vous a offert votre traversée méritante des avatars de la Commune de Paris ! pérora-t-il. Tandis que nous ! Pauvres de nous ! Seulement versaillais, nous n'avions rien pour nous hisser sur le pavois ! Pas même notre vertu ! Vos distingués collègues : Houillé, Dupart, Rouqueyre, pas d'avancement ! Viroflay, une ville de pisse-vinaigre ! Un train-train abominable, je vous jure ! Nous étions là comme des bûches ! Transformés en abbés de la sainte Espérance ! Epiant le champ de bataille à la lunette ! Privés de nourriture en plus ! Les prix ? Exorbitants ! Nous tapions du pied ! Relégués par la haute et par la particule ! Fonctionnaires inemployés ! Ma cousine Léonce, une harpie avec un fiel de corbeau ! Et Mme Mespluchet, une jeune femme d'à peine trente ans qui ne pensait qu'à ses fontes de Barbédienne, restait le front appuyé à la vitre de notre appartement minuscule, elle auscultait les fumées ! Elle était devenue d'un grincheux ! D'une raideur de guimpe ! C'était la fin des haricots !

— Justement... Mme Mespluchet, j'allais prendre de ses nouvelles...

— Je l'attends d'un moment à l'autre ! Elle n'a pas voulu rester une minute de trop dans l'amère Seine-et-Oise ! Elle va retrouver au plus vite ses habitudes, ses chères amies ! Notre maison est debout, c'est l'essentiel, je le sais par notre concierge. Mme Mespluchet est redevenue fine et jolie ! C'est un miracle ! Elle tient absolument à se faire faire une robe de circonstance pour assister aux obsèques de l'archevêque de Paris. Une foule considérable y assistera. Le corps diplomatique. Nos magnifiques généraux ! Vous allez voir, mon petit Hippolyte, tout le monde va rentrer ! Paris sera blanchi de tous ses petits crevés ! On nettoiera le pétrole ! On débarquera les mortibus ! On relancera le progrès universel !

— Mais monsieur... est-ce que vous n'allez pas trop vite en besogne ? Ce n'est pas encore fini ! On se bat à l'est de Paris ! Des centaines de gens meurent en ce moment même ! Des gens qui croyaient à la force de leurs convictions, à leur capacité à régénérer le monde.

— Foutaises ! trancha Isidore Mespluchet en paraphant et datant la recommandation qu'il venait d'écrire pour son protégé. Vous confondez l'héroïsme d'opéra d'une poignée de polisseurs d'asphalte dont les bottes jaunes talonnaient les boulevards avec l'esprit d'accomplissement et de devoir qui anime nos chefs ! Je vois en Mac-Mahon un futur commandeur de notre République éclairée !

Et refermant gaiement le dossier :

— Et nini, c'est fini, grand nigaud ! La révolution, c'est terminé, c'est balayé ! Avec Monsieur Thiers et le maréchal Mac-Mahon, nous sommes en de bonnes mains ! Et je ne vous cacherai pas plus longtemps, mon cher, qu'avec des gens de leur valeur, nous sommes à l'aube d'un monde presque parfait !

Pour le coup, il chaussa son pince-nez. Il s'aperçut alors que son subordonné s'était approprié la chaise en face de lui. Avec un sans-gêne inqualifiable, le grand butor s'y était laissé tomber de tout son poids sans qu'on l'y eût invité.

Toutefois, prêt à tout pour faire bonne figure, tourner la page de cette incivilité et souscrire à l'émergence d'un ordre nouveau, Mespluchet, faisant table rase des conventions de la politesse, s'exclama avec une qualité d'humour qui, trouvait-il, lui seyait à merveille :

— Ni bonjour, ni bonsoir ! J'allais justement vous prier de vous asseoir, monsieur le futur commissaire ! Cher collègue !

Mais il blêmit dans l'instant même où il prononçait ces paroles enjouées et, la moustache furieuse, sauta sur ses jarrets :

— Crébleu ! Mon chapeau capsule ! explosa-t-il. Vous venez de l'écrabouiller !

C'est justement ce dont avait rêvé Hippolyte Barthélemy depuis plus de six ans.

Sans rien exprimer d'autre qu'un paisible contentement, le malotru aux yeux jaunes souriait comme dans un rêve heureux.

Epilogue

Le testament des ruines

Oh Dieu ! Dieu d'écrasement ! Dieu de violence et d'injustice, pourquoi ? Pourquoi cette cruelle épreuve ?

Vaincue, la Commune ! Ecrasé le peuple des pauvres ! Liquidé le régiment des gueux aux faces blanches ! Lapidée, l'idée de la République sociale ! Jugés haut et court, les fiers martyrs du pavé ! Foudroyée, la Liberté encore tiède ! Souffletées, suppliciées, les femmes qu'on attache. Fusillés, crochetés, bouchonnés, battus dos et ventre, les enfants saisis les armes à la main. Achevés, les blessés dans les rues.

Partout les bouchers défilent en grands tabliers de sang ! Partout l'insurgé se renifle ! Partout, on l'extermine !

Empalée, Palmyre ! boule de chair que les chasseurs de Clinchant jouant à bouillon pointu se renvoient comme une balle sur les piques de leurs baïonnettes.

Fusillé Ziquet, qui demande à l'officier commandant le peloton que l'on fasse parvenir sa montre, héritée de Trois-Clous, à sa mère adoptive « la Chouette », *route de la Révolte*, et se fait rire au nez avant de mourir en brave.

Emprisonnées, humiliées, proscrites Louise Michel, Caf'conc', Amélie la Gale qui, après la prison d'Arras, les geôles de Satory et le rite cruel des exécutions en pleine nuit, connaîtront la déportation à la presqu'île Ducos.

Emprisonnées, massacrées, violées, insultées, des centaines d'autres. Les Marion, les Célestine, les Léonie, les Blanche. Elles sont poussées à coups de crosse par les gardes et les gendarmes. Titubantes de fatigue, vêtues de loques, parfois blessées, elles se dirigent, troupeau résigné, vers les geôles de Versailles. Elles supplient en vain, les fières Amazones estropiées au combat, les jeunes filles prises dans la rafle, les veuves un crêpe au bras. Elles se traînent aux pieds de leurs bourreaux, les jeunes accouchées à qui l'on arrache leurs nou-veau-nés. Elles cachent leur peur de la foule qui grossit, attachée à leurs pas, et les accable d'outrages, les humbles personnes souillées de poussière – un nourrisson à la mamelle, une vieille mère à leur charge.

Elles se font écharpiller, elles succombent souvent avec un courage indéracinable.

Dimanche 28 mai, rue Ramponneau, le grand cœur de la Commune a cessé de palpiter vers une heure de l'après-midi.

Un ciel voilé de nuages opaques ombre la crête des immeubles et fait écho au chagrin des hommes laminés.

— Sauve qui peut !

Chancelants, las de vivre, les compagnons se séparent. Ils s'égaillent par les rues. Ils cherchent un havre où se cacher.

Une branle invisible s'est mise en marche. La vie des quartiers populaires devient furtive. Les tambours noirs battent en sourdine. Les persiennes se ferment. La macabre machinerie de la mort s'installe. Enlevez-nous la peur du noir !

Fosses communes. Horribles fosses du square de la Tour-Saint-Jacques, du Père-Lachaise, noirs suaires, entassements de cercueils. Salle des fusillés, tombereaux de cadavres, champs des massacrés ! Au pied des murs, le long des ruisseaux, devant les hôpitaux, les frères assassinés reposent.

Les minutes béquillent. La morale fane. Les corps sont blasés. En tous points de la capitale monte une horreur visible.

Il est sept heures du soir.

Sur le pavé poisseux de sang roule et se traîne une charrette cahotante tirée par une vieille rosse aux épaules clouées, au thorax vidé, à demi expirante. Elle s'appelle Cécile. Elle est si pousse et si soufflante, elle a tellement perdu sa forme et sa couleur, que tout le monde prend la pauvre bête pour une vieille mule.

Cécile a perdu ses maîtres habituels. Elle siffle comme un biniou dans les graves.

Sur le banc de l'ancien corbillard, deux hommes ont pris place. Ils ont l'air de somnoler. Ils ne se parlent pas. L'un est un simple cocher, entrogné dans son destin sans horizon.

L'autre, vêtu d'un paletot déchiré, coiffé d'un képi de médecin-chef d'ambulance, arbore sur un brassard blanc une croix de Genève. Son teint est blafard comme celui des morts qu'il transporte. Il a le menton ras, il porte des lunettes bleues qui lui donnent un air lugubre.

Les deux ambulanciers sont perclus de fatigue. Ils oscillent, solidaires du roulis tremblotant que leur impose le pas plongeant de leur haridelle.

Pendant sept heures de rang, ils ont marché dans la saumure. Ils ont ramassé les morts, errant de charogne en charogne, coltinant les cadavres à dos d'homme. Leurs houseaux sont empesés de sang caillé, leurs corps paraissent roides, entoilés dans de longs tabliers souillés de jus d'intestins, de fèces et de restes de cervelle.

Sans cesse, il a fallu déjouer la vigilance des patrouilles de marins, rouler dans la farine des curieux trop insistants, montrer aux sous-officiers les plus soupçonneux un morceau de papier fripé qui en l'occurrence fait office de laissez-passer et sur lequel sont écrits ces simples mots : « Reçu du docteur Jolyen sept cadavres. »

Docteur Jolyen ! Une identité de hasard ! Frêle rempart contre la mort quand on s'appelle en réalité Jules Vallès !

Jules Vallès, le nez gros, le front carré, le teint pâle mais sauvage, Jules Vallès, héritier d'une carne de corbillard ! Vallès et sa charrette, poursuivant une dérive folle dans les rues livrées à elles-mêmes. Vallès au milieu de toute cette blècherie sculptée féroce. Vallès, risquant de glisser à tout moment sur le grand parquet de la délation. De rouler vers la mazurka de l'intense souffrance.

Vallès malmenant sa rossinante déferrée pour qu'elle avance. Mais vers où aller ? Que faire ? A qui se fier ? Pas le moindre petit trou dans le guingois du futur pour y voir clair ! Pas une tête amie ! Au lieu de cela, du sang, toujours du sang ! Couleur invariablement rouge.

Au détour de la place, encore du vilain ! On charge des étripés. Trois clients de plus. Vallès reprend sa place sur le marchepied. Somnambule. Parfois les paupières closes sous les verres bleus de ses lunettes. Nourrissant un rêve tenace de liberté.

Toujours, la patache repart.

Allez, hue cocotte ! Encore ! Plus loin ! A la viande ! Le corbillard tourne le coin des édifices en ruine, Cécile hoquette dans les dernières fumées, le wagon cahote entre les fusils cassés, les arbres tordus, éclatés, les grilles d'arbres et les chevaux couchés sur le flanc d'où s'envolent des escadrilles de mouches charbonnières.

Encore plus loin ! Vallès claque du fouet pour tirer de sa rosse une dernière vigueur et faire parvenir son dernier charroi de trucidés aux visages bleus jusqu'au terme de leur voyage, jusqu'à l'hôpital de la Pitié.

Vallès, que les exécuteurs ont cru voir partout au cours de ce dimanche 28 mai.

Vallès passé au chalumeau trois ou quatre fois dans la journée si l'on en croit les journaux !

Rue des Prêtres-Saint-Germain-l'Auxerrois pour commencer, où il est mort en lâche. Où il s'est fait traîner sur les reins, où les soldats l'ont fait taire à coups de crosse avant de le piquer à la baïonnette.

Rue Saint-Louis où son sosie s'appelait Alexandre Martin mais avait eu le tort de manger chez Laveur.

A la halle aux blés enfin, où il a pris douze balles dans la peau! Bien lardé, cette fois, le barbu! Zigouillé chassepot! Mort au poteau! Avec Ferré pour faire plus vrai. La chose a été attestée par des passants.

Vallès écoute. Vallès se détourne. Sans cesse, il imagine qu'on le reconnaît, qu'on le regarde de travers.

Il prend *la mule* par la bride. Il s'éloigne. Il ploie sous le faix de toutes ces fausses nouvelles qui courent dans les bouches.

Criblé aussi soi-disant ce bon Courbet, dans une armoire, s'il vous plaît! Au ministère de la Marine. Et bien d'autres encore. Vaillant, Cluzeret, Billioray fusillés dans la rue. Fusillés, fusillés, eux aussi.

Jules Vallès passe. Avec sa charrette d'allongés, il passe. Sanglé dans son tablier ensanglanté, il passe. Avec sa charogne en attente, il passe.

Après une halte à la Pitié, il repart seul.

Rue des Ecoles, rue Racine, rue Monsieur-le-Prince, il cahote. Il tangue sur le sol noir. Il n'est nulle part. Ses poings se crispent sur les rênes. Cécile marche d'un pas agonisant. Tout est prêt pour l'éternité et puis, d'un coup, dans la douceur du soir, le passé se réveille et devient fulgurance.

Une seule phrase lui fait plus de mal que tous les coups qu'il aurait pu prendre. Une femme se penche à sa fenêtre et crie:

— Ils ont dépiauté Varlin! Désorbité! Un œil qui pend! Lynché! Crevé!

Vallès a l'impression de se diriger vers un défilé obscur. L'esprit battu par un désarroi sans bornes, il se réfugie dans les souvenirs de son enfance.

Il arrive à hauteur d'un passage. Il attache la rosse à une borne. Il s'engouffre d'un pas titubant dans le sombre de l'impasse.

Déguenillé, vaincu pour le moment, il s'assied contre la bouche d'un égout et, le front large et barré d'incertitude, regarde dans le caniveau le présent rouge et insupportable. Il retire ses lunettes et laisse libre cours à sa douleur trop contenue.

Il sanglote. Il pense à ses compagnons. A Tarpagnan, à Larochette, à Camélinat, à Jourde, à Langevin, à Mirecourt, à Courbet. Et, le cœur gonflé d'amitié, pris d'une envie incontrôlable et fiévreuse de se jeter dans les bras des gens qui voudront bien dans le futur, encore une fois seulement, essayer de forger un monde plus juste, il se lève.

Il passe près de Cécile sans s'arrêter. Il se met en marche dans les rues désolées, il éclate de l'espoir de vivre assez pour écrire ce fameux livre politique et dangereux que lui a prophétisé le « cousin Vingtras ».

A quelque temps de là, en Angleterre, les passants ordinaires de Veglio dans Easton Road ou les clients du *café Royal*, dans Regent Street, verront à l'heure du chocolat ou du café un homme attablé rire dans sa barbe.

La plume bien calée dans sa main carrée et nerveuse, le front bosselé, la bouche mobile, il sera occupé à noircir d'une écriture spontanée et enragée une ébouriffade de feuillets jaunes.

Parfois, l'écrivassier acharné lèvera la plume de son ouvrage. Son esprit, faisant fi de l'âpre vérité et de la folie des comportements humains, s'envolera vers la France. Il entrouvrira les murs de la prison Sainte-Pélagie et surprendra au fond de sa cellule Gustave Courbet occupé à peindre des pommes. Il sourira, alors. Redescendra sur terre. Et, persuadé que les artistes sont faits pour racheter la laideur et les péchés du monde, reprendra le cours fiévreux de ce qu'il a entrepris.

Le Jules Vallès de cette époque-là aura le poil presque gris et, comme le dira Gounod qu'il fréquente : « Un air de saint de pierre dans une niche de cathédrale. »

Une fois, tenez, le pensionnaire du 38, Berners Street enchaînera son travail du jour avec une lettre à son autre ami, Hector Malot.

Il lui écrira qu'il est en train de composer un livre, « *l'histoire de ce Vingtras, auquel je ressemble tant* ».

Ainsi surgira pour la première fois sur le registre de l'état civil littéraire le patronyme de son héros. Vallès ne consentira jamais à s'expliquer sur son origine.

Ses biographes eux-mêmes avouent y perdre leur latin, leur anglais, leur vellave, et ne pas connaître la source de ce nom – Vingtras –, qui restera énigmatique et mystérieux du moins pour ceux qui, au contraire de vous, n'auront jamais lu le livre que vous tenez encore entre les mains.

BIBLIOGRAPHIE SÉLECTIVE

HENRI D'ALMERAS, *La vie parisienne pendant le siège et sous la Commune*, Albin Michel.

ROGER BELLET, *Jules Vallès*, Fayard.

JEAN BRAIRE, *Sur les traces des Communards*, Editions des Amis de la Commune.

ROBERT BRÉCY, *La chanson de la Commune*, Les Editions Ouvrières.

JEAN BRUHAT, JEAN DAUTRY ET EMILE TERSEN, *La Commune de 1871*, Editions Sociales.

MAXIME DU CAMP, *Les convulsions de Paris*, 4 vol., Librairie Hachette et Cie, 1878-79-80.

CLAUDE, *Les mémoires de Monsieur Claude, chef de la Sûreté sous le second Empire*, Jules Rouff et cie éditeur, 14 cloître Saint Honoré, Paris.

JEAN CLARETIE, *Histoire de la Révolution (1870-71)*, aux bureaux du journal *l'Eclipse* (1872).

MICHEL CORDILLOT, *Chronique d'un espoir assassiné*, Les Editions Ouvrières, collection « La part des hommes ».

LÉON DEFFOUX, *Pipe-en Bois*, Les Editions de France. 1932.

RAOUL DUBOIS, *A l'assaut du ciel, la Commune racontée*, Les Editions Ouvrières.

PAUL DUCATEL, *Histoire de la IIIᵉ République*, Editions Grassin.

STÉPHANE GUÉGAN, MICHÈLE HADDAD, *L'abécédaire de Courbet*, Flammarion.

ARMAND LANOUX, *Une histoire de la Commune*, 2 vol., Editions Jules Taillandier.

LORÉDAN LARCHEY, *Dictionnaire de l'argot parisien*, Les Editions de Paris.

CHRISTIAN LIGER, *Le roman de Rossel*, Robert Laffont.

PROSPER OLIVIER LISSAGARAY, *Histoire de la Commune de 1871*, Editions de la Découverte (1990) d'après Librairie E. Dentu, Paris, 1896.

— *Les huit journées de Mai*, Bruxelles, bureau du *Petit Journal* (1871).

CATULLE MENDÈS, *Les 73 journées de la Commune*, Editions E. Lachaud éditeur, 4 place du Théâtre-Français, Paris i871.

LOUISE MICHEL, *Louise Michel, matricule 2182*, Editions du Dauphin (1981).

EDOUARD MORIAC, *Paris sous la Commune*, Paris, E. Dentu libraire. Editions Palais Royal (1871).

WILLIAM SERMAN, *La Commune de Paris*, Fayard.

GEORGES SORIA, *Grande Histoire de la Commune*, 5 vol., Editions Robert Laffont.

EDITH THOMAS, *Les Pétroleuses,* La suite des temps. NRF.

JULES VALLÈS, *L'Insurgé,* Paris, Bibliothèque Charpentier, Fasquelle éditeurs, 11 rue de Grenelle, 1935.

— *Œuvres,* 2 vol., Bibliothèque de la Pléiade, *nrf.*

MAXIME VUILLAUME, *Quand nous faisions le « Père Duchêne »,* Cahiers de la Quinzaine, Paris.

— *Mes cahiers rouges au temps de la Commune,* Babel.

ANDRÉ ZELLER, *Les hommes de la Commune,* Librairie Académique Perrin, 1969.

TABLE

PREMIÈRE PARTIE

LES CANONS DU DIX-HUIT MARS

La dessalée du pont de l'Alma	15
L'œil de verre numéro 13	19
Un certain Horace Grondin	23
Les soldats de Monsieur Thiers	28
Une armée de cent courages	31
Les tambours de Montmartre	36
Le grand roussin de Monsieur Claude	38
Louise Michel	42
Le rendez-vous de l'église Saint-Pierre	44
Un goût de revenez-y	48
Le tourment et les âmes	49
Poigne-de-Fer et Caracole	51
L'affreux pays des images	57
Antoine Joseph Tarpagnan, capitaine	59
Rue du charivari	62
Camisoles et caracos	64
V'là l'général qui passe !	66
Les projets fous de Charles Bassicoussé	67
Le caporal et la divette	70
Un pâle soleil rouge	71
Ils sauront bientôt que nos balles Sont pour nos propres généraux !	77

DEUXIÈME PARTIE

LA LIBERTÉ SANS RIVAGES

Un réveil difficile	83
Mademoiselle Pucci rentre tôt	88
No return	91
La nuit des objets perdus	95
Monsieur Courbet, Président des Arts	101
Un coup de canon dans un ciel bleu	110
Alfred Trois-Clous fait des affaires	116
Le cyclope à l'œil gris	121
Les truites de la rue Hautefeuille	126
Confidence pour confidences	131

Châteaux en Espagne 138
Le professeur de révolte 143
Cousin Vingtras 150
Rédacteur ! 154
La vallée des renoncements 159
La Chouette 160

TROISIÈME PARTIE

LE TEMPS DES ASSASSINS

Aux marches de Pantin 165
Les demoiselles de barrière 168
Voyage aux portes de la nuit 169
Le rendez-vous de *l'Œil de Verre* 171
Les amoureux sont seuls au monde 178
L'homme aux mains de jonc 185
Les chevaliers du bidet 191

QUATRIÈME PARTIE

L'AUBE EXALTÉE

Délires, secrets et tempêtes 205
Rêves de naufrages et remontage de culasse mobile 207
Les enfants de la balle 212
Le grand bivouac de la révolution 216
Le frisson des drapeaux 225
Cocagne ! 229
La course au trésor 233
La tanière d'Horace Grondin 237
A point nommé réapparaît le chien du commissaire 242
Bientôt sera le temps 244

CINQUIÈME PARTIE

L'ESPOIR ASSASSINÉ

Route de la Révolte 255
Les après-midi de Mademoiselle Palmyre 259
La montagne bleue du Bessillon 264
Ziquet s'en va-t'en guerre 267
Les cent visages d'Horace Grondin 274
Sous le soleil de la révolte 283
Vie brève et bégayante d'Agricol Pégourier, planteur de salades 288
Où la Joncaille avale sa langue 292
Le chien du commissaire Mespluchet ne lâche pas son os 302
Marbuche a une idée 306
L'Escalier de Vénus 310

Le pucelage du p'tit bleu	315
Les papillons de la mort	318
L'amour ne se nourrit pas d'à-peu-près	322
Au rendez-vous des bons amis	328
Chez Protot	330

SIXIÈME PARTIE

LA DÉCHIRADE

L'haleine chaude du mois de mai	341
Paris cocarde	344
Confidences aux mirabelles	351
Le notaire du Houga-d'Armagnac	361
Ainsi va la vie d'Augustine, que, d'un coup, elle se brise	366
Le noir dimanche de Dombrowski	371
Dernier baiser	375
La Commune ou la mort	377
L'Hôtel du Châtelet	382
La gouvernante	386
Les prisonniers de la Roquette	390
La « faute » de l'abbé Ségouret	392
La dernière photo de Théophile Mirecourt	401
Les mains sales et les cœurs propres	409

SEPTIÈME PARTIE

LES HEURES SANGLANTES

Le Polonais	413
Brève rencontre ou la carline des espérances	415
Un regard clair s'éteint, une poigne surgit	420
Simple arrêt sur image	425
Où Ursule Capdebosc chante la péronnelle	427
Sombres desseins	429
Chien qui lèche peut mordre aussi	431
Le dernier dîner sur une nappe	440
L'invité de la dernière minute	443
L'homme de glace	449
Le fantôme de la pension Laveur	451
Le fuséen du boulevard Saint-Michel	454
Paris est un jardin de feu	459
Le crime d'Horace Grondin	463
Le messager du diable	468
Le retour du commissaire Mespluchet	474

| *Epilogue :* Le testament des ruines | 483 |

| *Bibliographie sélective* | 489 |

Cet ouvrage a été réalisé par la
SOCIÉTÉ NOUVELLE FIRMIN-DIDOT
Mesnil-sur-l'Estrée
et relié par Diguet-Deny
à Breteuil-sur-Iton
en janvier 1999

Édition exclusivement réservé aux adhérents du Club
Le Grand Livre du Mois
15, rue des Sablons
75116 Paris
réalisée avec l'aimable autorisation des éditions Grasset

Imprimé en France
Dépôt légal : janvier 1999
N° d'impression : 45531
ISBN : 2-7028-3090-0